CW01481187

Après d̶   ̶ fait
une thès̶   ̶e du
XIXe siècle –, puis de mise en scène en Californie,
Alexandra Lapierre se consacre à l'écriture. Elle est
l'auteur de *La lionne du boulevard* (1984), *Un
homme fatal* (1987), *L'absent* (1991), *Fanny
Stevenson* (1993) – Grand Prix des Lectrices de
ELLE en 1994 –, *Artemisia* (1998) – Prix du XVIIe siècle
en 1998 –, *Le salon des petites vertus* (2000), *Le voleur
d'éternité* (2004). Tous ont paru aux Éditions Robert
Laffont. Son dernier ouvrage, *Tout l'honneur des
hommes* (2008, Plon ; paru chez Pocket sous le titre
Le fils du rebelle), a reçu le Prix des Romancières en
2009. Toutes ses grandes biographies romancées ont
connu un succès international.

**Retrouvez l'actualité de l'auteur sur
www.alexandralapierre.com**

LA LIONNE
DU BOULEVARD

DU MÊME AUTEUR
CHEZ POCKET

LA LIONNE DU BOULEVARD
FANNY STEVENSON
ARTÉMISIA
LE FILS DU REBELLE

ALEXANDRA LAPIERRE

LA LIONNE DU BOULEVARD

ÉDITIONS ROBERT LAFFONT

Le papier de cet ouvrage est composé de fibres naturelles, renouvelables, recyclables et fabriquées à partir de bois provenant de forêts plantées et cultivées durablement pour la fabrication du papier.

© Éditions Robert Laffont, S.A., Paris, 1984

ISBN 978-2-266-21416-2

*A mesdames
Céleste Mogador
Apollonie Sabatier, Alice Ozy, Cora Pearl,
Virginia de Castiglione et Thérèse de Païva
sans lesquelles ce livre n'existerait pas.*

PREMIÈRE PARTIE

L'APPRENTISSAGE

1

— UNE bonne à rien, venue du ruisseau et qui tôt ou tard y retournera, voilà ce que vous êtes !... Taisez-vous, insolente !... Mais c'est à croire que les ouvrières ont ça dans le sang — l'ingratitude ! On les prend par charité, on les paie par charité, et ça vous fait des scènes !

En se réveillant ce matin-là, un sourire heureux passa dans les yeux de Céleste : que lui importaient désormais les injures de sa patronne, l'affreuse Mme Pilloye ? Aujourd'hui, mardi 2 mars 1842, l'aube grise qui se levait sur les toits du Marais annonçait un jour grandiose : Céleste Vainart quittait l'atelier, descendait à la boutique et prenait son rang parmi les demoiselles du magasin.

Fini l'entresol noir, son odeur de renfermé, sa poussière âcre comme une fumée. Finies les treize heures de couture à se brûler les yeux sur les surjets, les festons, les plissés. Finies les jacasseries imbéciles et mesquines des autres petites mains.

Depuis quatre ans, elle attendait ce moment. Au Démon Tentateur, la maison de nouveautés où Céleste travaillait, on remplaçait toujours une vendeuse du rez-de-chaussée par la plus ancienne ouvrière de l'entresol. Or la Denise venait de s'en aller et, malgré ses dix-sept ans, la plus ancienne ouvrière, c'était Céleste.

Sept coups sonnèrent à l'église des Blancs-Manteaux. Une porte cochère s'ouvrit. La silhouette d'une jeune fille sauta dans la rue. Comme chaque matin à cette heure, il faisait nuit. Une odeur de choux pourris flottait dans l'air humide. Les eaux ménagères stagnaient devant les

11

murailles grises des vieux hôtels. De loin en loin, on avait jeté des planches de bois pour traverser le ruisseau central que les pluies avaient transformé en rivière charriant des ordures. Agile et désinvolte, Céleste filait à travers les bourbiers sans se soucier le moins du monde de la gadoue ! Un fichu de madras coquettement noué sous son menton volontaire, le buste cambré dans un châle mité qui lui moulait les reins, la jupe plate, les chevilles pincées par de petites bottines en peau de chien complètement éculées, elle évitait les flaques et fonçait à toute allure sur les passerelles.

— Bonjour, mère Chalut ! jeta-t-elle en passant.

— Adieu Céleste ! lui répondit la paysanne aux doigts couverts de bagues, qui installait au coin de la rue Bar-du-Bec ses dizaines de cruches grouillantes de sangsues. Céleste tourna l'angle et passa sous l'échelle de M. Rubichon, l'allumeur de réverbères. Perché dans les airs, le vieil homme astiquait le verre de sa dernière lanterne. Le vent battait sa blouse qui claquait avec un grand bruit d'étendard. Ailleurs, le silence. Aucun bruit ne filtrait. Le Marais sommeillait encore. C'est que, malgré son aspect lugubre, le quartier était l'un des plus favorisés de Paris. Certes, il ne rivalisait pas avec l'aristocratique faubourg Saint-Germain, ni avec les hôtels des banquiers de la Chaussée-d'Antin, ni même avec l'honnête aisance des appartements du faubourg Saint-Honoré. Mais enfin, le Marais était un quartier sûr, où de vieilles gens se recevaient pour une partie de cartes dans leurs salons aux trumeaux dédorés.

Il n'en allait pas de même de ses environs : de véritables coupe-gorge encerclaient le Marais. Et pour ceux qui, comme Céleste, devaient gagner leur pain ailleurs, la traversée des quartiers adjacents était une expédition dont, chaque jour, bon nombre ne revenaient pas.

Dès qu'elle longeait le mur de l'Hôtel de Ville, Céleste sentait une pierre lourde comprimer sa poitrine... A cet endroit, Paris se transformait en un cloaque immonde qui la terrifiait. Tous les matins et tous les soirs, elle devait trouver le courage de s'y enfoncer ! Pour cela, elle avait imaginé de tromper sa terreur en s'inventant des petits jeux. Et le plus efficace de tous, pour la traversée des coupe-gorge, c'était encore de « faire la dame ». Elle posait délicatement la pointe de sa bottine au milieu des pavés. En même temps, elle relevait sa jupe très haut au-dessus de sa cheville, et parachevait ses exercices par un ondoiement des hanches aussi affriolant que possible.

Ses dandinements lui avaient attiré de nombreuses algarades avec les chômeurs qui la regardaient passer, l'œil luisant de désir... Mais plus Céleste avait peur, plus elle s'efforçait de « pincer le pavé » d'une façon distinguée. Le chichi, c'était son truc à elle, le moyen qu'elle avait trouvé pour se vaincre et continuer d'avancer.

Mais ce matin-là, elle ne prêtait qu'un regard distrait aux égouts qui débordaient. Elle ne sentait plus la puanteur des animaux morts se décomposant sous ses pieds. Et l'éventualité d'une échauffourée ne lui venait même pas à l'esprit : elle passait demoiselle de magasin !

« Se tenir devant les comptoirs roses, froisser les dentelles sur les mannequins, faire essayer aux clientes des chapeaux à bavolets ! »... Et elle s'entendait déjà : « Oh, mademoiselle, il est délirant ce chapeau ! C'est avec un semblable que Mlle Nini de l'Opéra a séduit le prince Frederico de Bouffisman... »

— Sale vaurienne !

Une poigne de fer lui broyait le bras. Mille filets blancs se répandaient dans la boue noire. Seigneur ! A rêver ainsi, elle était venue buter contre le bidon d'une laitière.

Au loin, une cloche tinta : huit coups. Elle allait être en retard.

— Tu vas me le payer, ce bidon !

Elle n'avait pas d'argent.

— Toutes les mêmes ! Ça fiche rien et ça gâche le gagne-pain des autres !

La laitière la secoua furieusement :

— Alors, tu le paies, ce bidon ?

Attirés par le bruit, des badauds s'attroupèrent. Chacun raconta comment sa propre marchandise avait été volée ou abîmée... Et tout le monde s'en prit à Céleste.

Un nouveau coup sonna : huit heures et quart ! Elle était en retard !

D'une brusque secousse, Céleste se dégagea et, poursuivie par les petits métiers, elle attrapa de justesse la citadine, l'omnibus rose et chocolat qui la menait rue Vivienne.

— C'est à cette heure-ci que vous arrivez, mademoiselle Vainart ? tonna du haut de l'escalier qui menait à l'atelier la grosse patronne du Démon Tentateur.

« Vrai, c'est bien ma veine ! » songea Céleste, essoufflée, en montant vers elle.

— Quelle heure croyez-vous qu'il soit, mademoiselle ? répéta Mme Pilloye.

— Un peu plus de huit heures et demie, madame.

— Et à quelle heure êtes-vous censée commencer votre travail ?

— Huit heures et demie, madame.

Céleste faisait un effort pour paraître aussi polie, aussi déférente que possible. Pourtant, le nez en bec d'oiseau de Mme Pilloye s'allongea au-dessus de ses mentons fuyants :

— Donc, vous avez...., sa voix pointue demeura en suspens.

— Quelques minutes de retard, acheva prudemment Céleste.

— Vous comprendrez, mademoiselle, que je ne puis vous garder à ne rien faire.

— Je comprends bien, madame, mais c'est la première fois que...

— Et la dernière, mademoiselle.

— Oui, madame, la dernière, acquiesça Céleste, très soulagée que l'incident en restât là.

— Eh bien, mademoiselle, puisque nous sommes d'accord, passons à la caisse.

Passer à la caisse ! Elle était congédiée, chassée ! Elle n'en crut pas ses oreilles :

— Renvoyée pour un retard, le seul en quatre ans !

La patronne lui jeta un coup d'œil condescendant :

— Mademoiselle, apprenez que le crédit d'une maison comme la nôtre dépend de la régularité de nos livraisons. En conséquence, nos ouvrières doivent travailler d'une façon qui ne soit pas... occasionnelle.

— Mais, madame, vous savez bien que je travaille plus vite et mieux que n'importe laquelle de vos ouvrières !

— La question n'est pas là, mademoiselle, répondit

sèchement la patronne ; et elle commença lourdement à descendre. D'un bond, Céleste lui barra le passage :

— Je vous demande pardon, mais vous venez de dire que vous me renvoyez car je travaillais d'une façon occasionnelle. Or vous venez aussi d'admettre que je suis la meilleure ouvrière de l'atelier !

— Je n'ai jamais admis une chose pareille ! La meilleure ouvrière de mon atelier ! Entendez-vous cela ! Mais, mademoiselle, vous oubliez qu'on vous a prise par charité !

Cette phrase, trop habituelle, porta le coup de grâce au peu de sang-froid qui restait à Céleste :

— C'est par charité sans doute que vous me faites travailler treize heures par jour dans l'endroit le plus sombre de l'atelier en me payant moins que les autres ouvrières !

— Votre jalousie vous égare !

— Et c'est par charité aussi que vous me renvoyez le jour où je dois passer demoiselle de magasin !

— Mais, mademoiselle, il n'en a jamais été question.

Un instant, Céleste resta interloquée :

— Comment ? Mais... C'est la tradition !... Quelle injustice !

Les cris de son ouvrière commençaient à inquiéter Mme Pilloye : elle attendait la visite de Mme Binoux, une cliente qui commandait ses corsets par douzaines ; elle ne tenait pas du tout à ce que celle-ci entendît de « pareilles vulgarités ». Aussi, pour clore l'entretien, repoussa-t-elle dignement Céleste et sans ajouter un mot, descendit. Mais Céleste dévala l'escalier à sa suite et pénétra derrière elle dans le magasin.

— Chère madame Binoux..., commença Mme Pilloye d'une voix mielleuse. Quel plaisir de vous voir...

A chacun de ses pas, Céleste voyait trembler dans les cheveux crépus de la patronne une horrible aigrette de plume. Elle voyait son cou qui débordait en cascades sur sa gorge couverte de dentelles, sa robe grenat qui bloquait respectablement toute l'embrasure de la porte... Et lorsque les yeux de Céleste tombèrent sur sa traîne qui sautait drôlement, l'image grotesque d'une énorme poule lui vint à l'esprit.

Mme Pilloye, toujours doucereuse, continuait comme si Céleste n'était pas là, qui la talonnait :

— Vous avez entendu, n'est-ce pas, chère madame ? Mon Dieu, ces ouvrières sont d'une ingratitude ! On les prend par charité, on les paie par charité, et ça vous fait des scènes !... C'est à croire que les domestiques ont cela dans le sang, l'ingrati...

Cette fois, elle ne put finir : Céleste venait de poser le pied sur sa traîne ; sa robe avait craqué sur toute la longueur du dos ! Alors, sous l'œil ébahi des demoiselles de magasin, Céleste se pencha à l'oreille de la patronne et, d'une voix tonitruante, elle jeta :

— Horrible vieille poule !

Mme Pilloye en resta coite. Quant à Mme Binoux, elle manqua s'évanouir. Céleste, elle, remonta quatre à quatre les marches qui la séparaient de l'atelier.

— De la mauvaise graine !... De la mauvaise graine !

Mme Pilloye reprenait ses esprits. Rouge d'indignation et demi nue, elle tâchait de remonter son épaulette tandis que deux demoiselles de magasin s'occupaient de lui épingler sa robe dans le dos.

— ... De la plus mauvaise graine, je l'avais tout de suite reconnue ! De la vermine ! Quand je pense que je l'ai engagée par pitié pour sa pauvre mère !

*
* *

Mme Pilloye, veuve d'un sieur Pilloye arrivé de sa Normandie natale en 1815, connaissait de longue date les parents de Céleste : dès son installation à Paris, le ménage Pilloye avait été voisin de palier du ménage Vainart, rue des Blancs-Manteaux. Les deux familles débutaient en même temps dans la confection et elles s'étaient promis que la première qui réussirait associerait l'autre à son succès. Or, rapidement, le magasin de tissus des Pilloye avait prospéré, tandis que les chapeaux des Vainart ne s'étaient pas vendus... Après la révolution de 1830, les Pilloye avaient quitté le Marais avec leurs deux filles pour s'installer rue Vivienne. Ils abandonnaient leurs voisins dans une situation désastreuse. L'honnête M. Pilloye se demandait bien comment il pourrait un jour honorer sa promesse : A Ma Conscience, sa boutique de l'époque, n'avait besoin de personne et les Vainart avaient quatre filles, dont trois en âge de travailler.

Heureusement pour M. Pilloye, les aînées furent emportées par l'épidémie de choléra de 1832. Maurice, le père, les suivit peu après. Seules survécurent la mère, Berthe, et la cadette, Céleste, alors âgée de sept ans. Berthe Vainart vendit la boutique de chapeaux, se mit en ménage avec Baptiste, le portier de la maison, et descendit au rez-de-chaussée dans la loge : non qu'elle aimât Baptiste, mais un homme et un toit, c'était une affaire à saisir — et elle l'avait saisie.

Petite fille, Céleste avait compris que ses sœurs, en mourant, avaient emporté dans la tombe toute la tendresse maternelle... Comme si, étrangement, Berthe lui en avait voulu d'être encore vivante ! L'enfant s'était désespérée de cette dureté qu'elle avait d'abord imputée à ses sottises. Pour gagner la tendresse de sa mère, elle avait cherché de tout son cœur à s'amender. Mais Berthe n'avait pas remarqué ses efforts et s'était impatientée de ses élans. Pour la séduire, Céleste avait alors déployé des ruses d'amante, essayant même de la rendre jalouse par une affection marquée pour Baptiste. Rien n'y avait fait : Berthe ne l'aimait pas ! Alors, à force d'être rabrouée, Céleste s'était mise aussi à s'impatienter des humeurs de sa mère et maintenant, tout ce que Berthe disait, tout ce qu'elle faisait, l'exaspérait.

Quand Céleste eut treize ans, Berthe la retira de l'école, la couvrit de haillons et l'emmena rue Vivienne, chez sa vieille amie, Mme Pilloye. Mais Mme Pilloye ne les reçut pas : elle venait, elle aussi, de perdre son mari, portait le deuil, ne voyait personne.

Elles revinrent une semaine plus tard. La boutique était en pleine rénovation. On transformait le terne A Ma Conscience en un pimpant Démon Tentateur, qui emploierait quatre demoiselles de magasin au rez-de-chaussée et huit ouvrières à l'entresol. Mme Pilloye, sur le pas de la porte, donnait ses ordres en robe bouffante et grand décolleté violet. Car maintenant que les affaires avaient prospéré, maintenant qu'elle lisait le *Journal officiel* et qu'elle allait au Vaudeville, Mme Pilloye avait adopté les toilettes à falbalas et le vocabulaire du haut négoce. Elle ne disait plus « ma boutique », mais « mon magasin » ; elle ne parlait plus de « ses pratiques », mais de « sa clientèle » ; et le soir, elle ne comptait plus « la recette », mais elle « faisait sa caisse » !

Quand elle aperçut Berthe Vainart, qu'elle avait perdue de vue depuis dix ans et dont elle se croyait débarrassée, Mme Pilloye affecta de se montrer affable, et même émue :

— Bien sûr, nous l'emploierons, votre petite Céleste ! Chose promise, chose due, comme on dit. Seulement, ce sera pour plus tard, car le magasin débute et je n'engage personne.

Berthe, sans insister, remercia et partit.

La mère et la fille revinrent une troisième fois : le jour de l'inauguration. Fendant la foule des dames, Berthe entraîna Céleste droit sur Mme Pilloye qui trônait, rayonnante, derrière le tiroir de sa caisse. Là, elle évoqua bruyamment les jours anciens. En larmoyant, elle rappela l'amitié des deux familles, la promesse qui les liait, la perte tragique de son mari et de ses aînées. Elle en appela à la mémoire de feu M. Pilloye, prit à témoin les clientes et les demoiselles de magasin. Pour compléter ce tableau, elle montra « sa pauvre petite Céleste, âgée de treize ans, qui ne demandait qu'à travailler pour aider sa mère ». L'enfant cherchait désespérément à se cacher mais Berthe la poussait devant elle en déballant leur passé.

Mme Pilloye avait trouvé son maître en boniments. Pour faire taire la mère, elle engagea la fille.

Cet épisode était demeuré pour la patronne une scène d'un goût odieux. Elle n'avait cédé que par décence, afin de préserver le bon ton du magasin. Pour Céleste, c'était une humiliation que son amour-propre ne parvenait pas à oublier. Au souvenir des lamentations de sa mère, au souvenir des yeux fixés sur elle, au souvenir de ses vaines tentatives pour disparaître, son visage s'empourprait douloureusement. Pendant quatre ans, le même mélange de honte et de rage l'avait secouée tout entière. Et lorsque Mme Pilloye lui rappelait « qu'on l'avait prise par charité, qu'on la gardait par charité et qu'on la payait par charité », Céleste souffrait vraiment.

Seul l'espoir que ces scènes humiliantes finiraient le

jour où elle prendrait sa place parmi les demoiselles de magasin lui donnait du courage. Et ce jour était enfin arrivé ! Et ce jour-là, Mme Pilloye l'avait renvoyée !

Elle se tenait debout, les bras ballants, les pieds plantés dans les chutes de tissus, les morceaux d'échantillons, les bouts de métiers à broder qui jonchaient le sol. Au fond de l'atelier, ses sept compagnes, agglutinées contre la fenêtre close, se disputaient la faible lumière du matin. Leurs visages immobiles tournés vers Céleste, elles l'observaient en silence. Et Céleste ne pouvait reconnaître, dans le contre-jour, les êtres vivants des mannequins de son, tant les petites mains de Mme Pilloye semblaient froides et passives. Elles étaient pourtant des grisettes comme elle, qui traversaient un Paris dangereux pour venir travailler dans cet antre du Démon Tentateur. Comme elle, elles en sortaient le soir, aveuglées, épuisées, vides. Comme elle, elles devaient supporter l'avarice de Mme Pilloye, sa tyrannie et ses injustices...

Dans un brusque élan, Céleste fit un pas vers ses camarades. Mais les ouvrières retournèrent immédiatement à leurs travaux d'aiguille.

— C'est bien fait pour elle, murmura Sarah. Voilà ce qu'elle gagne à toujours vouloir être la plus forte.

Et Noémie d'ajouter plus haut :

— Ça lui apprendra, à cette pimbêche !

En un instant, la tristesse de Céleste, son besoin de réconfort et de complicité se transformèrent en défi :

— Toutes des lèche-bottes ! jeta-t-elle, méprisante... Ça passerait par un trou de serrure pour flatter la mère Pilloye !

Et d'un grand coup de pied, elle envoya son mannequin, encore recouvert d'un bâti, valser contre le mur. Il se brisa dans un fracas de bois fendu qui ébranla tout l'atelier.

A ce moment, une petite jeune femme, essoufflée d'avoir monté les escaliers, accourut vers elle. Blonde, plantureuse, un peu commune, c'était sa seule amie, Ernestine Blanche Alizon.

Originaire d'un petit village de Normandie proche de

celui de feu M. Pilloye, elle avait été engagée sans autre recommandation, afin de remplacer à la boutique la seconde fille qui se mariait. Par la suite, elle s'était adaptée à toutes les situations et même au caractère de Mme Pilloye, qui l'avait gardée comme demoiselle de magasin au Démon Tentateur.

Ernestine avait assisté à la scène de la mère Vainart, le jour de l'inauguration. Brave fille, elle avait plaint l'enfant humiliée et apprécié la rouerie de la femme qui savait obtenir ce qu'elle voulait.

Ernestine, de quatre ans plus âgée que Céleste, lui était souvent venue en aide lorsqu'elle s'apprêtait à sauter au visage de Mme Pilloye ou de l'une de ses camarades. Seulement, comme Ernestine éprouvait toujours le besoin de houspiller sa protégée, de la gronder, de la sermonner, ses reproches incessants agaçaient Céleste. Celle-ci s'en voulait beaucoup de son impatience, car elle estimait chez Ernestine toutes les qualités dont elle se croyait dépourvue. Elle admirait son bon sens, son esprit pratique, sa sagesse de Normande qui sait le prix des choses. Elle enviait sa faculté, qui lui paraissait extraordinaire, de ne jamais se mettre dans des positions difficiles. Enfin, elle l'aimait avec toute la sincérité et la reconnaissance dont elle était capable.

— Mais qu'est-ce qui t'prend ? s'écria la Normande en regardant le mannequin brisé sur le sol. T'as du vent dans la toupie aujourd'hui ! Je t'ai entendue avec la mère Pilloye : si t'avais voulu le faire exprès, t'aurais pas mieux réussi !

— J'en ai assez, gronda Céleste en finissant de plier son tablier.

— Tu parles comme t'en as assez !... Et qu'est-ce que tu vas faire maintenant ?

— Je vais aux Trois Quartiers me présenter comme demoiselle de magasin.

— Tu rêves, ma fille.

— Et pourquoi donc ? demanda Céleste, vexée.

— Mais tu t'es pas regardée ! Avec ta robe d'indienne et ton châle gris complètement mité, tu pues la pauvreté. Voilà pourquoi !

Céleste baissa la tête. Elle savait qu'Ernestine avait

raison. Jamais elle ne retrouverait un emploi dans un magasin. Pour subsister, elle allait devoir rejoindre le rang des « ouvrières en chambre » qui s'épuisaient à confectionner des articles payés à la pièce.

En travaillant de six heures du matin à dix heures du soir, sans se lever de sa chaise, sans quitter des yeux sa couture, sans reposer sa main, au mieux, elle pourrait arriver à faire deux paletots par jour à cinquante centimes le paletot, soit sept francs par semaine... A peine de quoi éviter la faim et la misère ! Ce calcul, elle l'avait fait bien des fois, et sa mère avant elle. Aussi un emploi d'ouvrière à salaire fixe était-il une aubaine qui valait toutes les injustices et les humiliations infligées par Mme Pilloye.

— Enfin, qu'est-ce qui t'a pris ? reprit Ernestine.

— Je t'en prie, ce n'est pas le moment !

— On se retrouve pour dîner. Rendez-vous au Palais-Royal, café des Mille Colonnes, à deux heures.

— Entendu.

Son petit baluchon serré contre elle, Céleste s'avançait vers la caisse monumentale au fond de la boutique.

— En assortissant la doublure de votre ombrelle à la couleur claire de vos robes, vous rehausserez l'éclat de votre blancheur, chantait la voix enjôleuse d'une des demoiselles de magasin à une grosse femme au teint plombé.

Céleste était au bord des larmes : elle ne connaîtrait pas la douceur de vivre dans ce paradis — son idéal. Froufrous des taffetas qui cascadaient sur les comptoirs. Chatoiements des satins qui s'ouvraient en éventail, ou couraient en guirlandes dans les vitrines... Ah, les vitrines ! Elle avait tant rêvé à la façon dont elle y arrangerait le pli des mousselines... Lustrer la fourrure des manchons. Harmoniser en camaïeu les mille couleurs des bas... Désormais, elle ne pourrait même plus espérer faire partie, un jour, de ce monde si moelleux, si clair et si joli.

A ce moment, son renvoi représentait pour Céleste plus encore que l'humiliation d'un licenciement et la porte ouverte à la misère. C'était la fin de toute son ambition.

Mais peut-être restait-il un moyen! Si elle ne passait pas à la caisse maintenant, elle aurait un prétexte pour revenir plus tard... Demain, par exemple. Mme Pilloye se serait calmée. Elles s'expliqueraient et, s'il le fallait, elle ferait des excuses. Après cela, la patronne la réengagerait sûrement.

Soulevée par cette espérance, elle fit volte-face pour sortir aussi vite que possible... Lorsqu'une voix glacée brisa son élan :

— Quatre francs.

Debout derrière le tiroir de sa caisse, Mme Pilloye posa quatre pièces sur le comptoir :

— Une semaine à douze francs, moins huit francs pour le mannequin cassé, soit quatre francs... Au revoir, mademoiselle.

Céleste prit les pièces une à une. Il n'y avait rien d'autre à faire. Elle traversa la boutique une dernière fois, la tête vide. Elle ouvrit la porte rose en verre teinté et se retrouva rue Vivienne.

— Qui veut boire? criait une voix dans un bruit de clochette, tandis que Céleste fondait en larmes.

— A la fraîche! Qui veut boire? répétait la marchande de coco des jardins du Palais-Royal. Elle portait sur son dos un réservoir cylindrique au toit en pagode. Un tuyau, terminé par un robinet, s'avançait le long de sa hanche où pendaient des gobelets. Avec son fichu à gros carreaux rouges, son long tablier grège et ses jupes plates, elle ressemblait à la laitière dont Céleste avait quelques heures auparavant renversé le bidon... Maudit bidon!

Son châle remonté jusqu'au nez pour se cacher le visage, Céleste sanglotait au bord du bassin. Les enfants, fascinés par les voiles bariolées, ne la remarquaient pas. Mais leurs bonnes, qui se serraient sur les chaises trop étroites pour leurs robes bouffantes, l'observaient avec curiosité... Elle s'enfuit.

Elle alla se perdre sous les galeries du Palais-Royal, parmi les colonnes couvertes d'affiches publicitaires. Un groupe de vieux grognards la bouscula en sortant du café Lamblin. Une bande de jeunes légitimistes la heurta en

rentrant au café de Foye. Personne ne fit attention à elle...
Les domestiques chargés de cabas s'arrêtaient sans cesse
aux étalages des magasins d'alimentation.

Céleste, à travers les larmes qui lui brouillaient la vue,
jeta un regard à la devanture de Chevet, le fameux
traiteur. De juteuses grappes de raisins et d'énormes
ananas ronds reposaient sur un lit de violettes ; les
feuilletés montaient en pyramides jusqu'au plumage
rouge des perdrix accrochées aux esses de laiton. Elle
recula. Cette fois, la première de sa vie peut-être, la
proximité du luxe lui faisait mal !

La fumée des cigares sous les arcades, le cliquetis des
verres dans les brasseries, le froufrou des robes — tout
cela lui donnait soudain le tournis. Les affiches et les
fruits, les livres et les fleurs se mélangeaient dans sa tête
en un pénible chaos d'images. Une douleur sourde et
lancinante l'étreignait tout entière. Elle tremblait de
jalousie devant l'indifférence de ce monde auquel elle
n'avait aucune part. Elle haïssait jusqu'au malaise les
passants joyeux qui ignoraient sa solitude et sa pauvreté.
Bref, Céleste souffrait comme elle n'avait jamais souffert
de la proximité des plaisirs coûteux et inaccessibles. Par
réaction, elle aurait voulu se terrer dans sa vie d'ouvrière.
S'enfouir au plus profond de la laideur et de la misère.
Oublier à jamais qu'il existait au-dehors des gens
heureux.

— Tu dors, ou quoi ?

Bouleversée, Céleste n'entendait pas. Elle se tenait
immobile devant les *Soda Water, Pale Ale, Déjeuners et
Soupers* peints sur les vitres du café des Mille Colonnes.
Depuis quelques instants, une petite main potelée toquait
au carreau.

Ernestine parut alors sous la grosse plaque gravée
Trente-sept billards qui se balançait au-dessus de la porte.

— Qu'est-ce que tu fiches ? Ça fait cinq minutes que je
t'appelle !... Entre, tu vas attraper froid.

Elle écarta le rideau de velours rouge qui protégeait la
brasserie des courants d'air et Céleste la suivit dans la
vaste salle enfumée.

— Deux omelettes au rhum et deux Porter, ordonna Ernestine au garçon, impassible dans son tablier blanc qui lui descendait jusqu'aux guêtres.

— De la bière ?

— J'ai l'impression que t'en as besoin.

Le regard de Céleste se perdit dans la salle. Planchers sablés. Tables aux pieds de fer. Poêle allemand chargé de vaisselle. Pyramides de sucre sur le comptoir de la caisse.

— Dix-neuf quarante, pour la treize !

— Cinq francs vingt, pour la trente-cinq ! criaient les garçons.

— En exceptant la caissière, commenta Céleste après un petit moment, nous sommes les seules femmes.

— Et les seules ouvrières.

— Et les plus pauvres !

Elle songea à l'unique pièce de la loge, le poêle qui ronflait et empestait, l'oiseau empaillé, l'étagère à bocaux où l'on se cognait la tête. Elle entendait déjà les cris de sa mère lui reprochant la lenteur avec laquelle elle confectionnait ses chemises. Elle devinait la silhouette recroquevillée de Baptiste, qui cousait assis en tailleur sur la table près de la fenêtre : pour boucler les fins de mois, il reprisait les habits des locataires. Pauvre Baptiste ! Lui qui n'aimait que le silence et la paix, il allait devenir le témoin des terribles prises de bec entre la mère et la fille.

— Au moins t'auras plus à traverser le quartier de l'Hôtel de Ville ! soupira Ernestine.

Comparée à la perspective de passer sa vie enfermée dans la loge de la rue des Blancs-Manteaux, la course quotidienne à travers les ruelles des coupe-gorge lui paraissait presque attrayante !

Ernestine haussa les épaules :

— Oh, et puis zut ! T'avais qu'à songer à tout ça avant d'arriver en retard !

Céleste lui lança un regard furieux :

— Je te remercie. Voilà juste ce que j'avais besoin d'entendre !

Un silence hostile s'installa entre elles.

— Goûte, proposa Ernestine en léchant d'un air gourmand la mousse de sa chope qui venait d'arriver.

Céleste but sa bière d'un trait. Quand elle reposa son

verre, elle était complètement étourdie. Ernestine dévorait son omelette :

— Tu sais, ce renvoi du Démon Tentateur, c'est peut-être une bonne chose pour ton avenir...

Céleste leva les yeux au ciel : Ernestine avait toujours de ces phrases !

— Si, si, c'est peut-être ta chance. Et puisque tu vas passer tes journées chez toi, profites-en pour te faire une tête, trouve-toi un genre, arrange-toi... Tu pourrais être très bien. Peut-être même mieux que moi... Et c'est pas peu dire !

Céleste sourit : elle ne voyait vraiment pas comment elle pourrait « être mieux » qu'Ernestine ! Elle se tourna et se regarda dans la glace. Vrai, elle trouvait son nez trop long et elle avait horreur de ses narines largement ouvertes que la colère faisait frémir. Quant à ses yeux, très écartés, surmontés de sourcils dessinés avec la précision d'accents circonflexes, ils donnaient à sa physionomie une expression ardente qu'elle n'aimait pas. Elle aurait tellement voulu avoir l'air doux ! Mais ces yeux trop grands dévoraient sa figure et détruisaient, à son avis, l'harmonie de ses traits. De plus, ils n'étaient ni verts, ni bruns, mais dorés, d'un or si clair qu'à certains moments, ils semblaient jaunes.

En revanche, elle prisait fort ses cheveux châtains, épais et ondulés, qui, dénoués, lui descendaient jusqu'aux reins. Elle les portait en bandeaux, pour souligner l'ovale délicat de son visage, sa peau très blanche, son front lisse et bombé. Elle aimait aussi la finesse de ses poignets, la petitesse de son pied et la minceur de sa taille... Sans ses yeux, elle aurait sûrement paru languissante, diaphane, éthérée : tout ce qu'elle aurait voulu être !

Céleste avait tort : ces yeux dorés étaient son principal atout. Leur expression effrontée, conquérante, pleine de curiosité détonnait sur le classicisme de ses traits et conférait à son visage un charme d'autant plus piquant.

— En plus, t'as de la veine, disait Ernestine, t'es ni grande, ni petite : tu conviens donc à tous les genres. Faut que t'apprennes à user de tes charmes, c'est tout. Tiens, par exemple quand tu te trouves avec un jaloux, ferme un peu les yeux — là, voilà, très bien. Elles sont lourdes, tes paupières, ça te donne un genre mourant qu'un homme faible n'aura pas à redouter, tu piges ?

Céleste éclata de rire.

— C'est pas une plaisanterie ! continuait Ernestine... Ma petite biche, pour faire prospérer tes affaires, faut apprendre à plaire.

Bien qu'elle ne fût pas tout à fait innocente, Céleste refusait de comprendre. C'est que, contrairement aux filles de son âge et de sa condition, elle ne s'intéressait pas encore aux hommes.

Les émois de ses camarades n'avaient guère retenu son attention et lorsque, à l'atelier, les ouvrières racontaient en chuchotant leurs aventures, elle n'écoutait pas... Non que ce sujet l'intimidât, mais elle estimait que ces choses-là ne méritaient pas tant de discours. En outre, elle ressentait une sorte de dédain pour ces filles qui s'éprenaient du premier venu. Leur sincérité, à chaque fois renouvelée pour un homme différent, l'étonnait et l'ennuyait. Pourtant, elle ne demeurait pas insensible aux charmes de certains jeunes gens : le sourire de l'un, la voix de l'autre... Elle avait même été tentée de se laisser courtiser par un étudiant. Tout un été, il l'avait attendue le soir à la sortie du Démon Tentateur. Il était joli garçon (« beaucoup mieux que les amoureux des autres »), gai et plutôt gentil. Chaque fois, il lui proposait de la raccompagner jusque chez elle. C'eût été tellement plus rassurant de traverser le quartier des Lombards avec lui !

Mais Céleste avait la pudeur orgueilleuse d'une très jeune fille. Pas question pour elle de se laisser courtiser « comme les autres ». Aussi, jugeant qu'il était trop entreprenant et qu'il ne lui plairait jamais assez, l'avait-elle éconduit.

— Faut bien commencer par quelqu'un ! avait dit Ernestine, témoin de cette brève romance.

— Je commencerai par celui avec lequel je finirai ! avait rétorqué Céleste. Ernestine s'était alors écriée que quatre ans d'école chez les bonnes sœurs l'avaient rendue stupide.

Car Ernestine méprisait l'éducation. Elle pouvait à peine lire et ne savait pas écrire.

La plupart des autres ouvrières du Démon Tentateur

avaient passé, comme Céleste, un maximum de quatre ans à recevoir un minimum d'instruction. Elles dévoraient les romans d'amour et poussaient l'aiguille en rêvant à la pauvre orpheline qui retrouve sa famille et épouse le beau vicomte. Mais Ernestime, parce qu'elle ne lisait pas couramment, et Céleste, parce qu'elle refusait de penser à l'amour, avaient en commun l'horreur de telles fadaises.

— Ah, j' te prie de croire, ma chère, que l'homme qui me rendra rêveuse pourra se vanter d'être un rude lapin, résuma Ernestine en finissant son dîner. Les hommes, c'est farce, t'as pas idée... Et puis toujours la même chanson : une femme à soi seul — toqués ! Toqués !... Enfin, moi, je veux bien, s'ils en ont les moyens...

Et d'un air satisfait, elle agita très haut dans l'air sa petite bourse.

— Pour en revenir à tes affaires, reprit-elle, crois-en mon expérience, apprends à plaire... Dis donc, il est toujours là, l'étranger, celui qu'avait des bottes de chez Palmyre ?

— ...

— Tu sais, on l'avait regardé emménager dans ta maison l'an passé, un Anglais ou un Américain.

Céleste savait très bien de qui Ernestine voulait parler. Mais elle fit celle qui ne se souvenait pas.

— Il avait pas l'air très commode, continua Ernestine en se levant pour payer à la caisse. Mais, ma fille, ça, c'était un homme !

Céleste la suivit sans mot dire. Malgré ses efforts pour paraître indifférente, une image ne cessait de s'imposer à son esprit. L'évocation d'Ernestine l'avait ressuscitée avec une telle netteté que Céleste pouvait en suivre tous les contours : une bouche charnue, des pommettes saillantes, un nez busqué... Petites rides au coin de la bouche, pattes d'oie au coin des yeux ; il ne lui paraissait plus tout jeune, ce visage. Trente-cinq ans peut-être...

— Comment qu'il s'appelait déjà ? Un nom compliqué... J' sais plus... N'empêche, il était bourré de sous, ce gars, ou je ne m'y connais pas !

Absorbée par sa rêverie, Céleste se laissait aller à la douceur de sa découverte : depuis le jour où elle avait aperçu ce visage dans la pénombre du porche, elle l'avait toujours gardé présent, caché au fond d'elle-même ! Dix mois sans lui accorder un seul rêve ! Elle aurait même pu jurer qu'avant cet instant, elle n'y avait jamais pensé.

— En tout cas, moi, à ta place, j'hésiterais pas !

Céleste jeta un coup d'œil agacé à Ernestine. Ses conseils trop précis lui apparaissaient soudain comme une irruption dans son intimité. Mais Ernestine, inconsciente des émotions de son amie, continuait de bousculer ce que Céleste avait de plus sensible et de plus secret :

— ... Fais-y la bouche en cœur quand il passe... Mets-toi sur le pas de ta loge... Tortille du croupion... Souris... Minaude... Et dis-toi bien, ma biche, que v'là des robes, des bals et des soupers qui passent !

« Comment Ernestine ose-t-elle tenir de tels propos ? » s'exaspéra Céleste.

— Les étrangers, ça rapporte toujours... Chope-le : c'est ta veine !

La vulgarité, le cynisme d'Ernestine avilissaient tout !

— Fais-le, cet Américain !

Au nom du ciel, qu'elle se taise ! Céleste saisit entre le pouce et l'index la chair du bras d'Ernestine qu'elle pinça de toutes ses forces.

— Ouille ! Mais t'es complètement toquée !

Céleste était au moins aussi suffoquée qu'Ernestine.

Autour d'elle, les hommes les dévisageaient avec un petit sourire complice.

— J'ai jamais vu une toquée pareille ! répétait Ernestine en exposant complaisamment son bras meurtri aux regards des messieurs. Mais qu'est-ce que j'ai dit ? C'est parce que j'ai parlé du greluchon qu'habite ta maison ? Je pouvais pas deviner que c'était déjà l'Arthur de madame, moi ! Eh ben, ma chère, si t'en es là, je comprends que tu veuilles crever dans ta loge ! Allons, couches-y avec et qu'on en cause plus... Non, mais sans blague, c'était pas la peine de faire tant de cachotteries !

Elle paya en coulant un regard doux à un grand monsieur qui portait une chaîne d'or à son gousset.

Céleste se tenait maintenant debout à côté d'Ernestine sur le seuil du café. Elle aurait voulu lui dire qu'elle était triste de la quitter, la remercier du dîner, et surtout, surtout lui avouer combien elle regrettait son geste. Mais Ernestine semblait ailleurs.

— Ma fille, un dernier conseil, dit-elle sérieusement. Apprends à te maîtriser ! Les insolences aux patrons, les coups de pied dans les mannequins, les pinçons aux copines — c'est pas une solution. Le sentiment, crois-moi, ça mène nulle part. Et puis cache un peu ton cœur parce que le cœur, ça sert à rien... Faut savoir calculer, c'est tout. Enfin, bon, au Démon Tentateur, aux Mille Colonnes, dans ta loge ou ailleurs : contrôle-toi !

Céleste acquiesça et la regarda piteusement. Ernestine haussa les épaules :

— Sur ce, ma biche, je te dis adieu. Passe au Démon quand t'auras une minute... ça me fera tout de même plaisir de savoir ce que tu deviens !

Céleste, impétueuse, se jeta dans ses bras et l'embrassa.

— Et souviens-toi de ce que je t'ai dit : contrôle-toi ! coupa Ernestine en se dégageant de cette étreinte, un peu trop sentimentale à son goût.

Là-dessus, elle s'enveloppa dans son mantelet et de son petit pas tranquille, s'éloigna. Immédiatement, le monsieur à la chaîne d'or la suivit.

Longtemps, Céleste regarda leurs deux silhouettes disparaître de colonne en colonne. Elle pensait à la destinée d'Ernestine qui lui paraissait si simple, si facile, comparée à la sienne. Une immense méfiance à l'égard d'elle-même l'envahissait : comment avait-elle pu détruire si complètement et en si peu de temps tout ce qui faisait sa vie ? — Son emploi. Ses rêves de promotion. Son amitié pour Ernestine...

« Heureusement, je n'ai plus grand-chose à gâcher, pensa-t-elle amèrement. Sinon, quel autre exploit aurais-je accompli avant la fin du jour ? Ah, Ernestine a bien raison : il faut apprendre à calculer... Et apprendre à plaire ! »

Et une petite voix ironique au fond d'elle-même ajouta : « T'as du chemin à faire, ma biche ! »

2

— Paresseuse ! Bonne à rien ! Fainéante !

Céleste ne disait rien. Elle cousait sous l'étagère à bocaux et les injures pleuvaient sans qu'elle levât la tête.

— Tu m'écoutes, Céleste ?

Non, elle ne voulait pas écouter sa mère. Depuis son renvoi de chez Mme Pilloye, elle était consignée dans la loge, à confectionner jour et nuit ses trente-six chemises par mois.

— Je te parle !

Surtout ne pas répondre. Penser à autre chose. Rêver. Rêver, par exemple, au jour où elle avait vu Benjamin Franklin Dougherty pour la première fois :

Ce soir-là, l'air tiède avait séché la boue, et l'arbre de la rue Bar-du-Bec fleurissait. Il faisait encore jour et Ernestine l'avait raccompagnée du Démon Tentateur. Un boc de louage stationnait devant la maison et elles s'étaient arrêtées de l'autre côté de la rue pour regarder les déménageurs décharger de gros meubles luisants, comme on en voyait chez les marchands du Palais-Royal. Ernestine avait poussé un petit sifflement :

— Dis donc, ça devient riche chez toi !

A ce moment, un homme était apparu sur le seuil du porche.

— Mazette !... Il est diablement beau, ton nouveau locataire !

Céleste avait regardé l'inconnu avec circonspection. Elle lui trouvait un air plutôt sinistre. Elle aimait la

31

fantaisie, les couleurs claires, la gaieté un peu tapageuse et elle reconnaissait dans les gestes de l'inconnu une froideur qui lui déplaisait. Il était trop efficace, trop sobre, trop puissant — en un mot, trop parfait ! Pas une marque de faiblesse, cela en devenait gênant ! Non, décidément, elle ne le trouvait pas beau. En tout cas, ce n'était pas son genre.

Rapidement, il aidait à décharger le boc. Il saisissait les meubles et les posait à terre avec un mélange de vigueur et de délicatesse. D'un mot, d'un signe, d'un regard autoritaire, il indiquait aux hommes ce qu'il fallait en faire. Ceux-ci exécutaient en silence, et disparaissaient sous le porche.

Céleste et Ernestine, fascinées par les meubles luxueux, choisissaient mentalement les objets qui leur auraient plu...

— C'est pas français, avait murmuré Ernestine.

— Je sais.

Des vases, des magots, des sabres passaient devant leurs yeux écarquillés. Soudain, le portrait d'une dame aux yeux trop grands attira leur attention. Le cadre ovale était coincé entre deux commodes, mais l'inconnu l'enleva très doucement et Céleste eut le temps de le voir.

— Regarde ! s'était-elle écriée, ravie. Tu ne trouves pas qu'elle me ressemble ?

L'inconnu l'avait entendue... Développant sa haute taille, il se redressa et, sous la dureté de son regard, elle frissonna. Il avait l'air d'un chat prêt à bondir, et cette similitude était si forte que, troublée, Ernestine prit la main de Céleste.

Alors les yeux de l'inconnu se fendirent davantage, ses lèvres pulpeuses, lentement, très lentement, s'ouvrirent, et un sourire enfantin, charmeur, presque taquin, illumina son visage... Il n'y avait pas de place pour la froideur dans ce sourire-là ! Cette brusque destruction de son impression première avait totalement décontenancé Céleste : c'est vrai qu'il était beau !

Par la suite, elle l'avait souvent rencontré sous le porche en rentrant de son travail à l'heure où il sortait souper. Grand, sombre, mystérieux, il la frôlait en silence. Jamais un mot. Ni bonjour, ni bonsoir. Mais à chaque fois, Céleste sentait des yeux noirs se poser sur ses cheveux, sa joue, sa bouche... Regard fugitif, à la fois terriblement indifférent et très intéressé. Elle se hâtait alors de disparaître dans sa loge.

Mais un soir, précisément le soir de son renvoi, Céleste, en croisant Benjamin dans l'embrasure de la porte cochère, avait levé vers lui son petit visage. Et sans même s'en rendre compte, une lueur était passée dans ses prunelles dorées. Elle lui avait souri. Un instant, ils étaient restés là, à s'observer.

Dureté et bienveillance. Force et souplesse : la personnalité de Benjamin était faite de contrastes... De sa mère, une aristocrate polonaise émigrée à Boston, il avait hérité des pommettes saillantes, des lèvres charnues, des yeux noirs en amande. Une tête d'icône. Mais chez lui, l'extraordinaire élégance des traits, leur douceur même, se mêlait à quelque chose de brutal. Un casque de cheveux drus, courts, rejetés en arrière. Un cou trop fort. Des épaules trop larges... Quant à ses mains, à la fois fines et carrées, minces et trapues, elles résumaient à la perfection ce singulier mélange d'élégance et de grossièreté.

Certes, Benjamin Franklin Dougherty était joli garçon. Mais il était beaucoup mieux que cela ! Insaisissable. Bizarre. Dérangeant. Et Céleste n'avait pas été la seule à se laisser troubler : la maison entière ne parlait que de lui.

— Qu'un étranger de si bonne mine choisisse le Marais pour résidence — c'est louche ! grommelait le père Anselme, un vieux cul-de-jatte qui louait l'entresol sur la rue.

— De toute façon, il n'est pas plus américain que moi, affirmait Mlle Hortense. C'est un carbonaro italien, ça saute aux yeux !

— A moins que ce ne soit un réfugié polonais, suggérait Baptiste.

— Absurde !... Je vous dis qu'il est bonapartiste !

— Alors... c'est un conspirateur.

— Un espion.

— Un assassin !

Tous ces potins achevaient d'exciter l'imagination de Céleste.

Et maintenant qu'elle était enfermée chez elle à longueur de journée, sa curiosité avait encore redoublé. Elle menait sa propre enquête, épiant les allées et venues de Benjamin, comptabilisant ses sorties, se réveillant la nuit pour l'entendre crier son nom quand il passait devant la loge. D'où venait-il ? Que faisait-il ? Pourquoi s'absentait-il si souvent ?

Il symbolisait pour elle tout le mystère du monde extérieur. La richesse. La liberté. L'expérience...

— Je vous le dis, madame Berthe : un soir, il nous massacrera tous ! Vous, moi, Céleste..., répétait la voisine de palier de Benjamin, cette Mlle Hortense qui se barricadait chez elle de peur d'un mauvais coup.

Céleste, penchée sur sa couture, souriait. Mais sa mère, agacée, lui interdisait de monter le courrier à ce locataire-là, à moins qu'il ne fût en voyage.

Monter le courrier ! C'était la grande, l'unique distraction de Céleste. De l'aube jusqu'au soir, elle attendait les passages du facteur... Il faut dire que depuis son renvoi du Démon Tentateur, la vie lui paraissait sinistre. Inlassablement, elle piquait son aiguille entre les fils blancs des bâtis. Sa main filait sur la toile bise et les heures, les semaines, les mois passaient, identiques à eux-mêmes, dans un enchaînement sans fin... Elle perdait la notion du temps, tellement elle s'ennuyait.

— Repassez vos couteaux... vos ciseaux ! criait cent fois par jour la voix de Jean, le rémouleur qui habitait la cabane au fond de la cour.

Sous la voûte du porche, au-dessus de la porte de la loge dont le volet s'ouvrait par moitié comme celui d'un box d'écurie la mère Vainart, perchée sur une échelle, brossait les *p* de *Parlez au portier* qui couronnait l'entrée de la petite pièce chichement meublée.

Céleste n'en pourrait jamais oublier aucun détail : sur le buffet, près de la porte, s'entassaient douze bougeoirs de cuivre piqués de chandelles à moitié consumées. A droite, un lit venait buter jusqu'au milieu de la loge contre la table si souvent jonchée de haricots secs. Au fond, un rideau masquait son alcôve d'où s'échappait le bout de sa paillasse. Dans le repli de la soupente, sur une table et sous la fenêtre, son beau-père Baptiste reprisait... Maigre silhouette recroquevillée dans le contre-jour. Lunettes rondes coincées sur le front. Pompon qui roulait sur le calot à chaque fois que bougeait son crâne chauve... Et jamais un mot. L'ennui. L'ennui. L'ennui !

Heureusement, elle s'échappait quatre à cinq fois par jour pour monter le courrier. Le facteur à peine disparu, elle se précipitait hors de la loge. Puis elle s'arrêtait, savourant le rite de son évasion dans le courant d'air du porche.

Le vent froid poussait les détritus de la cour vers la porte cochère. C'étaient des découpures d'indienne, des pétales de fleurs artificielles, des fragments de métal et des rondelles de cuir — reliefs épars de la vie industrieuse qui se consumait dans l'escalier B, au fond de la cour. Là, tout un petit peuple d'ouvriers à façon, d'ouvriers en chambre travaillaient, comme elle, sans jamais sortir de leurs ateliers. Elle imaginait les décoratrices d'éventails, les monteuses de colliers, les brodeuses de bourses qui, comme elle, s'épuisaient à fournir les luxueux magasins de la rue Vivienne ou du Palais-Royal. Chaque fois, elle éprouvait à leur égard un sentiment de solidarité mêlé d'exaspération. Leur passivité à tous devant la fatalité de la misère l'irritait...

Mais il ne fallait pas gâcher le plaisir de son évasion hors de la loge : le faire durer, au contraire. Alors, à petits pas, elle traversait le boyau voûté du porche et s'engageait dans l'escalier A, l'escalier de maître dont les fenêtres donnaient sur la rue. Les marches étaient couvertes de callosités formées par la boue durcie qu'y laissaient les locataires. Les paliers, obscurs, sentaient l'odeur âcre et rance de l'urine de chat. Elle se demandait parfois ce que sa mère faisait de tous ses balais noirs et crochus car, malgré son agitation perpétuelle, la maison restait sale et puante.

Ce jour-là, Benjamin était en voyage. Mais quand elle arriva au quatrième, elle remarqua immédiatement que le courrier qui s'empilait là depuis une semaine avait disparu. L'idée que Benjamin fût rentré ne lui vint pas, à elle qui espérait tant son retour ! Ainsi, la méchante prédiction de sa mère s'était accomplie : en l'absence du locataire, quelque gamin curieux s'était emparé des missives aux cachets armoriés !

Désolée, elle s'accroupit pour regarder s'il ne restait vraiment rien des lettres qu'elle avait glissées avec tant de précaution.

Brusquement, la porte s'ouvrit. Céleste vit de hautes bottes, impeccablement cirées. Elle crut mourir de terreur et de honte : être surprise ainsi, dans cette position ridicule ! Rouge d'humiliation, elle se releva comme un pantin à ressort.

Benjamin la regardait durement :

— Vous m'espionnez maintenant ?

Elle en eut le souffle coupé : comment pouvait-il croire... !

Devant tant d'arrogance, sa confusion se changea en fureur :

— Je vous apportais votre courrier, cria-t-elle d'un ton méchant.

Elle allait l'insulter, lui dire ce que sa mère répétait à longueur de journée, qu'on avertit son monde quand on part en voyage, qu'on avertit aussi quand on revient, qu'elle était lasse de monter les étages pour rien...

Mais le sourire moqueur de Benjamin passa dans ses yeux, transformant radicalement son expression. Il semblait une fois de plus très jeune, familier, presque content de la voir. Décontenancée, Céleste baissa la tête.

« Ça joue au chat et à la souris avec moi parce que c'est riche ! » pensa-t-elle pour exciter sa mauvaise humeur.

— Justement, je voulais vous demander un service, reprit Benjamin en lui ôtant gentiment la lettre qu'elle tenait à la main. Entrez, je vous prie.

Et elle pénétra dans ce logis où personne n'entrait jamais.

— Voilà ce dont il s'agit, commença-t-il en tirant une bouffée de son petit cigare. ... Comme vous le voyez, je vis seul... Or je n'ai guère le temps en ce moment de sortir dîner...

Le cœur de Céleste s'était mis à battre : où voulait-il en venir ?

— ... Je me demandais s'il vous serait possible de tenir mon ménage et de préparer mes repas.

Benjamin la regarda et ajouta, complice :

— Cela vous permettrait de sortir de votre loge où je crois que vous vous ennuyez bien, n'est-ce pas ?

Radieuse, elle lui souriait.

— ... Et ne vous inquiétez pas, j'ai parlé à votre mère, elle est d'accord.

Un immense élan souleva Céleste. La reconnaissance, la joie, l'espoir éclataient sur son visage. Sortir de la loge ! Monter chez lui ! Connaître sa vie !

— Bon, eh bien, puisque c'est entendu...

De douce, la voix de Benjamin s'était faite tranchante comme un couperet :

— Vous me servirez à six heures.

Céleste rougit.

— Je vous avertis que je ne tolérerai pas le chapardage. En revanche, s'il y a des restes, je vous autorise à les partager avec votre famille.

Il « l'autorisait » à partager ses restes !

— Dans ce placard, ma dernière domestique a laissé un tablier propre...

« Contrôle-toi... De la maîtrise, de la maîtrise ! » criait en elle une petite voix. « ... Qu'au moins il ne s'aperçoive pas de... de... »

Mais les yeux de Céleste avaient rencontré sa propre image qui se reflétait en pied dans le carreau de la fenêtre : ah, elle était jolie à voir avec son sarrau reprisé, ses galoches de bois et ses doigts constellés de piqûres d'aiguille... Sans parler de ses cheveux qui lui tombaient par mèches dans la figure !

— Je n'aime pas les souillons... Désormais, vous porterez une coiffe.

— Non ! (Elle avait presque crié.) Je suis une ouvrière. Pas votre domestique !

Benjamin lui jeta un regard amusé.

— Je suis une ouvrière, monsieur..., répéta-t-elle, en tâchant de se reprendre. Je suis une ouvrière et... il me faut coudre mes chemises !... Je ne puis.

— J'en suis désolé, mademoiselle Céleste... Enchanté d'avoir fait votre connaissance. Et merci pour le courrier.

Sans plus attendre, il la poussa jusqu'à la porte qu'il referma tranquillement sur elle. Céleste se retrouva sur le palier avec le sentiment très désagréable qu'on s'était moqué d'elle. Cette fois, elle en était sûre : « Ça s'amuse de moi. Ça joue à des jeux... Et ça se croit tout permis parce que c'est riche ! »

La colère de sa mère fut terrible. L'occasion, offerte et perdue, de gagner de l'argent mettait Berthe hors d'elle.

— C'est une orgueilleuse, hurlait-elle. Ah, tu fais la fière ? Mais pour qui te prends-tu ?... Jamais elle ne montera cirer ses bottes ! Non, mais, écoutez-la ! Tu montais bien son courrier, à l'étranger, et tu y mettais le temps encore... Si tu crois que je ne te voyais pas rôder dans les étages et minauder devant la glace à chaque fois que tu en redescendais ! Tu te demandais si tu lui plairais quand il rentrerait, c'est ça ? Eh bien, tu lui plais pour ce que tu es — une domestique, une servante, une bonne ! Mais qu'est-ce que tu croyais donc, petite idiote ?

Par la justesse de ses remarques, Berthe frappait Céleste en plein cœur. Mais elle ne céda pas.

Il fallut donc prendre un autre arrangement pour ne pas perdre des gages qui étaient les bienvenus. On convint que la mère Vainart monterait elle-même faire le ménage et préparer les repas de Benjamin.

Mais au bout d'un mois, sous prétexte d'un réchaud à charbon déficient, Benjamin Franklin Dougherty descendit prendre ses repas du soir dans la loge.

Il dînait à six heures, rapidement et seul.

Cette nouvelle organisation améliorait d'une façon très substantielle l'ordinaire de la famille. Outre ses appointements supplémentaires, Berthe se nourrissait des restes des repas de Benjamin, qu'elle allait lui chercher au Cadran Bleu, le fameux restaurant du boulevard du Temple. Aussi considérait-elle sa présence dans la loge comme une bénédiction. Affairée et obséquieuse, elle le servait sur la table aux haricots, tandis que Baptiste le regardait dîner en tâchant de faire un brin de conversation.

Céleste, plus pâle que jamais, continuait imperturbablement à coudre sous l'étagère à bocaux.

Le zèle qu'elle déployait soudain pour ses paletots exaspérait la mère Vainart, qui prenait Benjamin à témoin de la paresse et de la méchanceté de sa fille.

— Elle ne pense qu'à elle! Regardez-la, mon bon monsieur... Elle fait mine de travailler pour ne pas m'aider! Quand je pense à tous les sacrifices que nous avons faits pour elle!

Et quelquefois, Benjamin était bien obligé de répondre à ces plaintes passionnées et de donner son avis sur la conduite de Céleste :

— Moi, je trouve que votre enfant met beaucoup de cœur à l'ouvrage : je n'ai jamais vu quelqu'un travailler aussi vite!

Sous couvert de répondre à la mère, Benjamin s'adressait en réalité à la fille. Avec ce dialogue implicite, une sorte de complicité naquit entre eux qui, petit à petit, se transforma en une confuse intimité.

C'était un compliment quant à son habileté, une pression tendre de la main lors d'une insulte trop cuisante de Berthe, et même, lorsqu'il le pouvait, une caresse arrachée à Céleste dans l'ombre de la voûte. Puis il redevenait indifférent et restait des jours entiers sans lui adresser la parole. Pas un sourire. Pas un regard.

Céleste avait deviné que pour intéresser Benjamin, il fallait le combattre. Elle lui résistait donc. Mais elle n'était pas de taille à affronter ses caprices et ses oscillations. Il jouait avec ses sentiments comme avec un hochet et le mélange de délicatesses et d'humiliations, d'attention et d'indifférence qu'il lui infligeait quotidiennement, l'usait en l'affolant.

Selon les humeurs de Benjamin, elle se raidissait ou se laissait aller, elle se donnait ou se reprenait. Mais chaque fois, elle se donnait un peu plus et se reprenait un peu moins. Elle ne savait pas combien de temps elle pourrait supporter ce combat sans avouer sa souffrance, mais elle apprenait à se maîtriser et elle cachait les coups qu'elle recevait.

Ah, certes, elle apprenait à se maîtriser! Ernestine eût été contente d'elle : c'était du beau travail! Mais pour combien de temps? Combien de temps avant de se laisser aller avec d'autant plus de violence qu'elle s'était retenue ?

Dans des crises de fureur impuissante, elle s'en prenait à sa jeunesse et à son ignorance. « Comment pourrait-il m'aimer ? Je suis pauvre, mal fagotée. Je reste enfermée tout le jour dans la loge du portier. Tandis que lui... »

La distance entre eux lui paraissait si grande qu'elle désespérait de pouvoir la combler jamais. Au reste, Benjamin ne manquait pas de lui faire sentir à quel point il la dominait. Domination évidente, due à la différence d'âge et de condition.

« Je ne suis pour lui qu'une ouvrière en robe grise, une grisette qu'on courtise pour passer le temps. »

Lucide, elle souffrait dans son orgueil et dans son amour.

Car maintenant, Benjamin, elle le voulait.

Il n'était plus cette présence obscure qui avait trompé son ennui et fasciné son imagination, il n'était plus cet homme riche qui avait cherché à l'asservir, il n'était plus même ce visage qu'elle avait porté inconsciemment au fond d'elle-même : il était l'homme qu'elle voulait. Celui qui avait été fait pour elle, celui pour lequel elle était faite, celui après lequel il n'y en aurait jamais d'autre.

Le visage tourné contre le mur, elle regardait des nuits entières la peinture qui s'écaillait par plaques, laissant sur le crépi sale des formes bizarres... On aurait dit des îles, des montagnes, les frontières de pays inconnus. Et elle imaginait l'Amérique, le pays de Benjamin, sa vie, son passé... Mais elle ne savait rien ! Elle ne comprenait rien !

3

Au lendemain de l'une de ces nuits sans sommeil, Céleste alla porter son travail du mois aux boutiquiers des boulevards.

Le ruban rose de son grand carton à chapeau passé à son bras, elle se tenait très droite, sous le porche, devant la porte close :

— Cordon, s'il vous plaît ! cria-t-elle à tue-tête d'une voix joyeuse.

Baptiste, assis sur sa table dans la loge, se retourna et tira le cordon à pied-de-biche qui pendait derrière lui. Un déclic. La porte s'ouvrit. Elle sauta dans la rue. Bien que la couleur du ciel fût indistincte à travers les toits des maisons resserrées, elle devina, à la pureté de l'air, qu'il faisait merveilleusement beau. Quel plaisir ! Quel plaisir d'être dehors et d'avoir toute une journée devant soi !

— Bonjour, père Picard ! jeta-t-elle à l'écrivain public dont le visage décharné apparaissait dans l'encadrement de sa guérite, au coin de l'impasse de l'Echiquier.

La plume à l'oreille sous son bonnet de laine à la Voltaire, il calligraphiait pour trente centimes les lettres, les placets et les pétitions du quartier du Temple.

« Saoul, si tôt le matin ! » pensa Céleste en apercevant ses yeux vitreux.

A ce moment, elle réprima un cri d'horreur : elle avait failli recevoir un rat mort en plein visage. Devant elle, un gamin portait à l'épaule un bâton au bout duquel se balançaient quatre longues queues.

— Mort aux rats... Qui veut de la mort-aux-rats ? A la mort-aux-rats ! criait-il.

Elle le dépassa aussi vite que possible.

Le côté droit de la rue du Temple grouillait de monde. Toute une foule de marchands ambulants, de revendeurs et de badauds se poussait et se pressait vers le coin de la rue Dupetit-Thouars.

— Marchand d'habits !

Un homme coiffé d'un gibus défoncé, avec des bottes pendues à sa ceinture et des pantalons rejetés sur son épaule, heurta son gros carton, manquant lui arracher le bras au passage. Par-delà les bonnets et les femmes en cheveux, Céleste apercevait les toits des quatre hangars et le dôme vert de la Rotonde du Temple. C'était là que se tenait le Marché aux Vieux Habits où s'affairaient tous les fripiers parisiens.

— Eh ! La grisette, j' parie qu'on rêve d'un bibi à plumes pour danser à Mabille ! lança d'une voix mi-câline, mi-brutale, une petite vieille qui déposa un énorme cabas à côté d'elle.

— Ce n'est pas d'un chapeau que j'ai besoin, rétorqua Céleste en regardant sa jupe plate.

Toute petite et voûtée, la vieille portait une capote jaune couverte de voilages qui cachaient le haut de son visage et ne laissaient entrevoir qu'un nez crochu et une bouche contractée en fermoir de bourse. Un camée, monté en broche, retenait sous son cou décharné les vestiges d'un châle de cachemire.

La vieille tâta son cabas d'un air gourmand :

— Y a là-dedans tout ce qu'il te faut.

— Je n'ai pas d'argent.

— Tatata, j' fais crédit, dit la vieille... Et elle posa rapidement une main sur le carton et l'autre sur son cabas.

« Une marchande à la toilette ! » pensa Céleste intriguée.

Elle savait déjà par les ouvrières du Démon Tentateur que les marchandes à la toilette servaient d'usurières et d'entremetteuses... Ces oiseaux de malheur prêtaient à des taux très élevés l'argent nécessaire à l'achat de leur marchandise, tirant de l'indigence de leurs clientes un double profit — à la fois comme bailleresses de fonds et comme fournisseuses. En outre, les marchandes à la toilette louaient à l'heure, à la soirée, au mois, telle robe ou tel chapeau à condition que ces ustensiles servissent à harponner un protecteur généreux. Tout cela, Céleste le savait... Mais elle savait surtout que le cabas d'une marchande à la toilette recelait parfois des splendeurs ! Elle ne put se retenir de jeter un coup d'œil sur son contenu mystérieux.

La vieille, prompte comme l'éclair, en ressortait déjà un petit bonnet de tulle à rubans, des manchettes de dentelles, un fichu à fleurs et un jupon de crin blanc. C'était une fine mouche, cette marchande. Elle avait tout de suite compris que les bibis à plumes et les robes à falbalas ne se trouvaient pas suffisamment à la portée de Céleste pour la tenter, mais que ces « petits riens qui font toute la différence » pouvaient lui tourner la tête.

— Essaie donc, dit-elle en la poussant à travers la foule, vers l'unique carreau vitré d'une devanture.

En un clin d'œil, Céleste jeta le fichu sur ses épaules, fixa les manchettes à ses poignets, noua les rubans roses sous son menton — un peu sur le côté — et maintint la ceinture du jupon de crin contre sa taille : comme elle se plaisait ainsi ! Ah, si seulement Benjamin pouvait la voir !

— Mais je n'ai pas d'argent !

— Et là-dedans, qu'est-ce que tu as ? demanda la vieille en poussant du pied son carton.

— Des chemises.

— Combien ?

— Trente-six.

— Fais voir.

Un peu à contrecœur, Céleste entrouvrit son carton et les doigts de la vieille s'y enfouirent. Elle palpait les tissus, vérifiait les finitions et dépliait les chemises qu'elle jetait au fur et à mesure sur son bras.

Un mois de travail défilait sous le regard inquiet de Céleste.

— Hum, des chemises pour militaires, des paletots pour hommes... ça m'intéresse pas, grinça la vieille après avoir vidé le carton.

Le cœur de Céleste se serra. Malgré elle, elle était déçue de ce manque d'enthousiasme.

— ... Ecoute, pour te rendre service et parce que c'est toi, je te laisse le bonnet et les manchettes contre toutes tes chemises, conclut la vieille d'un ton bonasse.

C'était de la folie ! On attendait sa livraison dans les boutiques des boulevards et l'ensemble des chemises devait lui rapporter vingt-huit francs — le bonnet et les manchettes n'en valaient pas dix !

— Ce soir, je pourrai vous payer comptant.

— Ah, je vais pas attendre ici toute la journée ! Moi, je disais ça pour te rendre service... Maintenant, si t'en veux pas... Et la vieille reprit le jupon, les manchettes et le fichu.

Une envie irrésistible d'être belle, légère et folle l'envahit. Elle en avait assez de se priver de tout, de résister à ses moindres désirs, de se contrôler, de se maîtriser. Tant pis !

— Alors, ajoutez-y le jupon !

Ce jupon de crin la fascinait plus encore que le reste. C'était une nouvelle mode pour faire bouffer les robes : au lieu d'en superposer plusieurs, on n'en mettait plus qu'un qui se tenait tout seul, tant le tissu en était raide et épais.

— Parce que c'est toi ! répondit la marchande en lui rendant, en tas, ses nouveaux achats. Elle enfourna les trente-six chemises dans son cabas et, sans sembler embarrassée par le poids de son fardeau, disparut dans la foule.

Céleste demeura debout, le cœur battant, près de son carton vide. Elle connaissait la mesure de son extravagance et préférait ne pas penser au retour à la loge.

Elle regardait son jupon blanc avec un sentiment de culpabilité qui lui serrait la gorge ; mais en le pliant délicatement dans le carton, elle ressentit un petit picotement de plaisir. Et quand elle aperçut le reflet de son visage coiffé du bonnet de tulle, une bouffée de bonheur l'envahit tout entière.

L'éventualité des représailles donnait même plus d'intensité à sa joie présente. Il faisait un temps radieux, elle avait toute la journée devant elle et elle se trouvait ravissante : en route pour le Boulevard !

Le « Boulevard », c'était la section des boulevards intérieurs qui allait de la rue des Filles-du-Calvaire jusqu'à la Madeleine. Mais pour qui voulait « voir » et « se faire voir », il fallait se trouver entre la rue Taitbout et la rue Le Peletier.

Radieuse sous son bonnet de tulle, elle se faufilait entre les ormes. De brusques bouffées odorantes l'enivraient un instant dans le bruit d'un froufrou. C'étaient les parfums de citronnelle, de vanille ou d'iris que laissaient derrière elles, comme une traînée de fleurs, les belles dames qui passaient. Et son carton vert qui se balançait à son bras s'enfonçait mollement dans la profondeur de leurs larges jupes... Aucun doute, depuis son dernier passage sur le Boulevard, les robes s'étaient amplifiées, ballonnées, arrondies... Quelle chance : son jupon de crin ferait sensation !

Perdue parmi les montreurs de singes et les joueurs d'orgue de Barbarie, elle dévorait des yeux les ombrelles chamarrées, les cannes à pommeau d'or ou d'ivoire, les cravates « à la mélancolique », « à la romantique », « à la turque » qui se pavanaient en défilant lentement, devant les *fashionables* attablés aux terrasses des cafés.

Immobile, elle se laissait porter par le va-et-vient des dandys qui montaient dans leurs brughams, des élégantes qui descendaient de leurs coupés... Cris des postillons. Piétinement des chevaux. Elle ferma un peu les paupières pour mieux exagérer le rayonnement des étriers d'acier et des gourmettes d'argent qui scintillaient entre les gants blancs.

— Céleste !

Elle se retourna, mais ce n'était sûrement pas à elle qu'on s'adressait.

— Ohé, Céleste, Céleste !

La voix venait d'un coupé attelé de deux petits chevaux blancs.

— Viens donc ! On peut pas s'arrêter !

— Ernestine Alizon !

— Blanche... Blanche d'Alizon, s'il te plaît ! dit le plus sérieusement du monde sa camarade du Démon Tentateur.

Derrière elles, les postillons des attelages claquaient

leurs fouets. Céleste jeta précipitamment son carton dans la voiture.

— Ecoute, ma chère ! Quelle coïncidence ! s'écria « Blanche ». Tu vas me raconter tout ce que t'as fait depuis que je t'ai pas vue !

— Tu sais, il n'y a pas grand-chose à raconter, dit Céleste, d'une voix qu'elle aurait voulue chaleureuse. Elle se sentait si laide, si souillon... Et toi ? Tu es toujours au Démon Tentateur ?

Blanche éclata de rire comme si Céleste avait dit une énormité.

— Au Démon Tentateur... avec un coupé de chez Briard — et tout l'reste ! dit-elle en faisant bouffer sa robe et sonner ses boucles d'oreilles. Tu plaisantes, ma fille ! Non, je suis partie trois mois après toi... Si t'avais vu la tête de la mère Pilloye quand j'y ai dit que je quittais son trou ! Va, je t'ai bien vengée ! Enfin, en deux mots, j'ai d'abord fait un bourgeois, un fabricant de gants... un crétin, celui-là ! Et radin en plus... J'ai jamais connu un homme plus dur à la détente... Pas moyen de lui tirer une carotte ! Y m'fallait intriguer tout un mois pour avoir une robe, tu te rends compte ? C'est égal, j'y ai préparé un chantage soigné... Il a coupé dedans, le cornichon, et j'te prie de croire qu'aujourd'hui, il m'en verse, des rentes !... Maintenant, je fais un banquier. Il m'a mise dans mes meubles au 4 de la rue Notre-Dame-de-Lorette, un p'tit appartement très distingué, très moderne. Faut que tu viennes voir.

— Et... et la voiture, elle est à toi aussi ?

— Pas encore. Mon banquier me la loue au mois. Mais j'y ai fait mettre mes armes, ma chère.

— Tes armes ?

Blanche haussa les épaules :

— Ouais, mes armoiries, mon blason, quoi !

Céleste devina qu'il s'agissait de l'écusson avec la couronne blanche — comme le nouveau prénom d'Ernestine — qui ornait la livrée du cocher, les coussins et la porte de la voiture. « C'est vrai que ça fait riche », pensat-elle avec admiration.

— Ma p'tite biche, dit Blanche en s'éventant, je te proposerais bien de dîner avec moi, mais j'ai rendez-vous

à six heures... Elle marqua une pause, l'air important...
Un rendez-vous d'affaires, tu comprends... Elle fit cliqueter ses boucles d'oreilles. Remarque, si tu rentres chez toi,
je peux quand même t'avancer.

Au pas des petits chevaux, elles contournèrent le marché aux Fleurs et la nouvelle église de La Madeleine. Les
roues, très hautes, grinçaient sur les pavés, le coupé
tanguait mollement et Céleste s'enfonça dans la profondeur des coussins. Elle se laissait aller au plaisir de revoir
sa chère Ernestine !... Ah, par exemple, ses manières
avaient bien un peu changé ! Céleste ne s'habituait pas à
ce nouveau prénom. Mais au moins, Ernestine, ou Blanche, ne l'intimidait plus et c'est en riant qu'elles se
racontèrent leurs souvenirs du Démon Tentateur.

Quel plaisir de se promener en voiture ! Blanche lui
montrait le parfumeur Geslin où des dames aux chapeaux
couverts de marabouts achetaient la fameuse *Rosée du
printemps*. Elle lui indiquait le libraire Jeannet où se
commandaient, paraît-il, *Zizine* et *L'Amoureux transi*, de
Paul de Kock, les livres à la mode, quoi !... « Tiens, et puis
regarde là... Tu vois ce café ? C'est le Café du Grand Orient
où les fils de Louis-Philippe viennent jouer au billard. »

Ernestine connaissait les usages et les lui enseignait
avec ostentation. Céleste, ravie, aurait voulu que cette
promenade ne finisse jamais ! Malheureusement, au coin
de la rue de l'Arbre-Sec, Blanche arrêta la voiture : la voie
devenait trop étroite, le coupé ne passait plus.

— Viens me voir, 4, rue Notre-Dame-de-Lorette. Tu te
souviendras ?... Dame, si tu supportes plus ta mère, mon
logis est assez grand pour deux ! D'accord ?

— D'accord.

Mais au moment de se dire adieu, le cœur de Céleste se
serra : « Pourrai-je seulement aller lui rendre visite ? »
Elle regarda l'attelage disparaître derrière les omnibus
avec une immense envie de pleurer. Puis elle reprit sa
route vers la loge des Blancs-Manteaux : la réalité se
refermait sur elle.

Qu'allait-elle raconter à sa mère à propos des chemises ?

« Il ne faut surtout pas qu'elle voie mon bonnet,

pensait-elle affolée, je l'enlèverai avant d'arriver, je le mettrai dans mon carton, je cacherai le carton... »

A ce moment, elle sentit que le carton ne pesait plus rien. Une main large, aux ongles courts et ovales, venait d'en saisir le ruban. Une autre, à la paume très douce, enfermait sa main.

— Qu'est-ce que vous avez là-dedans ?

Cette voix si grave, avec cet accent qui l'adoucissait... Elle la reconnut tout de suite. Là, à côté d'elle, Benjamin ! Sans même le regarder, elle sentait sa présence enveloppante, familière, presque tendre.

— Un jupon, articula-t-elle, la voix nouée d'émotion.

— Un jupon ! Mais vous êtes tout équipée ! Allons, venez, je vous ai espérée toute la journée.

Ce n'était pas la première fois qu'il l'attendait au retour d'une de ses courses et qu'il offrait de la mener promener. Jusque-là, elle avait refusé tout net... C'était toujours ainsi, par une promenade avec un Arthur ou un Rodolphe, que commençaient les histoires des ouvrières du Démon Tentateur. Elle ne voulait pas que son amour pour Benjamin pût être confondu avec de telles banalités ! Et puis, Céleste savait trop bien que pour plaire à Benjamin, il fallait le repousser. Dire toujours non. C'était la seule façon avec lui : ne rien lui donner. Ne rien lui devoir. Calculer. Se cacher. Prétendre.

Mais ce soir-là, elle le suivit sans balancer.

— Au bal... A l'Isle-Adam, près de Pontoise.

4

PROJETES l'un contre l'autre dans le fiacre qui galopait vers les bords de l'Oise, Céleste et Benjamin riaient en se parlant d'eux — et elle, elle se disait qu'elle l'avait enfin, son bal, son premier bal avec Benjamin !

Il faut savoir ce que c'est de vivre ses rêves pour comprendre l'état d'exaltation dans lequel Céleste se trouvait.

Elle ne connaissait ni la campagne, ni la musique, ni la danse parce que toute sa vie, elle s'était gardée pour ce soir-là. Et elle avait refusé les distractions dominicales des ouvrières de son âge, les parties de campagne et les bals de barrière, avec l'idée de découvrir toutes les joies du monde en compagnie de l'homme qu'elle aimerait.

Et les roses gonflaient sur les charmilles, l'Oise coulait lourde et noire, les violons de la guinguette attaquaient une valse quand le fiacre s'arrêta sur le pont du Cabouillet.

Ce fut d'abord un petit escalier de pierre qu'elle descendit au bras de Benjamin, du pont à la rive moussue. Des taches dorées oscillaient dans la nuit tiède ; un parfum sucré les enveloppa : ils avancèrent sous une arche de fleurs piquée de lampions qui les auréola jusqu'à l'entrée de la guinguette.

Pour arriver à la terrasse, il fallut traverser les cuisines et la salle de restaurant. Des dindons, des porcelets, des moutons tournaient à la broche dans de vastes cheminées.

— Vous avez faim ?... Ici, on se sert soi-même au comptoir, expliqua Benjamin en lui montrant la foule, armée d'assiettes, qui défilait devant la mangeaille. Voulez-vous que je vous cherche quelque chose ?

Elle fit non de la tête.

Dehors sous les charmilles, il y avait beaucoup de monde, car elle se faufila longtemps entre les tables rondes qui plaquaient son jupon contre ses jambes. Eh oui, Benjamin avait exigé qu'elle le portât : il l'avait laissée seule dans le fiacre un instant avant de prendre la route. Toute rose de plaisir, et de gêne, elle s'était dépêchée de l'enfiler sous son sarrau, ce fameux jupon de crin !

Maintenant, ample, solennelle et ravie, Céleste le sentait gonfler ou s'aplatir, s'accrocher ou se couler autour d'elle comme autour d'une dame...

Benjamin l'installa à une table en bord de piste. Les jupes des danseuses venaient battre leurs genoux au vol d'un tourbillon et les archets couraient, couraient sur les violons...

Devant elle, un breuvage grenat tanguait dans la transparence d'un grand saladier. C'était du vin sucré que Benjamin lui servit avec une louche.

Les paupières mi-closes, elle y trempa délicieusement ses lèvres sans cesser de le regarder.

Et lui aussi l'observait... Céleste lut une telle douceur dans ses yeux sombres qu'elle s'abandonna tout entière à ce sentiment, nouveau pour elle, de confiance en lui.

Ils demeurèrent un moment silencieux, à siroter leur vin sucré en se souriant un peu.

— La prochaine valse, nous la dansons, voulez-vous, mademoiselle Céleste ?

— Je veux bien, mais... Elle lui jeta un coup d'œil taquin et ajouta sans embarras : ... Je ne sais pas danser !

— Vous ne savez pas danser, vous ? Allons donc !

— C'est vrai ! s'exclama-t-elle. Je n'ai jamais dansé de ma vie... Jamais, je vous assure !

Amusé par sa soudaine véhémence, il éclata de rire :

— Je vous crois, mademoiselle Céleste ! Il lui effleura la main. Je vous crois... Vous ne savez pas danser... Alors, écoutez bien...

Sur la petite estrade, dos à l'Oise, les musiciens en blouse bleue attaquaient les premières mesures d'une mélodie douce. Les couples glissaient lentement et de tous ses yeux, de toute son âme, Céleste se laissa pénétrer par cet air à trois temps.

Ah, cette *Valse des bords de l'Oise*! Insidieuse et traîtresse, qui commençait par un frémissement tendre, devenait une oscillation, puis lentement se déroulait pour couler, moutonner et rouler ; et redevenir tendre et calme et grave. On se laissait séduire par cette vibration qui s'insinuait, pour petit à petit se dérouler encore, d'instant en instant plus rapide et plus fébrile, plus affolante et plus déchaînée, tournoiement délirant, mouvement en spirale ascendante qui ne pouvait se terminer que par une explosion.

A ce moment, Céleste aimait et voulait tout. Elle voulait tout, tout de suite : tout voir et tout avoir, tout connaître et tout embrasser, tout étreindre et tout posséder, puis se confondre avec tout — avec la nuit, avec la rivière, avec le vent d'été...

Les tempes palpitantes, les yeux brillants, les lèvres entrouvertes dans un demi-sourire, elle demeurait bouleversée par cette découverte. De sa vie, elle n'avait rien senti de semblable : c'était donc cela, la musique !

— On y va ? demanda Benjamin en se levant. ... J'avance et vous reculez... Vous êtes prête ?

Il l'enlaça. Mais au moment où elle sentit son bras plus fermement s'enrouler autour de sa taille, elle vit son regard filer par-delà son épaule. Instinctivement, elle se retourna. Céleste n'oublierait jamais cette apparition.

C'était une jeune femme qui suivait la berge à dos d'âne. Elle était coiffée d'un chapeau extravagant, noyé sous des vagues de dentelles. Ses colliers, ses bracelets en pierres multicolores miroitaient à la lune. Sa robe à amples manches s'ouvrait sur un long jupon rouge constellé de paillettes. Ce jupon traînait dans l'herbe à côté d'elle et les petites lamelles d'or qui flamboyaient parmi les joncs laissaient un sillage de feu le long de la rive... Et l'âne continuait d'avancer, fendant la foule de son air bonasse.

— Qu'est-ce que c'est que ça ? demanda une danseuse à côté de Céleste.

Les couples, intrigués, s'écartaient devant la dame et sa monture. Bientôt, l'orchestre cessa de jouer et ce fut dans le plus grand silence que l'étrange équipage atteignit les premières tables où Céleste et Benjamin se tenaient.

— Monsieur, voulez-vous me donner la main ? dit la dame.

A Céleste, elle jeta la bride de son âne... Et sans plus de façons, elle descendit dans les bras de Benjamin.

— Monsieur, lui dit-elle avec un indéfinissable zézaiement étranger, vous voyez une voyazeuze qui s'en va en pèlerinaze. Elle marqua une pause, qu'elle ponctua d'un sourire adorable. ... Mais on m'a dit qu'il y avait bal à l'Isle-Adam... Bal d'artistes... Ze suis une artiste... et me voilà !

— Voulez-vous me dire, madame, à quelle princesse j'ai l'honneur de parler ? demanda Benjamin.

« Malgré son air narquois, il en fait des façons ! » songea Céleste.

— Monsieur, ze ne suis qu'une princesse de théâtre — mais espagnole authentique (nouveau sourire plus sublime encore). Ze danse quand ze ne vais pas en pèlerinaze et ze me nomme la Señora Maria Dolorès, Loris, Valdès quand ze ne me nomme pas Rosita.

« Espagnole, elle ne l'est pas plus que moi... Mais belle, très belle, beaucoup plus belle que moi, elle l'est, sans doute... »

Céleste se trouvait soudain bien terne et bien pauvrette face à cette sirène dont la chair dénudée répandait alentour un capiteux parfum de patchouli.

L'orchestre attaquait maintenant avec un quadrille. Il leur fallait prendre un parti : s'asseoir ou participer à la contredanse, car ils gênaient les danseurs.

— Auriez-vous la bonté, monsieur, d'attasser mon âne quelque part ?

Cette nouvelle requête mit fin à l'indécision de Benjamin. Il escorta la belle esseulée à sa table et conduisit l'âne vers les peupliers qui bordaient la berge. Céleste, morose, se rassit tandis que la dame s'installait à côté d'elle.

— C'est sarmant, n'est-ce pas ? dit l'étrangère.

Céleste lui jeta un regard noir : en effet, elle les trouvait charmantes, les figures de la contredanse ! Les couples qui se faisaient vis-à-vis avançaient et reculaient par groupes de quatre, et elle regrettait amèrement de n'avoir pu même essayer.

— Voui, z'est zarmant, ironisa-t-elle, sarcastique.

« Vrai, cette femme m'agace ! »

Rosita avait posé son menton dans sa paume ouverte et elle tendait son long cou en se balançant doucement ; ainsi, elle avait l'air d'offrir sa bouche à qui passerait. « Ouiche, une bouche en cul de poule », railla Céleste.

Quand Benjamin revint, la Valdès mit en branle l'infanterie lourde de sa coquetterie : elle multiplia les œillades, les sourires et les moues alanguies. Céleste, naïvement, trouvait cette tactique trop voyante pour être séduisante et elle se tourna vers Benjamin pour rire avec lui des mimiques de l'intruse.

Mais à son étonnement, il dévorait la dame des yeux. Elle en fut révoltée : comment pouvait-on être assez bête pour se laisser prendre à des ruses aussi grossières ?

— Savez-vous, señora, que nous nous connaissons ?

Benjamin, tout à l'heure si attentif aux expressions du visage de Céleste, semblait maintenant oublier jusqu'à sa présence !

— Il me semble en effet..., roucoula la fausse Andalouse.

— En mai 1840, vous embarquiez sur un vaisseau en partance de Pondichéry...

— Mon Dieu, oui, monsieur ! Quelle coïncidence ! Comment se peut-il ? L'Orient... Z'y ai grandi, savez-vous.

Se connaissaient-ils vraiment ou s'agissait-il d'un jeu dont Céleste ne connaissait pas les règles ? Toujours est-il que chacune de leurs répliques lui causait une telle jalousie qu'elle en devenait complètement imbécile...

Là-dessus, un villageois audacieux vint inviter Rosita à danser. Benjamin proposa alors à Céleste de reprendre leur valse. Elle refusa tout net. Le moment était passé... Elle craignait maintenant de se montrer ignorante et ridicule.

Au reste, elle fit bien de s'abstenir, car la grâce de sa rivale surpassait de beaucoup celle des autres danseuses.

Ah, elle savait danser, cette Rosita ! Elle faisait des bonds, elle tortillait de la croupe, puis tapait des pieds à l'espagnole, les bras en l'air et la tête rejetée sur le côté. Enfin, c'était gentil, sa danse, extravagant, spirituel, bizarre. Tout le monde tomba sous le charme. On fit cercle autour d'elle et elle eut son triomphe.

Quand la foule la raccompagna à la table de Céleste, elle avait passé le bras autour du cou de son danseur et lui demandait s'il était amoureux d'elle. Benjamin la félicita chaudement ; mais elle parut faire fi de ses éloges, comme si la grâce et le succès lui étaient naturels à elle. Et c'est à Céleste au contraire qu'elle s'adressa en minaudant :

— Comme votre col de batiste est seyant ! C'est si simple et si zoli, ces petites choses-là !

Dans un cliquetis de bracelets, elle palpa le bonnet de l'ouvrière. Elle murmura d'un air attendri que Céleste ressemblait à une « miniature » — mot que celle-ci prit fort mal car elle en ignorait le sens et crut que la Valdès la trouvait minuscule.

Enfin, levant sa tasse, Rosita, magnanime et condescendante, lui porta un toast :

— A la plus belle !

Céleste, qui lui était si évidemment inférieure, rougit de honte. Mais que pouvait-elle faire contre une perfidie administrée sous couvert de la louange la plus flatteuse ?

Benjamin à son tour leva son verre et répéta gentiment :

— A la plus belle !

Dieu, comme il avait l'air poli ! Certains coups de pied au ventre blessent moins que cette politesse-là !

Céleste sentit ses yeux s'emplir de larmes. Elle se leva précipitamment :

— J'ai... J'ai besoin d'air.

— Vous ne vous sentez pas bien ?

— Mais laissez-la donc, cruel que vous êtes ! intervint Rosita. Cette petite a ses nerfs comme une demoiselle...

Céleste n'entendit pas la fin, car elle s'enfuit jusqu'au bord de l'eau. Elle se laissa tomber sur l'herbe et, le visage enfoui dans ses genoux, elle pleura comme une malheureuse. Puis elle se dit que cette fille ne méritait pas qu'on se mît dans un état pareil. Certes, elle était belle, mais tellement affectée ! Chacun de ses gestes semblait étudié pour mettre ses charmes en valeur. Cela manquait de naturel, à la fin ! « Après tout, je la vaux bien ! Ah, je n'ai peut-être pas son aisance, mais moi, j'ai de la fraîcheur. Et puis, s'il le faut, je saurai bien apprendre ses artifices ! »

Quand, calmée et prête à la bataille, elle revint vers les tables, Benjamin et Rosita dansaient le dernier galop.

En le voyant passer, grand et sombre, tantôt droit, tantôt légèrement penché sur sa danseuse comme pour l'enlever et la protéger, Céleste sentit une fois de plus que c'était lui, Benjamin, l'homme qu'elle voulait.

Et lorsqu'elle monta dans le fiacre qui les ramenait tous deux à Paris, sa décision était prise : elle séduirait Benjamin et se l'attacherait à n'importe quel prix.

Ils arrivèrent rue des Blancs-Manteaux à l'heure où la marchande de sangsues installait ses pots. Pénétrer dans la maison au petit matin sans éveiller la portière était impossible. Le porche fermé, seule la mère Vainart pouvait leur ouvrir de l'intérieur.

Pour que celle-ci ne la fît pas chercher, Céleste lui avait dépêché de la barrière Saint-Denis un billet où elle expliquait — sous la dictée de Benjamin — qu'elle avait rencontré des anciennes camarades et qu'elle resterait dormir chez elles. Seulement maintenant, entre sa nuit dehors et l'argent de son travail qu'elle ne rapportait pas, Céleste allait recevoir une fameuse volée... Et cette fois, elle n'en serait pas quitte pour quelques gifles !

Aussi, quand Benjamin lui ordonna de s'aplatir contre le mur pour n'être point vue, elle s'exécuta sans réfléchir. Il sonna.

— Qu'est-ce que c'est ?
— Monsieur Dougherty.

Un des six petits carreaux de la fenêtre qui donnait sur la rue s'ouvrit et Céleste devina les petits yeux de sa mère qui scrutaient Benjamin.

— C'est pas une heure pour réveiller les gens ! Faut payer l'amende.

— Entendu, madame Vainart, je paierai l'amende.

Probablement Berthe hésita-t-elle à lui demander ses trois sous tout de suite, car elle mit longtemps à tirer le cordon.

Enfin Céleste entendit le déclic. Benjamin la poussa devant lui. Tête baissée, elle courut jusqu'à l'escalier qu'elle monta quatre à quatre. Elle ne prit conscience de sa situation qu'au moment où, enchantée d'avoir échappé à sa mère, elle tomba sur le canapé du salon de Benjamin.

Il préparait un feu. En silence. Céleste cherchait quelque chose à dire, mais ne trouvait rien. Quand il se releva, elle vit son front rougi par la chaleur, ses yeux éclairés par les flammes... Pas un mot. Mais l'ardeur avec laquelle il la dévisagea ne lui laissa aucun doute quant à ses dispositions. Elle frissonna.

— Je vais vous préparer du café.

Demeurée seule, elle réfléchit.

« Monter chez un homme avec qui on a passé la soirée, c'est, à ses yeux, consentir à... bon. D'un autre côté, dans l'état actuel de mes relations avec monsieur Benjamin, lui résister, c'est à coup sûr le congédier... »

Puisqu'elle voulait Benjamin, il fallait donc y mettre le prix. Elle avait eu bien trop peur de le perdre pour ne pas désirer se l'attacher par un lien tangible... Elle se dit alors que la meilleure façon de le posséder, c'était encore de lui appartenir.

Quand Benjamin revint chargé de deux tasses fumantes, quand il s'assit à côté d'elle et qu'il la regarda avec cette expression étrange, Céleste eut très peur. Mais sa détermination ne fléchit pas : elle se donnerait à lui.

En chemise, debout sur la pointe des pieds, Céleste observait le lendemain matin son visage dans le petit miroir à barbe de Benjamin. Ses lèvres étaient bien un peu gonflées et elle trouvait ses yeux plus dorés et plus brillants qu'à l'ordinaire. Mais pour le reste, elle se sentait la même. Ses cheveux châtains continuaient d'onduler de chaque côté de ses joues pâles et elle reconnaissait les ailes trop ouvertes de son nez, ses sourcils en accent circonflexe, son menton volontaire.

Oui, elle était la même exactement ! Cette absence de

changement après un acte qu'elle avait cru capital, la sidérait. « Ce n'est que cela !... Tant mieux ! » songeait-elle gaiement.

Benjamin au contraire ne se ressemblait pas. Sans doute attachait-il plus de prix au don que Céleste venait de lui faire car sa gratitude se manifestait de mille façons délicates. Au physique comme au moral, il était passé maître en l'art de se montrer doux, sans cesser d'être fort.

Vers midi, elle descendit tout heureuse chez sa mère. On lui demanda l'argent des chemises et elle répondit qu'elle n'en avait pas. Sans explications... Les hurlements et les coups avec lesquels on reçut cette réponse ne la troublèrent pas. Elle demeura muette quant à la véritable raison de sa disparition et lorsque, au petit bonheur, Berthe la traita de « fille », de « catin », de « roulure »... Céleste se contenta de sourire.

Et la vie reprit son cours. Dans l'enfer de la loge, Céleste filait maintenant des jours magnifiques. Benjamin y faisait d'interminables repas où tout n'était que sous-entendus, messages, signaux et fous rires. Puis, la première occasion venue, ils s'échappaient au quatrième.

Par chance, la mère Vainart, d'ordinaire si preste à flairer le scandale, ne semblait plus se rendre compte de rien !... Pourvu que Céleste eût cousu ses trente-six chemises dans le mois, elle pouvait bien aller, venir, disparaître... On la laissait en paix.

Céleste, étonnée de cet étrange aveuglement, s'était d'abord tenue sur ses gardes. Mais trop heureuse d'aimer Benjamin impunément, elle avait tôt fait d'oublier sa défiance.

Ce qu'elle ignorait, ce qu'elle ne soupçonnerait probablement jamais, c'est que le lendemain de leur escapade à l'Isle-Adam, Berthe était montée parler à Benjamin :

— Oh, mon bon monsieur, avait-elle geint de sa voix doucereuse, Dieu m'est témoin que je ne doute pas de la délicatesse de vos sentiments pour ma petite... Seulement, vous concevez que j' peux pas faire la soupe avec ça !

Moyennant quelques généreux pourboires, Benjamin avait donc acheté la possibilité de coucher avec la fille de la concierge... Quant à leurs soirées, il les payait d'avance à un taux progressif à mesure que la nuit s'avançait.

Céleste, ne se doutant de rien, aimait Benjamin tous les jours davantage. La passion qu'elle lui vouait, confondue maintenant à la découverte progressive de son corps, l'agitait d'un trouble nouveau. C'était avec une émotion croissante qu'elle attendait le moment où il la prendrait dans ses bras... Et leurs étreintes, elle se les remémorait longtemps après que Benjamin l'avait quittée... Elle revoyait l'artère qui battait sous la peau si chaude, si lisse du cou de son amant ; la rondeur brune de son épaule quand il la serrait contre son torse dur. Elle respirait sa peau. Elle sentait la caresse lente des lèvres de Benjamin qui remontaient le long de son cou... Et son propre visage qui se faisait calice, coupe enchâssée au creux de deux paumes douces. Des lèvres ardentes se posaient sur ses lèvres... Bouche close contre bouche close, elles restaient un moment ainsi posées à fleur de peau et Céleste n'aimait rien tant que cette halte.

Alors elle faisait un effort pour secouer le souvenir de cette sensation. Elle reprenait son souffle en même temps que son ouvrage. Elle s'attachait à coudre sans penser davantage. Mais après quelques points, elle sentait de nouveau les lèvres ardentes qui commençaient d'ouvrir avec précaution ses lèvres. Un instant, elle retenait cette bouche charnue entre ses dents et elle mordait doucement, comme dans un fruit mûr. Et la caresse imprévisible reprenait, frôlant lentement son palais, effleurant ses gencives, écrasant sa bouche ; puis les lèvres de Benjamin la quittaient, la laissaient libre un instant — pour la reprendre encore. Et chaque fois, le souvenir de ce baiser l'obsédait davantage.

Céleste était prête pour le « soir du vent ».

5

Le « soir du vent », ce fut le dernier dimanche de juin 1844.

Il avait fait tout le jour une chaleur de fièvre. Allongés côte à côte sur le lit de Benjamin devant la fenêtre ouverte, ils demeuraient vêtus, immobiles, presque assoupis. Ils ne se touchaient pas.

Alors Benjamin se haussa, se souleva et suspendit son visage au-dessus de Céleste. Elle frémit, mais n'ouvrit pas les yeux. Il la regarda.

L'atmosphère se raréfiait encore. L'espace se figeait. On ne respirait plus.

Benjamin blottit sa tête au creux de son épaule, remua comme l'enfant qui cherche le sommeil, puis resta immobile. Elle enfonça longtemps son cou dans le feu de cette chevelure d'homme, épaisse, drue et moelleuse.

Une main se posa au pli de sa hanche. Elle enveloppait son flanc, invisible et déjà lointaine. A travers son vêtement, Céleste percevait le mouvement de chaque doigt qui frémissait. Mais l'écorce cédait, la robe s'ouvrait, la livrait et la libérait. Elle sentait sur sa nuque, sa gorge, son ventre, un début de brise tiède qui courait, glissait et filait le long de ses reins.

Benjamin, tout près de son oreille, tout près de ses cheveux, touchait son épaule du bout de ses lèvres.

— Céleste.

Elle ouvrit les yeux.

C'est alors que le vent se leva. Par la fenêtre ouverte, un

souffle immense s'engouffra dans la chambre, souleva les rideaux, les gonfla au-dessus de leur lit comme une voile.

Sur son corps bientôt dénudé, ce fut la vague qui monte au pied de l'appontement, le clapotement de l'eau sous la barque, le dernier adieu à la terre ferme. Elle appareillait pour de nouveaux rivages. Et la mer, dans un ultime remous, se referma sur elle.

Dans le vent de cette nuit, Céleste et Benjamin s'unirent comme s'unissent à la perfection un homme et une femme. Ensemble, ils connurent toute la tendresse du monde. Ils étaient les deux êtres faits l'un pour l'autre, les deux parties du tout à jamais conjoint et uni...

Bouleversée par une telle révélation, Céleste regarde Benjamin.

Sa frimousse de petite fille rayonne après l'amour... Elle se penche, sourit, pose sa joue contre la main de Benjamin. Et joyeuse, son œil taquin levé sur lui, elle l'embrasse. Autant de tendresse et de passion ne se sont jamais mêlées dans un baiser.

— Je dois sortir, ma jolie, interrompt-il... Je soupe dans le monde... Je ne rentrerai pas tard, mais ne m'attends pas. Nous nous verrons demain.

Il se lève, s'habille. Puis revient vers le lit, où Céleste, toute douce, n'a pas bougé. Elle continue de lui sourire. Il s'assied à côté d'elle et lui caresse gentiment le visage :

— Tes yeux trop grands, ta bouche câline... Tu vas me manquer ce soir.

Et la serrant dans ses bras, il enfouit longtemps sa tête dans les cheveux dénoués de Céleste :

— ...J'adore ton odeur, soupire-t-il... J'adore ton corps... Je t'adore.

Ce soir, Céleste n'entend plus les ronflements de Berthe : elle écoute la nuit... Allongée en chemise sur sa paillasse, elle rêve à lui. Et elle exulte... Dehors, un bruit de pas. « Il va rentrer ! » Une sonnerie... « C'est lui ! »... Berthe grogne. A tâtons, sa main tire le cordon. Un déclic. La porte du porche s'ouvre... Benjamin — si près !... Le voir. Se blottir dans ses bras. Mais les ronflements ont cessé. Il faut attendre que Berthe se rendorme. Dressée sur son céans, prête à bondir, Céleste attend... Mais rien. Les ronflements ne reprennent pas. Elle attend encore. « Et puis, tant pis ! » Elle n'y tient plus. Elle enfile sa jupe, s'enroule dans son châle, ouvre la porte et grimpe les étages quatre à quatre.

Ce fut la danseuse des bords de l'Oise, la Rosita Valdès, en grand déshabillé à falbalas, qui lui ouvrit.

— Benjamin, mon ami, c'est pour toi. Ta portière, je crois.

Par la tenture qui barrait l'entrée de la chambre, Benjamin parut. Il était en bras de chemise.

Ebahie, Céleste ne comprit pas tout de suite ce qui lui arrivait.

— Eh bien, que voulez-vous à cette heure ? s'impatienta Rosita, impitoyable.

Douloureusement, Céleste interrogea le visage de Benjamin. Elle attendait de lui une aide contre cette détresse qui montait en elle.

— Que puis-je pour vous, mademoiselle Céleste ? demanda-t-il d'un ton neutre.

Etait-ce là Benjamin, l'homme qui, trois heures auparavant, la tenait dans ses bras ? Elle ne reconnaissait rien de lui, ni cette voix impersonnelle ni cette déférence hautaine.

— Que cette fille réponde ou bien qu'elle s'en aille, insista Rosita Valdès. Les portières de Paris sont d'un fâcheux !

Benjamin, imperturbable, laissa passer l'insulte. Alors Céleste, dans une hallucination de sa mémoire, revit soudain l'homme sombre du premier jour, celui qui déchargeait ses meubles avec des gestes trop précis et trop souples. A l'époque, elle avait frémi sous l'expression de ces yeux durs... Maintenant, venimeuse, exaspérée, elle avançait sur lui :

— Vous auriez dû demander à madame sa permission pour me sauter ! lui lança-t-elle en plein visage.

Sa voix descendue d'une octave avait pris une inflexion rauque qu'accentuait encore la vulgarité du sarcasme.

Mais Benjamin ne broncha pas. Grand, droit, puissant, il la regardait sans la voir. Elle crut même qu'il souriait.

« Ah, je saurai bien le faire réagir ! »

D'un mouvement brusque, elle abattit ses doigts recourbés sous l'œil de Benjamin. Elle les y laissa plantés, puis sur toute la joue, de haut en bas, elle le griffa. La Rosita fit « Oh ! », mais Benjamin n'ébaucha pas un geste. Dans le noir luisant de ses prunelles, Céleste ne lut rien. Ni surprise, ni colère, ni souffrance... Glacial, il semblait attendre qu'elle eût fini, comme si cette scène ridicule ne le concernait pas. Cette ultime dérobade devant tout échange poussa Céleste au paroxysme de la frustration :

— Si vous n'osez vous défendre, aurez-vous au moins le courage de me suivre ? articula-t-elle. Elle fit demi-tour, claqua la porte et dégringola l'escalier.

Benjamin haussa les épaules ; et devant le regard inquisiteur de Rosita, il expliqua :

— De l'histoire ancienne... Une catin que sa mère, un soir, m'a vendue pour quelques sous.

Elle l'attendit deux heures en bas. Elle croyait qu'à cause du lien qui les unissait, il voudrait lui expliquer, lui en faire accroire... Mais rien. Il ne se passa rien. Pas un bruit, pas un mouvement ne troubla l'ordre de la maison. Céleste eut beau remonter une à une les marches de l'escalier, écouter, le cœur battant... Rien.

Quand elle eut compris qu'il ne viendrait pas ; que de lui, elle ne recevrait pas l'aumône d'une explication, pas un regret, pas un souvenir..., elle quitta le porche et courut droit devant elle.

Après cette soirée torride, l'orage venait enfin d'éclater. Une pluie d'encre et de suie déferlait par rafales. L'air épais, lourd et gras, flottait à mi-chemin entre la chaussée et les toits. Au milieu des rangées de bicoques détrempées, Céleste voyait surgir des ruelles anguleuses : elle s'y engouffrait. Sans but. Sans idée. Absente à elle-même. Les impasses, les eaux, les ombres formaient un dédale de lignes rompues qui se perdaient dans des tronçons d'infini. Son désespoir épousait l'aspect de ces cratères béants, lacs d'obscurité liquide où l'orage exhalait l'haleine des égouts.

Ruisselante de larmes et de pluie, Céleste confondait Paris avec sa propre douleur.

Arbres morts, herbes rases, sentiers pierreux : elle avait atteint le mur d'octroi à la hauteur de Belleville. Elle suivit les grandes murailles qui coupaient, de barrière en barrière, d'immenses terrains vagues.

Au coin des friches et des jachères, les gouttes de pluie tambourinaient sur les enseignes de cabarets... Forêt d'enseignes luisantes qui grinçaient en se balançant et jetaient à chaque rafale leur feu métallique dans la nuit : *Ici gît l'amour, Les Chimères, Le Bal au cocu.* Céleste, le visage collé aux fenêtres, regardait les couples qui s'étreignaient derrière les vitres glauques... Quelquefois, la porte du bouge s'ouvrait sur la rue en déluge et Céleste croyait entendre la voix d'une fille qui l'apostrophait en ricanant.

Elle reprenait alors son errance, rôdant ainsi de gargote en gargote. Au pied de Montfaucon, elle hésita. L'enceinte se renforçait en un hémicycle où se profilait un fantomatique bureau de l'octroi.

Il ne pleuvait plus. Une amère odeur de fiel planait dans l'air. Au loin, par-delà le mur, la sonnerie répétée d'une trompette poussait son cri aigre... Céleste pénétra dans le second cercle de l'enfer en franchissant la grille de la barrière des Combats.

Elle y fut accueillie par des grondements rauques et continus qui s'échappaient d'un chapiteau. Les ailes grises de la tente recouvraient toute la superficie d'un rond-point. Elle s'approcha d'une porte basse pour tirer la patte qui servait de sonnette.

Céleste allait assister, l'esprit perdu, au plus curieux des spectacles...

Cinq chiens, d'une taille et d'une férocité hallucinantes, se ruaient sur un ours enchaîné au centre d'une arène carrée. Le monstre portait déjà les marques de plusieurs batailles. Un collier de fer raclait contre les plaies vives de son cou et son museau, arraché loin des gencives, laissait à l'air ses dents rougies par son sang. Il se défendait néanmoins contre les molosses qu'il déchiquetait de ses griffes.

Les hurlements de douleur et de rage se confondaient avec les beuglements de la foule enchantée.

Céleste vit alors quatre hommes lâcher des coins de la piste des dogues écumant de bave et de sueur. Ils plantèrent leurs crocs dans l'animal entravé et achevèrent de lui arracher ce qui restait de peau sur sa face. Ensuite, deux gardiens ouvrirent à l'aide de barres de fer les mâchoires des chiens, tandis qu'un troisième les arrachait à leur proie. L'ours, aveuglé et fou de douleur, fut reconduit dans sa cage où il attendrait le prochain dimanche.

Céleste le suivit. Confusément, elle s'identifiait à lui, le célèbre Carpolin de la barrière des Combats qui, depuis plus de dix ans, attirait dans cet endroit sinistre le Tout-Paris des *fashionables,* des touristes anglais et des garçons bouchers. Au cœur de l'angoisse et du désespoir, elle était descendue loin — si loin qu'elle n'éprouvait plus ni pitié ni révolte. Rien qu'une triste sympathie pour une souffrance similaire à la sienne. Et cependant, Céleste n'avait pas touché le fond !

Elle sortit du cirque, laissant à sa droite les chemins qui menaient aux carrières des Buttes-Chaumont. Elle distinguait au loin, sur les hauteurs, les roues qui tournaient au vent, la pâleur grise des fours à plâtre et ces grands trous noirs, précipices inattendus, fondrières. Elle montait la rue droit devant elle, l'horrible rue de Meaux ravagée par des milliers de rats qu'attirait en ce lieu particulier l'atroce charnier de la voirie parisienne. C'était là, sur cette colline de Montfaucon dominant la ville, que se déversaient, se décomposaient, se putréfiaient depuis cinq cents ans les immondices solides et liquides de la grande cité.

Céleste était arrivée au bout de son voyage : tout ce que Paris rejetait, tout ce que Paris détruisait, brisait, tuait, aboutissait là, dans ces immenses bassins en espaliers où les urines ne cessaient de s'écouler.

Et elle voyait, plantées dans les bassins supérieurs, courbées comme des arbres noueux, les silhouettes entièrement nues des « ravageurs ». Hommes, femmes, enfants, ils fouillaient la masse puante de la matière fécale, à la recherche d'objets de valeur... Vieux clous.

Morceaux de fer. Verres brisés. Ces rejets en apparence inutilisables, les ravageurs allaient les transformer...

Le regard de Céleste tomba alors sur la forêt de cheminées où seule une ligne sinueuse, une traînée de lumière, une courbe d'or, au cœur du trou noir, triomphait de l'ombre : le Boulevard ! Elle pensa que, poussée par les vents, l'horrible puanteur du charnier devait souvent l'atteindre ; et que les détritus de la ville allaient y retourner... Oui, là, entre les luxuriantes allées, sur le perron de Tortoni, au Café Riche, à l'Opéra, les débris, les ordures extraits de ces bassins par les ravageurs réapparaissaient, refondus, redorés, convertis en objets d'utilité et de jouissance !

« ... Pourquoi pas moi ? »

Pareille aux autres rejets de la grande cité, Céleste pouvait, elle aussi, revenir sur le Boulevard, métamorphosée...

En elle, une femme nouvelle venait de naître — une femme qui, froidement, contemplait, couché à ses pieds, Paris :

« Jamais plus je ne serai celle que le monde rejette ! »

Ainsi prit forme l'idée qui allait l'habiter toute sa vie. « Jamais plus je ne serai celle que le monde rejette ! » De là vint son besoin de tenir les premiers rôles ; de là aussi son désir d'assujettir les êtres et les choses. « Jamais plus je ne serai celle que le monde rejette ! » C'est à travers cette détermination que se fit jour, pour la première fois, sa volonté de puissance.

Maintenant, les larmes brûlantes séchaient sur son visage ; l'homme qu'elle aimait s'était moqué d'elle, tout ce en quoi elle avait cru, tout ce pour quoi elle avait vécu s'était effondré. Mais elle n'eut plus un sanglot. Simplement, elle était atterrée de la banalité de son propre comportement : éprise du jeune homme du quatrième comme la plupart des grisettes de Paris, elle s'était laissée mener à la campagne et lui avait cédé au retour du bal. Vingt fois, elle avait entendu cette histoire contée par Sarah ou Noémie... Et Céleste n'avait pas même voulu écouter la fin, tant elle trouvait cela « ordinaire ! »... Elle, elle si différente des autres, elle s'était conduite comme toutes les ouvrières ! Quant à son idéal amoureux, il était inexistant et lamentable : « Garder en réserve toutes les joies du monde pour ne les connaître qu'avec l'homme aimé... Quelles sornettes ! »

En outre, elle constatait que durant sa romance avec Benjamin, elle n'avait jamais cessé de se sentir « inférieure ». A chaque étape, elle avait subi une humiliation. Humiliée, car elle était inexpérimentée, gauche et besogneuse. En bref, pauvre. Et comme la plupart des filles pauvres, elle avait été quittée pour une femme couverte de cachemires, de dentelles et de bijoux.

Un instant, la valse triomphante de Benjamin et de Rosita passa devant ses yeux : à eux, elle gardait rancune de leur tromperie, mais à elle, à elle-même, Céleste ne pardonnait pas d'avoir suivi aveuglément les règles de sa condition. « Ah, je saurai bien y échapper ! Je saurai devenir cette femme élégante que le monde, le beau monde, le meilleur monde respecte ! »

Ce désir de conquête lui redonna goût à la vie et Céleste chassa délibérément de sa mémoire l'atroce errance dans les bas-fonds de Paris : c'était l'ultime épisode d'une certaine existence dont elle devait presque tout oublier. La loge des Blancs-Manteaux, sa mère, Baptiste, Benjamin — tout basculerait dans le néant. Elle ne voulait plus jamais penser à eux.

« J'efface tout. Et je recommence... Mais cette fois, à ma convenance ! »

Alors, de Montfaucon à Montmartre, Céleste, à petits pas, regagna les quartiers où la boue cédait devant l'asphalte et la nuit devant le gaz... Elle acheva son voyage au 4 de la rue Notre-Dame-de-Lorette.

6

— Seigneur ! Qu'est-ce qui t'arrive ? Comme te voilà faite ! Mais ma parole, t'es crottée de la tête aux pieds ! Monte, j'ai pas de visite, t'as de la veine.

L'aube se levait sur la ville et Blanche d'Alizon rentrait.

— Tiens, j'ai connu une petite qui s'est jetée par la fenêtre pour une histoire comme la tienne, conclut-elle placidement le lendemain après-midi, alors que les jeunes femmes s'allongeaient côte à côte au fond de deux baignoires de cuivre. Les porteurs d'eau avaient installé les châssis sur le carreau de la cuisine et la bonne, Joséphine, tournait sa sauce devant ses fourneaux en les écoutant.

— Moi aussi, j'ai eu des chagrins d'amour, poursuivit Blanche d'un air bonhomme... J'en suis pas morte ! Au contraire, c'est bon pour la santé, ces choses-là ; ça remet les yeux en face des trous.

Céleste, muette, s'enfonça dans l'eau chaude de son premier bain.

— C'est comme j' te le dis, ma fille, t'apprends la vie. L'amour, c'est pas ce que tu crois. Regarde où j'en suis, moi, grâce aux hommes...

Là-dessus, elle se leva, s'enroula dans une serviette et trottina vers un placard. Elle l'ouvrit à deux battants. Alors, s'offrirent aux yeux fascinés de Céleste une multitude de chapeaux, de plumes, de fleurs, de jupons, de camisoles, de robes...

— Hein ! jeta Blanche. ... Tu vois, y' en a jusque dans la cuisine !

Céleste, pieds nus, s'approcha lentement de cette merveilleuse collection. L'odeur de citronnelle qui s'échappait du placard acheva de lui tourner la tête. Blanche, très fière, savourait son admiration :

— Ah, c'est que j'ai joliment étudié l'homme, moi !

Elle fit lentement glisser ses toilettes devant elle.

— T'en voudrais une ?

Céleste n'hésita pas. Elle pointa du doigt une robe de faille gros-bleu à ruches, à glands et à nœuds constellés d'étoiles d'or.

— Ah, ben carrément ! s'exclama Blanche avec un petit sourire.

Céleste avait choisi la toilette la plus riche et la plus tape-à-l'œil.

— T'as raison, ma fille !... Seulement, avec ça, il te faut quelque chose de risqué, un genre audacieux... du ragoût, du montant...

Elle l'entraîna dans son cabinet, l'assit devant la coiffeuse et s'empara d'un petit fer.

— On va te donner de la physionomie. L'essentiel, c'est le galbe ! Quand j'aurai fini, t'auras l'air si volcan, si ange déchu qu'y aura pas moyen de te résister.

Quand elle eut terminé, une multitude de boucles tombait en fouillis sur le front bombé de Céleste, deux longs repentirs tire-bouchonnaient de chaque côté de son visage, des mèches folles jaillissaient en frisottant un peu partout, et une grosse résille sang-de-bœuf retenait dans son cou un chignon prêt à se dérouler à tout instant.

— Très chic... Cesse donc de bouger ! Je te coiffe à la mode. Plus on est dépeigné, plus on est bien coiffé... A la Rigolboche, c'est très distingué.

Elle lui tendit deux très longues boucles d'oreilles noires en forme de gouttes :

— Pour allonger ton cou et en rehausser la pâleur, expliqua-t-elle en demoiselle de magasin qui connaît les recettes... Tiens, mets aussi ce rouge à tes lèvres... Joséphine, va donc me chercher dans la commode un inexpressible en percale.

La bonne revint avec une sorte de pantalon.

— Pour quoi faire ? demanda Céleste, méfiante.

— Parce que en dansant le cancan — jambe en l'air et jupons sur le nez — tu seras mignonne sans caleçon ! Enfin, si tu veux visiter la prison de Saint-Lazare, libre à toi !

Céleste n'avait jamais porté d'autres dessous qu'une chemise et un jupon. Jamais de culotte. Elle considéra le pantalon :

— C'est répugnant, ton inexpressible !

Décidée néanmoins à « faire ce qu'il fallait », elle l'enfila sans discuter.

— Passe-moi donc ce corset et accroche-toi au lit.

Blanche plaça sous sa poitrine une armature qui enserra son buste jusqu'à sa taille. Puis, aidée de la bonne, elle la laça.

— T'as la taille plus fine que moi, je crois que t'atteindras les cinquante centimètres.

Rieuse, Céleste perdait l'équilibre et entraînait le lit à sa suite chaque fois qu'on la tirait trop brutalement. Seulement, quand elle fut lacée, une sueur froide couvrit ses tempes et elle tomba assise sur l'édredon : elle allait se trouver mal.

— Normal, commenta Blanche. ... Et maintenant, les jupons !

Elle en superposa quatre. Le premier était souple et sans apprêt. Mais les autres, à trame de crin baleiné, s'enrichissaient et s'alourdissaient à mesure qu'ils se rapprochaient de la robe. Le tout pesait bien deux kilos.

— Tu vois, ma biche, ton jupon de crin, c'était de la gnognote !

Les jambes emprisonnées sous cette fournaise de dentelles, les cuisses ceintes de tubes, la taille sciée, les côtes compressées, les seins prêts à jaillir, la tête rejetée en arrière par la lourdeur du chignon, Céleste, les poings sur les hanches, se campa devant la glace. Alors ses lèvres s'ouvrirent en un grand sourire.

— Reste tranquille. Tu mettras ta robe qu'au dernier moment, lança Blanche en disparaissant à son tour dans sa penderie.

— Mais il est déjà dix heures !

— Et alors ? Deux heures suffisent à peine pour m'habiller. Nous sortirons à minuit.

Dans l'excitation de la toilette, Céleste avait complètement oublié de demander où on l'emmenait, ainsi équipée, si tard...

— Souper à la Maison Dorée.

— La Maison Dorée ?... Sur le Boulevard ? s'écria-t-elle excitée et ravie.

— Cela même, ma fille.

La Maison Dorée ! Le grand restaurant à la mode... Celui où se retrouvaient après le théâtre tous les artistes, tous les viveurs, tous les dandys de Paris ! A minuit sonnant, elles en franchirent le seuil...

— Bonsoir, David. Ces messieurs sont-ils arrivés ?

— Oui, mademoiselle, ils sont au Grand Six, articula avec gravité le maître d'hôtel en habit noir et cravate claire.

— Inutile de nous conduire, lui lança Blanche l'air important, je connais le chemin !

Imperturbable, David s'effaça en s'inclinant. Blanche grimpa vivement l'escalier à vis tandis que Céleste la suivait en soufflant. Son cœur battait la chamade... A l'entresol, le gaz était baissé et Blanche s'engagea dans un petit corridor sombre. Là, des bourdonnements de voix, des cliquetis de vaisselle, des éclats de rire s'échappaient, assourdis, de portes basses et dorées. Un léger fumet de gibier flottait sur les tapis et de loin en loin, des serveurs, chargés de mets, frappaient, avec des mines compassées, aux portes... qu'ils refermaient précautionneusement sur eux.

Blanche, tout à coup, s'arrêta et, sans toquer, passa la tête dans l'un des salons.

— B'soir, mon gros chien, lança-t-elle à quelqu'un que Céleste ne vit pas.

— Tiens, Blanche ! Entre, nous sommes en famille.

— Non, non, j'ai entendu ta bonne voix en passant et j'ai pas pu résister au plaisir de t'envoyer un bisou... Mais on m'attend au Grand Six !

— Toi aussi ! Ce sacripant d'Alexandre y est déjà. Dis-lui de venir saluer son vieux géniteur avant de partir.

— Viens plutôt nous rejoindre ! A tout à l'heure !

Elle referma la porte et, triomphante, se retourna vers Céleste :

— T'as vu ?... C'était Dumas !

Céleste fit « Ah ! », mais elle n'avait rien vu du tout et ce nom lui était parfaitement inconnu.

— Le Grand Six, c'est là, chuchota Blanche en se plantant devant une porte en tout point pareille aux autres.

Elle, d'ordinaire si calme, semblait émue, presque nerveuse :

— Quand on sera rentrées, cause pas et surtout raconte pas ta vie, ils ont horreur de ça...

Elle tapota sa jupe de son éventail fermé :

— Montre-toi un peu... Ouais, t'es bien. Et moi, ça va ? Mes ringlets sont pas défrisés ?

— Non, mais ton chignon..., articula Céleste d'une voix nouée, il faut l'arranger.

L'excitation inhabituelle de Blanche achevait de la terrifier. Elle tâchait de retarder le plus possible le moment de l'entrée en scène.

— Epingle-le bien, ordonna Blanche en penchant sa tête blonde.

Céleste suffoquait sous son corset. Des gouttes de sueur perlaient au-dessus de sa bouche et entre ses seins.

— Ça tient ? T'as bien fixé la fleur ?

— Euh... pas tout à fait.

Elle avait les mains moites. Elle sentait ses veines battre dans ses tempes. Elle étouffait...

— Bonsoir, tout l' monde !

Blanche venait d'ouvrir la porte !

Céleste ne vit d'abord que le lustre de cuivre à cinq becs qui pendait dans un nuage de fumée, au-dessus d'une longue table à moitié desservie. La pièce (assez vaste pour contenir la quinzaine de personnes qui s'y trouvaient) donnait néanmoins l'impression d'une petite boîte douillette et calfeutrée. Le plafond bas, le papier à fine trame dorée, les banquettes recouvertes de velours rouge, tout contribuait à conférer au salon une allure de boudoir. Deux grands miroirs de Venise accrochés en vis-à-vis, l'un derrière la table, l'autre au-dessus de la cheminée, réfléchissaient à l'infini l'image d'un divan, profond et large comme un lit. Entre la table et le divan, la croisée ouverte sur un petit balcon surplombait le Boulevard. C'est à l'or de ses balcons que le restaurant devait son nom de Maison Dorée. Un couple enlacé fumait à la fenêtre, tandis que le reste de la compagnie prenait le café ou sirotait des liqueurs.

— Alors, monsieur Tattet, il reste plus une petite goutte de champagne ? demanda Blanche en se dandinant vers un homme à grande moustache rousse qui allumait un cigare au candélabre de la cheminée.

— Charles, montez une douzaine de bouteilles, ordonna-t-il entre ses dents, sans se retourner.

Quand il eut bien tiré les premières bouffées de son tabac, il se pencha vers Blanche qui, souriante, attendait derrière lui.

— Bonsoir, ma chère.

L'œil impassible, il la baisa au front.

L'indifférente familiarité avec laquelle ce monsieur accueillait Blanche acheva de troubler Céleste. Plantée contre la desserte près de la porte, elle observait, à la fois éblouie et méfiante, cette société qu'elle ne connaissait pas.

Les hommes, d'âges très différents, portaient tous l'habit noir. Seule variait de l'un à l'autre la forme blanche de leurs cravates. Les plus âgés semblaient y ensevelir leur menton, tandis que les jeunes gens portaient de gros nœuds à bouts flottants qui s'étalaient sur leurs plastrons. Ils discutaient bruyamment par groupes de trois ou quatre. Sur leurs genoux, des jeunes femmes, très décolletées, leur faisaient des tracasseries en riant entre elles. Certains couples étaient encore à table, d'autres vautrés sur les banquettes ou au fond du divan.

Céleste tressaillit : à côté d'elle, un bouchon venait de sauter. La mousse du champagne moutonna et Blanche, le poing sur la hanche et la tête renversée, but, cul sec, cinq coupes à la suite.

— Encore !

— Attention, mes amis, la d'Alizon se déchaîne ! lança d'un ton froid un homme blond, très mince et très distingué.

72

Il s'avançait vers les deux jeunes femmes et posa son œil bleu, sans cils, cerclé de bistre, sur Céleste :

— Cette demoiselle ne boit pas ?

— Mais... Il ne tient qu'à vous ! répondit Blanche déjà un peu éméchée.

Elle fit un clin d'œil des plus coquins à Céleste et, s'emparant de deux des nombreuses bouteilles qui s'alignaient sur la desserte, s'en fut rejoindre de sa démarche déhanchée le groupe qui fumait à la fenêtre.

Céleste demeura seule à côté du dandy. Elle n'osait pas bouger de peur d'attirer à nouveau son attention. C'était un spectre plutôt qu'un homme, ce monsieur qui se servait à boire ! Ses mains, jaunies par le tabac, tremblaient et son verre cliquetait contre une bouteille d'absinthe.

Le teint brouillé, les lèvres blanches, les dents altérées, il respirait par saccades. Ses pommettes en saillie luisaient avec des teintes d'ivoire. Son corps maigre se voûtait. Pourtant, son front haut, bombé et sans une seule ride, son nez aquilin, sa fine barbe blonde attestaient sa jeunesse. Ce vieillard n'avait pas trente-cinq ans ! Ce jeune homme en paraissait soixante !

— Vous aimez le bœuf à la casserole ? demanda-t-il en vidant son verre d'un trait.

Elle crut qu'il se moquait d'elle tant la question semblait hors de propos.

— Moi, je l'adorais, continua-t-il en soupirant. Mais le Café de Paris n'est plus ce qu'il était !

Un grincement de dents scanda cette dernière phrase et Céleste, à bout, fut prise d'un fou rire nerveux. Elle ne pouvait plus s'arrêter ! Appuyée à la porte, elle riait, riait à mi-voix comme une collégienne. Blanche qui, du bout du salon, surveillait la scène, lui fit un clin d'œil : puisque Céleste se débrouillait si bien, elle pouvait se consacrer tout entière à ses petites affaires à elle.

L'homme s'était de nouveau servi d'absinthe mêlée à deux doigts de porto. Il buvait ce breuvage verdâtre à longs traits. Céleste se calma en le regardant faire.

— Du champagne ? lui proposa-t-il d'une voix traînante en désignant les bouteilles alignées sur la console.

— Merci, je ne bois pas, murmura-t-elle.

Il ne sembla pas avoir entendu :

— ...Ou bien préférez-vous goûter à mon petit mélange ?

D'un geste abrupt, il haussa son verre devant les yeux de Céleste.

— Non... Merci.

Alors il la dévisagea de ce regard brusque qui lui était particulier :

— D'où sors-tu donc ?

Ses yeux glissaient le long du corps de Céleste, se promenaient sur ses épaules, s'arrêtaient sur ses seins.

— ... Je ne te connais pas, n'est-ce pas ?

Raidie par la peur et la honte, elle demeura muette.

— Nom de Dieu ! Répondras-tu quand je te fais l'honneur de te parler ?

— Est-ce que je vous demande, moi, qui vous êtes et d'où vous sortez ?

— Allons, bois.

— Je ne boirai pas.

Cette fois, elle le regarda bien en face : « C'était ça, le beau monde ? Eh bien, vrai ! » Elle eut une moue de dégoût.

— Bois, ou je te bats !

— Non !

De force, il porta la coupe aux lèvres de Céleste. Vivement, elle détourna la tête et fit un geste pour s'échapper. Mais le corps de l'homme lui barrait le passage.

— Reste là !

D'une main, il l'avait attrapée par le poignet tandis que de l'autre, il fouillait dans sa poche. Il en sortit une poignée de louis qu'il lui tendit avec un sourire mauvais :

— Bois... Et je te les donnerai.

Plaquée contre la porte, farouche, tendue, elle le fusilla du regard.

— Oh ! ricana-t-il, quel beau caractère ! Inaccessible à la peur comme à l'intérêt !... C'est égal, tu me plais.

Elle ricana à son tour, l'air de dire que lui, il ne lui plaisait pas du tout, à elle ! Et ses yeux dorés exprimaient tout le mépris et la répugnance que cette ruine aux yeux caves lui inspirait.

— Je suppose que, comme tes compagnes, tu vas me dire que tu es fille de général... Ou de portier, persifla-t-il. ... N'est-il pas vrai que le sort t'a persécutée ? Je parie que ton voisin de palier t'a séduite et abandonnée... Pauvre petite. Et c'est ainsi que de chute en chute, la vierge pure se voit réduite à coucher avec moi.

Atterrée par l'effarante justesse de ces suppositions, Céleste ne trouvait rien à répondre. Mais quand le jeune homme, se tournant à demi vers le reste de la société, lança d'une voix tonitruante :

— Qu'on allume vingt-cinq chandelles autour de la table, j'y vais baiser cette fille au beau milieu ! une gifle retentissante, un formidable aller et retour, une claque comme de mémoire d'homme on n'en avait jamais connu s'abattit sur les joues creuses du dandy. Il en perdit l'équilibre et s'en alla valser contre la console.

Céleste ouvrit la porte et s'enfuit. Elle vint buter tête baissée dans les croix, les médailles et les décorations de toutes sortes qui s'étalaient sur le ventre d'un géant en gilet à fleurs rouges. Flanqué de deux filles, il se dirigeait à grandes enjambées vers le Grand Six, en occupant toute la largeur du corridor.

— Eh bien, mademoiselle Ouragan, où courez-vous ainsi ? demanda-t-il avec un grand sourire jovial.

Pour toute réponse, Céleste se dégagea et reprit sa course vers la sortie. A ce moment, Blanche émergea à son tour du cabinet. Elle en referma méthodiquement la porte et enfila le couloir de son petit pas décidé.

— Que se passe-t-il donc ? s'étonna le gros homme aux cheveux crêpelés. Où filez-vous toutes ainsi ?

— Je t'expliquerai, mon chien. A demain, n'est-ce pas ? Elle mit ses mitaines et descendit posément l'escalier.

— Dis donc, Céleste, lança-t-elle en la rejoignant sur le Boulevard, les pinçons, les griffes et les claques, ça commence à suffire !... C'était supportable du temps de la mère Pilloye, mais maintenant, c'est carrément hors de saison, ces petites choses-là !... Je te le dis tout net, ma fille, si ça continue, tu te débrouilleras sans moi. A ton âge, il serait peut-être temps d'apprendre à vivre ! Non, mais sans blague ! Comment qu'on ose se tenir si vulgairement avec un poète ?

— Ça, un poète ?

— Parfaitement, ma chère, le plus grand poète de l'amour.

— Laisse-moi rire !

— Et probablement le plus grand littérateur du siècle !

— Qu'en sais-tu ? Tu n'as jamais rien lu !

Elle se rappelait la brutalité du dandy, ses hochements de tête, sa voix traînante...

— Les dames de la haute en sont toutes toquées... Oui, ma chère ! Y'en a même une qui s'est enfuie à Venise avec lui !... Avoir l'honneur de plaire à un homme pareil et lui fiche une claque !... Non, mais quelle dinde ! Y a des gifles qui se perdent, c'est le cas de le dire !

Aussi courroucées l'une que l'autre, elles filaient côte à côte entre les ormes et si Blanche, plus courte et plus ronde que Céleste, perdait quelquefois du terrain, elle trouvait vite un raccourci pour la rejoindre et se mettre à sa hauteur.

— Quand je pense ! Quand je pense ! Un littérateur connu, un poète, un noble ! lui sifflait-elle dans les oreilles.

— Quelle poseuse !... Décidément, ma pauvre Ernestine, ton sale métier t'a rendue stupide.

— ... Ah ! Je ne m'étonne plus que ton Benjamin t'ait larguée !... Ignorante, va ! T'as sûrement jamais entendu parler du plus grand poète français : M. Alfred de Musset ! Ça te dit rien, hein ?

— Alfred de Musset ? Non, rien.

Ce n'était pas vrai. Céleste connaissait fort bien ce nom-là. Elle l'avait mille fois entendu dans la bouche de Mme Pilloye dont, avec M. Casimir Delavigne, il était le poète favori. Quelquefois la patronne, dans ses bons jours, chantait à tue-tête et avec force roulades : « Cooonnaisdez-vous dans Barceloooone une Andalouse... » Elle fredonnait le reste, puis rougissante, murmurait : « Ça, c'est de la poésie, quand même ! »

Blanche ne se souvenait pas de ces détails, mais Céleste, elle, n'avait rien oublié. Ainsi, c'était le poète de Mme Pilloye qu'elle venait de gifler !... Tant mieux ! Elle sourit : vrai, cette découverte lui faisait plaisir !

Allongée en chemise sur l'ottomane du cabinet de toilette, Céleste écoutait par la fenêtre ouverte le frottement régulier d'un balai contre les pavés. Blanche, dans la chambre voisine, occupait la largeur du lit en rêvant tout haut. Le jour se levait et Céleste ne pouvait dormir. Depuis plusieurs heures, elle réfléchissait à la scène qui s'était déroulée dans le salon particulier de la Maison Dorée.

Elle revoyait Blanche, docile et complaisante, derrière ce M. Tattet qui ne se dérangeait même pas pour accueillir ses invitées... Et ce « Bonsoir, ma chère » qu'il lui avait envoyé à la figure en même temps que sa fumée !

« Voilà donc par où Blanche en passe tous les jours pour posséder sa collection de robes : ... " Qu'on allume vingt-cinq chandelles et j'y vais baiser cette fille au milieu ! "... Merci, ce métier ne me va pas, à moi ! Il y faut trop de patience... Je n'ai pas la vocation ! »

Peu lui importaient maintenant les coiffures à la Rigolboche, les robes à falbalas et les inexpressibles en percale, si elle devait être traitée comme elle l'avait été ce soir :

« Moi, je veux être considérée ! »

Elle imaginait la déférence des hommes qui lui baiseraient la main en dépliant respectueusement des marche-pieds sous ses bottines.

Richesse *et* Respectabilité.

« Il doit bien exister un moyen ! »

Elle s'agitait sur le divan, cherchant dans sa tête un plan, une recette pour échapper à la pauvreté sans tomber dans le discrédit de la courtisane.

« Je veux être considérée... Pour cela, je ne peux être ni pauvre, ni déshonorée... Il doit bien exister un moyen... Ah ! Si j'avais de l'instruction ! »

Elle se leva et, pieds nus dans le noir, elle traversa la chambre pour aller fouiller dans la bibliothèque du salon. En fait de bibliothèque, il n'y avait que trois livres non coupés : *Manon Lescaut, Marion Delorme, Les Poésies* d'Alfred de Musset...

Avec un mélange de dépit et de curiosité, elle s'empara du dernier volume et s'enfuit comme une enfant coupable.

Elle lut jusqu'au matin dans l'odeur de citronnelle du cabinet et quand elle s'endormit, elle eut le sentiment de ne plus rien comprendre au monde.

« Comment un être aussi vil a-t-il pu écrire des choses aussi belles ? »

Elle s'en voulait de son émotion et, dans son esprit troublé, se mélangeaient l'image radieuse du poète et celle de l'homme...

— Je vois que tu t'y intéresses quand même, à ce spectre ! s'écria Blanche, les yeux posés sur le volume de poésies qui gisait grand ouvert au pied de l'ottomane.

— C'est d'un niais, tu n'as pas idée... Va, tu ne perds rien en sachant à peine lire !

Blanche haussa les épaules et s'installa devant sa coiffeuse. Méthodiquement, elle brossait ses longs cheveux blonds, l'air absorbé dans des pensées qui ne lui étaient pas particulièrement agréables.

Céleste, allongée derrière elle, n'avait pas la mine plus heureuse. Elle s'était réveillée en pensant à Benjamin et maintenant, les larmes lui serraient la gorge. Il semblait pourtant que des mois entiers s'étaient écoulés entre « le soir du vent » et la nuit à la Maison Dorée... Mais vingt-quatre heures à peine séparaient ces deux moments. Les souvenirs mis en veilleuse revenaient en force.

— Dis donc, Céleste, je veux bien te mener ce soir au bal Mabille, mais faut me promettre de te tenir tranquille, commença Blanche, l'air sombre. ... D'accord, je sais que les hommes, ils aiment qu'on les maltraite... Une bousculade par-ci, un coup de patte par-là, ça entretient les bonnes relations... Mais les baffes, non ! Ça les fait fuir. Et dans l'état actuel de mes affaires, je peux pas te laisser me casser la boutique... Parce qu'au cas où tu t'en serais pas aperçue, en ce moment, c'est le guignon ! Mon salaud de banquier a convolé en justes noces le mois dernier, et depuis, il me donne pas une carotte... Mais ce qui s'appelle rien ! Plus d'argent, plus de chevaux, plus de voiture, plus rien !... Larguée à trois jours du terme, tu te rends compte ? Vrai, quelle guigne !... Quand on songe que je m'étais fait tirer les cartes la veille... Tout ça pour te dire, ma fille, qu'on a du pain sur la planche... Ce soir, dans les jardins de Mabille, va falloir faire un homme, et de la belle espèce — sinon, pftt... banqueroute !

Céleste, médusée, écoutait le discours de Blanche. Elle sentait l'angoisse percer dans cette petite voix posée qui, de temps à autre, montait dans les aigus.

Eh bien, vrai ! Si elle avait pu se douter que Blanche, avec son aisance et sa collection de robes, eut de tels soucis ! Dans l'excitation du départ à la Maison Dorée, elle n'avait même pas remarqué hier que le coupé manquait...

Tête basse, elle mesurait les torts que son attitude avait dû porter à Blanche : bien sûr, dans ce métier, on ne pouvait se permettre de rosser les poètes ! A cause d'elle, Blanche avait sûrement perdu plusieurs de ses pratiques.

Comme deux ans auparavant, lorsqu'elles se tenaient ensemble sur le seuil du café des Mille Colonnes, Céleste, pleine de remords, regardait tristement Blanche. Elle aurait voulu se jeter dans ses bras et lui demander pardon. Mais Blanche, inconsciente de ce repentir tardif, ou peut-être gênée par l'émotion de Céleste, se leva brutalement.

— Habille-toi ! C'est pas le moment de traîner... Si tu crois que les pigeons, ça se trouve sous le pied d'un cheval... Faut se faire belle pour spéculer. Allons, ma fille, dépêche-toi ! Et dis-toi bien qu'on va pas au bal ! On va à la Bourse !

Céleste eut l'air tellement malheureux que Blanche ébaucha un sourire d'encouragement :

— On va s'y dégoter deux bons gros pigeons qu'on plumera jusqu'à la fin de nos jours... Ça serait bon, dis donc !

Enchantée de cette perspective, elle sortit.

« Que faire ? »

Pour la première fois, l'idée de retourner chez sa mère vint à l'esprit de Céleste.

« Jamais ! Mieux vaut encore suivre Blanche à ce bal

Mabille, ce marché de l'amour où les gens se rendent pour leurs affaires ! »

Elle imaginait un mauvais lieu sombre, enfumé, sentant le vin et la sueur, un de ces bouges sordides qu'elle avait vus le soir de son errance aux barrières...

7

LE fiacre s'arrêta net sur le rond-point des Champs-Elysées. Quelle ne fut pas la surprise de Céleste quand elle découvrit l'enchevêtrement de frises, d'arches et de vasques qui ornaient l'immense portique illuminé. Une foule compacte, bigarrée, plutôt élégante, se pressait devant les bureaux d'admission et les vestiaires.

Blanche prit immédiatement à droite pour payer l'entrée. Des gamins vociférants, vendeurs d'allumettes et décrotteurs, déambulaient en proposant leurs services. Les hommes seuls fumaient nonchalamment le cigare et lorgnaient d'un œil encore distrait les femmes qui papotaient gaiement par groupes de deux ou trois. Derrière Céleste, un couple évoquait ses aventures de la semaine.

— Comme j'ai perdu Léon à cause d'Emile, j'ai été forcée de reprendre Arthur, tu conçois, mon petit Jules ?

Au son de cette voix, Blanche se retourna.

— Tiens, Nini-Patte-en-l'air !

— Tiens, la d'Alizon !

— Comment allez-vous, ma chère ?

— Mais fort bien, ma chère !

Elles se baisèrent chacune deux fois sur les deux joues, puis Nini-Patte-en-l'air ayant pris d'autorité le bras de son compagnon sans faire les présentations, l'entretien en resta là.

— Elle a du vice dans la toupie, celle-là, grommela Blanche, furieuse qu'on lui ait battu froid.

— Deux entrées dames ! lança-t-elle au caissier.

— Dames non accompagnées ? Pas de messieurs ? Demi-tarif alors.

Quand Blanche eut payé ses trois francs, elle vint se coller contre Céleste et, bras dessus, bras dessous, elles passèrent ensemble sous le portique du jardin.

— On se quitte pas, expliqua Blanche. Les hommes, ça s'attaque jamais à une femme seule... Une femme seule attend toujours quelqu'un. Et puis, on se complète, on se met en valeur. A côté de toi, je parais plus blonde... et toi plus brune.

En effet, il n'existait pas deux types de femmes plus différentes.

Blanche, plantureuse, la figure poudrée, les sourcils arrondis en arcs de cercle, du rouge à la paupière, une mouche assassine aux commissures des lèvres, une écume de frisettes blondes s'échappant d'un bibi à plumes, le buste court enfoncé dans les volants d'une toilette rose à pois blancs, ressemblait à l'une de ces mignonnes poupées de porcelaine qu'on gagnait au stand de tir du jardin. A côté d'elle, Céleste, élancée et nerveuse, n'en avait que plus d'allure. Vêtue d'une simple robe en coton prune-de-monsieur (Blanche avait d'autorité rangé au placard la belle toilette de faille gros-bleu : « Pour l'usage que t'en fais ! »), elle marchait librement dans ses jupes plates qui moulaient ses formes. Ses cheveux châtains, coiffés en bandeaux lisses, encadraient parfaitement l'ovale de son visage. La tête haute, le nez au vent, la taille déliée, elle avait la beauté d'un jeune animal.

Certes, le contraste était frappant. Piquant même !

Et la blonde et la brune, enlacées, suivaient la magnifique allée de verdure qui menait au cœur du jardin. Céleste, éblouie, regardait les guirlandes de feuillages métalliques qui couraient dans les airs, reliant de pilier en pilier de grosses lanternes en forme de tulipes. Toute une tapisserie de roses trémières s'enroulait aux réverbères à deux becs que surplombaient d'exubérantes vasques de fleurs.

Blanche, rassérénée par l'opulence du lieu, se laissait à nouveau gagner par les plaisirs de l'initiation : à mi-voix, elle expliquait à Céleste les tenants et aboutissants de ce jardin fabuleux :

— Crois-tu qu'y a pas si longtemps, le rond-point des Champs-Elysées étaient un vrai coupe-gorge !... Va, personne se serait aventuré ici ! Je parie que tu sais pas pourquoi l'allée où on est s'appelle « l'allée des Veuves » ?

Céleste, qui de sa vie n'avait mis les pieds dans ce quartier neuf, fit non de la tête.

Blanche éclata de rire :

— A cause de tous les bourgeois qu'on y a assassinés !... Remarque, on les assassine plus maintenant, on les plume !

Puis, redevenant sérieuse :

— Dis donc, les veuves, ici, c'est nous. Faudrait voir à nous trouver des conjoints.

Céleste s'écarta un peu. Elle détestait s'entendre rappeler le but de la promenade. L'idée que Blanche s'en retournerait ce soir « en compagnie » lui était pénible. Où passerait-elle la nuit si Blanche « le » ramenait chez elle ?

— Et ce nom de Mabille, d'où vient-il ? demanda-t-elle, pressée de changer de sujet.

— Il paraît que le père Mabille était prof de danse, distillait Blanche de sa petite voix pointue. On dit qu'il a ouvert le jardin y'a une dizaine d'années, mais que c'est ses fils qu'en ont fait ce bijou. Note, moi, je l'ai toujours connu comme ça... Devine combien ça a coûté, cette bêtise ?

Et, sans attendre la réponse :

— Deux cent mille francs.

— Deux cent mille francs ? s'écria Céleste.

— Deux cent mille francs ! répéta Blanche avec fierté, comme si quelque chose du prix de l'établissement retombait sur elle. Tu sais, je t'emmène pas n'importe où. C'est très chic ici. Rien à voir avec le bal Bullier.

— Oh... je m'en doute !

Elles étaient arrivées au centre du jardin. Là, au milieu d'un rond-point bitumé, s'élevait un pavillon chinois au toit transparent. Des musiciens s'y installaient. Noirs et graves, ils accordaient leurs instruments et dépliaient leurs partitions.

— C'est l'orchestre de M. Pillodo, souffla respectueusement Blanche... Ils sont tous lauréats du Conservatoire...

Allons, viens, le bal n'ouvre pas avant huit heures. On a le temps de faire un tour.

Elles quittèrent le rond-point réservé à la danse et s'engagèrent dans l'allée autour de la piste.

Le spectacle qui s'offrit alors aux yeux de Céleste dépassait tout ce que son imagination avait pu concevoir dans ses rêves les plus fastes. Des arches hérissées de flammèches en forme de fleurs projetaient leurs feux rutilants dans la nuit. Des guirlandes de vigne ciselée, en plein or, s'entortillaient autour de candélabres qui figuraient de gigantesques grappes de raisin. Cinq mille becs de gaz flamboyaient dans le ciel, renvoyant leur lumière sur les ramures en zinc d'immenses palmiers artificiels.

Ce monde tout métal et toute lumière, tout argent et tout or séduisit Céleste complètement. Elle y retrouvait, centuplés, les plaisirs qu'elle avait éprouvés autrefois devant les vitrines du Démon Tentateur.

— Toi, ma fille, t'es faite pour la grande vie, commenta Blanche en la regardant.

Bras dessus, bras dessous, elles continuaient d'avancer dans cette somptueuse promenade tournante, d'où partaient çà et là des sentiers couverts et des allées mystérieuses.

— Si on se buvait quelque chose ? Ça nous mettrait en train.

Elles s'étaient arrêtées devant une grande salle couverte. Par la baie vitrée, Céleste pouvait apercevoir une pièce de réception tendue de damas rouge et garnie de glaces à arabesques d'or.

— C'est là qu'on danse quand il pleut... Mais les rafraîchissements, c'est à côté.

A la suite de ce salon se trouvait un café-divan de style mauresque, avec une terrasse dont les petites tables rondes se pressaient jusqu'à la piste.

— Dis donc, c'est plein de journalistes ici... Tiens-toi bien, commanda Blanche en se redressant, ils peuvent nous lancer.

Pour atteindre un siège bien en vue sur le devant, elle se faufila jusqu'au fond de la terrasse, en la traversant exprès deux fois dans sa largeur. Elle frôlait de sa robe les verres et les chapeaux, s'excusait, souriait, scrutait les visages comme si elle cherchait quelqu'un ; puis repartait, la mine affairée... Blanche faisait la roue et se montrait.

Amusée par le manège, Céleste la suivit en regardant les gens. Ici, plus d'habits noirs ni de cravates blanches. Ces messieurs portaient des pantalons de nankin à carreaux, des gilets bariolés à grosses fleurs, des chapeaux très hauts, à bords roulés. Quelquefois, un « lion » en paletot clair, cravate grise et gibus assorti, lorgnait du haut d'un faux col « suraigu » les deux jeunes femmes qui passaient.

— Finalement, pas grand monde d'intéressant ce soir, ronchonna Blanche. T'as vu ce grand cocodès qui nous a zieutées. C'était mon marchand de gants en gros, celui que j'ai mis dedans, l'année dernière. Avait-y l'air daim, ce pauvre Anatole !

A la table d'à côté, deux messieurs semblaient prêter une attention soutenue à leurs nouvelles voisines. Le plus vieux, un grand gaillard chauve à la barbe pleine, se retourna franchement :

— Mesdames, nous permettrez-vous de vous offrir la spécialité de la maison, une bavaroise au chocolat et un verre de rhum ?

Sans attendre la réponse, il s'était levé et, le chapeau à la main :

— Je me présente : Alphonse Karr, du *Constitutionnel*.

— La feuille ?

— Oui, madame, le journal. Et voici mon confrère, Georges Plazac, envoyé spécial du *Petit Périgord Illustré*.

— Enchantées, dit Blanche avec un hochement de tête.

Ils prirent chacun leur chaise et s'installèrent, sans plus de façons, à la table des jeunes femmes.

— Moi, c'est Mlle d'Alizon, du théâtre des Variétés (Céleste lui jeta un regard effaré) et mon amie, c'est Mlle Vainart, des Folies Dramatiques.

— Eh bien, mesdames, c'est nous qui sommes « veinards » de vous avoir rencontrées, dit finement l'envoyé spécial du *Petit Périgord Illustré*. ... Voyez-vous, on m'a demandé un article sur le jardin Mabille. Je viens de Saint-Léon-sur-Vézère pour me rendre compte.

— Vrai ? Nous sommes donc si connues que cela ? minauda Blanche qui, décidément, assimilait l'endroit à sa personne.

— Comment donc! Votre réputation s'étend jusque chez les boyards! renchérit avec un sourire moqueur le journaliste du *Constitutionnel*.

Celui-là plaisait à Blanche. Ses gants en peau de renne couleur « beurre frais » attestaient une parfaite connaissance des usages (une nuance plus claire aurait donné l'impression qu'il achevait en ce lieu ses gants blancs de soirée). Quant au nœud de sa cravate, négligé en apparence, il avait coûté (Blanche ne s'y trompait pas) au moins une heure de travail devant le miroir. Elle nota qu'il « portait le ruban » : chevalier de la Légion d'honneur ou officier, elle ne savait plus lequel valait mieux. Tous ces détails déterminaient à ses yeux la valeur du pigeon. Elle en déduisit que celui-ci avait les moyens.

Pour plus de sûreté, elle se baissa sous la table : le bas du pantalon n'était pas crotté, aucune trace de boue sur ses chaussures — il n'était donc pas venu à pied. Il louait ou possédait une voiture. Parfait! Et puis, de toute manière, un journaliste, même panné, c'était bon à connaître!

Le flot toujours plus dense des promeneurs défilait devant eux dans l'allée tournante. Céleste remarqua que toutes les femmes se donnaient le bras et que certaines se tenaient même par la taille. Elles avançaient d'un pas mesuré, le visage caché par les œillères de leur capote qui masquaient presque complètement leur profil. La gorge en avant, la taille cambrée, elles glissaient, drapées dans d'immenses châles à ramages qui se creusaient aux reins pour s'arrondir ensuite sur leurs croupes gonflées par l'épaisseur rembourrée des « polissons ».

Au loin, dans les bosquets verdoyants et ombreux, on entendait des rires et des coups de feu, un bruit de boules qui s'entrechoquaient et les cris des gandins mesurant leurs forces au dynamomètre... Tout un monde secret d'attractions, dispersées çà et là parmi les becs de gaz.

Soudain les promeneurs s'arrêtèrent. On fit silence. Les femmes mirent le doigt sur leur bouche et les hommes, d'un geste, firent taire les causeurs rebelles. Seul le jet d'eau continua de murmurer.

Au milieu de l'immense rond-point bitumé se tenait, debout dans le pavillon chinois, la silhouette noire d'un homme en frac. Il levait lentement la main. Dans le halo de lumière qui tombait par la transparence du toit, son bras parut comme irisé de couleurs. Immobile, il demeura haussé sur la pointe des pieds, le souffle retenu, la baguette dressée dans les airs. Puis brusquement, il abattit le bras et la musique jaillit.

D'abord, elle ne la reconnut pas... Elle ne ressentit qu'au bout de quelques instants un petit tressaillement, là, au creux de la gorge et sous la poitrine. Alors elle se souvint : ce rythme à trois temps qui se déroulait langoureusement — c'était la *Valse des bords de l'Oise* ! Les joues en feu, le cœur battant, elle regardait les couples se former et partir lentement autour de la piste. Elle se tourna d'un geste vif vers ses compagnons : cette fois-ci, elle la danserait, cette valse ! Le grand chauve à moustache carrée ne semblait nullement s'intéresser à la danse, occupé qu'il était à faire goûter sa bavaroise au chocolat à Blanche. Mais l'autre, chauve aussi, petit, rouge et tout rond, l'air finaud et faussement à l'aise, battait la mesure à contretemps. Celui-là ne l'intimidait pas. Il était trop laid et trop godiche pour qu'elle fût gênée de sa propre inexpérience : Céleste avait trouvé le partenaire idéal pour faire ses premiers pas.

Impatiente, prête à toutes les audaces pour assouvir son désir, elle lui décocha un regard provocant. Le petit homme, surpris par cet intérêt soudain, baissa les siens ; puis, pris d'un regret, il la regarda à son tour. Il ne savait que dire. Alors, à bout d'idée, il finit par articuler :

— Vous dansez, mademoiselle ?

— Oui !

Ce oui avait fusé comme un cri.

Tout de suite, elle se leva et se dirigea vers la piste.

Blanche leva le nez. Surprise et ravie de la rapidité avec laquelle Céleste se laissait embarquer, elle lui lança :

— Si on se perd, rendez-vous à onze heures à la sortie. Sinon à la maison, tu sais où est la clef...

Céleste avait disparu dans la foule.

— Au théâtre des Folies Dramatiques, vous êtes danseuse ?

Elle lui marchait sur les pieds, pivotait plus vite que lui et perdait l'équilibre dans les tournants.

— Pas vraiment.

Malicieuse et concentrée, elle s'appliquait à le suivre en copiant les dames qui dodelinaient de la tête à chaque pirouette.

— ... En tout cas, vous dansez divinement !

Elle lui jeta un regard furieux : il se moquait !... Mais non, il l'avait complimentée avec le plus grand sérieux.

« Ainsi, je suis douée. »

Et elle redoubla d'énergie en prenant de l'assurance. Elle ignorait que ce monsieur s'essayait à la valse pour la seconde fois de sa vie, sans y trouver d'autre plaisir, d'ailleurs, que celui de serrer cette belle fille de près...

Elle, grisée, tourbillonnait passionnément. Lui, à bout de souffle, n'osait insister pour se reposer. Ils dansèrent plusieurs valses à la suite. Céleste, dans sa soif d'apprendre, aurait voulu ne jamais s'arrêter. Mais au moment où, pour la cinquième fois, la baguette de M. Pillodo s'abattait, les souliers périgourdins de l'envoyé spécial ne résistèrent pas : il perdit un talon.

A cloche-pied, il s'en retourna vers le café-divan tandis que Céleste, essoufflée, demeurait seule près de la piste.

— Me ferez-vous l'honneur, le plaisir et la joie de danser la prochaine valse avec moi ?

Un hussard en grand uniforme rouge à galons dorés se tenait au garde-à-vous devant elle ; une main dans le dos, l'autre effilant sa moustache, il lui souriait d'un air fat.

Elle prit le bras qu'on lui offrait et se laissa conduire sur la piste. Là, les choses se gâtèrent. Le militaire, brutal et rapide, la tirait dans tous les sens et s'exaspérait de ses faux pas.

— Allez donc prendre quelques leçons chez M. Celarius, 48, rue Vivienne !

Tambour battant, il la reconduisit où il l'avait prise.

Vexée, elle s'éloigna, sans pour autant quitter la piste : elle ferait le tour du bal et verrait bien comment les bons danseurs s'y prenaient. Justement, là-bas, le monde se pressait...

— Bravo !
— Délirant !
— Quelle môme !
— Ça, c'est ficelé !

Céleste eut beau chercher à se faire une place dans l'attroupement, personne ne lui concéda le plus petit espace. Elle ne vit rien. Le cercle s'élargissait toujours et la foule poussait des exclamations d'instant en instant plus enthousiastes :

— Oh ! ce cancan pyramidal !

— Quel chahut monstre !... Louxorien ! Babylonien ! Phosphorescent !

Ces mots fusaient de partout dans les oreilles de Céleste.

Enfin, la musique s'arrêta, le rond s'ouvrit et une femme parut :

— Place, place à la reine Pomaré et sa cour !

Petite, raide, sèche, la danseuse regardait à droite et à gauche ses sujets en délire qui se pressaient pour la saluer. On lui faisait des révérences compliquées. On plongeait jusqu'au sol en murmurant « Votre Majesté ». On se disputait ses mains à baiser...

Elle, très digne, continuait d'avancer comme si ces démonstrations étaient bien naturelles. Deux gardes du corps la précédaient pour écarter la foule. Mais à sa suite, le peuple se formait en cortège, riant, criant et gambadant jusqu'aux premières tables du café. Là, sans qu'elle ait rien demandé, un garçon lui apporta en courant deux verres d'eau glacée qu'elle but d'un trait, debout, la main sur la poitrine.

Céleste, qui était enfin parvenue à se faufiler à son côté, la dévisageait, tâchant de trouver un sens à cette étrange mascarade.

Cette femme, cette reine, n'avait peut-être pas mangé de la semaine tant elle était mince et pâle ! Elle portait une robe de laine noire qui sentait la misère. De près, elle paraissait plus petite encore. Une raie au milieu séparait ses cheveux noirs qu'elle coiffait en bandeaux plats, avec une natte ronde plaquée en macaron derrière la tête ; sous cette natte, des frisettes lui cachaient entièrement la nuque. Le front bas, le nez busqué, l'œil sombre, elle avait des sourcils qui se rejoignaient, ce qui lui donnait l'air dur. Quant à son regard luisant, il semblait regarder sans voir, accentuant ainsi l'expression dédaigneuse de sa lèvre inférieure.

Le premier mouvement de Céleste fut de la trouver

laide. « Oui... Elle a peut-être quelque chose... " de la physionomie, du galbe ", comme dirait Blanche. Mais pourquoi diable l'entoure-t-on ainsi ? Elle n'en vaut pas la peine ! »

Quand la reine Pomaré eut bu ses verres d'eau, elle s'en retourna tranquillement vers la piste. Elle y fut accueillie par un joli petit jeune homme aux yeux rieurs et intelligents.

— Brididi ! Brididi ! Brididi ! scanda la foule qui se pressait sur les pas de la danseuse.

Il mit son chapeau de côté et salua.

Il avait le torse très long et les jambes toutes courtes. Son gilet écossais lui tombait jusque sur les cuisses.

Il leva son bras qu'il fit tourner parallèlement au corps, à toute vitesse, comme une aile de moulin.

— Le-pas-du-meunier ! Le-pas-du-meunier ! hurla la foule en réponse à cette contorsion.

Il eut un petit sourire de plaisir, lança son pied à la hauteur de sa danseuse et la salua jusqu'à terre en faisant le gros dos. Puis il l'attrapa par la taille et commença la première figure.

Céleste n'avait jamais assisté à de pareilles singeries. Brididi possédait le génie de la mystification. Il prenait son élan, s'envolait comme s'il allait exécuter un allegro, puis s'arrêtait net et, tournant soudain le dos à sa cavalière, il contemplait le ciel, bouche ouverte. La compagnie, hilare, se tordait de rire à chaque pitrerie.

A la seconde figure, l'enthousiasme fut à son comble lorsque la reine Pomaré, regardant le chef d'orchestre, plongea en même temps que le coup d'archet et s'élança tête baissée, poings sur les hanches, jusqu'au bout du cercle. Là, elle se redressa ; cambra ses reins ; fit deux fois toucher ses coudes dans son dos en criant « Cocorico ! »... Et revint au centre.

La tête renversée, elle adressa à son danseur un pied de nez auquel il répondit en hennissant.

Puis tous deux lancèrent leur jambe en l'air et celle de la Pomaré passa au-dessus du chapeau de Brididi...

Ils exécutaient toutes ces contorsions avec le plus grand sérieux, adoptant de temps à autre des mines lascives chez Pomaré, goguenardes chez Brididi. Mais les rapprochements érotiques étaient toujours interrompus par une gambade, et le tout avait une grâce bouffonne, pleine de charme et de fantaisie.

— Brididi ! criaient les uns.

— Pomaré ! Pomaré ! Pomaré ! répondaient les autres.

Ainsi encouragée, elle redoubla d'ardeur et finit son cancan par une apothéose : sensuelle et railleuse, elle se cambra et, ramenant ses jupes par-derrière, elle donna de tout le bassin un vigoureux coup de hanche vers la foule... Ce fut un délire !

A ce moment parut un vieux monsieur tout de gris vêtu. Un murmure courut dans la foule :

— C'est Chicard !

Le fameux Chicard, créateur du Pas de l'Ours et de la Valse Chicardée (à la ville, M. Levecque, négociant, rue Quincampoix !) portait solennellement à bout de bras une couronne de roses blanches qu'il déposa sur le front de la jeune femme, en prononçant d'une voix tonitruante :

— De par ta figure, tu ressembles à cette altière reine Pomaré de la dynastie tahitienne, qui ose tenir tête à notre diplomatie en son île du Pacifique. De par les pouvoirs à moi conférés, je te sacre donc officiellement ce soir « Reine Pomaré » de la dynastie mabillienne, souveraine du cancan, chahut et autres billevesées !

Hurlements, trépignements. Un cri unanime s'éleva : « Vive la reine Pomaré ! »

Céleste fit la moue. Elle trouvait ce triomphe exagéré. Certes, elle avait concédé à cette femme « du galbe et de la physionomie » ; maintenant, elle lui accordait même « de l'adresse, de la jeunesse et peut-être... peut-être de la grâce ». Mais de là à en faire la reine du bal ! A tout prendre, elle préférait son danseur, ce drôle de M. Brididi, avec son chapeau toujours de travers et son gilet qui aurait pu lui servir de tablier. Elle le chercha des yeux. Il se tenait un peu à l'écart et grommelait en s'essuyant le front :

— Je n'aime pas danser avec cette fille, elle est raide comme un bâton !

M. Brididi n'avait pas l'air content... Sans doute trouvait-il, lui aussi, le triomphe de la reine Pomaré très exagéré. De toute façon, on s'occupait trop d'elle et pas assez de lui. Céleste partageait entièrement son opinion. Elle le regardait tant et tant qu'il la remarqua et crut qu'elle voulait danser avec lui.

Danser avec Brididi était un honneur que se disputaient toutes les chahuteuses du bal Mabille. Au reste, rien ne manquait à la gloire de M. Brididi, pas même le plagiat. Depuis quelques mois, un mystificateur portait de longs gilets à carreaux tout pareils aux siens, avec des gants blancs et un chapeau plat. Ce « faux Brididi » obtenait des succès immérités parmi les béotiennes. Mais les vraies bambochardes ne se laissaient pas tromper : Brididi, le seul, l'unique, était inimitable.

— Allons, dit-il tranquillement en invitant Céleste.

Echaudée par son échec avec le hussard, elle recula. Elle ne voulait plus s'y risquer, surtout avec un danseur de cette trempe.

— Ce serait avec grand plaisir... Mais je ne sais pas danser.

Il la regarda de ses petits yeux malins, l'air tout à fait incrédule.

— ... Je vous assure. J'ai essayé tout à l'heure pour la première fois et l'on m'a vivement conseillé de prendre des leçons chez M. Celarius.

— Celarius ne vaut pas Brididi. Je vous apprendrai.

D'autorité, il la prit par la main et l'entraîna.

Cachés tous deux à l'ombre des grands arbres, ils sautaient comme des plumes. Céleste, mise à l'aise par l'intimité du lieu, s'en donnait à cœur joie. Elle essayait, sous la direction de son maître, une foule de figures toutes plus excentriques les unes que les autres : les bras, les jambes, le corps, la tête — tout remuait à la fois.

— Savez-vous que vous « cancanez » très convenablement ?

On ne la reprendrait pas deux fois à ce genre de compliment.

— Bien sûr, il y a encore des progrès à faire... Mais le talent est là, ajouta-t-il d'un ton sentencieux. ...Ecoutez, il existe une danse nouvelle, la polka. Ici, personne ne la sait encore. Nous l'apprendrons et nous l'inaugurerons ensemble pour faire enrager la Pomaré... Je serai en répétition chez vous demain à quatre heures. Où demeurez-vous ?

— C'est que je suis chez une camarade. Je n'habite pas chez moi.

— Et comment s'appelle-t-elle, votre camarade ?

— Ernestine... Blanche. Blanche d'Alizon.

— Rue Notre-Dame-de-Lorette ? Je la connais très bien, c'est une sacrée ballocheuse... A demain donc, quatre heures.

Il donna un petit coup de chapeau et s'éloigna en sautillant. Céleste reprit son châle qu'elle avait accroché à une branche et se dirigea vers la sortie pour y attendre Blanche. Elle marchait avec un petit sourire espiègle. Une phrase de Brididi lui revenait sans cesse à l'esprit : « Faire enrager la reine Pomaré... » Cette idée lui plaisait bien. Non qu'elle éprouvât de l'antipathie pour cette femme, mais elle aurait aimé qu'on l'appelât, elle aussi, « reine Pomaré », ou « reine »... « la reine Céleste », voilà qui ne sonnait pas mal du tout.

Soudain, le sifflet strident d'un officier de paix retentit dans la nuit. Quelques luminaires s'éteignirent. L'orchestre de M. Pillodo hâta le rythme du morceau qu'il jouait et la musique s'arrêta. C'était l'heure du couvre-feu. Onze heures. Le jardin fermait. Céleste remarqua que les esseulés, hommes et femmes, se postaient au détour d'un sentier ou d'un bec de gaz, dans l'allée de verdure qui menait à la sortie. Là, ils attendaient tranquillement le gibier qui, d'un instant à l'autre, se présenterait.

La foule se pressait car les gens pourvus d'équipages voulaient demander leurs voitures en premier, afin d'éviter l'embouteillage.

— La boîte à Nini ! La boîte à Nini ! criait à tue-tête Nini-Patte-en-l'air, la connaissance de Blanche, qui sortait de Mabille escortée de quatre jeunes gens. Céleste entendit donner l'adresse de la Maison Dorée... Tout le monde se faisait conduire à des restaurants à la mode. Blanche, elle, devait déjà souper avec son journaliste dans quelque cabinet du Boulevard, car elle n'arrivait pas.

Céleste se retourna sur un ultime tumulte :

— La voiture de la reine ! criait la troupe qui arrivait joyeusement par l'allée de verdure.

— La voiture de la reine! répétaient les chasseurs.

— La voiture de la reine! reprenaient les gamins.

Céleste vit alors s'avancer une vieille guimbarde, sorte de calèche tirée par deux chevaux, l'un bai, l'autre blanc. La petite robe noire de Pomaré s'engouffra à l'intérieur et disparut dans les capitons d'un rouge passé.

— Vive la reine!

Une main noueuse passa par la portière et railleusement, en signe d'adieu, fit une bénédiction. Fouette cocher, les chevaux partirent au galop.

Céleste demeura seule sous l'arche du somptueux portique. Derrière elle, les cinq mille luminaires du jardin s'éteignaient un à un.

Son petit châle roulé autour de ses mains comme un manchon, elle se sentait triste et abandonnée. Elle n'osait partir, espérant que Blanche viendrait. Enfin, elle se décida. Elle s'enfonça courageusement dans la nuit noire. Pourtant, un moment encore, elle s'arrêta au bord de l'obscurité. Le visage levé vers les fenêtres du dernier hôtel des Champs-Elysées, elle s'attardait dans cet ultime halo de lumière. Du premier étage tombait la rumeur sourde d'un raout et elle pouvait apercevoir par les croisées entrouvertes, à travers la transparence des voilages, un immense lustre rond qui brillait de tout l'éclat de ses cristaux biseautés. Son cœur se serra. La solitude montait en elle, étreignant sa gorge et brûlant ses yeux de larmes.

« Un jour... un jour, je vivrai là, songea-t-elle... Dans un hôtel avec un lustre, à quelques pas du bal Mabille! »

Crânement, elle repartit.

Quatre heures sonnaient exactement à l'église Notre-Dame-de-Lorette quand Brididi, une brochure sous le bras, se présenta chez Blanche. Celle-ci n'était pas rentrée de la nuit et Céleste, qui n'avait donc pu la prévenir, s'inquiétait fort de sa réaction lorsqu'elle trouverait du monde chez elle.

M. Brididi, galant, avait apporté des marguerites que l'on mit dans le grand vase sur le dessus de l'armoire.

A vrai dire, Céleste commençait à très bien s'y reconnaître dans ce petit trois pièces moderne. Depuis le matin, allongée devant la cheminée du salon, elle lisait *Manon Lescaut* dont elle coupait les pages avec ferveur. La bonne lui avait apporté son déjeuner sans qu'elle eût à se déranger. Cette vie confortable lui allait tout à fait. Le quartier entier répondait même à ses goûts : neuf, propre, bien éclairé, on pouvait rentrer chez soi très tard le soir sans tirer le cordon... Pas d'amende à payer, pas de portière à qui rendre des comptes — cela seul l'eût séduite !

— La polka est une sorte de valse sautée, expliquait Brididi en l'entraînant vers la glace, dont la surface disparaissait presque entièrement sous les cartes de visite et les cachets de bain, coincés dans les rainures du cadre.

— ... Elle se danse sur une mesure à deux-quatre très rythmée.

Il la saisit par la taille et, son livre à la main, il mit tout de suite en pratique les directions qu'il en tirait :

— Je pars sur le pied gauche, vous sur le droit comme dans la valse ordinaire... Mais je vous fais tourner tantôt à droite, tantôt à gauche, jamais deux fois de suite dans le même sens... Maintenant, le pas : il se divise en trois temps... Dans le premier, le talon gauche doit être levé à côté de la jambe droite de manière à en effleurer le mollet ; dans cette position, vous sautez sur le pied droit... Non ! *Le DROIT !* J'ai dit : sautez sur le pied droit !

Céleste, qui n'avait jamais su reconnaître sa droite de sa gauche, s'emmêlait continuellement et Brididi, qui tenait toutes ses connaissances de sa brochure, devait sans cesse y retourner... Ils apprirent ainsi pendant cinq heures.

— Ça ira pour aujourd'hui..., déclara enfin Brididi. Demain, je passerai vous prendre et nous répéterons encore avant de partir à Mabille.

Puis se frottant les mains, l'air gourmand :

— J'en connais une qui va enrager !

Là-dessus, Blanche arriva :

— Tiens, Brididi ! Eh ben, ça, pour une surprise ! Comment vas-tu, mon chat ? Ça fait plaisir de te voir !

Brididi, très à l'aise, lui expliqua ce qu'il était venu faire chez elle.

— Eh ben ! T'en as de la veine, toi ! s'exclama-t-elle en se retournant vers Céleste.

Quoiqu'un peu défraîchie par sa nuit — et par cette journée qui n'avait guère dû être reposante — Blanche semblait plus pimpante que jamais.

— Je meurs de faim! Tu resteras bien souper avec nous, Brididi?

— Désolée, ma mignonne, je suis pris. Mais ça n'est que partie remise! A demain...

Petit coup de chapeau et bond de côté. Déjà il avait dévalé l'escalier.

— Quel numéro! Quand je pense que ce garçon est commis aux écritures! s'esclaffa Blanche... Dis donc, j'ai fait un joli pigeon hier... Tu sais, le journaliste, il est célèbre : Alphonse Karr qu'il s'appelle. Tu connais pas; moi non plus... Mais tu peux m'en croire, je sais m'y prendre, moi, pour les pincer!

8

CELESTE passa la journée du lendemain devant la glace.

En inexpressible, en camisole ou en jupon selon les heures, elle sautait d'un pied sur l'autre, osait des balancés langoureux et, de ses talons nus, frappait à toute force contre le carreau. A chacun de ses entrechats, Blanche, qui mangeait sur son lit les marrons glacés offerts par son journaliste, s'exclamait la bouche pleine :

— Que t'es drôle, ma fille !

Blanche n'aimait pas danser.

— Ça essouffle et ça donne le tournis. N'empêche, je donnerais gros pour être là ce soir ! Dommage qu'Alphonse m'ait donné son rendez-vous à Tortoni... Je tâcherai de le convaincre de m'amener te voir... En plus, aujourd'hui, c'est jour de gala à Mabille — le jeudi et le samedi. Il est pas fou, Brididi, vous aurez du monde !

Céleste « polkait » en l'écoutant, elle polkait en marchant, elle polkait en s'habillant...

A cinq heures, elle entreprit de recoudre ses bottines qui la lâchaient. A cinq heures et demie, elle reprisait ses bas. A six heures, elle ajoutait des brandebourgs à sa robe de coton. A six heures et demie, des nœuds de velours à ses ringlets. A sept heures, elle était prête.

— Mets donc ça, dit Blanche en jetant sur le lit une petite bande élastique rouge, en dentelle constellée de paillettes. Céleste la fit prestement glisser le long de sa jambe. A la hauteur du genou, elle hésita... C'était vraiment dommage de rompre la ligne de son mollet : elle l'avait si bien fait ! Elle monta la jarretière un peu plus haut, dépassa son genou, continua jusqu'au milieu de la cuisse. Blanche, qui la regardait faire, l'œil très intéressé, poussa un petit sifflement :

— Eh ben toi, dis donc, tu apprends vite...

Céleste rabaissa vivement ses jupes et, toute rouge :

— C'est comme ça qu'on les porte à Mabille. Toutes les dames, j'ai vu...

— T'excuse pas, ma fille, tu fais bien... J'avais un ami — Ernest Feydeau, tu connais peut-être ? — qui disait comme ça « qu'une femme qui commet le crime d'attacher ses bas au-dessous du genou n'est pas digne de vivre ». Alors, tu vois...

A ce moment, on sonna. Le cœur de Céleste fit un bond : c'était sûrement M. Brididi qui venait répéter leur polka avant de partir. Mais la bonne entra, un billet plié en quatre à la main : *Impossible de venir vous prendre, ma jolie. Rendez-vous à huit heures sur les marches du pavillon chinois. Alea jacta est, morituri te salutant, Ave Céleste. Brididi.*

— Huit heures ! Mais je n'y serai jamais ! Quelle heure est-il ?

— Je peux t'avancer en fiacre jusque sur le Boulevard, mais guère plus loin. Je n'ai pas un franc sur moi... Joséphine, allez nous chercher une voiture tout de suite. A la station de l'église, y'en a toujours. Ah, ma fille, attendez ! Vous avez pas quelques sous à nous prêter ?

— C'est bien malheureux, mademoiselle, mais... commença hypocritement la bonne.

— Allez, allez, coupa Blanche. Pour ton billet, t'auras qu'à te recommander de Brididi.

— On ne me laissera jamais entrer sans payer !

— Qu'est-ce que tu veux que j'y fasse ?

Les retards, le désordre, les « coups pour rien » avaient toujours le don de mettre Blanche hors d'elle :

— J'y peux rien : j'ai pas de sous ! Mon journaliste m'a encore payé que des bonbons... Je vais tout de même pas faire le trottoir pour que mademoiselle aille au bal !

Céleste prit son châle et se planta près de la porte pour partir plus vite.

— Et puis, ma fille, faudrait songer à gagner ton pain !

conclut Blanche, grognon, en se laissant tomber lourdement au fond du fiacre.

Céleste, à côté d'elle, rougit... « Ah ça, tu peux y compter ! D'ici peu, ce sera moi qui les paierai, les fiacres et les bals... Seulement, moi, j'y mettrai plus de tact !... Je ne ferai pas remarquer à tout bout de champ que telle robe m'appartient !... »

Elles voyagèrent en silence. Céleste, vexée, se jurait une fois de plus de devenir riche. Blanche, inquiète malgré tout de savoir Céleste en retard, réfléchissait :

— Ça, c'est le seul inconvénient du métier : y'a des hauts et des bas ! admit-elle au terme de sa méditation.

Elles débarquèrent sur le perron de Tortoni.

— Attends un peu, peut-être que je vais pouvoir taper mon journaliste...

Mais Céleste courait déjà en direction des Champs-Elysées.

Boulevard de la Madeleine, rue de la Concorde, rue du Faubourg-Saint-Honoré. Elle filait comme une flèche et cette course éperdue à travers Paris lui rappelait irrésistiblement le matin de mars où elle était arrivée en retard au Démon Tentateur. C'était le même pressentiment de quelque catastrophe, après avoir cru toucher au but...

« Quelle imbécillité d'envoyer un message à sept heures et demie pour un rendez-vous à huit heures ! Sans doute Brididi me croit-il riche à millions !... Car il faut être riche pour traverser tout Paris en fiacre ! Riche pour payer son entrée au bal. Aussi comment Brididi aurait-il pu deviner que je ne possède rien ? Mais ce qui s'appelle rien !... Pas un liard en poche, pas une harde à moi, jusqu'à mon caleçon qui ne m'appartient pas... »

Tous ses ennuis venaient encore une fois de sa pauvreté. Encore une fois, elle allait rater sa chance à cause du manque d'argent. « L'argent, y'a que ça ! » Telle était sa conclusion en arrivant hors d'haleine devant le portique de l'allée des Veuves. Tout de suite, elle repéra les deux chasseurs qui prenaient les billets sous l'arche et refoulaient les resquilleurs à la queue, devant les bureaux d'admission. Elle était immense, cette queue : elle atteignait l'allée d'Antin. Sans hésiter, Céleste remonta toute la file et s'adressant avec aplomb aux deux dames qui s'apprêtaient à payer :

— Vous permettez, on m'attend !

Elle prit leur place devant la caisse.

— M. Brididi a laissé un billet pour moi.

— M. Brididi n'a rien laissé du tout, répondit le caissier qui ne s'en laissait pas conter.

— Vérifiez, rétorqua Céleste avec autorité. Puis, changeant de méthode, elle lui décocha son plus joli sourire : M. Brididi m'avait pourtant dit qu'il le laisserait ici exprès pour moi, Mlle Céleste, du théâtre des Folies Dramatiques...

— Folies Dramatiques, mon œil ! grogna derrière elle une des jeunes femmes dont elle avait pris la place.

— J'y suis figurante, moi, aux Folies Dramatiques, et j'y ai jamais vu cette bobine-là ! gronda l'autre.

— A la queue, comme tout le monde !

Elles la poussèrent. Céleste, devinant que ces deux rosses allaient faire un scandale, s'écarta prudemment. Comment rentrer ? Il faut trouver « un moyen » ! Cette phrase était devenue depuis quelques jours la phrase clef de toutes ses pensées.

« Il faut trouver un moyen. » Elle regardait les messieurs présenter leurs billets au contrôle.

— Anatole ! Anatole ! hurla-t-elle soudain.

Prise d'une inspiration subite, elle s'était précipitée à la suite de l'un d'eux.

— Anatole ! Attends-moi !

Les chasseurs, occupés à compter les billets d'un groupe de gens, se retournèrent, mais ne jugèrent pas opportun de la poursuivre. Elle était passée !

Au galop, elle remonta l'allée de verdure, bousculant les promeneurs, se faufilant entre les becs de gaz... Arrivée au rond-point bitumé, elle fendit la foule des danseurs, traversa la piste et alla se percher sur la plus haute marche du pavillon chinois. Evidemment, Brididi n'y était plus ! Tout à coup, elle crut l'apercevoir là-bas, qui levait sa jambe à carreaux rouges, au milieu d'un groupe d'admirateurs. Elle dévala les marches et courut jusqu'à lui :

— Brididi !

Le cancan finissait ; il vint à elle en s'épongeant le front comme à son ordinaire.

— Où étiez-vous ? demanda-t-il, maussade.

— Oh, monsieur Brididi, ne me grondez pas ! Si vous saviez tous les ennuis que j'ai eus !

On ne faisait pas attendre impunément M. Brididi, il fallait que cette postulante l'apprît :

— La polka, ce sera pour une prochaine fois.

— Pourquoi ? demanda-t-elle, indignée.

— Parce que je vous avais dit d'être là à huit heures, et qu'à huit heures, on a affiché une polka...

— Et alors ?

— Et alors, comme personne ne la savait, personne ne l'a dansée. Et comme personne ne l'a dansée, l'orchestre n'en rejouera pas.

— Vous ne pouvez pas en redemander ?

— Si... Mais je ne le ferai pas.

— Voilà qui est malin ! Je suis sûre que d'ici quelques jours, la Pomaré l'aura apprise, et alors...

Cet argument sembla ébranler Brididi.

— Vous en souvenez-vous au moins ?

— Je crois.

Maintenant qu'elle avait convaincu Brididi, le trac la reprenait.

Après tout, deux jours à peine s'étaient écoulés depuis le moment où elle avait dansé pour la première fois. Et maintenant, elle avait l'incroyable aplomb de penser qu'on pourrait la regarder, l'admirer, l'applaudir... « Je suis folle, complètement folle ! Je vais commettre des gaucheries et l'on se moquera de moi !... M. Brididi, pour s'être compromis avec un tel paquet, en perdra sa réputation ! »

— Attendez-moi ici et ne bougez pas, ordonna Brididi en partant vers l'orchestre.

Céleste aurait voulu lui dire qu'en effet, la polka, ce serait pour un autre jour, qu'il ne fallait pas forcer la chance, que le destin l'avait mise en retard et que vraiment, mieux valait ne pas insister !...

Mais déjà Brididi revenait :

— Après cette valse, c'est à nous.

— On pourrait se mettre dans un petit coin.

— Pas question ! Au milieu de la piste. Venez.

En arrivant près du pavillon, elle vit un musicien se pencher sur un petit cadre vide accroché à la rambarde. Il y glissait un écriteau. Céleste lut : « Polka » !

Il y eut un murmure de mécontentement parmi les valseurs qui quittèrent le rond-point bitumé.

— On nous affiche, commenta Brididi.

Ils étaient seuls sur la piste vide. Alors, sans perdre de temps, Brididi salua sa danseuse jusqu'à terre et procéda à ses pitreries habituelles. Chapeau sur le côté et jambes écartées, il faisait des moulinets fous avec ses deux bras qui tournaient à toute vitesse parallèlement à son corps.

— Le-Pas-du-Meu-nier ! Le-Pas-du-Meu-nier ! scandait la foule qui se rapprochait et se plaçait en cercle.

En réalité, Brididi, avec son sens du commerce, attendait, pour faire signe à l'orchestre, que le public fût assez nombreux. Il commencerait la nouvelle danse lorsque l'attroupement serait échauffé. Céleste, le cœur battant, souhaitait que ce moment n'arrivât jamais.

— Eh bien, personne ne la sait donc, cette danse ? jeta brusquement une femme qui s'avançait vers le groupe. C'était la reine Pomaré. Sans doute, de mardi à jeudi, avait-elle fait fortune, car elle portait une robe blanche, coupée dans un tissu raide qui craquait à chaque pas ; une multitude de bracelets bizarres couvrait ses poignets jusqu'aux coudes.

« Fichtre ! Elle s'est fameusement requinquée, celle-là ! » pensa Céleste, soucieuse.

— Chère reine, allez-vous nous faire une démonstration de vos multiples talents en dansant la polka ? demanda un admirateur.

Alors, sans savoir ce qui lui passait par la tête, Céleste fit signe à l'orchestre ! Elle prit Brididi dans ses bras et l'entraîna de force...

— Arrêtez, mais arrêtez donc, répétait-il, je ne suis pas en mesure !

Mais elle ne l'écoutait pas.

Elle sautait comme un diable, et à droite et à gauche ; elle frappait le sol de toutes ses forces, osait des balancés égrillards et se penchait si fort sur son danseur qu'elle semblait l'embrasser.

— Danse, mais danse donc! murmurait-elle en le conduisant.

Brididi, surpris par ce tutoiement autant que par son ardeur, la suivait tant bien que mal. Ce n'était pas chose facile. Elle se trompait continuellement, composait des pas, inventait des attitudes et des temps. La foule, qui n'avait jamais vu pareilles figures, se serrait pour mieux voir :

— C'est un peu chouette, cette danse! La cavalière y mène le cavalier!

— Moi, ça me va!

— Pour une fois qu'on n'a qu'à suivre!

Aucun de ces commentaires n'échappait à Céleste et à Brididi qui s'en donnaient à cœur joie : maintenant, ils faisaient tous les deux n'importe quoi! De temps à autre, ils revenaient aux pas appris, ce qui donnait à leur polka un semblant d'harmonie.

— En fait, c'est une valse sautée, la polka!

— En plus vif!

— En plus gai!

— En plus voluptueux!

Céleste, que ces remarques achevaient d'aiguillonner, n'épargnait rien : coups de tête, sourires, œillades... De toute sa personne émanait une sensualité épanouie que le contraste avec son visage énigmatique et virginal multipliait encore.

— Elle est très bien!

— Elle est mieux que Nini-Patte-en-l'air!

— Mieux que Rose-Pompon!

Brididi s'élança vers elle.

— Ça y est, murmura-t-il en donnant un petit coup de jarret.

Deux yeux grands ouverts brillèrent d'un éclat doré, mais elle ne répondit pas. Elle attendait autre chose...

— Elle est mieux que Pomaré!

Ils l'avaient dit! Ils l'avaient dit! Elle tenait la victoire!

— Sorcière, lui glissait à l'oreille Brididi tout souriant... Magicienne, mandragore, vous les avez ensorcelés!

Il était enchanté!... Nul besoin désormais d'en appeler à

cette bêcheuse de Pomaré. Il lui avait trouvé la rivale avec laquelle il ferait un triomphe !

— Eh, Brididi, comment qu'elle s'appelle, ta danseuse ? criait-on.

Entre deux ondulations bizarres, elle plongea dans une révérence :

— Je m'appelle Céleste.

— Et moi, je l'appelle Mandragore ! hurla Brididi en la faisant pirouetter.

— Vive Brididi ! Vive Mandragore !

C'était le dernier coup d'archet. Les bonbons, les fleurs, les bouquets destinés à Pomaré pleuvaient. Céleste, toute rose, remerciait, saluait, piquait les fleurs dans son corsage...

— Bah ! Elle ne durera pas deux jours ! commenta tranquillement la Pomaré en s'éloignant. Le gros de la troupe la suivit et se reforma en cercle un peu plus loin.

Brididi, qui ne voulait pas perdre un avantage si fraîchement gagné, battit le rappel de ses admirateurs :

— Approchez, approchez ! Venez assister au baptême de la Mandragore par Brididi-le-Disloqué !

Un partisan venait de lui apporter une couronne de fleurs pareille à celle que la Pomaré avait reçue l'avant-veille des mains du vieux Chicard. En sacrant une nouvelle reine, Brididi faisait la nique à son fameux concurrent... Le Pas du Meunier prenait enfin sa revanche sur le Pas de l'Ours et la polka triomphait de la Valse Chicardée !

— Et maintenant, Céleste Mandragore, venez ici que je vous baptise !

Il grimpa sur un banc tandis que Céleste, radieuse, s'approchait.

— Que ces roses rouges (celles de la Pomaré étaient blanches), que ces roses rouges symbolisent ton pouvoir magique et bienfaisant... Qu'elles assurent puissance, richesse et gloire à celui qui dansera avec toi, ô Mandragore, sorcière, polkeuse et mabilleuse !

Solennel, il déposa la couronne sur le front pieusement incliné de Céleste.

Alors la foule se divisa en deux camps : d'un côté, on vociférait « Vive Pomaré ! », de l'autre « Vive Mandragore ! » Et chacun tentait de couvrir par ses cris les cris de l'autre. Beaucoup n'y comprenaient rien. Ils ne saisissaient que le bruit et répétaient au petit bonheur, selon qu'ils étaient plus près d'un cercle ou de l'autre : « Vive Mandraré ! » ou « Vive Pomagor ! »

Bientôt, le vacarme devint tel que la garde municipale dut intervenir. On se bousculait, on s'injuriait, on se prenait à partie : « A mort Pomadragor ! » hurlait-on parmi les coups de sifflet. Même l'orchestre, qu'on n'entendait plus depuis longtemps, s'en mêla : valse ou polka, les musiciens se disputaient la préférence. A toute allure, les airs se succédaient, s'entrecoupaient, s'entrechoquaient... On ne savait plus qui jouait quoi !

— Ben, dis donc ! Ben, dis donc ! serinait à tue-tête une petite voix.

C'était Blanche, essoufflée, échevelée, qui arrivait à travers la foule vers le banc où Céleste et Brididi se tenaient tranquillement.

— T'as vu ? demanda Céleste, ravie.

— Je vois, bougonna Blanche.

Ce carnage mâtiné de police ne l'enchantait guère.

— Bon, mes mignons, faudrait songer à sortir de là avant qu'ils embarquent tout le monde ! Mon journaliste nous cherche un fiacre... Il nous attend au portique. Dépêchons. Je tiens pas du tout à me faire rafler, moi !

Ils se faufilèrent tant bien que mal jusqu'à la sortie, se heurtant justement aux sergents de ville qui arrivaient en renfort.

— Eh bien, mademoiselle Mandragore, vous en faites un tapage ! dit railleusement Alphonse Karr en ouvrant la porte d'un fiacre qui attendait, coincé entre deux voitures de police.

— Si on allait souper chez Bréban-Vachette pour fêter ça ? proposa Blanche en lorgnant son amant.

Le dîner de ce soir-là fut le meilleur et le plus gai que Céleste ait jamais fait. Dans le salon numéro deux, dit salon aux Perroquets pour son papier représentant ces oiseaux, elle se grisait à petits coups de champagne qu'elle buvait délicieusement comme du sirop. Blanche, ivre elle aussi, se léchait les doigts en dégustant ses crevettes. Brididi, lui, ne tarissait pas sur la Pomaré :

— ... De son vrai nom, Elise Sergent, une fille de bonne famille, élevée dans un couvent pour demoiselles, qui sait le piano, l'anglais et le chant, et qui vit, par vice, par vice pur, car rien ne l'y force, comme une traînée. .. Si c'est pas malheureux !

M. Karr, la barbe étalée sur son plastron, les bras ouverts et négligemment posés sur les coussins de velours de la banquette, avait l'œil goguenard de quelqu'un qui s'encanaille. Sans doute, ce petit monde de bal public, avec ses passions, ses rivalités et ses drames, l'amusait-il tout particulièrement, car il exhortait Brididi aux ragots et semblait fort diverti par l'incident du bal Mabille :

— En tout cas, ma chère Mandragore, je vous promets mon feuilleton de demain. Je crois même que nous consacrerons toute une série sur la polka... C'est tout à fait charmant, cette danse-là.

Quand ils sortirent du restaurant, tous quatre semblaient fort satisfaits les uns des autres... Ils firent quelques pas sur le boulevard Poissonnière, pour se dégourdir les jambes jusqu'à la station de place.

Ils marchaient enlacés, bras dessus, bras dessous, sur toute la largeur du boulevard... Céleste au milieu. Avec « son » danseur à gauche ; « son » journaliste à droite ; et « son » amie au bout... Grisée de succès et de vin, elle ressentait un amollissement de tout son être, de la tendresse, de la gratitude envers ces trois êtres qui l'aidaient à parvenir au succès. Elle enveloppait Blanche d'un regard tout particulièrement reconnaissant, la trouvant « magnifiquement charitable, et bonne, et généreuse... En tout point admirable ! ». Elle se promettait de lui rendre au centuple le bien qu'elle lui faisait :

« Le jour viendra où, grâce à moi, Blanche n'aura plus besoin d'arpenter les allées du bal Mabille. »

Arrivés à la station, les compères se séparèrent. Un premier fiacre conduisit Blanche et Karr chez le journaliste ; tandis qu'un autre ramenait Céleste, escortée de Brididi, rue Notre-Dame-de-Lorette.

Dans la petite boîte noire qu'éclairaient par instants les rares becs de gaz, Brididi, silencieux, se rapprochait lentement de Céleste, collant sa jambe à la sienne et cherchant sa main à tâtons.

Elle, immobile dans son coin, ne savait comment réagir. L'idée ne lui était pas venue qu'il pût exister autre chose entre eux que la camaraderie. Et ces avances l'inquiétaient. Redoutant un geste plus précis, elle tournait la tête, regardait ailleurs et se poussait le plus loin possible... Soudain, Brididi se jeta sur elle, cherchant sa bouche avec ses lèvres. Une courte lutte s'ensuivit, interrompue par l'arrêt brusque du fiacre devant la maison. Elle se dégagea, sauta et s'enfuit.

Elle dormit d'un sommeil agité.

— Mandragore, j'aimerais bien savoir ce que cela veut dire.

— De toute manière, un surnom pour une courtisane, c'est toujours une fortune !

— Mais je ne suis pas une courtisane !

— Oh, je t'en prie, sois pas bégueule, ma fille !

Céleste, assise par terre, venait de lire à Blanche, allongée demi-nue sur le lit, l'article du *Constitutionnel*. Il n'était pas signé Alphonse Karr, mais Charles de Boigne.

On y racontait, avec tous les détails, l'incident survenu la veille entre « partisans de la valse » et « partisans de la polka », adeptes de la Pomaré et adeptes de la Mandragore.

Pomaré, Mandragore, ces noms se trouvaient aussi dans un article du *Charivari*, article railleur et persifleur s'il en fut, mais qui n'en constituait pas moins une excellente publicité pour le bal Mabille et ses célébrités.

— Tout de même, une mandragore, je me demande ce que c'est...

— T'auras qu'à demander à ton ami Brididi, dit Blanche en se levant.

Céleste ne répondit rien. Elle pensait qu'elle ne reverrait pas Brididi de si tôt et que, s'ils se rencontraient, il la bouderait. « Sans doute l'animal est-il justement en train de se chercher une nouvelle danseuse ! » Elle n'osait pas raconter à Blanche son retour en fiacre... Inutile de la mettre en fureur.

Blanche ne doutait pas un instant que Céleste eût passé la nuit avec Brididi : « Enfin, cette dinde s'est rendue à la raison ! » Satisfaite, elle multipliait les clins d'œil et les allusions complices.

— Mon lit est confortable à deux, hein ?... C'est mieux que le cabinet de toilette tout de même ! Ça te plaît ici ?... Faut te mettre à l'aise surtout... Te gêne pas parce que de toute manière, moi, je suis jamais là.

Elle noua sa capote :

— Bon, ma biche, j'ai à faire, je sors...

En jetant un paquet de vieux habits sur le lit :

— Requinque-toi donc une de ces robes en m'attendant... T'en auras besoin... Parce que la reine Pomaré, elle te fera pas de cadeau samedi !

Blanche sortit en se dandinant.

« Elle pourrait bien me prêter autre chose ! » songea Céleste qui rêvait aux falbalas dans la cuisine. « ... Comme si c'était mon genre d'abîmer les affaires !... Je parie qu'avec toutes ses amabilités, elle est déjà jalouse de moi, la rosse ! »

Elle passa en revue les oripeaux que Blanche lui avait généreusement laissés : des canezous-pèlerines complètement mités, des mantelets datant des jours d'hiver au Démon Tentateur, et même une espèce de sac informe en bure ou en lin, avec lequel Blanche avait dû monter à Paris.

« A moins que la Pomaré n'ait de nouveau fait banqueroute, pas moyen de l'égaler avec de tels débris ! »

Désolée, elle songeait à la robe en tissu craquant de sa rivale, à ses colliers, à ses bracelets...

« Bon, puisque je ne puis être aussi élégante — faut trouver autre chose. Quelque chose qui me corresponde... Quelque chose d'inimitable !... De jamais vu ! »

Une mandragore, n'était-ce pas justement un être bizarre, à mi-chemin entre la gitane, la diseuse de bonne aventure et la magicienne ?

Pour être bizarre, ce serait bizarre : une jupe d'une ampleur exubérante, à pans bariolés, où le rouge cerise voisinerait avec le bleu canard et le vert émeraude avec le jaune vanille. Elle utiliserait toutes les couleurs et tous les tissus laissés par Blanche — jusqu'au sac de bure dont elle se servirait pour festonner les volants !... Les volants, ah ! les volants, il y en aurait une multitude, en rangs serrés, descendant des cuisses jusqu'aux pieds. Quant au corsage, il serait réduit au plus strict minimum. En popeline noire, le décolleté carré, il laisserait les seins et les bras complètement nus...

« Cette toilette aura l'avantage de mettre mes charmes en valeur... Tout en me faisant remarquer ! » jubilait-elle.

Ivre d'orgueil, elle se répétait qu'il ne lui avait pas fallu une semaine pour arriver. Elle évoquait le serment qu'elle s'était fait du haut de la colline de Montfaucon et se grisait à l'idée d'avoir déjà « conquis Paris » !

Elle lisait et relisait les articles qu'elle finissait par connaître par cœur... Une seule chose la désolait : rue des Blancs-Manteaux, on ne savait pas que la Mandragore, c'était elle !... Elle échafaudait des plans pour attirer Benjamin au bal Mabille. Elle voulait lui donner des regrets : « Quand il me verra passer, brillante et dédaigneuse, il comprendra tout ce qu'il a perdu !... Mais il faut qu'il vienne vite, car combien de temps vais-je durer ?... Un, peut-être deux jours, comme l'a prédit la Pomaré ? »

Au milieu même de son triomphe, Céleste reconnaissait qu'elle devait beaucoup plus son succès aux circonstances qu'à elle-même. Elle était tombée au bon moment dans les querelles intestines du bal, et voilà tout.

Maintenant, il fallait exploiter la chance !

Pour soutenir sa gloire, elle devait développer une réelle habileté, un talent spécial... Qui pourrait lui apprendre à bien danser ? Le nom de M. Celarius, 48, rue Vivienne, lui trottait dans la tête. Le hussard lui avait jeté ce maître comme une autorité. Qu'avait-elle à perdre en allant le voir ?

Sans attendre le retour de Blanche, elle mit de côté le montage de sa robe, prit son petit châle et sortit.

Une file d'équipages, tous plus somptueux les uns que les autres, stationnaient devant le 48, rue Vivienne... A deux pas du Démon Tentateur ! Céleste hésita : ...Et qu'allait-elle lui dire, à ce maître à danser ?... Qu'elle n'avait pas de quoi le payer, mais qu'il fallait lui faire crédit ?... « Bon, tout dépendra. »

S'armant d'audace, elle gravit les quelques marches qui surélevaient la maison et pénétra dans un vestibule, dallé de marbre noir. De loin en loin, encadrant les chambranles des portes closes, des figurines de stuc posées sur des colonnettes blanches représentaient des valseurs. De derrière les portes s'échappaient des bruits de piano.

Céleste, intimidée par la froideur du lieu, s'avança vers un petit monsieur perché sur une estrade. Il était plongé dans un immense registre et ne la voyait pas. Elle se racla la gorge. Il leva le nez, sauta de son tabouret et marcha droit sur elle :

— Les fournisseurs, c'est par-derrière ! jeta-t-il sèchement en lui barrant le chemin.

— Mais je ne suis pas fournisseur !

— Alors que venez-vous faire ici ?

— Etes-vous M. Celarius ? demanda-t-elle d'une petite voix. Puis, prenant de l'assurance : je viens voir M. Celarius !

— M. Celarius est occupé. Il donne une leçon à Mme la marquise de la Forest d'Yvoire. C'est à quel sujet ?

— Je voudrais prendre des cours de danse.

Le petit monsieur eut un ricanement condescendant :

— Mais M. Celarius ne reçoit que les gens du monde. Etes-vous recommandée par quelqu'un ?

— Pas précisément.

— Cela m'eût étonné. En ce cas, je vous prie de sortir.

— Mais je voudrais prendre des cours de danse.

— Puisque je vous dis que M. Celarius ne donne des leçons qu'aux dames du monde !... Vous n'êtes pas née, je pense. Quant à nos professeurs polonais, lituaniens ou viennois qui viennent ici enseigner la polka en cours collectif, ils sont surchargés... De toute façon, je vous le répète, la maison ne reçoit que la bonne société... Serviteur. Et il la poussa vers la porte.

— Vous enseignez la polka ? s'écria-t-elle en lui résistant.

— Parbleu ! Voilà trois mois que cela dure. C'est une vraie polkamanie !... Allez, ouste, dehors ! Non, mais sans blague, s'il fallait apprendre les grâces au peuple, on n'en sortirait jamais !

Céleste, jetée à la rue, furieuse, humiliée, se retrouva sur le pavé.

Quand elle se fut un peu calmée, elle réfléchit à cette aventure dont elle tira deux enseignements. Premièrement, toute Mandragore qu'elle fût, elle avait toujours l'air d'une pauvresse. Un seul coup d'œil avait suffi à ce commis pour connaître ses origines. « D'instinct, il m'a prise pour un " fournisseur " ! »... Elle était donc restée, par la mine, fille de concierge. Le mirage de Paris, « ville conquise en une semaine », s'évanouissait. Deuxièmement, cette polka qu'elle avait cru inaugurer jeudi au bal Mabille était en réalité une danse à la mode dans le monde depuis plusieurs mois. Il viendrait donc d'autres jeunes filles qui, pour l'avoir pratiquée dans les règles, sauraient polker mieux qu'elle. Conclusion : elle devait à tout prix faire un grand coup de publicité, car sans réclame, « la Mandragore » tomberait immanquablement.

9

— ELLE est toquée ! Non, mais regarde-toi !

— Et alors ?

— Et alors, et alors... on te montrera du doigt !

— Justement ! C'est ce que je veux.

— Complètement piquée ! Du vert, du rouge, du jaune, du puce... C'est pas une robe, c'est un étendard !

— Ah, tu n'y comprends rien !... Toi qui me répètes sans cesse qu'il faut du caractère à une femme !... Eh bien, j'en ai, moi, du caractère !... Et du ragoût... du mordant... De la couleur, quoi !

— C' que tu peux être romanichelle, ma pauvre Céleste !

— Ce que tu peux être épicière, ma pauvre Ernestine !

Elles s'étaient boudées, mais au moment de monter dans le fiacre, Blanche l'avait encore retenue :

— Je t'assure, ma fille, ta robe a peut-être de la couleur, mais c'est suicidant de la porter à Mabille !... Tu vas avoir tous les municipaux sur le dos !

Puis, n'y tenant plus, elle s'était mise à hurler de toute sa voix :

— Tu m'entends ? C'est suicidant !

— Eh bien, tant pis ! avait répondu Céleste en riant... Ce soir, la Mandragore tombera, mais au moins elle tombera re-mar-quée !

Elle s'était dégagée et avait sauté dans la voiture. En réalité, elle mourait de peur que Blanche n'eût raison.

Lorsqu'elles firent leur apparition dans l'allée des Veuves, ce fut Brididi lui-même qui les accueillit. Comment allait-il la traiter ?

— Fulminant ! Quel costume ! s'écria-t-il en la détaillant de la tête aux pieds.

— Y'a qu'elle pour inventer des trucs pareils ! persifla Blanche en haussant les épaules.

— Ebouriffant !

Céleste, doublement soulagée par cette attitude, lui décocha son plus joli sourire, et tous deux firent comme si rien ne s'était passé dans le fiacre.

— Pulvérisant ! continuait Brididi.

Il prit le bout de sa robe qu'il releva comme une traîne... Et ils s'avancèrent ainsi, Céleste au bras de Blanche avec Brididi en groom derrière. Arrivée au rond-point bitumé, Céleste adopta un gracieux balancement de la tête qu'accompagnait une ondulation légère des épaules et des hanches.

Surpris, les hommes se retournèrent sur son passage. Puis, le monocle à l'œil, ils s'approchèrent :

— Elle est originale, disait l'un.

— Elle est piquante, disait l'autre.

Et ils la suivirent.

— Emmenons-la souper.

— Mais une telle femme nous coûtera une fortune !

— Bah, ça nous posera.

— Avec elle au bras, nous serons très *fashionables* !

Quand le moment vint de danser, Brididi eut toutes les peines du monde à défendre sa danseuse contre les œillades et les invitations.

— Eh, Mandragore, à moi cette polka, disait l'un.

— A nous le souper de ce soir, disait l'autre.

— A moi celui de demain.

— Mandragore ! Un baiser.

Céleste promettait tout ce qu'on voulait. Elle souriait déjà à certains visages, à ceux qu'elle reconnaissait de la dernière fois, et puis à d'autres, des nouveaux qui se pressaient autour d'elle. « Ça y est, ça y est... j'ai ma cour », pensait-elle ravie.

Brididi, pour l'entraîner vers la piste, la tirait par les deux bras.

— Place, place à la Mandragore ! criait-il à tue-tête.

Justement, en sens inverse, arrivait une autre troupe qui, elle aussi, criait à tue-tête :

— Place ! Place à la Pomaré !

On se regarda d'un œil noir, on se croisa en s'ignorant et on alla chacun danser un peu plus loin... Puis carrément aux deux bouts du bal.

Cette fausse indifférence accréditait la présence de la Mandragore. On l'entérina par un quatrain :

> De Pomaré les soutiens
> Sont les Tahitiens ;
> Les partisans de Céleste
> Sont les Célestins.

Par un heureux concours de circonstances, soit que les frères Mabille aient payé pour la réclame, soit que les maîtres de danse aient voulu imposer la polka, les journaux du lendemain ne parlèrent à nouveau que des polkeuses mabilliennes : la Pomaré et la Mandragore. Dans toutes les feuilles, on reproduisait leurs visages, leurs robes, leurs poses. *Le Charivari* les caricaturait. Un certain Nick Polkmall publiait des plaquettes où il les célébrait toutes deux, à tour de rôle. Partout, des couplets à leur gloire se faisaient écho :

> Pomaré, ma jeune et folle reine,
> Garde longtemps la verve qui t'entraîne.

répondait à :

> Dans ton rapide essor,
> Je te suis, Mandragore.
> Partage mon destin
> Fille des cieux... et du Quartier latin. (Etc.)

Quant au *Constitutionnel*, journal sérieux et soutien officiel du régime, il publia la série promise par Alphonse Karr le soir du souper chez Bréban-Vachette. Bien que le nom du célèbre journaliste ne parût pas, son confrère Charles de Boigne, rédacteur des échos, consacrait religieusement son feuilleton hebdomadaire à Céleste Mandragore et à sa rivale, la reine Pomaré.

C'est ainsi qu'au même titre que Pomaré, Céleste devint une célébrité du bal Mabille.

Leur renommée à toutes deux atteignit la province. Maintenant, on venait au bal Mabille « exprès pour les voir ». On se dérangeait en groupe, par voitures entières. Les bourgeoises murmuraient d'une voix émue aux messieurs qui les escortaient :

— Tâchez donc qu'elles viennent nous parler.

On les montrait du doigt, on leur faisait des signes, on les appelait, on leur apportait même des friandises comme à des bêtes curieuses. Les badauds se disputaient les fleurs de leurs bouquets. Les poètes au petit pied leur glissaient des sonnets. Les gandins se les arrachaient à souper.

Il faut dire que les deux reines alimentaient à coups de bizarreries délibérées cette extraordinaire campagne de publicité. Chaque semaine, afin que les journaux aient continuellement matière à articles, le jardin Mabille devenait le théâtre d'une escalade d'excentricités.

L'avantage alla d'abord à la Mandragore. On commenta longuement sa robe bariolée à pans de tissus multiples, dont le journal *La Mode* donna un compte rendu détaillé. Mais le samedi suivant, la Pomaré regagna du terrain en arrivant au galop d'un cheval de louage, au beau milieu de la piste.

La réponse de Céleste fut tapageuse. Elle s'entraîna au stand de tir du jardin et perfora au pistolet la plus haute branche d'un palmier métallique.

Pomaré revint à l'attaque avec un coup de maître : sa faction ayant installé une nacelle au cœur du rond-point bitumé, elle s'envola en ballon du bal Mabille !

Céleste riposta par une chanson qui traîna toute une semaine sur les lèvres des Parisiens :

> *Pourquoi vouloir lutter et braver le destin,*
> *O reine infortunée que tout abandonne,*
> *Mandragore par sa grâce et par son air lutin...*

(ici, la coterie de Céleste répétait en chœur et à toute force)

> *Mandragore par sa grâce et par son air lutin*
> *A su te dérober ta légère couronne.*
> *Regarde et vois s'enfuir l'amant qui ce matin*
> *Etait à tes genoux. Un désert t'environne!*

Pomaré répliqua en prenant... un amant justement! Un amant très chic, boulevardier, journaliste, auteur dramatique et préfet. Son nom? Auguste Romieu, dit Coco Romieu, « l'homme le plus gai de France », admis au Jockey Club à titre d'homme d'esprit. Il écrivit un long poème satirique, *Le voyage autour de Pomaré,* que son ami Théodore de Banville recommanda au publiciste Nadar afin qu'il le fasse imprimer dans la *Gazette des théâtres.*

Les aventures de la reine Pomaré et de Céleste Mandragore prenaient ainsi une dimension nouvelle en gagnant les cercles artistiques de la bohème.

Céleste, au milieu de ce tourbillon, demeurait étonnamment chaste et pauvre. Elle soupait tous les soirs dans les grands restaurants, mais elle n'avait pas de quoi repriser sa chemise.

Blanche continuait donc de l'entretenir et la cohabitation, quoique orageuse, se poursuivait bon gré mal gré. Il était convenu que Céleste partagerait dès que possible le loyer et qu'elle acquitterait l'arriéré des dépenses. Blanche veillait au grain et faisait les comptes. Au reste, elle profitait de cet arrangement. La fréquentation des hommes qui tournaient autour de la Mandragore lui apportait à elle des gains considérables. Car si Céleste n'accordait rien à ses admirateurs, Blanche récupérait les âmes esseulées et faisait ses affaires avec les payeurs de soupers.

Quant à Pomaré, Céleste, de sa vie, ne lui avait adressé la parole. Depuis plusieurs mois, elles vivaient l'une à côté de l'autre, l'une par rapport à l'autre, mais l'idée d'échanger, ne fût-ce que quelques mots, ne leur était pas venue. Et si d'aventure elles se rencontraient chez un restaurateur, elles affectaient de ne pas se connaître. Plusieurs fois, elles s'étaient trouvées ainsi face à face, coincées dans l'étroit corridor de la Maison Dorée. Leurs cheveux, leurs mains se touchaient... Mais pas un trait de leur visage ne bougeait. Elles ne se voyaient littéralement pas ! Il arrivait même que l'une soit escortée par le galant qui avait escorté l'autre la veille... Dans ce cas, on incluait le monsieur dans la même indifférence : mais gare si lui ne saluait pas avec empressement ! On lui pardonnerait peut-être une infidélité, mais jamais une impolitesse ! De toute façon, pour un gandin, mieux valait ne pas se trouver dans cette situation, car il était de notoriété publique que la Pomaré et la Mandragore se détestaient.

A la fin du mois d'août cependant, les partisans des deux factions décidèrent qu' « il serait vraiment charmant que la Pomaré et la Mandragore se fissent vis-à-vis dans un quadrille... ».

Réconcilier les deux reines n'était pas une petite affaire : on la négocia avec toute l'importance d'un traité de paix. En vérité, Chicard et Brididi, porte-parole de ce mouvement pacifiste, espéraient provoquer une querelle qui s'ajouterait à la liste des incidents pittoresques entre Pomaré et Mandragore.

Le samedi 22 août fut pris pour date d'une réconciliation officielle.

Ce soir-là, la nuit était particulièrement douce, une de ces nuits d'été d'autant plus belle qu'on y pressent déjà l'automne. Les médiateurs avaient choisi comme lieu de rencontre les premières tables de la terrasse du café-divan. Ils devaient s'y tenir à l'avance pour accueillir les deux reines qui marcheraient l'une vers l'autre des deux bouts du jardin.

Céleste dans sa fameuse robe bariolée que complétait maintenant une petite toque rouge très crâne, Pomaré dans une de ces toilettes noires dont elle avait la spécialité — elle ne se vêtait jamais que de noir ou de blanc — avançaient lentement. Chacune réglait son pas sur celui de l'autre et ne faisait pas une enjambée de plus que l'adversaire.

Leur cour, massée derrière elles, les suivait dans le plus grand silence... Le tout avait l'aspect dramatique et solennel d'un duel. D'ailleurs Céleste, au fur et à mesure qu'elle voyait s'approcher les sourcils qui se rejoignaient au-dessus des yeux noirs de Pomaré, sentait monter en elle une peur panique. « Que va-t-elle faire ? Vrai, que cette figure-là est désagréable ! »

Les consommateurs attablés au café regardaient, muets de curiosité.

Elles étaient arrivées à la rencontre l'une de l'autre et se tenaient maintenant debout, face à face.

Alors, la voix chevrotante du vieux Chicard s'éleva dans l'air tiède :

— O reine Pomaré, nous te présentons la Mandragore.

Puis Brididi prit la parole :

— O Mandragore, nous te présentons la reine Pomaré.

Céleste tendit la main. Pomaré, très mondaine, la lui serra en déclarant :

— Je suis enchantée de faire votre connaissance, madâme.

Et elle ajouta, avec une politesse exagérée :

— Si vous voulez me permettre d'aller vous faire une visite, je vous continuerai mon amitié.

Céleste, agacée par le ton protecteur de sa rivale, prit quand même son bras et elles firent ensemble le tour du bal.

On se pressait tellement autour des deux reines qu'elles pouvaient à peine marcher. Céleste, gracieuse, dispensait des sourires et des œillades à droite, à gauche, tandis que Pomaré, très raide, se consacrait tout entière aux affaires de son peuple. Ni l'une ni l'autre n'adressa le moindre signe de complicité à sa voisine. Elles avançaient, intimement mêlées et n'échangeant toujours pas une parole.

Du coin de l'œil, Céleste prêtait néanmoins grande attention à ce qui se passait du côté de Pomaré. Elle l'entendait formuler avec le plus grand sérieux des ordres sans réplique. Quant à ses « gardes du corps », ils la préservaient des importuns.

— Chère reine, allez-vous danser ? demanda révérencieusement l'un des factotums... Où vous placerez-vous, que vos courtisans vous entourent selon vos désirs ?

Pomaré, sans quitter le bras de Céleste et sans ralentir, lui fit signe de s'approcher. A voix basse, elle lui indiqua l'endroit où elle danserait :

— Et maintenant, va !

Très fier, il se retira pour aller placer ses troupes.

« Ma parole, pensa Céleste, cette toquée se prend réellement pour une reine ! »... L'idée lui était déjà venue la toute première fois où elle avait vu Pomaré.

Justement, un vieux diable venait de surgir d'un bosquet. Il s'agenouilla devant les jeunes femmes, puis raconta à Pomaré qu'à cause de sa dévotion pour elle, on l'avait renvoyé du lycée où il était pion...

— Venez chez moi, mon ami, dit-elle en le relevant, je vous protégerai.

« Ils sont tous fous », grommela Céleste, qui n'en croyait pas ses oreilles.

N'empêche que lorsque au terme de leur tournée, la Pomaré la pria solennellement à souper, la Mandragore dit « Oui ! » avant que sa rivale eût achevé sa phrase.

— Je vous prendrai dans ma voiture, conclut la reine condescendante.

L'amour-propre de Céleste rechigna encore une fois. Mais malgré elle, cette femme étrange qui avait l'air d'un pruneau dans sa toilette sombre et luisante l'intriguait.

La Mandragore ne regretta pas d'avoir accepté l'invitation de la Pomaré : c'était une véritable bouteille de champagne que cette femme-là ! Fanfaronne, violente, garçonnière et mutine à la fois, elle avait un aplomb formidable que doublait un esprit pince-sans-rire. De tout cela, il résultait qu'on ne savait jamais si elle se moquait ou non. En outre, elle était drôle comme un gamin, méchante à l'occasion, la tête pleine d'idées et le corps débordant d'énergie.

La soirée commença par une course effrénée dans Paris. La vieille guimbarde de la Pomaré avait été récemment remplacée par une calèche attelée de quatre pur-sang et la reine conduisait elle-même sa voiture. Elle poussait ses chevaux, doublait les autres attelages, multipliait les imprudences pour effrayer Céleste. Mais Céleste, aussi folle que Pomaré, s'amusait énormément. A son tour, elle excitait les coursiers en jetant des cris et demandait la permission de leur chatouiller la croupe avec le fouet, pour aller encore plus vite.

Toutes voiles dehors, le tulle noir de l'une dans le satin

rouge de l'autre, leurs écharpes, leurs châles et leurs volants ondoyant au vent, elles descendirent au grand galop les Champs-Elysées pour remonter par la Concorde vers le boulevard de la Madeleine. Les cochers, affolés, garaient leurs fiacres, tandis que les rares promeneurs regardaient passer les jeunes femmes, avec des yeux ahuris.

Enfin, dans un grand bruit de sabots et d'essieux, l'attelage s'arrêta net au coin de la rue Laffitte :

— La Maison Dorée à gauche, le Café Anglais à droite : le Grand Six ou le Grand Seize. Que préférez-vous, madâme ?

— Le Grand Seize ! répondit Céleste sans hésiter.

Depuis longtemps, elle mourait d'envie de visiter ce célèbre cabinet particulier que Blanche vantait comme le rendez-vous de toutes les célébrités françaises et étrangères, le foyer de l'esprit boulevardier, le temple de la bonne chère : « Un cran au-dessus de la Maison Dorée ! »

La Pomaré conduisit sa calèche jusqu'à la porte du Café Anglais et les deux jeunes femmes sautèrent sur le macadam.

— Bonsoir, charmante Lise, dit un monsieur en recevant Pomaré dans ses bras.

— Bonsoir, Beau Roger, répondit-elle tranquillement.

Ils étaient quatre ou cinq à fumer leurs cigares sous les ormes du boulevard.

— Coco n'est pas avec vous ? demanda Pomaré en défripant sa robe.

— Nous l'attendons pour entrer, répondit celui que Pomaré avait appelé Beau Roger.

Les cheveux bouclés et noirs, un visage éveillé et polisson — très grand, très mince, très élégant, le lorgnon d'écaille à l'œil, le stick à pommeau d'argent à la main, impeccablement ganté, impeccablement cravaté, il était très bien, en effet. Pomaré lui rafla son cigare :

— Je vous préviens, mes chéris, le Grand Seize, c'est moi qui le prends. J'y soupe toute seule avec madame... En garçon !

— Il nous est impossible de vous savoir si près, Majesté, sans vous enlever de gré ou de force, objecta avec un imperceptible accent anglais un autre dandy... Celui-là était plus âgé. Chauve, petit et très raide, il avait les jambes visiblement arquées.

— Vous, Milord l'Arsouille, occupez-vous de vos chevaux ! rétorqua Pomaré avec son air de grande dame. Quant à vous, Roqueplan, venez ici, j'ai deux mots à vous dire...

Avec son petit sourire sibyllin, elle les traitait d'égale à égal, prenant plaisir à les rudoyer devant Céleste.

Celle-ci, laissée à l'écart, ne savait trop quelle figure adopter. Elle devinait que les noms jetés à son intention par Pomaré, « Roqueplan, l'Arsouille, Beau Roger », appartenaient à des personnages importants de la vie parisienne. Seulement, malgré quelques soupers avec des *fashionables* dont l'unique ambition était de se montrer en compagnie d'une célébrité de bal public, elle ne connaissait du monde que ce que Blanche lui en avait dit. Les crâneries de la Pomaré ne l'impressionnaient donc pas autant qu'elles auraient dû. Elle observait ces hommes élégants, soupçonnant une certaine forme d'humour dans l'amusement qu'ils trouvaient aux impertinences de la reine... Ils lui répondaient du tac au tac et sur le même ton.

Soudain, Céleste recula : là, devant elle, se tenait le jeune homme aux yeux fixes et cernés qu'elle avait souffleté quelques mois auparavant ! De nouveau, il allait l'humilier. La ridiculiser devant Pomaré !... Cramoisie sous sa toque grenat, le visage enfoui jusqu'au nez dans son écharpe, elle baissait la tête pour se cacher... Sûrement, « il » allait raconter l'algarade, dire où il l'avait vue et en quelle compagnie... Elle était tellement troublée qu'elle dut un instant s'appuyer à l'épaule de Pomaré. Celle-ci, surprise, s'écarta. Alors Céleste, se reprenant tout à coup, releva crânement la tête et défia l'ennemi : « Qu'il parle après tout ! L'aventure n'est pas à l'honneur d'un poète, ah, ça, non ! Il en prendra pour son grade ! »

Mais dans l'œil terne qui la regardait sans la voir, elle ne lut rien, absolument rien. Céleste comprit alors qu'Alfred de Musset ne la reconnaissait pas. Elle en éprouva un tel soulagement qu'elle en devint audacieuse. S'avançant la première à la suite du poète, elle se retourna vers ces messieurs et leur dit avec son sourire le plus charmeur :

— Je crois, messieurs, que je n'ai pas l'honneur de vous connaître.

Pomaré, qui tenait à garder son rôle de protectrice, procéda avec son sérieux habituel aux présentations. Elle n'en avait pas moins l'air de se moquer du monde :

— Voici l'esthète de la bande, clama-t-elle en montrant le bel homme brun. La trentaine bien sonnée, artiste, boute-en-train et viveur, c'est le chéri de ces dames : j'ai nommé monsieur Roger « de » Beauvoire — pas plus « Roger », pas plus « de » et pas plus « Beauvoire » que vous et moi, mais quelle importance ?... Et voilà lord Henry Seymour, vrai Anglais, vrai lord, membre fondateur de notre illustrissime Jockey Club. Depuis trente ans, il contribue à l'amélioration de la race chevaline... et féminine (avec une très nette préférence pour la faune des petits théâtres)... Les spirituelles gazettes parisiennes lui ont donné le titre de Milord l'Arsouille, « Milord le mauvais garçon », si vous préférez, ma chère... Cet édifiant sobriquet lui convenait à merveille jusqu'au jour où le peuple se mêla de l'attribuer au fils d'un pharmacien... Un pharmacien ! Vous imaginez le désespoir de notre lord en se voyant déposséder de son nom, au profit d'un pharmacien ! Voici sept ans que les comptes rendus mondains persistent à confondre ces deux célébrités parisiennes... et cela malgré les efforts réitérés de *Coup de lancette,* la piquante rubrique du rédacteur en chef du *Figaro,* j'ai nommé Nestor Roqueplan... Pourtant les surnoms sont la grande spécialité de notre ami Nestor — n'est-ce pas, Nestor ?... Carabine, Rigolboche et la Grande Salomé te doivent tout... Il n'est pas jusqu'à l'ensemble de ces dames que tu as finement baptisées « lorettes », par association au quartier Notre-Dame-de-Lorette qu'elles habitent... Notre statut, madâme, étant hors de la spécialité de monsieur, nous avons dû tirer nos sobriquets d'une source plus populaire... Quant au dernier de ces messieurs, j'ai vu tout à l'heure à votre regard amoureux que vous l'aviez reconnu, notre prince romantique, notre poète à tous et à toutes, monsieur le comte Alfred de Musset... Et maintenant que les présentations sont faites, rentrons. Ah, j'oubliais ! Voici Céleste Mandragore, une disciple.

Toute la nuit, Pomaré continua sur ce pied. Elle avait accepté de souper en compagnie, à la condition que ces messieurs lui permissent de les contredire à propos de tout, de leur tenir tête (en particulier lorsqu'elle avait tort !) et surtout de se moquer d'eux impitoyablement. Ayant accédé à ses exigences, la bande monta s'installer au Grand Seize. Ce fameux salon ressemblait fort par sa taille et son ameublement au Grand Six de la Maison Dorée : une longue table, une desserte, des banquettes de velours contre les murs, un sofa et des fauteuils bas devant la cheminée, deux grands miroirs face à face aux deux bouts de la pièce et une fenêtre unique qui donnait sur le boulevard. La différence tenait à l'extraordinaire raffinement des accessoires : sur la cheminée en marbre de Carrare d'un seul morceau, deux cartels en bronze ciselé encadraient une superbe cave à liqueurs aux flacons de cristal. Les chaises signées Jacob, la console à la Tronchin du plus pur style Louis XVI, le lustre en verre de Murano, les réchauds, les chauffe-plats, la literie, tout était somptueux.

Se carrant au fond de leurs fauteuils en maroquin rouge, chacune à un bout de la longue bande de bouquets qui s'alignaient sur la table, la Pomaré et la Mandragore présidaient.

Son amant Romieu à sa droite, la reine avait pris à sa gauche un jeune lion de vingt ans que Coco avait amené avec lui, Alexandre Dumas, le fils. Celui-ci était « l'attentif » d'une courtisane célèbre et Pomaré, curieuse et caustique, le bombardait de questions sur la garde-robe de la dame. Elle s'amusait de l'admiration mêlée de respect que celle-ci semblait inspirer à Roger de Beauvoire et Alfred de Musset, placés en bout de table, de chaque côté de Céleste. Celle-ci, envahie par cinq verres de hauteurs différentes, perdue parmi des couverts et des assiettes innombrables, indécise devant une multitude d'ustensiles de bouche dont elle ne savait pas l'usage (sans parler des serviettes humides qu'elle prit pour des légumes exotiques jusqu'au moment où elle vit Musset s'y essuyer les doigts), avait bien du mal à suivre la conversation. Elle était tout occupée à jeter des regards indiscrets sur ses voisins « pour voir un peu comment ils se tenaient », bénissant au passage l'immense compotier chargé de fruits qui cachait ses maladresses à Pomaré.

Donc, de peur de manger salement, Céleste ne mangea pas. Au premier service, la chair flasque d'une huître lui ayant échappé pour venir mollement s'écraser contre la manche de Musset, elle jugea inutile de s'escrimer davantage sur les pattes de homard du second service. Le domestique en habit noir qui se tenait en permanence derrière son dos achevait de la mettre mal à l'aise. Elle tremblait chaque fois qu'elle voyait entrer à la queue leu leu les quatre serveurs : quels plats barbares apportaient-ils encore ? Son couvert et la manière de s'en servir l'absorbaient tellement qu'elle ne pouvait même pas répondre à Beau Roger, qui tentait poliment de lui faire la conversation !

En un mot, elle fut parfaitement stupide pendant tout le souper.

Par bonheur, Pomaré, qui n'était pas gourmande, se leva au troisième service pour aller taper sur le piano dissimulé dans un angle. Céleste déclara alors qu'elle n'avait « vraiment plus faim du tout, du tout », et qu'il était inutile de la servir davantage.

— Vous avez un appétit d'oiseau, commenta Alfred de Musset de sa voix sans timbre.

Elle lui décocha son plus doux regard et répondit qu'elle n'avait plus d'appétit que pour ses poèmes... Céleste avait beaucoup trop bu de ce délicieux vin de Champagne. Pour se donner une contenance, elle n'avait pas quitté son verre, qu'elle vidait par petites gorgées, sans même s'en apercevoir. Maintenant, excitée et mécontente d'elle-même, elle se disait qu'il était grand temps de regagner les points qu'elle avait perdus durant le souper. Il fallait montrer à ces messieurs que la Mandragore, malgré une légère méconnaissance des usages, méritait sa réputation de gaieté.

Elle se mit donc en tête de plaire à ses voisins. Elle en oublia les hochements de tête, les grincements de dents et le léger tremblement du monsieur à sa droite, pour lui expliquer, en termes passionnés, l'émotion qu'elle avait ressentie en lisant ses poésies. Les paupières mi-closes sur ses yeux dorés qui brillaient entre le velouté de ses cils, elle adoptait un air tout à la fois alangui et fiévreux qui lui seyait à merveille.

Elle se souvenait des avis que lui avait donnés Blanche ! « Elles sont lourdes tes paupières, elles te donnent le genre mourant dont un homme faible n'aura rien à redouter... Il faut user de tes avantages, c'est tout. » Eh bien, elle en usait, et carrément ! Elle mit une telle fougue à exprimer son admiration que le poète, flatté de cette « admiration populaire », se montra à son tour fort aimable.

— Je n'ai malheureusement pas eu le loisir de vous voir polker... Mais à en juger par le charme de vos gestes, je ne doute pas une seconde de votre grâce.

Pendant ce temps, Pomaré, trouvant sans doute qu'on la délaissait, improvisait à toute force sur son piano une chanson à sa propre gloire. Elle s'y comparait à une célébrité mythologique. Les hommes amusés s'approchèrent, commentant entre eux l'étendue stupéfiante des connaissances de la reine. Aucun compliment n'aurait pu rendre Céleste plus jalouse. Sur ce terrain-là, elle ne pouvait pas lutter... Elle n'avait pas idée de ce dont Pomaré parlait. Lorsque les autres riaient, elle riait. Et s'exaspérait de se trouver si bête ! Vrai, pour elle, le moment était venu de se retirer. En restant plus longtemps, elle trahirait son ignorance. Mieux valait disparaître sur une bonne impression... Mais comment prendre congé ? Plus personne ne s'occupait d'elle... Pomaré parlait, fumait, tenait tête à tout le monde sans lui prêter la moindre attention.

Enfin Céleste se décida. Elle s'avança vers la reine, la remercia de son aimable invitation et la pria à déjeuner pour le lendemain.

— Impossible, ma chère, répondit l'autre sans prendre la peine de quitter son piano, je reçois ma cour jusqu'à midi. Mais venez dîner chez moi. Nous causerons en fumant des cigarettes. Rue Gaillon, 19. A tantôt. Et elle reprit sa chanson.

Ces messieurs, polis, offrirent de faire reconduire Mandragore, ou mieux, de la raccompagner eux-mêmes. Mais elle s'y refusa obstinément.

« ...4, rue Notre-Dame-de-Lorette », songeait-elle...

Céleste n'avait pas oublié que dans ce monde, on appelait « lorettes » les filles de mauvaise vie ; et elle craignait fort qu'à l'annonce de son adresse, on ne la prit pour l'une d'elles...

Elle s'enveloppa donc dans son écharpe, posa sa petite toque sur sa tête et ouvrit la porte du Grand Seize sans accepter qu'aucun de ces messieurs ne se dérangeât.

— A cinq heures chez moi, ordonna Pomaré. Et si vous oubliez l'adresse, demandez aux passants ! Tout Paris saura vous conduire chez sa reine.

Moitié agacée, moitié amusée, Céleste ferma la porte et enfila le corridor sous l'œil étonné des serveurs. Qu'une gentille petite femme de ce genre, entrée bien accompagnée dans un cabinet particulier, en sortît seule ne s'était jamais vu de mémoire de restaurateur. En revanche, qu'une dame, arrivée seule, ressortît en compagnie, faisait à coup sûr partie du jeu. Celle-là, avec sa robe bariolée, devait être un peu timbrée !

Dehors, sur le Boulevard, de grands trous d'ombre se creusaient entre les arbres, et les formes tarabiscotées des kiosques à journaux dessinaient çà et là des taches plus noires encore. Les becs de gaz éteints, seules les fenêtres de la Maison Dorée et du Café Riche en face brûlaient encore dans les ténèbres. A cette heure, la chaussée était déserte depuis longtemps : plus un omnibus ne passait, plus un coupé, plus un fiacre. Seul le tombereau des balayeurs avançait lentement dans le bruit métallique des roues cerclées qui brinquebalaient sur les pavés.

Debout sur le seuil du Café Anglais, Céleste s'apprêtait, une fois de plus, à s'élancer dans la nuit. Elle songeait, un instant encore, au monde qu'elle venait de quitter et qui continuait de se divertir là-haut, au-dessus d'elle.

« Vrai, cette Pomaré est une bien curieuse fille ! »... Elle se réjouissait à l'idée de la revoir le lendemain, admirant son esprit et son aplomb, bien qu'elle en fût un peu Jalouse. Quant à M. de Musset, il n'était peut-être pas aussi perverti qu'elle l'avait cru. Quoique... quoique cette manie de fumer cigarette sur cigarette sans discontinuer, d'un bout à l'autre du repas, soit fort incommodante. Sans parler du fait qu'il buvait comme un chiffonnier !... Elle avait passé somme toute un excellent moment.

A la vérité, Céleste adoptait depuis quelques semaines certains aspects des raisonnements de Blanche : les incidents de la vie ne valaient que s'ils servaient à faire avancer vos affaires... Seuls les critères des deux jeunes femmes différaient à ce sujet : Blanche s'intéressait aux choses immédiatement palpables — un bon souper ou une nouvelle robe — tandis que Céleste — aussi matérialiste, mais plus ambitieuse — recherchait tout ce qui pouvait lui être utile socialement. Elle avait soif d'apprendre les usages et prenait un plaisir candide à saisir toutes les occasions de s'instruire.

Tout en se disant que la soirée avait été profitable et que la plus sûre façon d'arriver, c'était encore de séduire ses ennemis pour en faire ses alliés, elle se jeta dans la rue. Une femme lui envoya d'un coup de balai un nuage de poussière en plein visage. Furieuse, Céleste s'épousseta, traitant la balayeuse de « sale bête » et de « vieille rosse ». L'autre, appuyée sur son balai, l'entreprit à son tour :

— Tiens, voyez-vous ça, madame l'Embarras ! braillait-elle de sa voix éraillée qui résonnait dans la nuit. Avec ça qu'elle est belle ! Faut-y que je quitte mon ouvrage pour faire place à cette demoiselle ? J'ai été un peu mieux que toi, ma p'tite, et un peu plus huppée ! Seulement, j'étais pas fière avec le pauvre monde !

Céleste, épouvantée, s'enfuit à toutes jambes.

« Si je n'arrive pas, voilà ce qui m'attend... » pensait-elle en frissonnant.

Toute la nuit, elle rêva de cette vieille femme qui arpentait les rues de Paris, son balai noir à la main... Elle revoyait ses petits yeux luisants sous la boursouflure des paupières, son fichu de madras décoloré, sa robe trouée... « J'ai été un peu mieux que toi, ma p'tite, et un peu plus huppée ! »

« ... Voilà ce qui m'attend si je n'arrive pas... »

10

A cinq heures le lendemain, Céleste montait les deux étages du 19, rue Gaillon. A chaque marche, elle imaginait avec appréhension le logement de la reine. Elle voyait un petit boudoir tendu de tissu blanc, avec des poufs partout, des tables basses et de délicates tasses de thé qu'on prend le petit doigt en l'air. Saurait-elle se tenir ? Céleste avait peur, plus encore que la veille parmi ces messieurs du Boulevard, peur de déchoir aux yeux de Pomaré ! Elle redoutait d'instant en instant ce dangereux tête-à-tête : la Pomaré allait découvrir la pauvreté de la Mandragore, son humble condition et son ignorance ! Et comment faire illusion seule à seule, avec une telle femme ? Par bonheur, Céleste avait pu emprunter à Blanche une toilette — sans lui avouer d'ailleurs où elle se rendait. Celle-ci avait imaginé à la méticuleuse coquetterie de Céleste qu'elle prenait un nouvel amant et lui avait cédé, pour cette circonstance, sa robe prune-de-monsieur en coton. Evidemment, cela ne valait pas les tulles de Pomaré, ni son cabriolet, ni ses quatre pur-sang... Le cœur battant, Céleste frappa à la porte de la reine.

— Entrez !

Elle poussa le battant et pénétra dans une chambre... Chambre unique, noire, sale, à peine meublée : en fait de boudoir, c'était un chenil !

Sur le carreau, la robe de tulle traînait, tombée du vieux fauteuil où la veille on l'avait laissée en tapon. Devant la croisée s'amassait une pile de numéros du *Charivari*. La commode était couverte de trophées rappelant les victoires de Mabille, bouquets innombrables ou cornets de bonbons... La couronne de roses, séchée, disparaissait sous deux pouces de poussière. Sur la cheminée, une grande vierge de plâtre, blanc et bleu, ouvrait ses bras sur ce désordre.

En face, appuyée sur une pile de coussins, la tête un peu renversée, Pomaré fumait dans son lit. Ses couvertures étaient émaillées de taches brunes percées de petits trous noirs rapprochés. C'était la cendre des cigarettes qui brûlait les draps et que Pomaré ne se donnait même pas la peine d'éteindre. Par terre, les cendriers pleins et les tasses à café vides (en fait de délicates tasses de thé !) s'amoncelaient...

— Asseyez-vous, dit Pomaré sans se laisser décontenancer par l'expression de Céleste.

Mais celle-ci était tellement surprise, à la fois déçue et dégoûtée, qu'elle resta plantée au milieu de la chambre.

— Asseyez-vous donc, insista Pomaré en lui montrant du regard le bord de son lit. Mon ménage n'est pas encore fait. La personne qui me loue se charge de tout faire et ne fait rien. Ah ! Le service de nos jours n'est plus ce qu'il était...

Céleste, posée sur le bord du lit, ne savait que dire. Elle n'en revenait pas !... Mais alors, d'où Pomaré sortait-elle sa voiture, ses robes et toute sa quincaillerie de bijoux ?... Son logis n'était pas pauvre, il était misérable !

Pomaré sauta tranquillement de son lit pour trotter pieds nus et en chemise sur le palier. Céleste l'entendit ouvrir une fenêtre et crier dans la cour :

— Madame Bonichon, montez-nous à dîner, voulez-vous !

— Je veux bien, mais donnez-moi de l'argent, répondit une voix de vieille qui venait d'en bas.

— Je n'en ai pas.

— Vous avez bien vingt sous ?

— Pas un liard !

— Alors, allez dîner où vous voudrez ! Je ne fais plus crédit.

Là-dessus, une porte claqua au rez-de-chaussée. Pomaré referma la croisée, revint tranquillement dans la chambre et grimpa à nouveau dans son lit.

— Nous dînerons un peu plus tard, ma chère. Ma portière vient de m'avertir que mon domestique est sorti.

Céleste se mordit les lèvres pour ne pas rire : « Vrai, quelle puffeuse, cette Pomaré ! »... Le plus extraordinaire, c'est que Céleste l'avait distinctement vue jeter au moins dix francs de monnaie au chasseur qui avançait sa voiture à Mabille. « Elle est folle ! »

Pomaré s'était recouchée :

— Racontez-moi, dit-elle en tapotant ses coussins, comment l'amour de la danse vous est venu... Vous fumez ? Non. *Good for you.* Moi, je fume comme un sapeur... Alors, racontez-moi.

— Ah, non, ma chère, répondit Céleste sur le même ton badin, c'est moi qui brûle du désir de connaître votre vie !

— Chacune son tour alors : vous me racontez vos débuts, je vous raconte les miens.

Céleste, cette fois, éclata de rire pour de bon :

— Si Sa Majesté veut bien commencer...

Pomaré la regarda un moment de ses yeux sévères, noirs et fixes. Puis elle lâcha la longue bouffée de fumée qu'elle retenait :

— Je vais vous faire ma confession, dit-elle sérieusement. Mais j'attends de vous la même sincérité... Si vous me mentez, je le saurai : la vengeance de la reine sera terrible, je vous en avertis.

Céleste acquiesça :

— Franchise pour franchise...

— En vrai, je m'appelle Elise... Elise Sergent... Lise pour les intimes, commença Pomaré.

Elle avait mis un cendrier sur son ventre et posait et reprenait sa cigarette continuellement :

— ...J'étais... enfin, je suis... sœur aînée de quatre garçons... Mon père était chef d'orchestre, ma mère tenait la maison... Famille tranquille, quoi... Vous voyez le genre, ma chère... On était à l'aise... Quand j'ai eu treize ans, mes parents se sont même débrouillés pour me faire admettre au couvent des Oiseaux. « Fais amie-amie avec les demoiselles, répétait ma mère... L'éducation et les bonnes relations, ça sert toujours... Et puis pour te trouver un mari... » Mais moi, je ne voulais pas me marier, je voulais me faire religieuse... J'étais heureuse au couvent ! Ça a duré quatre ans... Là-dessus, patatras ! L'affaire où mon père avait placé ses capitaux brûle... Désastre total... Pas d'assurance... C'est la ruine.

Pomaré, impassible, se roula une cigarette et poursuivit :

— ... On me retire des Oiseaux et je me retrouve à la maison à m'occuper des petits... Livrée à moi-même, je m'attache au premier garçon qui me fait la cour. Résultat : trois mois après je suis grosse... Celui qui m'a perdue prétend n'être pas le père... La faillite a désespéré mes parents : je ne peux ajouter la honte à leur déshonneur... Je fais donc mon paquet et je pars.

Pomaré ricana. Elle fit deux ronds avec la fumée qu'elle ne quitta pas des yeux tant qu'ils montèrent au plafond :

— ...Seule dans Paris, grosse, et sans un sou, vous pouvez imaginer les mois qui suivirent... Heureusement, je suis pieuse... L'image de la bonne Vierge m'a toujours sauvée au moment de me jeter à la rivière.

Elle se racla la gorge :

— Le 5 décembre 1842, j'avais donné le jour à un petit garçon... Un amour... Un ange. Mais ce bonheur, je ne l'avais sans doute pas mérité... Le 12 mars, la figure de mon enfant est devenue bleue, ses petits membres se tordaient, il pleurait... il étouffait... Les convulsions me l'ont tué en une semaine...

Elise Sergent s'arrêta un instant pour rouler une nouvelle cigarette... Elle faisait ce récit d'un ton monocorde et presque détaché à force d'être retenu.

— ... L'année suivante, reprit-elle, j'ai travaillé dans un cabaret où je me suis fait un petit nom comme chanteuse... Des étudiants m'ont emmenée au bal Mabille. J'y ai dansé avec une telle frénésie qu'on a pris mon désespoir pour de la gaieté. Elle haussa les épaules... Je portais le deuil de mon enfant et l'on m'a trouvé l'air sauvage !... C'est ainsi qu'on m'a couronnée « reine Pomaré ».

Céleste, assise au bout du lit, évoquait la reine Pomaré telle qu'elle l'avait vue le premier jour : maigre et pâle dans une robe noire, l'air distant, les yeux qui regardaient sans voir. L'image de la femme altière et dédaigneuse s'effaçait lentement pour faire place à celle d'une fille malheureuse. Il n'était pas jusqu'au nom de Lise qui ne prît soudain pour Céleste des accents de sympathie douce, un charme mystérieux...

— Et celui qui vous a si lâchement abandonnée, vous vous en êtes vengée ? demanda-t-elle soudain.

— Non ! Et Pomaré éclata de rire... Je ne veux même pas me souvenir de sa tête ! Eh, c'est que j'ai pris goût à la vie, moi ! J'aime celui qui m'aime et voilà tout.

— Alors, le cabriolet, les robes, tout ça...

— Ah, non, ma chère, je ne suis pas une fille, si c'est cela que vous voulez me demander ! J'aime celui qui m'aime quand ça me plaît, comme ça me plaît !... Mon amoureux est riche, tant mieux. Il est pauvre, tant pis. On s'amusera toujours... Le logement, c'est moi qui me le paie. Je suis libre, moi !

— Mais le cabriolet, les robes, tout ça... insista Céleste.

— Vous y tenez ! répondit-elle en riant. La voiture, c'est un cadeau du comte d'Orsay qui trouve qu'avec mon allure, il me faut rouler carrosse. Un caprice de gentilhomme, car il n'est pas mon amant et n'a nul désir de le devenir d'ailleurs... Quant à mes robes, pour vous dire la vérité, tout mon budget y passe... Le peu que je gagne chez Mabille.

— Vous gagnez de l'argent chez Mabille ? s'écria Céleste.

— Pas vous ? Mais les frères Mabille nous paient tous, moi, Brididi, Chicard... Ils ont bien trop peur que nous n'allions faire nos excentricités ailleurs !... Tiens, hier encore, le propriétaire de la Chaumière, le père Lahire, nous proposait de venir danser chez lui ; mais il paie moins encore que Victor Mabille, alors nous avons refusé... Vous, vous feriez bien d'aller le trouver, Victor, en menaçant de partir à Bullier ou au Prado... Vous verrez, il vous rétribuera comme tout le monde. C'est nous qui le faisons vivre, après tout !... Et maintenant, ma chère, je vous ai fait ma confession, j'attends la vôtre...

— Oh, moi, j'ai été moins malheureuse que vous...

Alors elle raconta la perte de son père et de ses sœurs, le déménagement de sa mère dans la loge du portier, les quatre années d'école, le Démon Tentateur, la rencontre de Benjamin, sa tromperie avec Rosita Valdès.

— Mais je la connais, ta Rosita Valdès ! s'exclama Elise

en tutoyant Céleste. Elle danse même ce mois-ci à la Porte Saint-Martin ! Une vraie rosse, je te l'accorde. Alors, à part Benjamin, tu n'as aimé personne ?

— Non.

— Ça viendra.

— Sûrement pas !

— Pourquoi ?

— Parce que je ne veux pas.

— Pourtant, je t'ai vue hier jeter de ces coups d'œil à Musset !

Céleste éclata de rire :

— Si tu savais... Et elle raconta l'épisode du soufflet.

— Tu as rudement bien agi, conclut Pomaré... D'ailleurs, ton aventure ne m'étonne pas : à moi, il a fait des scènes de jalousie ! Dans son ivresse, il me prenait pour une de ses anciennes et voulait me corriger ! Remarque, j'étais prévenue... Tout le monde sait que M. de Musset s'installe pour plusieurs jours au bordel où il terrorise toutes les filles. Il boit pour se donner le courage de coucher avec elles et après, après, il entre dans des rages furieuses. Il les bat à tour de bras en pleurant et en saignant du nez. Un jour, il en a précipité une du haut de l'escalier.

— Je vois que je n'ai rien manqué, pouffa Céleste en songeant aux reproches de Blanche.

— Quand je pense qu'on veut le faire mourir d'un excès de sensibilité... continuait Elise... C'est l'homme le plus effroyablement égoïste que je connaisse. Et maniaque, avec ça ! Figure-toi qu'il refuse de monter en omnibus ou de marcher dans la rue par horreur de la promiscuité ! Il ne prend pas la monnaie qu'on lui rend de peur de se salir les doigts et ne supporte pas de boutonner ses chemises par-devant !... Sa gouvernante doit lui en fabriquer de spéciales, qu'il enfile toutes prêtes, le jabot et les manchettes déjà cousus, car il ne veut pas y toucher. Tu sais comment ses confrères l'appellent ? « Miss Byron. » Ça lui va bien, non ? Je le trouve absolument sinistre, moi, ce jeune homme de beaucoup de passé.

En bonnes Parisiennes, elles papotèrent ainsi jusque fort tard dans la nuit, Elise toujours couchée, Céleste sur le bord du lit... Elles en oublièrent de dîner et même de souper. Au reste, elles étaient tellement habituées l'une et l'autre à se passer de manger que cela ne les dérangea guère. Quand il fallut se quitter, elles avaient l'impression d'être de vieilles amies qui se comprenaient et se devinaient. Jamais Céleste n'avait ressenti une telle complicité avec Blanche.

— Allez, Mandragore, serrez-moi la main, dit Elise en tendant la sienne sans se déranger de son lit.

— Avec grand plaisir, Votre Majesté... Ensemble, nous ferons de grandes choses !

— Nous ferons la noce en tout cas, une noce du diable, foi de Pomaré !

En effet, dans les mois qui suivirent, elles firent la noce, une noce du diable : Paris retentit des fantaisies conjuguées de la Pomaré et de la Mandragore. Chaque jour, c'était une nouvelle folie !

Assises sur le siège du cocher, elles fonçaient dans les rues de la capitale au grand galop et en grand décolleté. Elles s'habillaient en gardes nationaux. Elles pêchaient à la ligne les poissons rouges de la femme d'un sergent de ville. Elles chantaient des chansons obscènes aux oreilles des grosses notairesses qui s'aventuraient pour les voir dans les allées de Mabille. Quant aux commerçants louis-philippards, offusqués de leur scandaleuse conduite, elles leur envoyaient leurs bottines au nez en dansant un cancan endiablé. Bref, elles s'amusaient à « faire poser le bourgeois » et à « blaguer l'épicier »...

Pour s'assurer l'exclusivité de ses acrobaties, les frères Mabille avaient accepté de rémunérer la Mandragore, rémunération bien modeste certes, mais qui permettait de participer aux frais de la cohabitation avec Blanche. Céleste mettait un point d'honneur à la rembourser intégralement. Blanche acceptait l'argent du bout des doigts : elle désapprouvait !... Elle désapprouvait la vie inutilement désordonnée de Céleste, ses excentricités « pour le plaisir » et « cette sale fille, la Pomaré, une marcheuse ! ».

— Une marcheuse ? s'insurgeait Céleste. Mais pas du tout !

— Elle couche à droite, à gauche, répondait Blanche, choquée et méprisante.

— Pas pour de l'argent !

— Justement ! C'est du vice.

Et Blanche expliquait « qu'aimer un homme, c'est déjà bête mais que l'aimer gratuitement, c'est malsain ».

— Avec une fille pareille, tu te compromets, ma p'tite, concluait-elle.

Céleste, véhémente, défendait son amie : Pomaré était libre, Pomaré était drôle, Pomaré savait vivre !

— Ouiche, elle en crèvera ! gloussait Blanche.

Céleste haussait les épaules.

L'amitié avec Lise n'était pas non plus de tout repos. D'abord, celle-ci refusait de se commettre avec Blanche qu'elle trouvait « commune et barbante ». Et comme Céleste ne pouvait pas souffrir la camarade de Pomaré (une sous-célébrité de Mabille, dite Rose-Pompon), cela ne simplifiait pas les sorties entre dames.

Quant aux messieurs, Pomaré et Mandragore continuaient de se disputer leur attention : toutes deux voulaient être le centre du groupe. Elles avaient beau s'entendre comme larrons en foire, elles rivalisaient toujours... Elles rivalisaient d'élégance, elles rivalisaient d'adresse, elles rivalisaient d'esprit.

Il arrivait même que Lise traversât des crises de jalousie. Elle soupçonnait alors Céleste de vouloir lui prendre son amant. Elle l'accusait d'hypocrisie et de fausse chasteté. Car, comme Blanche, la chasteté de Céleste exaspérait Lise. Elle y voyait soit une tactique, soit une infirmité ; de toute façon, elle trouvait cette continence déplaisante.

Pomaré n'avait pas tout à fait tort : Céleste avait découvert que loin de repousser les admirateurs, la réputation de chasteté qu'elle s'était faite les attirait. La vertu dans ce monde de filles légères leur paraissait « originale », voire « exotique »... Et Céleste tenait maintenant à la sienne comme elle tenait à la finesse de ses poignets ou à la petitesse de ses pieds : « La vertu fait partie de ma séduction. »

— Je déteste les allumeuses ! lui criait Pomaré dans ses colères.

— Mais enfin, personne ne me plaît !

— Forcément, tu as décrété que tu n'aimerais jamais que ton Américain !

— Je le déteste ! Fiche-moi la paix !

Elle n'en parlait pas, elle y pensait peu, mais depuis six mois bientôt, la blessure demeurait : plus que jamais, l'évocation de Benjamin lui était douloureuse. Quand donc cela finirait-il ?

Au fond, malgré ses excentricités, Céleste ne perdait pas un moment conscience d'elle-même. D'instinct, elle aimait cette vie fantaisiste et sans contrainte... Mais si la recherche du plaisir immédiat convenait à la nature dissipée d'Elise, elle ne lui suffisait pas, à elle. Bien qu'elle ne l'eût jamais admis, elle partageait la méfiance de Blanche à l'égard de cette existence sans esprit de suite. Aussi commettait-elle ses folies comme on s'octroie des vacances, en sachant que cela ne pouvait pas, ne devait pas durer. Elle gardait clairement présente à l'esprit la limite jusqu'où elle pouvait aller, et profitait de tout sans jamais oublier son but : devenir quelqu'un, arriver...

11

JUSTEMENT, depuis quelques semaines, un admirateur écrivait des articles fort élogieux sur les célébrités chorégraphiques du bal Mabille dans *La Presse*, le journal le plus vendu en France. On attribuait même à l'enthousiasme de ce journaliste les distiques à la gloire de la Mandragore que tout Paris chantait sur l'air du ballet *Giselle*... Lorsque Céleste apprit que ce monsieur était célèbre, non seulement journaliste, mais critique dramatique, romancier et poète, elle se dit qu'il serait de bonne politique d'aller le remercier. Elle s'enquit donc de son nom et de son adresse. Il habitait 14, rue de Navarin. Et il s'appelait Théophile Gautier.

En montant les étages de la petite maison moderne au cœur de la Nouvelle Athènes, Céleste, vêtue de son éternelle robe prune-de-monsieur, se demandait anxieusement ce qu'elle allait lui raconter à ce M. Théophile Gautier ! Le côté intéressé de sa visite n'était-il pas trop manifeste ? Car enfin, quel but, autre que celui de faire avancer ses affaires, pouvait avoir une démarche comme la sienne ? Il croirait peut-être qu'elle venait s'offrir... Heureusement, elle avait eu la bonne idée de se préparer à l'entretien en demandant à Pomaré, toujours très au fait de ces choses-là, le genre d'écrits que produisait le bonhomme. Les renseignements glanés avaient été pour le moins confus : Pomaré racontait une histoire de jeunes gens habillés de toutes les façons — en gilet à la Robespierre, en pourpoints moyenâgeux, avec des moustaches jusqu'aux oreilles, des barbes et des cheveux jusqu'aux reins — qui avaient fait le siège d'un théâtre pendant sept heures. Ils s'y étaient laissé enfermer toute une journée pour livrer une certaine bataille « d'Hernani » contre les bourgeois qu'ils appelaient furieusement « les genoux » et « les œufs » à cause de leurs crânes chauves !

Très occupée à louer cette manifestation, Pomaré s'était un peu perdue dans les détails. Mais Céleste avait retenu trois points essentiels : lors de cette bataille, M. Théophile Gautier avait été le plus chevelu des combattants. Il portait un pourpoint rose bonbon. Il écrivait des ballets... Or, justement, Céleste se disait qu'il fallait songer à fixer ses talents chorégraphiques. Cet hiver, les jardins publics fermeraient : qu'allait-elle devenir sans le bal Mabille ? Elle était certaine que ses polkas et ses cancans feraient des succès formidables à la scène. Peut-être ce monsieur, puisqu'il connaissait beaucoup de monde au théâtre, puisqu'il écrivait des ballets...

« Qui ne risque rien... n'a rien », conclut-elle en sonnant à sa porte.

A l'intérieur, il y eut une cavalcade. Des miaulements se répondirent d'un bout à l'autre de l'appartement... Puis plus rien. Céleste s'attendait à tout, sauf à ne trouver personne. Cette déconvenue ne fit qu'accroître sa timidité.

Bon, elle avait fait ce qu'elle devait. Elle pouvait partir sans s'accuser de faiblesse !

Elle tourna les talons et dégringola les premières marches, pour venir buter dans la poitrine d'un géant qui montait l'escalier à grandes enjambées :

— Eh bien, mademoiselle Ouragan, où courez-vous ainsi ?

Cette voix rauque, cette petite phrase goguenarde, Céleste les avait déjà entendues !... Et ce gilet flamboyant couvert de décorations... Cette crinière noire touffue et crêpelée... Ces petits yeux bleus couleur de saphir qui pétillaient d'esprit, de gaieté et de gentillesse sous les paupières gonflées... Elle se souvenait de lui maintenant ! Une fois déjà, elle l'avait heurté de cette façon : c'était le soir où elle s'enfuyait de la Maison Dorée après avoir giflé Musset !... Vrai, les personnages de cette malencontreuse

140

aventure la poursuivaient !... Quelle déveine d'avoir justement bousculé, entre tous, ce Théophile Gautier dont elle
venait aujourd'hui chercher la protection. Pourvu que
comme l'autre, comme Musset, M. Gautier ne la reconnût
pas.

— Mais je te reconnais, toi ! s'exclama le géant en
éclatant d'un rire énorme... Qu'avez-vous encore fait,
mademoiselle Ouragan, pour courir ainsi et venir bousculer un vieil homme comme moi ?

— Je n'ai rien fait, monsieur, commença Céleste, la
gorge nouée d'émotion. Je suis une de vos fidèles admira-
trices et j'étais venue vous dire... bien humblement vous
dire...

Plus morte que vive, elle débitait son petit compliment.

— Fichtre, je suis diablement content de te retrouver !
interrompit joyeusement l'écrivain en lui jetant un coup
d'œil connaisseur. Il prit son bras pour lui faire remonter
les quelques marches qu'elle avait descendues. De son
petit œil d'hippopotame finaud, il continuait de l'observer de la tête aux pieds et semblait fort satisfait de son
examen. Il lui tapota la main pour signifier leur bonne
entente.

— ... Bien humblement vous dire, reprit Céleste qui
s'accrochait aux lignes apprises... combien votre prose...
et vos vers...

Il s'arrêta, la regarda et lui baisa le poignet :

— Chère belle, merci !... Les compliments d'une jolie
femme sont si doux à entendre !... Mais à la vérité, j'y suis
pour bien peu : Dieu dicte et j'écris, voilà tout.

« Il ne se prend pas pour rien, celui-là ! » pensa-t-elle,
amusée. Prudemment, elle retira sa main.

Le géant, de son poing gauche, ébranlait toute la
maison en martelant, à grands coups, la porte close :

— Eh, Théo, cria-t-il. Théo, lâche ton risotto, nom de
Dieu ! Viens ouvrir, je te ramène Cydalise...

Comment ! Mais ce monsieur qui frappait n'était pas
Théoph...

Elle se figea, le regarda et rougit jusqu'à la racine des
cheveux. Surpris de son expression catastrophée, le géant
cessa de donner des coups et la dévisagea à son tour...

Puis, comprenant soudain, il partit d'un de ses énormes éclats de rire :

— Eh non, je ne suis pas... Mais tu ne perds pas au change ! Théo, c'est bien... Mais moi, c'est mieux !... Beaucoup, beaucoup mieux, je t'assure.

Céleste le regarda bien en face. Elle lut une infinie bonté sous ce petit air à la fois moqueur et naïvement fat et toute sa gêne disparut d'un coup. Elle éclata de rire à son tour :

— Beaucoup mieux ?... Quelle veine ! Alors, vous — vous êtes qui ?

— Tu ne devines pas ? (Les nombreuses décorations semblèrent se déployer sur le ventre qui se bombait.)... Je suis Dumas.

— Monsieur Alexandre Dumas ! répéta Céleste abasourdie.

M. Alexandre Dumas, l'auteur le plus populaire de Paris, celui dont tous les journaux s'arrachaient les feuilletons... Mais elle ne connaissait que ce nom-là maintenant ! Chaque matin, elle disputait à Pomaré *Les Débats* où paraissait *Le Comte de Monte-Cristo*. Elles tenaient toutes deux à l'avoir lu la première. Quant aux *Trois Mousquetaires*, qui venait de sortir en huit volumes, elles rêvaient de se l'offrir l'une à l'autre pour la nouvelle année...

— Tu peux m'appeler Dumas tout court, comme le font les princes d'Orléans et Sa Majesté le roi... Serpendieu, j'ai comme l'impression que le bon Théo s'est encore déjuché de son perchoir. Allons, je t'enlève, nous pâturerons ensemble. Qu'en dites-vous, mademoiselle Ouragan ?

Enfoncée dans le capitonnage indigo du tilbury, Céleste Mandragore descendait le Boulevard aux côtés d'Alexandre Dumas. Les grosses rosettes qui constellaient la queue tressée du petit cheval oscillaient devant elle à droite, à gauche, au gré cadencé du pas. Le laquais en livrée (que le maître appelait orgueilleusement son « tigre ») demeurait immobile à l'arrière, debout sur le marchepied. Les branches rousses des ormes défilaient sur un fond de ciel gris. Et les dames du monde, quand elles dépassaient la voiture, hochaient poliment la tête du fond de leurs landaus. Céleste, souriante, s'offrait le luxe de répondre elle-même à leur salut.

Les passants aussi reconnaissaient la silhouette massive et chamarrée de leur auteur favori. Les uns donnaient respectueusement un petit coup de chapeau, d'autres n'hésitaient pas à traverser la chaussée pour venir saluer le maître. Très flatté de ces démonstrations populaires, Dumas répondait par un signe affectueux ou tendait une main avec de belles pièces blanches dedans. Il n'y avait pas jusqu'aux cochers de fiacre, d'ordinaire parfaitement incivils, qui ne laissaient passer le fameux tilbury rutilant de dorures et de petits nœuds.

— Comme ces gens sont contents de vous reconnaître ! s'écria Céleste.

— C'est moi qu'ils saluent, répondit gentiment Dumas. Mais c'est toi qu'ils admirent.

Elle lui jeta un regard reconnaissant. Oh, elle comprenait d'où venait sa popularité ! C'était le charme incarné, cet homme-là ! Elle le trouvait à la fois malicieux et bienveillant. Même sa vanité, ses énormes vantardises de grand enfant la séduisaient. Ce moi démesuré qui débordait d'énergie, d'idées, de fantaisie et de force lui donnait l'impression qu'avec Alexandre Dumas, rien n'était impossible.

— Au fond, c'est à moi que les d'Orléans doivent leur trône... clamait-il de sa voix un peu enrouée en enlevant Céleste du tilbury pour la poser sur le macadam devant la Maison Dorée.

— ... La Maison Dorée, en souvenir de notre première rencontre, expliqua-t-il, un instant sentimental.

Puis reprenant imperturbablement ses exagérations :

— Car tel que tu me vois, en 1830, j'ai pris à moi seul la ville de Soissons... Vois-tu, chère belle, sans la poudre que j'ai été leur chercher à Villers-Cotterêts, ils étaient cuits, complètement cuits, les d'Orléans !

Le plus étonnant, c'est qu'il croyait à tout ce qu'il racontait. Et Céleste avec lui. Peu lui importait, au fond, que ses dires fussent vrais ou faux : de sa vie, elle ne s'était tant amusée !

En lui racontant un combat « corps à corps avec un

lion », il se fit ouvrir le Salon blanc et s'installa auprès d'elle sur la banquette rouge, devant une petite table ovale où le serveur aligna des flûtes à champagne.

— A moi... Et à toi, chère belle ! grommela-t-il en levant son verre avec un sourire de dessous ses moustaches.

Elle ne répondit rien et but. Sans faire d'avances plus pressantes, il s'était remis à parler de lui, seulement de lui, toujours de lui... De ses exploits militaires, il passait à ses goûts culinaires, se flattant d'être excellent cuisinier et d'inventer des recettes ; de là, il rêvait au gibier qu'il braconnait dans les bois de son enfance, il évoquait sa mère, il décrivait son arrivée à Paris sans un liard en poche, il se rengorgeait de ses succès dramatiques :

— Le théâtre de cet excellent Hugo n'est qu'une belle imitation de mon *Antony*... Tout le monde sait que c'est moi le créateur du « drame historique » !

En parlant de théâtre, il en vint à parler de sa femme, Ida Ferrier, une actrice qui le poursuivait de sa jalousie tout en le trompant avec ce brave Roger de Beauvoire.

— Crois-moi, ne te marie jamais ! conclut-il en avalant sa dernière cuillerée de potage queue-de-bœuf... En revanche, les enfants — ah, les enfants fais-en autant que tu pourras. Moi, tel que tu me vois, j'en ai trois cents de par le monde... Sans blague !... Trois cents, et j'en suis fier !

Aux ortolans à la Lucullus, il discourait toujours sur les joies que lui donnait son fils Alexandre, un chenapan superbe, tout le portrait de son père, merveilleux amant comme lui au dire de ses maîtresses :

— Je le sais de source sûre, parbleu, puisque nous avons les mêmes ! (Enorme éclat de rire.)

A la bombe au chocolat, il en était à ses exploits amoureux... Sa petite poigne vint donc s'abattre sur la main de Céleste, l'emprisonnant sous elle contre la table.

— Et nous, chère belle, qu'allons-nous faire de nous ? dit-il en glissant sur la banquette. Il se trouvait tout contre elle, les yeux dans les siens, prêt à l'embrasser. Elle détourna la tête.

— Oh, moi, monsieur Dumas, je suis sage, répondit-elle, tâchant de sourire. Son cœur battait fort et elle en sentait les pulsations dans sa poitrine, dans ses tempes et même dans ses poignets.

— Comment, sage ? tonna-t-il... Avec un corps comme le tien ? Quelle blague !

— C'est la vérité, pourtant.

— Tu es faite pour l'amour et, foi de Dumas, je saurai te le prouver !

Ce coup-ci, il la saisit par la taille et l'attira à lui de force. Elle se trouva la nuque renversée au creux d'un bras dont l'étreinte la paralysait contre la banquette. Le visage gourmand se penchait vers elle et plantait ses grosses lèvres sur sa bouche. Elle serra les dents et se débattit. Presque aussitôt, elle se retrouva libre. Dumas, rouge et le poil plus hirsute que jamais, s'était relevé.

— Jamais je n'ai pris une femme de force, grommela-t-il. J'en ai possédé beaucoup, des blanches, des noires, des rouges, des jaunes... Elles sont toutes venues d'elles-mêmes !

Ils demeurèrent silencieux, mal à l'aise, assis côte à côte sans oser bouger. Puis Céleste, le regard rivé sur la carafe devant elle, commença à parler. Sa voix basse, rauque, presque dure, s'élevait dans l'atmosphère surchauffée du cabinet.

— Pour une fille comme moi, devenir la maîtresse d'un homme comme vous, monsieur Dumas, serait non seulement un honneur, mais le moyen le plus direct d'arriver... Vous représentez la chance, monsieur Dumas... Cependant, moi, en vous cédant, je perdrais à coup sûr la possibilité de devenir un jour ce que je veux être... Plus rien ne me distinguerait de toutes les autres et j'irais rejoindre le troupeau de celles qui se vendent pour un coupé, un bijou, un rôle dans une pièce... Notez que je ne les condamne pas. Moi aussi, je veux du luxe... Mais je veux encore... encore autre chose !... Si je suis sage, monsieur Dumas, ce n'est pas par pruderie, c'est parce que ma vertu représente (Céleste hésita, chercha ses mots et sourit un peu de ce qu'elle allait dire), parce que ma vertu représente mon seul capital.

Un rire énorme salua cette dernière phrase :

— Voilà le raisonnement le plus étonnant que j'aie jamais entendu !... Vous êtes une enfant, mademoiselle Ouragan, une enfant très ambitieuse et cela ne me déplaît pas. Eh bien, buvons ensemble au succès de votre pari :

que vous arriviez au faîte de l'échelle sociale sans jamais vous vendre — c'est bien cela, le pari, n'est-ce pas ?

— C'est bien cela.

Redevenus bons amis, ils burent à la santé l'un de l'autre.

— Vous savez, risqua Céleste en reposant son verre... vous pouvez tout de même m'aider...

— Tu ne perds pas le nord, toi !

Charmeuse, elle lui expliqua ce qu'elle désirait : une recommandation auprès de n'importe quel directeur de théâtre.

— Bon. Il sonna le garçon et demanda une plume et du papier. Qu'est-ce que tu sais faire ?

— Je veux un engagement de danseuse.

— De danseuse, rien que cela ! Enfin, tu as raison, faite comme tu l'es, il faut te montrer en maillot... Seulement, ne me ridiculise pas trop. Sais-tu un peu danser tout de même ?

— Si je sais danser ? jeta-t-elle avec un sourire espiègle. Mais je suis une célébrité chorégraphique !

— Va pour danseuse, alors. Il commença à écrire. Comment t'appelles-tu ?

— Céleste Vainart... Non, mettez plutôt Céleste Mandragore.

— C'est toi, la Mandragore ? Serpendieu, tu aurais pu me le dire plus tôt !

— Finalement, on se vaut, commenta-t-elle, mutine. Moi je vous ai pris pour quelqu'un de beaucoup moins bien, Théophile Gautier, beaucoup, beaucoup moins bien qu'Alexandre Dumas, n'est-ce pas ?... Et vous, depuis plus de deux heures, vous me prenez pour une petite rien du tout, moi, Céleste Mandragore, l'ensorceleuse, la fée, la sirène du bal Mabille ! Enfin, je vous pardonne comme vous m'avez pardonné !

Cette fois, ils éclatèrent de rire tous les deux.

Après le souper, en vieux camarade, il la raccompagna chez elle.

— Tiens, prends ma carte, dit Dumas en l'aidant à descendre du tilbury arrêté au 4, rue Notre-Dame-de-Lorette. Au cas où tu changerais d'avis quant au placement de ton capital, viens me voir... Allez, mademoiselle

Ouragan, je vous baise au front, bien sagement, puisque tel est ton désir... Un conseil cependant : cesse un peu de bousculer les vieux messieurs, tous ne sont pas aussi paternes que ton serviteur... Il lui fit un clin d'œil et remonta dans sa voiture.

Céleste, éperdue de reconnaissance, s'endormit en serrant contre elle une belle lettre de recommandation adressée à Monsieur le Directeur des Folies Dramatiques.

12

— Vous êtes la sixième débutante qu'il m'adresse en trois jours ! Sans doute M. Dumas prend-il mon théâtre pour son bordel !... Qu'il aille placer ses protégées ailleurs ! Après tout, il existe des maisons faites pour cela...

Là-dessus, Céleste reçut sa précieuse lettre de recommandation à la figure et la porte du directeur lui claqua au nez.

De retour chez Blanche, elle s'effondra sur le lit. Elle se haïssait ! « Je suis une péroreuse, une prude, une dinde ! M. Alexandre Dumas, un homme riche, célèbre, à la mode — et beau de surcroît — m'offre... m'offre ses hommages... et moi, moi je lui fais des discours sur mon capital ! »

Elle avait le sentiment d'avoir laissé passer sa chance et ne décolérait pas... « Alexandre Dumas m'aurait éduquée, posée, soutenue ! » Elle s'en rendait malade de honte et de regret.

En outre, il était le premier homme depuis Benjamin qui aurait pu lui plaire. Elle le trouvait si séduisant ! Ainsi, elle avait raté l'amour (peut-être), la réussite (sûrement).

« ... Comment retourner le voir maintenant ? Comment lui demander une nouvelle recommandation, un nouvel appui ? Ah, la prochaine fois, je saurai me tenir ! »

L'idée lui vint alors de retourner rue de Navarin. Après tout, elle n'avait toujours pas remercié M. Théophile Gautier de ses vers louangeurs et de ses charmants articles !... Gautier, ce n'était peut-être pas aussi bien que Dumas — mais c'était toujours mieux que rien ! Et puis, ce coup-ci, elle ferait ce qu'il faut pour obtenir plus qu'une recommandation : « Merci, pour qu'on me l'envoie encore à la figure ! »

Sept fois, elle grimpa les étages du poète, sept fois elle ne le trouva pas. Sa petite robe prune-de-monsieur ne la protégeait plus contre la bise d'automne. Le bal Mabille venait de fermer ses portes. Elle courait les théâtres depuis un mois sans parvenir à se faire recevoir par les régisseurs... quand, à la mi-octobre, elle entendit la lenteur d'un pas qui se mêlait à l'éternelle cavalcade derrière la porte. Théophile Gautier en personne lui ouvrit.

Elle crut reconnaître le nabab qu'elle avait souvent vu déambuler sur le Boulevard. Drapé dans un burnous arabe, un fez rouge sur la tête, des babouches brodées d'or aux pieds, un chat sur l'épaule, l'autre sous le bras — la prestance de M. Gautier rappelait immanquablement celle d'un pacha ! Il en avait la rêveuse nonchalance, l'air placide et la corpulence. Ses yeux de myope, clignant pour mieux voir, semblaient se voiler ou se réfugier dans l'ombre. On y lisait quelque chose de nostalgique, de doux et de lointain. Une longue moustache brune, roussie par la fumée de son cigare, dessinait dans ce visage au teint bistre un épais croissant aux pointes tombantes. Sa chevelure mérovingienne qui, au dire de Pomaré, avait flotté jadis jusqu'à sa taille, s'étalait encore sur ses épaules en ondulations sombres et soyeuses. Sa main grasse, courte mais belle, jouait avec le cordon d'un lorgnon carré qu'il finit par coincer sous la broussaille du sourcil.

— Entrez, entrez, mademoiselle Mandragore...

Céleste, étonnée qu'il la reconnût si vite (mais après tout, Gautier avait bien dû la voir pour écrire un article sur elle...), se laissa escorter jusque dans le salon qui servait aussi de cabinet de travail. Un nombre impressionnant de chats le peuplait : sous les tentures, sous la méridienne, entre les cousssins — il y en avait partout ! Certains usaient leurs griffes aux pieds torsadés de la table, d'autres se frottaient aux plumes d'oie plantées dans un splendide encrier, d'autres encore, endormis parmi les livres, se prélassaient à tous les rayonnages de l'immense bibliothèque.

— Installez-vous... J'ai malheureusement un compte rendu urgent à terminer, mais je suis à vous dans un instant.

Céleste se posa sur une chaise à coiffer, tandis que Gautier, les jambes repliées sous lui, s'assit en tailleur sur le tapis.

— Voyez-vous, mademoiselle, je remplis le rôle de daguerréotype littéraire... Il se mit à écrire, appuyé sur ses genoux. Je suis condamné aux galères de la copie perpétuelle... Rivé à la colonne du feuilleton... Articles nécrologiques, reportages, inaugurations, chroniques dramatiques, critiques d'art... En tout, quelque chose comme trois cents volumes — ce qui fait que l'on me demande comment je m'occupe et à quoi je travaille...

D'une main, il allumait et rallumait son cigare tandis que, de l'autre, il couvrait plusieurs pages de sa petite écriture fine. Du haut de son perchoir, Céleste apercevait l'admirable netteté calligraphique de ces feuillets. Pas une surcharge, pas une rature...

— ...Elle est bien lourde cette tâche de critique que l'on croit si légère ! continuait-il avec un sourire olympien. Les plus vigoureux y succombent... Se montrer spirituel à jour fixe, transformer la pièce inepte en compte rendu charmant, jeter au vent, sans les compter, des pages qui seraient l'honneur d'un livre... S'occuper toujours de la gloire des autres et jamais de la sienne...

Céleste, l'œil interrogateur, goûtait le charme de cette voix très particulière. C'était une voix doucement sonore, sans voile et sans éclat — une voix de gorge, à la fois chaude et veloutée qui se plaignait sans geindre. L'écrivain disait des paroles désespérées avec la placidité d'un spleenétique de l'Orient.

— ...Délaisser les vieux chefs-d'œuvre pour étudier les nouveautés de chaque jour — avouez que c'est tout de même paradoxal pour un homme qui déteste le progrès ! Vous, mademoiselle, vous êtes une forme idéale du présent, un type accompli de modernité...

Il avait cligné des yeux comme le ferait un peintre pour mieux juger de la ligne et de la couleur d'un tableau. Son regard d'esthète glissait sur le corps de Céleste. Nullement gênée, elle se laissait apprécier. Son sourire de Joconde aux lèvres, elle s'étira même un peu, pour mettre en valeur l'élasticité de sa taille et la noblesse de son port de tête.

— C'est bien cela : un type magnifique de modernité, dit-il avec une admiration intriguée. Je vous envie, mademoiselle. Moi, le monde où je vis n'est pas le mien et je ne comprends rien à la société qui m'entoure. Quelle cochonnerie, ce progrès dont on nous rebat les oreilles ! En réalité, il y a de quoi rire d'un pied carré en entendant disserter messieurs les utilitaires — républicains ou saint-simoniens. Progrès et utilité. Utilité et progrès... Comme si la race humaine était perfectible ! Ah, le crétinisme bourgeois ! Moi, que voulez-vous, j'aime ce qui ne sert à rien.

Il n'avait pas cessé d'écrire et réfléchissait en continuant toujours de couvrir ses feuillets :

— ... Et puis, quand à la nostalgie d'un pays se joint la nostalgie d'un temps — oh, alors, c'est complet ! Il me prend des envies de tuer les sergents de ville, M. Pioupiou, M. Prudhomme — les bourgeois — toutes ces cochonneries-là !

Là-dessus, il apposa au bas de la page sa longue signature qu'il parapha d'un geste bref, et leva les yeux sur elle.

Alors, elle lui décocha son sourire le plus charmeur :

— Vous savez, monsieur Gautier, je suis peut-être un type de modernité, mais les épiciers et les idiots, je ne les aime pas plus que vous...

Elle baissa les yeux, l'air à la fois mutin et intimidé :

— ... Même, je suis venue à cause de cela... Pour vous remercier de la beauté et de l'intelligence de vos feuilletons. Ah, ils diffèrent tellement, tellement des colonnes habituelles !

Elle marqua une pause :

— Voilà... Je voulais vous dire ma... ma reconnaissance... Le plaisir de lire, vous seul savez me le donner. Vous voyez, monsieur, ma visite était tout à fait intéressée...

Puis, avec un ultime regard d'admiration :

— Je ne veux pas vous déranger davantage... Je me sauve.

Elle se leva. Mais elle mit à ce geste beaucoup de temps et beaucoup de grâce... Quand elle fut debout, elle lui sourit encore et lui tendit la main :

— Merci de votre accueil...

Gautier la lui prit et la retint dans la sienne :

— J'ai deux faveurs à vous demander, mademoiselle. D'abord, permettez-moi de vous garder à dîner ; ensuite, il y a là, à côté, dans le cabinet de toilette, un bain tout préparé. Je voudrais que vous y entriez... Voyez-vous, mademoiselle, à la façon des peintres, moi, j'ai besoin d'un modèle pour travailler aux poèmes que j'ai en tête. Vous incarnez si parfaitement le type de beauté dont je rêvais qu'il m'est impossible de vous laisser partir sans vous demander quelques heures de pose.

Le cœur de Céleste se mit à battre. Fallait-il accepter de se montrer nue ? L'idée la faisait rougir. Elle était sur le point de refuser quand le souvenir de son souper avec Dumas — et des regrets qui avaient suivi cette aventure avortée — lui vint à l'esprit. Elle n'allait pas commettre la même stupidité...

— J'accepte.

Elle marqua une pause, prit son temps, sourit :

— Mais à une condition...

— Accordée d'avance.

— Que vous me dédicaciez, à moi personnellement, le poème que vous écrirez.

— Ce sera avec le plus grand plaisir.

Il la fit pénétrer dans une pièce au sol couvert d'épais tapis à fleurs et à ramages. Une petite table, un lit de repos, un lavabo et une baignoire en cuivre : jamais elle n'avait vu de salle de bains ! Que ce soit chez Blanche ou chez Pomaré, on commandait ses bains à l'établissement de bains le plus proche. Des chevaux, dont l'arrivée était annoncée par des grelots, traînaient jusque chez elles le chariot chargé d'un gros tonneau. A l'intérieur du tonneau, un foyer chauffait l'eau à quarante ou cinquante degrés. Deux hommes dressaient dans l'appartement un châssis de fer à roulettes dans lequel ils plaçaient la baignoire en cuivre verni. Ensuite, ils apportaient l'eau chaude à l'aide de deux outres et mettaient le bain au degré de chaleur que les jeunes femmes désiraient. Blanche l'aimait tiède — et mensuel, car elle en craignait les pouvoirs émollients. « La propreté devient malséante dès qu'elle est outrée. Il est d'un meilleur goût de se négliger sur les choses peu importantes que de s'y rendre trop délicat », répétait-elle à Céleste qui, elle, n'aimait rien tant que se prélasser dans un bain bouillant. Elle en aurait volontiers pris tous les jours — n'étaient les trois francs que coûtait l'opération...

— Ma salle de bains est mon seul luxe, dit Gautier en rajoutant de l'eau. Mais j'y tiens !... Pendant que Diane se met au bain, je fais porter ma copie au journal. Prenez votre temps, mettez-vous à l'aise. Il y a dans ces bocaux des huiles, des poudres, des parfums et des essences rares que je viens de rapporter d'Algérie. Choisissez celles qui vous plaisent...

Demeurée seule, elle délaça ses bottines, fit rouler ses bas, dégrafa sa robe. Puis, pieds nus et en corset, elle trottina jusqu'aux flacons. Elle les déboucha un à un, déchiffrant les étiquettes : *Musc, Benjoin, Ambre...* Elle gagna encore du temps en comparant longuement l'odeur du musc à celle du patchouli... Il fallait tout de même se résoudre à se déshabiller ! Elle finit par le faire... Mais elle entra dans le bain avec sa chemise. L'eau plaquait le tissu entre ses cuisses, contre son ventre, sous ses seins... Et elle se trouva bien plus nue que si elle était dévêtue.

Jugeant alors que sa pudeur ne pouvait décidément s'arranger de la situation, elle ôta d'un geste brusque sa chemise.

Gautier entrait à ce moment-là. Il avait deviné juste : la vision de Céleste au bain valait bien celle de Vénus sortant de l'onde ! Il jugea même que sa morphologie répondait très exactement au type que les médecins et les sculpteurs appelaient « type vénusien ». Les épaules larges. La taille minuscule — d'une finesse vraiment extraordinaire. Le bassin épanoui avec des hanches vastes et fermes. La cheville aussi menue que le poignet. Le pied petit, étroit et de forme grecque... Seuls les genoux, un peu plats peut-être, échappaient aux exigences du canon.

Pour le reste, le galbe de ses seins dressés emplirait aisément une paume d'homme — qui devrait s'arrondir pour en épouser la forme...

Gautier approcha sa table de la baignoire et se mit tout de suite au travail. Céleste, gênée, entendait la plume crisser sur le papier. Mais le poète mit tant de tact à se faire oublier qu'elle finit par ignorer sa présence. A l'embarras succédait même une troublante sensation de plaisir : ce n'était pas si désagréable de s'exhiber ! Elle glissa au fond de la baignoire et sa tête langoureuse roula sur le côté. Alors, le bras légèrement posé sur le rebord, elle s'abandonna aux parfums qui s'exhalaient des flacons débouchés, à la tiédeur de l'eau, au regard du poète. Vrai, elle aimait qu'on la regardât de cette façon-là !

— S'il vous plaît, lisez-moi ce que vous avez écrit, demanda-t-elle une heure plus tard lorsque, rhabillée et alanguie, elle émergea de la salle de bains.

La voix de Théophile Gautier récita sur ce ton monocorde et velouté qui lui était particulier :

Pentélique, Paros, marbres neigeux de Grèce
Dont Praxitèle a fait la chair de ses Vénus
Vos blancheurs suffisaient à des corps de déesses...
Noircissez, car Céleste a montré ses seins nus !

Il y eut un silence.

— C'est tout ? s'exclama Céleste, déçue. Puis, se reprenant :

— ... Notez, je trouve votre poème très beau, mais ces histoires de Vénus, d'art antique...

Gautier éclata de rire :

— Vous êtes bien exigeante ! Non, ça n'est pas tout, mais je n'ai pas terminé.

— Allez toujours. Je veux tout entendre, puisque vous avez promis de me dédier le poème...

Et Gautier reprit :

Mais bientôt lasse d'art antique
De Phidias et de Vénus
Dans une autre stance plastique
Elle groupe ses charmes nus.

Sur un tapis de cachemire
C'est la sultane du sérail
Riant au miroir qui l'admire
Avec un rire de corail ;

La Géorgienne indolente
Avec son souple narguilé
Etalant sa hanche opulente
Un pied sous l'autre replié,

Et comme l'Odalisque d'Ingres
De ses reins cambrant les rondeurs
En dépit des vertus malingres
En dépit des maigres pudeurs !

Paresseuse Odalisque, arrière !
Voici le tableau dans son jour
Le diamant dans sa lumière ;
Voici la beauté dans l'amour !

Cette fois, Céleste, enthousiasmée, applaudit :

— Que c'est beau ! Oh, monsieur Gautier, comme je vous admire !... Que c'est beau ! Que c'est beau !... Bête comme je suis, c'est tout ce que je trouve à dire, moi. Et pourtant, si vous saviez ce que j'ai senti en vous écoutant !

Les yeux plus luisants et plus dorés que jamais, elle secouait ses cheveux châtains, assombris et bouclés par l'humidité. Les narines frémissantes, la peau blanche et lissée d'huiles odorantes, les lèvres pulpeuses — elle était éclatante de jeunesse et de passion. Cet aspect fringant, nerveux, désordonné de sa nature acheva de séduire Théophile Gautier : « Immobile, elle est belle, songea-t-il... Vivante, elle est pire. »

Le dîner fut très gai : ils préparèrent à eux deux un risotto magistral, grande spécialité de Théophile Gautier pour laquelle Céleste avait, elle aussi, quelques talents.

— A moi qui suis ignorante comme un balai quant à la littérature d'autrefois, que me conseillerez-vous de lire, monsieur Gautier ? lui demanda-t-elle en savourant leur cuisine.

Ils étaient face à face, assis à un guéridon parmi les tentures de l'antichambre qui leur servait de salle à manger.

— Commencez par *Les Caractères* de La Bruyère. Très intelligent, très instructif. Quoique le siècle de Louis XIV... Un porc grêlé comme une écumoire, le Roi-Soleil, et petit avec cela. Il n'avait pas cinq pieds, le grand roi. Toujours à manger et à chier... C'est plein de merde, ce temps-là. Et borné, en plus... Parce qu'il donnait des pensions pour qu'on le chantât... Une fistule dans le cul et une autre dans le nez qui correspondait avec le palais... Ça lui faisait juter par les fosses nasales les carottes et toutes les juliennes de son temps. Et c'est vrai ce que je dis là.

Céleste, médusée par un tel langage, cherchait à s'en offusquer, mais, malgré elle, ce tumulte de mots fleuris débités sur un ton à la fois flegmatique et terrible l'amusait beaucoup.

— Bon, alors, à part Louis XIV, qu'est-ce qu'il faut que je lise ?

— Villon, Théophile de Viau et tous les auteurs du XVIe siècle... Langues superbes !... Je te donnerai le livre que j'ai fait là-dessus.

Céleste écoutait de toutes ses oreilles : « Enfin, j'ai trouvé un maître pour m'instruire ! »

— Et *Les Poésies* d'Alfred de Musset, qu'est-ce que vous en pensez ?

— C'est gentil... Mais demander à la poésie du sentimentalisme... ce n'est pas ça ! Des mots rayonnants, des mots de lumière... avec un rythme et une musique, voilà ce que c'est, la poésie.

— Comme ce que vous écrivez...

Il sourit :

— Comme ce que j'écris, oui. Et comme écrit Hugo.

Hugo... Hugo... où donc avait-elle déjà entendu ce nom ? N'était-ce pas dans la bouche de Dumas ?

— Comment ? Tu prétends lire mes feuilletons et tu ne connais pas Victor Hugo ?... Farceuse !

— Parfaitement, je lis vos feuilletons ! Quant à Hugo, je le connais très bien — et je ne l'aime pas, moi ! M. Sue...

— Espèce d'âne ! Ne me dis pas tu aimes Eugène Sue.

Céleste se mordit la lèvre : elle s'était tirée d'un faux pas pour en commettre un autre...

— Ce n'est pas que j'aime Eugène Sue, non... Mais grâce à lui, mon amie Pomaré pourra subsister pendant l'hiver — elle joue la reine Bacchanale dans la revue qu'on a tirée de son roman, vous savez, *Le Juif errant*... D'ailleurs, le personnage de la reine Bacchanale avait été copié sur la reine Pomaré — alors, pour elle, c'est le triomphe assuré puisqu'elle tient son propre rôle... A moi aussi, il faudrait un rôle comme ça. Elle éclata de rire... Tiens, j'y pense, vous ne pourriez pas m'écrire un petit quelque chose, vous ?

Gautier haussa les épaules :

— Ma belle sultane, tu m'inspirerais bien plus qu' « un petit quelque chose »...! Mais pour monter une pièce, un ballet, une revue — n'importe quoi — il faut un théâtre, un commanditaire et des actionnaires. En un mot, de l'argent. Et je n'en ai pas, sinon tu penses bien que je ne ferais pas de copie... Adieu le feuilleton !

Il réfléchit un instant en mordillant sa longue moustache :

— ... Je n'ai pas de théâtre, mais, par extraordinaire, j'ai en ce moment un vaudeville en répétition aux Variétés. Je pense qu'il y aurait peut-être un rôle pour toi... Seulement, je t'avertis, il est très demandé, ce rôle — et petit en plus, très petit.

— Oh, monsieur, mais il n'y a pas de petit rôle dans une pièce de Théophile Gautier !

Elle avait l'air tellement admiratif qu'on aurait pu croire à la sincérité du compliment. Théophile Gautier n'était pas tout à fait dupe mais, bon prince, il se laissait séduire.

— Lundi, nous irons ensemble au théâtre. Cela te donne une semaine pour apprendre le rôle. Je te conseille de le potasser, car moi, là-bas, je ne pourrai rien pour toi. Et si tu es mauvaise...

— Je ne serai pas mauvaise, je vous le jure ! Dame, je travaillerai ! Vous serez fier de moi... Mais comme, malgré tout, je n'ai pas de métier, vous me corrigerez... voulez-vous ?

— Parbleu, si je le veux !

Soudain un rugissement déchira le calme de la nuit. Céleste eut tellement peur qu'elle ne put même pas crier. Son dos se couvrit d'une moiteur froide et elle se retourna avec la vivacité d'un diable monté sur ressort : elle vit alors une lionne, aussi effroyable que celle du jardin des Plantes, entrer à pas feutrés par la porte entrebâillée.

— N'aie pas peur, c'est un toutou.

Pétrifiée, elle regardait l'animal.

— Caresse-la. Doucement. Voilà. Ne fais pas un mouvement brusque et tout ira bien... Je l'ai ramenée d'Algérie il y a quelques jours. Elle a fait tout le voyage sur l'impériale de la diligence, entre mes jambes, comme un bon caniche. Ah, l'expression de Sainte-Beuve quand il est venu me chercher et qu'il a vu descendre cette bestiole dans la cour des Messageries !

Céleste, du bout des doigts, caressait la tête de la lionne dont le museau s'intéressait fort au contenu de son assiette. Finalement, l'arrivée du fauve faisait diversion... Car, maintenant que Céleste avait obtenu un rôle dans la pièce de Gautier, elle ne demandait qu'à parler d'autre chose.

Il fut convenu qu'elle repasserait le lendemain en fin de journée pour montrer ce qu'elle savait faire. Puis Gautier lui donna son *Voyage en Espagne,* lui indiqua le rôle (celui de la grisette) et la raccompagna à pied jusque chez Blanche, à deux pas.

Côte à côte, ils marchaient dans les rues désertes de la « Nouvelle Athènes », Gautier toujours en burnous avec son fez sur la tête, Céleste pendue à son bras. Reprenant ses énormes paradoxes et son argot fleuri, il s'amusait à la choquer :

— Tu diras ce que tu voudras (elle n'avait rien dit du tout !), mais l'amour s'en va... Il n'est, à l'heure d'aujourd'hui, qu'une gymnastique vénérienne avec un petit fond de Sandeau... Vois-tu, on ne peut pas s'abstraire de son temps ! Il faut se soumettre à la morale. Ils ne veulent plus de sexe dans les romans..., seulement maintenant, j'en suis réduit à décrire consciencieusement un mur — et encore, je ne peux pas raconter ce qu'il y a dessiné dessus... A demain. N'oublie pas que tu pâtures dans ma turne. Et apprends ce foutu rôle, sinon je te fendrai cruellement le ventre.

Là-dessus, Gautier la quitta. Pas un instant Céleste n'avait eu à repousser ses avances ! Elle demeurait surprise de cette réserve, à la fois contente et un peu déconcertée : la seule fois où elle était prête à se donner !

Elle ouvrit la plaquette de son vaudeville en se disant que, malgré ses terribles discours sur l'amour et le sexe, Théophile Gautier était « sûrement un cérébral ».

13

QUAND il la jugea prête, Gautier l'emmena au théâtre des Variétés. Quelle ne fut pas la surprise de Céleste en reconnaissant dans le directeur Nestor Roqueplan — le fameux inventeur des « lorettes » — l'ami de Pomaré avec lequel elle avait soupé au Grand Seize. « Comme quoi, tout sert à tout », pensa-t-elle, satisfaite de l'amabilité avec laquelle il la fit entrer dans son bureau (le mois dernier, elle n'avait même pas pu dépasser la loge du portier). Roqueplan, ayant écouté la recommandation de Gautier, promit tout ce qu'on désirait : un auteur n'était-il pas libre de choisir ses interprètes ?... Non, non, il ne voulait pas entendre Céleste. Il faisait confiance au goût de Gautier. Il prit l'adresse de la jeune femme pour l'envoyer quérir dès qu'on mettrait la pièce en répétition.

La danseuse de bal public au chômage passait donc actrice aux Variétés — et interprète d'un auteur célèbre, de surcroît ! Céleste n'en croyait pas sa chance. Elle gambadait dans l'appartement de Blanche, crânant devant Pomaré qui était venue lui rendre visite.

Le lendemain même, elle reçut un petit mot la priant de se rendre aux Variétés.

Roqueplan s'excusa fort de l'avoir fait déranger, mais une idée lumineuse lui était venue pendant la nuit : le rôle de la grisette dans *Voyage en Espagne* était bien en dessous des moyens de la Mandragore...

— Pensez, à peine deux mots à dire ! Pour une gloire comme la vôtre, quelle pitié !... Et franchement, ma chère, quel gâchis ! Non, non, ce qu'il vous faut, c'est un emploi à

161

votre mesure, quelque chose où vous tiendrez le premier rang... Comme Pomaré au théâtre du Palais-Royal, la Mandragore se jouera elle-même dans le « lever de rideau » que nous donnerons en prologue du prochain vaudeville !

La vérité était que Roqueplan ne pouvait pas se permettre d'engager une débutante pour un rôle convoité par toutes les jeunes premières de son théâtre. Ce *Voyage en Espagne* attirerait aux Variétés le Tout-Paris mondain et échotier et, si l'on donnait l'emploi à une nouvelle, ces demoiselles feraient tomber la pièce par une cabale.

— Notre bon Théo n'y connaît rien en matière de carrière. Croyez-en votre directeur, chère amie, la revue à laquelle je songe vous lancera définitivement... Qu'en dites-vous ?

Céleste, méfiante, écoutait ses exhortations sans répondre... Vrai, il y mettait trop de zèle ! Cette alléchante proposition devait servir ses intérêts à lui — plutôt que ses intérêts à elle. Elle sentait bien que, malgré les apparences, se jouer elle-même (« Mandragore, danseuse de bals publics ») était moins prestigieux que tenir un emploi dans la pièce d'un auteur respecté et célèbre... Elle réfléchissait donc à ses chances d'obtenir, envers et contre tout, le rôle de la grisette.

A l'époque du Démon Tentateur, Céleste n'aurait pas balancé : elle aurait tenu tête à Roqueplan, utilisant contre lui tous les appuis possibles. Outre Gautier, elle songeait déjà à Alphonse Karr, voire à Dumas !

« ... Mais je n'ai probablement pas les reins assez solides », songeait-elle.

Même si elle obtenait le rôle de la grisette, il serait bien trop aisé de la faire dégringoler de son précaire piédestal : elle n'était jamais montée sur les planches et n'avait pas la plus petite expérience théâtrale. Non, vraiment, elle n'était pas encore de taille à se permettre des inimitiés puissantes, au contraire. Cette revue où elle allait tenir le rôle principal, n'était-ce pas le rêve inaccessible qu'elle caressait une semaine auparavant ? Il ne fallait tout de même pas se montrer trop gourmande.

— Monsieur Roqueplan, je me rends à vos raisons, dit-elle l'air dédaigneux, comme si c'était elle qui consentait à lui faire une faveur... J'accepte. Seulement, vous comprendrez qu'il me faut des garanties. Quand le jouera-t-on, mon « lever de rideau » ?

— Bientôt, bientôt. Mais, quoi qu'il en soit, vous recevrez dès maintenant une avance sur votre traitement... Cette garantie vous va-t-elle ?

— Tout dépend. A combien se monte-t-elle ?

— Eh bien, disons trois cents francs.

C'était plus du double de ce que Céleste avait gagné en six mois chez Mabille.

— Trois cent cinquante, laissa-t-elle tomber, la voix blanche et indifférente d'un croupier.

— Entendu, trois cent cinquante, acquiesça Roqueplan, enchanté d'avoir échappé par ce marchandage à des difficultés avec son auteur ou avec ses pensionnaires.

Il la conduisit par un petit escalier sombre chez le comptable qui lui versa, moyennant reçu, ses trois cent cinquante francs... Céleste sortit en se disant qu'elle aurait dû en demander quatre cents.

Pourtant, de sa vie, elle n'avait possédé une telle somme : trois cent cinquante francs ! Si l'on songe que la confection d'une chemise lui rapportait autrefois cinquante centimes, elle venait de gagner une fortune sans rien faire !

En toute autre circonstance, Céleste eût exulté de joie. Mais elle avait le sentiment de s'être laissé gruger : personne n'assisterait jamais à son mirobolant « lever de rideau », car on ne le monterait pas. Il s'agissait donc d'employer chaque pièce à des fins utiles.

Son magot enfoui dans l'échancrure de son corsage, elle marchait à grands pas vers les Trois Quartiers, calculant ses dépenses à venir. Elle consacrerait cent francs à se bien nipper — et cela non pour le plaisir, mais par nécessité. L'existence qu'elle se promettait de mener cet hiver requérait une condition *sine qua non* : l'élégance. Afin que Théophile Gautier l'emmenât partout, il fallait qu'il fût fier de la montrer.

Comme elle ne disposait que d'un crédit somme toute limité, elle fit ses emplettes avec la plus grande circonspection. Le temps était loin où elle bradait sur un coup de tête ses trente-six chemises — un mois de travail pour un caprice ! Aujourd'hui, elle choisissait méthodiquement les outils de sa réussite...

Les robes, par économie, elle se les confectionnerait elle-même. Elle acheta néanmoins de fort beaux tissus, colorés, craquants, luisants... Pour les accessoires, elle décida de faire les choses en grand : elle attacha une importance toute particulière à la qualité de ses dessous (« On ne sait jamais... »). Chemises de jour ou de nuit, jupons, corset et inexpressibles — sans parler des bas verts, roses, blancs, en fil d'Ecosse brodés à jour ou en fine guipure — elle dépensa cent francs de lingerie. Bien sûr, il eût fallu aussi des chaussures et des gants, mais elle n'y songea pas, absorbée qu'elle était par l'impératif du « chapeau » dans la stratégie sélective de son élégance. Après avoir erré de modiste en modiste, parcouru la plupart des magasins de la rue Vivienne et du Palais-Royal, elle finit par se rendre chez Mlle Lucie Hocquet, la modiste la plus chère et la plus courue du Tout-Paris, celle dont les chapeaux se reconnaissaient à vingt pas : « Au moins, on croira que toute ma toilette est à la mesure de mon bibi », pensa-t-elle pour se donner bonne conscience en se commandant deux capotes délicieuses qui la ruinèrent.

Des trois cent cinquante francs, il n'en restait plus que cinquante. Elle en employa trente à s'abonner au cabinet de lecture de la rue Vivienne et remit les vingt francs restants à Blanche qui menaçait de la « fiche dehors » si elle ne participait pas davantage au train de maison. A la fin de la journée, elle se trouvait donc sans un liard — une fois de plus. Du moins s'était-elle organisée pour l'hiver : désormais, elle pourrait paraître n'importe où aux côtés de Théophile Gautier — au café, au théâtre ou dans le monde, on la trouverait « chic ». De plus, ayant loué les journaux, les échos et les romans au cabinet de lecture, elle serait enfin à même de participer à n'importe quelle conversation : « Elégante et lettrée — eh bien, si avec cela, je n'arrive pas ! »

Elle s'enferma quelques jours pour confectionner sa toilette d'après-midi, puis pimpante dans sa capote signée Hocquet, retourna rue de Navarin. Elle raconta son entrevue avec Roqueplan et se déclara satisfaite des conditions que le directeur lui avait faites. Gautier, enchanté d'avoir échappé à un esclandre, car il se serait cru moralement obligé de soutenir sa protégée, lui sut gré de son tact et de sa simplicité.

Maintenant, Céleste passait tous les soirs le prendre au journal.

— Je ne puis vraiment travailler qu'à *La Presse*, lui répétait-il. L'odeur d'encre d'imprimerie, il n'y a que ça qui me fasse marcher.

Alors elle lui prenait tendrement le bras et l'entraînait sur le Boulevard en murmurant : « Pauvre Théo, quelle galère ce feuilleton ! » — justement ce qu'il voulait entendre dans la bouche de cette jolie femme.

Les relations qu'elle entretint désormais avec le poète prouvèrent combien, en cette période de sa vie, Céleste changeait.

Le 15 novembre, elle avait eu vingt ans. Elle n'était plus la rebelle insolente du Démon Tentateur, ni l'exclusive amoureuse de la rue des Blancs-Manteaux, ni même la folle ballocharde du bal Mabille. Elle se détendait, semblait plus souple, plus malléable et plus paisible qu'autrefois. Avec l'expérience, elle acquérait une certaine rondeur. Elle, naguère rigoriste et intransigeante, devenait presque bonne fille ! En apparence, du moins.

Quant aux artifices, minauderies et manipulations de toutes sortes qu'elle avait tant méprisés chez Rosita Valdès, elle en usait maintenant avec succès... et sans scrupules. Au reste, cette évolution lui réussissait physiquement. Mince — plus mince peut-être qu'au temps de son adolescence —, mais sans rien en elle d'anguleux ou d'osseux, elle ondoyait en marchant. Sans doute devinait-elle la beauté de ses déhanchements, car elle se créait des robes folles, amples et bariolées, qui voltigeaient autour d'elle. Dans son pâle visage de vierge florentine, la bouche, jadis étroite, petite, à peine rosée, souriait maintenant avec des gourmandises de fruit mûr. Et l'expression plus vive et plus frondeuse que jamais de ses yeux dorés accentuait encore le côté guilleret, sensuel et provocant de sa personnalité.

Céleste, jeune femme, s'apprêtait à croquer le monde à petits coups de ses belles dents, bien blanches et bien tranchantes. Cela se devinait, mais ne se voyait point. Elle avait appris à vivre. A se tenir. A se retenir surtout.

Depuis quelque temps, Gautier, en sortant du journal, faisait monter sa nouvelle conquête dans son coupé « œil-de-corbeau » (allusion à la couleur sombrement imprécise du capitonnage) puis, au trot de ses minuscules poneys, Jeanne et Blanche, qu'il câlinait comme ses chats, le poète conduisait Céleste dans son pied-à-terre de l'île Saint-Louis. Il louait là, au 17, quai d'Anjou, un rez-de-chaussée dans les dépendances de l'hôtel Pimodan. La vérité était que la vie sentimentale du bon Théo se trouvait fort compliquée par sa rencontre avec la Mandragore et qu'il souhaitait l'éloigner autant que possible de la rue de Navarin où régnait une autre maîtresse.

Céleste n'aimait rien tant que cette lointaine promenade vers l'île solitaire, déserte, un peu morne même. La halte d'un instant à la guérite du pont à péage où Gautier donnait un sou pour passer le fleuve scandait pour elle le dernier adieu à la fièvre de Paris. Les bras de Seine paisibles comme des canaux, les perspectives anciennes, les balcons en fer forgé et ces majestueuses façades qui ne payaient guère de mine dans la brume : tout l'invitait au rêve et au recueillement.

Et puis... et puis il y avait la présence de Théophile Gautier. Par-delà l'intérêt qui l'attachait à lui, une sorte d'amitié amoureuse commençait à se nouer entre eux. Elle se plaisait à écouter le son de cette voix : ce flux de mots extraordinaires, paradoxaux, choquants... Elle en riait, se révoltait ou se laissait ensorceler. Avec Gautier, elle goûtait des plaisirs nouveaux et grisants — ceux de l'esprit. Certes, elle avait déjà éprouvé ce genre de joie le soir du souper avec Alexandre Dumas. Mais la verve de Dumas, plus narrative que celle de Gautier, lui paraissait maintenant moins excitante... Il arrivait même que Céleste fermât les yeux pour mieux savourer la verdeur ou l'éclat du langage de Théo, tant le charme de cette parole crue, bariolée d'énormités, était puissant. Les mots de Gautier avaient une vie propre et son langage la séduisait comme peut séduire un visage.

Lui la trouvait belle, bien sûr. Mais aussi drôle, saine, généreuse comme un vin d'Alicante — « et toujours gaie ! ». Cette fille dégourdie et curieuse de tout le séduisait par sa spontanéité, comme tous ceux qu'elle rencontra à cette époque.

Tous ceux qu'elle rencontra... Car il y en eut beaucoup.

14

LE premier soir où Gautier souleva devant elle le lourd marteau du vieil hôtel, une bruine invisible dans le brouillard de l'île tombait sur la capote gorge-de-pigeon de Céleste. Le cordon du portier grinça plusieurs fois à l'intérieur avant que, cédant sans doute à une traction plus vigoureuse, la porte massive consentît à rouler sur ses gonds. Céleste pénétra dans une cour froide et triste. L'herbe poussait dans les interstices des pavés au point qu'on s'y enfonçait sans même deviner la rudesse de la pierre sous les pas. Elle sentit le bas de sa jolie jupe se mouiller et l'humidité percer jusqu'à ses chevilles à travers la bottine.

— Regarde un peu la proportion de ces fenêtres ! s'écria Gautier en l'arrêtant brusquement au milieu de la cour. Du plus pur style Régence !... Acheté par Lauzun qui y a vécu avec sa bonne amie, la terrible Mademoiselle. Elle le poursuivait de son couteau galant jusque dans mon escalier dérobé, la gueuse !

Céleste qui, jusqu'à cet instant, ne s'était préoccupée que des dommages que cette pluie allait causer à son élégance, fut soudain saisie d'une émotion étrange. Sans rien comprendre au monologue de Gautier, elle regardait autour d'elle, éprouvant une sorte de joie à penser qu'autrefois de belles dames en perruque, comme dans les livres d'images des bonnes sœurs, avaient passé cette porte et foulé ces pavés. Puis, comme si le passé et le présent se mêlaient, elle crut entendre une ancienne mélodie qui s'échappait de l'une des fenêtres de l'étage.

— Une pure merveille, le clavecin de Fernand, commenta Théophile en reprenant sa marche. Un garçon des mieux doués que ce Boissard... Il comprend également bien la musique, la peinture et la poésie. Intelligent avec cela. Veux-tu que nous montions ?

L'appartement de Gautier communiquait avec l'étage noble par un escalier secret creusé dans l'épaisseur du mur. Au deuxième habitait Fernand Boissard de Boisdenier, peintre, musicien et mécène de son état. Boissard recevait dans ses grands salons ses voisins de l'île Saint-Louis : le caricaturiste Honoré Daumier et le sculpteur Geoffroy-Dechaume, demeurant respectivement au 9 et au 13, quai d'Anjou ; le peintre Ernest Meissonier, du quai Bourbon ; et aussi un jeune poète qui s'était aménagé un logis sous les combles mêmes de l'hôtel : Charles Baudelaire... Chez Boissard venaient aussi d'autres amis : Auguste Barbereau, théoricien musical ; Du Sommerard, claveciniste ; Eugène Delacroix ; Gérard de Nerval — sans compter tous les artistes que la présence de Baudelaire au dernier étage et celle de Gautier au rez-de-chaussée attiraient pour un instant, une heure ou un après-midi au coin joyeux du feu de l'hôtel Pimodan.

— Viens...

Céleste suivit Théophile dans l'escalier de maître. Tout de suite, elle remarqua combien la pente des marches était douce. Alors, par contraste, les repos, les paliers, le marbre poli qui semblait se creuser sous ses pas lui rappelèrent l'escalier des Blancs-Manteaux ! Elle revoyait la cage étroite, les marches hautes et inégales. Elle sentait sous sa semelle les callosités et les bourrelets de boue séchée : Céleste, dans l'escalier grandiose de l'hôtel de Lauzun, se trouvait encore, par la magie de l'évocation, dans le clapier qui conduisait à l'appartement de Benjamin ! Sans cesse, cet homme resurgissait au moment le plus incongru. Et cependant, elle croyait avoir définitivement rayé de sa vie les êtres et les lieux de sa jeunesse !

« Je n'en sortirai donc jamais ! Me trouver dans l'escalier de l'hôtel Pimodan et rêver à celui de Benjamin, faut-il être stupide ! »

Exaspérée par cette idée, elle ne s'aperçut pas que

Théophile Gautier sonnait à une porte masquée par une lourde tenture.

Un maître d'hôtel, la mine impassible, leur ouvrit. Céleste ne vit d'abord rien de la splendeur du lieu. Les réminiscences de sa vie passée l'avaient comme rejetée en arrière dans le souci de sa condition, et elle ne se préoccupait maintenant que d'un fait inquiétant : Gautier, très conventionnellement vêtu ce jour-là, conservait à la main ses gants et son gibus alors qu'elle ignorait, elle, ce qu'il lui convenait de garder. Elle décida de ne pas retirer sa capote, d'abord parce que en dessous son chignon se déroulait ; ensuite parce que ce chapeau de Mlle Hocquet faisait « cossu » ; et surtout, surtout en vertu du principe que lui avait inculqué Blanche : « Une femme en cheveux est une femme du peuple. » Elle ne savait pas, la pauvrette, qu'une femme en chapeau, le soir, dans un salon, ne peut être qu'une domestique ou une fournisseuse... Heureusement, les usages n'avaient pas la moindre importance chez Boissard où « seule la Beauté est de rigueur », comme il l'inscrivait lui-même sur ses cartes d'invitation.

L'enfilade de pièces où Gautier entraîna Céleste dépassait tout ce que son imagination aurait pu concevoir de plus précieux pour servir d'écrin à des réunions d'esthètes ! Ce qui la frappa le plus, ce dont elle allait garder un souvenir presque halluciné, ce ne fut ni la beauté des trumeaux, ni la fontaine ornée d'un masque de satyre, ni la corniche à encorbellement où quelque élève de Lesueur avait peint des nymphes et des amours, ni même les linteaux des portes en pierre sculptée — mais la profusion des dorures qui couvraient les murs. Pas un centimètre, pas un millimètre, du plancher marqueté aux plafonds peints, qui ne fût chargé de fleurs, de feuilles, de grappes, de nœuds, de coquilles, de cols d'oiseaux ou de visages de femmes, qui couraient sans cesse en frise ou en guirlande, encadrant les chambranles des hautes fenêtres, enchâssant l'ovale des miroirs, filant à mi-hauteur le long des trumeaux pour s'enrouler encore autour des médaillons. Moulures ou boiseries vieil or, or mat, or terni, or bruni... Une farandole d'angelots festonnait, comme un suprême galon doré, cette symphonie couleur d'or.

Après la salle à manger où s'agitaient déjà plusieurs domestiques occupés à mettre le couvert, après le grand salon et la chambre à coucher, ils arrivèrent au bout de l'appartement dans une pièce minuscule, de l'effet le plus étonnant.

C'était une sorte de boudoir constellé de haut en bas d'un millier de petites glaces de Bohême entre lesquelles s'encastraient des scènes mythologiques. Le cachet de cette bonbonnière était tel que Céleste eut tout de suite l'envie de poser sa main sur chacun des panneaux pour y trouver le ressort mystérieux de la porte secrète... Là, dans une robe blanche à pois rouges semblables à des gouttelettes de sang, se tenait, à demi étendue, une femme impassible, très brune, très belle, qu'entouraient deux messieurs dans de grands fauteuils recouverts de tapisserie.

— Hourra, Théo ! s'écria en se levant précipitamment le jeune homme de droite, aux cheveux blonds et bouclés.

— Mandragore, reconnais en cet œil gris pétillant d'esprit le maître de maison, Fernand Boissard.

— Soyez la bienvenue chez Lauzun, mademoiselle.

— Et voici Maryx, continua Gautier en l'entraînant vers la femme allongée, le plus beau modèle des ateliers de Paris !

Maryx, sans cesser de faire passer les bagues de sa main gauche aux doigts de sa main droite, avec une immobilité de tout le corps dont elle avait dû prendre l'habitude dans la pratique de la pose, hocha la tête en guise de salut.

— Bonsoir, cher maître, articula alors une voix cassante. Le second jeune homme se leva et s'approcha de Gautier.

Immédiatement, son aspect intrigua Céleste. D'abord, il avait des narines palpitantes, largement ouvertes comme les siennes — et ce nez un peu arrondi au bout et projeté en avant lui rappela cette partie de son propre visage qu'elle n'aimait pas. Sa bouche aussi la frappa ; c'était une bouche longue, mince, sinueuse, que la lèvre supérieure très fine semblait clore hermétiquement en une expression à la fois ironique, douloureuse... Voluptueuse peut-être. Ses cheveux dessinaient une pointe noire au haut d'un front immense et blanc. Cette coiffure à la mode du temps de Napoléon ne se voyait plus nulle part. Non plus que ce visage, sans trace de moustache ni de barbe.

— Me permettrez-vous de vous offrir mon propre fauteuil ? demanda-t-il à Gautier en rapprochant son siège avec des gestes lents, rares, plaqués au corps. Cet homme était maniéré à force d'être sobre.

— Quand donc cesserez-vous de m'accabler de votre terrible politesse ? tonna Gautier en s'emparant de la main du jeune homme et en la lui serrant cordialement.

— Voyons, Théo, tu sais bien que Baudelaire se veut ton disciple ! commenta Boissard en se rasseyant.

— Parbleu si je le sais ! Et ce respect ridicule m'intimide... Il ne doit son talent qu'à lui-même, le bougre ! Les quelques pièces que j'ai eu le privilège de lire me prouvent assez combien il est maître en son royaume... C'est moi qui serais flatté d'un peu plus de familiarité de sa part ! Quand je pense qu'on vous prend pour une nature satanique, mon cher Baudelaire, vous qui avez l'amour et l'admiration poussés au plus haut degré !

— Je compte que vous voudrez bien ne pas faire confidence de cette confidence, dit-il avec le plus grand sérieux. Il ne faut rien livrer de *Personnel* à la *Canaille*.

L'index appuyé contre sa tempe, les yeux luisant comme des gouttes de café, il avait dans la voix des italiques et des majuscules initiales comme s'il eût voulu souligner certains mots en les prononçant d'une façon particulière. « On dirait un curé », pensa Céleste, un peu agacée. « Même son costume a un air de soutane. »

Baudelaire portait un habit étrange et très étudié. C'était une sorte de cornet noir dont le bas s'amenuisait au point de finir dans le dos en une queue-de-pie émincée. Le tout rappelait nettement la forme d'un entonnoir sur lequel se rabattait, comme un filtre à café, un col souple, en fine toile blanche. Et de cette ampleur du torse, qui protestait contre l'exiguïté et l'empèsement du vêtement traditionnel, le cou apparaissait très dégagé, très élégant, nu... Pas de cravate.

« Ce M. Baudelaire a l'élégance d'un curé anglais préparé pour la guillotine », conclut Céleste qui n'avait jamais vu de curé anglais. Mais cette tenue méticuleusement pensée, sans rien en elle de trop voyant ou de trop frais, correspondait à la description que Pomaré lui avait faite du « chic britannique ». Quant à la guillotine, n'était-ce pas toujours ainsi qu'on représentait la toilette du condamné ? Tondu et sans cravate... Au reste, peut-être à cause de cette analogie, Céleste trouva ce jeune homme particulièrement beau : des mains diaphanes et soignées, d'une délicatesse toute féminine, et ce regard sombre, spirituel, profond — presque trop insistant... Il y avait quelque chose de fascinant dans ce regard, bien qu'elle dût admettre qu'il ne s'était pas posé une seule fois sur elle.

La conversation devenait générale. Assise aux côtés de Gautier, muette, l'attention en éveil, Céleste observait l'assemblée. Elle regardait de tous ses yeux, écoutait de toutes ses oreilles, tâchait de comprendre qui était quoi dans ce monde. Au vol des phrases, elle attrapait des noms qu'elle répétait plusieurs fois dans sa tête afin de pouvoir, plus tard, demain, les retrouver au cabinet de lecture.

— Dans l'œuvre de Molière, il n'y a d'acceptable que ses farces, laissa tomber de sa voix tranchante comme un couperet le jeune homme à l'habit noir.

— Comme je suis d'accord avec vous, grogna Gautier. *Le Misanthrope*, ah, le cochon ! Est-ce mal écrit ! Quelle langue... une comédie de collège jésuite pour la rentrée des classes ! Non. Il faut ressusciter le côté intéressant de Molière : le maître de ballet, l'arrangeur de divertissements...

« Molière, Molière, Molière », se répétait Céleste.

— J'ai revu l'autre soir la *Stratonice* d'Ingres, commença Baudelaire en interrompant Gautier. Un succès bien au-dessus de ses moyens que celui de M. Ingres, des odalisques de carton, des dieux en pain d'épice, des apôtres en fer-blanc... Son Œdipe est un bonhomme colorié de suc de nicotine.

Il prononçait ces jugements comme des axiomes mathématiques, avec un sang-froid qui fit bondir Gautier :

— Ingres, de la ferblanterie ! Je vous accorde quelque cartonnage — mais, quant au coup de crayon, quelle précision, quelle force admirable !

— Les admirateurs d'Ingres sont des niais risibles,

riposta tranquillement Baudelaire... Et des adorateurs crétins, continua-t-il d'un air très poli et très détaché.

La conversation tournait au vinaigre. Gautier, qui n'était pas homme à s'en laisser conter, faisait maintenant assaut de paradoxes avec Baudelaire, tandis que Boissard comptait les points. La belle Maryx, toujours étendue, ne disait rien et Céleste, dans son coin, se crut enfin autorisée à se débarrasser de sa capote. Au moment où elle secouait ses cheveux d'un brun fauve presque roux sous le feu de la lampe, un gros personnage pénétra dans le boudoir.

— Ah, mes enfants, quel temps de cochon ! s'exclamat-il en tombant dans un fauteuil à côté de Céleste.

— Comment, Monnier, toi, toi le bourgeois de Paris, toi l'imbécile et prévoyant monsieur Prudhomme, tu sors sans ton parapluie ? éclata Gautier scandalisé.

— Que voulez-vous, mes enfants, je vieillis... Bonsoir, mademoiselle.

— Bonsoir, monsieur.

— Tu connais la Mandragore ? demanda Théo, prêt à faire les présentations.

— De longue date... n'est-ce pas, mademoiselle ? Ravissant, ce petit chapeau que vous froissez entre vos blanches mains. Vous permettez ?

Il s'en coiffa avec une solennité bouffonne et eut l'air si parfaitement ridicule que Céleste éclata de son rire enfantin.

— Charmante, tout à fait charmante, ta camarade, mon petit Gautier.

— Fais-la encore rire avec une de tes caricatures !

— Oui, fais *La Femme qui a trop chaud,* jeta Boissard.

— Ou *La Grisette et l'Etudiant,* pria Maryx, qui consentit à se réveiller soudain de son sofa.

Baudelaire, lui, se renfonça dans son fauteuil. Il accentua le pli dédaigneux de sa lèvre et Céleste comprit tout de suite qu'il abominait le nouveau venu. Cet Henri Monnier faisait un triomphe au théâtre du Vaudeville avec ses saynètes. Il interprétait lui-même son héros, Joseph Prudhomme, le prototype du bourgeois louis-philippard, pontifiant et stupide.

Baudelaire dédaignait « ces histoires de cloportes ».

Mais il était bien le seul. Car « M. Prudhomme » faisait les délices des hôtes de Pimodan.

— Eh, laissez-moi souffler, grognait Monnier. M. Prudhomme, ce sera pour après l'épreuve du dawamesque... Quand vous serez tous dans les vapeurs.

— Comment, il y a du hachisch à l'horizon ? s'écria Gautier ravi.

— Tu n'as pas reçu mon billet ?

— Mais non !

— Tu es donc monté par hasard ?... Quelle chance ! Le docteur doit arriver d'un instant à l'autre. Nous souperons après.

— Connaissez-vous les vertus de la « pâte verte », mademoiselle ? s'enquit le gros Monnier qui semblait trouver Céleste fort à son goût.

N'ayant pas la moindre idée de ce dont il parlait, elle jugea plus prudent de ne pas bluffer :

— Non, pas du tout. Je vous avouerai que je ne sais même pas ce que c'est.

— Comment, Gautier, tu n'as pas initié mademoiselle ? Mais, jeune fille, vous vous trouvez actuellement parmi les membres d'un club très recherché — le club des hachischins ! Ou, pour être plus exact... Il marqua une pause et lui jeta à la figure, avec une expression effrayante : Le club des assassins !

— Qu'est-ce que c'est que cette histoire ? demanda Céleste en riant.

— Authentique, commenta Gautier... Tu vas voir : il existait jadis en Orient un cheik répondant au nom de Vieux-de-la-Montagne. Sur un signe de lui, ses sujets tuaient, pillaient, massacraient, se jetaient du haut d'une tour, allaient poignarder un souverain au milieu de ses gardes... Aucun danger ne les arrêtait. Par quel artifice le Vieux-de-la-Montagne obtenait-il une si complète abnégation ? Au moyen d'une drogue merveilleuse dont il connaissait la recette et qui a la propriété de procurer des hallucinations éblouissantes : le hachisch. D'où *hachischin*, le « mangeur de hachisch », racine du mot *assassin* dont la signification s'explique par les habitudes meurtrières du Vieux-de-la-Montagne.

— Charmant ! s'exclama Céleste, moitié amusée, moi-

176

tié affolée par cette histoire. Paisible soirée en perspective ! Et qui, chez vous, fait office du Vieux-de-la-Montagne ?

— La science, mademoiselle, la science ! pontifia Monnier en levant le doigt d'un air solennel.

— Les expériences du club sont présidées par le Dr Moreau, expliqua Boissard. Il étudie sur nous les effets du hachisch et surveille notre fantasia.

— Le saint homme empêche de passer par la fenêtre ceux d'entre nous qui se seraient cru des ailes, précisa Gautier, la mine gourmande.

— Sommes-nous au complet ? Quand commençons-nous ? jeta en entrant un petit monsieur, les yeux luisants, les cheveux en bataille, le visage rayonnant d'impatience.

— Mais quand vous voudrez, docteur, dit Maryx qui se leva enfin, dans un froufrou de sa robe à pois.

Elle disparut dans la pièce d'à côté. Pour reparaître presque immédiatement, chargée d'un plateau rond en cuivre. Au milieu du plateau, un vase de cristal biseauté jetait une étrange lueur verte sur sept soucoupes japonaises. Nul ne disait mot et Maryx posa dans le plus grand silence le plateau sur la console devant le docteur ; puis, impassible toujours, elle retourna s'étendre sur le divan. Céleste, qui se trouvait à côté du docteur, ne perdait pas un seul de ses gestes. Il s'empara d'une spatule qu'il plongea dans le vase. Il en tira lentement une noix de confiture verdâtre. Il posa délicatement cette petite boule sur une soucoupe. Il mit une cuiller en vermeil près de la boule. Céleste compta qu'il recommença six fois cette opération, laissant vide une assiette. Puis il s'empara d'une soucoupe pleine, se retourna et, les pommettes empourprées, ce fut à elle que le docteur tendit la première dose :

— Ceci vous sera défalqué de votre part de paradis ! lui dit-il, l'air enchanté.

Céleste prit la soucoupe sans trop savoir qu'en faire. Elle la tenait du bout des doigts, comme quelque bête dangereuse ou dégoûtante. D'ailleurs, cette pâte verte, grosse comme le pouce, dégageait une odeur de beurre rance qui lui soulevait le cœur. Inquiète, embarrassée

— intriguée aussi — elle attendit que les autres fussent servis.

Quand chacun fut pourvu de sa soucoupe, elle remarqua que Gautier utilisait sa petite cuiller pour avaler la pâte verte d'un coup. Boissard en fit autant. Maryx, elle, s'y prit à deux fois : elle partagea sa boule qu'elle dégusta du bout des lèvres comme si elle savourait un sorbet. Quant à Baudelaire, il n'y toucha seulement pas : ses yeux sombres observaient la scène avec le plus grand intérêt et Céleste se raccrochait à ce regard, éprouvant une sympathie soudaine pour ce jeune homme qui, comme elle, n'absorbait pas la confiture. Mais si Baudelaire n'avala pas publiquement sa boulette, il l'escamota avec l'habileté d'un prestidigitateur, car elle disparut mystérieusement et Céleste aurait pu jurer qu'il l'avait mise dans sa poche ! Sans doute la gardait-il pour plus tard, quand il serait seul.

Quoi qu'il en soit, toutes les soucoupes des hôtes de Boissard étaient vides. Elle seule continuait de tenir sa petite assiette du bout des doigts, avec cet air dégoûté qu'elle ne parvenait pas à maîtriser. Alors, s'armant de courage, elle donna un grand coup de cuiller dans la confiture qu'elle avala tout rond.

Raidie dans son siège, malade d'appréhension, elle s'immobilisa dans l'attente des effets de la pâte verte : elle guettait en elle les premiers signes de « quelque chose de terrible »... Mais non, il ne se passait rien ! Elle ne se sentait pas différente ! Rassurée et bien heureuse, elle prit alors ses aises dans son fauteuil, appuyant ses petites bottines sur la table basse. « Beaucoup de tintouin pour pas grand-chose ! » pensa-t-elle avec une pointe de dédain.

Sur ces entrefaites, une petite bonne apporta du café qu'on offrit avec le marc et sans sucre. « Quel manque de savoir-vivre, du café avant la soupe — pouah ! » Néanmoins, Céleste but très poliment comme tout le monde. Et reposa sa tasse, fort satisfaite d'elle-même. Qui aurait jamais pu deviner qu'elle fût fille de portière ? Personne ici assurément ! Vrai, elle savait se tenir comme une femme du monde ! Quel chic ! Quelle aisance !

Tandis qu'elle s'extasiait sur sa bonne conduite, un

nouveau venu franchit le seuil du boudoir : Céleste, qui ne le vit même pas, lui décocha un long sourire béat, un de ces sourires exprimant tout le bonheur de retrouver un être cher. Etonné, flatté de cet accueil, l'inconnu s'empressa de rendre sa galanterie à cette jolie fille... Les cheveux dressés sur la tête, les joues mal rasées, la moustache en bataille, il ouvrit ses lèvres humides en une expression hilare qui découvrit ses dents ébréchées et manquantes. Quant à ses yeux noirs qui pétillaient d'enthousiasme, ils décochèrent à Céleste un regard chargé d'un millier de gourmandises...

— Qui c'est c'ui-là ? grommela-t-elle, tandis que Gautier, Boissard et Monnier hurlaient en chœur et à tue-tête :

— Hourra ! C'est lui ! C'est lui !

L'inconnu semblait également excité : il faisait des moulinets avec sa canne, qu'il tenait à pleines mains, par le milieu. Et le pommeau de cette canne, passant et repassant dans un rayonnement d'or et de turquoise devant les yeux de Céleste, achevait de lui brouiller les idées. « Qui c'est c'ui-là ? » se répétait-elle dans un suprême effort. Il posait mille questions, parlait fort, gesticulait dans tous les sens. « Eh, eh, il va faire éclater ses vêtements », prédisait-elle maintenant avec ravissement. Et elle observait, impatiente, les boutons prêts à sauter à chaque mouvement : le gros homme se cintrait comme un dandy !

— Qu'on lui donne sa part ! Qu'on lui donne sa part ! vociféraient les trois autres.

Dans un ébranlement de tous les cristaux du boudoir, ses souliers creusant le tapis, l'inconnu se posta alors près du docteur — lequel s'affairait autour du vase.

Céleste, l'esprit de plus en plus brumeux, observait avec un reste de conscience le gros homme qu'elle voyait de profil : « Qui c'est c'ui-là ? »

Petit, les cheveux en aigrette, carré par la base, les jambes courtes, la bedaine en avant — l'image soudaine d'un énorme as de pique lui vint à l'esprit. « Bien sûr, un as de pique ! » La ressemblance lui parut si frappante qu'elle y laissa son reste de conscience et ne le vit plus que sous cette forme.

L'as de pique prenait donc la septième soucoupe des mains du docteur. Il examina le monticule vert, tourna l'assiette à droite, à gauche...

— Allez-y donc ! s'impatienta Boissard, dépourvu de son aménité coutumière... Vous n'en mourrez pas, que diable ! Et puis les paradis artificiels, mon cher, cela fait partie de la comédie humaine !

L'as de pique porta la cuiller à son nez, la renifla, la flaira même longuement, puis la rendit au docteur :

— Le hachisch n'est pas pour déranger une organisation comme la mienne... Trois bouteilles du vouvray le plus capiteux ne me font rien, à moi, alors vous pensez bien que le chanvre n'aura aucune influence sur mon cerveau ! Dommage, cela m'aurait bien intéressé !

— Comment, Balzac ! Vous n'essaierez pas ? s'exclama Gautier.

— Inutile, totalement inutile.

Céleste éclata de rire :

— Vous ratez quelque chose, monsieur l'as de pique !

— Oh, oui, mon vieux, tu rates quelque chose ! répéta Gautier, pris lui aussi d'un fou rire.

Boissard partit à son tour, suivi de Monnier, et bientôt de Maryx. Balzac, en les voyant tous se tordre, ne savait trop comment réagir, il se dandinait d'une patte sur l'autre, l'air un peu vexé. Il avait manifestement l'impression qu'on se moquait de lui :

— Je ne vois pas ce qu'il y a de drôle !

— Justement, justement ! répétait Céleste qui n'en pouvait plus.

Le docteur contemplait cette hilarité avec un sourire complice, tandis que Baudelaire mettait un point d'honneur à ne pas se dérider.

Là-dessus, le maître d'hôtel vint annoncer que le souper était servi.

Assis côte à côte à la grande table autour de laquelle s'affairait une armée de domestiques impassibles, Gautier et Céleste, bras dessus, bras dessous, se coulaient des regards tendres en recommençant à pouffer de rire. Les mots les plus vulgaires, les idées les plus simples prenaient pour eux deux une physionomie bizarre, et chacun croyait que l'autre était le seul de l'assemblée à pouvoir comprendre ce que lui-même comprenait. Elle, elle se sentait délicieusement bien, apaisée, certaine de sa réussite sociale et de sa puissance. Elle se croyait née dans ce palais et, bien sûr, c'était elle, Mme Céleste de Mandragore-Lauzun, qui recevait à sa table les gentils Gautier, Baudelaire, Balzac et compagnie...

Pourtant l'ambiance de la réunion changeait. Les rires se faisaient plus rares. Monnier, la tête renversée, l'air stupéfait, se pâmait d'aise dans son fauteuil ; les yeux de Boissard s'agrandissaient démesurément tandis que des soupirs rauques s'échappaient de la poitrine de Maryx... Céleste, elle, percevait maintenant chaque bruit de fourchette, chaque tintement de verre avec une acuité insupportable. Vrai, ces domestiques faisaient un tintamarre en changeant la vaisselle ! Gautier, lui, paraissait absorbé par le reptile en relief moulé au fond de son assiette... Bref, pour tout le monde, les hallucinations commençaient.

Ce que vit Céleste lors de cette première expérience du hachisch, elle aurait bien été en peine de le raconter. Outre l'as de pique qui enflait, enflait, enflait, prenait maintenant toute la largeur de la pièce, entrait en elle, s'y fondait et s'y substituait... Outre une faim et une soif soudaines, qui la portaient à absorber furieusement tout ce qui était nourriture dans les peintures des trumeaux — grappes de raisin, cornes d'abondance, gibier... Sans parler de sa fascination pour les nappes d'eau dans lesquelles elle se baignait : étangs, jets d'eau ou cascades mythologiques qui roulaient, dormaient, chantaient au fond de son esprit... Outre le vertige de cette première ivresse, donc, elle ne devait véritablement se souvenir que de l'état de béatitude qui suivit. Ce fut un bonheur calme et immobile durant lequel se résolvaient les problèmes de l'humanité tout entière — et les siens en particulier. Elle entendait maintenant une petite voix délicieuse (la sienne), une voix divine s'il en fut, qui murmurait à son oreille : « Tu es supérieure à tout le monde. Nul ici ne saura jamais à quel degré d'intelligence et de respectabilité tu es parvenue. Nul ici ne pourra jamais comprendre ce que tu penses... Ils sont même incapables de sentir l'immense amour que tu éprouves pour eux. Mais il ne faut pas les haïr pour cela, il faut avoir pitié d'eux. »

Dans cet état suprême, elle regardait Gautier, les yeux noyés de tendresse...

Après le repas, des amis, des voisins étaient venus se joindre au petit groupe et, autant que Céleste put en juger, ils se trouvaient au moins vingt dans le grand salon. Mais elle ne percevait que la présence de Théophile qui lui caressait la main. Et cette caresse légère, innocente encore, prenait une intensité centuplée par l'exacerbation de ses sens.

Un libertinage des plus coquins s'instaura alors entre eux, mêlé de part et d'autre à un sentiment de protection ardente et affectueuse. Le tout se termina « une éternité plus tard », c'est-à-dire à peine dix minutes, dans le petit appartement du rez-de-chaussée. Ou plutôt, pour être plus exact, dans le grand lit de Théophile Gautier.

La vérité est... qu'il ne s'y passa pas grand-chose : le chanvre indien avait eu un effet désastreux sur la virilité du grand poète ! Mais, pour Céleste, quelle importance ? Son imagination était poussée à un tel degré que le moindre petit attouchement avait une résonance prodigieuse qui la conduisit très rapidement jusqu'à cette syncope considérée comme le summum du bonheur...

Donc, tout alla magnifiquement.

Le lendemain fut moins charmant : ils se réveillèrent épuisés, les nerfs tendus, assaillis tous deux d'une titillante envie de pleurer. Ils ne redevinrent eux-mêmes qu'à la nuit tombée, après une journée passée à somnoler l'un contre l'autre :

— Tout de même, quelle saleté, votre confiture verte ! s'exclama Céleste en souriant... Hier, c'était peut-être bien, mais aujourd'hui, je me sens toute drôle.

Paresseuse, elle s'étira et Gautier la prit familièrement dans ses bras :

— Je ne suis pas mécontent de me retrouver chez moi... Dans mon chez-moi intellectuel, s'entend...

Là-dessus, il planta très matériellement sa bouche dans le cou de Céleste qui se laissa faire. Le hachisch avait eu cela de bon qu'ils étaient passés de l'amitié amoureuse à l'amour physique avec la plus grande simplicité.

La nuit suivante, Céleste Mandragore devint officiellement la maîtresse de Théophile Gautier. Après trois mois d'une fréquentation assidue, cette situation leur parut des plus naturelles. Au reste, ils ne parlèrent jamais d'amour et Céleste, dans ses rares moments de solitude, s'étonnait de se trouver aussi éprise d'un homme dont elle ne se sentait pas amoureuse. « Vrai, en ce sens, Blanche a raison : " La passion, c'est bête ! " »

En revanche, rien ne valait cette camaraderie avec un monsieur « qui va partout et qui vous emmène partout où il va... ».

« Au moins, ça, c'est agréable ! Et puis, c'est utile... »

15

CE fut quatre jours après cette première nuit d'amour avec Gautier qu'elle rencontra, chez Boissard toujours, l'homme qui allait faire d'elle l'objet de la curiosité parisienne au printemps 1847.

Malgré une flatteuse introduction de Théo qui paraissait goûter le talent de l'artiste, Céleste éprouva tout de suite de l'antipathie pour ce beau garçon aux allures de mousquetaire qui lui intima l'ordre, dès la minute où il la vit, de venir poser dans son atelier. « Vrai, il exige mon temps de pose comme un droit, celui-là ! »

Aussi, par pur esprit de contradiction, la lui refusat-elle. Dix fois, il lui donna sa carte : *Auguste Clésinger, sculpteur. 2, rue Victor-Lemaire...* Dix fois, Céleste lut l'adresse et la jeta. Mais Clésinger était tenace et, à la fin du mois de décembre, il avança l'argument décisif :

— Un sculpteur tel que moi peut être de la plus grande utilité pour une femme telle que vous.

Céleste haussa les épaules :

— La Mandragore n'aura jamais besoin d'un goujat, monsieur, fût-il artiste de talent..., ce que vous n'êtes probablement pas.

Néanmoins, deux jours plus tard, elle grimpait les étages qui menaient à son atelier, ayant réfléchi qu'à la vérité ce Clésinger, sculpteur, jouissait d'une extraordinaire vogue mondaine. On ne parlait partout que de son récent mariage avec une certaine Solange Dudevant qu'il avait épousée contre le gré de la mère, dont il aurait été l'amant : George Sand. Gendre et ex-amant de Mme Sand, donc, grand ami malgré cela de l'amant en titre, Frédéric Chopin, qu'il appelait familièrement « Chip-Chip », Clésinger avait le sens de la réclame. Sa vie privée alimentait les échos des gazettes ; quant à sa sculpture, elle ne passerait pas inaperçue lors du prochain Salon : assurément, elle attirerait nombre de commentaires. Quelle publicité pour son modèle ! En effet, M. Clésinger pouvait être de la plus grande utilité...

La porte de l'atelier était grande ouverte. Personne ne l'entendit frapper et Céleste pénétra dans une pièce immense et bondée de monde. Quelqu'un pianotait dans le repli de la soupente tandis que sur l'escalier qui montait dans les combles, des hommes et des femmes fumaient, lisaient ou discutaient.

Du côté des verrières, deux hommes croisaient le fer, ébranlant les vitrages à chaque coup de botte.

Sans que dans cette atmosphère enfumée quiconque la remarquât, Céleste s'avança jusqu'au milieu de l'atelier où Clésinger, perché sur une échelle double, silencieux parmi ses courtisans, pétrissait rapidement et à gestes larges une montagne de glaise. Devant ce bloc grisâtre, informe, écorché çà et là de coups de pouce, Céleste ne put s'empêcher de s'interroger sur l'utilité de faire poser qui que ce soit à ce stade de l'œuvre. Un instant, elle fut tentée de s'en aller car elle trouvait cet endroit bizarrement déplaisant. Mais Clésinger l'avait vue et, s'emparant des habits qui traînaient sur une table, il les jetait déjà à la fille nue qui posait sur l'estrade :

— Allez, ouste, dehors ! Et si jamais je t'y prends encore à abîmer tes formes avec un corset, tu iras te faire pendre ailleurs, c'est compris, Sarah ? — Et maintenant, à vous, ma chère, dit-il en désignant à Céleste la table pour y déposer sa robe.

Elle jeta un coup d'œil sur le monde qui peuplait l'atelier :

— Cher ami, vous oubliez que la Mandragore est une sensitive ! railla-t-elle, malicieuse. Elle ne fit pas un geste pour se déshabiller.

Clésinger fut donc obligé de faire sortir ses amis chaque fois que la Mandragore vint poser chez lui.

En échange de cette concession, il exigea qu'elle le

laissât mouler son corps... Le moulage, véritable supplice que l'huile adoucissait à peine ! Coulage du plâtre sur la chair nue de Céleste. Happement de sa peau. Membres raidis jusqu'à ce que le plâtre ait séché. Et quel poids ! L'opération fut plus que désagréable : franchement douloureuse ! Ensuite vinrent les séances de pose. Et Dieu seul savait combien la pose imaginée par Clésinger était difficile à tenir ! Il s'agissait de se tordre des heures entières dans la position paroxystique du plaisir : sur le dos, les reins cambrés comme dans une convulsion, la jambe crispée, les seins dressés, les hanches roulant à gauche, la tête renversée à droite, un bras replié dans les cheveux, l'autre tendu : la vivante image de la volupté !

Malgré la répulsion physique que Céleste éprouvait à l'égard de ces interminables séances, elle exécutait ponctuellement les ordres de Clésinger. Elle avait compris que, dévoré d'ambition, il mettait toute sa gloire dans cette statue et que son succès à lui entraînerait sa célébrité à elle. Elle faisait donc du zèle dans la pose. Au reste, à leur grande joie à tous les deux, cette statue défrayait déjà la chronique des ateliers. On en parlait à voix basse. On l'appelait pudiquement *Cléopâtre* ou *Eurydice mourante*, pour ne pas prononcer les mots de « volupté » ou de « jouissance ». On vantait entre soi le corps splendide de la Mandragore, on se récriait sur l'audace du sujet, on attendait avec impatience le Salon de mars. En prévision de cette exposition, Clésinger écrivait à toutes les personnalités en vue, recommandant à leur attention le numéro 2047 du catalogue, ce numéro 2047 intitulé maintenant la *Femme piquée par un serpent*. Car, pour ne pas effaroucher les censeurs, Clésinger avait ajouté à la jambe de Céleste un aspic : ainsi pouvait-on voir, dans toutes ces contorsions voluptueuses, une noble souffrance.

Et ce que Clésinger avait prédit arriva : en sculpture, le point d'attraction du Salon de 1847 ne fut ni la *Pieta* de Pradier, ni le *Guillaume le Taciturne* de Nieuwerkerke, mais, reléguée pudiquement dans un coin sombre du rez-de-chaussée de la galerie du Louvre, sa Céleste de pierre ! On se pressait, on se bousculait, on s'écrasait autour de ce corps féminin qui, tout marbre qu'il fût, se tordait de douleur — ou de plaisir — sur un lit de fleurs légèrement teinté de rose et de bleu. Comment le jury ne s'était-il pas voilé la face devant cette nudité obscène, on ne savait. Certains s'en félicitaient, d'autres s'indignaient. Mais, de toute part, la *Femme piquée par un serpent* déchaînait les passions... Un article dithyrambique de Gautier salua l'œuvre :

« Ce corps frémissant n'est pas sculpté, mais pétri ; il a le grain de la peau et la fleur de l'épiderme ; les attaches des bras sont moites, attendries, vivantes... » Il était bien placé pour le savoir, Théophile Gautier ! Et il continuait ainsi cet article, dédié autant à la gloire de Clésinger qu'à celle de sa maîtresse : « Vous êtes étonnés et ravis de ce type qui n'est ni grec ni romain, mais qui est charmant ; de cette bouche entrouverte, de ces yeux mourants, de ces narines passionnées... »

D'autres critiques ne partagèrent pas cet enthousiasme : « Le modèle offrait de belles parties qui sont restées ce qu'elles étaient et qui séduisent, écrivit Gustave Planche dans la *Revue des deux mondes*... mais il offre bien des pauvretés, bien des détails mesquins que l'art sérieux dédaigne et que M. Clésinger n'a pas su effacer. L'auteur a conservé follement la flexion des doigts du pied gauche qui ne se comprendrait pas s'il avait modelé et non moulé. Que signifie en effet cette flexion ? Rien autre chose que porter une chaussure trop courte. Les mains manquent d'élégance car les phalanges ne sont pas assez longues... » Cette accusation de moulage mit Clésinger en fureur : il provoqua Gustave Planche en duel et lui envoya ses témoins. Planche, pour éviter un massacre (il était bedonnant), se rétracta par écrit.

Toujours est-il que, durant l'été 1847, il ne fut question que des charmes dévoilés de la *Femme piquée par un serpent*. Au bras de Théophile Gautier, elle était tout aussi reconnaissable que lui maintenant ! Dans les ateliers de peinture, les coulisses de théâtre, les terrasses de café, chacun discutait les perfections ou les imperfections de ce corps de marbre... De ce corps de femme.

Céleste était devenue l'un des plus célèbres modèles de Paris !

Invitée partout en tant que personnalité parisienne, elle fut dès lors habitée par une volonté — une seule :

188

s'instruire. Non qu'elle se fût découvert une vocation de bas-bleu, mais elle pensait que l'éducation allait la hisser à la respectabilité. *La Respectabilité.* Plus que jamais, cette idée l'obsédait ! En acceptant de s'offrir nue au public, Céleste n'avait pas cessé de songer aux conséquences qu'un tel scandale aurait sur sa réputation. Certes, elle avait acquis une appréciable notoriété parmi les artistes qu'elle fréquentait... Mais, à long terme, où ce genre de célébrité la menait-il ? Elle savait que devenue officiellement la maîtresse de Théophile Gautier, rien ne la différenciait plus d'une fille comme Blanche. Pour les lions du Boulevard elle avait rejoint le troupeau des « lorettes » : une jeune personne de petite extraction, ex-grisette qui arrondit ses fins de mois en prenant un amant... Un ou des amants, quelle différence ? Fille légère, fille facile, fille de joie...

« Peut-être n'aurais-je pas dû coucher avec Gautier ? » songeait-elle, désolée à l'idée d'avoir perdu son seul « capital ». « Mais le moyen de faire autrement !... Il n'aurait pas continué longtemps à me traîner partout sans rien obtenir... Il est brave, le Théo, mais tout de même pas à ce point ! »

Au reste, elle n'était pas bien sûre que sa chasteté eût véritablement changé quoi que ce soit à sa réputation : tout le problème venait du fait qu' « une femme pauvre qui veut arriver est une femme perdue », comme le lui avait dit Pomaré en riant. Mais Pomaré, elle, se moquait complètement de la respectabilité. Ce n'était certes pas le cas de Céleste qui se désespérait qu'on pût mettre dans le même sac la d'Alizon, la Pomaré et la Mandragore. « Fille légère, fille facile, fille de joie... »

Bah, elle saurait bien leur faire changer d'avis ! Oui, elle était la maîtresse de Théophile Gautier, mais elle n'en serait que plus « respectable » pour cela. Elle allait devenir aussi cultivée, plus cultivée même, plus raffinée, plus subtile que les femmes du monde !

Forte de cette résolution, elle mettait donc une énergie farouche à écouter tout ce qui se disait autour d'elle, à lire tout ce qui lui tombait entre les mains, à se rendre à toutes les manifestations artistiques. Elle exigeait de Gautier des places de théâtre ou de concert. Pour rien au monde, elle n'aurait manqué une première ou un salon de peinture. Dans la loge du critique dramatique, sur les pas du critique d'art, on la rencontrait partout... Et le soir, après un souper chez Boissard (durant lequel elle n'avait cessé de tendre l'oreille au moindre propos), après une pièce au Vaudeville ou au Théâtre-Français, elle s'armait de grammaires et de dictionnaires pour apprendre l'orthographe jusqu'au petit matin. Les amis de Gautier — et Gautier lui-même — touchés, admiratifs, amusés aussi par un tel zèle, l'aidaient du mieux qu'ils pouvaient, lui donnant des conseils et même des leçons.

Avec de tels professeurs, il faut bien admettre que le sens artistique et l'intelligence de Céleste se développèrent rapidement et d'une façon étonnante. Au bout de quelques mois, son éducation surpassait de très loin celle des jeunes filles du faubourg Saint-Germain.

La seule qui désapprouvait fortement cette soudaine et frénétique passion de s'instruire, c'était Blanche. D'abord, l'idée que des chandelles brûlaient toute la nuit, tandis que Céleste « étudiait », l'exaspérait. Cette consommation immodérée faisait partie à ses yeux des dépenses inutiles. Et puis, elle en avait assez de trébucher chaque matin sur le *Dictionnaire de l'Académie* ou le *Dictionnaire de Boiste,* ou le *Dictionnaire de Napoléon Landais* qui jonchaient le sol de son cabinet de toilette. Enfin et surtout, la vie de Céleste bas-bleu n'était pas lucrative ! Gautier avait beau lui payer à souper et l'inviter dans sa loge, « messieurs les artistes, ça ne comprenait rien aux besoins des femmes distinguées » !

— Bien joli, tout ça, grommelait-elle d'un air bougon en poussant un livre du bout de sa bottine, mais le terme, quand c'est que tu le paieras ?

— Attends, attends, répétait Céleste qui ne voulait pas discuter ce sujet.

— Attendre quoi, ma petite, que tu épouses un duc ? jetait Blanche exaspérée.

— Et pourquoi pas ? Un duc ou un prince, qui sait ?

— Non, mais écoutez-la ! T'as trop lu de bouquins, tu deviens complètement maboule, ma fille ! Un duc ou un prince, carrément. Arrête un peu, tu me fais crever de rire...

Céleste, la mine dédaigneuse, haussait les épaules : elle n'allait pas se mettre en colère à cause de cette idiote à l'ambition bornée !

En réalité, les sarcasmes de Blanche l'atteignaient. Car elle s'était véritablement mis dans la tête d'épouser un aristocrate ! Cette idée lui était venue lors du premier souper chez Boissard. Depuis le soir où, sous l'empire du hachisch, elle s'était prise pour Mme de Mandragore-Lauzun recevant à sa table tous les artistes de son temps, elle ne rêvait qu'au plaisir d'avoir un nom, un titre et un salon... Outre le sentiment de se croire faite pour être « grande dame », elle jugeait que, vu sa naissance, un titre chargé d'histoire et de tradition pourrait seul lui donner ce qu'elle désirait : « richesse et respectabilité »... Donc, ses rêves d'ascension sociale qui, jusqu'à présent, étaient demeurés assez vagues dans son esprit, prenaient une forme nouvelle, très précise cette fois : Céleste voulait décrocher un nom à tiroirs !

— ...T'en trouveras peut-être un pour te payer un château, calculait Blanche, toujours pratique. Et même, si tu sais y faire, il se ruinera pour toi. Mais quant à t'épouser, ça, jamais !

— C'est ce qu'on verra.

— C'est tout vu.

— Ecoute, Blanche, laisse-moi faire... Donne-moi un peu de temps.

— Rien du tout ! J'en ai jusque-là, moi, de me laisser enfoncer pendant que madame se les roule parmi ses dictionnaires. Parce que, pendant ce temps-là, qui c'est qui fait la vague ? C'est bibi ! Au fond, sous tes grands airs, tu sais ce que t'es ? Elle marqua une pause et jeta : T'es une sale maquerelle !

Céleste ouvrit les yeux ronds : elle n'avait jamais pensé que, en effet, elle vivait purement et simplement de la prostitution de Blanche. Mais dans l'état de fureur où l'insulte la mit, elle n'eut guère le temps d'y réfléchir. Elle bondit sur l'impudente et les deux jeunes femmes roulèrent à terre. Coups de pied, gifles, morsures... Heureusement, le combat fut bref : Céleste, sautant brusquement sur ses jambes, abandonna Blanche sur le carreau.

Sans un mot, elle se mit à rassembler ses affaires. Blanche, assise au sol, la regardait faire :

— Maquerelle ! Maquerelle ! hurlait-elle du haut de sa voix pointue.

Céleste, verte de rage, jetait sur l'ottomane ses robes, ses inexpressibles, ses jupons. Elle en fit un baluchon, prit ses nippes sous le bras droit, ses dictionnaires sous le bras gauche, traversa l'appartement à grandes enjambées et sortit en claquant la porte. Blanche, qui l'avait suivie à distance, la rouvrit et jeta à tue-tête dans la cage d'escalier :

— Bon débarras !

La bonne, attirée par tout ce remue-ménage, s'approcha :

— Que se passe-t-il donc, mademoiselle ?

— Rien ! cria Blanche très fort pour que Céleste, qui dévalait les étages, l'entendît. C'est la mère Maquerelle que je fiche dehors !

Là-dessus, calmée, elle referma posément la porte.

16

En se retrouvant sur le macadam de la rue Notre-Dame-de-Lorette, Céleste regretta ce qui venait de se passer : que faire maintenant ? Où aller ? Son orgueil répugnait à demander asile à Théophile Gautier. Bien qu'ils fussent assez intimes pour cela, elle ne voulait pas se présenter à lui en état d'infériorité... Elle hésita un moment, puis se décida à prendre le chemin de la rue Gaillon : son amie, la reine Pomaré, allait la tirer de ce mauvais pas.

Arrivée chez Elise, elle fut bien surprise d'y trouver une troupe de portefaix qui vidaient méthodiquement la petite chambre. Au début, elle crut que la reine Pomaré quittait enfin ce clapier sordide pour quelque appartement offert par un nouvel amant. Seulement, ces hommes vêtus de noir n'avaient pas une allure de déménageurs... Ils enfouissaient dans un grand sac tous les objets qu'ils trouvaient et Céleste, sur le pas de la porte, voyait disparaître avec une pointe d'angoisse la belle robe de tulle noir, et la robe d'organdi blanc, et la couronne de roses séchées, et même la grande vierge de plâtre...

— Mais que se passe-t-il ? s'exclama-t-elle, prise soudain d'inquiétude sur le sort de Pomaré. Où est Elise ?

— Ouais, où c'est qu'elle est, Elise ? On aimerait bien le savoir, grommela le portier qui, sur le pas de la porte aussi, assistait paisiblement au chambardement... Elle s'est enfuie ce matin, la salope, et sans me payer mon terme, encore ! J'aurais dû m'en douter en la voyant filer de si bonne heure...

— Mais pourquoi ? Qui sont ces hommes ?

— Des huissiers, crénom !

— Des huissiers ! Mais qu'a-t-elle fait ?

— Des dettes, ma petite dame, des tas de dettes. A moi, elle doit trois mois de loyer et…

— Mais il faut empêcher ces hommes ! Elle les paiera, ses dettes. Elle est la vedette d'une revue et…

Le portier de Lise grogna, siffla et cracha :

— Ouais, ben, c'est justement ! Elle y a été huée, à cette revue, sifflée et chassée du théâtre à coups de chaises. Paraît qu'elle était mauvaise !

— Lise, mauvaise ? Impossible.

— N'empêche qu'avec les cochonneries qu'on a mises sur elle dans les feuilles d'aujourd'hui les créanciers font plus crédit et moi, qui c'est qui va me le payer, mon terme, hein ?

— Le terme, toujours le terme, on s'en fiche du terme ! grogna Céleste en s'emparant du journal qui traînait sur le lit.

Effectivement, la reine Pomaré y était arrangée de jolie manière. On la disait « lourde, nulle et stupide ». On s'indignait de « sa vulgarité et de sa laideur ». On se plaignait qu'un théâtre osât donner de tels divertissements à son public… Pouah ! Une danseuse de bal public qui ne savait pas aligner deux entrechats. « Qu'on la laisse à ses cancans lubriques : seuls les calicots, les commis voyageurs et les garçons bouchers continueront peut-être à goûter les déhanchements de cette fille de joie. »

Céleste frissonna : on aurait pu écrire de telles choses sur elle ! « Quelle veine tout de même que mon " lever de rideau " n'ait jamais été monté ! »

Ses yeux tombèrent alors sur la petite assiette pleine des pauvres trésors de la reine : ses bracelets à breloques, ses pendants d'oreilles, ses colliers de cristal ou de jais… Tous ces bijoux, qui ajoutaient tant au charme de Pomaré, allaient disparaître dans les profondeurs du grand sac… Sans réfléchir aux conséquences de son acte (elle pouvait être incarcérée pour vol et pour vagabondage : trois ans de prison à Saint-Lazare…), Céleste s'empara au nez et à la barbe des recors d'autant de colifichets que sa main en put contenir. Elle dissimula son poing sous les dentelles qui dépassaient de son baluchon, tourna les talons et s'enfuit : c'était toujours cela que les créanciers n'auraient pas ! Et elle imaginait déjà la reconnaissance d'Elise en retrouvant sa chère verroterie.

En attendant, ses affaires à elle n'allaient pas fort : expulsée de chez Blanche, Pomaré en fuite Dieu seul savait où, il ne restait que Théophile Gautier pour venir en aide à la Mandragore. Toujours chargée de ses dictionnaires et de son baluchon, elle le chercha partout : rue de Navarin, au *Moniteur*, à *La Presse*, et ne le trouva nulle part. Elle résolut donc de se rendre à l'hôtel Pimodan.

Hélas, ce jour-là, Céleste jouait de malheur ! Elle, elle qui soupait dans les salons du duc de Lauzun, elle dont les esthètes discutaient les formes jusque dans les hôtels du faubourg Saint-Germain, elle la « femme piquée par un serpent », elle, la muse, l'amie, la maîtresse d'un poète, se vit purement et simplement interdire l'accès de l'île Saint-Louis : pour un sou qu'elle n'avait pas, le garde du pont à péage refusait de la laisser passer ! Ah, ouiche, elle portait une capote de Mlle Hocquet, elle fréquentait les artistes et elle connaissait l'orthographe — mais rien, rien dans sa vie n'avait changé depuis le soir où elle tentait de rentrer au bal Mabille sans payer ! Elle en était toujours aux mêmes arguments et aux mêmes ruses, seulement cette fois, ses manœuvres ne prenaient plus. Le fonctionnaire, obtus, voulait un sou, son sou, *le* sou, et Céleste ne possédait pas un liard. Le peu qu'elle avait gagné jadis chez Clésinger, elle l'avait remis à Blanche. Depuis, elle n'avait plus voulu poser, jugeant qu'elle s'était suffisamment exhibée : la future duchesse craignait une publicité un peu trop scandaleuse. Fidèle — malgré les quelques compromis inévitables — à son idéal de respectabilité, Céleste vivait donc d'expédients depuis des mois : elle était pauvre, aussi pauvre que le soir où elle s'était échappée de la loge des Blancs-Manteaux... Non, rien, rien n'avait changé, en dépit de ses efforts et des apparences ! Et ce passage qu'on s'obstinait à lui refuser devenait à ses yeux le symbole de son impuissance ! Alors, d'un geste brusque, sans réfléchir un instant qu'elle volait les bijoux de Pomaré, elle les tendit au factionnaire : elle les lui offrit tous, les colliers, les bracelets, les pendants d'oreilles, la poignée entière — que lui importait ? Une seule chose comptait : passer.

Le cerbère, qui n'avait pas écouté sans plaisir les supplications de Céleste, s'empara du trésor d'Elise avec bonne conscience : « Quand on n'a pas un sou pour le péage, on n'offre pas d'aussi bon cœur des bijoux qui vous appartiennent, pensa-t-il... Bien certainement, cette fille les a volés. » Que risquait-il, lui, en les volant à son tour ? Tranquillement, il empocha la poignée de verroterie... et, par un raffinement de cruauté, continua de refuser à Céleste son passage dans l'île.

— Vas-y, ma belle, porte plainte ! Voilà justement un sergent de ville qui passe, nous lui expliquerons ensemble où tu les as trouvés, tes bijoux...

Ulcérée, blême, les lèvres pincées, elle lui jeta un regard de défi : elle n'allait pas se laisser flouer par une crapule ! Et elle s'élança vers le sergent de ville. Seulement, à mesure qu'elle se rapprochait de l'uniforme bleu, elle sentit une peur vague l'envahir : on lui demanderait son domicile, elle n'en avait pas. Ses revenus, elle n'en avait pas. La provenance des bijoux... Elle s'arrêta.

Alors, dans l'énorme éclat de rire du fonctionnaire, vaincue, ployant sous le poids de ses dictionnaires et de ses robes, elle s'en retourna par où elle était venue.

« Elégante et lettrée, si avec cela je n'arrive pas ! » s'était-elle dit naguère. « L'argent, l'argent... Même les bijoux ne valent pas l'argent ! » pensait-elle maintenant, revenant à ses premières ambitions — l'*argent*. Elle n'éprouvait pas un remords à l'idée d'avoir sacrifié la verroterie chère à Pomaré, mais l'inutilité de ce sacrifice la rendait malade. Et l'idée qu'elle, elle, la Mandragore, se trouvait à la merci d'un fonctionnaire imbécile, comme autrefois Céleste Vainart devant Mme Pilloye, achevait de la mettre au désespoir. Non, rien n'avait changé, et elle marchait à l'aventure car elle ne savait plus où aller : « Ça recommence, les errances dans Paris ! » Dans son exaspération, elle fut même tentée de remonter chez la d'Alizon, oh, juste un instant, pour dire à Blanche qu'elle avait raison : le métier de bas-bleu n'était pas lucratif et seul l'argent... « Oui, Blanche a raison : il faut se faire payer des châteaux. Quant au reste, la respectabilité, on verra plus tard ! »

D'ailleurs, dans l'immédiat, elle ne serait pas difficile : tout ce qu'elle demandait, c'était un gîte pour la nuit car le soir tombait vite. Mais Céleste avait beau chercher — malgré ses nombreuses relations, elle ne trouvait personne à qui s'adresser. Instinctivement, elle s'en retournait vers les quartiers familiers. La rue Notre-Dame-de-Lorette. La rue Bréda. La place de la Barrière-Montmartre, où se terminait à cette heure le « marché aux modèles ». Là, des artistes barbus et chevelus sous leurs casquettes, d'énormes nœuds bariolés autour du cou, le torse couvert jusqu'aux genoux d'une blouse ample, se faufilaient, le chevalet à la main, parmi les filles qui étalaient leur anatomie en bavardant :

— Vous ne posez que la tête ?

— Je pose tout, monsieur.

— Voyons.

Elles ouvraient leurs châles de laine grise, tournaient sur elles-mêmes dans leurs robes d'indienne, acceptaient à l'occasion de déboutonner leur corsage pour montrer un échantillon d'épaule ou de sein.

— Hanchez un peu. Levez les bras. Vous ne développez pas assez le torse... Etes-vous exacte ?

— Oh oui, monsieur !

Ils discutaient alors le tarif de l'heure, du jour, du mois de pose à l'atelier. Le tout évoquait à la fois une foire aux esclaves et une maison close en plein air.

« Je rejoins le troupeau », pensa Céleste en prenant sa place parmi les modèles.

Mais, mieux vêtue que la plupart des autres filles, inconnue d'elles — ou peut-être trop connue et jalousée —, la Mandragore fut mal reçue. Les conversations s'arrêtèrent net et le rang se serra pour la cacher aux artistes qui passaient. Méprisante et hautaine, elle reprit ses dictionnaires et son baluchon. Fendant violemment la haie des femmes, elle lança à tue-tête :

— Ne vous inquiétez pas, mesdames !... Maigres comme vous l'êtes, je m'en voudrais de vous ôter votre gagne-pain !

Là-dessus, tête haute, nez au vent, elle s'achemina vers

la rue Victor-Lemaire où chacune savait que demeurait Clésinger. Comment n'y avait-elle pas pensé plus tôt ? Son atelier était à deux pas !

Evidemment, elle ne le trouva pas. Vrai, quelle sale journée ! Que se passait-il donc à Paris pour que personne ne fût chez soi, un lundi, en plein mois de février ? Elle laissa ses paquets au portier et se dirigea à grandes enjambées vers le Boulevard : sans doute retrouverait-elle tout le monde en même temps chez Tortoni ou au Divan Le Peletier.

Chez Tortoni, seules quelques dames (« du monde », elles !) prenaient le thé en mangeant des gâteaux. En revanche, les abords du Divan Le Peletier fourmillaient de messieurs. Ils franchissaient d'un air affairé la petite grille en fer de l'estaminet. Et cette grille, cette petite cour avec deux marronniers, ce joli perron au fond de son refuge en retrait de la rue faisaient ressembler l'entrée du café le plus populaire de Paris à celle d'un pensionnat pour demoiselles. Pourtant, c'était là, dans les salles sombres et discrètes du Divan Le Peletier, que se rassemblaient les journalistes du *National,* le grand journal d'opposition dont les bureaux se trouvaient justement dans la maison. Outre ce rôle politique, le Divan Le Peletier jouait aussi un rôle littéraire d'importance puisque s'y retrouvaient Gautier, Baudelaire, Boissard et toute la bande du Pimodan.

En entrant dans la première salle, Céleste sentit l'odeur du tabac l'imprégner tout entière : une odeur âcre, entêtante, mêlée de plusieurs arômes... En effet, au Divan Le Peletier, « estaminet », c'est-à-dire café où le tabac est permis, il était de bon ton de fumer sinon la pipe, trop populaire pour être tolérée, du moins toutes les sortes de cigares, cigarillos, cigarettes et surtout le houka et le narguilé.

Un nuage s'élevait, par longues vagues successives, et la lumière blanche, diffuse, irisée, qui irradiait du lustre, donnait à la grande salle un aspect fantasmagorique. A travers ce voile de clartés opalines, Céleste apercevait, au tiers du mur, des silhouettes d'hommes allongés dans tous les sens, sur le dos ou sur le côté. Fracs noirs sur divans rouges... A terre, les flacons d'eau aromatisée bouillaient à grosses bulles tandis qu'un long tuyau serpentait jusqu'à la bouche de ces messieurs qui discutaient entre eux d'une banquette à l'autre.

D'abord, Céleste ne reconnut personne. Plus encore que de coutume, le lieu était peuplé de journalistes. Journalistes politiques sans doute, car elle n'entendait partout que les mots de « ministère », « Guizot », « banquet », « réforme », courir de bouche en bouche. Comme Blanche au bal Mabille, elle passait lentement entre les clients, frôlant de sa jupe bouffante les genoux et les coudes, s'arrêtant soudain entre deux tables basses, puis repartant comme si elle avait vu celui qu'elle cherchait. Elle décochait alors son plus joli sourire aux consommateurs, comme pour s'excuser de les avoir peut-être un peu bousculés au passage... Mais pas un gandin ne l'invitait à s'asseoir ! Elle, dont l'entrée était toujours remarquée, ne parvenait pas même à retenir un regard... Que se passait-il donc ? Etait-elle devenue laide dans la nuit ? Elle s'arrêta devant une des hautes glaces qui montaient jusqu'au plafond. Non, quoiqu'elle fût un peu décoiffée, son chapeau lui allait bien... « Guizot », « banquet », « réforme », ces mots continuaient de filer comme une traînée de poudre.

Enfin, sous l'horloge dans l'angle du fond, Céleste aperçut un visage de connaissance. En temps ordinaire, cette rencontre lui eût été désagréable. Mais, après cette journée passée à chercher ses amis, elle éprouva un réel plaisir à trouver là cette ancienne chahuteuse de Mabille :

— Rose-Pompon ! s'écria-t-elle, ravie.

— Tiens, la Mandragore, répondit avec un terrible accent parigot une charmante frimousse qui se leva vers Céleste. Le nez en trompette, des joues fraîches et potelées et une multitude de bouclettes blondes sous un chapeau à gros nœuds roses... telle était la petite Rose-Pompon, dame de cœur et de cour de la reine Pomaré. Céleste n'avait jamais compris comment Lise, d'ordinaire si perspicace, avait pu faire de cette fille, autoritaire et intéressée sous des airs de gamine, sa confidente ! Pourtant, Lise elle-même avait raconté à Céleste les travers de Rose : elle était « avare, mais avare, avare à tondre un œuf ! ». Et malgré tout, la Pomaré demeurait son amie !...

« On ne comprend jamais rien aux amours des autres »,
avait philosophé Céleste. En réalité, bien que Lise ne lui
eût rien enlevé de son amitié, Céleste, jalouse, préférait ne
pas la voir plutôt que de la voir avec Pompon. Au reste, si
la Mandragore ne pouvait souffrir la Pompon, la Pompon
le lui rendait bien.

— Que fais-tu ici ? demanda Céleste, gênée d'avoir
salué d'un cri de joie cette fille qu'elle n'aimait pas.

— Moi ? J'attends mon amoureux, m'sieur Marrast
Armand, le directeur du *National*... Paraît qu'il est complètement vlan de moi et qu'il veut m' causer... Mais j'en
ai ma claque, je m' tire !... Rose-Pompon, elle attend pas.
Non, mais sans blague, comme si j'avais le temps !

Elle s'était levée et traversait la salle à vive allure sans
cesser de jacasser. Céleste, qui voulait lui demander des
nouvelles de Lise, dut supporter ses piaillements jusque
sur le Boulevard.

— ... Veux-tu que je te dise : aujourd'hui, on m'a encore
fait douze déclarations ! Oui, ma chère. Et du meilleur
monde encore... Tout ce qu'y a de mieux, des comtes, des
ducs, des princes, ils me veulent tous pour eux seuls !...
Y en a même un qui m'offre l' « Amour Platonique »...
L'Amour Platonique, en v'là une pose !... Et mon portier
qu'arrête pas de geindre !... Dame, faut qu'il monte des
billets et des fleurs toutes les dix minutes, le pauvre
zigue ! Je te jure, c'est pas simple d'être le plat du jour le
plus demandé de la capitale... Sacré cochon de métier où
on peut même pas prendre des ouvrières !

Céleste avait bien envie de lui voler dans les plumes.
Mais ce n'était pas le moment...

— Quelle seringue tu fais, ma pauvre Pompon ! se
contenta-t-elle de soupirer.

Sous son chapeau à nœuds, Pompon pinça les lèvres,
releva son nez et lança d'un air important :

— Je ris de tous ceux qui me trouvent ridicule.

— Alors, personne ne doit rire plus souvent que toi...

La Pompon lui jeta un regard noir.

— Où est la reine ? continua Céleste.

— La reine ? Quelle reine ? Ah, tu ne sais pas la
nouvelle : y a plus de reine ! Finie, nettoyée, lessivée, la
Pomaré !

— Où est-elle ?

— Chut, elle se cache. Pompon prit une mine apitoyée. Ah, là, là ! Pauvre Elise !

— Il faut que je la voie.

— Elle reçoit personne... Si t'as un message, j'y répéterai.

— Dis donc, Pompon, je suis pressée. Où demeure-t-elle ?

— Puisque je te dis qu'elle veut voir personne !

— Vas-tu me donner son adresse, oui ou non ?

Pompon, impressionnée par l'air sévère de Céleste, débita à toute allure :

— Rue de la Michodière, numéro 7, à l'entresol. Mais c'est chez moi, je t'interdis d'y aller !

Pompon eut beau s'époumoner, Céleste filait déjà.

17

— Qu'EST-CE que c'est ? répondit la voix bien connue, après que Céleste eut frappé.

— Ne crains rien. C'est moi.

— Entre.

Céleste, qui s'attendait à trouver Lise barricadée et blême de peur, n'eut qu'à pousser la porte. Etendue dans son lit comme d'habitude, un livre à la main, une bougie allumée à côté d'elle pour ses cigarettes, la Pomaré la reçut le plus naturellement du monde.

— Comme tu es mignonne d'être venue ! Assieds-toi. Je ne t'offre pas à dîner, je ne suis pas chez moi... C'est gentil ici, n'est-ce pas ? Il faut dire que Rose me suit toute la journée avec une serviette pour essuyer jusqu'à la trace de mes pieds. Ainsi, tu vois, je reste couchée, comme ça, je ne dérange rien !

Céleste éclata de rire : eh bien, si c'était toujours cela l'ordre de Pomaré ! Le lit, la table, la pièce entière étaient un vrai pillage : partout des livres, des cendres, du papier à cigarettes déchiré...

— Ouvre un peu la fenêtre pour que Rose ne sente pas la fumée... Ça fait vingt fois qu'on se dispute. Il va falloir que je parte d'ici.

— Ne retourne pas chez toi. J'y suis passée ce matin, les créanciers te cherchent.

— Beaux débuts ! pouffa Pomaré en s'efforçant de rire. Tu as lu les journaux ? Mon commencement ressemble joliment à une fin.

— Mais enfin, que s'est-il passé ?

— Ces salopes de Maria-la-Polkeuse et Nini-Patte-en-l'air avaient fait forger des clefs à trous !... On s'en est donné à cœur joie en soufflant dedans. Le bruit a couvert l'orchestre et j'ai dansé à contre-mesure... J'en suis malade ! Pendant six mois, je ne sors plus.

— Si toi, tu ne sors plus, moi, je ne peux plus rentrer. Blanche m'a fichue dehors.

— Eh ben, dis donc, on est dans de beaux draps toutes les deux !

La Mandragore et la Pomaré se jetèrent un coup d'œil. Elles éclatèrent de rire en même temps.

— ... Bon, qu'est-ce qu'on fait ? Je ne peux pas te proposer de venir demeurer chez Rose, tout de même.

— Non, ça, tu ne peux pas.

— De toute façon, aujourd'hui ou demain, elle va me fiche à la porte aussi...

Céleste haussa les épaules et conclut, légère :

— Restent les ponts, ma chère !

— Merci, mais pour les soirées d'hiver, je préfère le bal.

— Le bal ! C'est une idée...

— Parbleu, si c'est une idée ! reprit Pomaré. Tu n'as qu'à passer tes nuits au bal du jardin d'Hiver.

— Toute seule ?... Trop aimable !... Allons-y ensemble.

— Mais puisque moi, je ne sors plus !

Céleste réfléchit un instant :

— J'ai trouvé : le bal de l'Opéra... C'est un bal masqué, personne ne te reconnaîtra. Sous le capuchon de nos dominos, nous intriguerons avec de faux noms. Ce sera très amusant !

Les yeux noirs de Pomaré brillèrent : elle aimait tant s'amuser !

— Non ! La vie de bohème, c'est terminé pour moi.

— Ah, la reine Pomaré se dégonfle ?

— La reine Pomaré ne se dégonfle jamais !

Lise, plus maigre et plus nerveuse que jamais, avait sauté du lit et fouillait déjà dans les vêtements de Rose pour y trouver des robes de carnaval.

— Et nous ferons la noce... Une noce du diable, foi de Pomaré et de Mandragore ! tonnèrent-elles, rieuses, en enfilant un domino blanc pour Lise, un domino rouge pour Céleste... Elles avaient même trouvé des costumes selon leur cœur et leur couleur, comme au temps de Mabille !

Justement, il y avait là, coincées dans les rainures de la glace, une multitude d'invitations. Que Rose possédât tous ces billets n'était pas étonnant : les annales de l'Académie royale de musique conservaient pieusement les noms de deux mille femmes légères auxquelles on envoyait chaque année des invitations gratuites afin que ces « filles » servissent d'ornements aux bals de l'Opéra.

Du 10 décembre au mardi gras — le temps du carnaval —, tout Paris se retrouvait là, sous la coupole d'or, à la lueur d'un million de flammes : Paris-*fashionable*, Paris-débauché, Paris-artiste, Paris-ouvrier, Paris-aristo, c'était une invasion torrentielle aux flots bigarrés et bruyants. Les dames « comme il faut » se mêlaient sous le masque à la foule, côtoyant impunément lorettes et grisettes. Qui donc les aurait reconnues en ce lieu ? Toutes les femmes se ressemblaient, drapées dans leurs dominos, ces immenses capes roses, rouges ou blanches qui les recouvraient entièrement, noyant leurs traits dans l'ombre du capuchon, leurs formes dans l'ampleur des plis.

Quant aux gandins, qui méprisaient les bals des Tuileries car le roi Louis-Philippe y recevait leurs banquiers ou leurs notaires, ils se rendaient en bande au bal de l'Opéra où, pour trois francs, ils risquaient de coudoyer leur valet de chambre et leur cuisinière !...

Ce fut donc dans cette foule mêlée, délirante et suante que se faufilèrent, en cette nuit du 21 février 1848, les silhouettes masquées de la Mandragore et de la Pomaré.

— Quel tintamarre !

Le plancher du parterre se trouvant surélevé par un mécanisme au niveau de la scène, la salle vidée de ses fauteuils se transformait en une immense piste de danse. Là sévissait le fameux Musard, celui-là même qui, l'an dernier, avait été porté en triomphe dans les rues de Paris après qu'on eut fracassé toutes les chaises de l'Opéra pour scander le rythme de ses compositions. Au reste, l'Opéra devenait le théâtre d'une escalade de « musique explosive » : maintenant, on n'y cassait plus les chaises, mais les vitres. Puis, le vacarme de verre brisé ne suffisant pas, on l'avait remplacé par des coups de pistolet. Et ce soir,

Musard se surpassait : il avait substitué au pistolet un mortier pour imiter le bruit du tonnerre.

A la première décharge du canon, la salle, excitée par l'odeur de la poudre, était devenue folle. On criait, on hurlait, on trépignait. Musard, levant alors son bâton magique, avait mis en branle le « chahut' ». Battements de mains. Frémissements de hanches. Tressaillements des reins... Quatre mille pieds, quatre mille bras gesticulaient en cadence.

Les reines de Mabille ne tentèrent pas de polker, il n'y avait pas un pouce carré pour la moindre figure : merci, on allait les piétiner ! Aussi montèrent-elles directement au foyer.

Le foyer. Une ordonnance de police venait de l'interdire au « peuple » afin que les « habits noirs », les messieurs en frac, pussent y déambuler tranquillement, sans être bousculés par les « bébés », les « pierrots » et les « débardeurs » !... Ces travestis étaient l'apanage de la masse. Car, si les femmes du monde aimaient à se confondre avec les lorettes, les hommes du monde, eux, répugnaient à se déguiser. Ils voulaient être vus et reconnus... Lions et gandins, monocle à l'œil, lorgnaient donc les dames masquées, petites actrices ou grandes mondaines, qui montaient le vaste escalier... vers eux.

— As-tu trouvé à souper ? demandait une « débardeuse » à une autre.

Perruque poudrée à blanc. Veste courte. Large ceinture rouge qui prenait la taille. Pantalon de velours rayé qui découvrait les chevilles — tel était le costume du « débardeur » ou de la « débardeuse », personnage de carnaval le plus prisé des adeptes du bal de l'Opéra... Cet accoutrement plaisait particulièrement aux grisettes, trop contentes de s'habiller en homme et de montrer leurs jambes... Il plaisait aussi aux « habits noirs » que les amples dominos « masquant les formes » trompaient régulièrement :

— L'avantage avec une « débardeuse », mon cher, c'est que vous n'avez pas besoin d'attendre au cabinet particulier pour savoir comment c'est fait !

— Non, avouait l'un des deux pantalons rayés qui précédaient Céleste et Lise dans l'escalier... J'ai pas encore trouvé de souper... Et toi ?

— Ah, moi, j'en ai deux, de soupers !

— Oh, bien, cède-m'en un...

— Je voudrais bien, mais je peux pas : j'ai mon terme qui est dû dans quatre jours !

Sous le noir de leurs loups, les yeux de Lise et de Céleste brillèrent.

— Dis donc, tout le monde est à la cote, ce soir !

— Forcément, c'est la fin du mois.

Partout, des couples (l'homme le visage découvert, la femme masquée) prenaient rendez-vous à l'ombre des vasques de fleurs... En haut de la rampe, un énorme habit noir, courbé en deux, la bedaine couverte de croix qui se balançaient dans l'air, baisait très cérémonieusement la main d'un domino blanc :

— Alors, madame, puisque vous avez l'extrême bonté de le permettre, j'aurai l'honneur de vous envoyer ma voiture à onze heures...

— C'est ça, mon chien... Ça me botte... A tantôt, donc.

Quelques vasques plus loin, un autre habit noir suppliait un domino rose de soulever son loup.

— Démasquez-vous, ma chère, et je n'aurai rien à vous refuser...

Céleste, qui l'avait entendu en passant, ne put retenir un conseil charitable :

— C'est vieux et laid, mon cher, jeta-t-elle, espiègle. Tu es floué comme dans un bois.

Pomaré partit d'un fou rire tandis que le monsieur, un peu décontenancé, insistait :

— Allons, ma chère, faites mentir ces mauvaises personnes, démasquez-vous.

— Monstre, je le veux bien : regarde !

— Ciel ! Ma femme !

...Tel était le bal de l'Opéra où les deux complices venaient « intriguer ». L'intrigue, ce mot passé dans le vocabulaire des viveurs, avait un sens bien parisien. Intriguer, c'était nouer une aventure avec quelqu'un qui ne peut vous reconnaître : l'initiative en revenait donc aux dames, puisqu'elles étaient masquées. Et toutes, elles étaient au bal de l'Opéra pour cela ! La Mandragore et la Pomaré étaient passées maîtres dans cet art complexe. Au bout d'une heure, chacune inscrivait plusieurs invitations à souper sur son carnet de bal. Seulement, dans le cabinet particulier du restaurant qui communiquait avec le foyer de l'Opéra, les choses se gâtèrent. La reine Pomaré ayant voulu « s'encanailler », elle avait choisi comme traiteurs une bande de calicots... Une fois repus, ils cherchèrent à lui faire payer son écot : elle manqua être violée sur le sofa rouge.

— Je n'aurais pas été contre si on me l'avait demandé poliment, expliqua-t-elle à Céleste. Ils étaient plutôt jolis garçons, ces Arthur, Rodolphe et compagnie. Mais la reine n'aime pas qu'on la bouscule...

Céleste, son sourire de Joconde aux lèvres, dévalait l'escalier à côté d'elle : la Mandragore venait, elle aussi, de s'échapper précipitamment du cabinet voisin.

Quand elles se retrouvèrent rue Le Peletier, il faisait grand jour. Pâles dans leurs capes de satin, leurs chignons déroulés, leurs masques déchirés, elles frissonnèrent en relevant leur capuchon : une pluie fine tombait par rafales. Céleste était habituée à ces tristes sorties de bal à sept heures du matin. Mais lorsqu'elle regarda Pomaré, elle fut presque effrayée : son domino blanc, rendu gris par la pluie, donnait à ce visage, tiré par plusieurs nuits sans sommeil, des teintes jaunâtres ; la pauvre reine avait l'air d'un paquet de chiffons sous cette cape informe, débraillée, enfumée... Et que faire maintenant ? Certes, la nuit était passée. Certes, ce souper leur durerait bien la journée. Mais ce qu'elles étaient venues chercher à ce bal, elles ne l'avaient pas trouvé : elles n'avaient rencontré aucun de leurs amis et, à moins d'accepter le lit des calicots, elles ne savaient où aller.

Devant elle, une foule inaccoutumée — des femmes, des enfants, des ouvriers — passait lentement sur un fond de ciel gris où couraient sans cesse, d'est en ouest, des nuages lourds... Les silhouettes de Céleste et de Lise, immobiles dans la brume, droites sous la pluie, hésitaient. Le vent battait rudement les pans de leurs capes et le satin blanc de l'une se mêlait au satin rouge de l'autre avec le claquement sourd de l'étendard : la Mandragore et la Pomaré venaient de vivre leur dernière fête ! Pour elles, le temps des cabinets particuliers, le temps des bals publics et des bals masqués, le temps des esthètes, des muses et des poètes était révolu. Pendant des mois, des années peut-être, elles n'iraient plus ni souper ni danser. Et Céleste allait connaître d'autres tourments que le souci de sa respectabilité.

DEUXIÈME PARTIE

LA LUTTE

18

LE flot sur le Boulevard continuait de monter vers la Madeleine. La place était couverte de monde. Çà et là, au sein de la marée humaine, des taches noires se mouvaient lentement comme d'étranges étoiles de mer qui s'appelleraient entre elles. C'étaient les parapluies bourgeois qui se rejoignaient dans la foule des casquettes ouvrières.

A travers le chuintement de la pluie, on entendait un murmure sourd où les mots de « Guizot » et de « réforme » continuaient à se former et à se défaire, pareils à la rumeur de la vague qui monte et qui se brise. Et puis, au loin, par-delà la Seine, un chant éclatait — *La Marseillaise ! La Marseillaise*, entonnée à pleine poitrine par sept cents étudiants en rangs serrés qui maintenant déferlaient parmi les casquettes, les fichus et les parapluies. Au rythme de l'hymne révolutionnaire, la colonne de jeunes gens fit par deux fois le tour de l'église...

Alors, du parvis humide, inlassablement battu par l'ardeur de ce flot, jaillit une étincelle : « A bas... ! A bas Guizot ! Vive la réforme ! » Cette clameur, portée par une rafale de vent, électrisa l'atmosphère. Elle venait de transformer un rassemblement de curieux en une manifestation politique !

Les deux costumes de bal, domino rouge et domino blanc, pressés, poussés, perdus au milieu des blouses et des tabliers, suivirent, masques à la main, le peuple qui s'ébranlait en direction du Palais-Bourbon où siégeait, à onze heures, la Chambre des députés...

— A bas Guizot !

— Vive la réforme !

La révolution qui chasserait le dernier roi hors de France commençait...

Ce fut d'abord le flamboiement métallique des baïonnettes croisées sur les uniformes bleu dur qui interdisaient au peuple le pont de la Concorde. Puis ce jeune homme, cet étudiant au front rayonnant qui, sortant brusquement des rangs, s'était précipité au-devant des fusils chargés :

— Tirez, si vous l'osez !

Planté devant le peloton, il déchira sa chemise et présenta sa poitrine nue :

— Tirez !

La garde qui hésitait, la masse qui se pressait et le pont interdit que l'émeute franchissait ! Débordement vers les quais. Escalade des grilles. Course sur le péristyle du Palais-Bourbon. Céleste et Lise dans la mêlée... Ce qui se passa ensuite, elles ne pourraient trop le raconter. Elles devaient se souvenir du crissement des sabres qui traînaient sur les pavés, tandis que, de toutes les casernes alentour, l'infanterie accourait pour dégager la Chambre. Et le grincement des canons qu'on tirait rue de Bourgogne, deux lourdes pièces de campagne qu'on disposait en batterie face à la foule. Enfin, le murmure rageur du peuple refoulé à nouveau de l'autre côté du pont, parqué brutalement place de la Concorde...

Un moment, les deux dominos oscillèrent avec l'émeute dans un remous indéterminé de flux et de reflux. Puis soudain, sans sommation aucune, les chevaux de la Garde municipale fondirent sur la foule.

— A la charge !

Sabres au clair qui étincellent et tourbillonnent sous la pluie, sabots qui dérapent et glissent sur l'asphalte, montures qui piaffent et se cabrent... Au grand trot, la cavalerie s'ouvre un chemin à travers le peuple épouvanté. Les poitrails, lancés de front sur la foule, culbutent les femmes et les enfants. Le plat des lames s'abat à toute volée sur le dos des hommes. Les vieillards, qui ne peuvent se relever assez vite, sont piétinés. Céleste, le visage dans ses bras pour se protéger des moulinets qui sifflent au-dessus de sa tête, s'enfuit vers les Champs-

Elysées. Devant elle, un ouvrier, frappé en plein front par le tranchant d'un sabre, s'effondre en hurlant. Sous les premiers arbres de l'allée, une vieille femme, la face contre terre, expire dans une flaque de sang. Une fumée noire s'échappe de l'arche du bal Mabille. Des gamins retranchés derrière le portique brûlent les chaises et les bancs :

— Au secours ! crient-ils d'une voix stridente. Au secours, on nous massacre ! On massacre le peuple !

Une troupe de municipaux passe l'arche et charge les enfants...

Puis les clameurs se turent. Céleste et Lise se retrouvèrent dans un Paris sillonné de régiments en armes que croisaient des colonnes d'ouvriers portant le drapeau tricolore et chantant *La Marseillaise*.

Céleste, le visage cramoisi sous sa cape rouge, vitupérait à haute voix contre ces « salauds de municipaux ! ».

La charge de la place de la Concorde l'avait bouleversée et ses sourcils en accent circonflexe se rejoignaient soucieusement au-dessus de son nez, comme ceux de Lise.

Pomaré, quant à elle, frissonnait à l'idée de ce qu'elle sentait venir, et si Céleste encourageait de ses interjections les ouvriers qu'elle croisait, la reine leur ordonnait vertement de rentrer chez eux.

L'une et l'autre ne cessaient de songer que si les choses se gâtaient, elles n'avaient pas de gîte « ... ni même un abri, aucun endroit où se réfugier » !

Elles retournèrent rue de la Michodière, chez Rose... Mais de derrière sa porte, Rose les traita de « salopes et de voleuses », allusion probable aux robes de carnaval que les deux complices lui avaient empruntées.

— Justement, on est venu te les rendre, tes dominos !
— Allez vous faire foutre !

Elles eurent beau dire, Rose refusa de leur ouvrir et Céleste se trouva une nouvelle fois rejetée à la rue.

« ... Jamais plus je ne serai celle que le monde rejette ! »

La révolte montait, montait en elle sans qu'elle pût rien faire pour l'apaiser... Révolte contre l'indifférence des autres. Révolte contre sa propre impuissance.

Aujourd'hui, cette nuit, hier, elle avait vagabondé sans que personne voulût d'elle... La fatigue s'accumulait : « J'en ai assez... Assez d'être rejetée ! »

Elle avait peur. Et sa peur devenait de la colère.

Lorsque Céleste passa à côté d'un groupe d'hommes qui arrachaient furieusement les grilles de Saint-Roch, la paroisse des grands bourgeois et de Sa Majesté la reine, elle les regarda d'un œil nouveau :

« ... Jamais plus nous ne serons ceux que le monde rejette ! »

En elle, ce serment venait de changer de sens :

— A bas les riches !... A bas les oppresseurs !

Elle avait crié sans même s'en rendre compte.

Lise lui décocha un coup de coude dans les côtes :

— Tais-toi !... Tais-toi donc !

Mais Céleste était lancée :

— Assez d'humiliations ! Défendons-nous !... Aux armes !

En proie à une fièvre grandissante, elle filait déjà en direction de la rue Richelieu où se trouvait l'armurerie du fameux Le Page... celui-là même qui fournissait en pistolets et en épées les duels d'honneur des beaux messieurs : Beauvoire, Roqueplan, Milord l'Arsouille, etc.

Les ouvriers, brandissant les piques arrachées aux grilles, la suivirent. Et Lise, demeurée un instant seule à l'arrière, rejoignit le groupe.

Pavés descellés, vitres brisées à coups de pierres, porte enfoncée à coups de barre, ils éventrèrent la boutique. Les armes étincelantes apparurent. Rangées de baïonnettes offertes sur leurs étagères... Céleste en moissonna une brassée qu'elle distribua comme des gerbes de paille.

— On a de quoi se défendre maintenant !

Un roulement de sabots mit les pillards en fuite. La charge de cavalerie les poursuivit jusque dans la rue de l'Arbre-Sec.

Céleste, son fusil dans les bras, courait sans peur et sans idée à côté de Lise. Elles grelottaient sous la pluie incessante, mais ni l'une ni l'autre ne songeaient au froid plaqué contre leurs membres. Non plus qu'à la possibilité de se faire tuer. Voile grise et voile grenat, elles couraient droit devant, leurs armes serrées contre elles comme des bouquets de fleurs... Cette course devant les chevaux des gardes prêts à les piétiner achevait de les griser et Céleste se sentait poussée, portée par le vertige.

Elle ne savait pas contre qui, ni pour quoi — mais elle voulait se battre !... Pour elle, l'insurrection ressemblait à un jeu. Jeu de hasard. Jeu énervant, morbide et fascinant où elle avait tout à la fois l'impression de se perdre et de se ressaisir. Le passé, par vagues, remontait en elle, et par vagues, elle revoyait des visages. Vieux visages « satisfaits »... Trop satisfaits !... Celui de la mère Pilloye et du factionnaire de l'île Saint-Louis. Celui de Benjamin et des viveurs de Mabille... Le passé remontait en elle et avec lui, le besoin cuisant de régler ses comptes.

A mesure qu'elles abandonnaient les quartiers ouverts pour se replier dans les labyrinthes du centre de Paris, Céleste prenait conscience de sa force : là, dans cet écheveau de ruelles, d'impasses, de cours borgnes et de carrefours, elle était invulnérable. Ce lieu, ce foyer de toutes les révolutions qui jadis lui faisait tant horreur, c'était son domaine à elle... Elle seule le connaissait. Elle, la petite Vainart, avec le reste de la classe « ouvrière » !

C'est cette nuit-là que, pour la première fois en quatre ans, Céleste osa franchir à nouveau le porche du 40, rue des Blancs-Manteaux. Mais, dans la loge, nulle lumière... L'appartement de Benjamin, la maison, le quartier entier étaient noirs. En 1848 comme en 1830, la stratégie des insurgés, c'était d'imposer la nuit... Et le Marais de son enfance avait sombré dans l'obscurité la plus totale.

Longtemps, Céleste demeura plantée sous le porche, à sentir le vent qui roulait à ses pieds les chutes de tissus, les bouts d'éventails, les rognures de fleurs artificielles — tous les reliefs d'une vie humiliée en fond de cour. Elle songeait à ses journées d'autrefois dans la loge... Ce sentiment d'infériorité qui ne l'avait jamais quittée en présence de Benjamin... Peut-être, si elle avait été moins pauvre, moins humble et moins besogneuse, l'aurait-il aimée ?

Il fallait que tout sentiment d'infériorité cessât ! Il fallait lutter. Se défendre. Remonter la pente.

Pendant qu'au loin, dans leurs rues cossues, les lustres des salons mondains brillaient ; pendant que les troupes des municipaux, l'esprit perplexe et les pieds dans la boue, bivouaquaient à l'orée du dédale ; pendant que la paix semblait descendre sur une ville morne... à quelques mètres à peine du 40, rue des Blancs-Manteaux s'édifiait la première barricade !

Au matin, le quartier en serait hérissé. Toute la nuit, à la pluie, elles allaient gonfler comme des boursouflures de la chaussée...

Pour le moment, l'aube froide se levait. Céleste et Lise, entre les timons de deux omnibus renversés, s'installaient un abri au creux des pavés amoncelés, au cœur même de la digue. Là, au son des premiers coups de fusil partis des quartiers Saint-Martin et Saint-Denis, elles s'endormirent.

— Vive la réforme !

Céleste passa sa tête hors de sa niche. Il faisait plein jour. Elle vit alors de l'autre côté de la barricade, du côté ennemi, un spectacle étonnant : des ouvriers en blouse dans les bras des gardes nationaux !... Ils s'embrassaient, s'étreignaient, se donnaient des tapes dans le dos :

— On les a eus ! Vive la réforme ! Vive le roi !

Un ouvrier, un shako posé de travers sur la tête, prenait le bras d'un officier qu'il levait en criant :

— Vive la Garde nationale ! Vive la Ligne !

— Vive les ouvriers ! Vive le peuple ! renvoyait l'autre, le bourgeois en uniforme...

« Ils sont fous », pensa Céleste en secouant Pomaré, recroquevillée sous un bout de chaise dépaillée :

— Non, mais regarde ça !

A son tour, Pomaré avança la tête et haussa les épaules. Elle avait repris sa mine dédaigneuse, comme si l'excitation de la veille ne l'avait jamais concernée. Elle redevenait la « reine », personnage altier, froid et méprisant s'il en fut.

— Ça s'appelle la Fraternité ! dit-elle du bout des lèvres.

Et sans accorder un regard à la scène émouvante qui se déroulait à quelques pas, elle sauta sur ses jambes :

— Bon, ils l'ont eue, leur réforme, et tu parles d'une réforme ! Quatre cent mille Français à voter au lieu de deux cent mille — la belle victoire! Tiens, le peuple mérite bien ses bourgeois. Côté bêtise, ils se valent...

Les insurgés ne partageaient pas le désenchantement de Pomaré. Ils accouraient de partout, délaissant leurs barricades pour se grouper autour des officiers d'ordonnance et des députés qui, radieux, clamaient : « La chute de Guizot ! » Sur tous les points de la capitale, c'était la même allégresse : ouvriers en blouse et gardes en uniforme relevaient ensemble les voitures et les omnibus, remettaient en place les pavés, puis allaient se payer l'un l'autre un petit coup de gnôle chez le marchand de vin voisin.

Au soir, la troupe avait réintégré ses casernes, la circulation se rétablissait et la foule des promeneurs satisfaits se répandait sur les boulevards... Céleste n'en croyait pas ses yeux.

Des guirlandes illuminées couraient à tous les étages, de maison en maison, comme de fulgurants traits d'union. A chaque fenêtre se balançaient des lampions phosphorescents, et des enfants, un transparent bariolé à la main, se faufilaient dans la foule, laissant derrière eux, à mi-hauteur, un sillage incandescent... Aux réverbères brisés, au « Boulevard Noir » d'hier répondait cette resplendissante avenue. L'immobilité, le silence et l'obscurité s'étaient mués, par une magie presque inquiétante, en mouvement, éclat et couleur... Céleste, perplexe, n'osait trop encore s'abandonner aux effusions de la foule en liesse. Et pourtant, c'était bien là le monde qu'elle aimait ! Ce monde rayonnant de métal et de lumière où s'agitaient, dans un ciel diapré, de formidables oriflammes tricolores...

Sous les ormes nus, une quarantaine de femmes enveloppées dans d'immenses châles rouges chantaient *Les Girondins.* Subjuguées par la puissance du chant, par son souffle et son unité, Céleste et Lise s'approchèrent... Elles en oublièrent leur révolte d'hier et pour le simple vertige de se trouver mêlées à cette force, elles se joignirent à la troupe.

Bras dessus, bras dessous au deuxième rang de la colonne, elles s'avançaient à la lueur des torches ; et elles s'époumonaient, livrées tout entières au plaisir de mar-

cher ensemble et de hurler à tue-tête un air séditieux...
Foin de révolution ! La Mandragore et la Pomaré recommençaient à s'amuser !

Arrivées à la hauteur de la rue Le Peletier, elles s'arrêtèrent avec le reste de la troupe dans le jardin du Divan Le Peletier, sous les fenêtres du *National*, le journal d'opposition qui avait fait campagne « pour la réforme et contre Guizot »... Un homme parut à la fenêtre.

— Le nouvel attentif de cette bête de Rose... Armand Marrast, chuchota Lise.

— Je sais, souffla Céleste, en songeant qu'à peine deux jours auparavant elle se trouvait précisément dans cette courette à la recherche de ses amis, Théophile Gautier et les autres. Combien leur univers lui semblait loin maintenant ! Avait-elle jamais fait partie de ce monde ? Malgré cette camaraderie qu'elle avait cru partager, malgré ce temps passé ensemble, malgré leur gentillesse et leur protection, n'était-elle pas demeurée, pour ces messieurs, un « ornement », la maîtresse passagère d'un confrère, un objet charmant qui vous touche et qui vous flatte — ce qu'on appelle une « jolie femme » ?... En un mot : *rien*.

— Il faut que le peuple exige la mise en accusation des ministres ! criait le journaliste qui haranguait la foule du haut de son premier étage. ... Le licenciement de la garde municipale, les deux réformes parlementaires et électorales.

Céleste, qui n'avait pas compris un mot de ce qu'il racontait, applaudit frénétiquement :

— Bravo ! vociféra-t-elle. Bravo ! (Vrai, cela fait du bien de hurler quand on a le ventre vide depuis deux jours !) Vive la réforme ! Vive les ouvriers !

Pomaré lui décocha un regard goguenard :

— Ça va, oui ?... Madame se délasse ?

— Vive les ouvriers ! répéta Céleste. Vive le peuple !

La file se reforma et, dans le plus bel ordre, s'ébranla de nouveau en direction de la Madeleine.

Rue de la Paix, la troupe se grossit d'une bande qui venait de faire illuminer, à force de cris, le ministère de la Justice. Devenue très imposante par ce renfort, la colonne parvint, boulevard des Capucines, à quelques pas du poste de deux cents hommes qui gardaient le ministère des Affaires étrangères.

— Formez-vous en carré ! commanda la voix rauque d'un officier que Céleste ne vit pas.

Etonnée, elle regarda cette manœuvre militaire qui arrêtait brusquement sa marche. Derrière elle, la foule se massait... On se pressait, on se bousculait, on voulait voir.

— Ben alors ? Qu'est-ce qui se passe ? cria Céleste.

— Allons, circulez. Dispersez-vous.

Les soldats, barrant toute la largeur du boulevard, indiquèrent, au bout de leurs baïonnettes, la rue Basse-du-Rempart.

Les sept ou huit ouvriers qui formaient le premier rang de la colonne firent un pas en avant :

— Vive la garde... Mais place au peuple !

— N'avancez pas ! Dispersez-vous !

— Citoyen, tu oublies qu'aujourd'hui le peuple est vainqueur ! gouailla Céleste au deuxième rang.

Là-dessus, elle se mit à pousser ; elle trouvait toujours très amusant de pousser dans les queues. Et cette fois, elle y allait franchement ; elle poussait de tout son poids, de toutes ses forces... Pomaré, ravie du désordre, en fit autant... Les soldats se trouvèrent bientôt serrés de si près que leur première ligne manqua d'être brisée...

— Croisez la baïonnette ! tonna le commandant.

A cet instant, un coup de feu éclata... Et instantanément, cent autres... sans sommation. Sans tambour. Sans ordre. Une décharge à bout portant. Un feu de file qui fauche... Le crépitement dans la nuit, la langue de feu. L'odeur de la poudre et du sang qui gicle. Céleste hurle. Un nuage de fumée enveloppe le cri qui se mue en gémissement. Le nuage se dissipe et découvre un spectacle dont rien ne peut rendre l'horreur.

Une centaine d'hommes, de femmes, d'enfants gisent sur le pavé. Céleste et Lise sont là, parmi eux, le visage contre terre, les mains crispées dans les flaques de sang... A côté, une femme pleure sous un tas de morts. Mêlée de morts, de vivants, de mourants..., ce qui reste de la colonne joyeuse. Le chant, les drapeaux au vent... Tués roides.

19

— Au secours... !

Des pavés humides de sang se relèvent lentement des corps. Armée d'ombres arc-boutées qui titubent dans la nuit.

Céleste et Lise vacillent sur leurs jambes. Elles regardent à droite, à gauche... Des formes rampent à leurs pieds. Terrifiées, elles s'enfuient en hurlant.

Elles se croient poursuivies par les « égorgeurs »... Elles battent les murs de leurs bras. Elles heurtent de leur paume les portes closes... Elles cherchent un refuge.

— Laissez-nous entrer ! Sauvez-nous !

— Rentrez chez vous ! leur crie-t-on de l'intérieur.

— Nous n'avons pas de chez-nous !

— Justice sera faite !

— Laissez-nous entrer ! Au secours !... A l'aide !

— Ne troublez pas l'ordre !

Les bons bourgeois, retranchés chez eux, n'ouvraient pas même leurs volets.

Pendant que le glas remplissait l'air d'effroi, Céleste et Lise se recroquevillaient sous une porte cochère rue Le Peletier. Elles attendaient... Elles attendaient « la suite », sans idées et presque sans appréhension.

Casquettes, cocardes et bonnets phrygiens ; blouses déchirées et chemises ouvertes ; longs pans des ceintures qui volaient au vent ; vent dans le rouge des drapeaux qui paraissaient noirs, les bandes armées défilaient au pas de course à côté d'elles.

— Vengeance ! On tue nos femmes et nos enfants ! On égorge le peuple ! Vengeance !

Gamins et hommes s'empêtraient quelquefois dans leurs robes de carnaval qui dépassaient sur la chaussée. Mais elles ne les voyaient pas.

Partout, omnibus renversés, tessons de bouteilles, rouleaux de fil de fer pour gêner la cavalerie. La ronde de l'insurrection recommençait... Seulement, on ne criait plus « Vive la réforme ! » mais « Vive la République ! ». L'émeute s'était transformée en révolution !

Emeute ou révolution, que leur importait à elles ? Elles avaient faim, elles avaient froid, et elles ne sentaient ni la faim ni le froid : elles ne sentaient plus rien. L'aube de leur troisième jour sans logis s'était levée sur Paris.

La lumière grise, que ne filtraient plus les arbres abattus, réveilla Céleste. Tout engourdie par la pose fatigante dans laquelle elle avait dormi, elle ne put, pendant un moment, se rappeler où elle se trouvait. Les marches froides du perron lui meurtrissaient le bas du dos. Elle essaya de s'asseoir et poussa un cri de douleur. Elle souleva sa jupe et découvrit ses jambes : les genoux étaient noirs de sang et une large plaie béait, à mi-hauteur du tibia droit... Alors Céleste se souvint de tout : le claquement de la faucheuse ; le choc de son corps renversé. Et le goût de la mort dans sa bouche gémissante, ce goût rance, acide et amer — relent infect et tellement précis qu'elle continuait de le sentir.

Jamais Céleste n'avait éprouvé pareil malaise. Elle ferma les yeux, rêvant qu'elle faisait un cauchemar dont elle se réveillerait dans quelques instants. Mais même les yeux fermés, elle avait la figure moite et son corps était transi de froid. Elle se trouvait sale et visqueuse. Elle devait sentir mauvais. Ses genoux la brûlaient. Et tout le long de ses jambes, au dos et aux épaules, elle avait mal. Dans le noir, la douleur semblait plus précise encore... Elle rouvrit les yeux.

C'est alors qu'elle remarqua qu'elle était seule. Pomaré avait disparu. Ainsi, la solitude qu'elle avait tant redoutée depuis le début de l'émeute lui arrivait par ce matin blême... Que devenir sans Lise ? Non que Lise eût le moindre pouvoir sur leur situation. Mais ensemble, elles possédaient un atout irremplaçable : l'émulation. Durant ces deux terribles journées, elles n'avaient pas cessé de se défier. Pour la Mandragore et la Pomaré, se trouver sans abri dans un Paris en révolution n'était pas une catastrophe, mais une aventure. A deux, à elles deux, elles réussissaient à se pousser chacune jusqu'au bout de leur courage et de leurs forces : le danger cessait d'être inquiétant pour devenir tonique. Mais seule, sans la rivale et la complice, comment n'être pas consciente de sa propre détresse ? Comment ne pas sentir qu'on n'a pas mangé depuis trop longtemps, que votre robe de carnaval ne vous protège ni de la pluie ni du froid, que l'on ne sait où aller ? Et que, à rester dans les rues de ce matin de février-là, on risque de se faire tuer... Pour la première fois, Céleste eut envie de mourir, mourir tout de suite pour ne plus sentir cette fatigue immense qui lui ankylosait le corps et l'esprit.

Pourquoi diable n'arrivait-elle pas à penser ? Il fallait absolument qu'elle réfléchisse au moyen de se mettre à l'abri... Il fallait qu'elle trouve comment se procurer un peu de nourriture et des vêtements chauds.

Mais son esprit se dérobait. Tout son être semblait se dissoudre dans le sentiment de sa propre faiblesse... Pourtant, il fallait « trouver un moyen ». Elle se raccrochait à cette phrase, à ces mots qui l'avaient quotidiennement habitée depuis le soir où, du haut de Montfaucon, elle s'était juré de n'être « jamais plus celle que le monde rejette ». Pour s'en sortir, « trouver un moyen » ; mais elle n'en trouvait pas.

Enfin elle parvint à se hisser. Elle chancela sur ses genoux meurtris et elle s'accrocha au mur pour ne pas fléchir, tant les élancements de sa jambe droite la faisaient souffrir... Douleur salutaire peut-être, car, par elle, venaient de germer à nouveau la sensibilité et le désir : « cesser de souffrir ». A chaque élancement, Céleste ne pouvait réprimer un cri. Encore une fois, elle releva sa robe : une bouche rouge béait dans sa chair déchiquetée et elle aperçut, à travers le lambeau de peau qui pendait, la forme blanche de l'os...

L'affreuse gangrène du père Anselme, le joueur de trictrac de la rue des Blancs-Manteaux, lui revint en mémoire. Elle se représenta la jambe de son pantalon vide. Elle entendit le bruit intermittent de ses béquilles dans l'escalier... Clip-clop auquel se mêlaient, en musique de fond, les airs des polkas et des valses de Mabille. Dans son esprit en délire, elle voyait à la fois le moignon du père Anselme et les petites bottines qu'on jette très haut au-dessus des chapeaux... Le déhanchement bancroche. Et les cancans gracieux. Jambes longues, vives et souples... Elle eut la nausée et laissa retomber le satin grenat sur la plaie.

— Il faut trouver un docteur, murmura-t-elle.

Mais où ? Elle n'en connaissait pas. Elle regarda alentour. La rue était vide. Au milieu de la voie, quelques pavés descellés — le début d'une barricade. Pas âme qui vive. Derrière les volets clos, aucun bruit. Pourtant l'atmosphère sentait la fumée et la poudre. Au loin, derrière ces maisons, Céleste percevait le bruit des rafales ; on criait, on se battait là-bas... Les balles engendraient les blessés et les blessés attiraient les docteurs. Elle s'achemina donc vers le lieu de la fusillade. Les tempes serrées, elle avançait en boitant. Elle étouffait. Elle s'appuya au mur. Elle respira. L'air lui mordit la gorge et les poumons. Elle repartit.

La chaussée était encombrée de fourgons, de voitures abandonnées, de chevaux morts. Les chaises, les vespasiennes, les bancs, les grilles, les becs de gaz, tout avait été arraché, et Céleste s'enfonçait dans de formidables architectures métalliques. Sur un fond de ciel gris — hachures noires, lignes brisées, barres hérissées qui tordaient leurs bras de fer vers le pourpre de sa robe. Elle y trébuchait, s'y écorchait, s'y accrochait, et au bout d'une pique quelquefois restait planté un petit carré rouge qui luisait comme une tache de sang au cœur de ce désert d'acier.

Pour arriver au lieu de la fusillade, Céleste dut escalader la barricade qui bouchait la rue de Valois. Barricade haute de deux étages... Elle n'avait jamais rien vu d'aussi colossal. Les bois des poutres, des portes et des roues plantaient leurs échardes dans ses semelles trop fines. Les pavés déboulaient. Elle s'y tordait les chevilles. De la crête, des colonnes de fumée roulaient vers elle et s'engouffraient dans sa gorge. En haut, à travers le nuage noir, il y avait des hommes qui bougeaient. Mais comme elle ne percevait qu'un mouvement sur deux, elle crut qu'ils se déplaçaient par bonds successifs, comme des spectres fous qui s'amuseraient à sauter sur l'arête d'une lame...

Après avoir franchi la dernière charrette qui crénelait le sommet de la forteresse, Céleste put embrasser d'un regard le théâtre des opérations : les insurgés incendiaient le poste de police au fond de la place de la Porte-du-Palais-Royal. Ce poste commandait l'accès aux Tuileries, et les municipaux, qui depuis deux heures s'y étaient enfermés, refusaient de se rendre.

Soudain, une immense gerbe de feu jaillit au sommet de l'édifice et la porte s'ouvrit. Les soldats vaincus sortirent sur le perron... Mais du bout de ses baïonnettes, le peuple des barricades les repoussa dans l'incendie :

— A mort les cipaux !

Percés à l'arme blanche ou carbonisés, ils étaient tous massacrés, les cipaux, et sans docteur pour les assister !

La première horreur passée, Céleste ne songeait qu'à cela : « Un docteur, trouver un docteur... »

En boitant, elle suivit le flot vainqueur qui se pressait vers les Tuileries... Les Tuileries, que la reddition de ce dernier poste venait de livrer aux Parisiens :

— Le roi s'est enfui ! Le peuple est souverain !

Et Céleste montait l'escalier d'honneur du palais en boitillant. Elle devait se reposer à chaque marche. Mais toutes les fois qu'elle s'arrêtait, elle se disait que jamais, jamais elle n'aurait imaginé qu'un jour elle pénétrerait en curieuse chez Marie-Amélie, « chez Sa Majesté la reine Marie-Amélie », elle, Céleste Vainart, grisette du faubourg du Temple, elle, Céleste Mandragore, danseuse de bal public... En curieuse et en souveraine aux Tuileries !

Elle n'en revenait pas et une vague de fierté montait en elle à l'égard de ce « peuple maître » qui se ruait maintenant sur la demeure royale... Elle était fière d'appartenir à cette force vive qui allait de l'avant, toujours.

Puis la curiosité d'errer à sa guise dans des chambres, parmi des objets, au sein d'une intimité magnifique, achevait de l'exciter et, par moments, elle en oubliait sa souffrance. Céleste Vainart, grisette du faubourg du Temple, Céleste Mandragore allongée sous le baldaquin d'un lit royal !... Elle imaginait la princesse qui s'y était endormie la veille et elle sentait déjà le matelas s'arrondir au creux de ses propres reins, la douceur de la soie contre ses jambes déchirées et l'odeur de la lavande au fond des oreillers. Comme au temps où, pour elle, tout le luxe et le calme du monde étaient symbolisés par les tissus du Démon Tentateur, Céleste voyait au-dessus d'elle un dais de draperies, un ciel d'étoffes plissées, ondulées, torsadées. Féerie de tentures... Symbole de bonheur venu de loin !

Sur le perron des Tuileries, elle se laissa encore griser par l'idée qu'elle allait connaître des magnificences qu'elle n'aurait jamais dû connaître : plaisir d'orgueil, désir d'apaisement, ces deux pulsions enfiévraient son cerveau de la promesse d'une joie intime, presque secrète.

Pour l'intimité, elle allait être servie ! Un fleuve d'hommes et de femmes s'était répandu dans les salles du palais, hurlant une carmagnole folle, tirant des coups de fusil en l'air — et sur les tableaux, les lustres, les flambeaux, les glaces... En fait d'une féerie de tentures, elle voyait les couteaux qui lacéraient les rideaux, les tapisseries, les baldaquins... Charpies effilochées que racornissait déjà la flamme des torches. Le « peuple souverain » n'avait-il pas droit à ces oripeaux royaux, droit de s'en moquer, de se les approprier, et surtout, surtout d'affirmer sa possession en les détruisant ?

La scène qui se déroulait devant Céleste allait la marquer pour le restant de ses jours. Chaque année, elle se réveillerait dans la nuit du 24 février, obsédée par les angoisses qu'avait éveillées en elle cette vision du « peuple aux Tuileries ». « Et dire qu'un moment j'ai pensé faire partie de ces vandales... » Enfant déjà, elle détestait ses compagnes ouvrières, comment avait-elle pu oublier son mépris pour leur grossièreté ? « Ah, pour être grossier, et nul, et dangereux, le peuple l'est ! songerait-elle désormais. Vrai... On peut tout redouter de ce monstre fou auquel il ne faudrait pas deux heures, deux heures à peine, pour dévaster, casser, piller les objets rares de la famille royale... »

Les charges de cavalerie, la fusillade des Capucines, le massacre à bout portant d'une foule inoffensive l'avaient bouleversée... Mais, ce que Céleste n'oublierait jamais, ce qui continuerait de la hanter, c'est qu'après le passage du « peuple souverain », il faudrait dix tombereaux pour charger les débris des plus belles porcelaines de Sèvres et qu'on recueillerait vingt-cinq mille kilos, oui, vingt-cinq tonnes de fragments de glaces et de cristaux.

Toute sa vie, après cela, Céleste redouterait l'anéantissement des objets précieux — objets d'art, bibelots — signes irréfutables d'élévation sociale. Détruire ces objets-là, et les détruire si vite, c'était insulter à tout ce en quoi elle croyait, c'était réduire à néant tout ce vers quoi tendaient sa volonté et sa vie.

Et longtemps, elle entendrait les cris stridents des femmes dans le boudoir de la reine, femmes édentées, échevelées, qui répandaient des flacons entiers d'huiles et de parfums sur leur tête, femmes fouineuses et folles qui éventraient les corbeilles à tapisserie, vidaient les tiroirs, fouillaient les dessous, flairaient les dentelles. Et les halètements des hommes qui se succédaient entre les cuisses d'une énorme putain vautrée sur le lit de la princesse Clémentine, et ceux des couples qu'on encourageait à faire l'amour là, debout dans les courtines, en souvenir des mariages princiers et des orgies imputées aux ministres. Et l'odeur du vin, les tonneaux crevés... Puis, en musique de fond, le bruit obsédant des vitres éclatées, des vases, des coupes, des armoires remplies de porcelaine qu'on basculait par les fenêtres.

Longtemps, toujours, elle devait revoir, en apothéose, le lustre que le peuple avait décroché pour qu'il s'écrasât de toute sa hauteur, ce lustre immense et tout éclairé qui tombait lentement, indéfiniment... Céleste, immobile, n'en pouvait détacher les yeux et, le visage levé, elle demeurait là, presque dessous... Et la boule cristalline continuait de tomber, perles aquatiques, gouttelettes biseautées, plates lames d'argent qui volaient, portées à l'horizontale dans les airs...

Alors le lustre éclata. Elle vit un millier de cristaux projetés d'un bout à l'autre de la pièce, bouillonnante giclée de verre, infinie vibration de la gerbe qui se brise au fond de la fontaine. Et Céleste n'entendait maintenant que le grincement des débris qui crissaient comme neige sous le pas... Elle sombra dans l'inconscience.

20

— AU nom du ciel, n'essayez pas d'ouvrir les yeux !

Céleste sentait des pulsations au coin du front. Des cylindres roulaient d'arrière en avant dans son crâne. Il lui semblait que sa tête emprisonnée dans l'étau de ses tempes ne cessait d'enfler...

— ... Ma pauvre enfant, ne bougez pas et surtout ne vous grattez pas. Vous avez été bien raisonnable tout le temps de votre délire, continuez à être une bonne malade et vous serez peu marquée.

Céleste ne comprenait pas totalement la signification de ces phrases, mais elle obéit et demeura les yeux clos. Elle se contenta de remuer un peu. Un gémissement de douleur lui échappa :

— Ma jambe...

Pour parler, il lui avait fallu comme décoller ses lèvres et sa joue avait craqué à la façon d'un masque de carton.

— Votre jambe, ce n'est rien, l'éraflure d'une balle... Dans une semaine, il n'y paraîtra plus. C'est le reste qui ne va pas. Quand on vous a transportée ici, vous aviez une fièvre cérébrale et un commencement de petite vérole. Vous êtes restée dix jours sans un éclair de raison. Les deux maladies viennent enfin de se séparer... La petite vérole reste seule. Vous êtes sauvée, loué soit le Seigneur !

Céleste resta dix jours aveugle sans pouvoir desceller les cils de ses paupières. Elle avait sur le visage comme un masque de poix de plusieurs centimètres d'épaisseur qui lui fermait les yeux et les narines...

— Pauvre petite! Elle en sortira grêlée comme une écumoire, soupirait une voix de femme à sa droite.

— La belle affaire! répondait une autre voix. Je l'ai eue, moi, la petite vérole, et autrement plus carabinée! Ça ne m'a pas empêchée d'être la coqueluche de tous les michés du Palais-Royal...

Derrière les rideaux blancs de son lit, Céleste pleurait. Elle pleurait silencieusement jour et nuit, et les larmes qui glissaient de ses yeux clos séchaient trop vite sur sa peau brûlante et craquelée...

— Allons, ma fille, du courage, lui murmurait la religieuse en arrangeant ses couvertures.

Du courage, elle en avait eu autrefois, du temps où elle croyait pouvoir s'en sortir. Mais maintenant, Céleste appelait la mort. Elle la voulait de tout son cœur, de toutes ses forces, avec toute la violence dont elle était encore capable.

— C'est mal, ma fille, de demander la mort. Vous êtes jeune, vous avez le temps de vous repentir! grondait la religieuse qui lui passait toutes les demi-heures une plume enduite d'huile sur le visage.

Enfin les yeux de Céleste commencèrent à s'ouvrir comme ceux d'un petit chat. On eut beau lui défendre de les ouvrir trop vite, ce fut plus fort qu'elle, elle força et sentit un léger déchirement.

— Ah, vous n'êtes pas sage! Si vous vous écorchez, la place marquera!

Céleste regardait la sœur toute grosse et toute rose sous sa cornette et, pour la première fois depuis longtemps, un sourire passa dans ses yeux grands ouverts.

— Comment va le numéro quinze? demanda une voix d'homme.

— Mieux, docteur, elle vient d'ouvrir les yeux.

— Bon, dit la blouse blanche en touchant la joue de la malade. Les boutons sont en grande quantité, mais petits. Lui graisse-t-on bien le visage?

Céleste avait déjà vu cette figure guillerette et mal rasée qui se penchait vers elle : où était-ce donc?

— Si vous ne vous grattez pas, la belle, vous serez peu grêlée. Allez! Vous pourrez encore jouer le jeu de la vie à Mabille ou ailleurs...

— Est-ce possible ?

— Oui, répondit le médecin, croyant que Céleste lui parlait des marques de petite vérole.

Il fit un mouvement pour s'éloigner ; elle le retint par son habit :

— Un mot, je vous prie. Y a-t-il longtemps que vous n'avez vu la Pomaré ?

Céleste venait de reconnaître en ce petit médecin de l'hôpital Saint-Louis un ancien amant de Lise. A l'époque, il n'était qu'étudiant, carabin amoureux fou de la reine et de la Valse Chicardée.

Il la regarda, étonné.

— Vous ne me reconnaissez pas ? soupira-t-elle. Et comment me reconnaîtriez-vous ? Nous n'avons soupé ensemble que quatre ou cinq fois, et il y a plus de trois ans... Je suis devenue méconnaissable, n'est-ce pas ?... La Mandragore, Céleste Mandragore.

Le jeune médecin ne trouvait rien à répondre tant il était saisi. Bien sûr, il se souvenait de la Mandragore ! Cette fille pulpeuse, aux bras nus, lisses et ronds qui sortaient du corsage de sa robe folle...

— Oui, j'ai vu Lise il n'y a pas si longtemps. Mon Dieu, ce devait être après les journées de février, à moins que ce ne soit après celles de juin... Avec toutes ces émeutes, on s'y perd un peu, ajouta-t-il en souriant. Elle allait bien, la Lise, plus bambocharde que jamais...

— Elle ne sait pas que je suis ici. Si d'aventure vous la rencontrez, ayez la bonté de le lui dire... J'aimerais bien la voir.

Le jeune médecin promit de lui envoyer Pomaré et s'éloigna, laissant Céleste tout au regret d'avoir émis ce vœu. Elle aurait dû se taire, se cacher, s'enfuir à jamais... Que nul ne sache combien elle était devenue laide : « Je dois faire peur à tout le monde. »

Que n'aurait-elle donné pour se voir dans une glace ! Mais la sœur avait interdit à ses voisines de lui prêter le plus petit miroir... Vaine interdiction ! Céleste, dévorée par la curiosité, partagée entre l'espoir et la peur, finit par obtenir de la vieille couchée à sa gauche qu'elle lui prêtât une boîte à ouvrage avec une glace au fond.

Elle l'ouvrit, approcha son visage... Et poussa un cri

d'horreur ! Elle se rejeta en arrière, puis revint vers son reflet comme un animal craintif, s'approchant lentement — pour s'éloigner encore ! Enfin elle parvint à se considérer un instant sans se fuir. Elle rendit la boîte et tomba dans son oreiller. C'était fini, bien fini...

— Faut pas te mettre dans des états pareils, ma p'tite, grognait la vieille à côté. Ah, si t'étais mal faite, je dis pas. Mais roulée comme tu l'es, c'est pas quelques trous dans la figure qui feront la différence... Ah, là, là, pour un baiser de Lili-la-Grêlée, on s'est battu plus souvent qu'un peu au Palais-Royal ; tu peux m'en croire, va ! Si j' te disais même que mes trous, c'était mon charme... Tiens, tu vois c'ui-là, le gros, au coin de la bouche, un vrai ravage...

Les jours, les semaines passèrent. L'été 1848 avait été chaud et sanglant, mais aucun malade ne s'en préoccupait dans la grande salle de l'hôpital Saint-Louis. Céleste ne pleurait plus. Après bien des rechutes, elle se remettait doucement en écoutant d'une oreille distraite les bavardages de la vieille à côté d'elle. C'était une femme de plus de cinquante ans, très maigre et très grêlée, les cheveux teints à quelques centimètres de la racine d'une bizarre couleur orange.

— Chaque fille est assise sur une mine d'or — mais elle ne le sait pas... répétait-elle indéfiniment en se mettant du blanc sur le visage. Vois-tu, les dix plus belles années de ma vie, je les ai passées au bordel ! Ah, tu n'as pas idée de ce que c'était, le quotidien, chez Mme Olympe ! Du vin de Champagne, des robes de soie... C'est qu'on n'était en relation qu'avec des gens de la haute... Tiens, de Guiche, le duc, eh bien, on était des amis intimes, lui et moi ; je l'appelais par son petit nom, Agénor, et même que je le tutoyais, c'est te dire... Ah, on savait s'amuser, on était heureux ! Ma pauvre chérie, dire que je vais mourir en te laissant là pour qu'un ouvrier vienne t'engrosser. Tu passeras le restant de ta vie à trimer pour deux... (elle cherchait à faire jaillir des larmes qui ne venaient pas). Et battue, avec ça, toujours en cloque avec une marmaille qui te grimpera aux pattes. Ah, si j'avais ton âge, j'aurais vite fait mon affaire... Chez Mme Olympe, au Palais-Royal.

Du champagne, des robes de soie et le pot-au-feu tous les dimanches...

Et la vieille s'endormait doucement, le visage béat au souvenir d'une telle sécurité.

Céleste, elle, songeait avec angoisse au moment où elle sortirait de l'hôpital. Ce moment approchait dangereusement...

Dans une ultime crise de désespoir, elle avait enfin renoncé à ses rêves d'ascension sociale. Pauvre, seule et maintenant défigurée, elle allait se remettre à son ancien métier. Céleste Mandragore redevenait Céleste Vainart. A nous les longues journées dans un garni, à ourler, échancrer, tailler les cols, coudre les boutons : « Quatorze ou seize chemises en une semaine. Soit quatre francs. Soit un litre de légumes secs, trois litres de pommes de terre et trois kilos de pain de deuxième qualité. » Ah, si elle avait été un homme ! Pour le même travail, on l'eût payée deux fois plus...

Le dimanche précédant sa sortie, Céleste vit une femme pénétrer dans la grande salle. Elle s'approchait d'un pas décidé et ses bottines résonnaient sur le carreau... Petite. Maigre. Entièrement vêtue de noir... Le cœur de Céleste battit dans sa poitrine.

« Elle est venue ! »

Tout au plaisir de se laisser surprendre par son amie, Céleste, immobile, regardait Lise s'avancer... Mais Lise passa devant elle sans la reconnaître. La Pomaré ne reconnaissait même plus sa rivale ! Deux fois, Céleste laissa Lise passer à côté de son lit. Deux fois, Lise ne s'arrêta pas : son regard avait erré sur le lit numéro quinze sans être retenu un instant par ce visage boursouflé. Enfin Céleste l'appela :

— Lise...

— Céleste... Oh, mon Dieu !

Les larmes montèrent aux yeux sombres de la reine et elle serra convulsivement son amie contre elle. Les deux jeunes femmes restèrent un moment embrassées... Ce fut Céleste qui se dégagea la première.

— Je suis bien changée, n'est-ce pas ? grinça-t-elle en tentant un sourire.

— Oui, dit Lise simplement. Elle s'était assise sur le lit et avait gardé la main de Céleste entre les siennes. As-tu beaucoup prié au moins ?

— Oh, tu sais, moi, les prières... Elle haussa les épaules. Je fais le désespoir des sœurs... De toute façon, je n'ai jamais beaucoup cru au Bon Dieu... Et maintenant, moins que jamais ! ajouta-t-elle d'un air méchant.

— Céleste, il faut remercier la Sainte Vierge de t'avoir gardée en vie !

— **Eh bien, porte-lui toi-même mes actions de grâces,** elles lui arriveront plus sûrement... A part ça, quoi de neuf ?

— Des horreurs, laissa tranquillement tomber Pomaré en retrouvant d'un coup sa froide insouciance. Depuis combien de temps es-tu ici ?

— Février ou mars.

— Cinq mois ! Et je ne le sais que d'hier !... Par parenthèse, tu as de la veine d'être tombée malade pendant cette période : en temps ordinaire, aucun hôpital ne t'aurait gardée aussi longtemps ! Mais la République égalitaire et fraternelle ne peut décemment jeter ses malades à la rue... Elle se contente d'ôter le travail aux ouvriers et de les massacrer s'ils n'acceptent pas de mourir de faim.

Alors Lise raconta ce qui s'était passé à Paris de mars à juin... Donc, le lendemain du pillage des Tuileries, Lamartine avait proclamé la République :

— Tu ne peux imaginer l'atmosphère ! Tout le monde était dans les rues... On se félicitait, on s'embrassait, on se groupait autour des barricades qu'on couvrait de fleurs... Devine combien le peuple en avait construit en deux jours ? Mille cinq cents ! Les orgues de Barbarie jouaient *La Marseillaise*, les hommes portaient la cocarde tricolore. Quant aux grosses « épicières », tiens-toi bien, elles s'étaient pratiquement couvertes de haillons et elles faisaient la quête pour les blessés !... Sur le perron de Tortoni : plus un veston, plus un chapeau. Ah, c'est qu'il ne faisait pas bon se balader un gibus sur la tête ; aussi les bourgeois arboraient-ils gaillardement la casquette et la blouse. Ouh, quelle rigolade ! Faut dire que sous leur apparente satisfaction, ils tremblaient de peur, les bour-

geois... Pardi, ils craignaient qu'on leur ôtât la liberté...
En même temps que leurs propriétés ! Ah, j'oubliais de te
dire qu'on a changé les noms : la place Royale s'appelle
maintenant la place des Vosges et l'Opéra le théâtre de la
Nation... De toute façon, personne n'y met plus les pieds
au théâtre, car personne n'a plus un rond. L'argent des
plus gros a filé à l'étranger, pour les autres ils ont bradé
tout ce qu'ils possédaient contre un peu d'or... Si tu avais
vu les queues à la Monnaie, ça faisait tout le tour du pâté
de maisons. Résultat, c'est la faillite générale. Même Beau
Roger a dû renvoyer ses domestiques ; quant à ton
camarade Gautier, il a vendu aux enchères tout ce qu'il
possédait — son coupé, ses poneys, le bataclan entier. Il
est ruiné comme tout le monde. Maintenant, imagine au
beau milieu de tout ça des manifestations pour la Pologne
et pour la messe en français ! Pendant le mois de mars et
d'avril, tu ne peux pas savoir, tout le monde marchait en
procession — jusqu'aux collégiens qui réclamaient la
suppression du grec, et les mères de famille qui exigeaient
la création de crèches ! J'ai même vu des banquiers qui
défilaient pour le report de leur échéance ; je ne sais pas si
tu as jamais vu la tête d'un banquier, mais une centaine
ensemble, c'est terrible ! Toutes les professions passaient
ainsi en longues colonnes, avec des banderoles qui flot-
taient entre les boutiques fermées, les ateliers fermés, les
manufactures fermées. Dame ! Comme plus personne
n'avait de quoi acheter, plus personne ne vendait, donc
plus personne ne fabriquait : pour les ouvriers, c'était le
chômage. Alors en avril, on leur a créé des « ateliers
nationaux » où le gouvernement s'est offert le luxe de
payer ses pauvres à ne rien foutre. Tu parles qu'à ce
régime les caisses se vidaient encore plus. Résultat : en
juin, clac ! du jour au lendemain, le gouvernement a fermé
les ateliers en ordonnant aux ouvriers de s'enrôler dans
l'armée ou de quitter Paris... Et comme ils ont refusé de
partir, on leur a tiré dessus... Quatre jours de barricades.
Des centaines de morts. Mon vieux Chicard y est passé.
Adieu, le Pas de l'Ours et la Valse Chicardée, pan, tué net
par un gosse de la Mobile... L'armée a fini par cueillir tout
le monde en masse dans le faubourg Saint-Antoine, mille
deux cents personnes qui seront transportées en Algérie...

Tu parles d'une République ! Partout des postes de police, des bivouacs, des patrouilles — enfin, tu verras...

— Et toi, là-dedans ? Qu'est-ce que tu as fait depuis le moment où tu m'as laissé tomber sous la porte cochère ?

— J'ai retrouvé Rose et je partage son appartement — coup de chance encore ! Figure-toi que son amant d'avant la révolution, ce petit M. Marrast du *National*, eh bien, il est chef du Gouvernement provisoire et président de l'Assemblée ! Inutile de t'énumérer les avantages ! Sauf que Rose a une tête grosse comme une citrouille ! Ses chevilles enflent à vue d'œil... Mais, que veux-tu, je supporte, trop contente encore de dormir sous un toit tous les soirs...

— Et tu as un amant pour t'aider ?

Pomaré fit la moue :

— Comment ! C'est toi qui me poses cette question ? Non, je n'ai pas d' « amant pour m'aider », comme tu dis !... Je suis encore libre d'aimer qui me plaît !

Un silence tomba entre les deux jeunes femmes... Un amant, Céleste n'en pourrait plus avoir, elle ! « Je suis si laide ! »

— Faudrait peut-être voir à t'en trouver un, insista-t-elle, sarcastique.

— Faudrait peut-être..., répondit Pomaré en haussant les épaules. Et toi, qu'est-ce que tu vas faire en sortant ?

— Je compte m'établir dans la confection.

— Dans la confection !

— J'étais grisette avant Mabille. Je cousais des chemises. J'ai même fait des jupons et des camisoles. Je vais recommencer.

— Ce sera dur ! Avec ces âneries de révolutions, plus personne n'achète de fanfreluches. La plupart des maisons de nouveautés ont fait faillite. Je le sais, car la marchande à la toilette qui me fournit a dû liquider la sienne. Elle continue de brader sa marchandise à crédit. Remarque, ce commerce-là doit marcher, car moi, je lui dois déjà une fortune. Pomaré éclata de rire. Tu pourrais peut-être travailler pour elle...

— C'est une idée... Au fait, Lise, en février dernier, j'ai laissé toutes mes affaires au portier de Clésinger ; tu serais mignonne d'aller les chercher. Tu les vendras pour me faire un peu d'argent et je me louerai un garni.

Ainsi fut dit, ainsi fut fait. Lise arrêta une mansarde au dernier étage d'une maison de la rue Buffault et, le jeudi suivant, Céleste fit ses adieux à sa vieille voisine.

— Chaque fille est assise sur une mine d'or... souviens-toi ! Mme Olympe au Palais-Royal... Du vin de Champagne, des robes de soie et le pot-au-feu tous les dimanches... Dis que tu viens de ma part.

— Entendu, maman Lili, et merci de votre recommandation. Céleste embrassa la vieille. Maintenant, soignez-vous bien...

— Mme Olympe, au Palais-Royal... Un immeuble avec une porte rouge et un gros numéro... Demande... Mme Olympe, un immeuble avec une porte rouge..., continuait de marmonner la vieille.

— Rabatteuse jusqu'au bout, grogna Pomaré qui était venue chercher Céleste. En voilà une qui fait bien son métier...

— Et qui en crève, commenta Céleste. Elle est pourrie jusqu'à l'os, cette pauvre Lili... Pas très tentante, sa maison du Palais-Royal : la fin assurée à l'hôpital... Et Céleste ajouta, tâchant d'être légère : Et merci, pour la vérole — la petite me suffit !

Elle rit un peu et Pomaré l'entraîna d'autorité hors de l'hôpital.

Dès le lendemain de son installation rue Buffault, Céleste se mit à chercher un emploi. Elle tombait mal, Pomaré avait raison. La disparition de la vie mondaine avait mis au chômage la quasi-totalité des ouvriers en chambre : la confection de jupons en dentelle ou de chemises à manchettes était devenue désormais inutile dans un Paris où l'argent manquait.

Elle courait tout le jour, bien que le médecin lui eût interdit de sortir ; il l'avait prévenue que si elle s'exposait à l'air, ses marques dureraient plus longtemps. Mais le moyen de faire autrement ?

Du matin jusqu'au soir, elle sillonnait la ville, filant d'une boutique à l'autre : *A la Dame blanche, Au Gagne-*

Petit, A la Fille d'honneur — elle allait partout, et partout c'était la même réponse : « Les temps sont durs... Il n'y a pas de travail pour une petite main. »

Elle revenait à la nuit, harassée de fatigue et d'angoisse. Elle traversait la cour noire, attrapait à tâtons le broc qu'elle y avait laissé le matin et pompait tristement l'eau de la fontaine. Puis elle grimpait ses cinq étages, sentant à chaque marche les questions quotidiennes lui presser davantage le cœur : comment survivre si demain, après-demain, elle ne trouvait rien ? Qu'allait-elle devenir ? Le loyer était payé pour le mois... Mais après ?

Elle entrait dans la mansarde et marchait droit à la cuvette pour y verser son broc. Alors, dans l'eau, apparaissait son visage. Des plaques rouges marbraient son front, ses joues et son menton. Sa bouche semblait déformée par la cicatrice des boutons. Longtemps, Céleste demeurait là, penchée au-dessus de la cuvette, les yeux rivés sur sa figure qu'elle ne reconnaissait plus. Les larmes venaient brouiller son image...

Au 31 août, Céleste n'avait toujours pas trouvé d'emploi. En principe, elle devait payer son terme le lendemain. Pomaré était montée bavarder un instant. Allongée sur le lit de sangles, elle roulait ses éternelles cigarettes, tandis que Céleste se tenait debout, le front collé contre la fenêtre.

— Ma chère, il va falloir te résoudre à demander de l'aide à tes petits camarades du Pimodan, laissa tomber Lise en soufflant une bouffée... Et puis, si tu ne vas pas les trouver, c'est moi qui irai !

— Si jamais tu fais ça, je ne te le pardonnerai pas !

Céleste s'était retournée. Ses yeux jetaient des éclairs. Elle avait l'air affolé :

— Tu m'entends, Lise ? cria-t-elle. Ne fais pas ça ! Jure-le !... Je suis prête à exercer n'importe quel métier, à mener n'importe quelle vie — mais mendier trois sous à Gautier, à Boissard ou à Clésinger, ça, jamais !

Grêlée, la peau rouge, les yeux creux, Céleste savait qu'elle n'avait plus sa place dans un monde auquel sa beauté, seule, lui avait donné un moment accès. Que Pomaré aille raconter que la Mandragore, enlaidie, avait besoin d'une aumône — c'était plus de honte que Céleste n'en pouvait supporter... Elle voulait qu'on l'oubliât, espérant seulement qu'au détour d'une conversation, on se demanderait ce qu'était devenue la « femme piquée par un serpent », celle dont le marbre gardait un superbe témoignage...

— Jure, Lise, que tu n'iras pas leur dire !

— Je jure, je jure..., grogna Lise en se rallumant une cigarette.

*
* *

Deux années durant, ce fut la chute libre.

Expulsée de sa mansarde à la mi-septembre, Céleste vécut d'abord cachée par Lise dans les combles de chez Rose-Pompon. Mais Rose eut tôt fait de découvrir où Pomaré montait les restes de leurs soupers... Après une scène à tout casser, Céleste dut vider les lieux ; la situation de Lise était presque aussi précaire que la sienne. Dans le chaos de leur existence, les deux amies finirent par se perdre de vue.

Tout l'hiver, Céleste n'habita nulle part. Gîtes d'une nuit ; camaraderie de rue ; errances. Au fil des jours et des rencontres, elle parvenait quelquefois à s'acoquiner à des saltimbanques. Elle vendait pour eux des bouquets sur le Boulevard. Elle chantait devant les cafés... La Vainart donnait la sérénade sous les cabinets où, six mois plus tôt, la Mandragore avait soupé !

Il arrivait même que le maître d'hôtel de la Maison Dorée, ce David naguère si discret, si révérencieux, la chassât à coups de torchon en lui criant des ordures.

Au milieu du mois d'octobre, Céleste se décida à retourner au bal Mabille... Plus question d'y danser, bien sûr ! Elle espérait seulement s'y faire de quoi manger.

Voilée, pour cacher les marques de petite vérole et n'être pas reconnue, elle s'avançait vers le vestiaire en tortillant des hanches :

— Dis donc, mon chien, t'aurais pas deux sous ? jetait-elle gaiement... J'ai pas de monnaie et mon homme joue au billard de l'autre côté du jardin.

Les larmes lui oppressaient la poitrine. Elle avait mal au cœur de tristesse et de honte... Mais sa voix était joyeuse et on le lui offrait, son vestiaire ! Une fois, vingt fois, quarante fois dans la soirée.

Inépuisable, elle s'en allait ensuite répéter son baratin au water-closet :

— Mon petit mimi, t'aurais pas deux sous, car j'ai besoin de... et mon homme...

Au bout de quinze jours de ce manège, les habitués du lieu la repéraient à vingt pas :

— T'as donc la colique pour demander le W.-C. toutes les cinq minutes !

— Qu'est-ce que tu veux mettre au vestiaire ?... Y a pas même un jupon sous ta robe !

— Tirez-vous, v'là la tapeuse !

Manifestement, à Mabille, le truc était usé. Elle alla ailleurs... Bullier, la Chaumière, le Prado... Elle fit la tournée de tous les bals de Paris.

Mais, à la mi-décembre, les derniers bals de plein air fermèrent. Il fallut trouver autre chose.

En janvier 1849, elle réussit à se faire enrôler dans la claque du théâtre de la Porte-Saint-Martin.

Tous les soirs, à heure fixe, Céleste, l'estomac vide, sanglotait pour quelques sous. Elle poussait un cri perçant lors du coup de poignard et s'évanouissait bruyamment à la mort de l'héroïne.

Mais, au bout d'un mois, son chef de claque s'étant disputé avec le directeur, toute la bande des claqueurs se trouva licenciée.

Ebahie et malpropre, elle s'en allait grignotant un trognon de pomme, sur les premières marches du Pont-Neuf. Elle rêvait au temps jadis, au temps où elle n'était pas si laide, au temps où Benjamin l'emmenait au bal... Leur bal. Son bal ! Elle revoyait la guinguette au bord de l'Oise, ses grandes cuisines et cette salle à manger où les gigots, les rôtis, les moutons tournaient à la broche...

Les yeux exorbités, Céleste regardait maintenant les pommes frites que les cuisiniers en plein vent du Pont-Neuf faisaient sauter dans leurs poêles... L'odeur de friture la faisait saliver et quelquefois, n'y tenant plus, elle ramassait pour les lécher les cornets de papier vides.

En février, une vieille mendiante lui apprit l'art d'escamoter les montres et de couper les cordons de bourses.

Elle sut bientôt se faufiler dans les foules, glisser sa main dans les goussets et courir vite.

Cahin-caha, elle passa le printemps et l'été à parfaire cette existence fragmentaire. Puis, avec l'automne, la ronde recommença : la faim, le froid, la vermine... Elle connut les asiles de nuit où s'entassaient, en chambrées nauséabondes, clochards, gamins et filles publiques. Elle connut les queues à la soupe populaire et les batailles de femmes, et les rafles pour tapage nocturne ou pour vagabondage... Elle connut la misère, avec au cœur la tentation de se vendre pour survivre.

« Manger... Ne plus avoir faim. »

La faim qui lui tordait l'estomac la soûlait, l'empêchait de voir.

Hébétée, déguenillée, elle retournait aux lieux d'autrefois. La rue de Navarin où demeurait Gautier. La rue Notre-Dame-de-Lorette où demeurait Blanche. La rue des Blancs-Manteaux. Sa rue.

Elle pleurait quelquefois en songeant à sa mère, à Baptiste. Ils ne l'avaient pas fait rechercher quand elle s'était enfuie de chez eux à dix-neuf ans. Elle avait disparu sans que personne s'en souciât... Aujourd'hui, elle aurait tant voulu rentrer chez elle... Les retrouver... Retrouver quelqu'un. Mais non, elle était trop laide, trop pauvre, trop sale ! Ils la mettraient à la porte... Elle en était sûre ! Oui, elle le savait : « Ils ne voudront pas de moi... Quand ils me verront, ils ne voudront pas de moi ! »

Elle tombait alors sur un banc à la sortie de Mabille. Onze heures. Extinction des feux... Elle regardait les derniers valseurs qui tourbillonnaient devant elle en remontant les Champs-Elysées. Tous les cinq mètres, le long de l'avenue, un aveugle grattait une mélodie sur son violon : il jouait la *Valse des bords de l'Oise* !

« Benjamin... Gautier... Lise ! »

Et longtemps après que les silhouettes eurent disparu dans la nuit, Céleste demeurait là, le corps transi de froid et de faim, le visage tendu vers la fenêtre de l'hôtel du Rond-Point. Elle contemplait jusqu'à en défaillir le lustre qui continuait d'y briller. Un immense lustre rond, en tout point pareil à celui qu'elle avait vu s'écraser aux

Tuileries... Le lustre qui avait marqué le début de sa dégringolade.

Il semblait qu'elle n'en finissait pas de tomber : elle mit encore quelques mois avant de se décider à faire le tapin, et puis un soir...

21

Ce soir-là, il bruinait de la neige fondue. Céleste se tenait pelotonnée dans un renfoncement au bas de l'escalier qui montait de la rue Basse-du-Rempart au Boulevard, à quelques pas de l'endroit où jadis avait eu lieu la fusillade des Capucines. Les yeux fixes, elle observait la nuée des femmes au-dessus d'elle. A cette heure, elles déferlaient par vagues, s'agglutinant autour des becs de gaz comme des papillons de nuit. Chaque soir depuis un mois, Céleste revenait là pour les voir, passant et repassant lentement au haut des marches. Jupon blanc à dentelles rouges qui vibraient jusque sur la bottine. Tortillement de la démarche qui balayait à droite, à gauche les feuilles givrées. Croupe exagérément cambrée sous les franges ouvertes du châle... Céleste apercevait alors la jambe bottée d'un homme qui venait mettre son pas dans celui de la traîne. A la queue leu leu, ils descendaient vers elle — la femme devant, lui derrière... Vers Céleste qui ne les quittait pas du regard et qui savait bien où, dans quel hôtel de la rue borgne, la putain entraînait le client.

— Viens-tu ?

Ce n'était pas elle qui avait parlé... Ces mots rampaient sur ses lèvres depuis des mois sans qu'elle osât jamais les prononcer — mais ce n'était pas elle, ce n'était pas Céleste qui avait parlé ! Une ombre noire se tenait là debout devant elle.

— Viens-tu, oui ?

Elle ne chercha pas à distinguer le visage de l'homme. Elle ne dit rien. Lui derrière, elle devant... elle alla.

Elle alla ainsi toutes les fois qu'elle n'en pouvait plus d'avoir faim. Prostitution épisodique d'abord... De nuit en nuit plus fréquente. Au point de n'en souffrir bientôt ni l'horreur ni le dégoût. Rien qu'une tristesse qui n'en finissait pas.

Elle avait loué une chambre dans l'hôtel de cette même rue Basse-du-Rempart où elle avait fait son premier client. Maison unique, haute, étroite, noire sur un ciel noir, à l'entrée d'un passage où le vent se ruait... C'était là, au deuxième de cet hôtel du vice à tous les étages, que Céleste conduisait les élégants, les « gants jaunes » qu'elle allait racoler jusque sur le perron de Tortoni. Ah, elle savait « faire la vague » maintenant ! Ses hanches, qui n'avaient rien perdu en largeur malgré sa maigreur, s'y entendaient à tortiller du croupion... Il était rare que, à la quatrième ou la cinquième de ses passes, un des gandins accoudés à la balustrade pour guigner de haut la multitude des filles sur le Boulevard ne quittât son perron pour la suivre.

Elle ondoyait le long de l'avenue, puis la coupait jusqu'à sa rue. Au bas de l'escalier, elle attendait un instant l'élégant aux bottes vernies qui hésitait à descendre dans ce ravin sombre et dangereux.

— Viens-tu ? jetait-elle violemment d'une voix déjà rauque.

— Par Dieu, si je viens ! répondait l'homme du monde à la recherche de sensations canailles...

A la lueur des quinquets puant l'huile, elle l'entraînait chez elle. D'un pied accoutumé, elle montait lentement. Ses épaules semblaient emplir toute la largeur de la cage d'escalier. L'ombre de l'homme derrière elle rampait sur les marches qu'éclairait, par taches, une lumière sale. Au deuxième, à droite, elle poussait la porte ; contrairement à l'usage, Céleste s'obstinait à ne pas y mettre son nom. La raison en était simple : au cas d'une descente de police, mieux valait pour elle filer dans l'anonymat. Elle faisait le tapin sans être inscrite à la préfecture et en aurait, si elle était prise, pour trois ou quatre ans de prison ferme parmi les « insoumises » de Saint-Lazare. Elle soignait donc les détails d'une possible fuite, d'autant qu'elle craignait les dénonciations des filles en carte, ses concurrentes du Boulevard.

Heureusement, elle n'avait pas à monter tous les soirs jusqu'aux becs de gaz. Il lui arrivait de trouver le client là, accroché dans le noir à la rampe visqueuse de l'hôtel borgne.

Une nuit où, malgré le risque, elle sortait rejoindre la cohorte des « castors », « ponantes » ou « dossières » — autant d'espèces que de tarifs —, elle perçut, au fond de l'ignoble allée qui conduisait à la porte, les prunelles d'un homme, luisantes comme des gouttes de café. Plusieurs fois déjà elle avait cru le reconnaître, silhouette familière qui hantait les étages et les filles de l'immeuble.

En passant devant lui, elle n'eut plus de doute — ce regard sombre, trop insistant pour n'être pas gênant, elle sut tout de suite lui donner un nom : Charles Baudelaire. Les yeux froidement posés sur cette maigre fille dont la mise voyante annonçait une impure du plus bas étage, il lui fit signe qu'il voulait monter avec elle. Céleste, sans mot dire, conduisit le poète à son garni.

La chambre n'était que la chambre triviale d'une fille. Un lit vaste — défait — et une cuvette... La seule différence peut-être, c'est qu'il n'y régnait pas le désordre habituel chez ces filles-là. Pas de robes jetées çà et là. Pas de dessous, pas de chemises, de jarretières par terre. Sur le poêle, pas de flacons débouchés pour croiser leurs parfums dans une atmosphère tiède... De toute manière, il n'y avait pas de poêle et il faisait froid.

Elle s'était avancée jusqu'à la chaise qui servait de table de nuit et avait commencé à se déshabiller. Lui n'avait pas fait un pas dans la pièce. Il se tenait derrière elle, dos à la porte sans s'y appuyer, et il la regardait poser, une à une, les épingles de son chignon dans une petite assiette.

— Qu'est-ce que tu attends ? Déboutonne-toi ! lança-t-elle en se retournant à demi.

Mais l'expression à la fois fervente et terriblement ironique du poète la figea. On ne regardait pas ainsi une fille ! Elle eut peur : l'avait-il reconnue ? Était-ce pour elle qu'il hantait si souvent les étages de la maison ? Se payait-il la Mandragore, cette femme jadis trop gaie à son goût et qu'il n'avait osé courtiser — la Mandragore devenue enfin accessible par sa déchéance ?... Mais non, elle se faisait des idées ! Qui donc l'eût reconnue, le visage ainsi fardé pour cacher les marques de petite vérole, la jambe maigre sous ses jupons troués ?

— C'est cent sous.

Il lui tendit, sans l'approcher, un louis qu'elle rafla.

— Ici, on ne rend pas la monnaie.

Elle mordit la pièce : c'était bien de l'or. Une jambe sur le lit, elle l'enfouit dans le bas qu'elle roulait.

— Je te plais donc ?

Et elle lui lança un coup d'œil par-dessus son épaule. Il se tenait toujours là, tête nue, cou nu, attentif, avec ses prunelles sombres qui lui dardaient dans le dos un regard exalté... De nouveau, elle eut peur. Il était peut-être complètement détraqué, ce miché, est-ce qu'on savait ! Vrai, il fallait l'être pour venir dans ce bouge se payer des catins à cent sous...

— Tu ne veux rien de bizarre, au moins ? demanda-t-elle, méfiante.

Baudelaire, une ébauche de sourire aux lèvres, fit non de la tête. A gestes lents, il enleva sa veste, sa chemise, son pantalon — et plia le tout sur la chaise. Le torse blanc, imberbe, barré de chaque côté par les bretelles sang-de-bœuf de son caleçon long, il s'approcha du lit où Céleste, nue, l'attendait. Il s'allongea sur elle.

— Pour le prix, si tu veux, tu peux ôter ton caleçon, précisa-t-elle.

Mais Baudelaire était pressé. Déjà il s'agitait, lui mordait les seins, lui léchait la gorge, poussait de petits soupirs rauques... Elle referma sauvagement ses bras sur lui et mit toute la violence de son désespoir à le satisfaire. Comme si l'un ou l'autre, tous deux peut-être, devaient en mourir.

Quand il glissa hors d'elle, quand il observa ce corps de courtisane qui s'était donné à lui avec une telle passion — la vue de son épaule amaigrie, de ce ventre lisse et plat, de cette hanche large, redoubla l'ivresse du poète.

Pourtant, si elle possédait le corps de son métier, Céleste n'en avait plus le visage... Sérieuse, les yeux fixes et froids, elle gisait immobile. A cet instant, l'implacable fierté de sa physionomie, sa tristesse aussi, eussent figé le désir le plus brûlant. Cette tête dont les cheveux s'étalaient comme un casque de gorgone autour du visage blême, exhalait quelque étrange férocité. Elle évoquait l'ardeur tragique d'un masque de l'Antiquité. Celui de la haine ou de la désespérance.

Baudelaire revint souvent se glisser entre les flancs de cette fille-là, il revint souvent poser sa tête sur sa poitrine et humer à longs traits le parfum de cette chevelure offerte en éventail sur l'oreiller.

Une nuit qu'ils reposaient, hautains et distants comme d'ordinaire après l'amour, il y eut dans la maison un terrible remue-ménage : course dans l'escalier, martèlement métallique, cris de femmes au premier étage. Une rafle !

Céleste s'était dressée et, déjà, elle courait à la fenêtre... Baudelaire avait bondi lui aussi et il la rattrapa devant la croisée grande ouverte.

— Ne saute pas, folle, tu vas te rompre le cou !

Elle fit un geste pour se dégager — mais trop tard ! La porte explosa et trois sergents de ville se ruèrent dans la pièce.

Elle eut beau se débattre, mordre, griffer, hurler. On l'embarqua en chemise et en jupon — avec toutes les filles de la maison...

Les longs couloirs numérotés du dépôt, ses portes à verrous, ses salles vastes comme des salles d'armes où s'entassaient pêle-mêle des dizaines de prévenues — adultères, voleuses, mendiantes ou prostituées —, Céleste connaissait tout cela. L'hiver dernier, elle y avait passé deux fois la nuit. Accusée de tapage nocturne et de vagabondage, elle s'en était tirée impunément. Mais le miracle ne se répéterait pas une troisième fois, elle le savait : ce coup-ci, elle était bonne pour Saint-Lazare.

« De l'hôpital à la prison... Quelle sera la prochaine culbute ? »

La gorge serrée, elle cherchait à imaginer... Mais elle n'imaginait plus. Elle avait accroché ses doigts aux barreaux de la porte et s'y retenait, enfonçant ses ongles dans le bois. Elle coulait à pic et cela ne s'arrêterait jamais...

— Bettini Marie, Chatelut Victorine, Vainart Céleste...

On venait les prendre par groupes de six.

— Où allons-nous ? demanda-t-elle en se dégageant brutalement du gardien qui la poussait dans le rang.

Il ricana et ne répondit rien.

— Chez l' toubib, mignonne, jeta une des femmes en ricanant aussi... Ils veulent nous fouiller, les cochons, des fois qu'on leur cacherait des choses.

Par chance, Céleste ne cachait rien : elle fut déclarée saine et envoyée dans le cabinet de M. Régnier.

M. Régnier... Cet homme attirait sur lui tous les quolibets, toutes les insultes, toutes les menaces des filles du dépôt.

— S'il vient une révolution, on lui coupera la tête, à Régnier !

— Et on lui arrachera les couilles ! chantaient-elles dans les cellules, dans les couloirs, partout.

Céleste connaissait bien le motif de cette haine : c'était lui, M. Régnier, qui statuait sur le sort des prostituées, lui qui les condamnait à l'amende ou à l'emprisonnement. A trois ans ou à dix...

— Nom, prénom, âge et lieu de naissance...

Elle ouvrit la bouche, mais ne put rien dire.

— Avancez et répondez, je n'ai pas de temps à perdre.

Elle tenta de s'approcher, mais elle tremblait. Alors elle resta dans l'ombre, à plusieurs mètres du bureau et de la pile de documents.

— Céleste Vainart...

— Toutes les mêmes ! l'interrompit-il furieusement. Vainart, c'est votre prénom peut-être ?

Céleste, terrorisée, regarda ce petit homme chauve qui pianotait sur un dossier ouvert devant lui. Cette semonce achevait de la troubler, elle n'y comprenait rien...

— Le nom d'abord ! Nom, prénom : Vainart Céleste.

— Vainart Céleste, répéta-t-elle docilement.

— Age ?

— Vingt-cinq ans.

— Née à ?

— Paris.

Elle demeura là, le cœur battant : le petit homme s'était penché sur son dossier qu'il examinait, sans plus lui accorder d'attention.

— Humm... Deux fois arrêtée, deux fois acquittée. Qu'est-ce que tu as fait cette fois-ci ?

— Rien.

— Comment, rien ?

— Rien. On m'a prise dans une rafle.

— Où ?

— Chez moi.

— Et c'est où, chez toi ?

Elle hésita :

— Rue Basse-du-Rempart.

Il partit d'un éclat de rire et fit glisser ses lunettes au bout de son nez.

— Rue Basse-du-Rempart, hein ? Et tu n'y faisais rien ? Farceuse !

— Je vous jure que..., commença-t-elle, tentant de prendre avantage du ton bonhomme de M. Régnier.

Mais il la coupa durement :

— Es-tu inscrite ?

Cette question, elle l'avait tant redoutée qu'en l'entendant, elle éprouva presque un sentiment de soulagement. « Ça y est », pensa-t-elle.

— Inscrite ? répéta Céleste.

— Ne fais pas l'imbécile. Es-tu en carte ?

— Non, mais...

Encore une fois, il l'interrompit.

— Conduisez cette fille à la toise ! Il avait sonné le gardien qui entraîna Céleste dans la pièce voisine. Et qu'on m'apporte le Livre !

Elle fut mesurée, pesée, détaillée... On consigna le tout sur une petite carte rose carrelée comme un damier :

— ... Pour les tampons ; tu viendras le samedi toutes les deux semaines te faire examiner, expliqua M. Régnier lorsque, blême, elle rentra dans son bureau. Maintenant, signe ici.

On lui présenta un grand livre où s'alignaient des noms de femmes avec des croix devant : le « Livre d'infamie », dont rien ne l'effacerait, pas même la mort... La plume lui tomba des mains.

— C'est ça ou Saint-Lazare. Tu sais ce qu'il en coûte de faire le tapin sans être en règle. Tu en as pour un minimum de cinq ans, et encore je suis gentil...

Il lui remit la plume dans la main.

Si elle signait... Céleste connaissait le règlement. Elle n'avait plus le droit de se mettre à sa fenêtre. Plus le droit de fréquenter une honnête femme. Plus le droit de sortir sans chapeau. Plus le droit d'aller dans certaines promenades, aux Tuileries ou aux Champs-Elysées. Elle ne pouvait plus sortir le jour, seulement à la tombée de la nuit — encore devait-elle être rentrée à onze heures du soir... Et si d'aventure un sergent de ville la surprenait en contravention avec la moindre de ces clauses, si d'aventure elle se trouvait dehors sans son bonnet ou avant la nuit, ou après minuit, elle était à nouveau passible d'une arrestation avec amende ou prison.

— Signe et tu es libre.

— Libre ?

Elle n'était plus une volonté, elle était le règlement d'une carte ; elle n'était plus une femme, elle était un numéro.

— C'est ça... ou Saint-Lazare, tout de suite et pour cinq ans.

Elle signa.

Quelques instants plus tard, Céleste sortait de la préfecture. Elle tenait au bout de ses doigts glacés le petit carton rose qui lui brûlait la main : *Vainart Céleste, cinq pieds deux pouces, yeux bruns, cheveux bruns, marques de petite vérole au coin des yeux, inscrite le 25 mars 1850...*

Fille inscrite, fille en carte, fille soumise, elle appartenait désormais à la caste la plus basse des filles perdues. Les bouges et la préfecture de police étaient son domaine. Les visites au médecin scanderaient sa vie. Et tous les quinze jours, jusqu'au jour de sa mort, il lui faudrait revenir ici, passer cette voûte, traverser cette grande cour, monter les deux marches, prendre le couloir et s'aligner dans la file des femmes ivres et beuglantes...

Qui pourrait jamais la faire rayer du Livre ? Elle savait

qu'une fois inscrite, personne n'avait le pouvoir d'y rien changer.

Une sueur froide lui inonda le visage. Elle tremblait légèrement et, par à-coups, des sanglots secs la secouaient tout entière. Plusieurs heures, elle demeura là, fébrile et frissonnante, clouée au macadam de la préfecture. Enfin, elle s'achemina vers la rue Basse-du-Rempart.

La tête lui tournait. Elle n'y arriverait pas. Elle allait défaillir. On la ramasserait inanimée au coin du boulevard et on la ramènerait à la préfecture... Elle trouva une fontaine et but un demi-litre d'eau pour se tenir l'estomac. Elle en eut le cœur soulevé et dut vomir contre un mur.

En montant l'escalier graisseux qui conduisait à son garni, ce fut pis encore. La main plaquée sur sa bouche, recroquevillée et titubante, elle se traînait de marche en marche. L'odeur d'huile des quinquets, mêlée à l'odeur de moisi et d'urine de chat, achevait de lui donner la nausée. Enfin elle s'abattit sur son lit grand ouvert.

Quand son malaise fut un peu passé, quand elle eut retrouvé son souffle et ses esprits, elle regarda autour d'elle : l'aspect de la pièce où elle vivait depuis six mois la stupéfia. On ne pouvait concevoir quelque chose de plus froid, de plus insalubre, de plus affreux. Elle était parvenue à supporter cette misère parce qu'elle n'avait pas cessé de croire que son indigence et la prostitution qui en résultait étaient temporaires : un jour viendrait où elle n'aurait pas à courir le soir sur le Boulevard. Certes elle ne rêvait plus richesse, ni honorabilité. Elle pensait simplement à sa nourriture quotidienne et, qui sait, à l'acquisition d'un petit commerce. Mais même ce projet-là s'effondrait : une fille en carte n'a pas le droit d'exercer d'autre métier que celui auquel elle s'est consacrée. Prostituée, Céleste le resterait à vie. Misérable aussi. A moins que... A moins que, foutue pour foutue... Les mots de la vieille Lili-la-Grêlée lui revinrent à l'esprit : « Du vin de Champagne, des robes de soie et le pot-au-feu tous les dimanches... » A moins que, foutue pour foutue, elle n'entrât en maison...

Sa décision, elle la prit en une seconde. Pas une hésitation. Elle rafla tout l'argent qu'elle thésaurisait dans son bas, elle superposa sur elle tous les habits qu'elle possédait et elle sortit.

Au coin du boulevard, elle héla un fiacre : « Foutue pour foutue, autant bien faire les choses ! »... Elle irait au bordel en voiture !

— Au Palais-Royal. Chez Mme Olympe. Une porte rouge.

Le cocher, étonné et méfiant, se retourna à demi et lui jeta un coup d'œil :

— Vous êtes bien sûre de savoir où vous allez ?

— Je sais, répondit-elle sombrement. Marchez !

Il haussa les épaules et fouetta son cheval.

22

— DE l'amabilité, de la docilité et jamais de scandale, lui expliqua rondement l'énorme tenancière en la détaillant de derrière son lorgnon... Ma maison est une maison réputée qui fait bien ses affaires et qui n'a pas d'esclandre.

Céleste l'écoutait avec un petit sourire inquiet : à voir l'aspect cossu du bordel, elle craignait fort de n'y être pas acceptée... Elle avait raison, cette Mme Olympe, sa maison devait être réputée car le cocher l'y avait conduite tambour battant... La porte rouge — une porte ovale recouverte d'un vernis cramoisi, avec de chaque côté des lanternes comme celles des fiacres, et, au milieu, un judas comme celui des prisons ou des cloîtres... Deux fois elle avait dû tirer le pied-de-biche qui sortait de la gueule ouverte d'un lion. Tandis qu'elle attendait, elle avait senti dans son dos les regards vicieux et rigolards du cocher qui s'était assis sur son marchepied déplié pour observer la scène.

— Qu'est-ce que c'est ? avait fini par demander brutalement une voix de femme derrière le judas entrebâillé.

— Je voudrais voir Mme Olympe.

— Pour quoi faire ?

Pour quoi faire ? Est-ce que Céleste pouvait l'expliquer ? Pour quoi faire ?

— Pour faire la pute, pardi ! avait-elle jeté dans un brusque accès de colère... C'est de la part d'une amie.

— Quelle amie ?

— Lili-la-Grêlée.

— Attendez ici.

Elle avait encore attendu dix bonnes minutes avant qu'on revienne tirer les verrous — des verrous énormes qui grinçaient : vrai, il était plus difficile d'entrer au bordel que d'entrer au couvent !

— Madame va vous recevoir, avait grommelé la vieille femme que Céleste avait suivie à travers le vestibule.

Celle-là, avec sa coiffe bretonne et sa robe noire, sa tête basse, son tablier blanc et son air convenable, semblait une bigote sortie d'une église bigouden.

Il faisait trop sombre pour bien voir, mais, à chaque pas, Céleste avait respiré à plein nez les odeurs qu'exhalaient les tapis. Odeurs âcres et pourtant distinctes — celle du cigare froid et de la poudre de riz, celles du vin éventé et de l'encaustique. Et chaque fois que la vieille écartait une portière, il avait semblé qu'elle secouait dans l'air tout un monde de femme, nuage musqué où se mêlaient encore les parfums bon marché, les haleines et la sueur...

La vieille avait conduit Céleste dans une petite pièce tendue d'une toile de Jouy où se lutinaient bergers et bergères. Une grande et grosse femme était entrée en même temps qu'elle, mais par la porte du fond : ah, elle portait bien son nom, cette Mme Olympe ! Véritablement olympienne avec son nez camus, sa large bouche, ses mains étincelantes de bagues qu'elle avait posées bien à plat sur le livre de comptes... Elle était splendide de vulgarité ! Et la robe de satin bleu ciel, les cheveux blonds frisés au petit fer et retenus sur le front par un bandeau de rubis, la voix de gorge à la fois rauque et roucoulante — tout contribuait à faire de cette tenancière l'impératrice du mauvais goût. Pas une fausse note... Au point que cette masse informe, mise avec une telle constance dans la laideur, en devenait presque harmonieuse.

— Entrez, entrez, mademoiselle. Vous vous appelez comment ?

— Céleste.

— Et vous venez de la part de cette chère Lili, n'est-ce pas ? Comment va-t-elle ?

— Elle est morte l'an passé.

— Dieu ait son âme.

— Elle est morte toute seule à l'hôpital.

256

— A l'hôpital ? Comme c'est triste... (Madame avait eu l'air pensif.) L'hôpital où vous veniez lui rendre visite, sans doute ?

Céleste l'avait regardée, et avait laissé tomber âprement :

— L'hôpital où je me trouvais, madame : la vérole, vous savez ? Puis, avec un sourire sarcastique : ... Enfin, la petite, bien entendu. Il m'en reste quelques marques, comme vous voyez...

— Si peu, si peu... Ainsi vous désirez vous placer ?

— Oui.

— Vous êtes inscrite, je suppose.

Céleste avait hésité.

— Oui.

— Parfait. Et de chez qui êtes-vous ?

— De chez personne.

— Tatata, vous pouvez tout me dire, chérie, je ne crains pas la concurrence. Quelle est votre dernière maison ?

— Aucune. La rue.

— La rue ? Seigneur !

Mme Olympe avait dû s'appuyer au bureau tant cette nouvelle la scandalisait.

— Enfin, il faut de tout pour faire une bonne maison !

Là-dessus, elle s'était approchée de Céleste en se traînant de meuble en meuble, car son embonpoint la gênait pour marcher. Elle l'examinait maintenant de derrière son binocle et lui palpait les seins, pour juger de leur grosseur.

— Je vous avertis, je n'aime pas les lesbiennes, dit-elle en lui tâtant les fesses. Tant qu'il s'agit de faire amie-amie et de se lichoter le bouton, je ferme les yeux. Mais pas de godemiché ! Si je vous y prends, je vous mets à l'amende... Non, mais sans blague, vous savez comme moi que les filles qui ont de ces mœurs ne peuvent pas satisfaire le client.

Céleste, passive et douloureuse, se laissait toucher.

— Je veux bien vous essayer, conclut Madame en finissant d'examiner sa chute de reins. Je vous prends à l'essai chez moi pour une semaine. Vous n'aurez qu'une règle à observer : combler le client. Tout ce qu'il veut, faites-le. Et dans la joie. Le miché sait bien que, chez

Olympe, rien ne lui sera refusé : il est le roi... Au début, je ne vous donnerai que ceux qui ont des goûts simples, faciles à satisfaire. Mais souvenez-vous d'être toujours affable, de parler d'une voix douce et pondérée... Si on vous choisit, dites que c'est un honneur. Et pas de ces « Tu viens, chéri... » sordides et vulgaires ! En haut, faites comme si vous viviez la nuit de votre vie. Les bouts de bois, ici, j'en veux pas ! Vous gémissez, vous soupirez, vous vous trémoussez, vous dites que c'est trop, pitié, vous n'avez jamais connu un homme pareil, jamais senti une telle vigueur... Enfin, je vous fais confiance. Et vous poussez de petits cris au moment où vous êtes censée jouir : toujours en même temps que lui. Ah, il vaut mieux que vous ne jouissiez pas, par exemple ! Mais donnez-en tous les signes... Entre chaque fois, vous prendrez garde à vous laver, à vous recoiffer et à mettre de l'ordre dans votre jupon avant de redescendre... Ce soir, vous commencerez par cinq à six clients. Mais ne les bousculez pas. Nous ne sommes pas une maison à ça. Et n'oubliez pas : ici le client est le maître et vous, vous êtes l'esclave.

Mme Olympe s'était carrée dans son fauteuil. Elle avait ses grosses mains jointes doigt à doigt et les sourcils froncés :

— Vous avez des questions ?

— Non... oui : pour ce qui est du salaire...

— Je donne à mes filles un quart de ce qu'elles gagnent. C'est plus qu'honnête... Un jour de congé, une semaine sur deux. Si elles ont besoin d'un prêt, je ne leur compte pas un taux exorbitant. Il va de soi que la nourriture, le linge, la chambre et les toilettes sont à leurs frais. Elle ébaucha un sourire : Bien sûr, je fais crédit... Et maintenant, il faut vous faire belle.

Elle agita la clochette dorée qui trônait sur le bureau, à côté du livre de comptes, et la petite vieille en coiffe passa son nez par la porte :

— Conduis cette jeune personne dans la chambre de Zulma. Fais-lui apporter un bain et trouve-lui des vêtements convenables. Ensuite, amène-la-moi ; pour ce soir, je m'occuperai moi-même de ses cheveux et de ses ongles... Allez, chérie, si vous me convenez, vous faites une affaire d'or.

Complice et maternelle, elle cligna de l'œil et Céleste, sans mot dire, suivit la vieille paysanne. Elles montèrent à la queue leu leu un petit escalier recouvert d'une fabuleuse moquette à ramages bleu et jaune. Des cariatides nues portaient les volutes de la rampe dont la pomme représentait un sein dressé en or poli. Le premier étage était plongé dans l'obscurité et Céleste ne put rien voir. Mais les odeurs du rez-de-chaussée persistaient : le tabac froid, l'encaustique, la poudre de riz... Au second, la moquette s'arrêtait net, remplacée par une maigre natte qui courait au milieu d'un corridor parqueté. La vieille entra sans frapper à la première porte. C'était une petite chambre à deux lits dont la pagaille inextricable contrastait violemment avec le reste de la maison. Sur un des lits, deux femmes en chemise, les jambes en tailleur dans des pantalons qui bâillaient à la hauteur du ventre, tapaient le carton. Une troisième, vautrée dans un fauteuil près de la fenêtre, feuilletait *La Mode* ; pour plus de commodité, elle avait délacé le haut de son corset et ses seins libérés pendaient à l'air.

La vieille trottina tout de suite vers la coiffeuse, pour y reboucher les pots et les flacons qui mêlaient leurs effluves en prenant la poussière.

— Mlle Zulma partagera sa chambre avec madame... marmonna-t-elle en s'adressant à l'une des femmes assises sur le lit.

Céleste tenta un sourire — qu'on ne lui rendit pas. Les trois femmes avaient levé le nez et elles détaillaient, l'air glacial, la nouvelle venue... Avec ses cheveux qui pendaient par mèches, avec ses jupes superposées dont les ourlets décousus ou troués dépassaient, il faut bien avouer que Céleste n'était pas au mieux de sa forme...

— Fi, l'horreur ! articula, dans une moue, celle qui répondait au nom de Zulma.

— La maison baisse, renchérit l'autre en jetant dédaigneusement une carte sur le lit.

— La maison baisse ? La maison baisse ? rétorqua Céleste. Ouiche, pas étonnant... Si c'est ça, les filles de Mme Olympe : des pouffiasses aux seins qui pendouillent !

Les trois femmes, étonnées, s'étaient dressées comme des furies :

— Elle va voir ce qu'elle va prendre, cette traînée ! hurla Zulma en sautant du lit.

La poitrine en avant, elle était grande, la Zulma, et grosse et forte : le pot-au-feu des dimanches avait dû lui réussir... Malgré son mètre soixante-huit, Céleste ne faisait évidemment pas le poids... « De la docilité, de l'amabilité, et jamais de scandale », avait dit en bas Mme Olympe. « Eh bé, ça commence bien ! » pensa Céleste dans un éclair, tandis que Zulma l'empoignait aux cheveux.

— La paix ! ordonna une voix claquante comme un coup de fouet.

— Mais ma tante, cette dame nous a traitées de pouffiasses...

— La paix ! répéta la voix.

Céleste sentit que son ennemie la lâchait. Elle vit alors la vieille paysanne, l'air revêche sous sa coiffe, qui se tenait les bras croisés près d'elles :

— Vous... Allez vous déshabiller dans ce cabinet, dit-elle à Céleste.

Et sans jeter un coup d'œil aux autres, sans rien ajouter, elle l'y escorta elle-même pour plus de sûreté.

Au moment de l'entrée de Céleste chez Mme Olympe, la maison ne comptait que sept filles qui vivaient à une ou deux dans les pièces du second, tandis que les chambres du premier étage étaient réservées au travail. « Peu de personnel, mais de toute première qualité », comme aimait à le répéter Madame.

Il y avait d'abord cette Zulma, une grosse fille très brune, spécialisée dans le « spectacle outré »... Elle était dotée d'une poitrine monstrueuse et elle savait tout faire avec : rejeter ses seins de l'autre côté de ses épaules, les faire tourner à toute vitesse, et même — et même prendre entre ses tétons les pièces que les clients posaient sur le rebord d'une table...

La Zoé, la minuscule Zoé, se chargeait, elle, des « cas spéciaux ». C'était une femme tout en nerfs, maigre, gouailleuse et rigolote, que rien n'impressionnait. Elle avait les fesses tannées comme du cuir de Cordoue, à force de flagellations. Quant à inventer des tortures pour les clients difficiles, elle était imbattable.

Palmyre était une grande paresseuse, aux cheveux raides, d'un blond presque blanc, qu'elle crêpait en pyramide sur sa tête. Plutôt belle plante, l'air d'une madone, avec des éclairs de folie dans ses petits yeux verts. Elle avait des gestes doux, un débit monotone. Comme disait fièrement Mme Olympe : « On lui aurait donné le Bon Dieu sans confession. » Mais dès qu'elle était un peu ivre, Palmyre se métamorphosait en tigresse. Elle avait tenté plusieurs fois de mettre le feu à la maison. Un jour, elle avait même égorgé le chat de Madame... qui l'avait tout de même gardée, car les délires érotiques de Palmyre mettaient dans sa manche tous les conseillers à la Cour de cassation.

Les quatre autres pensionnaires de la maison variaient au rythme des demandes de la clientèle et des visites médicales.

Outre ces sept à huit filles, l'établissement employait une cuisinière, un homme de charge, trois femmes de chambre et la vieille Bigouden qui faisait office de « gouvernante » et qu'on appelait « Ma tante » en vertu de son lien de parenté avec la patronne. En effet, cette paysanne revêche était la sœur cadette de l'énorme et rutilante Mme Olympe.

— ...Ce soir, tu auras un client qui voudra que tu fasses la môme sage, l'effarouchée. Alors débats-toi et ne te laisse violer qu'à la fin, tu me comprends ? demanda Mme Olympe en glissant dans les cheveux de Céleste, retenus par une résille, un gros nœud de ruban bleu — une coiffure de collégienne. Pour voir ce que tu sais faire, je t'en donnerai un autre, facile aussi, mais d'un autre genre : à celui-là, il faudra que tu dises des obscénités... Injurie-le, crache-lui au visage... Tu vois, chérie, je suis gentille, je te préviens...

Céleste, assise devant la coiffeuse de Madame, écoutait en se laissant pomponner. Il y avait longtemps, tellement longtemps qu'elle ne s'était sentie un peu jolie.

— ...Et pas de rendez-vous en ville, continuait Madame. Si on te convie à une petite fête dans un hôtel d'Auteuil, ta tante t'y conduira... Mais encore une fois, n'oublie jamais la première règle du métier : dis au client que tu en es cinglée. Il est là pour ça, le miché, pour entendre ce genre de compliment. En te voyant nouvelle ici, il s'en trouvera bien un qui te demandera par quelle fatalité tu te trouves là. Fais que ça ait l'air bien triste, accroche-toi à lui en racontant ton histoire, verse quelques larmes si tu peux... Le sentiment, ils viennent aussi pour ça, tu verras... Tirer leur coup, c'est pas la seule chose qui attire les gens chez nous... Maintenant, montre-toi un peu, que je te voie...

Céleste se leva. Avec sa petite croix dorée autour du cou, ses gentils gants blancs, son ample caraco et son jupon de crin à falbala, on eût dit une collégienne déguisée en pute ou une pute déguisée en collégienne. En tout cas, elle était ambiguë à souhait. Mme Olympe arrangea le décolleté pour que ses seins paraissent prêts à s'échapper à tout moment, puis elle l'attira violemment contre elle et planta sa bouche sur celle de Céleste :

— Bonne chance, chérie ! Elle lui claqua les fesses et ouvrit la porte, lâchant Céleste parmi les hommes et les filles.

Les murs jaune canari du salon étaient couverts de gros cadres dorés où dansaient des femmes nues devant des sultans turcs... En matière de peinture, Mme Olympe prisait tout particulièrement les odalisques. Au fond, il y avait un piano et, derrière le piano, un autre salon, plus petit, avec des fauteuils bas, des tentures et des paravents d'angle pour les clients qui ne tenaient pas à fraterniser. Ou qui craignaient d'être aperçus par leurs concitoyens dans un lieu de perdition.

A cette heure peu avancée de la soirée, seul le premier salon était en service... Céleste vit tout de suite les trois messieurs installés en rang d'oignons sur le grand canapé jaune, et Zulma en jupon bleu canard qui jouait avec la braguette de celui du milieu.

Le cœur battant, un sourire crispé aux lèvres, Céleste s'avança vers eux de sa démarche dansante... Ses hanches se balançaient et semblaient montées sur roulement :

— Bonsoir... Je suis Céleste.

Et sans façon, elle se jucha sur les genoux du monsieur

de droite. Zulma, suivie de son client, se leva tout de suite :

— Puisque vous êtes en compagnie, messieurs, nous vous laissons... Toi, traînée, tu perds rien pour attendre..., grommela-t-elle tout bas en passant.

Céleste haussa les épaules. Le client avait entouré sa taille et elle lui glissa son bras autour du cou.

A présent, elle était calme — tout à fait calme. L'homme l'embrassait dans le cou et sur les joues. Il enfouissait sa tête entre ses seins, lui prenait la main et la portait à sa braguette : rien là que de très ordinaire. Elle connaissait tout ça par cœur, depuis six mois qu'elle faisait des michés... De la routine.

— Dis donc, t'es foutrement bien roulée. On monte ?

Elle se leva et l'homme fit de même, en tripotant son engin dans son pantalon. Au premier, on lui avait attribué la deuxième chambre sur la gauche. Elle entendit, venant de la chambre d'à côté, le rire de Zulma et un vague bruit de fessée.

Son lieu de travail était plutôt petit. Le mobilier tenait de la maison bourgeoise et de l'hôtel garni : rideaux blancs, gentilles petites chaises, gravures représentant *Le Sacre de Napoléon* et *Les Adieux de Poniatowski à sa famille,* cheminée flanquée de deux vases sous globes transparents. Et puis une cuvette, un broc de porcelaine, une pile de serviettes, une psyché et un énorme pot de chambre vert à la panse cerclée d'un liséré doré... A part la savonnette, tout objet qui pouvait se mettre dans la poche était supprimé : dans cette chambre, rien à emporter discrètement.

Le client jeta un coup d'œil alentour et parut satisfait du lit fraîchement refait. Céleste se débarrassa aussitôt de son jupon et elle s'attaquait déjà à ses bottines quand il l'interrompit :

— Non, non, garde-les... Une femme est bien plus attirante avec des bottines...

Elle alla donc s'allonger nue, avec seulement ses chaussures, ses bas et ses jarretières jaunes. Elle écarta les jambes. Il marcha sur elle en lui racontant d'une voix excitée tout ce qu'il allait lui faire.

— Je vais te monter, te remplir, te boucher...

Elle, elle en avait entendu d'autres ! Pourtant, pourtant elle se sentait rougir de la tête aux pieds. Sa gorge se serrait. Elle avait froid à l'intérieur...

Non, ce n'était pas possible. Elle faisait un mauvais rêve. Ce n'était pas possible que cet homme aux cheveux rares soigneusement ramenés sur un côté du crâne, cet homme, cet inconnu, lui dardât sa langue humide dans la bouche.

Mais Céleste ne rêvait pas. Le client avait sauté sur le lit et il faisait maintenant ce qu'avaient fait déjà des dizaines d'autres. La routine, somme toute.

Quand elle redescendit après s'être repomponnée comme on le lui avait bien recommandé, Céleste monta encore deux fois avec les clients que Madame lui avait promis — celui qui aimait les collégiennes effarouchées ; et l'autre qui voulait entendre des obscénités... Avec celui-là, Céleste s'en donna à cœur joie. Elle lui servit avec une satisfaction manifeste toutes les ordures qu'elle avait emmagasinées durant ces deux dernières années. Elle y mit une telle rage, une telle conviction, que le client, enchanté, tint à lui laisser un louis de plus que le tarif.

Madame reçut donc grand compliment de sa nouvelle pensionnaire... Fine mouche, elle s'en était bien un peu doutée, Mme Olympe : il suffisait de la regarder bouger, cette fille, elle avait tout pour faire une recrue de premier choix... Ses hanches, cet air violent... Un peu remplumée, du fard sur la cicatrice de ses boutons, elle deviendrait peut-être, l'expérience aidant, la perle de la maison.

La semaine suivante ratifia les espoirs de la tenancière. Céleste se jetait avec une telle énergie dans les bras de tous les clients que Madame, très fière, ne l'appela bientôt plus que « la Lionne ».

D'une lionne, Céleste au lit avait la sauvagerie, la nervosité, les enroulements, les égratignements, les morsures... Elle mettait à faire l'amour avec n'importe qui la fougue de l'amoureuse la plus éperdue. Elle semblait folle de son corps à rendre la folie contagieuse, et elle comblait les messieurs de telles voluptés qu'il arrivait nécessairement un moment où le client le plus blasé, le miché le plus sceptique croyait avoir inspiré un caprice à cette prostituée... Tous, ils pensaient qu'elle ne pouvait être ainsi avec les autres. Et tous croyaient être le seul capable de lui procurer de telles jouissances... En conséquence, ils en devenaient fous à ne pouvoir s'en passer et Céleste eut très vite chez Mme Olympe une troupe de clients attitrés qui ne demandaient qu'elle..., « la Lionne ».

Cette rapide consécration n'arrangea pas les rapports de Céleste avec les autres filles. Jalouses de son succès et des avantages que Madame accordait à la dernière venue, elles la détestèrent. Il faut avouer qu'en dehors de ses ébats amoureux Céleste se montrait peu sociable. On ne pouvait lui tirer trois mots et elle se tenait résolument à l'écart de toutes les affaires de la maison. Irascible, ombrageuse, méprisante, elle n'était pas à prendre avec des pincettes durant la journée. Même Madame finissait par en avoir peur... La Lionne ne s'assouplissait qu'à la nuit, quand elle entendait le clip-clop des chevaux, le bruit des roues de fiacre devant la maison, la voix des hommes dans le salon...

Zoé, la minuscule Zoé qui s'occupait des « cas difficiles », et qui n'était pas bête, avait bien compris le pourquoi du comportement de Céleste :

— Voulez-vous que je vous dise, mesdames, cette fille baise comme d'autres boivent... Elle baise pour oublier qu'elle baise. Et plus elle baise fort et souvent, plus elle oublie...

— Tout ça, c'est du cirque, renchérissait haineusement Zulma. En réalité, elle est froide.

— Pour sûr qu'elle est froide, répétait Palmyre en lissant ses cheveux de lin.

— Eh bien, mesdames, moi, je crois qu'elle jouit à chaque coup ! lança un soir Zoé.

— A chaque coup ? hurlèrent en chœur les six autres, horrifiées.

— Oui, mesdames, à chaque coup. Oh, c'est pas gai, ça, je vous l'accorde. C'est même suicidant. Et j' parie qu'à chaque coup, elle espère en crever !

— Alors, faudrait voir à l'aider, gouailla Zulma. Histoire qu'elle se grouille un peu, parce que moi, j'en ai marre de la voir essayer de clamser tous les soirs sur notre dos...

23

JUSTEMENT cette nuit-là apparut dans le salon rose un client indésirable. M. Pilou avait la réputation de passer ses nerfs sur les pensionnaires des maisons closes. Par le passé, il avait déjà abîmé plusieurs filles de Mme Olympe et Zoé elle-même ne pouvait venir à bout de ce cinglé-là... D'ordinaire, Madame le priait bien poliment de vider les lieux, ce qu'il faisait sans trop de difficulté lorsqu'il était à jeun. Mais ce soir-là, Dieu seul savait où était Madame ! En tout cas, elle n'était pas dans le salon rose...

— Monsieur Pilou, y' avait longtemps, dit aimablement Zulma en l'accueillant, la poitrine en avant... Vous buvez quelque chose ? Elle se colla à lui... C'est qu'il y a du neuf depuis votre dernière visite, mon loup. Vous avez sans doute entendu parler de la nouvelle ? « La Lionne », qu'on l'appelle. Paraît qu'elle est renversante. Faut absolument que vous l'essayiez.

Mine de rien, elle le conduisait vers Céleste dont, à cet instant, M. Pilou ne pouvait voir que le derrière avec ses larges hanches que moulait le satin tendu. Elle était arc-boutée sur le piano et elle s'appuyait de tout son poids en chantonnant *Les Filles de Camaret*, que lui jouait un de ses clients.

M. Pilou la saisit impérativement par le bras :

— La Lionne, ce soir, c'est toi et moi.

Céleste, imprudente, ne le regarda même pas. Elle fit signe au pianiste que le devoir l'appelait et elle aida M. Pilou à s'accrocher à la rampe. Sans être totalement ivre, il avait déjà un bon coup dans le nez, et toutes les filles de la maison savaient que l'alcool achevait de le déchaîner. Zulma, Zoé et Palmyre, côte à côte au pied de l'escalier, les regardèrent monter, lui appuyé sur elle qui le soutenait.

— Allez, ouste..., les fauves ensemble! conclut Zoé lorsqu'ils eurent disparu dans le corridor du premier.

Céleste l'aida à ôter sa veste, son gilet, sa cravate, son col. Il fit glisser ses bretelles, son pantalon tomba et il resta là, oscillant mollement — pendant qu'accroupie elle s'attaquait à ses bottines. Il claquait des doigts et réclamait un cigare.

— Il n'y a pas de cigare dans la chambre, mais, à part ça, je suis prête à satisfaire tous vos désirs...

Il lui donna un léger coup de pied qui lui fit perdre l'équilibre sur le tapis. Il était là, au-dessus d'elle, une légère bedaine qui dépassait de sa ceinture de maintien, continuant à faire claquer ses doigts.

Elle se releva, se débarrassa de son jupon et s'allongea sur le lit. Il s'approcha, la regarda et se mit à grommeler :

— Henriette...

Il puait la sueur et l'absinthe. Il bavait en parlant. Des discours incohérents, et toujours ce prénom d' « Henriette ».

— T'es pas une gentille salope, Henriette. Pas une gentille salope à cent sous...

Céleste, peu contrariante, hocha la tête. Elle avait déjà eu quelques clients difficiles, mais aucun de cette taille et l'air aussi dérangé que cet homme.

— Salope d'Henriette, c'est le dernier sou que tu m'extorques! hurla-t-il soudain... Je vais te réduire en bouillie!

Il la saisit au cou et, se redressant, la serra à la gorge avec ses deux mains. Céleste se débattit, mais il était tellement plus grand et plus fort qu'elle! Il la secouait comme un prunier et elle n'arrivait pas à dégager ses genoux. Il était debout maintenant. Il la portait par le cou à bout de bras — nue, avec aux jambes ses bas bleus, les jarretières jaunes et ses bottines rouges à hauts talons qui ne touchaient plus le sol... Et pas moyen d'envoyer son genou au bon endroit. Elle voulut crier, mais, de plus en plus, il la serrait à la gorge. Elle étouffait. Alors, elle lança de toutes ses forces la pointe, puis le talon de sa chaussure dans la bedaine rebondie. Elle recommença plusieurs fois au hasard.

L'homme la lâcha et elle alla tomber dans un coin de la pièce tandis qu'il hurlait en se tenant la panse. Céleste vacilla et s'évanouit. Quand elle revint à elle, Madame lui faisait couler du rhum dans la bouche. Elle sanglotait, elle avait des haut-le-cœur.

— Ça va, chérie, ça va. C'est fini.

La gorge brûlante et douloureuse, elle n'arrivait pas à parler. Elle avait une grosse bosse au crâne et l'œil droit tout bleu.

Elle entendait l'homme qui continuait à faire du tapage en bas, mais elle ne comprenait rien de ce qu'il disait. Les autres clients prirent très vite congé et les lampes de la maison s'éteignirent.

Maintenant elle était dans la chambre de Madame, sa tête entre les gros genoux.

— T'as saigné le cochon... Bravo. Son ventre est troué... T'as fait ça avec ta bottine. Va, il ne portera pas plainte. Il m'a déjà tué une petite l'an passé. La tête écrabouillée contre ce mur. On a étouffé l'histoire. Mais cette fois, s'il parle, nous aussi, hein, chérie... Le cochon !

Elle passait sa main, véritable battoir, dans les cheveux châtains de la jeune femme :

— Ah, ma Lionne, impétueuse et farouche, il ne suffit pas de savoir rendre le client fou, il faut aussi apprendre à reconnaître celui capable de perdre la boule... S'il transpire bizarrement, s'il te parle trop poliment, s'il évite de te regarder dans les yeux — ou s'il ne te regarde que quand il n'a rien à dire —, méfie-toi ! Surveille ses mains, ses doigts, s'il les tord ou s'il les tire, surtout, tiens-toi sur tes gardes ! Quand tu arrives à entraîner le client au lit, il y a de grandes chances pour que ça se passe sans pétard. Mais si tu te vois mal barrée, dis-lui que tu as en réserve quelque chose d'épatant, rien que pour lui. Et profites-en pour te tirer. Il suffit qu'un miché soit le fils d'une garce pour vouloir passer ça sur toutes les filles ! Ma pauvre chérie...

Madame se pencha et lui baisa le front. Céleste ferma les yeux. Elle n'en pouvait plus. Elle sombrait.

Cette nuit-là, elle dormit dans le grand lit de Madame. Elle y resta une semaine, chouchoutée, caressée, tripotée.

La patronne la flattait comme on flatte un chat. Elle la pelotait, l'embrassait, la serrait contre elle, lui réservait les plus grosses parts de gâteau... Céleste acceptait sans rien rendre et sans remercier. Elle se laissait faire.

Elle se laissait faire en tout.

Quand sa vilaine bosse eut disparu, Madame lui badigeonna amoureusement le cou et le tour de l'œil avec un fond de teint blanchâtre et la Lionne retourna au travail.

Curieusement, l'attaque de M. Pilou ajouta encore au génie aphrodisiaque de Céleste putain. Tous les clients voulurent qu'elle leur racontât l'agression par le menu, pendant qu'ils la sautaient. L'épisode les excitait singulièrement... Ainsi le crédit de la Lionne s'en trouva-t-il encore grandi.

En outre, cette aventure parachevait l'érudition sexuelle de Céleste. Pas une ficelle du métier qu'elle ne connût maintenant... Non seulement elle s'y entendait à surpasser jusqu'aux rêves des imaginations les plus corrompues, mais elle savait les identifier... Du premier coup d'œil, elle reconnaissait le genre du client — le « timide », le « bizarre », le « normal » —, celui qui était dangereux et celui qui ne l'était pas. Elle était capable de deviner les tendances clandestines de ces hommes avant même qu'ils ne lui en aient parlé. Summum de l'art chez une femme galante, elle sentait en face de qui elle se trouvait.

Au bout d'un mois chez Mme Olympe, la vie de Céleste était réglée comme du papier à musique : tous les jours, le même train-train exactement.

Le matin, on se croyait dans un tombeau, tant la maison était calme. Les filles dormaient dans leurs quartiers. Au premier étage, les femmes de chambre vidaient silencieusement les cendriers et les crachoirs, frottaient à l'encaustique les marques de verres sur les meubles, balayaient, tiraient les draps. « Ma tante », elle, triait et comptait le linge... Il fallait attendre deux heures de l'après-midi pour entendre la voix de Zoé qui criait à tue-tête dans l'escalier :

— Mon café au lait, nom de Dieu !

Une femme de charge montait les cafés dans les chambres. Céleste, favorite de la patronne, était parvenue à chasser Zulma de la sienne ; elle y dormait et y déjeunait seule, alors que dans la pièce voisine, elles s'entassaient à trois. Une cloche sonnait le dîner à quatre heures précises. Toutes les filles devaient s'y présenter lavées, coiffées, avec un jupon propre. Madame veillait impérativement aux « convenances » : chacune avait sa place attitrée et quiconque jurait ou risquait un propos licencieux était « à l'amende »... A l'amende aussi celles qui ne mangeaient pas proprement. Et convenablement, s'il vous plaît. Madame détestait les chipoteuses. Pour les garder en forme, elle tenait à ce que ses filles se nourrissent bien. Elle ne lésinait donc pas sur la nourriture — d'autant que c'étaient les pensionnaires qui payaient. Pas de plats à chichi, mais du solide : de la soupe, un bon rôti et une salade... Une salade gigantesque, servie dans un saladier monstre. Ce saladier était de tradition à tous les repas :

— Contre la constipation à laquelle vos activités vous rendent très sujettes, mesdemoiselles, expliquait sentencieusement Madame.

Après le repas, les filles remontaient dans leur chambre jusqu'à neuf heures. Elles y fumaient, cancanaient, parcouraient des feuilles de mode, jouaient au loto ou tapaient le carton comme le jour de l'arrivée de Céleste.

Une fois par semaine, à jour et à heure fixés d'avance afin qu'elles ne soient pas occupées, le médecin venait les examiner dans leurs chambres. Et c'était là, pour Céleste qui gardait la hantise de la préfecture, le grand, l'immense, l'irremplaçable avantage de la vie en maison : la visite médicale à domicile ! Le seul fait d'avoir échappé à la nécessité de retourner tous les quinze jours au dépôt aurait suffi à la satisfaire.

Pourtant, heureuse, Céleste ne l'était guère. Mais elle en avait pris son parti et ne sentait plus son désespoir. Elle n'éprouvait rien que l'ennui, l'ennui mortel de ces journées passées à attendre jusqu'à neuf heures l'arrivée du premier client. Entre deux bâillements, elle n'avait qu'une satisfaction : celle de voler aux autres filles leurs habitués. Elle n'aimait rien tant que monter avec un client de Zulma ou de Palmyre. Et de le garder dans la troupe de ceux qui ne voulaient plus tirer leur coup qu'avec elle. C'était son grand plaisir, cette idée-là : au cœur même de la plus infecte des déchéances, elle était encore la meilleure... Plaisir amer et malsain s'il en fut : elle mettait un point d'honneur à prouver à ces vulgaires putains la supériorité de ses vices et de ses débordements. Le prouver aux autres et à elle-même. « Pute pour pute, autant faire son métier correctement... Après tout, on a les satisfactions qu'on peut », ajoutait-elle pour justifier les tours cruels qu'elle jouait systématiquement aux autres pensionnaires.

Assise devant sa coiffeuse, elle rêvassait. Le visage de Benjamin lui revenait alors en mémoire. Elle imaginait qu'un soir, ce soir peut-être, elle le trouverait au salon. Il demanderait, sans la reconnaître, à monter avec elle. En haut, elle le rendrait fou ! Aucune femme après elle ne pourrait égaler le plaisir que la Lionne donnerait à Benjamin cette nuit-là... Elle haussait les épaules : « C'est idiot ! songeait-elle. Mais il faut bien rêver à quelque chose... »

Un an, elle vécut cette vie-là. Toujours solitaire et méprisante. Elle ne sortait pas, cantonnée dans sa chambre même le dimanche, même les jours de congé.

Un après-midi que la maison faisait relâche et que toutes les filles s'étaient échappées à Bougival avec leurs greluchons, Céleste, se croyant seule, descendit au salon jaune pour y siffler quelques verres. Depuis plusieurs mois, elle buvait en cachette, raflant par à-coups la provision d'eau-de-vie. Madame le savait, mais ne disait rien. Elle craignait trop les emportements de « sa Lionne » pour ne pas lui passer quelques fantaisies.

En pantoufles, le corset délacé, le peignoir grand ouvert, elle s'avançait vers la cave à liqueurs quand elle vit, dépassant du canapé rouge, la nuque poivre et sel d'un monsieur. Surprise, elle s'arrêta : « Qu'est-ce qu'il fait là, c'lui-là ? »

— La maison est fermée, lança-t-elle.

Il se retourna. C'était un homme âgé, au long visage maigre et couperosé. Les yeux enfoncés derrière des lunettes cerclées d'argent, les pommettes saillantes, le nez en bec d'aigle, les cheveux raides tombant par piques grises sur un front bas — il était plutôt distingué et intimidant.

— J'attends votre patronne, répondit-il froidement.

— Qu'est-ce que vous lui voulez, à ma patronne ?

— Quelle me paie le loyer qu'elle me doit.

Céleste remarqua alors les doigts couverts de diamants qui tenaient fermement le pommeau d'une très belle canne : ce monsieur était le propriétaire de la maison ! Un homme ne pouvant légalement diriger un bordel, Mme Olympe le gérait pour lui.

— Je vais chercher Madame...

— Inutile, chérie, j'arrive, j'arrive..., dit Mme Olympe en se traînant péniblement de meuble en meuble. Elle devait s'appuyer partout tant son embonpoint l'essoufflait.

L'homme s'était levé. Il se tenait debout, très grand, très droit, très vigoureux malgré son âge. Cérémonieux, il baisa la main de Madame.

— Oh, ces *gentlemen-rider*, quelle classe, toujours ! minauda-t-elle. Permettez que je vous présente la perle de votre établissement, Mlle Céleste...

Le monsieur darda sur elle son regard d'acier. Elle fit mine de se retirer. Il lui fit signe de rester. Il l'observait bizarrement, sans désir aucun, mais avec attention :

— La *Lionne*... n'est-ce pas ?

— Oui, cher, la Lionne, renchérit Madame, en tapant ses jupes pour les faire bouffer.

Il y eut un silence. Madame hésitait sans doute à entamer, devant une de ses pensionnaires, une discussion d'affaires avec son propriétaire.

— Nous pourrions peut-être aller dans mon bureau...

Mais le propriétaire ne fit pas un geste. Glacial, il continuait de détailler Céleste :

— Je crois, mademoiselle, que je suis à même de vous offrir un emploi plus avantageux que celui que vous tenez ici...

Mme Olympe manqua s'en étrangler :

— Vous n'y pensez pas, cher ! Cette fille fait plus de la moitié de nos entrées : elle est très bien là où elle est !

— Je cherche des écuyères pour de nouveaux numéros à l'Hippodrome. Il me faut des femmes jeunes, élégantes et prêtes à tout...

Il posa sur elle un regard interrogateur, mais Céleste, méfiante, recula.

Comme au temps où, parmi les grisettes de Mme Pilloye, elle s'interdisait les romans d'amour, elle ne s'autorisait maintenant aucune illusion sur l'éventualité d'une vie décente ! Elle avait trop voulu la respectabilité pour oser y songer encore et les mots d'« honorabilité » ou de « considération » dont se gargarisaient les autres lui étaient douloureux jusqu'à l'insupportable. Toutes les filles de la maison espéraient qu'un jour, un honnête homme viendrait — et les enlèverait à Madame pour les épouser ou les mettre à leur compte... En vingt ans, cela ne s'était jamais vu dans aucun des bordels du Palais-Royal, mais c'était leur grand rêve à toutes, ce rêve-là ! Et chaque fois qu'un miché prenait pour elles un béguin, elles avaient de l'avenir bourgeois plein la bouche... Leurs divagations attiraient les sarcasmes de Céleste, et quand un client, comptant lui soutirer des faveurs spéciales, lui murmurait :

— J'aimerais bien te voir installée ailleurs qu'ici..., elle le rembarrait de jolie manière. On ne la lui faisait plus, à elle !

Soupçonneuse, elle attendit la suite : de quoi parlait-il, ce type ?

— Si vous avez de l'adresse et du courage, vous serez prête pour l'inauguration d'été.

— Mais enfin, monsieur Franconi, cette fille est une putain, pas une cavalière ! s'exclama Mme Olympe, agacée. Je parie qu'elle n'est jamais montée sur un cheval !

— Je la mettrai en selle moi-même.

— Ecoutez, cher, vous êtes sans doute un grand écuyer... Vous avez mis en selle les princes d'Orléans, vous dressez aujourd'hui les chevaux du Prince-Président... Fort bien, fort bien. Vous êtes un homme de cheval. Elle se mit à crier : Mais moi, je suis une tenancière et je vous dis que cette fille fait bien mieux votre affaire ici, sur un lit, que là-bas, sur un canasson ! Et Madame ajouta plus bas : Croyez-moi, elle montera toujours mieux les hommes qu'elle ne montera vos chevaux.

— Cela, madame, permettez-moi d'en être seul juge, rétorqua-t-il sèchement.

— Enfin, cher monsieur Franconi, soyez raisonnable, réfléchissez... Mlle Céleste a chez moi pour plus de mille francs de dettes. Qui les paiera ?

Céleste eut un sourire amer : certaines tenancières tenaient leurs filles en les droguant. Mme Olympe, elle, les gardait en les endettant... Ni Zulma, ni Zoé, ni Palmyre ne pourraient jamais quitter la maison, tant elles lui devaient d'argent. Chaque semaine, sous prétexte d'affaires sensationnelles, Madame leur procurait à crédit des bijoux fantaisie, des peignes d'ivoire, des poudriers — toutes ces babioles dont les filles raffolaient et qui ne valaient pas un sou quand on voulait les mettre au clou. Céleste, comme les autres, dépensait ses gains en vêtements, fanfreluches, équipement... L'argent qu'elle n'avait pas, elle l'empruntait. Mais que lui importait à elle de se lier pieds et poings à Mme Olympe ? Elle ne comptait sortir de chez elle que pour aller mourir à l'hôpital, cariée jusqu'à l'os comme la vieille Lili... D'ici là, autant profiter des menus avantages du bordel. Elle était donc la reine de la jarretière en strass, des petites voilettes et des corsets affriolants.

— Est-il vrai, mademoiselle, que vous devez une telle somme ?

Une lueur insolente passa dans les yeux de Céleste : comme elle avait eu raison de ne pas croire aux propositions de ce fou !

— C'est vrai. Mille francs... Et elle ajouta en le défiant : Et peut-être même beaucoup plus !

— Montrez-moi les comptes, ordonna-t-il à Mme Olympe qui manqua s'étouffer d'indignation, mais se contint :

— Par ici.

Tandis qu'ils s'enfermaient dans le bureau, Céleste demeura plantée au milieu du salon : le propriétaire semblait tenir à elle ! Elle en tremblait. Cette fois, son cœur battait et elle fut obligée de mettre sa main sur sa poitrine pour en comprimer les pulsations. Non, il ne fallait pas espérer ! Putain elle était, putain elle resterait ! Il ne fallait pas l'oublier...

Et pourtant, elle avait peur... Elle ne pouvait s'empêcher... Non, il ne fallait pas espérer ! Car, après tout, elle les devait, ces mille francs, elle les devait, et qui les paierait ? Sûrement pas le propriétaire de la maison de passe, ce grand échalas, qui cherchait des belles filles pour ses numéros équestres ! Des belles filles, il en trouverait pléthore sur la place de Paris... et qui ne lui coûteraient pas mille francs... et qui sauraient monter à cheval.

L'esprit de Céleste courait à toute allure. Elle avait surmonté son émotion. Et elle réfléchissait.

Franconi. M. Franconi. La famille Franconi. Une célébrité. Depuis trois générations, les Franconi attiraient la foule parisienne sur les gradins de leurs cirques — le Cirque Olympique, et maintenant l'Hippodrome.

Elle le connaissait bien, cet Hippodrome à la barrière de l'Etoile, juste à côté de l'Arc de Triomphe ! Il avait été inauguré en 1845, l'année de ses exploits à Mabille. Les journaux s'étaient emparés simultanément des deux événements et elle se souvenait que Théophile Gautier avait publié dans le même numéro de *La Presse* ses deux comptes rendus hebdomadaires : l'un sur les polkas de la Mandragore, l'autre sur l'audace des Franconi... A cette époque, elle s'impatientait de trouver des articles sur « L'Hippodrome » alors qu'elle ne cherchait que « La Rivalité Pomaré-Mandragore ».

« A l'inverse, en cherchant les commentaires sur son Hippodrome, Franconi a dû lire les articles qui me concernaient... », pensa-t-elle soudain.

Nul dans la maison ne savait que « la Lionne », c'était aussi la Mandragore. Pourtant, à chaque congé, les filles allaient danser au bal Mabille dont elles revenaient en évoquant la grande époque avec nostalgie : toutes, elles se vantaient d'avoir autrefois rivalisé avec la Pomaré et la Mandragore... Et Zulma chantonnait :

On aimait l'entrain leste
le jet
de ces pas que Céleste
forgeait.

Que risquait-elle aujourd'hui à révéler qui elle était à Franconi ? Au pis, Madame se servirait de l'ancienne notoriété de la Mandragore pour la vendre plus cher. Au mieux, le directeur de l'Hippodrome verrait en elle un nom, une source inespérée de publicité...

Blanche ne lui avait-elle pas dit autrefois que « pour une courtisane, un surnom, c'est toujours une fortune » ?

En tout cas, c'était une carte à jouer.

Elle la joua.

Elle gagna.

24

QUAND Franconi apprit que la fille qu'il convoitait était en outre la célèbre Mandragore du bal Mabille, il remit les mille francs qu'elle devait à sa maison — pour l'engager immédiatement dans son Hippodrome...

Céleste ne savait pas à quelle existence elle se vouait en se livrant à Laurent-Victor Franconi. C'était le diable, cet homme-là, un diable d'acier, incapable d'indulgence, inaccessible à la fatigue comme à la pitié. Oui, il la tirait de l'infamie, mais il ne faisait pas œuvre philanthropique pour autant : il entendait que cette fille lui rendît rapidement et au centuple ce qu'elle lui coûtait !

Il la mit donc en selle lui-même, ainsi qu'il l'avait promis. En ce printemps 1851, les amazones de la société se disputaient ses leçons : Franconi, troisième du nom, était le meilleur professeur possible. Pour Céleste, il fut le plus implacable. D'autant qu'il découvrit rapidement combien la Mandragore avait perdu en souplesse depuis le temps de ses polkas mabilliennes... Les copieux dîners de Mme Olympe, le pot-au-feu du dimanche et l'inaction de ses journées avaient été très inégalement compensés par la gymnastique nocturne de la Lionne. En une année de maison, Céleste s'était alourdie.

Par économie et pour les besoins de la cause, il lui fit donc mener la vie la plus dure qu'il pût imaginer. D'abord, il ne la nourrit qu'une fois par jour, de céréales, comme ses bêtes. Ensuite, il la logea dans une chambre au-dessus des écuries. Pas de cuvette d'eau, pas de chandelles. En fait de chambre, c'était plutôt un box... Mais pour le temps qu'elle y passait, quelle importance ?

Levée à quatre heures du matin, elle se débarbouillait à l'abreuvoir et filait directement en tenue de « jockey » au « grand manège », où le maître la formait six heures de suite. Durant tout ce temps, jamais Franconi ne mentionnait où il l'avait prise, pas une allusion, rien... Et pourtant, le bordel était là, présent, qui planait continuellement autour de cette fille que le maître dressait comme une jument de son écurie. A son égard, il se montrait d'une dureté exemplaire, ne visant qu'à l'efficacité, avec, en prime, de petits accès de cruauté gratuite... Et Céleste, qui lui avait d'abord été reconnaissante, Céleste qui avait été prête à tous les efforts pour le satisfaire, avait fini par le haïr... Mais lui n'en avait cure. A cheval douze heures par jour, il exigeait de ses employés la même endurance.

Tout de suite, il lui donna les montures les plus difficiles — des bêtes de préférence vicieuses et imprévisibles, qui mordaient, ruaient ou se dérobaient :

— Un cavalier doit s'attendre à tout.

En conséquence, elle tombait jusqu'à vingt fois par reprise : et lorsqu'en larmes, meurtrie et terrorisée à la perspective de tomber encore une fois, elle remontait sur son cheval, il en fouettait violemment la croupe en débitant de sa voix tranchante comme un couperet :

— Ce n'est pas le tout de se dire écuyère, encore faut-il apprendre son métier.

Son métier, Céleste l'apprenait. A dompter ses effrois, elle se révélait même d'une bravoure dont le maître eût pu être content. Il ne l'était pas. Mais Céleste n'avait pas besoin de ses encouragements. L'Hippodrome, c'était sa chance. Elle le savait. Elle était prête à tous les courages pour l'exploiter. Elle travaillait donc avec une énergie qui n'avait d'égale que son angoisse de ne pas se montrer à la hauteur. Après ses six heures de reprise avec Franconi, d'elle-même, elle s'obligeait encore à une heure de trot assis et, l'après-midi, à trois leçons de voltige. En outre, elle restait quelquefois dormir dans la paille avec les animaux — pour s'habituer à ne plus en avoir peur... Car c'était bien là le pire : Céleste avait peur des chevaux !

Au bout de quatre mois de ce régime, Céleste crachait le sang — et montait parfaitement.

Pas une allure, pas une figure qu'elle ne pût exécuter. Elle savait défiler à l'amble, changer de pied au trot et au galop, sauter jusqu'à un mètre vingt, courir en plat ou à l'obstacle : enfin, elle se jugeait prête pour le 5 juillet 1851, date de l'inauguration d'été.

Or Céleste avait oublié un détail. A l'Hippodrome, il ne s'agissait pas seulement de courir : il s'agissait surtout de concourir... Et pour la Mandragore, il s'agissait de gagner !

Jusqu'à ce jour, Franconi l'avait délibérément maintenue à l'écart des autres. Il n'avait d'ailleurs pas eu grand mal à l'empêcher de frayer avec Mlle Louise ou Mlle Héloïsia, écuyères renommées de l'Hippodrome : Céleste avait gardé de chez Mme Olympe l'habitude de vivre et de travailler seule... Maintenant, le temps était venu de confronter la nouvelle aux réalités de la compétition.

Cet apprentissage devait s'avérer plus pénible encore que le précédent : les six heures de reprise avec le maître représentaient une véritable sinécure en comparaison des trois heures de rivalité avec les demoiselles de l'Hippodrome ! Elles étaient cinq, cinq comme Céleste à rêver du jour de l'inauguration, cinq décidées à s'y faire remarquer coûte que coûte... Belles, intrépides, sans scrupules, Céleste constata à ses dépens que Franconi les avait choisies avec soin, ses écuyères. Si elle, elle méritait le nom de « Lionne », celui de « Tigresse » convenait aux autres ! Mlles Elisa, Héloïsia, Antonia, Angelina et Aspasia (le suffixe en *a* était particulièrement à la mode cette année chez les dames !) se disputaient la palme de la férocité. Afin de gagner le steeple-chase de la saison dernière, elles n'avaient pas hésité à se cingler de coups de cravache au passage, et elles se coupaient, se poussaient, s'entendaient même à deux pour en évincer une troisième...

Ecuyères de métier, elles aimaient leurs chevaux et elles aimaient la gloire. Pour le reste, c'était la jungle.

En fait de jungle, Céleste en connaissait un bout ; mais de par sa nouveauté dans le métier, il était évident qu'elle ne valait pas les autres...

Elle dut donc redoubler d'énergie et d'audace pour n'être pas piétinée sous les chevaux de ces dames... Ah, il fallait les voir passer de front, toutes les six, le buste au ras des encolures, le visage tendu de l'avant, dans un roulement continu de sabots auquel se mêlaient le craquement des selles, le souffle des chevaux et la voix de Franconi :

— Des jambes... des jambes... des jambes !

De jambes musclées et de bras solides, elles allaient avoir besoin pour le numéro qu'il leur préparait ! En effet, contrairement à l'habitude, il ne méditait ni un steeple-chase, ni une course en terrain plat, ni même une « chasse au cerf », grande spécialité de l'Hippodrome. Pour le 5 juillet 1851, Franconi avait conçu un spectacle autrement plus difficile et plus dangereux...

C'est que le 5 juillet 1851 méritait que l'Hippodrome se surpassât !

Le bruit courait en effet qu'une personnalité illustre assisterait à la représentation, une personnalité dont la seule présence valait que l'administration doublât le prix de toutes les places : Louis-Napoléon Bonaparte, neveu de Napoléon Ier, et président de la République.

C'était pour plaire à ce fameux amateur du beau sexe que Franconi avait battu la campagne tout l'hiver à la recherche de « jeunes femmes élégantes et prêtes à tout ».

Il en avait trouvé cinq dans son contingent habituel. La sixième, il l'avait dénichée... ailleurs.

Et maintenant qu'elle lui semblait mûre, restait à lui apprendre, à elle comme aux autres, l'exercice pour lequel il les avait sélectionnées.

Déjà, il les voyait, volant dans l'arène, les vingt-quatre coursiers attelés aux six chars tout dorés. Et ces femmes, la cape et les cheveux au vent, très déshabillées dans leur courte tunique romaine, bras et jambes nus... Toutes plus belles les unes que les autres, toutes plus ambitieuses et plus féroces.

Cette course, Franconi la rêvait impitoyable et somptueuse : une course de chars romains à l'Hippodrome de Paris !

*
* *

L'aube se levait à peine.

L'aube du 5 juillet 1851.

En cette ultime matinée d'entraînement, Céleste conduisait ses juments alezanes sur la piste. Le char roulait au pas dans la terre molle et fraîchement arrosée de l'immense manège. Une lumière bleuâtre tombait des hautes ouvertures aménagées entre les charpentes. Des colombes voletaient d'une poutre à l'autre, loin au-dessus de l'attelage.

Doucement, Céleste fit prendre le trot à ses juments ; puis le petit galop ; enfin elle les disposa en cercle qu'elle entreprit de resserrer peu à peu. Chaque matin, aux premières clartés, elle s'entraînait ainsi, seule et en secret. Avec la complicité d'un palefrenier qu'elle payait de ses faveurs, elle se glissait dans les écuries et harnachait elle-même ses chevaux, besogne à laquelle répugnaient les autres écuyères : « Les lads sont là pour ça. » Céleste, elle, savait que l'entente parfaite avec ses montures était une condition de la victoire. Elle cherchait donc à les connaître, et à les habituer au timbre de sa voix. Elle murmurait leurs noms : « Galante » et « Fleur d'Amour » pour les deux timoniers, « Favorite » et « Sultane » pour les chevaux de volée.

Le fouet dans une main, les rênes dans l'autre, elle travaillait son équilibre et ses aides, s'efforçant de soutenir ses bêtes du poids de son corps. Elle les menait maintenant sans règle aucune, à droite, à gauche. Voltes, demi-voltes, serpentines — la terre rouge se ridait de longues spirales entrelacées. Le quadrige de la Mandragore évoluait avec une aisance étonnante. Elle ralentit son équipage et remit ses juments au pas.

— Bien, très bien, mes chéries. Si nous franchissons en tête la dernière borne du sixième tour, je vous garantis la victoire. Ni Angela, ni Héloïsia ne parviendront à nous dépasser. Seulement, Favorite, il faut cesser de chasser dans les tournants. J'ai beau me pencher à gauche, te rendre les rênes, te stimuler de la voix et du fouet, tu t'en fiches, tu dors ! Pourtant, c'est de toi que dépend la vitesse au passage des bornes !

Le passage des bornes était le grand souci de Céleste — et pour cause !

— Si votre attelage accroche une borne, vous volerez en éclats, répétait Franconi.

Mais de bornes, Céleste ni les autres n'en avaient jamais passé. En effet, afin qu'aucune concurrente ne se rompît le cou avant le 5 juillet, Franconi les empêchait de s'entraîner dans les conditions de la course. Il leur avait appris à conduire un attelage aussi parfaitement que possible ; pour le reste : « Les Romains ne rencontraient leurs adversaires que dans l'arène, le jour des jeux... » Ses écuyères n'avaient donc qu'une idée théorique des difficultés auxquelles elles seraient confrontées.

— Au jour dit, l'arène sera séparée en son milieu par un mur haut de plusieurs pieds, et long de cent mètres, expliquait Franconi en traçant du bout de son talon une ligne dans la sciure. C'est en tournant autour de ce mur que vous vous disputerez la victoire. Il paraît évident que tous les attelages, même ceux que le sort aura placés à l'extérieur de l'ovale, tâcheront de se rapprocher du mur afin de rétrécir la distance à parcourir. Atteindre le mur et s'y tenir, telle est la première règle... Maintenant, mesdemoiselles, sachez qu'à chaque extrémité du mur s'élèveront deux pylônes, sortes de colonnes autour desquelles vous prendrez vos virages afin de passer d'un côté à l'autre du mur... Ces pylônes, les Anciens les appelaient des « bornes ». Ces bornes peuvent faire perdre beaucoup de temps — ou en faire gagner beaucoup ! L'idéal pour la vitesse, c'est bien sûr de prendre le tournant très court ; sans quitter des yeux ni la borne ni la concurrente qui vous précède, poussez donc vos chevaux, et pour les aider, penchez-vous doucement à gauche en rendant les rênes à vos chevaux de droite : que votre cheval de volée gauche frôle la borne de telle façon que votre roue l'effleure. Mais prenez garde ! Si par malheur elle touche la pierre, sachez que vous verserez immanquablement. Le char suivant, emporté lui aussi par l'élan du virage, ne pourra vous éviter et vous serez piétinée... En conclusion, à moins que vous ne soyez très sûres de votre coup, je vous conseille, mesdemoiselles, de ne pas prendre vos bornes trop serré. Et si vous perdez de la vitesse, tant pis !... N'oubliez pas, en outre, que vos attelages se déportent dans les tournants ; ne négligez donc pas les chars qui prennent la borne en même temps que vous : accrocher la roue du voisin dans le tournant est un jeu dangereux. Vous y fracasseriez les deux chars — et vous avec. Ce serait dommage !

*
* *

Le soleil montait dans le ciel de Paris. Le cirque s'éveillait. Accessoiristes, costumiers, palefreniers, écuyères, jockeys s'agitaient dans les écuries. Pour la dernière fois avant la course, Céleste, au fond du vaste box, pansait ses juments. Pour la dernière fois, elle leur confiait ses espoirs et ses projets.

— Nous gagnerons la course. Il le faut. Et lorsque Franconi nous aura remis la « couronne du triomphe », savez-vous ce que nous ferons, mes toutes belles ? Nous irons sous la tribune d'honneur et nous l'offrirons au Prince-Président !

Et Céleste se voyait déjà, victorieuse sur son char, tendant la couronne de fleurs à Louis-Napoléon Bonaparte...

Le 5 juillet 1851, à deux heures de l'après-midi, il faisait un temps superbe. Un ciel digne de Rome, bleu, sans un nuage...

La foule se pressait aux trois étages du gigantesque amphithéâtre. Vingt mille spectateurs empliraient bientôt les gradins. Les ombrelles, les robes tachetées de fleurs et les éventails constellés de strass chatoyaient sous le soleil. Au sommet des quatre portiques mauresques qui servaient d'entrée, des oriflammes jaunes claquaient au vent, mêlant leurs motifs aux rayures des mâts. Centaines de mâts bleu et blanc. Toits rouges. Bancs verts — tout contribuait à transformer l'Hippodrome en un extraordinaire kaléidoscope. Plus loin, la cime verdoyante des grands arbres du promenoir de Chaillot ployait au-dessus de l'Arc de Triomphe, dont la crête dentelée surplombait l'immense Colisée de carton-pâte.

Le cirque affectait, en petit, les proportions des cirques antiques. Il était ovale, long de cent quatre mètres sur soixante-huit de large. Le sable tamisé, tassé, roulé, y scintillait comme une poussière d'or.

Scintillait aussi, par intermittence, un rectangle doré qui s'agitait dans la foule à petits coups rapides et saccadés : c'était le programme dont les messieurs, incommodés par la chaleur, usaient pour s'éventer.

Cet opuscule broché et rédigé de la main même de Victor Franconi détaillait sur plusieurs pages le plan des réjouissances. Trois heures de spectacle. Des rires, des pleurs et des grincements de dents... L'administration avait bien fait les choses — le public en aurait pour son argent.

La représentation commencerait par une réédition du plus grand succès de l'Hippodrome, celui de 1845 auquel Louis-Napoléon Bonaparte, alors condamné à la réclusion perpétuelle au fort de Ham, n'avait pas pu assister. Franconi avait jugé habile et nécessaire de faire connaître au Prince-Président la mise en scène qui hantait encore l'imagination de ses électeurs : la reconstitution historique du fameux camp du Drap d'or. La brochure en énumérait complaisamment les splendeurs : mille figurants dont cinq cents cavaliers montés sur des palefrois empanachés, un défilé somptueux où les seigneurs de France rivaliseraient d'opulence avec les seigneurs d'Angleterre, un tournoi sanglant durant lequel s'affronteraient les chevaliers de François Ier et les champions d'Henri VIII... Et la brochure de Franconi concluait ainsi cette racoleuse annonce du premier numéro : « Nous n'avons pas besoin de nous étendre sur la beauté du grand spectacle... A chacun sa part : à l'habile Victor Franconi l'authenticité de la reconstitution du tournoi de 1520. A M. Moreau la magnificence des costumes. Et à M. Gaugier les rutilantes armures. »

Ici comme ailleurs, Franconi n'avait peur de rien et il continuait dans le même style dithyrambique la réclame des numéros suivants.

Après « Le Camp du Drap d'or » venaient les « Exercices de haute école », puis une « Fantasia arabe » (conçue et réalisée selon les directives de l'éminent orientaliste de *La Presse*, M. Théophile Gautier), et enfin « Le Char de

Vénus » (une carriole pleine de naïades et de sirènes très déshabillées, qui ferait, au pas, le tour de l'arène).

La brochure précisait que ce dernier numéro, si simple en apparence, avait coûté une petite fortune. En effet, « Le Char de Vénus » n'était autre que le char à bancs du vieux Louis-Philippe. Le roi déchu s'en servait naguère pour ses promenades en famille...

Sur cette note se clôturait la première partie.

Après un entracte de vingt minutes, l'Hippodrome de Paris annonçait enfin l'exercice le plus dangereux de tous les jeux du Cirque Maximus à Rome : la course de chars !

« *Course de chars. Six concurrentes inscrites. Les quadriges seuls admis. Course simultanée des attelages* », lisait Céleste, enfermée dans la vaste pièce qui servait de loge aux six écuyères... Elle se tenait debout, nue, incapable de lacer ses sandales ou d'agrafer son maillot tant ses mains tremblaient. Elle avait posé le programme sur la tablette à maquillage et elle parcourait des yeux l'annonce de la course rédigée dans le style des annonces romaines :

I. Quadrige de Mlle Aspasia, de l'Hippodrome, élève de M. Victor Franconi. Quatre chevaux noirs dont Ruttler, le célèbre étalon de Mlle Caroline Loyo. Couleur : jaune.

II. Quadrige de Mlle Héloïsia, de l'Hippodrome, élève de M. Victor Franconi. Quatre chevaux gris. Couleur : bleu.

III. Quadrige de « la Mandragore », du jardin Mabille, élève de M. Victor... Mabille. Quatre juments alezanes. Couleur : rouge.

« Les garces ! » s'exclama-t-elle en s'en mordant les lèvres. « *Elève de Victor Mabille !* Elles ont osé truquer le programme ! Bien ! Elles verront des deux professeurs lequel est le meilleur, du maître d'équitation ou du maître à danser, de leur Victor Franconi ou de mon Victor Mabille ! »

Enervée par l'attente, Céleste ne songeait pas un instant que le coup ne pouvait venir des autres écuyères, mais bien de Franconi lui-même : l'habile publicitaire avait voulu rafraîchir la mémoire du public.

Certes, certes le nom de « Mandragore » sonnait familièrement aux oreilles. Mais après sept ans, qui dans l'assistance saurait à quelles frasques l'associer ?

Le jardin Mabille, au bas de l'avenue des Champs-Elysées, son kiosque chinois, ses luminaires, ses palmiers en zinc — les spectateurs ne parlaient plus que de sa grande époque maintenant. 1844 ! L'année de la rivalité « Pomaré-Mandragore ».

Sur les gradins, dans les vomitoires, partout, les hommes évoquaient entre eux les grâces et les charmes des polkeuses d'antan. Ils se décrivaient, une lueur dans les yeux, la bottine de la Pomaré, sa jambe et sa jarretière. Ils rêvaient aux bras nus de la Mandragore, à ses déhanchements, à ses tortillements fous.

— N'est-ce pas la Mandragore, justement, qui a posé pour cette obscène statue de Clésinger ? s'enquéraient ces dames.

Et les messieurs songeaient :

— Si c'est elle, la course promet d'être diablement intéressante.

— Pensez qu'un si beau corps risque de se rompre le cou, là, devant nous..., renchérissait une rombière en frissonnant d'aise.

— Un beau corps ? Ne rêvez pas, ma chère. Passé vingt ans, les filles du peuple deviennent des tonneaux.

— Une vivandière conduisant un char romain... Quel divertissement !

En fait de divertissement, l'attention du public se trouva soudain concentrée sur un point de l'Hippodrome : Louis-Napoléon, en grand uniforme bleu et rouge de la Garde nationale, s'installait avec toute sa suite dans la tribune d'honneur.

Une fanfare accueillit l'arrivée du Prince-Président, puis, dans un tonnerre de cuivres, la représentation commença.

Céleste, derrière la porte de la loge, entendait les rumeurs sourdes de la foule, ses rires et ses applaudissements.

Au calme du matin, à l'énervement de l'après-midi avait succédé une sorte d'engourdissement de tout son être. Assise à la tablette de maquillage, à demi nue toujours, elle se regardait sans se voir. Et chaque fois, elle tressaillait aux brusques explosions des cuivres qui ponctuaient le début et la fin des numéros.

Vrai ! La peur, l'exaltation, jusqu'à la colère de tout à l'heure, tout avait disparu ! A quelques minutes de la course, elle se sentait vide, incapable de se concentrer, incapable surtout de retrouver en elle la passion qui l'avait soutenue jusqu'à ce jour. Elle qui, quatre mois durant, n'avait songé qu'à la course, elle qui en avait anticipé tous les détails, prévu tous les incidents, n'imaginait plus rien maintenant. C'était le trou. « Gagner, gagner, gagner », se répétait-elle mécaniquement sans en comprendre ni le sens ni la portée.

Il ne lui restait qu'un mot auquel se raccrocher pour tromper cette dangereuse apathie...

25

Dans les écuries, les chars sont attelés.

Martèlement de sabots qui claquent sur le sol. Cris des palefreniers qui maintiennent les quadriges. Les chevaux piaffent et piétinent tandis que les écuyères, penchées sur les roues, les timons, les essieux, tournent autour de leur attelage.

Céleste, plus méthodique encore, inspecte la solidité des harnais : « Au cas où une rêne se serait décousue dans la nuit... » Elle vérifie les quatre pieds de ses quatre juments : « De crainte qu'un bout de bois, une épine, une aiguille ne s'y soit plantée... » En réalité, cette méfiance fébrile masque encore le vide de son esprit : elle ne voit rien, elle ne regarde rien. C'est à peine si elle peut se tenir debout tant ses jambes sont molles. Pour monter sur son char, elle est même obligée de s'accrocher à la rampe qui court tout autour de la rambarde d'osier. Les autres écuyères, elles, y ont sauté lestement. Les juments piaffent un peu en la sentant derrière elles. Céleste manque de perdre l'équilibre et elle noue les quatre rênes autour de sa taille. Mais sa vue se brouille et elle ploie lamentablement en avant : « Mon Dieu, je vais tomber ! »

— Est-ce que vous allez vous tenir comme ça ?

La lanière d'un fouet lui a cinglé les reins. Céleste pousse une exclamation de douleur et se rejette en arrière.

— Bon ! Vous voilà comme un manche à balai maintenant, lance Franconi de sa voix tranchante. Le corps droit sans raideur, s'il vous plaît. Les coudes au corps. Les genoux flexibles. La tête en face. Serrez les doigts sans dureté...

Le rideau s'ouvre. Fanfare. Trois par trois de chaque côté du mur jusqu'au milieu de l'arène, les quadriges s'avancent. Un tonnerre d'applaudissements salue leur entrée. Quel coup d'œil ! La parade est vraiment magnifique et impressionnante !

Six hommes à pied aux couleurs des attelages marchent en tête ; ils maintiennent au pas les vingt-quatre chevaux affolés. Mais à la beauté piaffante des coursiers, à la splendeur des chars s'ajoute la suprême élégance des conductrices.

Revêtues d'une tunique de laine blanche lisérée d'un galon à leur couleur, d'une jupe courte et d'une cape qui bat à la brise légère, les amazones se tiennent très droites sur leur char. Les rubans qui ceignent leur front ; les broches de bronze qui retiennent les capes à leurs épaules ; les larges bracelets qui enferment leurs poignets ; les lanières de leurs sandales qui remontent en s'entortillant autour de leurs jambes puissantes — tout contribue à souligner la sensualité de ces corps de femmes auxquels l'imminence du danger ajoute encore une séduction.

— La Beauté et la Mort — quel romantisme !

L'assistance, excitée, s'impatiente.

Les six chars se sont arrêtés au milieu de l'arène. Les concurrentes, leurs rênes entortillées autour des reins, hochent gracieusement la tête en guise de salut. Les lorgnettes sont braquées. Les noms des favorites courent de bouche en bouche :

— Héloïsia en bleu ; Aspasia en jaune...

— Où est donc cette danseuse de bal public dont vous nous parliez tout à l'heure ?

— Mandragore, laquelle est Mandragore ?

Céleste, immobile sur son char, se cambre davantage. Elle est sûre qu'on va la siffler, lui crier des choses désagréables.

— C'est la rouge là-bas, entre la bleue et la jaune. La pauvre bichette, elle est bien mal placée ! Jamais cette centauresse d'Héloïsia ne la laissera atteindre le mur...

Dans la tribune d'honneur, les officiers de la suite du

Prince-Président se penchent aux oreilles les uns des autres :

— Tudieu, que la bleue est bien faite ! Regardez-moi ces cuisses !

— Bah, je préfère la rouge... Quelle taille ! Quelle croupe ! Voilà une prêtresse de Vénus ou je ne m'y connais pas. Tenez, je mets cent francs sur elle.

— Et moi, deux cents sur l'autre... Les cuisses de cette demoiselle Héloïsia, pardon...

Louis-Napoléon Bonaparte, impassible derrière sa moustache, écoute et ne dit rien. Il a déplié le programme et lit le nom des intéressées.

— Convenons, cher ami, reprend l'un des officiers, que si la bleue gagne, je vous l'offre à souper. En revanche, si la rouge gagne, ce sera vous, baron, qui m'offrirez le cabinet particulier avec la dame dedans... Qu'en dites-vous ?

— Pari tenu.

Dans l'arène, les hommes ont reconduit les attelages au point de départ. Ils les font reculer dans les six stalles qui encadrent et séparent les quadriges. Ils tendent une longue corde blanche devant le poitrail des animaux. Les concurrentes dénouent les rênes qui ceignent leur taille et saisissent leur fouet. Céleste referme les doigts sur ses quatre rênes. Une sonnerie de trompette retentit, brève et claire. Tous les yeux sont rivés sur les stalles. Piétinements des coursiers — leur souffle dans le silence. Soudain l'ordre est donné :

— Partez !

La corde tombe. Comme un vol de projectiles, les six chars bondissent ensemble dans l'arène. Craquements des cuirs, cliquetis des mors et des anneaux, roulements des sabots et des roues — vacarme continu des attelages qui dévorent la carrière... Il est bien difficile de distinguer, du bleu ou du rouge, du jaune ou du vert, lequel tient la tête. Telle une trombe, la poussière monte en longues colonnes de dessous les poitrails.

Les quadriges ont déjà parcouru la moitié du premier tour : ils sont au bout du mur. Le passage de la borne !

Les chars tantôt s'abattent sur le sable, tantôt s'élancent dans les airs. Tous parviennent de l'autre côté du mur.

La course bat désormais son plein. Les conductrices jettent des appels rauques à leurs coursiers et la foule haletante, penchée sur elles, les encourage de ses clameurs. Cette fois, un char a pris la tête. C'est le bleu. Deux autres le suivent de près. Le reste se laisse distancer.

Céleste, placée au départ à trois quadriges du mur, est parvenue à gagner la piste intérieure. Le premier tour s'achève. La seconde borne se profile. Le char bleu amorce son tournant. Mais il est poussé vers l'intérieur par les chevaux des attelages suivants qui le serrent contre la pierre. Un silence angoissé se fait dans la foule. Le char bleu rase la borne. Il est passé ! Les deux chars qui le talonnent prennent le virage. Les huit chevaux pivotent ensemble, de front. C'est alors qu'un horrible craquement se fait entendre ! En se déportant, l'essieu de l'attelage de gauche a accroché la jambe du cheval de l'attelage contigu. L'animal bascule en avant. Il emporte dans sa chute les autres chevaux, le char, l'attelage entier. L'écuyère roule dans la poussière. Les attelages suivants passent en trombe, le vert, le blanc, le noir... Elles ne sont plus que cinq à se disputer la victoire. La bleue est en tête sur la piste intérieure. La jaune est à terre. Reste la rouge... La rouge dont l'essieu a accroché l'attelage voisin, la rouge qui a continué sa course et qui talonne toujours le quadrige bleu.

Dans la tribune du Prince-Président, les officiers se congratulent :

— Tudieu, baron, nous les avons bien choisies, nos favorites ! Ecoutez la foule, elle hurle leurs noms...

— Héloïsia ! Héloïsia !

— Mandragore ! Mandragore !

Sûre d'elle, Héloïsia rend les rênes en poussant un cri de triomphe, elle vire à quelques millimètres de la pierre. Mais Céleste colle son attelage contre le sien et vire en même temps qu'elle. Roue dans roue, elles parviennent ainsi de l'autre côté du mur. Les autres chars passent en peloton derrière.

— Dites-moi, baron, elle prend des risques fous, votre Mandragore ! Si elle continue à serrer ainsi Héloïsia dans

294

les tournants, adieu notre souper avec l'une ou avec l'autre. A la prochaine borne, elles versent toutes les deux.

La foule, électrisée, s'est levée. La bleue et la rouge arrivent ensemble sur la quatrième borne. Héloïsia jette un coup d'œil à Céleste et brandit son fouet :

— Au bordel, la putain ! s'écrie-t-elle dans le vacarme des attelages. Et elle cingle d'un coup terrible les juments de la Mandragore. Les quatre bêtes affolées font un bond en avant. Céleste perd l'équilibre. L'attelage désorienté fonce droit sur le pylône. Immanquablement, la roue va accrocher la borne.

« Si vous accrochez une borne, vous volerez en éclats... » En un quart de seconde, Céleste a retrouvé son équilibre :

— Tout doux, tout doux, Galante.

De sa voix, elle calme ses bêtes et, redevenue maîtresse de son quadrige, parvient à tourner la borne à la suite d'Héloïsia qui la distance maintenant de trois encolures.

— Elles sont aussi peu vertueuses l'une que l'autre ! jubilent les deux officiers dans la tribune. La Mandragore se soucie peu de provoquer des accidents, l'autre triche en usant des moyens les plus indignes.

Au troisième, puis au quatrième tour, Héloïsia tient toujours la tête. Céleste la talonne, mais ne la double pas. Au cinquième tour, l'attelage noir d'Angela remonte jusqu'au sien, mais sans s'y maintenir. Au début du sixième, les chars sont toujours dans le même ordre : le bleu d'abord et à la corde, juste derrière, le rouge... La vitesse soudain s'accélère comme si les coursiers avaient compris qu'ils approchent de la fin.

— La bleue ! La bleue ! scande une partie de la foule.

— La rouge ! La rouge ! répond l'autre.

Mais les partisans de la Mandragore commencent à craindre qu'elle ne parvienne pas à dépasser, ni même à rattraper l'attelage bleu. Les chevaux d'Héloïsia volent tête baissée. Leurs poitrails frôlent la poussière, leurs yeux semblent prêts à sortir de leurs orbites et leurs naseaux saignent. Ils ont atteint leur vitesse maximale. Mais les juments de Céleste filent aussi. A chaque instant, on croirait qu'elles vont escalader le char qui les précède.

Le sixième et le dernier tour commence. L'instant

décisif approche. La foule debout hurle le nom de ses favorites.

— Presse-toi, presse-toi, Mandragore ! Ne la laisse pas prendre le tournant. Maintenant ou jamais... !

Mais, en arrivant à la dernière borne, Céleste n'a pas encore changé de place. Elle est toujours derrière Héloïsia.

Celle-ci se lance dans le virage. A ce moment, Céleste se penche en avant, rend les rênes et brandit au-dessus de ses juments la longue lanière de son fouet :

— Allons, Galante ! En avant, Fleur d'Amour ! Quoi, Favorite, tu veux rester en arrière ? Bravo, Sultane !

D'un seul bond, les juments alezanes sont passées à côté des chevaux gris ! Héloïsia les entend, mais n'ose détourner son regard du but qu'elle convoite et qu'elle touche presque : la couronne de fleurs qu'on vient d'accrocher au pylône de la borne d'arrivée.

Céleste aussi l'a vue, cette couronne de fleurs ! Là-bas, à six cents pieds, Céleste Vainart — ex-grisette, ex-putain — redevient officiellement la Mandragore, la fameuse Mandragore, polkeuse de Mabille, modèle de Clésinger, victorieuse à l'Hippodrome. A la fin du mur, c'est la gloire à nouveau, la richesse peut-être... Mille mètres.

Flanc à flanc, les huit chevaux volent tout droit au but. Les roues, les rambardes, les essieux se touchent et se choquent. D'une plate-forme à l'autre, les conductrices s'attrapent. Elles se bousculent. Elles tentent de faire tomber l'autre, au risque de perdre soi-même l'équilibre... Le temps est suspendu. Elles ont noué les rênes lâches à la rampe de leur char et elles brandissent leur fouet. Elles s'en frappent aux mains, à la tête, au visage. Les lanières s'entrelacent, s'emmêlent, cinglent. Cinquante mètres. Les auriges reprennent leurs rênes et tentent de se pousser ou de s'écraser en jetant leurs attelages l'un contre l'autre. A ce jeu, Céleste a l'avantage. Trente mètres. Elle presse le quadrige de sa rivale contre le mur. Elle le coince..., le dépasse..., le coupe..., prend sa place ! Sur le mur, là, au bout, elle va saisir la couronne. Penchée en avant, elle tend le bras, les fleurs sont à portée de sa main, elle les prend déjà ! Mais au moment de refermer ses doigts, elle est projetée contre la rambarde de son char. Héloïsia, passée à sa droite, vient d'accrocher sa roue à la sienne. Dans un délire d'applaudissements, elles franchissent ensemble la ligne d'arrivée ! Elles ont gagné toutes deux, mais la couronne n'ira ni à l'une ni à l'autre. Les fleurs, piétinées par les chevaux, gisent, déchiquetées, dans la sciure. Adieu le rêve d'offrir son triomphe à Louis-Napoléon Bonaparte !

Hors d'haleine, les mains écorchées, le visage gris de poussière, Céleste lève les yeux vers la foule : debout sur les gradins, les spectateurs hurlent à s'enrouer. Ils applaudissent ; ils tapent des pieds ; ils agitent leurs chapeaux. Vers elle. Pour elle. C'est elle que ce monde en délire salue. Sensation chaude qui envahit son être. L'euphorie de la victoire monte, embrase ses joues, illumine l'iris de ses yeux dorés. Tout en elle pétille et brûle. Cambrée sur son char, le visage tendu vers le public, elle fait au pas le tour de la carrière. Les programmes, les éventails, les ombrelles pleuvent en avalanche. Alors la joie de son triomphe ne se contient plus, Céleste en rit de plaisir : elle, Céleste Vainart, la Mandragore, la Lionne, a gagné !

Sous la tribune d'honneur, les deux attelages vainqueurs s'arrêtent.

L'assistance brusquement se tait. Silence solennel où, pour la première fois, Céleste prend conscience de la présence d'Héloïsia à son côté.

Bruits de chaises et claquements de talons : le Prince-Président se lève et sa suite avec lui. Les officiers en grand uniforme se mettent au garde-à-vous.

— Je t'offre de grand cœur les cuisses de ta bleue. Elle le mérite, murmure l'un des lieutenants à son voisin.

— La croupe de ta rouge te sera livrée à ta convenance.

— Demain. Minuit. La Maison Dorée. Deux cabinets contigus.

Le Prince-Président, debout, caresse et effile sa moustache. Longtemps. Lentement. Il se penche en avant et son œil d'émail gris se pose sur Héloïsia d'abord, sur Céleste ensuite. Levant ses paupières somnolentes, il la fixe un instant... puis s'adressant à toutes deux :

— Hardiesse et beauté..., prononce-t-il de sa voix sans timbre que heurte un léger accent allemand. C'est avec le plus profond respect que je m'incline aujourd'hui devant les principes qui firent jadis la grandeur de l'Empire romain.

Louis-Napoléon Bonaparte hoche la tête et salue les écuyères. Courtoisie et galanterie — un léger sourire court sous sa moustache brune...

En reconduisant ses juments en coulisse, Céleste jette un ultime regard à cette foule qui l'acclame :

« Et maintenant, Paris, à nous deux ! »

26

— CHAMEAU ! Garce ! Salope !

Les coups pleuvaient en avalanche. Coups de cravache, coups de pied, gifles, les écuyères n'y allaient pas de main morte. Elles avaient saisi Céleste à bras-le-corps et elles l'avaient fait rouler à terre sur le ciment de la loge.

— Tu n'avais pas le droit de couper !

— Tiens, prends ça, tricheuse !

En effet, couper — et couper dans les tournants de surcroît — était rigoureusement interdit par le règlement des courses. A chaque passage des bornes, Céleste ne s'en était pourtant pas privée et elle devait son succès aux risques absolument fous qu'elle avait pris... et qu'elle avait fait prendre à ses camarades.

— C'est toi qui as provoqué l'accident d'Aspasia.

— Elle a les jambes brisées...

— Les côtes enfoncées...

— P't-être qu'elle pourra plus jamais marcher.

Céleste se faisait écharper.

Folles furieuses, les écuyères la tapaient, la griffaient, la pinçaient de plus en plus fort.

— On va t'arranger de façon que tu ne nuises pas longtemps...

Héloïsia, prise d'une inspiration subite, s'était précipitée vers la tablette. Elle en revenait en brandissant une paire de ciseaux. Céleste, terrifiée, se débattit avec toute l'énergie dont elle était encore capable. Peine perdue.

Héloïsia avait saisi une poignée de ses cheveux à pleine main au ras de la tête. Elle collait les ciseaux ouverts contre son crâne.

— ... Te tondre, sale rosse, comme une brebis galeuse !

Le froid de l'acier juste au-dessus de l'oreille, sur toute la hauteur de la tête, et la grosse poignée de cheveux qu'elle sentait entre les deux lames ouvertes et prêtes à se joindre.

— Tenez-la bien, vous autres...

Au ras du crâne.

A ce moment, la porte s'ouvrit :

— Mesdemoiselles, un mot : Merci !

Camélias à la boutonnière, bouquets en main, une foule de messieurs envahit la loge.

Céleste sauta sur ses jambes. En un clin d'œil elle fut debout, amène, souriante, la mine parfaitement détendue. Elle alla de l'un à l'autre, acceptant les compliments et les bouquets. Les cheveux ainsi déroulés, elle se savait ravissante. Quant aux quatre autres, elles ne furent pas en reste d'amabilités : c'est avec infiniment de douceur et de modestie que ces dames accueillirent leurs admirateurs.

— Poussez-vous. Mais enfin, poussez-vous ! criait une petite voix aiguë qui cherchait à entrer dans la pièce bondée de monde. Toi, toi, tu peux te vanter de m'en avoir fait voir !

C'était Blanche ! Blanche qui s'avançait sérieuse et râleuse, Blanche plus blonde et plus ronde que jamais, noyée dans son odeur de citronnelle et la cascade de ses volants...

Elle embrassa Céleste quatre fois sur les joues :

— Un de ces jours, tu me feras mourir d'un arrêt du cœur ! Tu vas me raconter tout ce que t'as fait... Disparaître ainsi sans crier gare, sans laisser d'adresse. Je me suis fait un sang d'encre, moi !... Tout de même, quelle ingratitude !... Enfin, maintenant, on se lâche plus toutes les deux. Quel succès ! Quel succès ! Ils sont tous là dehors, à faire la queue pour te féliciter !

Ils étaient tous là, en effet.

— Renversante ! Ebouriffante ! Epoustouflante ! Vous êtes toujours la même ! s'écriait Brididi en lui serrant la main. Quand je pense que c'est moi qui vous ai baptisée. La Mandragore, quel beau nom !... Tout de même, j'ai eu une fameuse inspiration ce soir-là !

— Alors, mademoiselle Ouragan, on ne me dit pas bonsoir, à moi ?

Plus gros, plus gris, toujours aussi jovial et turbulent :

— Monsieur Dumas ! Mon Dieu, vous vous souvenez encore de moi ? s'exclama-t-elle, surprise et ravie.

— Une tornade, ça ne s'oublie pas !... Viens ici que je te baise au front...

— Je suis couverte de poussière, dit-elle, souriante, en s'avançant vers lui.

Il l'étreignit dans ses grands bras, la serrant contre lui un peu trop longtemps, un peu trop fort... Quand il la lâcha, une lueur brillait dans leurs yeux à tous les deux.

— Débarrasse-toi de ces importuns et viens souper avec moi.

Elle éclata de rire :

— Je veux bien, mais... et mon capital ?

Il lui fit un clin d'œil, lui pinça la joue et tonna, malicieux :

— Foi de Dumas, j'en prendrai grand soin de ton capital ! Ah ! Ah ! Ah !... Je t'attends dehors.

Oui, ils étaient tous là, les amis, les relations d'autrefois. Visages à peine entr'aperçus qui venaient aujourd'hui la féliciter comme une vieille connaissance. Et elle s'extasiait de les retrouver ainsi, d'un coup, en bloc, après ces années d'éclipse. Vrai, cette représentation devant le Prince-Président avait attiré tout Paris à l'Hippodrome !

« La France est à moi... », s'était-elle dit jadis après son premier succès à Mabille. Maintenant elle pensait qu'il n'en fallait pas beaucoup pour la conquérir, et moins encore pour la perdre... Du coin de l'œil, elle surveillait les bouquets que les valets déposaient par gerbes. Les fleurs ne l'intéressaient pas. Elle ne regardait que l'enveloppe blanche qui recouvrait un nom. Un homme. Des enveloppes, des hommes. Au hasard, elle en saisit une qu'elle décacheta brutalement :

Où ? Quand ? Combien ? Pouvez-vous ce soir ? Voulez-vous demain ? Mercredi ? Jeudi ? Craignez-vous vendredi ?
Moi, je ne crains qu'une chose, c'est le retard !
                                        Signé : Alfred Mosselman.

— Alfred Mosselman ! s'écria Blanche qui avait déchiffré le bristol par-dessus son épaule. Mazette ! Le frère de la comtesse Lehon, la maîtresse de Morny. Quel chopin !

— Il est riche ? demanda Céleste froidement.

— Tu parles ! C't' un banquier.

Une lueur passa dans les yeux de la Mandragore.

— Passe-moi un crayon.

Elle réfléchit un instant, retourna la carte et inscrivit : *Désolée, cher, nous ne sommes pas à vendre.*

— Rapporte tout cela à ton maître, dit-elle tranquillement en rendant au valet bouquet et billet.

— Ah ça, mais tu vas pas recommencer tes âneries ! se mit à hurler Blanche, devenue cramoisie.

— T'occupe pas !

Et Céleste se retourna vers la foule qui continuait d'aller et venir dans la loge.

Ah, par exemple, quand la reine Pomaré entra, ce fut son tour de ne pas la reconnaître ! Lise était habillée en homme. Elle portait le frac. Très chic. Ses mains gantées de « beurre frais » jouaient négligemment avec le pommeau d'or d'une canne anglaise et son gilet impeccablement coupé n'avait rien à envier à celui des élégants du Boulevard.

« Plus originale que jamais, la Lise.. », pensa Céleste.

Son gibus lui écrasait bien un peu la tête. Mais peu importait. Chic. Très chic. Appuyée au mur, elle ne faisait pas un geste vers Céleste, attendant que celle-ci vînt à elle.

Elle y courut.

— Lise, Lise, quelle joie de te voir !

La reine Pomaré tendit le bout de ses doigts à la Mandragore.

Déçue, Céleste lui prit la main que l'autre serra à peine. « Pas un mot pour me féliciter, pas un mot pour me demander de mes nouvelles... ma meilleure amie, eh bien, vrai ! » pensa-t-elle.

Elle fit un effort :

— Alors, Lise, que deviens-tu ? Tu as l'air très en beauté...

« Mais qu'est-ce que je raconte ? Avec ses sourcils qui se rejoignent, elle n'a jamais eu l'air aussi méchant. On dirait qu'elle n'a plus de bouche tant ses lèvres sont serrées. Et ces taches rouges sur ses pommettes... Du maquillage ? C'est raté. Elle est affreuse... », pensait Céleste.

— Tu es superbe, dit-elle.

— N'est-ce pas ? Oui, je vais bien, fort bien, répondait la voix neutre de Pomaré.

Elle se tut, donna un petit coup de chapeau pour saluer et, froidement, sortit en jetant :

— Enchantée de vous avoir revue avant que vous ne vous soyez rompu le cou...

— Non, mais écoutez-la, cette détraquée ! explosa Blanche... ça n'a pas une robe à se mettre sur le dos, et ça fait la fière ! T'auras cassé ta pipe longtemps avant que Céleste se rompe le cou, tu peux m'en croire !

Céleste, irritée d'abord par la froideur de Pomaré, était maintenant tout à fait calmée par la hargne de Blanche.

— Lise est malade ? demanda-t-elle.

— Elle passera pas l'hiver, oui ! Forcément, à faire la noce avec n'importe qui, on y laisse la santé. Elle part de la caisse. Et pas un sou de côté pour se soigner. Je l'avais bien prédit : les dérèglements, ça s' paie.

« Bien sûr, pensait Céleste, les taches rouges sur les pommettes — du maquillage ? Oui. En plus. Pour masquer les points de phtisie dessous. Les lèvres serrées... pour ne pas tousser. Suis-je bête ! Cette froideur, cette fierté... Qui eût pu se douter qu'en réalité... ? Et ces habits d'homme, le gibus, la canne, très chics, tellement plus chics qu'une pauvre robe éculée... Fortiche, la Lise.

« Les signes extérieurs. Apprendre d'elle. Vite. Avant qu'il ne soit trop tard.

« Pour arriver : paraître. Tout est là ! »

*
* *

Cette nuit même, Céleste, escortée de Dumas, montait l'escalier qui menait aux cabinets particuliers de la Maison Dorée.

« Me revoilà où je me trouvais il y a sept ans, songeait-elle avec un plaisir mêlé. Sept ans. Une éternité. Et pourtant rien ici n'a changé. Même le maître d'hôtel m'a reconnue. »

— Bonsoir, David.

— Bonsoir, mademoiselle Céleste. Comment allez-vous ce soir ?

« Hypocrite, va ! Il ne me donnait pas même un bout de pain quand je chantais sous les balcons.

« ... Il y a sept ans, j'étais ici. Pas dehors sur le Boulevard. Ici, sur les banquettes de velours. Ici. Après Mme Pilloye. Après la rue des Blancs-Manteaux. Avant la rue Basse-du-Rempart. Avant Mme Olympe.

« Comment, une fois grimpée au niveau des soupers à la Maison Dorée, en ai-je dégringolé aussi vite ? Et comment me maintenir aujourd'hui dans la position où je me trouve ? Quelles erreurs ai-je commises jadis ?

« Il faut comprendre pourquoi j'ai échoué la dernière fois. Sinon je vais encore culbuter. Et merci ! Le bordel, la prison, l'hôpital, cette fois, je n'en reviendrais pas. Y réfléchir... absolument... demain. Pas ce soir, je suis fatiguée. »

Elle était brisée. Trop d'émotions. La course, le triomphe et enfin les écuyères, cette escarmouche où elle avait manqué être tondue.

« La beauté, ma seule arme. Il faudra savoir s'en servir. Je crois que je suis belle, très belle. Oui, je suis très belle et il faudra s'en servir. »

— Que désires-tu pour fêter ta victoire et nos retrouvailles, chère belle ? Des ortolans avec des truffes ? demandait Dumas en lui soufflant dans le cou.

La nuque posée contre la glace, elle roula la tête vers lui et lui jeta un regard absent. Elle l'avait complètement oublié, celui-là ! Et pourtant il était là, bien présent avec cet appétit qui débordait de façon presque gênante.

« Que vais-je en faire ? Que *faut*-il en faire ? Mon protecteur ? Mon béguin ? Ou mon camarade ? Quelle est la meilleure solution ? »

Les bulles de champagne remontaient dans les flûtes. Céleste, rêveuse, caressait lentement de sa main nue le velours du coussin. Les paupières mi-closes, le visage un peu renversé, elle contemplait la boule ronde et lumineuse — le petit lustre au-dessus de sa tête...

« Ah, c'est bien bon, tout ça !... » murmura-t-elle en fermant tout à fait les yeux. Elle allongea ses jambes sous la table et savoura le luxe retrouvé.

Elle portait sa robe de gala de chez Mme Olympe. La seule qu'elle ait pu emporter. Rouge. Rouge sang-de-bœuf avec une traîne. Dramatiquement décolletée.

« J'ai l'air d'une fille... » Elle sourit. « Peu importe ! »

Dumas s'approcha pour l'embrasser. Complaisamment, elle s'abandonna à ses caresses... Et il la prit là, devant la table. Trois fois de suite. L'avantage avec un tel tempérament, c'est qu'elle n'avait pas grand-chose à faire. Un miché somme toute reposant, Alexandre Dumas. Insatiable, mais guère compliqué.

— Tu ne seras pas jalouse, n'est-ce pas ? Vois-tu, si je n'avais que toi... tu serais morte avant huit jours. Au fond, c'est par humanité que j'ai plusieurs maîtresses.

Demain, elle réfléchirait au meilleur parti à tirer de sa nouvelle intimité avec Dumas. Il était son amant. Mais de quel genre ? Quel genre d'amant lui serait le plus profitable ?

— Tu ne veux vraiment pas que je te raccompagne en fiacre ?

— Non, merci, tu es gentil. Je reprends mon service à l'Hippodrome dans une heure et je préférerais marcher un peu... Seule.

— A ta guise, chère belle. Je passerai te prendre après la représentation.

— Pas ce soir, mon chat, je suis prise.

— Demain, alors ?

— Je suis prise aussi.

— Après-demain ?

— C'est ça... On verra. Adieu.

Et, sans lui laisser le temps de la serrer contre lui, elle lui envoya gentiment un baiser. D'un pas leste, elle s'éloigna sous les ormes.

« Le Boulevard ! Le Boulevard pour moi seule ! »

Sa traîne sous le bras, elle humait l'odeur de chlorophylle que distillaient les feuilles chargées de rosée. Le petit matin... Sans doute était-elle la dernière soupeuse à émerger d'un cabinet car, au Café de Paris, au Café Anglais, les fenêtres étaient noires. Plus un chat. Même les balayeurs avaient disparu. Un fiacre passa en trombe. Elle vit, au bout d'un bras gigantesque, une petite main couverte de bagues qui s'agitait en signe d'adieu.

— Durant la course de chars, prends bien garde à toi, mon cher amour...

Il l'appelait déjà son « cher amour ». Elle sourit. Les hommes... Toute sa déférence de jadis pour « monsieur Dumas » avait disparu. D'égale à égal, maintenant.

« Et le Boulevard pour moi seule ! »

Tant de fois elle était venue y faire la vague ! Ah, elle les revoyait encore, tous ces « gants jaunes » drapés dans leurs capes anglaises, qui appuyaient au perron de Tortoni leur nonchalance et leur superbe. En avait-elle fait de ces cocodès-là ! Sur le Boulevard... Elle songea alors à cet autre point du jour, celui de février 1848 où, sortant du bal de l'Opéra, elle avait marché vers la Madeleine avec le peuple. Et avec Pomaré. Elle la revit à côté d'elle, grise dans son domino blanc.

« Pauvre Lise ! Est-elle vraiment mourante, comme l'affirme Blanche ? »

Céleste frissonna. L'hôpital. Elle revoyait le blanc, le blanc, le blanc des rideaux qui clôturaient son lit de toute part ! Combien elle avait voulu la mort dans ce lit ! Comme elle l'avait appelée !

Maintenant, la mort, Céleste ne la désirait plus. Elle voulait vivre ! Vivre puissante.

Le temps était loin où, impassible et désespérée, la Lionne subissait sa destinée. Loin aussi le temps où la petite Céleste Vainart rêvassait son ascension dans sa loge de concierge. Son ascension, la Mandragore, à vingt-sept ans, la bâtissait avec la méthode d'une ouvrière industrieuse.

« Pour cela : bien comprendre le jeu et bien connaître mes propres cartes. Ne jamais quitter des yeux l'objectif. Concentrer sur lui toutes mes pensées et toutes mes décisions. »

Cette fois, elle avait les moyens de son ambition ! A

condition, bien sûr, de ne pas commettre la plus petite erreur.

« J'ai un nom. J'avais un nom. Aujourd'hui, grâce à l'Hippodrome, je puis étendre ma réputation. Si je suis adroite.

« J'ai aussi un agent de publicité : Dumas. Un amant influent, donc une introduction.

« Mais comment devenir puissante à mon tour ? Comment faire en sorte que, quoi qu'il arrive, je ne retombe jamais ?

« S'élever toujours.

« Mais comment ?

« Utiliser ces soupers de la semaine à venir. Choisir mes amphitryons. Sélection sévère. Impitoyable. Frapper haut tout de suite.

« Tant pis si ça ne marche pas au début.

« Les signes extérieurs. Avoir l'air. Avoir l'air difficile, demandée et sélective.

« Mais comment savoir qui est quoi et à combien s'élèvent les chiffres de rente ?

« Blanche ? Elle connaît les chiffres... ne comprend rien au rang.

« Lise ? Lise saurait. Aller la voir. Tant pis si c'est moi qui dois faire le premier pas.

« Aussi bien, elle est malade et a besoin de moi. Pauvre Lise ! »

Céleste s'apitoya un instant sur la Pomaré. Mais le cœur était désormais ailleurs.

Elle continuait de remonter les Champs-Elysées vers l'Arc de Triomphe et l'Hippodrome. Le mois de juillet, cinq heures du matin, les beaux quartiers. Vrai, quel désert ! Et quel silence ! On n'entendait que le claquement des ciseaux d'un jardinier invisible qui taillait, quelque part là-bas, les bosquets de l'avenue. Elle marchait entre les chaises jaunes impeccablement alignées le long de la contre-allée cavalière. Ses talons, trop hauts, s'enfonçaient dans le sable et l'odeur poivrée qui montait des parterres l'enivrait : elle arrivait à la hauteur du bal Mabille.

« Mon bal Mabille », pensa-t-elle avec une pointe de raillerie. Elle était un peu émue.

Longtemps, elle demeura plantée là à contempler les vasques rouges des géraniums qui s'étageaient de colonnette en colonnette, dans les niches et sous les arches, jusqu'au sommet de cet immense portique de plâtre blanc.

La grille du jardin était close ; elle passa sa tête au travers. Par milliers, les globes des luminaires s'irisaient au soleil levant et Céleste apercevait, au fond de l'allée de verdure, la forme tarabiscotée du kiosque chinois.

La *Valse des bords de l'Oise*... Une vibration qu'elle perçut à peine au début. Mais le rythme à trois temps s'accéléra dans sa tête. Il montait en elle, montait, montait, toupillait, éclatait.

— Taisez-vous. Mais taisez-vous donc ! Ce n'est pas une heure pour beugler !

Seigneur, un municipal ! Elle avait chanté tout haut. Folle ! Folle ! Folle ! L'agent allait l'arrêter. Il en avait le droit. Elle ne s'était pas présentée à la préfecture depuis le jour où elle avait quitté la maison close. Elle était en contravention. Elle était prise. Prise juste au moment, au seul moment, où elle ne s'y attendait pas.

Dieu savait pourtant si elle n'avait pas cessé de trembler ces derniers mois ! Chaque fois qu'un visage nouveau entrait au manège, elle croyait y reconnaître un inspecteur ! Ses mains devenaient froides. Elle se tassait sur elle-même. Quand elle le pouvait, elle filait se cacher derrière une botte de paille. Et son cœur se mettait à battre fort, si fort qu'elle craignait que l'autre l'entendît. Les écuyères l'avaient souvent trouvée ainsi, accroupie dans le fourrage, le front pâle et couvert de sueur...

Pas une journée où elle n'eût connu de ces peurs-là ! Et quand on lui avait volé sa montre, elle n'avait pas même osé se plaindre, tant elle redoutait d'attirer sur elle l'attention de la police.

Cette montre, elle y tenait pourtant ! C'était son seul bien, un cadeau « pour ses gants » que lui avait fait un client de chez Mme Olympe, l'unique objet qui lui appartînt en propre. Mais, de crainte de devoir dire son nom, elle n'avait voulu faire aucune déclaration. Elle s'était laissé voler — muette, terrifiée à l'idée qu'on puisse lui demander, à elle, son identité.

Son identité ? Une petite carte rose, restée vierge des tampons obligatoires. *Vainart Céleste. Inscrite le : 25 mars 1850.* Ah, elle les connaissait, les dates auxquelles elle aurait dû se rendre à la préfecture ! Chaque samedi. Toutes les quinzaines. Elle revoyait le dépôt, ses longs couloirs et ces femmes, ces « filles » à la queue jusque dans la salle du dispensaire. L'idée de s'allonger dans le fauteuil à bascule ; d'ouvrir les jambes, en grand, là devant elles ; de mettre ses bottines dans les étriers ; de se laisser examiner... Non, elle n'avait pas pu. Elle n'y retournerait pas.

Et, maintenant, elle était prise !

Un instant narquoise, elle imagina le scandale à l'Hippodrome : Louis-Napoléon y avait salué une « créature » ! Vrai, quel esclandre !

Mandragore, la célèbre Mandragore, était fille inscrite. Céleste frissonna.

— Que faites-vous ici, seule, dans une promenade publique à cinq heures du matin ?

Bon Dieu, le règlement !

Elle se le remémora mentalement : « Une fille ne doit pas se trouver dans les promenades publiques, aux Tuileries ou aux Champs-Elysées. Une fille ne doit pas se trouver hors de chez elle avant six heures du soir. Elle doit être rentrée avant onze heures... »

« Je cumule, railla-t-elle... Sans compter que je ne porte pas de bonnet. » Elle avait des sueurs froides. « Garder mon calme. Après tout, que sait-il de moi, ce municipal ? Rien. Sinon que je chantais... »

— Je suis chanteuse. Je répétais un air.

— A cette heure ? grogna l'agent, incrédule.

— La seule possible. Chez moi, avec les voisins, vous comprenez, c'est difficile. Ici, je ne dérange personne. Il y a de l'espace.

Elle zézayait un peu, l'air innocent.

Dans son dos, elle sentait des gouttes perler. Sa gorge était sèche. Elle vit le regard du municipal se poser sur son décolleté.

— Ma tenue de scène. Elle sourit. Si mon public me rencontrait sur les Champs-Elysées ainsi vêtue, il imaginerait Dieu sait quoi. Pourtant, répéter en costume est nécessaire pour habituer le souffle... Bon, il se fait tard. Le monde va sortir. Si vous le permettez, monsieur le Municipal, je rentre chez moi. Venez quelque jour m'applaudir aux Italiens.

Elle ramassa sa traîne et s'éloigna dignement... Et à grands pas.

« Qu'est-ce qu'il fait derrière moi ? Me regarde-t-il ? Va-t-il me laisser filer ? Va-t-il me retenir ? » A tout moment, elle craignait d'entendre sa voix qui l'appelait : « Un instant, je vous prie. » Mais non. Elle fila sans encombre vers les gonfanons jaunes de l'Hippodrome.

« On a le droit de m'arrêter partout où je me trouve. Donc, ne pas attirer l'attention. Ne plus sortir seule. Ne plus sortir la nuit. Eviter le Boulevard. Dans ce quartier rempli de femmes, la surveillance est active. Surtout ne jamais oublier qu'on a le droit de m'arrêter partout où je me trouve. Agir en conséquence. Que la leçon d'aujourd'hui me serve d'avertissement. »

D'avertissement, elle en avait grand besoin, car sa nouvelle célébrité à l'Hippodrome allait multiplier les risques de se faire prendre. Tout le monde savait que les écuyères ne faisaient pas leurs bénéfices dans l'arène : « Ici, jamais d'augmentation », clamait Franconi. « Faites vos affaires vous-mêmes, mesdames. Votre exposition devant le grand public de l'Hippodrome vous en fournit les moyens. »

Nul n'ignorait, pas même la police, que la vertu des écuyères était monnayable. Leur célébrité attirait l'attention des viveurs — et aussi la curiosité des agents des mœurs. Curiosité redoutable pour une fille en carte qui n'était pas allée à la préfecture depuis des mois.

« ... Cette célébrité dont je faisais l'instrument de ma réussite — un piège, oui ! » fulminait Céleste en entrant comme une tornade dans la vaste loge. La pièce était vide et sombre. Les fleurs se fanaient sur les tablettes, dans les coins, partout.

« Foutaise ! Foutaise ! Foutaise ! » explosa-t-elle en attrapant une gerbe qu'elle envoya à toute volée contre le mur. « Et comment utiliser ma célébrité sans me retrouver derrière les barreaux de Saint-Lazare, maintenant ? » Elle s'appuya à la tablette et tâcha de réfléchir. Puis, d'un doigt nerveux, elle décacheta la première enveloppe piquée dans l'un des bouquets à côté d'elle : *Je vous adore, mademoiselle. Pour être à vous, pour que vous soyez à moi, je donnerais ma vie. Sur mon âme vous avez tout pouvoir.*

« Et sur ta fortune aussi, crétin ? Sur ta fortune aussi, j'ai tout pouvoir ? Tout pouvoir ! Foutaise ! Pour cela, il faudrait être libre. Et comment être libre avec cette peur qui me tenaille jour et nuit ? Oui, pour être puissante, il faut être libre...

« Trouver le moyen de faire rayer mon nom du Livre d'infamie. Sinon, je n'arriverai à rien. »

Des moyens, il n'y en avait pas trente-six. Un seul : le mariage.

Pour qu'une fille soit rayée du Livre, il fallait qu'un monsieur, un monsieur très respectable, demandât lui-même sa radiation. Il s'engageait par écrit à la prendre à sa charge et sous son entière responsabilité morale et financière en l'épousant devant Dieu et devant les hommes.

« Pas facile, songeait Céleste. Au stade où j'en suis, les messieurs très respectables m'achèteront, m'achèteront même fort cher si je veux... mais de là à convoler en justes noces, pas une chance !

« A moins que... à moins que... ils n'y aient intérêt.

« C'est cela. A moins que ce monsieur très respectable n'y trouve plus intérêt que moi.

« Faire fortune. Faire fortune vite ! Céleste, ma fille, dans trois ans, tu dois être à même de t'acheter un mari.

« Il me faudrait quelque chose de décati... aux abois... perdu de dettes. Un des joueurs insolvables du Jockey Club par exemple... Rembourser son déficit. Lui payer toutes ses créances. Et cela en échange de son nom et... de son titre, pourquoi pas ?

« ... Oui, dans trois ans, tu es mariée, titrée et radiée du Livre.

« Et puisque, dans l'intervalle, tu n'as pas intérêt à faire trop de tapage à cause de la police, utilise à tes fins la réserve qui t'est imposée, transforme-la, exagère-la. Que ta pudeur devienne une impudence, ta gravité une effron-

terie. Outre ta réserve au point d'en faire une extravagance.

« Pour le reste, concentre-toi sur le chiffre de rente de
tes soupirants. »

27

PARMI les personnages de premier plan qui se plaisaient à figurer dans le monde de la galanterie, les femmes citaient avec gratitude le nom d'Alfred Mosselman.

Né en Belgique, il n'en était pas moins considéré comme une figure très parisienne.

Pilier du perron de Tortoni, il ne dédaignait pas le bal Mabille et l'on appréciait fort sa valeur — ses valeurs surtout — au Café Riche, au Café Anglais et à la Maison Dorée.

Quant aux festins qu'il donnait au restaurant des Frères Provençaux, on en parlait des mois durant. Cent convives de belle humeur — les chroniqueurs les plus salés, les soupeurs les plus déchaînés, les comédiennes les plus dégrafées...

Le champagne coulait à flots et les tables ployaient sous les dindes truffées.

En outre, Mosselman s'occupait beaucoup des demoiselles du corps de ballet de l'Opéra. Protecteur attitré des débutantes, il répandait ses bienfaits sans nombre sur la tête d'une foule de jeunes personnes aux mœurs légères.

Et, comme la moindre petite histoire de femme lui était prétexte à banquet, ses parasites l'applaudissaient très fort au dessert.

Tel était Alfred Mosselman, « Mac'Aroul » pour les intimes, l'homme immensément riche auquel Céleste avait renvoyé et son bouquet et sa carte avec, au verso, ce mot déchirant : *Désolée, cher, nous ne sommes pas à vendre.*

Un tel refus avait confondu le malheureux banquier. Il n'était pas venu de Bruxelles se ruiner à Paris pour être refusé par une Mandragore.

Encore, si la fille était sage. Mais non ! Deux officiers de la suite du Prince-Président ne s'étaient-ils pas vantés de l'avoir prise à tour de rôle dans un cabinet de la Maison Dorée ?

Mais de lui, rien. Elle n'acceptait rien.

Dix kilos de fleurs déposés quotidiennement dans la loge. Douze boîtes de bonbons. Un collier de perles à deux rangs. Et elle avait tout renvoyé !

Ces renvois le rendaient fou.

Rageur, il expédiait les perles à sa bouquetière, fourguait les fleurs à son bijoutier et mangeait les bonbons.

Assis au premier rang, chapeau sur les genoux, monocle d'or à l'œil, il assistait à toutes les représentations de l'Hippodrome. Il s'y rendait accompagné de quelques amis pour mieux commenter les charmes de la Mandragore quand elle passait en trombe devant eux. Au bout de cinq semaines de cour infructueuse, tous les soupeurs de Paris étaient venus voir à la barrière de l'Etoile la nouvelle toquade de cet excellent Mac'Aroul. La voir ou la revoir, car certains la connaissaient de longue date : Nestor Roqueplan, ex-directeur des Variétés, maintenant directeur de l'Opéra ; et Théophile Gautier...

Ce fut Théophile Gautier que, désespéré et à bout de ressources, Alfred Mosselman dépêcha en ambassadeur.

— Tentatrice du tentateur, tu lui brises le cœur à ce bon Mac'Aroul ! Il ne pense qu'à cela : festoyer avec toi ! tonnait familièrement Théophile.

Ils ne s'étaient pas revus depuis 1848. Soit tact, soit indifférence de sa part, il ne lui avait pas posé une seule question sur ce qu'elle avait fait durant ce temps. Naturel et familier, il reprenait leur relation où ils l'avaient laissée :

— Corne de macaque, vas-tu accepter ou je te...

— ...Ou tu m'ouvres le ventre avec ton couteau de cuisine, c'est ça ?

Céleste éclata de rire. Très à son aise elle aussi, elle se

changeait devant Gautier, venu la féliciter après la course. Elle avait encore gagné. Cette fois, sans grand mérite. Dès le lendemain de l'inauguration, les écuyères avaient jugé inutile de se mesurer avec cette folle qu'aucun péril n'arrêtait. D'un commun accord, elles avaient donc décidé de ne plus rivaliser : elles la laissaient passer.

Franconi serait bientôt obligé de changer le numéro. « Et le combat cessa, faute de combattants », jubilait Céleste. La défection des autres ne la gênait pas, bien au contraire. Elle avait horreur de cette course qui risquait de la tuer tous les jours.

— Y seras-tu, toi, à ce festin ? demanda-t-elle en déroulant lentement la lanière qui s'entortillait à son mollet.

Fasciné, Théophile Gautier ne répondit pas. Il regardait, posé sur le tabouret, là, devant lui, le pied de la Mandragore : un pied nu dans un cothurne, blanc comme de l'albâtre, très étroit, avec le second doigt plus long que le gros orteil... un pied de statue grecque ! Le poète paraissait bouleversé... C'était bien là son rêve, son idéal : un pied de statue, un pied de femme réelle, une forme typique du passé incarnée dans une forme vivante.

« Va-t-il maintenant me sauter dessus, ce cérébral ? » se demandait Céleste, amusée, en songeant au peu d'appétit amoureux que Gautier avait montré jadis. Elle se souvenait que, malgré la crudité de son langage, le sexe n'intéressait pas outre mesure le grand poète.

« En tout cas, le voilà pris... Eh bien, vrai, si j'avais pu me douter que ce brave Théo était un fétichiste, je lui aurais laissé une de mes bottines en souvenir ! »

— Tiens, baise-le, va ! dit-elle négligemment en lui levant le pied à la hauteur du nez.

Il le prit à deux mains et y planta une multitude de petits baisers, avec une passion qu'il n'avait jamais témoignée à Céleste durant leur liaison. Puis doucement, dévotement, il l'embrassa entre chaque doigt, de la pointe au talon, sur le cou-de-pied, sous la cambrure...

— Dis donc, heureusement que je ne suis pas chatouilleuse ! s'exclama-t-elle en lui retirant son pied.

« Il va finir par me donner des frissons, ce maniaque, avec ses agaceries... »

— Tu ne m'as pas répondu : y seras-tu, toi, à ce souper ?

— Donne-moi ton pied mignon à dévorer chaque pleine lune et je jure de grignoter toutes les truffes de Mac'Aroûl.

— Je n'en demande pas tant... Bon, bon, j'accepte l'invitation. Mais pour toi, mon vieux Théo, seulement pour être avec toi, dis-le-lui bien à ton Macarouille !

Sous sa longue moustache roussie par les bouts de cigare qu'il mâchonnait à longueur de journée, Gautier ébaucha un sourire.

« Elle a pris du monde, cette déesse. Ce n'est plus Vénus, c'est Minerve. Ou Diane chasseresse. »

Et Céleste, comme si elle avait lu sa pensée, lui jeta en riant :

— Attends de voir...

Coquine, elle lui sourit ; et le planta là.

*
* *

— Ah, Dumas, vous tombez bien ! hurlait Mosselman en arrêtant l'écrivain sur le Boulevard, à la sortie des Bains Chinois. J'ai retenu pour ce soir le Grand Seize du Café Anglais. Nous serons vingt. Tous bons garçons. Ces dames comprises. Roqueplan, Edmond About, Gautier (comment se passer de ce cher Gautier ?) seront des nôtres. Je compte sur vous !

Un peu étonné par le débit fébrile de ce brave Mac'-Aroûl, Dumas lui prit le bras et, sans se presser, l'entraîna avec lui sur le Boulevard :

— Et quel heureux motif nous vaut ces agapes nouvelles ?

— C'est une personne que je veux fêter, balbutia le financier.

— Sans doute, sans doute. Comment ne l'avoir point deviné ?... Et cette mystérieuse ?

— Une personne adorable.

— Sait-on en ces parages son nom, ses mérites ? continuait Dumas, impitoyable, sans lâcher le bras du pauvre amphitryon d'instant en instant plus énervé.

— Vous verrez, vous verrez. C'est une étoile que je viens de découvrir.

Sur ces mots, le gros Mosselman se dégagea et repartit au galop pour recruter ses convives :

— Sept heures et demie au Grand Seize. Soyez exact !

A cinq heures de ce même après-midi, Céleste s'apprêtait à rendre visite à la reine Pomaré. Elle ne l'avait pas revue depuis le jour de l'inauguration.

Jugeant qu'elle n'aurait pas de nouvelles à moins de faire le premier pas, après quinze jours d'attente elle s'y était décidée. D'autant que Lise demeurait à deux pas : « Hôtel de Valois, aux Champs-Elysées. »

Elle tenait l'adresse de Blanche, qui la tenait de Rose-Pompon : « Tout de même, pour vivre à l'hôtel, Lise ne doit pas être aussi fauchée que le prétend cette mauvaise langue de Blanche ! » songeait-elle quand son fiacre s'arrêta devant le perron...

Car Céleste, fidèle à sa politique de sécurité, ne sortait plus à pied. Au reste, c'était précisément pour réduire les risques qu'elle avait groupé ses sorties le même jour. Puisqu'il lui fallait plastronner en grande tenue de combat le soir au Café Anglais, pourquoi ne pas en faire profiter Lise dans l'après-midi ?

« Puffeuse pour puffeuse, autant puffer tout le monde d'un coup. Aussi efficace. Plus économique, avait-elle médité en organisant son esbrouffe... Les signes extérieurs. Tout est là. »

— Elise Sergent, s'il vous plaît ?

— Nous n'avons personne de ce nom, madame.

— ... La reine Pomaré ?

— Son Altesse n'est pas encore rentrée, rétorqua insolemment le chasseur en comptant ses clefs.

— Où puis-je l'attendre ?

— Certainement pas ici ! Montez à sa chambre si vous voulez... A l'entresol. Numéro quatre.

— Puis-je vous demander la clef ?

— Le numéro quatre n'a pas de clef... Le numéro quatre n'a plus de clef.

Céleste, sans s'attarder davantage, fila par l'escalier.

A l'entresol, la première chambre du couloir était grande ouverte.

Posée sur la cheminée en face de la porte, une statue

entièrement recouverte d'un voile tendait ses bras bleutés vers le désordre de la pièce. La vierge en plâtre de Pomaré ! Céleste la reconnut immédiatement. Elle s'approcha. A travers la dentelle, on voyait des fleurs séchées et des perles de verre qui pendaient autour du cou de la Madone...

« Sacrée Pomaré, elle a reconstitué son arsenal entier », murmura Céleste, impressionnée. Elle se rappelait le matin de février 1848 où les créanciers d'Elise avaient tout enfourné dans un grand sac noir. Elle se rappela aussi qu'elle-même avait livré la verroterie de son amie au factionnaire du pont de l'île Saint-Louis.

« Et maintenant, tout est de nouveau à sa place dans cette saleté, dans ce désordre. »

« Y a des hauts et des bas, avait dit Blanche jadis... C'est le propre du métier. »

« Et encore des hauts, et encore des bas, répéta mentalement Céleste... Au fond, éternellement la même chose. »

Elle se sentit soudain très lasse. Cette vierge de plâtre, ces robes en tapons, ces draps constellés de trous de cigarette — la pièce avait un air de « déjà vu » qui lui devenait de plus en plus insupportable. Sept ans en arrière. Elle se revoyait montant pour la première fois chez la reine Pomaré, intimidée, tellement intimidée à l'idée des merveilles qu'elle allait découvrir chez cette femme altière et méprisante : des salons tendus de tissu blanc, des poufs voluptueux, des tasses de thé qu'elles prendraient, le petit doigt en l'air...

Poisseuses et pleines de vieux mégots, les tasses de café s'empilaient au pied du lit :

« L'envers du décor... Derrière les signes extérieurs, voilà ce qu'on trouve ! »

Du bout de sa bottine, elle repoussa la pile... « Se donner tant de mal pour " paraître ", et arriver à cette cochonnerie-là ! »

— Ma chambre ne vous convient pas, peut-être ?

Céleste avait encore parlé tout haut ! Lise se tenait debout, appuyée au chambranle de la porte :

— Et, d'abord, qui vous a permis d'entrer chez moi ?

Très droite, sanglée dans une robe moutarde qui lui montait jusqu'au menton, la Pomaré disparaissait sous un grand chapeau à bavolet ; une voilette tombait en longs plis devant son visage, cachant complètement ses traits.

Seuls les yeux noirs et furieux perçaient l'épaisseur du voile.

— Lise, que tu es distinguée ! s'exclama Céleste, moitié flatteuse, moitié sincère.

De son œil d'expert, elle détaillait son ancienne rivale : « Bravo, ma vieille. Cette robe moutarde provient du meilleur faiseur ou je ne m'y connais pas... Ainsi gantée, ainsi voilée, tu pourrais même passer pour une femme du monde. »

— ... A chaque fois que je te vois, Lise, tu trouves le moyen d'être plus élégante ! continuait-elle pour faire oublier son mot malheureux quant à la « cochonnerie » de la chambre. ... Le frac, l'autre jour, quelle trouvaille ! Ce vieux bambochard de Brididi n'en revenait pas. Et moi, moi j'étais désespérée que tu t'en ailles si vite. Il m'a fallu quinze jours pour trouver ton adresse...

S'il y avait une chose au monde à laquelle Pomaré n'avait jamais su résister, c'était la flatterie. Une fois de plus, elle n'y résista pas ; et, royale, elle tendit sa main droite en signe de pardon :

— Allons, ma chère, viens m'embrasser, concéda-t-elle en soulevant sa voilette.

Céleste se figea... Lise était livide. Les pommettes ivoire et luisantes. Les joues creuses, au point de laisser deviner les dents sous la peau. Certes, certes Pomaré n'avait jamais été grosse, mais cette fois... un squelette ! Seuls les yeux étaient encore vivants dans cette tête de mort.

— Eh bien, tu ne m'embrasses pas ? s'impatienta-t-elle. Tu me trouves changée, peut-être ?

— Oui... Oui, je te trouve changée. Je suis saisie de te voir. Tu es si belle, si élégante.

— Ah, si c'est ça, tant mieux ! Vois-tu, tout le monde me croit malade.

Le cœur de Céleste se serra : Lise donnerait le change jusqu'au bout.

— D'ailleurs, soit dit en passant, tu as bien de la chance de me trouver, continuait-elle en ôtant ses gants doigt par doigt comme une dame. Je reviens de Nice.

« Le terrible avec toutes ces crâneries, c'est qu'on n'est plus sûr de rien », songea Céleste, agacée.

— Ah ? De Nice ? répéta-t-elle.

— Oui, ma chère, de Nice. J'avais attrapé un rhume dans les coulisses de ton satané Hippodrome. Nestor est si bon qu'il a pris cela au sérieux. Il m'a emmenée en me faisant passer pour sa femme...

— Nestor ?

— Nestor Roqueplan, le directeur de l'Opéra. Un amour comme on n'en fait plus. Ah, je ne suis pas inquiète : tant qu'il vivra, je ne manquerai de rien. Il m'aime tant !

« Me suis-je effrayée pour rien ? songea Céleste. Roqueplan l'emmène à Nice. Elle a des diamants aux oreilles. Il l'aime donc en effet. Il est puissant, il la fera soigner... »

— Et toi, ma chère, commença Lise, que devi...

Une quinte de toux lui déchira la poitrine. Elle haletait, le visage enfoui dans son bras accroché au chambranle. Elle ne pouvait pas se tenir debout, mais elle repoussait Céleste qui tentait de la faire asseoir.

Longtemps, la Mandragore et la Pomaré demeurèrent ainsi, face à face... en « vis-à-vis » comme autrefois dans les quadrilles et les polkas. L'une, raide, impuissante et mal à l'aise, regardant l'autre brisée, recroquevillée et secouée tout entière par cette crise qui n'en finissait pas...

— Mais enfin, que font-ils tous les deux ? s'impatienta le petit Nestor Roqueplan en sortant sa montre.

— Huit heures !

Depuis sept heures et demie précises, la réunion était au complet dans le Grand Seize du Café Anglais — sauf Mosselman et son héroïne. Le ventre de Dumas réclamait énergiquement et, à huit heures et demie, le chœur des invités commanda de servir. Les huîtres de Marennes et le potage à la purée de gibier étaient déjà engloutis lorsque parut Mosselman, non pas avec l'air épanoui qu'on s'attendait à lui voir, mais avec une pâleur qui n'était vraiment pas de circonstance.

— Toutes mes excuses, dit-il essoufflé en se laissant

tomber sur une banquette. Je viens de chez la personne. Elle n'y était pas. Dieu veuille qu'en traversant le Boulevard, elle n'ait pas été victime d'un accident !

Il s'essuya le front et commanda à boire.

Les grands vins circulèrent, mais sans produire leurs effets habituels. Les femmes papotaient à mi-voix. On n'entendait que le bruit des fourchettes et des verres. La gêne pesait sur la compagnie.

— Nom de Dieu, quelle est cette naïade qui ose gâcher la nourriture ? gronda Dumas en jetant sa fourchette.

— Oui, Mac'Aroul, dis-nous le nom de la dame... siffla une petite actrice des Variétés.

— ... Une duchesse peut-être, qui ne daigne pas nous honorer de sa présence ?

— Le nom ! Le nom ! répétèrent ces demoiselles des petits théâtres en tapant sur la table.

Mais Mosselman ne soufflait mot. On le sentait préoccupé, anxieux. Gautier, toujours badin, s'efforçait de réchauffer de sa verve la température descendue à la glace. En vain. Il avait beau appeler à son aide le renfort des anecdotes et des couplets vaudevillesques, chanter faux des à-propos patriotiques sur « Abd el-Kader et les blanchisseuses », dire des gros mots, danser la gigue, rien n'y faisait. Le front de Mac'Aroul ne se déridait pas.

Tandis qu'on servait le café, le banquier n'y tint plus et demanda qu'on lui permît d'aller s'enquérir à nouveau sur l'objet de son amour et de ses perplexités.

— Mon coupé est en bas. Je serai bientôt de retour.

Sa voiture avait à peine tourné l'angle du Boulevard et de la rue Laffitte que la porte du salon s'ouvrit à deux battants, livrant passage à un murmure de jupon soyeux. Et Céleste parut, très jolie, très blanche dans sa robe rouge — la bouche en cœur et le corsage prometteur.

— Tiens, fit-elle sans s'émouvoir, vous en êtes déjà au café ? A-t-on eu la politesse de me laisser quelques croûtes à grignoter ?

— Comment, mademoiselle Ouragan, c'est toi, notre cruelle ! s'exclama Dumas, d'autant plus ravi qu'il ne l'avait pas revue depuis le seul soir où il l'avait possédée.

— Tiens, sois gentil, fais-moi une petite place à côté de toi.

Aussitôt on se poussa, on se serra et le maître d'hôtel lui présenta, avec un respect infini, le menu sur un plateau d'argent.

— Rien de tout cela ne me chante, jeta-t-elle en écartant le programme. Une soupe à l'oignon, des moules à la poulette, du bœuf à la mode, des truffes au vin de Champagne, du fromage de Brie et de la compote d'ananas. Voilà mon menu à moi... Et pour la compote, prenez garde qu'elle soit bien passée.

Le maître d'hôtel, effaré de ces mets vulgaires, osa lui tendre la carte des vins.

Sans même y jeter un coup d'œil, Céleste mit le comble à l'hérésie en réclamant :

— Du champagne... rien que du champagne !

— Elle a raison, opina Roqueplan. Je lève mon verre aux témérités de la Mandragore !

Et tout le monde porta un toast. Même les femmes qui la fusillaient du regard.

— A la Mandragore !

— A moi !

Cependant, elle ne prononçait pas le moindre mot sur Mosselman. Elle était arrivée au dessert sans avoir eu l'air de remarquer son absence. Enfin, comme si l'idée lui venait à l'esprit :

— Voyons, je n'ai pas fait fausse route ? Nous sommes bien ici au Grand Seize du Café Anglais ? Me serais-je trompée de cabinet ? J'ai beau vous dévisager tous, je n'aperçois pas l'aimable monsieur qui m'a invitée.

Roqueplan la rassura. Il lui dépeignit avec force adjectifs les anxiétés de ce cher Mac'Aroul et le steeple-chase qui en avait été la conséquence.

— Comme il est dommage que nous nous soyons manqués ! soupira-t-elle quand il eut fini. Maintenant, si vous voulez bien me raccompagner, je vous en serai très reconnaissante, cher ami.

— Tout de suite ? s'écria Roqueplan.

— Oui, maintenant, dit-elle en se tamponnant délicatement les lèvres après avoir bu la dernière gorgée.

— Vous ne pouvez pas lui faire cela !... Mac'Aroul sera de retour d'une seconde à l'autre.

— Je suis navrée, mais je ne puis l'attendre. Je

reprends mon service à l'Hippodrome à six heures du matin... Vous ne voudriez pas que je sois tuée demain, n'est-ce pas ? Elle sourit, se leva. ... Eh bien, je le serai si je ne dors pas mes huit heures. Mesdames, bonsoir.

On ne lui rendit pas son salut.

— Enfin, Dumas, retenez-la. Gautier, toi qui connais madame, fais quelque chose !

— Voyons, Nestor... Elle lui prit le bras... se fit câline... Soyez gentil ! Et elle sortit.

Dans le salon, il y eut un moment de silence et d'ébahissement.

— Ah, ça, par exemple ! s'exclamèrent ensemble Dumas et Gautier en partant d'un énorme éclat de rire.

— Et vous trouvez ça drôle, vous ! s'étrangla, ulcérée, la petite actrice des Variétés.

Si Céleste avait choisi Roqueplan pour la reconduire, c'est qu'elle comptait lui parler de Pomaré. Elle était son amie, il était son amant, et elle espérait le convaincre de ramener Lise d'urgence à Nice afin qu'elle y fût soignée convenablement.

Roqueplan, lui, ne doutait pas de sa bonne fortune. Serré dans son coupé auprès de l'impertinente et fort désirable Mandragore, il se disait que, si cette enfant visait d'entrer par lui à l'Opéra, elle pouvait toujours courir. Cela dit, pour l'avoir, il promettrait tout ce qu'elle voudrait.

L'un et l'autre allaient être très déçus dans leurs espérances.

Le directeur de l'Opéra s'impatienta en découvrant qu'on cherchait sa compagnie pour l'entretenir de la santé de l'une de ses anciennes. Et, quand Céleste en vint à la situation économique de Lise, ce fut l'explosion :

— Ce que Lise possède suffit, en le vendant, pour aller jusqu'à la fin, décréta-t-il durement.

Céleste n'eut même pas le courage de demander si le voyage à Nice dont parlait Pomaré avait vraiment eu lieu. De toute façon, Roqueplan annonça que le médecin qu'il avait envoyé jusqu'à ce jour ne viendrait plus.

— Je ne vais pas faire de nouveaux sacrifices pour une femme qui n'a pas un mois à vivre !

Céleste était sortie du Grand Seize avec un sentiment de triomphe. Elle rentra dans sa chambre, écœurée.

Elle savait qu'elle avait parfaitement joué : Mosselman serait cette nuit au bord du suicide... ou d'une donation massive : rivière de diamants, coupé à la d'Aumont et, qui sait, peut-être un appartement au nom de la Mandragore...

« Les hommes du monde ne valent pas un clou, s'écria-t-elle en se jetant sur son lit. Sous peine de mourir comme Lise va mourir, seule et abandonnée de tous, il va falloir leur en faire baver. »

Et pour la dernière fois de sa vie, elle s'autorisa à pleurer.

28

A l'Hippodrome, Céleste avait appris de nouveaux numéros : course de haies, steeple-chase ; la vie continuait, dangereuse.

Elle ne gagnait rien, car Franconi se remboursait toujours des mille francs qu'elle devait à sa maison. Certes, il avait fait une bonne affaire : elle rapportait gros, la Mandragore ! Elle luttait dans l'arène avec une imprudence effroyable. Les spectateurs, n'en pouvant plus, la suppliaient souvent de s'arrêter : « Assez, assez ! » criaient-ils. Mais la Mandragore ne voulait rien entendre.

Dans tout Paris, il n'était bruit que de son courage. Et de sa chance.

Il ne se passait pas de semaine où il ne lui arrivât un accident. N'importe qui à sa place y eût laissé sa vie. Céleste, elle, en était quitte pour des foulures et des contusions. Elle restait huit jours sur une chaise et recommençait, plus enragée que jamais.

Pendant ce temps, la reine Pomaré se mourait.

— Céleste, conduis-moi au bal.
— Lise, es-tu folle ?
— Mets-moi ma robe moutarde et conduis-moi au bal.
— Tu n'y penses pas !
— S'il te plaît, une dernière fois...
— Non.
— De toute façon, si tu ne m'accompagnes pas, j'irai seule.

C'était à la fin du mois d'octobre 1851. Le jardin Mabille donnait son dernier bal d'automne.

Jaunes et rouges sur le ciel noir, les feuilles tourbillonnaient dans l'air du soir. Les charmilles de l'allée étaient presque nues et les bottines s'enfonçaient en craquant au cœur de la ramée. Une robe moutarde et une robe sang-de-bœuf, intimement mêlées, remontaient lentement vers la piste de danse. Quand elles eurent atteint les premiers bancs, la foule poussa un « Oh ! » et s'ouvrit pour les laisser passer.

— Vois-tu, il y a longtemps qu'on ne m'a vue et l'on est étonné, expliqua la reine Pomaré, accrochée de tout son poids au bras de la Mandragore.

« Non. Pas étonné... effrayé ! » songea Céleste en la regardant. Elle était livide.

Comme autrefois quand elles faisaient le tour du bal bras dessus, bras dessous, les messieurs passaient et repassaient devant elles. Les femmes les dévisageaient. Partout, on chuchotait.

— Entends-tu ce que l'on dit ?

— Non, répondit Céleste. Sans doute, on remarque que tu es bien mise.

Lise avait ses diamants aux oreilles, des fleurs séchées piquées dans ses bandeaux noirs et toute sa verroterie autour du cou...

— ... Ou que je suis affreuse, soupira-t-elle.

— Tiens, voilà Brididi. Demandons-lui de nous chercher des sièges.

— Allons donc, sois franche, dis-moi que je ne suis plus que l'ombre de moi-même... Cette fatigue, cet engourdissement, c'est la mort...

— Es-tu folle, ma pauvre Lise ! On peut être souffrante sans mourir. Ça tient joliment, la vie ! Allons, Brididi, distrayez notre reine, elle a du vague à l'âme aujourd'hui !

Ils étaient assis tous trois en rang d'oignons au bord de la piste. Embarrassé, Brididi, qui ne l'était jamais, se dandinait d'une fesse sur l'autre. Avec son chapeau rond, ses gants blancs et son gilet à carreaux qui lui descendait jusqu'aux genoux, il avait l'air d'un arlequin vieilli. Pathétiques célébrités d'antan ! Les yeux de Pomaré brillaient en voyant tourbillonner les valseurs. Elle ne les quittait pas du regard. Elle les suivait avec son âme. La bouche un peu ouverte, les narines dilatées, elle respirait leur vie.

On attaquait une valse. Elle se leva :

— Je veux danser.

Elle chancela. Une toux sèche un instant la secoua. Puis un filet de sang lui coula de la bouche.

— Elle se trouve mal !

Brididi l'enleva dans ses bras et la porta vers la sortie. Personne n'y prit garde, excepté Blanche et Rose-Pompon :

— Tiens, v'là la Pomaré qui fait ses manières !

Elles haussèrent les épaules et se détournèrent.

*
* *

— Il faut vendre ta robe et tes diamants.

La reine fit non de la tête.

— Si j'avais de l'argent, je t'en donnerais, Lise. Mais je n'ai rien...

La Pomaré leva son bras comme pour dire quelque chose et le laissa retomber, épuisée.

La nuit avait été terrible.

Prise de délire au retour du bal, Lise n'avait pas voulu se coucher. Indéfiniment, elle remettait sa coiffure, entortillait les colliers à son bras, se barbouillait de rouge.

— Je veux retourner au bal ! Je veux aller danser ! criait-elle tandis que Céleste tentait de la déshabiller.

Lise avait fait un tel chahut que l'hôtelier menaçait maintenant de la mettre à la porte.

— Tu as besoin d'un médecin, de médicaments. Comment vais-je les payer ?

Ce que Céleste ne disait pas, c'est que plusieurs fois déjà on était venu des Trois Quartiers, de la Belle Jardinière et de la Mère des Familles avec des arriérés qui s'élevaient à plus de cinq cents francs.

La saisie était imminente. Autant vendre les diamants avant.

— Si tu ne veux pas les vendre, au moins laisse-moi les engager. Ils sont vrais, n'est-ce pas ?

Pomaré fit oui de la tête.

— Au clou, on m'en donnera bien quinze louis. Ça permettrait de régler une partie de la note d'hôtel... et de voir venir.

Pomaré n'écoutait plus. La fatigue l'avait emportée. Elle dormait.

Céleste rentra à l'Hippodrome et s'en fut directement trouver Franconi. Elle savait que sa dette était remboursée. Elle voulait être payée.

— Pourquoi vous paierais-je ? Est-ce que vous ne faites pas vos affaires ? J'ai plus de femmes qu'il ne m'en faut. Si je vous garde, estimez-vous bien heureuse.

Elle faisait peut-être ses affaires. Mais elle ne les faisait pas vite. Le coupé à la d'Aumont, l'appartement au nom de la Mandragore, rien de tout cela n'était venu.

Dès le lendemain du fameux souper, Mosselman était tombé malade. Le pauvre financier s'en était allé dare-dare se remettre de sa déception en ses terres de Belgique.

Et maintenant il fallait attendre. Conforter sa réputation. Et attendre. Le jour venu, l'oiseau lui tomberait tout cuit dans le bec. Mosselman ou un autre. Un autre plus grand, plus riche. « Viser au plus haut, et tant pis si ça prend du temps. »

Cette ténacité n'allait pas sans de douloureux tiraillements.

Céleste aimait Lise. Or, pour soigner Lise, il eût fallu rapidement de l'argent. Déchirée, Céleste hésitait : d'un côté, elle voulait tout tenter pour sauver son amie ; de l'autre... de l'autre, coucher contre cent francs, contre une robe ou un bijou, avec les gandins qui lui envoyaient des fleurs, c'eût été commettre précisément l'erreur qui compromettrait à jamais ses chances de réussite.

« Je ne peux pas me permettre un seul faux pas ! »

Non, elle ne prendrait pas pour amant l'un ou l'autre de ces gants jaunes. Fidèle à sa stratégie, elle continuerait d'attendre, soignant les signes extérieurs, jouant les difficiles et les sélectives.

Mais, sitôt cette décision prise, Céleste y revenait... il fallait aider Lise à n'importe quel prix !

A trouver des trucs, elle se montrait d'une efficacité inégalable. Elle s'était abouchée avec Mme Junon, la bouquetière de l'Hippodrome, qui lui rachetait à moitié prix tous les bouquets qu'elle recevait ; ces bouquets provenant précisément de la boutique de Mme Junon, les affaires n'allaient pas mal. Du moins ce commerce permettait-il d'acheter les sirops de Lise.

Energique, généreuse, Céleste payait de sa personne et donnait à Pomaré tout ce qui lui appartenait.

Pour le reste, l'avenir, la Mandragore, après bien des écartèlements, n'avait pu se résoudre à le lui sacrifier...

*
* *

Quand ce soir-là, comme chaque soir depuis deux mois, Céleste retourna chez Lise après ses exercices, le chasseur de l'hôtel voulut l'empêcher de monter : la Pomaré recevait déjà ; les clients se plaignaient des allées et venues au numéro quatre, l'hôtel désormais interdisait les visites.

Habituée à ce genre d'embarras, Céleste passa outre et s'engouffra dans l'escalier. Elle s'y trouva nez à nez avec une grosse femme qui descendait solennellement l'étage ; le ventre en avant, elle serrait contre elle un cabas bourré à craquer. Céleste dut se ranger pour la laisser passer.

... Cette femme : sur sa tête, une aigrette qui tremblotait à chaque pas ; un nez crochu qui descendait jusqu'au menton ; un menton triple qui descendait jusqu'à la poitrine.

Céleste tressaillit... Son cœur avait fait un bond ; et maintenant, il battait, il battait sans qu'elle comprît pourquoi. « Ce profil... on aurait dit... une vieille poule — Mme Pilloye ! »

Elle était passée. Céleste, retournée, regardait sa traîne qui sautait drôlement de marche en marche. Elle disparut au bout de l'escalier — brusquement, comme la queue d'un serpent...

« Qu'est-ce qu'elle foutait là, celle-là ? »

Irritée, elle monta rapidement chez Lise.

Chez Lise... un véritable chambardement. Sur le sol, parmi les mégots et la cendre répandus, les tiroirs gisaient, vides. Plus une robe ne traînait. La vierge de plâtre avait disparu ; les colliers de verre, les fleurs séchées aussi. Plus un cendrier. Plus une soucoupe. Plus une tasse — le ratissage complet.

« Ça y est, songea Céleste, l'huissier est venu. »

Désolée, elle se tourna vers Pomaré :

— Ils m'avaient promis de ne pas te saisir ! explosa-t-elle. Je leur avais dit, aux magasins, que je répondais de tes dettes. Ils avaient promis d'attendre !

Immobile dans son lit, l'œil fixe, Lise tripotait les grains du chapelet enroulé à son poignet.

— Et les pendants d'oreilles, ils les ont pris aussi — tes diamants ?

— Mes diamants... Ils ne m'ont jamais appartenu, ma pauvre Céleste, articula-t-elle. Ils étaient loués.

— Loués !

— Pas seulement les diamants. La robe moutarde, le chapeau, les bottines, les gants, jusqu'au corset, tout était loué. L'outillage entier... 3, rue Gracieuse : la marchande-à-la-toilette la mieux achalandée de Paris. Elle loue à l'heure, à la journée, au mois — du vrai, du faux, pourvu que ça serve à attraper des hommes... Et, comme elle connaît toutes les petites femmes de Paris dans le besoin, elle sert aussi d'entremetteuse. Va, les messieurs du monde connaissent bien son adresse ! Demande à Dumas, 3, rue Gracieuse, dans le quartier Mouffetard... Elle est venue récupérer son matériel. Voilà. Elle s'est payé les intérêts en emportant le reste de mes affaires. Mais ça n'a pas d'importance.

Pomaré tourna son visage contre le mur.

Céleste ne parvenait pas à trouver une parole de réconfort. La réapparition de Mme Pilloye en de pareilles circonstances la mettait hors d'elle. Tout le passé remontait. Toute sa colère. Toute sa haine...

— Je sors prendre l'air un instant.

L'avenue des Champs-Elysées était glaciale. Une bise aigre tourmentait les arbustes des parterres. Céleste écoutait crépiter au vent les palmiers en zinc du jardin Mabille...

— Bon Dieu ! Mais qu'est-ce que tu fous sur ce banc, par un temps pareil ? Tu es à demi morte de froid. Tu vas attraper mal ! Rentre tout de suite chez toi, je t'appelle un fiacre.

Céleste serra contre elle son châle et leva sur Théophile Gautier ses yeux sans étonnement. Le poète se tenait debout devant elle, massif et rassurant, avec sa chaude voix de gorge, son gros manteau et sa chapka de fourrure enfoncée jusqu'aux oreilles. « Massif et rassurant... » Elle haussa les épaules et lui décocha un regard dur :

— Un box à l'Hippodrome... Je n'ai pas de chez-moi. Mais j'aurai bientôt à deux pas d'ici le plus bel hôtel de Paris.

Elle se leva et répéta sèchement de ce ton acerbe qu'il ne lui connaissait pas :

— ... A deux pas d'ici, le plus bel hôtel de Paris. Rappelle-toi ça.

*
* *

— Je vais quitter ce logement. J'irai à la campagne..., répétait Lise. Ses yeux s'embuaient de larmes. Oui, à la campagne du Père-Lachaise.

Elle avait écrit à ses amis, Rose-Pompon, Roqueplan, Beau Roger.

Personne n'était venu... Seule Céleste la veillait.

— Regarde, regarde, Céleste ! criait-elle en déchirant sa chemise. Elle lui montrait sa poitrine, ses bras, ses mains décharnés. Je n'ai plus rien à vendre, on ne vient plus.

En revanche, on envoyait régulièrement des magasins où elle avait des dettes.

« Pourvu que Lise meure avant qu'ils lui enlèvent son lit », songeait Céleste qui ne savait qu'inventer pour éloigner les créanciers. Attendre, il n'y en aurait plus pour bien longtemps. La phtisie, ah, ce n'était pas une maladie élégante : crachements de sang, sueurs, diarrhées, vomissements.

Lise perdait en outre l'usage de ses membres et de sa voix.

« Paralysée et muette », se révoltait Céleste. « Elle ne peut même plus tousser ! Elle n'en a pas la force... Elle étouffe. Un poids lui enfonce la poitrine et elle étouffe ! »

Lors d'une de ces crises, Céleste parvint à traîner chez

Lise le médecin de l'Hippodrome : huile de foie de morue, frictions au vinaigre, ventouses, saignées, le médecin martyrisa tant la malade qu'elle finit par recouvrer sa voix. Un souffle. Ce fut le seul mieux car, dès lors, l'état de Pomaré empira régulièrement.

Le corps s'éteignait. Mais l'esprit, lui, survivait. Intact. Et c'était bien là le pire : les moments d'accalmie où son corps lui laissait du répit.

Nulle plus que Lise n'avait aimé la vie. Nulle plus qu'elle n'avait peur de la mort. Elle gisait, le visage contracté contre le mur, en proie à la terreur.

— Lise, à quoi penses-tu ? demandait Céleste, inquiète.

La Pomaré faisait alors un effort pour se dominer. Elle esquissait un sourire.

— Je me regrette, répondait-elle avec humour.

Mais, si elle réussissait un instant à tromper son angoisse, la nature l'emportait bientôt sur sa volonté. Elle tombait dans des spasmes nerveux. Elle avait des visions. Elle agitait dans le vide son bras amaigri.

— Mon Dieu, mon Dieu, laissez-moi vivre ! criait-elle en s'emparant de la main de Céleste... Et Céleste serrait doucement la main de Lise.

Mais, contrairement à certains malades que la mort imminente finit par calmer, l'épouvante de Pomaré augmentait de jour en jour.

Quand Céleste entra dans sa chambre le 29 novembre 1851, Lise tourna sur elle ses grands yeux éteints. Elle lui adressa un geste de reconnaissance et soupira sans mot dire. Elle avait roulé son chapelet autour de son bras. Son livre de prières était près d'elle.

Céleste lui caressa le front, s'assit et prit sa main. La journée à l'Hippodrome avait été harassante. Les feuilles sèches qui tombaient dans l'arène crissaient sous les pieds des chevaux comme un verglas qui se casse. Le terrain argileux gardait des mares d'eau. Lors de la course de jockeys, son cheval s'était abattu en pleine vitesse. Pas grand mal. Pour elle. Mais Angela, à qui le même accident venait d'arriver, avait été piétinée ; sa jument en se relevant lui avait défoncé la hanche.

« Si cette vie continue, elle finira rapidement. Dans un cercueil ou sur une petite chaise... »

Pour la première fois, Céleste avait le pressentiment qu'un jour ou l'autre, l'Hippodrome lui coûterait très cher.

Lise remua les lèvres comme si elle voulait parler. Elle n'y parvenait pas. Elle roula sa tête à droite, à gauche, prit son chapelet à deux mains, puis, appelant toute sa volonté :

— La Sainte Vierge m'a fait comprendre... Elle haleta... que je n'avais plus à espérer un intérêt que je ne méritais pas.

Lise se souleva sur ses coudes. Les yeux accrochés aux yeux anxieux de Céleste, elle poursuivit :

— L'existence que j'ai menée, c'était un commerce. J'ai eu beau dire. Je me rends compte. Ils s'achetaient l'impertinence de la reine Pomaré comme ils s'achètent le corps de n'importe quelle lorette. Ce n'est pas ma faute : quand on n'est pas « bien née », on n'a pas une chance de bien vivre. Ouvrière ou catin... Quand on n'est pas bien née, la misère ou la honte... Puis maintenant, pour avoir fait le mauvais choix : la misère *et* la honte... Elle s'arrêta, épuisée. Tu ne sais pas ! Tu ne sais pas... Tout le plaisir du monde ne suffirait pas à compenser la souffrance de ces dernières heures... La solitude, la peur, la honte... Mon Dieu, mon Dieu, comme, en cet instant suprême, celle qui a été vertueuse est récompensée !

Le langage mystique de Lise ne lui parlait guère, mais Céleste, penchée sur elle, frissonnait.

— Ecoute, reprit Lise en se cramponnant à elle : toi... moi, on n'avait pas une chance. Ecoute ! Ecoute ! Retourne à la confection. Quitte cette existence. Range-toi. Au bout du compte, la liberté pour des filles comme nous, ça ne vaut pas un clou.

Elle appuya sa tête sur le coin de la table de nuit. La lumière éclaira son visage : les cheveux noirs, le front bombé, les sourcils qui se rejoignaient au-dessus des yeux... « La reine Pomaré » : Céleste la revoyait, souveraine et désinvolte au milieu de sa cour :

— Venez chez moi, je vous protégerai, jetait-elle avec panache.

Quatre mois à peine s'étaient écoulés depuis le jour où elles s'étaient retrouvées. La première course de chars...

Lise, toujours arrogante dans son frac noir, inchangée malgré la maladie :

— J'ai été enchantée de vous rencontrer avant que vous ne vous rompiez le cou...

Enchantée de rencontrer Céleste — ravie même —, Lise l'avait sûrement été. Expansive, jamais : l'amabilité n'entrait pas dans son rôle. La reine Pomaré voulait être courtisée, séduite, conquise et reconquise avant d'accorder sa faveur... Sa faveur, elle l'avait depuis longtemps accordée à la Mandragore. Mais il fallait que la Mandragore jouât son jeu. Comme les autres — plus que les autres...

Car Elise Sergent n'avait jamais possédé qu'une seule chose au monde et elle avait construit sa vie dessus : son nom, « la reine Pomaré ».

Maintenant, au seuil de la mort, la reine baissait le masque. A sa complice, à sa rivale, elle léguait, en héritage, son constat d'échec :

— On n'a pas une chance.

Et Céleste se répétait en lui fermant les yeux : « On n'a pas une chance... Pour des filles comme nous, la liberté ne vaut pas un clou. Retourne à la confection. Range-toi. »

.. Là, le front appuyé contre la table de nuit, Lise Sergent venait de mourir. Sous la lumière blême de la veilleuse, sa tête reposait comme une renoncule.

*
* *

« Place, place à la reine Pomaré et sa cour ! »

En cette aube glacée du 2 décembre 1851, la reine se rendait à sa dernière demeure.

« Place, place à la reine Pomaré et sa cour ! » Ils n'étaient que trois à suivre le Corbillard des Pauvres jusqu'au Père-Lachaise.

Quand on eut descendu la bière dans la fosse, quand on eut jeté la dernière pelletée de terre, le cocher et le prêtre se retirèrent. Devant la tombe, Céleste demeura seule. Elle n'avait pu réunir l'argent nécessaire pour une sépulture durable et ce petit monticule de glaise ne commémorerait pas longtemps le souvenir d'Elise Sergent...

« Il lui sera beaucoup pardonné, car elle a beaucoup

aimé. » Telle était l'unique épitaphe que la presse avait trouvé comique de publier sur la mort de la reine Pomaré. Pour le reste, rien : pas une pensée, pas un mot, pas une pierre, pas une plaque qui rappelât son nom ou la date de sa naissance. Le monde se désintéressait de la morte comme il s'était désintéressé de la malade. Et l'oubli du monde, Céleste ne pouvait le supporter : « ... Jamais plus, je ne serai celle que le monde rejette. »

Douloureuse, elle contemplait la tombe anonyme. Un instant, elle songea que Lise avait emporté avec elle le meilleur d'elle-même... Puis elle n'y tint plus : elle se dirigea à grands pas vers l'arbre qui ployait derrière elle, entre les mausolées. Violemment, elle arracha deux branches. Avec le ruban de sa jarretière, elle les attacha en croix. Elle s'empara d'un caillou et, agenouillée dans la terre, elle inscrivit :

ELISE SERGENT

1821 — 1851

SON AMIE C.

SOUVENIR POUR TOUJOURS.

A la tête de la tombe, elle planta la croix gravée. Et elle redescendit vers Paris.

29

IL y faisait un petit jour sombre. A pied, à cheval, des soldats sillonnaient les rues. Ce n'étaient partout que baïonnettes aux canons et sabres traînant sur l'asphalte.

Devant les murs placardés d'immenses affiches blanches, les premiers passants s'attroupaient. Ils déchiffraient une proclamation signée Louis-Napoléon Bonaparte : dissolution de l'Assemblée ; Paris en état de siège ; pouvoir conféré pour dix ans au Prince-Président... L'annonce d'un coup d'Etat ! Certains criaient encore : « Vive la République ! » Mais d'autres, d'autres criaient déjà : « Vive l'Empereur ! »

Céleste prit à grands pas le chemin du 3, rue Gracieuse.

*
* *

— Une robe de faille grenat aux bouillonnés de chantilly. Trois volants. Vingt-quatre nœuds... Croyez-moi, avec ça, ma p'tite demoiselle, on vous remarquera.

— Les bijoux ?

— Tout ce qu'il y a de plus fastueux : pendants d'oreilles, bracelet et collier assortis. Platine et rubis.

Deux mois s'étaient écoulés. Au lendemain même de la mort de Pomaré, Céleste avait quitté l'Hippodrome. La dette envers Franconi remboursée au centuple, elle se savait suffisamment célèbre pour ne plus devoir risquer sa peau en permanence. Elle attendait cette heure depuis longtemps. Le moment était enfin venu...

— Attention, madame Pilloye, attention ! Pas d'entourloupette avec moi! Pas de pacotille : ces bijoux, je les veux authentiques!... Vous savez comme moi que la richesse de ma toilette est le signe de ma cote sur le marché... En me voyant vêtue pour deux mille francs de rubis, un prodigue supposera que je ne saurais coûter moins de cinq mille francs et il m'en offrira six ou sept mille, rien que pour prouver au monde que c'est lui, l'heureux viveur qui entretient un tel luxe. Alors, pas de toc, hein! Trouvez-moi une parure qui éblouisse les crésus. Et n'oubliez pas, madame Pilloye, qu'en faisant ma fortune ce soir je fais aussi la vôtre. Compris?

Si la mère Pilloye avait reconnu en cette fameuse écuyère son ouvrière du Démon Tentateur, elle n'en avait rien laissé paraître. C'est qu'elle était prudente, la mère Pilloye! Elle venait de flairer une grosse affaire... Cette lorette-là, avec sa beauté, avec sa morgue, « son chien » et son savoir-faire, irait loin... Elle pouvait même réussir au-delà de toute espérance... Mme Pilloye lui avait donc ouvert un large crédit.

— Compris, mademoiselle Céleste, compris. Je nous ferai prêter les bijoux par Worms, le joaillier de la rue de la Paix.

— Débrouillez-vous... Il me faut aussi des bottines de satin, un éventail en dentelle et des fleurs pour mon bouquet... Maintenant, les dessous. J'ai entendu parler d'une mode nouvelle : plus de jupon en crin, mais une cage de fer — des arceaux métalliques qui donnent jusqu'à trois mètres de diamètre à la robe.

— Fi, l'horreur! Trois mètres de diamètre! Vulgaire, excessif et voyant.

— Parfait. Parfait. Trouvez-moi cette cage. Je crois qu'elle se fixe au corset par un système de crochets; trouvez donc le corset qui va avec. Ces engins métalliques seraient fabriqués par les ateliers Peugeot... Ah, vérifiez aussi que la jupe ait une ampleur suffisante, minimum vingt-cinq mètres de tissu. Est-elle décolletée au moins, cette robe?

— Ah, ça, on y voit tout!... Et le surplus, on le devine, ajouta-t-elle, mielleuse.

Mme Pilloye n'avait eu qu'à envelopper la Mandragore d'un regard pour augurer du lendemain sans inquiétude...

338

Certes, elle courait un risque en misant tant d'argent sur une seule pouliche... N'empêche, cette fille-là, c'était la « grosse affaire » !

— Je vous garantis une toilette ensorcelante... Maintenant, ma p'tite demoiselle, vous n'avez plus qu'à faire le reste.

— Ayez l'obligeance de m'apporter de l'encre et du papier, voulez-vous. Du beau papier. Avec une plume qui fasse une jolie écriture.

A Monsieur Théophile Gautier
32, rue de Longchamp
Neuilly-sur-Seine

Paris, ce 2 février 1852.
Voici mes ordres : je veux ce soir au Vaudeville l'avant-scène du rez-de-chaussée numéro deux.

Arrange-moi cela, gros paresseux, et je ne te refuserai rien...

Your Céleste.

« ... Et maintenant, songea-t-elle, il ne me reste plus qu'à faire le reste. »

En cette soirée du 2 février 1852, les lions et les banquiers, les bourgeois et les poètes, les lorettes et les femmes honnêtes se pressaient place de la Bourse, devant les guichets du Vaudeville. L'interdiction de la pièce, puis son autorisation tardive grâce au comte de Morny, le nom de l'auteur dont le père était universellement connu, le scabreux du sujet, tout attirait au théâtre le Paris des premières : ce soir-là, Dumas fils donnait *La Dame aux camélias* !

Céleste, comme tout le monde, connaissait le roman par cœur. Mais la pièce ! La pièce, quelle mise en scène inespérée pour s'afficher en courtisane, dans tout l'éclat de sa beauté et de son luxe !

« A pic, ça tombe à pic ! » avait-elle jubilé en lisant l'affiche placardée au lendemain du coup d'Etat...

« Pourvu que la pièce tienne ! Pourvu qu'on nous plaigne bien ! »

Si le spectacle était applaudi, si l'on y pleurait à chaudes larmes, le succès retomberait sur les lorettes et attirerait les admirateurs. Céleste avait tout de suite senti le parti à tirer de la sympathie du public envers le personnage de Marguerite Gautier.

— Vous, madame Pilloye, n'oubliez pas de me procurer des mouchoirs de batiste, quelque chose de raffiné dans lequel je puisse toussoter élégamment.

*
* *

— ... Marguerite, je vous soignerai comme un frère...

Toutes les lorgnettes étaient braquées sur la scène... sur la scène et sur l'avant-scène de gauche, au rez-de-chaussée, juste à côté de celle occupée par le duc de Gramont-Caderousse, juste en dessous de celle du vicomte Paul Daru, juste en face de celle du comte de Morny.

Là, en pleine lumière, à quelques mètres de l'action, ses jupes rouges bouffant jusqu'au rebord de sa loge, s'étalait, seule et demi-nue, la Mandragore.

Depuis le début de la représentation, elle n'écoutait rien de la pièce.

Accoudée à la balustrade, elle se penchait en avant pour répondre aux sourires et aux saluts, offrant ses seins aux monocles indiscrets, prouvant à qui avait besoin de preuves que sa poitrine savait soutenir ce qu'elle avançait...

Ou bien, renversée dans son fauteuil, assise presque sur le dos, les cerceaux de sa robe noyant son buste dans des flots de dentelles, elle conversait par gestes avec une personne placée au balcon : Blanche, Blanche d'Alizon, la soupeuse du Boulevard dont on se disputait aujourd'hui les services, afin d'être introduit auprès de la Mandragore.

A l'entracte, une foule d'admirateurs se pressait donc à l'entrée de l'avant-scène numéro deux, quand une femme du meilleur monde, la baronne de Chamoire, fit soudain irruption avec une ouvreuse :

— Veuillez vous retirer, mademoiselle, ordonna-t-elle. Je suis en retard, mais cette loge m'appartient ! Elle m'a été réservée par le protecteur de la pièce...

Un coup d'éventail et le bouquet de la Mandragore

répandit un parfum entêtant. Ses pendants d'oreilles bruissèrent en se balançant au-dessus de ses épaules. Ses rubis brûlèrent plus rouges à son bras.

Dans le silence, la courtisane assise toisait la femme du monde debout.

— M'entendez-vous ? Je vous ai priée de sortir.

Céleste n'esquissa pas un geste.

— Obéissez, mademoiselle, ou je vous fais jeter dehors !

Du bout des doigts, Céleste prit son face-à-main et, d'un air suprêmement dédaigneux, lorgna la baronne sous le nez :

— ... Nez pointu, commenta-t-elle.

— Sortez !

— Cheveux filasse... Salières proéminentes... Gorge plate.

— C'est trop fort ! On n'a pas idée d'une pareille insolence !... Cela ne se passera pas ainsi, mademoiselle... Je soupe ce soir chez Son Excellence et je me plaindrai à lui de votre affront !

— Ah, vous soupez ce soir chez Son Excellence ?... Eh bien, moi, lança Céleste... J'y couche !

Il y eut un moment d'effarement. La baronne fit « Oh ! » sans trouver rien à répondre. Et Céleste, royale, lui tourna le dos.

— Vraiment, mademoiselle ? nasilla alors une voix moqueuse... Vous y couchez ?

Le groupe sur le pas de la loge s'était ouvert pour livrer passage à un dandy. La baronne rayonnait. Céleste rougit.

— Oui, murmura-t-elle.

Et elle répéta en le regardant droit dans les yeux :

— J'y couche, Votre Excellence !

Un sourire amusé passa sur les lèvres de son interlocuteur... Il se retourna vers la femme du monde :

— Il y a erreur, ma chère, dit-il nonchalamment... La loge que je vous ai réservée ? Mais la meilleure : la mienne !

Et s'adressant à l'ouvreuse :

— Veuillez installer madame en face.

Là-dessus, il baisa la main de la baronne et l'expédia.

La courtisane qui jusqu'à l'entracte s'était étalée demi nue dans le jour cramoisi de son avant-scène ne s'y trouvait plus seule au dénouement : un homme était assis à côté d'elle.

— Dors en paix, Marguerite. Il te sera beaucoup pardonné, car tu as beaucoup aimé.

Le rideau tomba. Ce fut un triomphe au-delà de toute espérance.

La Mandragore, radieuse, sortit lentement au bras de Son Excellence le comte Charles Auguste de Morny, fils de reine, petit-fils d'évêque, demi-frère de celui qu'on appelait entre soi Napoléon III...

TROISIÈME PARTIE

LA MAÎTRISE

30

— Nous disions, mademoiselle, vingt-quatre lustres pour cinq mille francs.

— Cinq mille francs ? Vous voulez donc que je m'abîme les yeux à ne rien voir ! Inscrivez dix mille francs. Et cinquante lustres.

Le printemps 1857 avait été tout particulièrement prospère : salons en boiseries dorées. Boudoir en satin jaune. Chambre à coucher en satin rouge. Le comte de Morny et, après lui, le vicomte Paul Daru et le prince Radziwill faisaient bien les choses. Seulement, maintenant, l'appartement devenait trop petit et Blanche s'occupait de louer un hôtel place Saint-Georges, entre cour et jardin.

Le lancement tardif de Céleste, exhibée par le demi-frère de l'Empereur au lendemain du coup d'Etat, avait été brusque et définitif. Depuis cinq ans, tous les snobs de l'Empire se bousculaient pour l'avoir.

Elle, bonne fille, agréait les fortunes bien assises, comme les nouveaux riches...

— Avez-vous des rentes à me faire ? demandait-elle à ceux qui la suppliaient de leur être favorable. ... Vous être favorable ? Mais, mon ami, je ne demande que cela !

Elle souriait et continuait, légère :

— Seulement, si j'ai de jolies dents, ce n'est pas pour croquer des pommes vertes !... On vous a dit, je pense, que je déteste la ladrerie chez les amoureux...

Puis, la voix vibrante :

— Et vous, vous mon ami, qui prétendez m'adorer, vous n'avez pas même songé, en trois semaines de passion, à assurer mon avenir... Permettez, cher duc, que je doute de vos sentiments !

De la main à la main, Céleste n'acceptait rien. Rien, sauf les bijoux, les voitures, les chevaux et autres menus cadeaux. Jamais d'argent ! C'était à Blanche que revenait le soin de collecter le prix de ses nuits : on réglait d'avance. Et le tarif augmentait chaque mois.

Trois heures de l'après-midi sonnaient. Allongée mollement dans son grand lit en bois de rose (« mon album », comme elle disait, rieuse, en songeant à tous les visages moustachus qu'elle y collectionnait), la Mandragore recevait ses fournisseurs et Blanche les annonçait.

— ... Y'a la mère Pilloye qui t'attend dans l'antichambre depuis midi.

— Elle m'embête, celle-là ! Renvoie-la.

— Ça fait huit fois que je la renvoie.

— Une fois de plus, une fois de moins, renvoie-la encore.

— Et qu'est-ce que je lui dis, moi ?

— Tu lui dis qu'elle est en retard et que moi, la Mandragore, je ne saurais souffrir le retard d'une marchande à la toilette !

— En retard ? Mais la manucure, le bijoutier, le tapissier, tout le monde est passé avant elle. Ça fait trois heures qu'elle est là !

— Et alors ? Ça fait trois heures qu'elle est en retard, voilà tout. Tiens, et puis ajoute donc que son triple menton m'indispose : je ne la paierai que lorsqu'elle en aura changé.

— De menton ?

— C'est ça, de menton. Et si ça ne lui gante pas, à la mère Pilloye, dis-lui que je la vire : je prends Mlle La Ferrière à sa place. Au moins, celle-là fournit l'Impératrice !... Ah, Blanche, n'oublie pas d'envoyer un mot au carrossier : qu'il vienne demain à mon réveil. Je veux qu'il change le capitonnage de la voiture. Et puis file demander à David d'atteler. Dépêche-toi ! Il est trois heures passées. Je vais rater le Bois, moi !

Céleste sauta du lit — et Blanche fit entrer Georges, le plus grand coiffeur de Paris... Cette chère Blanche, une perle !

— En tant que femme de chambre, intendante et organisatrice de plaisirs, elle n'a pas son pareil, commentait Céleste en passant tranquillement les épingles à M. Georges qui lui construisait, très bas dans le cou, un chignon lourd chargé d'anglaises. Dommage qu'elle s'obstine à vouloir m'accompagner au Bois... Avec la tête qu'elle a, la pauvre biche !

Oui, depuis qu'elle était à son service, Blanche rêvait toujours de s'exhiber dans son colimaçon. Comme si la Mandragore pouvait y tolérer quelqu'un à côté d'elle ! Seul « Théo », son yorkshire, avait la permission de l'accompagner. Encore prenait-elle la précaution de « l'assortir » à sa crinoline en le teignant en rouge, en rose, en carotte selon la couleur du jour. Le « petit chien assorti », c'était son « détail chic » à elle ! Le « petit rien distinctif », qui avait assis, cinq ans auparavant, sa réputation d'élégance et de raffinement...

Mais la Mandragore n'en était pas restée là. Audacieuse, elle avait poussé l'originalité plus loin : tout ce qui la touchait de près ou de loin — êtres ou choses —, elle l'harmonisait avec elle-même ! « Théo » le chien n'était donc pas le seul à changer d'aspect au rythme de ses crinolines. Le capitonnage de la voiture, la livrée des laquais, jusqu'à la robe des chevaux variaient avec le ton des siennes. Résolument indifférente à la mode, elle se choisissait des toilettes unies. Une seule teinte à laquelle elle se tenait pour une semaine, un mois, une saison, au gré de son caprice.

Dans les mauves ou dans les rouges, « Dame de la nuit » ou « Dame du feu », sur le Boulevard, à l'Opéra, au Bois, on la reconnaissait de loin, de très loin, la Mandragore, en ses « époustouflants ensembles » cassis, aubergine ou framboise écrasée... Coup de maître ! Depuis quelques semaines, les tapissiers et les modistes, les couturières et les carrossiers, Paris entier s'était mis à faire des « assortissements » ! La Mandragore avait lancé la *fashion* des ensembles et des couleurs clinquantes.

Et maintenant, ce colimaçon « uni et assorti », on se

pressait pour le voir parmi le flot des voitures. Là, entre le coupé jaune d'Adèle Courtois et la victoria de Constance Rezuche, la carrosserie cerise de la Mandragore descendait l'avenue de l'Impératrice !

Il faisait une chaleur d'enfer. Roue dans roue, la marée des attelages se dirigeait vers le Bois. Céleste, assise sur le dos, avec le pan de sa jupe cerise qui traînait sur la roue de sa voiture, dévisageait, l'air insolent, les femmes allongées au fond des d'Aumont à côté d'elle. Femmes du monde ou femmes galantes, elles étaient toutes ses concurrentes pour l'assaut à venir...

Alentour, des taches de lumière clignotaient sur la croupe des chevaux ; elles dansaient, blanches, sur le visage impassible des laquais ; elles voltigeaient par plaques sur les troncs d'arbre... Vertige ! C'était le soleil dont les rayons reflétés de glace en glace, de lanterne en lanterne, de panneau verni en panneau verni se multipliaient. Et la soie des toilettes, l'or des livrées, le cuivre et l'acier des harnais, tout s'électrisait dans un éclair éblouissant. Ah, cette promenade au Bois ! Une institution, une règle de vie, une nécessité devant laquelle la fatigue devait se taire, la migraine s'oublier, la névralgie s'effacer : « De trois heures à cinq heures, se faire voir au Bois — ou périr ! »

Céleste, comme les autres petites et grandes dames du *high life*, n'aurait eu garde d'y manquer ; toute femme un peu lancée se devait d'y parader : une nécessité du métier. Pour la « gloire » et aussi, et surtout, pour les « affaires ». Car c'était là, sous les allées ombrageuses, que se disputait l'inimitable compétition des élégances parisiennes...

Equipages superbes, modes audacieuses, couleurs vives et tranchées : c'est la grande bataille !

Les rubans voltigent. Le jais ruisselle. Le taffetas frissonne... Dans le flux et le reflux, calèches à huit ressorts, victorias, phaétons, tilburys, colimaçons, poney-chases se croisent... De voiture à voiture, on s'observe : une étoffe singulière, un mantelet inédit, un chapeau nouveau sont signalés sur toute la ligne. On voit tout... Les robes ! Ah, il y en a cent, il y en a mille. Les plus extravagantes sont les plus commentées. On regarde tout : une nouvelle lanterne de cuivre sur la d'Aumont voisine, un harnais plus ou moins neuf, une livrée plus ou moins riche... On détaille la figure et la tenue des postillons. On évalue le prix des chevaux. On énumère les cavaliers servants. On compte les saluts, les regards, les sourires. La plus petite aventure est matière à spéculation. Les visages étrangers, on les repère et on les étiquette ; s'ils se présentent une seconde fois, on connaît leur généalogie. Et le chiffre de leurs rentes...

Bref, au luxe variable des bijoux, des toilettes et des équipages, on s'instruisait des valeurs à la hausse, à la baisse, des transactions heureuses ou malheureuses... Le Bois était une bourse et une exposition.

« ... C'est aussi un champ de bataille, songea Céleste en serrant bien fort son ombrelle... Un champ de bataille qui a ses vainqueurs, ses vaincus, ses blessés et ses morts... » Elle frissonna d'aise : « Moi, j'adore ça !... Sauf au Vaudeville où j'ai fait Morny, c'est au Bois que je fais mes plus beaux coups. »

— Regardez, regardez la Mandragore qui passe dans son colimaçon !

Depuis l'Etoile jusqu'à la Grande Cascade, le public se massait pour voir défiler les attelages !

— Et voilà la calèche bleue à rayures de la Barucci !

Les petits rentiers montaient sur les bancs :

— Je vois la huit-ressorts d'Elisa Parker !

Se bousculaient dans la contre-allée :

— Y'a Cora Pearl qui suit avec ses laquais jaunes !

— Comme ceux de la princesse de Metternich, l'ambassadrice d'Autriche !

— C'est pour faire la nique à la Metternich que Cora les habille pareils. Elles ont la même livrée, alors on les confond toujours : la princesse est furieuse et Cora se tord.

La Mandragore fit la moue : « Ma parole, elles sont toutes là aujourd'hui ! » Concurrentes et rivales, « grandes horizontales » ou femmes du monde.

Des « femmes du monde », Céleste n'avait rien à redouter : avec leurs airs offusqués, avec leur dédain, avec leur mépris, elles tremblaient sur leurs bases, les « madame de... » ! A elles, ces femmes « nées », la crainte de perdre dans le « Bois » leur mari ou leur père, leur fils ou leur frère — et leurs amants donc ! A la Mandragore, le plaisir et la joie de les leur dévorer. Chacun son rôle.

Non, les dangereuses, Céleste les connaissait bien : alliées ou ennemies, elles plumaient les mêmes amants. Amants volés aux unes, amants complaisamment refilés aux autres, elles ruinaient les mêmes hommes.

Toutes parties de rien — d'une loge de portier, d'un atelier de confection, d'un village de Normandie —, elles dilapidaient comme elle des fortunes.

Comme Céleste, exhibitionnistes dans l'âme, prêtes à tout pour se faire de la réclame, prêtes à tout pour satisfaire leur vanité, elles n'adoraient qu'un seul dieu : l'Or. Affolées de puissance, elles trouvaient leur plus grand plaisir dans la jalousie qu'elles inspiraient aux collègues — et à ces « dames du monde ». Elles n'aimaient rien tant qu'étaler leur faste au Bois, à l'Opéra et aux eaux de Baden-Baden. Leur beauté était un capital qui leur rapportait d'astronomiques dividendes.

Gâtées, bruyantes et sans scrupules, toutes passées par le trottoir, toutes professionnelles de l'amour — habiles, coriaces, voraces : des « mangeuses », comme la Mandragore !

En tête de la cavalcade venait Anna Deslion, surnommée « Marie-Antoinette » car son profil ressemblait à celui de la reine. Ceux qui avaient assisté à ses fréquents déshabillages vantaient ses « seins impertinents » et ses « épaules savoureuses ». Pour le reste, « elle était peuple ». Peuple, l'expression de son visage ; peuple, sa coquetterie et le fond de ses habitudes ; « ...adorablement " peuple ", la Deslion ! » A son tableau de chasse, le prince Napoléon, cousin de l'Empereur.

Suivait « la Barucci », Giulia, une Italienne folle de son corps qui s'écriait, chaque fois qu'elle passait devant un miroir : « Monne Diou, qué zé sui belle... Je suis la Grande Puttana del Mondo ! »

« ... Au fond, complètement imbécile, cette brave Giulia ! » pensait Céleste en lorgnant le somptueux collier de perles à quinze rangs de la Barucci. En fait de perles, il y avait aussi « cette salope de Cora », Cora « Pearl » — de son vrai nom Emma Cruch —, une Anglaise sportive qui partageait avec Céleste de nombreuses caractéristiques.

D'abord, comme elle, Cora montait superbement à cheval. Agaçant ! C'était leur « signe distinctif » à toutes les deux, cet impeccable passage à l'amble en tenue d'amazone : très agaçant ! Sans parler du fait que Morny les avait entretenues l'une et l'autre... Cora Pearl, une vendue avec laquelle la Mandragore avait plus d'un compte à régler !

Ensuite venaient Léonide Leblanc, surnommée « mademoiselle Maximum » tant elle coûtait cher. Les « deux Caros », Caroline Letessier et Caroline Hassé, deux polissonnes, piliers des villes d'eaux et spécialisées en « étrangers ». Adèle Courtois, une espèce de bourgeoise à cinq mille francs la nuit, qui surveillait sa santé en avouant modestement qu'elle n'avait aucune vocation pour la haute noce ; puis Marguerite Bellanger, Constance Rezuche, Rosalie Léon...

En ce superbe après-midi de printemps, elles étaient toutes au Bois, dans leur coupé, les douze « grandes horizontales » de Paris, celles auxquelles les princes de passage jugeaient indispensable de rendre visite, celles que depuis l'avènement de l'Empire on surnommait « la Garde » !

Membre redoutable de cette redoutable cohorte, la Mandragore avait sur les autres une supériorité : le génie de faire croire à chacun de ses innombrables amants qu'il était le seul à savoir lui donner du plaisir !... Comme jadis la Lionne de Mme Olympe, la Mandragore traînait donc à sa suite une foule d'amoureux éperdus qui croyaient avoir inspiré une « passion » à cette courtisane réputée imprenable. Dès lors, que leur importait de la payer ? Que leur importait même de la partager ?

« Elle ne peut être ainsi avec les autres ! » songeaient-ils. « Je suis le seul... Malgré les apparences. »

De l'argent qu'elle recevait ainsi, Céleste faisait immédiatement deux parts : l'une pour ses toilettes et les dépenses quotidiennes ; l'autre pour le « placement » et l' « épargne ». Car dans l'énorme chantier qu'était devenu Paris, la Mandragore avait flairé les gros bénéfices !

Pilotée au début par Morny qui, grâce à ses relations avec l'Empereur, était le premier informé des démolitions et des reconstructions envisagées, elle spéculait sur les terrains. La méthode était simple. Elle achetait à très bas prix les maisons situées sur le tracé des voies qu'Haussmann comptait percer. Puis elle les cédait à l'Etat contre d'astronomiques indemnités d'expropriation.

Dotée d'un indiscutable sens financier, elle avait également acquis une centaine d'actions du Chemin de fer du Centre ; s'intéressait à celles du Télégraphe ; et boursicotait à qui mieux mieux sous un nom d'emprunt, les femmes n'ayant pas droit à l' « agiotage ».

Bref, le capital de la Mandragore fructifiait à grande vitesse.

Pourtant, elle se montrait d'une prodigalité folle : elle dilapidait des fortunes en fanfreluches, bibelots et colifichets. Elle donnait des réceptions magnifiques, jouait gros jeu et perdait souvent.

Mais, dans ses dispendieuses toilettes, dans ses chevaux anglais, dans ses grooms, dans son suisse en grande tenue qu'elle louait les soirs de gala pour frapper le plancher quand elle passait, le caprice n'avait aucune part !

Jamais un coup de cœur pour l'un ou l'autre de ses bibelots. Pas de coup de tête non plus. Aucune de ces flambées intermittentes qu'on rencontrait chez les autres.

Chez elle, tout était calculé, combiné, pesé ; l'argent qu'elle jetait par les fenêtres, ce gâchis permanent, faisait partie de sa stratégie. Elle restait fidèle à l'axiome selon lequel « le succès appelle le succès », sachant pertinemment que les hommes ne la payaient pas seulement pour le plaisir de coucher avec elle, mais surtout, surtout, pour la vanité de posséder une beauté à la mode. Snobisme ! Snobisme de jouir d'une « lionne » signalée sur le Boulevard pour le prix des robes qu'elle ne portait jamais deux fois... Dans un monde où tout reposait sur le prestige, la dépense excessive, disproportionnée, monstrueuse s'avérait absolument « nécessaire » pour une courtisane. Céleste n'avait pas le choix. Il fallait que les trompettes de sa renommée ne cessent jamais de sonner. Elles sonnaient donc. Et de très loin, on les entendait.

*
* *

— B'soir, Circé...

Une voix qui nasillait. Une affectation de simplicité avec une intonation dédaigneuse. Un bredouillement aristocratique où se sentait un mépris pour l'art de la parole :

— ... M'dame la Mandragu-pth, pth, saura-t-elle jam', pth, pth...

Ces mots du bout des lèvres, ces « pth, pth » du bout des dents :

— ... Pth, combien elle est ! ! !

... Cette façon de ne jamais terminer ses phrases, de les laisser à la fantaisie de son interlocuteur : Morny ! Elle ne l'avait pas vu depuis deux ans !

Radieuse, elle leva sur lui ses grands yeux dorés qu'éclaircissaient encore les rayons du soleil : Morny était rentré de Russie ! Envoyé en 1856 comme ambassadeur extraordinaire à la cour du tsar, il s'y était marié. Sa maîtresse officielle depuis vingt longues années, la comtesse Lehon, ambassadrice de Belgique à Paris et sœur de Mosselman (ce cher Mac'Aroul), avait fait un scandale — et du chantage auprès de Napoléon III.

Les racontars sur cette affaire allaient bon train et la cour et la ville attendaient depuis des mois le retour de l'infidèle et de sa jeune épouse.

Et maintenant il était là, à côté de Céleste, retenant au pas son pur-sang anglais : Morny, l'amant préféré de la Mandragore !

D'un rapide coup d'œil, elle l'inspecta : chauve sous son claque noir ; la calvitie lui donnait ce grand front pâle et bombé, ce quelque chose d'immédiatement intelligent que soulignait l'expression maligne de ses yeux bleu dur. A quarante-six ans, pas un poil gris ! Une moustache et des favoris blonds couraient railleusement autour de ce visage mûrissant, réplique très flattée de celui de l'Empereur.

Admirablement proportionné, la taille bien prise dans sa redingote de drap, distingué, fin, élégant, il possédait toujours et au suprême degré l'art de nouer sa cravate... Une manière divine qui n'appartenait qu'à lui et le résumait tout entier : à la fois souple et rude, délicieusement retorse et raffinée.

Elle fit la moue :

— Tu t'embourgeoises, jeta-t-elle moqueuse. Fi, l'horreur, tu as grossi !

Elle exagérait ; mais Morny était de ces hommes que la conscience aiguë de leur supériorité pouvait rendre tout à fait odieux... Supériorité au reste indiscutable aux yeux de Céleste, qui le traitait néanmoins aussi cavalièrement que possible : « Un seul moyen pour en être respectée : le rudoyer. »

Elle lui tenait donc tête, et il avait l'esprit de ne pas s'en offusquer.

Depuis leur liaison, ils étaient restés excellents camarades.

L'un comme l'autre égoïstes, sans scrupules et méprisants, ils possédaient en commun les deux seules qualités qu'ils estimaient au monde : l'intelligence et l'opiniâtreté. Ils étaient faits pour s'entendre.

Elle, la Mandragore, était belle, libertine, dépensière — tout ce qui convenait à la maîtresse d'un grand seigneur ; lui, il était sexuellement insatiable, extrêmement riche et extrêmement généreux — tout ce qui convenait à l'amant d'une grande courtisane.

« Morny, le seul noceur qui ne m'assomme pas ! » songea Céleste en lui décochant un sourire malicieux. Son retour à Paris signifiait pour elle la perspective de grosses combines et de bonnes affaires. Précisément le coup de pouce dont elle avait besoin pour s'acheter, à la fin du mois prochain, le mari titré qu'elle convoitait.

— Alors, monsieur l'Comte, paraît que l'Empereur va t'faire duc — un chenapan comme toi ! Si c'est pas une honte... tu parles d'un gouvernement !

Elle éclata de rire. Elle était vraiment charmante dans sa capote cerise qui encadrait parfaitement son visage ovale de vierge florentine. La raie au milieu, les frisettes brunes qui couraient follement le long des brides de son chapeau, l'énorme nœud rouge attaché sous son menton, tout soulignait l'éclatante pâleur de son teint. Pourtant le rouge avait la réputation de brunir dramatiquement la peau des brunes ! Morny, grand expert en matière d'artifices féminins, se pencha pour scruter, le monocle à l'œil, cette figure qu'il connaissait si bien.

Une fine poussière blanche la recouvrait tout entière, donnant un mica de marbre à cet épiderme légèrement grêlé par les marques de petite vérole... Il se lissa les moustaches :

— Le velouté de la pêche et la clarté du lait... pth, pth, très belle, ta poudre de riz, commenta-t-il en connaisseur.

— N'est-ce pas ? Je la fais venir de Londres. Et mon noir aux yeux, comment tu trouves ?

Elle avait dessiné deux traits au khôl, l'un pour allonger ses paupières jusqu'à la tempe, l'autre pour préciser l'arc de ses sourcils.

— Osé... pth, pth... Bien... Ces machins augmentent... le chose de tes machines-choses.

Les yeux bleus de Morny continuaient de détailler cette ancienne maîtresse qu'il avait lancée. Et surtout formée.

Elle portait un corsage ajusté en forme de veston d'homme, qui s'ouvrait devant sur un petit gilet boutonné par des dizaines de cerises minuscules et brillantes. La jupe puissante et bouffante, mais sans un volant (alors que toutes les autres femmes portaient des volants en cascade), s'ouvrait elle aussi sur un tablier avec deux poches plaquées dont débordaient, par grosses grappes, des cerises.

Le regard de Morny en disait assez pour que la Mandragore frissonnât d'aise. Vrai, de tous les hommages qu'elle recevait, celui de Morny était le seul qui la flattait encore !

— Ça te plaît, hein ? Eh bien, si tu veux, j'en dessinerai une de ma façon pour ton épouse... Il paraît qu'elle est charmante, ta femme, mais qu'elle ne sait pas s'habiller. Pauvre enfant, elle ne va pas s'amuser à Paris avec toutes ces mauvaises langues !... Oh, et puis, tu sais, moi, j'en ai plein le dos de leurs crinolines. Je m'en vais leur bousculer tout ça... Pour mon mariage, je te promets une de ces robes...

— Tu te maries ?

— Oui, comme toi : c'est une maladie.

— Le machin-chose... peut-on savoir ?

— Ah ça, mon bichon, c'est ma surprise ! Tout ce que je puis te dire, c'est que, d'ici peu, tu verras une authentique couronne sur cette portière-là... Alors, de comtesse à duc, veux-tu être mon témoin ?

Il lui sourit sans répondre.

— Bon, c'est entendu, reprit-elle, joyeuse. Le duc de Morny offrira son bras à la Mandragore pour la conduire à l'autel...

Il la salua de son salut le plus poli et s'inclina vers elle, mi-ironique, mi-respectueux :

— Où tu veux. Quand tu veux.

— Tu es gentil tout plein... Maintenant, filez, monsieur l'Duc. Le monde nous regarde. Nous causons depuis trop longtemps, ce n'est pas convenable ! Note bien, moi j'm'en fiche, mais toi, fit-elle gouailleuse, tu es déjà marié !... Si tu peux t'échapper ce soir, viens souper après l'Opéra... Quelques amis. Un tout petit comité... Rothschild, qu'on essaiera de rabibocher avec les frères Pereire... Ce sera très intime. On parlera affaires.

Morny, impeccablement galant, la salua à nouveau. Il fit un petit geste tendre de la main, effila sa moustache et piqua des deux dans le Bois.

— Toutes mes amitiés à ta femme ! hurla Céleste à pleins poumons afin que l'allée entière l'entendît.

Mme la comtesse de Morny, née princesse Troubetskoï, se trouvait à quelques landaus à peine derrière son colimaçon...

31

— BLANCHE, nous sommes vingt-cinq à souper et non plus huit... Saute dans un fiacre et file à la Maison Dorée.

Blanche d'Alizon jeta un regard noir à la Mandragore... Etincelante de rubis, Céleste, en grand décolleté, rentrait de l'Opéra.

— Le prince de Hénin, le duc d'Arenberg et le duc de Fernan-Nuñes me suivent dans leur voiture. Presse-toi, il faut que dans une heure le repas soit prêt.

Blanche ne bougea pas. Campée devant la porte de la cuisine, les bras croisés, la face rouge, elle regardait « Madâme » qui jetait négligemment ses longs gants blancs dans une coupelle d'argent... La table était dressée pour huit, un souper intime comme on le lui avait commandé avant de sortir... Et maintenant, minuit passé : ils arrivaient à vingt-cinq !

— Allons, ma fille, bouge ton gros derrière ! Rapporte-nous du poisson froid, des filets de bœuf, des perdreaux en gelée, des ananas. Et n'oublie pas d'acheter les fleurs à Isabelle la Bouquetière. Décidément, ma pauvre Blanche, il faut *tout* te dire !

Blanche ne fit pas un geste. La jalousie, la frustration, l'humiliation s'accumulaient en elle depuis des mois.

— Mais qu'est-ce qui m'a fichu une empotée pareille, jeta Céleste en passant au salon. Vrai, pour le service, elle a plus de veine que moi, la Barucci : sa petite bonne Sidonie, c'est tout de même autre chose !

Elle se parlait à elle-même, agacée mais calme encore,

préoccupée par son chignon qu'elle arrangeait devant la glace...

— Dis donc, Céleste, je suis pas ta bonniche, moi !

— Ah non ?... En tout cas, tu vas m'obéir ou je te flanque à la porte !

— J'ai pas d'ordre à recevoir de toi ! hurla Blanche de sa voix stridente.

Céleste, sans se retourner, regarda durement ce visage congestionné qui se rapprochait dans le miroir, beaucoup plus bas à côté d'elle... Blanche avait toujours été petite, mais elle s'était carrément tassée, ces dernières années !... Autrefois blonde, rose et plantureuse, aujourd'hui grosse, avec un teint rougeaud et des cheveux filasse.

— J'ai pas d'ordre à recevoir de toi, répétait-elle en s'égosillant, et ton souper, tu peux te le mettre au cul !

Pas un trait du visage de Céleste ne cilla. Impassible, elle se tenait devant son miroir — très pâle, très digne, avec son aigrette de rubis piquée droit dans ses cheveux châtains...

« Dire que c'est Blanche elle-même qui me conseillait jadis le " contrôle de soi ", raillait-elle dans son for intérieur. Ah, je l'entends encore : " A l'atelier, dans ta loge ou ailleurs, contrôle-toi ! De la maîtrise, Céleste, de la maîtrise ! " »

Un sourire passa sur ses lèvres rouges tandis que Blanche continuait de piailler :

— Personne me flanque à la porte, moi ! Je m'en vais toute seule !

En faisant cliqueter tous les cristaux des lustres, elle traversa lourdement le salon :

— ... Et j' t'emmerde !

Céleste haussa les épaules.

— Où vas-tu, ma pauvre Blanche ? demanda-t-elle, glaciale... A ton âge, c'est la maison close ou le trottoir à cent sous. Tu ferais mieux de te calmer.

— J' te signale que j'ai trente-deux ans, comme toi ! siffla Blanche.

— Mais ce n'est pas la même chose, voyons... Et puis tu triches, tu n'as pas trente-deux ans, mais trente-six. A trente-six ans, tu n'es plus une jeunesse, Blanche. Il faut songer à ton avenir.

— Je suis encore très bien !

— Pour des ouvriers ivres, peut-être... Tu peux aussi entrer comme bonne quelque part. Mais tu ne trouveras pas les avantages que tu as chez moi... Enfin, Blanche, parlons raison. Tu as été hospitalière avec moi au départ, tu m'as aidée au début : je suis prête à te garder. Seulement, il faut faire un effort, toi aussi. Il faut me servir convenablement et ne pas faire ta mauvaise tête. Tu n'es pas malheureuse ici : tu as le boire et le manger, tu sors quelquefois en voiture, je te donne toutes mes vieilles robes. De quoi te plains-tu ? Nous sommes bonnes camarades, n'est-ce pas ?... Maintenant, si tu veux t'en aller, tu es libre. Mais je t'avertis, ne reviens pas crier famine. Une maison comme la nôtre, ça s'organise : je t'aurai remplacée.

Blanche, bouleversée, hésitait sur le pas de la porte. Elle tenait dans ses deux mains jointes son tablier... Ce petit tablier ourlé de dentelle blanche que Céleste, quelques mois auparavant, lui avait imposé en la priant de l'appeler désormais « Madame » et de la vouvoyer devant les invités.

— ... Je ne te retiens pas, Blanche. Mais décide-toi : on sonne à la porte. Vas-tu aller ouvrir ou dois-je le faire moi-même ?

Blanche, sans mot dire, disparut dans l'antichambre.

Céleste demeura immobile, les reins appuyés à la console qui soutenait le miroir. Elle jouait — les mains jointes, elle aussi — avec ses bagues qu'elle faisait passer d'un doigt à l'autre en attendant l'issue de la scène.

Enfin elle entendit comme un déclic :

— Bonsoir, monsieur le Duc... Madame est au salon. Oui, monsieur le Duc, Madame vous attend... Si vous voulez bien me suivre...

La Mandragore poussa un soupir de soulagement.

« Tout de même, quand on y pense, ces domestiques... Quelle ingratitude ! » songea-t-elle en se retournant vers la glace pour finir d'arranger son chignon. « On les prend par charité. On les garde par charité. Et ça vous fait des scènes ! »

*
* *

— Tu l'as ensorcelé, cet homme, pour qu'il veuille t'épouser contre vents et marées! s'exclamait Léonide Leblanc, renversée sur les coussins de la causeuse.

— Zé soui sour qué la Mandragore est oune jettatore, zézaya Giulia l'Italienne en lui coulant un regard faussement inquiet.

Outre Mlle Maximum et la Barucci, il y avait là, groupées autour de la Mandragore, Mmes Deslion, d'Antigny, Rezuche et même, et même son ennemie personnelle, Cora Pearl : en ce 24 janvier 1858, toute la confrérie se trouvait en visite chez Céleste !

Par chance, elle venait juste de faire retapisser son salon !... Un grand salon blanc avec un plafond peint en ciel, et des moulures dorées. Rideaux et portières en lampas rouge, rouge comme les nappes qui recouvraient les guéridons, les consoles et le piano. De grands vases chinois en cloisonné, des plantes vertes, des glaces — et puis, partout des poufs, des vis-à-vis, des fauteuils tête-bêche où s'étaient mollement posées les visiteuses. Au milieu de la pièce, un divan rond sur lequel trônait toute seule la Mandragore, avec encore, au centre du divan rond, une jardinière d'hortensias. Le tout, une merveille de modernisme à rendre envieuses les collègues les plus prospères.

— Dites-moi, très chère, vous ne craignez pas que sa famille le fasse enlever, votre futur ? demanda Constance Rezuche en portant délicatement à ses lèvres un boudoir rose trempé dans du thé.

La Mandragore, majestueuse mais souriante, alluma une cigarette :

— Ah ça, ils ont tout tenté pour interdire mon pauvre Anatole. Conseil judiciaire, chantage — ils l'ont même déshérité !

Il y eut un remous dans les jupes de ces dames :

— *Déshérité !*

— Oui, mesdames, *déshérité !* répéta Céleste avec emphase. Elle ricana dans son for intérieur : « Mais comme il a tout croqué et qu'il ne possède rien... »

« Remarquez, ce n'est pas que j'y tienne, moi, à ce mariage. Pour tout vous dire, je m'en passerais volontiers. Mais c'est mon Anatole qui fait une idée fixe ! Depuis deux mois, il me supplie à genoux, tous les soirs que Dieu fait... Bonne pomme, j'ai fini par accepter. Que voulez-vous, sa passion m'émeut, je ne suis pas de glace, moi !

— Et c'est tout à ton honneur, ma chère... Quand même, quelle charmeuse, quelle séductrice tu es !

— Zé vous dis qué c'est ouné sorcière !

Ces dames s'extasièrent alors sur l'extraordinaire pouvoir de la Mandragore : on parla de « philtres », de « magie noire ». Mlle Maximum tint absolument à lire tout haut la définition de son nom dans le dictionnaire :

— La mandragore, c'est une plante... Ecoutez, mesdames, écoutez.

Céleste connaissait tout cela par cœur : simplement, elle laissait ses consœurs, les « grandes horizontales » de Paris, lui payer leur tribut.

— La mandragore, voilà, commença Léonide... « Fruit de la terre et du sperme d'un pendu vierge... »

— Gran' Diou ! s'exclama la Barucci en faisant mine de s'évanouir.

— « ... La racine de mandragore pousse sous les gibets, continuait Léonide, impassible. On l'élève dans un morceau de drap mortuaire... »

La Rezuche, l'air entendu, donna un large coup d'éventail.

— Je vous l'avais bien dit : de la magie noire !

— « ... Et lorsqu'elle a pris sa forme symbolique, la mandragore fait découvrir des trésors à celui qui la porte, sur lui, contre son cœur ; elle lui assure à jamais puissance et richesse. »

— Pouizance et rissesse ! La Barucci saisit brusquement Céleste dans ses bras : contre mone cœur, tout dé zouite !

« ... Quel cirque ! » jubilait la Mandragore, gouailleuse et triomphante.

Il faut avouer que son dernier coup était assez joli : la mairie du IIe arrondissement venait d'afficher des bans dont tout Paris glosait déjà : le comte Gilbert Charles Anatole de Chamoire épousait, le 20 mars 1858, en l'église Notre-Dame-de-Lorette, Mlle Céleste Elisabeth Joséphine Vainart.

L'affaire avait été rondement menée : on disait que les promis ne se connaissaient que d'hier, qu'ils s'étaient rencontrés à Baden devant le tapis vert, que la liaison durait depuis quelques mois à peine... En outre, on savait de source sûre que la Mandragore n'avait renvoyé aucun de ses amants... Et le jeune homme épousait tout de même ! C'était à n'y rien comprendre.

En fait de jeune homme, le comte Anatole de Chamoire était âgé d'une quarantaine d'années. La chasse, les chevaux, la Maison Dorée et le jeu composaient de lui un portrait moral assez complet. Au reste plutôt joli garçon, d'une tenue impeccable sinon d'une probité sans tache, on ne lui avait pas connu de maîtresse attitrée. Jusqu'au soir où la Mandragore l'avait plumé au baccara. Il en était alors devenu amoureux fou. Fou au point de tenir à lui donner son nom.

— Se ruiner pour une courtisane, passe encore, c'est de bon ton... Mais l'épouser !

La maison de ce fils de famille était aux cent coups.

— Mon beau-frère peut bien l'épouser, tempêtait la petite baronne de Chamoire en son hôtel du faubourg Saint-Germain. Il peut bien l'épouser, je ne la recevrai jamais ! Jamais ! Jamais ! Ni moi ni aucune femme du monde !

« On verra, on verra... » chantonnait Céleste en son hôtel de la place Saint-Georges.

Le drame que ces « épousailles » occasionnaient dans la bonne société l'enchantait. En outre, l'idée de porter précisément le nom de la femme qui avait manqué lui souffler son avant-scène lors de la première de *La Dame aux camélias* l'amusait prodigieusement.

« L'ironie du sort, tout de même : deux Mme de Chamoire, l'une est seulement baronne ; l'autre sera comtesse — et la comtesse, ce sera moi ! » Elle en riait toute seule.

— Dites donc, mesdames, vous resterez bien dîner ce soir ?

— Mais non, ma chère...

— Mais si, ma chère...

On fit assaut de politesses et l'on resta. Les six courtisanes envoyèrent (ou n'envoyèrent pas) des poulets aux amants qui les attendaient quelque part à l'Opéra, au Vaudeville ou aux Variétés. Blanche fut dépêchée dare-dare à la Maison Dorée. Et le maître d'hôtel ouvrit bientôt la porte à deux battants en annonçant de sa belle voix de basse :

— Madame est servie.

— ... Un dîner entre femmes, c'est tellement plus amusant, au fond, soupira Constance en prenant le bras de Giulia.

— Dites-moi, mes biches, il y a une question que je voulais vous poser depuis longtemps, dit alors Léonide.

— Laquelle, zérie ?

— Voilà : éprouvez-vous jamais quelque plaisir avec un homme ?

Elles se tenaient debout, les grandes amoureuses, et elles se regardèrent en silence : Cora avec sa lourde chaîne d'or massif, « ce collier témoin » où pendaient douze médaillons aux armes des douze plus nobles familles de France : ses amants ; la Barucci avec ses quinze rangs de perles autour du cou ; Mlle Maximum avec sa rivière de diamants à pendeloques qui lui descendait jusqu'au bout des seins... Personne ne soufflait mot.

— Mais oui, laissa enfin tomber la Mandragore. Moi, j'éprouve du plaisir avec un homme. Et même deux fois : quand il paie et quand il s'en va !

32

Le mariage fut célébré dans la plus stricte intimité : tout Paris était là... Et en toute simplicité : le prince de Hénin, le duc de Gramont-Caderousse, Alphonse de Rothschild — personne n'avait manqué à l'appel.

Oui, tout Paris était là — le Paris du Jockey Club, de la banque et de la noce... Evidemment, la couleur dominante de cette joyeuse assemblée, c'était le noir. Un noir taupe de redingotes et de gibus. On se serait cru à la Bourse si l'on n'avait pas reconnu là-bas, entre les colonnes, un crucifix.

— Ses amants sont tous venus, dis donc.

— J' te signale que tous les nôtres aussi.

Douze taches criardes, égarées par hasard çà et là dans la foule, détruisaient l'harmonie et la sobriété de cette forêt noire.

Assises sur deux chaises à la fois, les arceaux de leur immense crinoline pressés, poussés, remontés et repoussés par les chaises de devant, ces demoiselles s'étaient mises sur leur trente et un :

— Tu parles ! Le mariage d'une consœur, ça vaut le déplacement.

Leurs parfums à la violette, au muguet, au citron se mêlaient violemment à l'odeur de l'encens ; et les fleurs qu'elles portaient à leur chapeau par hottées, de peur d'avoir l'air d'en manquer en cette saison, achevaient de rendre entêtante l'atmosphère qui les enveloppait.

Pourtant, en ce mois de mars 1858, il ne faisait pas chaud dans l'église Notre-Dame-de-Lorette.

La mariée n'était pas encore arrivée. Le marié et les témoins l'attendaient dehors. Et tout le monde à l'intérieur patientait en grelottant.

— Paraît qu'ils ont jamais couché ensemble, murmura confidentiellement Constance à l'oreille de Léonide.

— Qui ?

— Céleste et son comte.

— Mais puisqu'il l'épouse !

— Ça n'empêche : ils n'ont jamais baisé !

— C'est idiot c' que tu dis : si c'est pas pour le lit, il pouvait prendre n'importe quelle pimbêche de son monde. Pas besoin d'épouser une fille, voyons !

— J' te répète qu'ils ont jamais couché ensemble !

Ces dames s'impatientaient. Elles parlaient fort. Les messieurs, qui s'ennuyaient, se retournèrent pour écouter.

— Qu'est-ce que tu en sais, d'abord ?

— J'ai des preuves. C'est Cora qui a fait le coup. Elle m'a tout raconté. Voilà : un soir de la semaine dernière, Cora l'a embarqué chez elle, l'Anatole de Chamoire, pour le souffler à Céleste... Alors là, le grand jeu, hein ! Cora, on l'aime ou on l'aime pas, mais elle sait y faire. Puis, côté anatomie, drôlement bien roulée. Donc, elle y met le paquet : déshabillage devant le feu, chemise à cinq cents francs l'ajouré, champagne à flots... Tout, quoi ! Eh ben, rien...

— Comment ça, rien ?

— Rien. Ce qui s'appelle rien... Totalement impuissant !

— Ça veut rien dire, ça !... Il avait trop bu, ou Cora ne lui plaisait pas.

— Attends, c'est pas fini. Il avait trop bu, oui. Il était bavard, oui. Et Cora ne lui plaisait pas, oui. Tu sais pourquoi ?

— ...?

— Parce que M. le comte Anatole de Chamoire préfère les hommes ! Ouais, ma chère... C'est lui-même qui l'a dit à Cora... Aucune femme ne l'a jamais attiré. Il a même horreur de ça !

— Un sodomite ! Mes sels, vite ! s'écria Léonide, outrée. Pouah, quelle horreur ! Alors là, je ne supporte pas !

— ... C'était peut-être une excuse, suggéra l'un des

hommes qui écoutaient passionnément, retournés vers elles.

— Vous savez, une de ces raisons qu'on donne pour ne pas vexer les dames, développa un autre, derrière, qui se penchait sur un prie-Dieu.

La conversation devenait générale.

— Ça m'étonnerait, argumenta Constance. Ça n'avait pas l'air de le gêner du tout, l'idée de vexer Cora... Au contraire, il trouvait drôle qu'elle soit là renversée, toute nue, et pas lui... Ça le faisait rire.

— Alors... La Mandragore, pourquoi l'épouse-t-il ?

— Ah ça, ma chère, je n'en sais rien... Sa famille l'a déshérité. On ne le reçoit plus nulle part. Le monde le renie...

— Alors, pourquoi ?

— Oui, pourquoi ?

Les grandes orgues retentirent et Céleste Elisabeth Joséphine Vainart entra au bras de Charles Auguste de Morny, qui la conduisait à l'autel où l'attendait maintenant Gilbert Charles Anatole de Chamoire...

Un murmure accompagna le passage de la mariée.

Dans cette robe de tulle blanc, avec ce col montant et ce voile aérien qui la dissimulait pudiquement, elle avait l'air tout à fait chaste, la Mandragore !

Aujourd'hui, point de ces crinolines exagérées qu'on lui voyait d'ordinaire... Une crinoline sage, douce, aplatie sur le devant, avec les grands plis de la jupe ramenés dans le dos. Plus d'exubérance. De la solennité : la toilette se développait majestueusement vers l'arrière, en une longue et noble traîne. Et pourtant...

Pourtant, c'était un chef-d'œuvre d'ironie, cette toilette ! Des fleurs d'oranger y couraient par centaines... La « fleur d'oranger », symbole de la virginité, sur cette grande cocotte qui couchait avec tout Paris — quelle singerie ! Pour rire, elle s'en était couverte de la tête aux pieds : fleurs d'oranger en bouquet à la main. Fleurs d'oranger en couronne dans les cheveux. Fleurs d'oranger en ceinture à la taille...

— Vous... Toi... J'en bégaie !... s'était écrié Morny admiratif. Tu as le génie du paradoxe !

Elle lui avait jeté à lui, à lui seul, un coup d'œil coquin — enchantée qu'il eût goûté la plaisanterie. Maintenant, grave et recueillie, elle avançait à petits pas. Derrière elle, Blanche portait son voile. La très chère, la très fidèle Blanche d'Alizon, requinquée pour la circonstance, tout à fait virginale elle aussi dans sa robe de demoiselle d'honneur...

— *In nomine Patris et Filii, et Spiritu Sancti. Amen.*
Le curé avait terminé son homélie par une allocution du meilleur goût sur les qualités terrestres et « célestes » des époux... On remarqua seulement que la nouvelle comtesse avait écouté le prêtre d'une oreille bien distraite...

Les grandes orgues de Notre-Dame-de-Lorette retentirent une nouvelle fois. Puis les jeunes mariés se rendirent directement à l'embarcadère du Chemin de fer de Lyon pour un petit voyage de noces en Italie.

En fait de « petit voyage », le comte et la comtesse restèrent absents dix mois et, quand, en janvier 1859, les fenêtres de l'hôtel de la place Saint-Georges se rouvrirent, on apprit que la comtesse revenait seule.

Blanche avait été dépêchée en éclaireur pour préparer le retour de Madame et, depuis une semaine, tout Paris déposait sa carte de visite cornée dans la grande coupe d'argent de l'antichambre.

— Madame la Comtesse a-t-elle fait bon voyage ? demanda Blanche en lui prenant son manchon de fourrure. Le chemin de fer n'était-il pas trop inconfortable ?

— Machin-chose, très bon, Blanche. Merci. Mais long... froid... Suis un peu lasse.

Depuis quelque temps, la comtesse de Chamoire négligeait d'achever ses phrases ; elle nasillait même, imitant l'intonation dédaigneuse de Morny dont le ton passait dans la bonne société pour le comble de la distinction.

— Parlerons au lit... Déshabillez-moi.

Avec les rangées de boutons, d'œillets, d'agrafes qui fermaient sa robe et l'ajustaient à la cage métallique de sa tournure, elle-même attachée par des crochets à son corset étroitement lié dans le dos — vingt heures de voyage dans un tel harnachement —, Blanche pouvait comprendre que Madame fût « un peu lasse » !

Elle la fit donc reposer dans le lit en bois de rose avant de lui apporter le grand livre de comptes :

— En fait de comptes, le comte, mon mari, nous a coûté cher, commenta la comtesse en finissant son addition... Très cher... Falloir réduire le train de maison.

Le dos calé contre les coussins de dentelle, elle regardait le livre en continuant ses calculs.

— Réduire... Mais pour un temps... L'un dans l'autre, nous n'avons pas fait de trop mauvaises affaires.

Le « livre de comptes »... Elle sourit en rêvant à un autre livre, à celui dont la crainte l'avait poursuivie si longtemps : le « Livre d'infamie » !

Vainart, Céleste,
inscrite le : 25 mars 1850.
... rayée le : 25 mars 1858...

— Ah ça, ça n'a pas été facile, soupira-t-elle. Mais maintenant, c'est fait... Le respectable Chamoire a lui-même demandé la radiation de son épouse repentie... Un pot-de-vin à droite. Un pourboire à gauche. Un joli arrosage à l'adjoint du préfet. Ni vu ni connu... Le Livre d'infamie, le Livre de comptes, l'un racheté par l'autre. Au fond, tout se vaut...

Satisfaite, elle rendit à Blanche le gros registre des dépenses et des bénéfices.

— Que dit-on ici de mon mariage ?

— On dit que Madame a bien fait ses affaires.

— Mais encore ?

— On se demande comment Madame a eu Monsieur et ce que Madame en a fait...

— Vous, Blanche, qu'en pensez-vous ?

— Moi, Madame, je n'en pense rien.

— Enfin, vous nous avez vus vivre, Monsieur et moi. Vous l'avez vu venir ici. Vous l'avez vu partir là-bas. Qu'en pensez-vous ?

— Je pense, comme tout le monde, que Monsieur était fou de Madame, que Madame est une séductrice, que Madame l'a ensorcelé...

Céleste ricana. La tête dans les coussins, elle regardait fixement le plafond.

— Tu as raison, Blanche ! Il est ensorcelé, l'Anatole de Chamoire. Et bien plus que ça !... Enchaîné. Asservi. Corrompu... Je le tiens. Je lui ai payé ses vices du passé et ceux de l'avenir. J'ai remboursé ses dettes. J'ai remis pour lui l'argent qu'il avait volé dans les caisses. J'ai acheté le silence de ses complices et celui de ses victimes... La maison de Chamoire ne sera pas déshonorée par les saloperies de son chef de famille. Au fond, côté scandale, je suis un moindre mal, car si l'on venait à savoir... Pour le reste, les choses que je sais, moi, je le tiens...

Blanche écoutait, stupéfaite :

— Et pour... et pour s'en débarrasser au lendemain même de la noce, comment Madame a-t-elle... ?

— Le plus simplement du monde. Je l'ai prié de partir : « Monsieur, vous m'avez apporté les dehors d'une position mondaine, je vous ai apporté les fonds d'une condition sociale ; j'ai payé vos dettes, vous m'avez vendu votre nom : nous sommes quittes ! Adieu. » Il n'a pas demandé son reste. Il est parti. Elle éclata de rire. Vois-tu, je crois que je le terrifie, cet homme.

*
* *

— Revenez me prendre dans deux heures, David... ou mieux, attendez-moi au coin de la rue... Avec lui, je ne sais jamais pour combien de temps j'en ai !

Le cocher arrêta la d'Aumont sur la place Vendôme et la comtesse passa le porche du 7, rue de la Paix.

La double porte franchie, Céleste frissonna d'aise : dans l'escalier, il faisait déjà une chaleur de serre ! Les plantes vertes, les draconas rouges, les camélias blancs croisaient leur feuillage d'une marche à l'autre. Elle sentait le tapis profond s'enfoncer délicieusement sous sa bottine. Sa main gantée caressait la rampe de velours. Elle montait sans se presser — et s'arrêtait quelquefois pour mieux entendre le va-et-vient du premier étage, ce doux froufrou des satins, des taffetas et des soies...

La joie qui l'enivrait jadis devant les vitrines du Démon Tentateur remontait du fond d'elle-même et la grisait : les bonnets couverts de dentelle, les camisoles en linon, les guirlandes d'étoffe... A jamais ce monde feutré symbolise-

rait pour Céleste Vainart le summum du luxe et du
bonheur.

« Et pourtant, comme elle était minable, cette boutique
rose et blanc, comparée aux salons de Charles Frédéric
Worth !... Le couturier de l'Impératrice, de la princesse
Mathilde, d'Elisabeth d'Autriche... »

Triomphante, elle posa le pied sur le palier. A droite et à
gauche, les portes étaient ouvertes à deux battants. De
l'une à l'autre passaient de jolies demoiselles de magasin,
silhouettes un peu extraordinaires, habillées des modes
d'après-demain avec de gros nœuds sur le derrière et des
traînes qui balayaient le tapis. Elles promenaient dans les
salons leurs robes devenues « modèles » afin que les
clientes pussent choisir l'étoffe et la façon de leur prochaine crinoline ; en même temps, elles raccompagnaient
ces dames, prenant congé des unes, accueillant les
autres :

— J'ai rendez-vous à deux heures avec M. Worth.

— M. Worth crée en ce moment une robe de bal pour la
princesse de Metternich. Si vous voulez bien patienter.

— Combien de temps ?

— Un moment.

— Dans ce cas, je repasserai.

— Il est à craindre qu'au retour de madame la Comtesse, la place de madame la Comtesse ne soit prise...

Céleste se résigna. Elle savait que Worth avait la
réputation de traiter les plus grandes dames avec une
désinvolture inadmissible. Jamais, jamais chez aucun
fournisseur, on n'avait vu telle arrogance ! Il vous faisait
attendre. Il vous tyrannisait. Il contrariait vos goûts et vos
désirs.

— Monsieur Worth, j'ai besoin d'une robe pour sortir à
pied.

— Vous ne sortez pas à pied, répondait-il, imperturbable... Voilà ce qu'il vous faut. Il désignait une robe de gala
à mille deux cents francs. Et puis, votre ceinture, elle est
hideuse, remplacez-la.

Les femmes les plus huppées se soumettaient... Car,
pour « paraître », ne fallait-il pas être habillée par
Worth ?

Cet Anglais, arrivé à Paris comme commis, passait dans

le *high life* pour le directeur de conscience en matière d'ajustement.

Or, comme le contredire c'était l'excommunication, les grandes mondaines ravalaient leur colère — et payaient sans sourciller des factures ahurissantes.

Céleste, elle, s'amusait énormément en compagnie du « grand homme ». Enfermés tous deux dans le salon d'essayage, ils inventaient des toilettes inédites, s'encourageant l'un l'autre à créer des formes nouvelles dans des matériaux nouveaux.

L'élégance, les idées, les audaces de cette femme qui arrivait dans son salon en sachant toujours exactement ce qu'il lui fallait, enchantaient le couturier.

Très habituée, donc, aux façons de cette confection nouveau genre, Céleste suivit « l'aiguilleuse » qui la conduisait au salon bouton d'or... Une autre femme y patientait déjà.

Du premier coup d'œil, elle la reconnut : petite, blonde, la coiffure tombante avec bandeaux et anglaises — la femme du frère cadet d'Anatole, la baronne de Chamoire... sa belle-sœur ! La baronne l'avait reconnue aussi — et du premier coup d'œil ! Elle prit une mine altière et se retourna dans son fauteuil. Elle fixa ostensiblement le mur constellé de fleurs jaunes.

Céleste vint s'asseoir en face d'elle ; polie, elle affecta de la saluer d'un hochement de tête... Auquel l'autre, raide et tendue, ne répondit pas. Alors Céleste se pencha pour se servir des petits fours sur la table. Mais, avant d'en grignoter un, elle offrit l'assiette à la baronne. Celle-ci poussa un « tss » exaspéré, comme si un homme venait de lui faire une proposition malhonnête ! Elle fit le geste de s'en aller... A ce moment, la porte s'ouvrit.

Indolent, le cigare aux lèvres, l'œil vague derrière son lorgnon, Worth parut :

— Madame de Chamoire...

Comme deux diables montés sur ressort, les deux femmes se levèrent en même temps. Il y eut un moment d'étonnement. A travers la fumée de son cigare, le regard du couturier erra de l'une à l'autre et s'arrêta sur la blonde :

— Par qui m'êtes-vous présentée ?

La baronne rougit. Elle blêmit. Elle ouvrit la bouche, mais ne put émettre un son, tant elle était suffoquée. Enfin, elle articula :

— Que voulez-vous dire ? Je suis la baronne de Chamoire !

— C'est qu'il faut m'être présentée pour être habillée par moi...

Alors Céleste, tranquillement, s'avança :

— Cher monsieur Worth, permettez-moi de vous présenter ma belle-sœur...

Elle eut un sourire malicieux et ajouta, en grande dame :

— ... Je vous la recommande.

— Dans ce cas... Très bien.

Du coup, la baronne de Chamoire recouvra tous ses esprits :

— Recommandée par une femme comme *elle* ? s'écriat-elle, la main posée sur sa poitrine. Moi ?... A un fournisseur !

Elle était bien près de se trouver mal. A bout de nerfs, elle se mit à hurler :

— ... Une coquine !... Une drôlesse !... Une impure !... Me mettre dans la même pièce que cette... que cette... cette...

Les insultes lui manquaient. Le mouchoir aux lèvres, elle fit volte-face et s'enfuit en courant. Les demoiselles de magasin apparurent alors, groupées dans l'encadrement de la porte. Elles regardaient Céleste.

Pâle de colère elle aussi, la Mandragore se tenait à côté du couturier :

— Jolie tenue ! jeta-t-elle avec un beau geste d'indifférence.

— Que je ne trouve plus ce paquet de chiffons ici. C'est compris, mesdemoiselles ?

— Oui, monsieur Worth.

— Faites entrer Mme de Chamoire au salon. Annulez mes autres rendez-vous.

— Mais, monsieur Worth, la princesse de...

— *Toutes* ! Décommandez-les.

33

— Le « bijou russe », tel est pour vous, madame, la fantaisie la plus excentrique de cet hiver : ceinture à ruban d'or avec fermoir en niellé ; ou bien, expression suprême de votre élégance : chaîne plate, en or massif, à laquelle pend une croix orthodoxe. On porte cette chaîne au poignet ou en sautoir.

Les bijoux russes de la comtesse de Chamoire, ses sautoirs de l'hiver 1860, c'étaient le prince Narishkine et le prince Demidoff. Elle les avait rencontrés tous deux au souper organisé par les membres du Jockey Club pour fêter son retour à Paris.

A la vérité, ce souper était une des bonnes œuvres du duc Ludovic de Gramont-Caderousse, qui avait imaginé de la présenter à son ami le prince d'Orange, l'héritier du trône de Hollande. Depuis quelque temps, Caderousse se spécialisait dans ce genre d'entremise : il avait introduit, avec succès, la Barucci auprès du prince de Galles et Cora Pearl auprès du prince Napoléon.

Immensément riche lui-même, jouisseur, batailleur et fêtard, il se piquait bruyamment de préférer les courtisanes aux autres femmes parce que, disait-il, « j'aime mieux m'amuser que m'ennuyer ». Fort de cet axiome, il avait entrepris de faire partager ses préférences aux grands de ce monde. Chef indiscuté de la haute noce parisienne, il était donc indispensable aux affaires de ces dames, comme à celles des altesses royales ou impériales.

— Pas de cérémonies entre nous, Caderousse ! lui glissait à l'oreille le prince d'Orange. Je t'en supplie, ne m'appelle pas « Monseigneur ». Et ne crains pas de me tutoyer : je t'y autorise et le désire...

— Eh bien, Citron, passe-moi le beurre.

Depuis ce mot, le *high life* trouvait très drôle de n'appeler le prince d'Orange que le « prince Citron ». Et la comtesse de Chamoire, dont il était devenu l'amant, en rajoutait cruellement :

— Tiens, voilà encore ce vieux Citron, lançait-elle tout haut en le voyant entrer dans son salon... Quand il sera bien pressé, on en jettera l'écorce : c'est pour bientôt !

Blond, pâle, les traits réguliers, le prince avait obtenu une nuit par semaine.

— Je ne puis vous donner plus de temps, avait expliqué Céleste. Tous les autres jours sont pris par mes amis, Morny, le prince de Fernan-Nuñes et ce cher Caderousse... Mais c'est entendu pour un soir. Ce sera dix mille francs. Blanche, ma cameriste, apportera chez vous un choix de mes toilettes de nuit. Chacune vaut trois mille francs. Vous indiquerez à Blanche celle qui convient le mieux à vos goûts.

Cette nuit hebdomadaire avait été tellement exquise au prince d'Orange qu'avant un mois il demandait à racheter au prix fort la nuit du duc et celle du comte : sa maîtresse lui coûta bientôt la bagatelle de trente mille francs par semaine. Tout héritier d'un trône qu'il fût, le prince d'Orange ne disposait pas des subsides nécessaires pour soutenir longtemps un tel train.

— Citron, sois raisonnable, lui conseillait charitablement Céleste. Tu es pressé : va-t'en.

Mais lui ne voulait pas partir et sollicitait une suprême entrevue.

— Soit. Apporte-moi cent mille francs et je consens à te revoir encore une fois.

Elle croyait s'en être débarrassée... Mais pas du tout : trois jours plus tard, Blanche entrebâillait la porte au prince.

— Madame demande à Son Altesse si Son Altesse apporte les cent mille francs promis.

— Presque. J'ai cent mille francs d'argenterie dans mon fiacre en bas.

les avait cumulés! Loin de tenter une réconciliation, elle les lançait l'un contre l'autre, les titillait, les excitait. Utilisant leur rivalité, elle les mettait perpétuellement en concurrence... Narishkine, Demidoff, c'était l'émulation dans les grosses dépenses, la bataille dans la surenchère, la lutte pour se montrer toujours plus généreux, et donc plus riche que l'ennemi. Chaque semaine, la comtesse de Chamoire sacrait « gagnant » celui des deux qui avait monté et poussé les prix le plus haut — fustigeant l'autre, « le radin, le pingre, le pauvre », de ses sarcasmes.

Ainsi, pour les étrennes du 1er janvier 1860, avait-on assisté chez elle au plus étonnant des chassés-croisés.

Ce matin-là, le prince Demidoff lui avait envoyé une boîte de marrons glacés — dont chaque marron était enveloppé d'un billet de mille francs. A midi, Narishkine, qu'elle avait fait informer de ce présent, lui portait un livre magnifiquement relié — dont chaque page était un billet de dix mille francs... Sur ces entrefaites, un petit cheval d'argent massif, porté par deux hommes à la livrée de Demidoff, était entré dans le salon. Deux heures plus tard, le même cheval — mais porté par quatre hommes à la livrée de Narishkine — vint s'aligner dans le salon à côté du précédent... Celui-là était en or incrusté de pierreries !

— Alors, mon cher Demidoff, vous ne m'avez pas répondu : comment les trouvez-vous, les perles de Narishkine ? jeta-t-elle à la cantonade.

Tous les visages se tournèrent vers le prince : la violence de Paul Demidoff était proverbiale... Cette folle de Céleste avait bien tort de le narguer en public !

La Barucci, le prince de Galles, Constance Rezuche, le duc de Gramont-Caderousse, Morny : ils se trouvaient là une dizaine à souper au Grand Six de la Maison Dorée.

— Je l'avais prédit, chantonnait Caderousse entre ses dents, je l'avais prédit, ça va mal finir...

Grand, menaçant, Demidoff la regardait fixement :

— Vous prenez ça pour des perles ? articula-t-il, glacial.

— Parbleu... Et du plus bel orient ! Regardez vous-même...

Provocante, elle lui mit son décolleté sous le nez : des perles grises intercalées avec des diamants s'y étalaient sur trois rangées.

Les poings de Demidoff se fermèrent.

— Il va la touer..., murmura la Barucci, enchantée.

— ... Et lourdes, avec ça. Vous pouvez toucher.

Céleste prit le poing du prince et le plaqua contre sa poitrine :

— Soupesez-les, vous verrez.

Le prince ouvrit la main et soupesa :

— Artificielles, madame, dit-il au bout d'un moment... Fausses, vos perles. Tout ce qu'il y a de plus fausses. De la verroterie.

— De la verroterie ?

Céleste arracha son collier :

— Vraiment ?

Elle le lança à toute volée contre la glace. La glace se brisa et les perles roulèrent à terre :

— Ramassez, mon cher... Pour vous prouver qu'elles sont vraies, je vous en laisse une pour votre cravate.

Les dames se précipitèrent sous les meubles. Céleste, pâle dans sa robe grenat, demeura debout parmi les hommes...

Demidoff prit alors sa main qu'il baisa fort dévotement :

— Merci de m'avoir fait le sacrifice de cette bagatelle, madame... Vous aurez dès demain les vingt rangs de perles fines que je vous ai promis... Des blanches, des grises, des roses et des noires — une pure merveille que j'ai commandée sur votre dessin et selon vos directives à mon bijoutier.

Là-dessus, le prince s'inclina et lui offrit le bras pour passer à table.

*
* *

Les lames des patins rayaient la surface bleue, nette, balayée et déblayée par l'administration du bois de Boulogne : en cette saison, les gens du monde — et du demi-monde — se retrouvaient sur le lac...

Silhouettes noires qui miroitaient sur la glace, mollets

puissants, torses bombés et mains gantées derrière le dos — les messieurs seuls s'essayaient gracieusement aux figures ; les dames, elles, refusaient tout net de chausser des patins. Alléguant que « le froid enlaidit, que la glace est perfide et la chute ridicule », elles restaient prudemment assises dans des fauteuils montés sur planchettes que les hommes poussaient sur la surface gelée en patinant derrière elles.

Autour du lac, de beaux feux rouges crépitaient dans la neige, autour des buvettes équipées de grands samovars dorés. Plusieurs couples bavardaient là, en prenant du thé, une infusion de pékao instillée d'esprit de cerise...

La comtesse de Chamoire se leva et rendit sa tasse à Pierre Nabeaux, transporteur et fils de transporteur, qui causait avec elle depuis quelques minutes.

— Pour moi, monsieur, l'homme commence au baron... Vous n'êtes pas baron, que je sache ?

Elle se pencha pour vérifier la lame de ses patins :

— ... Ni comte, ni marquis, ni duc...

Elle s'élança sur la glace :

— Alors, mon cher, vous n'avez pas une chance !

— Mais, mais... je suis chevalier ! cria-t-il de la rive.

Légère, souple, gracieuse, elle glissait en riant :

— Bravo ! Allez donc vous faire plumer ailleurs, monsieur le Chevalier !

Elle se faufilait à toute allure entre les hommes, leur décochant au passage des œillades insolentes tandis que les femmes, bousculées dans leurs traîneaux, détournaient la tête :

— Vous connaissiez cette personne, Hubert ?

— Non, bien sûr que non, chère amie.

— Pourtant vous l'avez saluée...

— Eh bien... c'est que... Elle porte un grand nom de France, n'est-ce pas ?

— Quel rapport, mon Dieu, quel rapport ? Cette créature n'est pas du monde !... Elle n'en sera jamais... Une gueuse... Une usurpatrice... Une catin !... Et vous la saluez ? Devant moi ! Vous oubliez qui vous êtes et ce que je suis, monsieur !

Elle s'en étranglait :

— Bientôt... bientôt, on ne saluera même plus les honnêtes femmes ! ! !

... Jupe courte en reps de laine rayée diagonalement, fauve et acier ; veste fauve qui lui prenait la taille et retombait sur ses hanches en basques ourlées de fourrure grise ; col de renard roux ; manchon de renard bleu ; et une adorable petite toque posée crânement de côté sur sa tête.

— Vous êtes d'une élégance ! lui susurrait à l'oreille le jeune Pierre Nabeaux qui l'avait rejointe sur la glace.

Pincé dans sa redingote noire, il était joliment bien tourné pour un roturier !... Dès qu'elle l'avait vu, il lui avait rappelé Benjamin. C'étaient les mêmes pommettes saillantes, les mêmes yeux en amande, la même bouche charnue... Oui, un Benjamin plus jeune et plus naïf qu'autrefois. Beaucoup plus tendre aussi, désarmant à force de maladresse... Depuis sept mois, il la poursuivait de ses assiduités sans en rien obtenir. Etait-ce sérieux ? Peut-être, qui sait ? L'authenticité, cela devait tout de même exister !... Cet homme-là semblait vrai. Profondément vrai ! Loyal envers les autres ; honnête envers lui-même... Il lui plaisait. Attirance... Tentation qui la tenaillait... Ce serait si facile de tomber amoureuse... Si facile et si bon !... Etre enfin heureuse avec un homme après toutes ces années de méfiance et de lutte... Pourquoi pas ? Elle avait tellement envie de se laisser aller... Mais non, voyons ! Un béguin pour une courtisane, c'était la fin. Autant se préparer tout de suite à crever dans la misère. Il n'y avait pas de place pour la tendresse dans ce monde où l'on ne se maintenait qu'à coups d'esbroufe :

— Ah, Céleste, je n'ai jamais connu de femme qui sache s'habiller comme vous !

Elle lui coula un regard de côté : l'apparence, l'essentiel pour celui-là, comme pour les autres !

— Ça coûte cher, l'élégance.

— Mais j'ai cent mille livres de rente ! s'empressa-t-il de préciser.

— Moi, cinq cent mille.

— Je vous aime !

— Ah ?

— Je vous aime à la folie !

— Vraiment ?

— ... Cent fois plus que le prince Demidoff ! Mille fois mieux que le prince Narishkine !

— La belle affaire ! Ceux-là ne m'aiment pas.

— Ils ne vous aiment pas ? Pourtant, ils se ruinent pour vous...

— Quel rapport ? Ils se haïssent, c'est différent.

— Enfin, moi, je vous aime à en mourir.

— C'est-à-dire ?

— Je ferai n'importe quoi pour vous !

— Pour moi ? Non. Pour m'avoir ? Oui.

— Pour vous, pour vous avoir, je suis prêt à tout !

— Quel profit ?

— Comment ça, quel profit ?

Ils patinaient côte à côte, devisant à mi-voix :

— Oui, quel profit, quel intérêt y trouveriez-vous ? Vous avez besoin de crédit, sans doute : passer pour l'amant d'une femme comme moi, ça établit la fortune d'un homme. Entretenez-moi trois semaines et le chiffre de vos rentes s'en trouvera doublé dans tous les esprits... Après cela, les banquiers vous prêteront ce que vous voudrez.

— Pour me procurer de l'argent, je n'ai pas besoin de vous, madame ! Au contraire, je veux vous en donner : je suis prêt à me ruiner pour vous !

— Snobisme, alors ?... Parce que « ça fait bien » de se ruiner pour une courtisane. Pendant une semaine, on en jasera d'un bout à l'autre du Boulevard. Un mois durant, on en causera dans les familles. Et dans vingt ans, on évoquera encore l'oncle Machin-Chose, ce grand amoureux qui a dilapidé toute sa fortune pour les beaux yeux de la célèbre Tartempoile...

— Cessez ce jeu cruel ! Je vous aime vraiment et je me tuerai si vous ne me croyez pas !

— C'est cela, monsieur, tirez-vous une balle dans la tête, ce sera complet. Au moins, vous serez sûr qu'on en parlera, de votre grande passion !

— Je vous aime !

— Encore ? Vous m'assommez !

— Je vous aime ! Je vous aime ! Je vous aime !

— Alors c'est que je suis trop chère pour vous... Inaccessible. Impensable. Impossible... Oui, vous m'aimez, je vous crois... Vous m'aimez à la folie, et pourquoi ? Parce que vous savez que vous ne m'aurez jamais !

Il y eut un silence.

— Vous êtes cynique ! finit par dire le jeune homme.

— Mais non, murmura-t-elle doucement, je ne suis pas cynique...

Elle sourit :

— Plutôt idéaliste, au contraire.

Le soir tombait. Il faisait froid. Elle patinait à petites glissades, pensive, presque triste :

— L'amour dont vous me parlez n'est pas celui dont je rêvais, voilà tout...

Elle frissonna et son visage se durcit :

— ... Vous m'embêtez à la fin ! s'exclama-t-elle, soudainement irritée... Je suis ici pour m'amuser. Je ne veux pas qu'on m'ennuie... Et puis j'en ai assez !

Elle le planta là et fila en flèche vers la rive.

34

— Comment s'appelle-t-elle donc, cette créature ?
— Elle porterait plutôt un nom de rue...
— ... L'une de ces ruelles, vieilles comme le monde...
— ... Où le préfet vient de faire poser le trottoir.
— Que voulez-vous dire, ma chère : est-ce Vide-Gousset ? ou Gît-le-Cœur ?
— ... Plutôt Lupanar, ou le Chat Noir. A moins que ce ne soit la Chatte Noire...

Dans le faubourg Saint-Germain, les dames déclaraient la guerre à coups d'épigrammes aux impures de Paris.

— Maintenant, nos maris nous abandonnent avant la faute, avait jeté la spirituelle comtesse de Saint-Mars.

On avait ri, mais on n'en pensait pas moins... La situation était grave : le vide se faisait autour des dames bien nées.

Tous les soirs, la gent masculine de leur monde prétextait des « affaires impérieuses », de « vieux parents à visiter » au moment de les mener au théâtre, au bal ou au Bois. Inquiètes, elles s'étaient informées : en fait de « vieux parents », leur mari, leur fils, leur père passaient la soirée, l'un dans une avant-scène avec Cora Pearl, l'autre au bal Mabille avec Anna Deslions et le troisième au Grand Seize avec la Barucci, Constance Rezuche et Léonide Leblanc...

Bouder, se plaindre ou tempêter ne servait à rien... Les infidèles cavalièrement s'excusaient, ne montraient aucun repentir et levaient le masque : maintenant, ils ne se gênaient plus pour déserter !

... Et si d'aventure, au bras de leur femme, ils rencontraient leur maîtresse, ils la saluaient, ouvertement, là en public :

— C'est un comble !... Hier... Bois... mon mari Hubert... chapeau... fillasse — la Chamoire...

— Une comtesse qui ne sera jamais comtesse que pour ses domestiques et pour ses fournisseurs !

*
* *

Le comte Hubert de Béon planta un baiser coquin dans le cou de Céleste :

— Quel dommage que les femmes d'esprit ne soient pas des femmes du monde !... soupira-t-il en s'étirant dans le grand lit en bois de rose.

— Quel dommage que les hommes du monde ne soient pas des hommes d'esprit ! jeta-t-elle vertement en sautant du lit.

Chez elle aussi, l'aigreur s'exacerbait :

— Combien de leurs grandes dames ne sont que des théâtreuses, fulminait-elle. Elles s'affichent à leur manière sans plus de vergogne que des cabotines !

Le rejet du monde, le fait que les femmes « nées » avaient négligé de répondre aux nombreuses invitations que la « comtesse de Chamoire » avait aimablement prodiguées à son retour d'Italie, la rongeait : « Je les vaux, moi ! Et largement... Je ne suis peut-être pas " née ", mais, Bon Dieu, j'en fais partie du monde ! Je suis comtesse, une comtesse authentique, la comtesse Gilbert Anatole de Chamoire — ça m'a coûté assez cher ! Elles devraient me saluer, ces drôlesses, si elles étaient seulement éduquées. Mais d'éducation, nenni ! »

En fait de drôlesses, Céleste avait rigoureusement interdit sa porte aux autres impures de Paris : « Je ne veux plus de fillasse chez moi ! »

Dans ce grand nettoyage, Blanche elle-même avait failli sauter : « Une fillasse, elle aussi, mais une cameriste stylée... En former une nouvelle serait plus compliqué. Je la garde. »

Pour les autres, les Barucci, les Cora Pearl, les Cons-

tance Rezuche, elle ne les recevait plus et ne suppor-
tait pas d'en entendre parler : « Toutes des coquines qui
me compromettaient ! »

Résultat : la Chamoire présidait des dîners somptueux
— mais sans une seule femme !

— Dites-le, messieurs, jetait-elle à ses intimes du sexe
unique, dites-le, quand vous voudrez des dames du
faubourg Saint-Germain ; je suis assez riche pour vous
payer des duchesses !

Les messieurs riaient, très amusés de ses bravades et de
son insolence — mais ils savaient que les duchesses
n'étaient pas à vendre... du moins pas à vendre à la
comtesse de Chamoire !

*
* *

Sur le gazon vert, ombrelles, chapeaux, crinolines et
tournures s'attiraient et se fuyaient... Longchamp !

« ...Casaque grise et magenta : duc de Hamilton.
Casaque bleue, manches rouges, toque rouge : duc de
Gramont-Caderousse... »

Le quart de Paris grouillait là, sous le soleil — cinq cent
mille personnes qui pullulaient au même endroit : Longchamp !

Longchamp, ses courses, ses paris et ses prix ; Longchamp, son champagne, ses bijoux, ses soieries, ses
voitures... Surenchère institutionnalisée de la quotidienne promenade au Bois, champ de bataille officiel de
l'affrontement entre femmes du monde et femmes du
demi-monde.

Fascinées les unes par les autres, magnétisées par leur
mystère respectif, les adversaires des deux camps avaient
abandonné leur voiture à l'entrée du champ : elles voulaient se mesurer à pied.

Eparpillées sur le turf, elles se frôlaient, s'inspectaient,
se dévisageaient — et du regard s'assassinaient... Chacune
enviait dans la partie adverse ce qu'elle ne possédait ni
ne posséderait jamais : distinction et respectabilité pour
la courtisane ; hardiesse et nouveauté pour la femme du
monde... Celle-ci était vouée à la modération, celle-là à

l'exagération; elles se méprisaient, se haïssaient — et aspiraient à changer de rôle !

« Etre durant une heure cette lionne qui passe... » songeait dans le secret de son âme la dame du faubourg Saint-Germain... « Exciter les hommes, les rendre fous d'amour, les ruiner... »

— Dites-moi, Caderousse, vous qui savez tout, des deux Mme de Chamoire, la courtisane, c'est bien la jaune, n'est-ce pas ?

Ludovic ajusta son lorgnon et, plissant les yeux, chercha dans la foule.

— Non, ma chère, celle-là, c'est la très respectable baronne Benjamin de Chamoire, née marquise de Méricourt, dit-il en désignant du doigt une petite blonde en grand décolleté vanille, sa grosse parure de topazes au cou, un corsage... cynique à force d'être court, et une crinoline à mille volants qui découvrait impudemment sa bottine et le début de son bas rose.

— Comment ? Alors, l'autre... l'autre, celle qui porte l'élégante toilette prune...

— C'est la Mandragore, ma chère. La tapageuse Mandragore qui affecte une simplicité de bon goût. Maintenant que les femmes du monde s'habillent en cocottes, elle, elle trouve plaisant de s'habiller en femme du monde... Opulente sobriété, délicat classicisme... Très fort, très fort !

Dans le tourbillon éclatant des bleus pâles, des verts d'eau, des roses et des blancs, la teinte sombre de sa robe se reconnaissait à cent pas !

Appuyée au bras du colossal Demidoff, Céleste, sérieuse et solennelle, saluait et bavardait, passant de groupe en groupe, sans quitter de l'œil la baronne qui avançait sur le turf, parallèlement à elle.

— Voilà ma belle-sœur qui rivalise avec les coquines maintenant ! raillait-elle à l'oreille de Demidoff... La pauvre femme ! Elle s'est dit que les filles plaisaient aux hommes par leurs excentricités... Elle tente donc de les battre sur leur propre terrain : « Imitons-les ! Surpassons-les ! » Eh bien, c'est réussi ! Triompher par le luxe... L'imbécile ! Comme s'il y avait moyen, pour elle, de faire, avec un seul homme, ce que les autres font avec dix !

La Mandragore s'animait... L'idée que la baronne de Chamoire ressemblât à ce point à une « grande horizontale » l'excitait. Et la scandalisait... La scandalisait vraiment, car Céleste, comtesse de Chamoire, s'était prise au jeu de singulière façon :

— Vrai, mon cher, ma belle-sœur oublie qui elle est et ce qu'elle se doit ! jeta-t-elle, indignée.

Mi-simulatrice, mi-sincère, la courtisane prenait des mines offusquées, affectant de ne pas oser regarder la grande dame tant ce spectacle la choquait...

Insensiblement, elle se rapprochait, entraînant Demidoff à sa suite, contre, tout contre la baronne. Elle frôla l'énorme crinoline vanille, planta, comme par mégarde, son ombrelle dans les volants, et guigna les topazes sur la gorge nue :

— Fi, l'horreur ! nasilla-t-elle. On dirait l'enseigne d'un bijoutier, à moins que ce ne soit celle d'un confiseur !

L'autre, affolée, cherchait du regard son mari et se hâtait droit devant, vers l'enceinte de pesage.

Mais Céleste ne la lâchait pas. Elle, elle dont le rêve unique avait été la respectabilité, elle qui ne rêvait qu'à un rang dans la bonne société, poursuivait de ses sarcasmes cette « respectable » femme du monde qui singeait les « impures »... Vrai, ça lui soulevait le cœur, une telle dépravation !

— Je ne suis pas bégueule, ironisait-elle. Dieu le sait, je ne suis pas bégueule, il n'existe pas de plus grande indulgence que la mienne. Mais la dégradation, la dégradation à froid...

Elle avait lâché le bras du prince et talonnait la baronne de son emphase moralisatrice... La vanille devant, la prune derrière, les deux dames de Chamoire filaient comme des dards sur la pelouse.

— Quelle mouche a donc piqué la Mandragore ? se demandaient les hommes, amusés et gênés : fallait-il intervenir ?

— ... De la dégradation ! De la dégradation à froid ! criait toujours Céleste en simulant le plus terrible des courroux.

Blême en sa robe jaune, la baronne de Chamoire était bien près de se trouver mal :

— Laissez-moi passer, laissez-moi passer.

Elle était arrivée à la barrière de l'enceinte de pesage et sortait précipitamment une carte qu'elle tendit au contrôleur.

— Je suis la baronne de Chamoire. Laissez-moi passer.

Il regarda la carte, salua, s'effaça... Elle passa.

— Votre carte, s'il vous plaît ?

— Quelle carte ? Je suis la comtesse de Chamoire !

— Il faut une carte pour entrer ici, madame.

— Mais puisque je vous dis que je suis la comtesse de Chamoire, Gilbert Anatole, de...

— Désolé, madame, l'enceinte de pesage est réservée aux gens du monde.

A ces mots, Céleste manqua de s'étrangler :

— Mais je *suis* du monde !

Là-bas, de l'autre côté de la barrière, parmi les membres du Jockey Club, les propriétaires et les parieurs qui allaient et venaient autour d'elle, la baronne de Chamoire s'était retournée. Un sourire flottait sur ses lèvres fines et elle ouvrit son ombrelle pour la faire rouler sur son épaule. Elle restait là, immobile, essoufflée, triomphante !

Les regards des deux femmes se croisèrent.

— Paul !

Massif et lent, le prince Demidoff s'avança.

— Paul, veuillez dire à monsieur le contrôleur qui je suis !

— Il le sait déjà, grogna le prince... Allons, venez !

Il lui prit le coude. Elle se dégagea brutalement :

— Vous vous moquez, je pense ?... Ah, mais je ne me laisserai pas insulter comme ça, moi !... Ni par vous ! Ni par personne !

Elle tapa du pied et planta son ombrelle dans le gazon.

— Pas de scandale ici, trancha Demidoff. Eloignons-nous.

De force, il voulut l'entraîner à quelques pas de l'enceinte. Collée à la barrière, Céleste ne bougea pas.

— Je veux entrer.

Demidoff haussa les épaules.

— ... Je veux entrer et j'entrerai.

— Ici, ma chère, les femmes ne pénètrent que munies d'une carte professionnelle.

— Une carte professionnelle ? Professionnelle de quoi, d'abord ?

— Leurs maris sont propriétaires d'une écurie. Un de leurs chevaux court aujourd'hui.

Le monocle à l'œil, elle examinait l'intérieur de l'enceinte : sur les gradins, à droite et à gauche de la tribune de l'Empereur, il y avait des taches claires disséminées çà et là.

Elle fouilla dans sa bourse pour y chercher des jumelles. Au bas des tribunes, alignées sur une rangée de chaises, là, tout contre la piste, s'épanouissaient par dizaines et dizaines des crinolines...

— Elles sont toutes propriétaires, ces femmes ?

— Sans doute.

— Toutes ?

Il hésita :

— Oui... Sinon, elles ont une garantie masculine.

— Qu'est-ce que c'est ça, une garantie masculine ?

— Un homme qui les introduit avec une entrée « dame ».

— Ça s'achète où, les entrées « dames » ?

— Ça ne s'achète pas... Les membres du Jockey Club les reçoivent pour leurs parentes.

— Mais, vous, vous faites partie du Jockey... Vous disposez donc d'une entrée « dame »...

— Pas sur moi.

Elle rit :

— Tatata... Allons, venez, ma vieille garantie... Offrez-moi votre bras. Je brûle de la voir, cette enceinte...

Le prince ne bougea pas.

— Ecoutez-moi, Céleste, je pourrais transformer ce gazon en lingots d'or si vous me l'ordonniez... Mais vous faire entrer ici, je ne le peux pas.

— Comment, comment, vous ne le pouvez pas ?

— Allons plutôt nous asseoir sur les gradins, là, derrière nous. Ils sont tout aussi confortables que les tribunes... On y voit même beaucoup mieux.

Elle le fusilla du regard :

— Si je comprends bien, le turf se divise en quartiers

réservés... Voilà, c'est ça : les tribunes, les gradins, l'enceinte... Et ce quartier-là, jeta-t-elle glaciale en montrant l'enceinte du doigt, m'est interdit, à moi... (Il y eut un silence. Le prince regardait au loin.)... Pourquoi ?

— Est-ce que je sais pourquoi, moi !... Longchamp est le seul lieu où la société garde quelques pudeurs. Je me trouve obligé de les respecter, voilà tout.

— Des pudeurs ? Des pudeurs contre qui, d'abord ? Est-ce que je ne suis pas convenable ? Autrement plus convenable que ces dames là-bas, avec leur décolletage jusqu'au bout des seins ?

Le prince sourit. Une main dans sa poche, l'autre au pommeau armorié de sa canne, il attendait que la colère de Céleste s'apaisât :

— Je regrette, très chère, je regrette. C'est idiot, mais je n'y peux rien... C'est ainsi : contrairement au Bois où les dames de toutes les conditions se coudoient... contrairement même à l'Opéra où votre loge à vous, chère amie, fait directement face à celle de Sa Majesté l'impératrice, Longchamp est le seul endroit public de Paris où les barrières entre les mondes sont infranchissables !

Elle blêmit :

« ... Les barrières entre les mondes sont infranchissables. » Et les paroles de Pomaré sur son lit de mort lui revinrent à la mémoire : « Toi, moi, on n'a pas une chance... »

— Vous êtes un lâche, Demidoff ! ricana-t-elle. Vous me sacrifiez quotidiennement votre fortune, votre famille et votre dignité. Et vous n'avez pas même le courage de m'offrir votre bras pour franchir une barrière !

— Cela est impossible. Je regrette.

— Déguerpissez !

Il fit le geste d'ôter son chapeau pour la saluer.

— Cessez vos singeries, elles me dégoûtent.

Il s'inclina.

— Parlez-moi d'un prince, siffla-t-elle entre ses dents. C'est aussi médiocre qu'un épicier !

35

La Chamoire rentra chez elle dans un état de nerfs abominable : aucun, aucun de ses adorateurs n'avait accepté de la conduire dans l'enceinte de pesage... Ni le prince d'Orange, si faible d'ordinaire, si amoureux, si respectueux ; ni ce bravache de Narishkine, auquel elle faisait faire les pires folies pour le « panache » ; ni même Gramont-Caderousse, que le moindre scandale excitait... Aucun ne lui avait cédé. Aucun n'avait osé lui faire passer la limite.

« ... De ma vie, je ne veux les revoir, ces nullités ! Tous des hypocrites, des couards et des crétins ! Dire, dire que je couchais avec ça tous les soirs — moi ! »

Après le grand nettoyage des femmes, ce fut donc le grand nettoyage des hommes.

Maintenant n'entrait plus chez elle qui voulait. Pour être « reçu », il fallait être « présenté ». Encore le nombre, le très petit nombre des élus était-il trié sur le volet.

— Pas de noceurs chez moi !

Elle clamait sur tous les toits qu'elle, elle l'abominait, cette débauche parisienne : « Si bête, si bruyante, si vulgaire ! » Elle répétait à qui voulait l'entendre qu'elle, elle s'était toujours barbée, « mais barbée à crever », dans les cabinets particuliers...

« ... Casser la vaisselle du Café Anglais, folâtrer sur le sofa du Grand Seize, vider les bouteilles de champagne dans le piano du Grand Six — quel ennui ! Quel ennui ! Quel ennui !... La noce, les noceurs — une bêtise à pleurer... Non, vrai, je n'en puis plus ! Allez ouste, tout le monde dehors ! »

A dater de l'épisode de Longchamp, Céleste n'adressa plus la parole ni à Demidoff, ni à Caderousse, ni aux autres, à tous les autres fêtards qui l'avaient faite ce qu'elle était : riche.

Ce fut une rupture définitive avec le « demi-monde » comme avec le « monde », une volonté de rester à l'écart ; un parti pris de n'avoir rien de commun avec « les autres »...

A ses yeux, la gent masculine était maintenant fade, lâche et hypocrite ; quant à la gent féminine, elle enviait l'évidente suprématie de sa beauté et de son intelligence... De toute manière, « les fillasses » étaient trop grossières pour qu'elle s'abaissât jusqu'à elles ; et les « madame de » trop jalouses et trop bêtes pour qu'elle s'en occupât davantage.

Elle méprisait la société dans son ensemble, et posait désormais à l'être d'exception.

« Moi, je ne suis ni fade, ni lâche, ni hypocrite, ni bête, ni jalouse : je suis donc profondément originale.

« Je suis belle, intelligente et courageuse, donc infiniment supérieure au commun des mortels. »

Ce principe posé, Céleste, déçue dans ses ambitions, aigrie d'avoir été rejetée par la foule des subalternes, se retira sur ses hauteurs... Elle reporta tout son amour vers une seule personne, la seule qui en fût digne : elle-même !

Dès lors, son attention ne se porta que sur un esprit ; ses soins n'allèrent que vers un corps : les siens.

Elle travailla à se créer un univers à part dont elle allait être le centre exclusif, un écrin dont elle serait l'unique et l'éclatant bijou :

« Moi. *Mon* intelligence. *Ma* beauté. Comment me donner plus de lustre, comment me mettre constamment en valeur ? »

Pour l'intelligence, elle appela autour d'elle les amis d'autrefois : Théophile Gautier et Alexandre Dumas. Ils furent conviés deux fois par semaine à des dîners somptueux, avec la permission d'y amener leurs amis pourvu qu'ils remplissent les conditions spirituelles de la réunion.

Nourris, choyés, truffés à souhait sans qu'il leur en coûtât davantage qu'un baisemain, toute l'élite des beaux esprits contemporains se retrouva bientôt à la table de Céleste.

Sous couvert de céder à des exigences intellectuelles et artistiques, les grands talents prirent la douce habitude de se laisser gaver par elle !

Ainsi, son salon devint en peu de temps l'un des plus distingués de Paris. Tant de gens d'esprit se pressaient à sa porte qu'elle dut mettre certains noms au vote pour maintenir cette belle harmonie d'intelligences qui soupaient avec elle.

« Ah, c'est qu'ici l'esprit est de rigueur ! »

Et c'était vrai.

Chez elle, les grands talents pouvaient parler. Et tout dire. Avant ses réceptions, la maîtresse de maison parcourait les nouveautés littéraires ; se faisait envoyer les partitions des musiciens acclamés ; ne manquait pas un salon, pas une première. La diversité de son information, la sûreté de son jugement étonnaient même ses fidèles. Gautier, Dumas (et maintenant Flaubert, Arsène Houssaye, Emile de Girardin) contentaient donc leur gourmandise avec bonne conscience : la comtesse de Chamoire avait de l'intelligence. Et de la conversation.

Elle avait aussi autre chose.

L'art de donner l'impression à son interlocuteur qu'il n'avait jamais été aussi brillant, aussi drôle, aussi exceptionnel qu'en sa compagnie.

Comme jadis chez Mme Olympe lorsque chaque client de la Lionne se croyait seul à savoir lui donner du plaisir, chaque hôte de la comtesse se croyait aujourd'hui seul à savoir l'amuser. Seul à savoir lui parler et l'intéresser.

Prostituée ou égérie, c'était le même talent : chaque homme qui l'approchait pensait avoir retenu l'attention de cette femme, pour les autres imprenable !

On sortait donc de chez Céleste content d'elle. Et surtout... surtout, très content de soi !

Cette idée qu'elle était parvenue si vite et si naturellement à grouper autour de sa personne la fine fleur des intellectuels de son temps achevait de la griser : « Comme toujours et partout, je suis arrivée à mes fins », jubilait-elle dans de brusques et enivrantes crises de fierté.

« Ce salon littéraire, c'était mon rêve il y a vingt ans, mon rêve inaccessible, celui du temps où j'allais dîner à l'hôtel Pimodan... La tête perdue de hachisch, j'imaginais... j'imaginais, au comble de l'hallucination, que c'était moi, Mme de Mandragore-Lauzun, qui recevais à ma table les gentils Balzac, Baudelaire et Gautier... Balzac est mort. Mais pour les autres, c'est fait. Voilà. J'ai réalisé un rêve de plus. »

Elle s'extasiait à grand bruit devant sa ténacité et son énergie.

... A grand bruit, car depuis qu'elle s'était retirée sur ses hauteurs, depuis qu'elle s'était renfermée en elle-même pour ne s'occuper que de sa personne, Céleste devenait bizarrement exhibitionniste !

Elle, elle qui, du moment où elle s'était appelée « la comtesse de Chamoire », avait dépensé des trésors d'énergie pour cacher ses origines. Elle qui avait fait preuve du snobisme le plus surprenant, se disant successivement enfant naturelle d'une princesse russe, fille d'un ancien général de Napoléon, descendante directe du pauvre Louis XVII, déballa tout son passé d'un seul coup : elle raconta sa naissance dans un entresol de la rue des Blancs-Manteaux, sa jeunesse dans une loge de concierge, ses débuts au bal Mabille... Elle se répandit en anecdotes sur les mauvais jours, à l'exception toutefois de l'inscription à la préfecture et du séjour au bordel... Les Mauvais Jours... Ah, les Mauvais Jours !

Sous les trente lustres de sa salle à manger, elle évoquait « le » lustre de 1848, ce lustre immense et rond qui avait failli la tuer en se fracassant sur le parquet des Tuileries ; et l'autre, l'autre, le lustre toujours allumé dans l'hôtel, à la sortie du bal Mabille, celui qu'elle contemplait des heures entières en grelottant de froid et de faim... Ah, la faim, sa faim ! Tout en offrant des truffes à ses convives — de grosses truffes noires qu'ils grignotaient entre chaque plat —, elle la décrivait avec force détails, la grande faim qui lui faisait des ronds dans la tête, lui tordait l'estomac, lui plaquait des taches noires devant les yeux... Et sur le Pont-Neuf, l'odeur de la friture en plein air, qui lui faisait chavirer le cœur, et les repas d'avoine et de son, lorsqu'elle s'entraînait dix-huit heures par jour comme écuyère chez Franconi...

Elle choisissait, pour se déballer ainsi, ceux de ses banquets les plus raffinés, soulignant de cette façon le contraste entre sa situation présente et ses origines. Elle voulait qu'on mesurât, à la distance entre ces deux points, l'être d'exception en face duquel on se trouvait !

Ce besoin d'éveiller l'admiration se manifestait de façon bien plus spectaculaire encore en un autre domaine : son corps.

A trente-six ans, Céleste de Chamoire était indéniablement belle, plus belle encore qu'elle ne l'avait jamais été.

Avec le temps, les marques de petite vérole les plus visibles avaient fini par s'estomper et, quand, nue, elle déroulait ses cheveux mordorés qui ondoyaient en vagues jusque sous ses fesses rondes, il semblait qu'aucun lait, aucune crème, aucun onguent ne serait jamais assez subtil pour adoucir un épiderme naturellement si frais et si délicat.

Consciente de cette étonnante plénitude physique, elle s'inspectait inlassablement, amoureuse éperdue de ses jambes, de sa taille, de son bassin large de vénusienne. Pour mieux se voir, elle avait fait monter dans son cabinet de toilette tout un système de miroirs qui reflétaient son image à la fois de dos, de face, de profil, de demi-profil, de trois quarts profil...

Bains, massages, manucure, épilations, aucune femme ne consacrait plus de temps ni plus de soins à sa toilette.

Pour rehausser l'éclat de ses charmes, il n'y avait rien qu'elle négligeât.

Elle dormait dans des draps de soie noire afin de mieux faire ressortir la blancheur de sa peau.

Noir aussi le capitonnage des coussins, des divans bas, des chaises longues dont les lignes bizarrement sinueuses soulignaient encore ses formes exquises.

Elle cherchait des heures entières les dessins des robes qui la couvriraient en la déshabillant... Qu'avait-elle besoin, elle, des instruments traditionnels pour modifier la silhouette, pour la remodeler, la rendre impeccable ?...

Taille prise, seins soutenus, croupe rebondie, dos cambré, elle était impeccable de nature !

Le corset qui pinçait le buste, la crinoline qui magnifiait le développement des hanches, elle possédait tout cela en naissant !

Convaincue donc de l'inutilité pour elle de tels accessoires — et même de leur caractère sacrilège —, ses toilettes, dans leur alléchante variété, présentèrent désormais un trait commun : l'absence de corset... Avec un souverain dédain de la mode, Céleste fut la première femme de son temps à porter des jupes sans enjuponnements, jupes collantes qui la moulaient impudemment.

Même au temps où, courtisane tapageuse et fort décolletée, elle cherchait à se faire remarquer, jamais la Mandragore n'aurait osé de telles libertés ! Mais que lui importait aujourd'hui ? Elle s'était placée au-dessus des usages, et la parure de sa beauté lui semblait un véritable apostolat, une mission à remplir envers l'humanité : « Grâce à l'absence de corset, j'offre au monde la vision idéale de ma gorge parfaite. »

Dans cette idolâtrie pour son corps entraient deux émotions qui se mêlaient : la joie triomphante de l'épanouissement et la peur... la peur du déclin.

En admirant la pureté de ses seins, Céleste en percevait simultanément l'inévitable décrépitude. Dans un même mouvement, elle adorait sa beauté présente et frémissait de sa laideur à venir. Au même instant, elle se voyait à son zénith et déjà vieillissante.

Ce fut cette conscience aiguë de l'éphémère qui la poussa à fixer frénétiquement son image.

En trois ans, elle se fit photographier trois cent vingt-quatre fois !

Une nuée de clichés la répétait partout... Sur le fond noir des murs, sur les consoles, les buffets, le piano — dans tous les costumes et toutes les poses.

Elle faisait exécuter ces effigies chez Mayer et Pierson et chaque séance exigeait une mise en scène extraordinaire.

Car Céleste ne se contentait pas d'être représentée : « Je veux que mes portraits contiennent un symbole et qu'ils figurent toujours quelque principe intellectuel ou esthétique. » Ainsi personnifiait-elle la Sensibilité, l'Humour, la Grâce, l'Intelligence, la Beauté.

Elle veillait elle-même à l'exécution du travail :

— Creusez les yeux, ordonnait-elle à l'artiste qui gouachait les épreuves. Avivez le regard. Soulignez la bouche. Supprimez le sourire.

Elle avait fini par croire qu'elle était l'idéale incarnation de tous les grands concepts.

Cette spiritualisation de son physique s'éleva à un suprême degré.

Elle qui apparaissait presque nue à ses élus — les intellectuels triés sur le volet qu'elle recevait chez elle — ne sortit plus qu'emmitouflée sous l'épaisseur de trois voiles !

Elle ne marchait plus. Son coupé venait la prendre jusque dans sa cour... Elle y montait furtivement et filait à vive allure, tous stores baissés.

Au théâtre, elle ne se présentait que dans des avant-scènes grillagées... Et de grands éventails la dérobaient encore aux regards de la foule :

« ... Puisque ma propre vue procure un plaisir délicieux, je ne dois pas prodiguer ce plaisir à l'excès. La contemplation de ma personne est un cadeau... Pour me voir, il faut le mériter. »

Visage dissimulé, démarche sibylline, gestes furtifs — on ne la rencontrait hors de chez elle que drapée de ténèbres...

Une atmosphère occulte l'encerclait tout entière. Elle était impénétrable. Cette femme qui avait séduit les viveurs par son éclat, sa beauté offerte, son tapage de courtisane, fascina les cérébraux par son comportement à la fois morbide, raffiné et énigmatique.

Bref, le mystère dont Céleste enveloppa son narcissisme mit à ses pieds tous les rêveurs et les blasés de Paris. Les étrangers aussi ! Etonnés par les recherches esthétiques de la « Divine Comtesse », ils en raffolaient :

— Elle est tellement française !

Parmi eux, il s'en trouvait un que l'exclusive passion de cette femme pour elle-même captiva.

Compassé et glacial, il apparut dans son salon un soir de janvier 1865.

— Par qui m'êtes-vous présenté, monsieur ? lui demanda-t-elle tandis qu'il claquait des talons en lui baisant la main.

— Par M. le journaliste Emile de Girardin, madame.

De dix ans plus jeune que son hôtesse, le nouveau venu très ingénument ajouta :

— Je séjourne à Paris pour y faire mes classes de grand seigneur...

De haute taille, solidement charpenté, le regard sévère, la barbe carrée, les cheveux noirs taillés en brosse, avec, dans les manières, quelque chose à la fois de naïf et de cassant, Sigurd Heinrich, prince von Tannenberg, avait tout l'extérieur du « Prussien »...

Très riche et très en cour auprès des princes de la Confédération germanique, il jouissait en outre d'un crédit politique : il était le petit cousin du comte Otto von Bismarck !... Bismarck, Premier ministre de Prusse, dont les journaux français s'entretenaient, Bismarck auquel le jeune Tannenberg servait à l'occasion de secrétaire... Et d'intermédiaire.

— Si vous n'êtes pas un sot...

La comtesse de Chamoire marqua une pause :

— ... Ni un sentimental, soyez le bienvenu chez moi.

Elle lui sourit. Il s'inclina. Et alla se poster à l'écart.

Entre deux plantes vertes, elle se prélassait sur sa chaise longue, le corps à peine voilé par les plis d'une robe blanche. Sa tunique, fendue sur le côté, laissait entrevoir une jambe moulée dans un maillot de soie rose.

— Elle est étonnante, n'est-ce pas ? commenta Emile de Girardin, venu retrouver son protégé... Tous les mercredis, c'est un nouveau costume et un nouveau rôle. Ce soir, elle fait la Romaine de la Décadence. A moins qu'elle ne joue à la Belle Hélène... parmi les vieillards, ce qui serait tout à fait charmant pour nous !

Impassible, Tannenberg observait Céleste.

Il l'apercevait par éclairs, allongée, blanche, si blanche entre les dos noirs des hommes qui défilaient pour la saluer !... Qu'ils fussent connus d'elle ou qu'un maître de cérémonie les lui présentât comme à une reine, elle les accueillait tous d'un hochement de tête différent qui secouait délicieusement les boucles de sa nuque.

— Ah non, mon cher, s'écria Girardin, elle n'est pas blonde comme vos Gretchen... Cet éclat que vous admirez ?... Une fine poussière d'or dont elle saupoudre sa chevelure... Remarquez, elle ne s'en tient pas là ! La semaine dernière, elle était brune, pour que ses diamants ressortent mieux dans la masse sombre de ses cheveux. Auparavant, je l'ai vue rousse... Et, si j'en crois sa femme de chambre, elle est grise !

Le prince Heinrich von Tannenberg ne soufflait mot.

Cet Allemand incapable d'élan ou de fantaisie, ce Prussien carré, à l'esprit droit et froid, était extrêmement troublé par les jeux, les méandres et les audaces de la comtesse de Chamoire.

Lui qui, à vingt-huit ans, s'ennuyait en présence du sexe faible, lui qui n'avait jamais aimé de sa vie, fut pris tout entier, et dès ce soir-là, par les subtilités de cette égérie mûrissante... Elle l'étonnait, cette femme-là ! Elle l'intéressait. Elle le bluffait. Pourtant, il ne s'agissait pas d'un coup de foudre : le prince Heinrich choisissait la comtesse de Chamoire d'un propos délibéré parce qu'il lui fallait une femme comme elle pour afficher son propre luxe. Parce qu'elle possédait ce que lui ne posséderait jamais : l'imagination et l'art de vivre superbement.

Dès lors, il ne manqua pas une seule des réceptions place Saint-Georges. Il arrivait le premier, partait le dernier, et son hôtesse affectait de ne s'apercevoir de rien.

Savante à faire naître les désirs sans les contenter, elle le laissait, au terme de leurs entrevues, toujours insatisfait et plein d'amour.

Il n'en montrait pas de dépit et s'obstinait à venir.

De janvier à juin, on le vit donc chaque semaine, le petit cousin de Bismarck, debout dans son coin, l'air de se désintéresser de la conversation, parlant peu mais parlant fort sur des sujets indifférents.

— Enfin, prince, pourquoi vous montrez-vous si assidu puisque vous vous ennuyez tellement à mes mercredis ?

Flegmatique et patient, il ne répondait pas. Et continuait d'attendre. Sans rien demander.

Il fit bien. Car un soir chez la Chamoire — le dernier soir de juin 1865 —, tout changea pour Tannenberg...

36

CE soir-là, il se tenait comme à son ordinaire derrière la lourde tenture qui coupait le salon au tiers. De là, il pouvait voir la comtesse sans en être vu, causer ou ne pas causer avec les invités qui se pressaient chez elle.

Ce salon présentait un aspect assez curieux — pas une femme !... Seule, cette forme blanche mollement étendue, que les invités saluaient.

Huit coups venaient de sonner à l'horloge quand Emile de Girardin entra en compagnie d'un nouveau venu. C'était sa fonction, à Girardin, d'informer son hôtesse des fluctuations de la politique extérieure et d'amener chez elle tous les étrangers de marque. Depuis quelque temps, elle désirait donner à ses réceptions un caractère cosmopolite...

Le célèbre journaliste prenait sa tâche au sérieux et ne manquait jamais de paraître, le visage bien rasé, une mèche de cheveux barrant son front, droit comme un I, pressé, austère, avare de ses mots, avec, sur les lèvres, une nouvelle de dernière heure et, à ses basques, un ambassadeur siamois, turc ou birman.

Nombre d'illustres étrangers avaient donc défilé à la suite du petit cousin de Bismarck.

— Comtesse, permettez-moi de vous présenter aujourd'hui l'arrière-petit-fils...

Tannenberg vit le visage de Céleste se lever vers l'inconnu — et rosir violemment sous la poudre... Un feu qu'il ne lui connaissait pas l'enfiévra tout entière. Elle, d'ordinaire si froide et si lointaine, dévorait du regard le gros personnage qui se tenait un peu voûté devant elle.

— ... Du célèbre savant américain...

Elle devint pâle comme une morte.

— ... Benjamin Franklin Dougherty.

Pendant un instant, il ne se passa rien. La comtesse de Chamoire ne hocha pas la tête, elle ne tendit pas sa main, elle ne prononça pas les mots de bienvenue... Brûlante et glacée, elle demeurait à demi soulevée sur sa chaise, le visage tendu vers celui du nouveau venu...

Enfin elle se remit. Elle ne put lui donner sa main à baiser, mais elle débita :

— Si vous n'êtes pas un sot... ni un...

Sa voix s'étrangla :

— ... Ni un sentimental... Soyez le bienvenu, monsieur.

La silhouette massive de l'Américain s'inclina :

— Vous connaître enfin est un très grand honneur, madame. Votre réputation...

Girardin l'interrompit :

— Avant souper, il faut montrer à notre ami les merveilles de votre salon... Je l'emmène !

La paume appuyée sur sa poitrine pour en comprimer les battements, elle suivit de son regard fiévreux les deux hommes qui se perdaient dans la foule des fracs, parmi les immenses vases chinois, les plantes vertes et les tentures brochées...

Quand elle les eut perdus de vue, elle demeura rêveuse, comme en suspens.

Alors un sourire, lentement, se dessina sur ses lèvres. Ses yeux s'éclairèrent. Son visage tout entier sembla illuminé.

L'émotion de tout à l'heure se transformait en une joie immense qui montait, montait et lui gonflait le cœur de bonheur et d'espoir.

— ... Vous parlez impeccablement le français, monsieur ! Est-ce votre premier séjour à Paris ?

— Moi, madame ? J'habitais déjà Paris il y a vingt ans !

— Vingt ans, vraiment ? Et que faisiez-vous à Paris il y a vingt ans... en juin donc... en juin 44 ?

Durant tout le souper, elle avait essayé de le faire parler d'eux... D'elle, qui l'avait si passionnément aimé.

Mais lui, ne la reconnaissant pas, demeurait évasif et débitait des banalités sur ses impressions d'autrefois :

— J'étudiais Voltaire dans ma mansarde... Il gloussa... Et je courais les filles...

Elle lui jeta un regard de côté et l'entraîna dans le fumoir pour prendre le café seul à seule.

— Toutes les filles ?

— Bah, toutes et n'importe laquelle...

Massif et ventripotent, Benjamin Franklin Dougherty tira une bouffée de son cigare, en considérant avec fatuité cette courtisane imprenable qui lui faisait la cour :

— ... Car on ne peut aimer qui que ce soit avant de vous connaître, comtesse. Votre beauté, votre élégance... Votre réputation !

Alors, comme tous les hommes qui lui récitaient quotidiennement des platitudes, il lui jura une passion éternelle et mit à ses pieds une fortune aux millions qu'il lui assurait incalculables.

— ... Je suis riche ! Riche ! Bien plus riche que tous vos nobles réunis... Je peux m'acheter n'importe quoi ! Et même, si vous êtes gentille avec moi... (Il lui fit un clin d'œil.) Je vous emmènerai trouver de l'or à San Francisco !

Elle frissonna... Elle était donc demeurée fidèle à « ça ». Vingt ans, vingt ans qu'elle portait, caché au fond d'elle-même, ce visage-là !... A cause de lui, à cause du bonheur qu'il lui avait donné à cause de cette certitude qu'il avait fait naître en elle d'être quittée à la minute même où elle aimerait, Céleste n'avait pu s'attacher à aucun homme durant vingt ans !

A son tour, elle le considéra avec hauteur : par quel miracle l'avait-elle reconnu tout à l'heure ? Il avait cinquante ans. Il en paraissait beaucoup plus. Rien, absolument rien ne demeurait de sa beauté d'autrefois. Le casque noir de ses cheveux était aujourd'hui blanc et clairsemé ; quant à cette démarche « féline », cette troublante impression de « souplesse et de force », elle se résumait aujourd'hui à l'expression tranquille et paresseuse des yeux, fendus entre des paupières lourdes comme ceux d'un gros chat.

Et le changement physique n'était rien encore... Mais la bêtise ! La vulgarité de son esprit !... Elle demeurait atterrée des clichés qu'il lui servait :

— Dollars... Cadeaux... Caviar.

Il l'avait saisie au poignet et l'attirait à lui.

Elle, elle se laissait faire en se demandant si celui qu'elle avait aimé avait jamais, jamais existé.

... Quand elle fut debout entre ses genoux, quand elle sentit ses grandes mains enserrer sa taille et le visage de Benjamin se tendre vers le sien, le cœur de Céleste une seconde se figea. Toute une vie elle avait attendu cette promesse de bonheur ; aujourd'hui, elle n'éprouvait plus rien.

... Rien qu'une tristesse indicible.

— Je pourrais les manger, vos millions, monsieur Dougherty... Je pourrais vous tourmenter, vous ruiner et puis vous quitter comme j'ai quitté les autres...

Elle posa sur lui un regard sans espoir :

— Mais je n'ai plus envie.

Et comme il la regardait... douloureuse, elle ajouta :

— Je regrette. Il est trop tard.

Elle se dégagea et sortit.

— Comment pouvez-vous dire une chose pareille ?

— C'est la vérité.

— Allons donc !

— Je n'ai jamais aimé.

Heinrich von Tannenberg l'avait cueillie à la porte du fumoir.

... Vingt minutes auparavant, il la regardait s'enfermer seule à seul avec l'Américain : elle était radieuse et présente, tellement présente pour ce M. Dougherty !

... Elle venait de sortir livide, droite et pitoyable.

Que s'était-il passé durant ces vingt minutes ?

Que lui était cet homme ?

Heinrich, peu curieux de nature, aurait payé bien cher pour le savoir.

— ... Vous voulez me faire croire qu'une femme comme

vous, qui provoquez la passion de tous les hommes, n'en a aimé aucun ?

— Pas un seul.

— Un petit faible... Un penchant, une passade... Vous êtes inconstante, peut-être... La passion, avec vous, ça ne dure pas...

Elle hocha négativement la tête :

— Je vous le dis, Heinrich, une vie sans un amour.

— Mais c'est très triste, ce que vous me contez là !

— Oui.

Elle s'appuyait à son bras, et il la soutenait car elle pouvait à peine marcher.

— Oui, répéta-t-elle pour elle-même. C'est triste.

En silence, ils firent le tour du salon.

Comme dans un rêve, elle voyait des fantômes à son image, photos, portraits, statues, reflets, qui défilaient en s'enfuyant... Et puis, au loin, elle entendait le bourdonnement d'un chœur... Elle allait se trouver mal. Il la conduisit au balcon.

Appuyée à la rampe, elle respira. Il la laissa se reprendre, attendant tranquillement qu'elle se sentît mieux...

— Vous n'avez jamais aimé. Moi non plus, commenta-t-il au bout d'un moment... Et nous n'aimerons jamais ni l'un ni l'autre.

Elle regarda le jet d'eau sur la place... la maison d'Adolphe Thiers, devant elle... Tannenberg ôta son monocle et l'essuya précautionneusement avec son mouchoir :

— ... Nous sommes de la même race... des cérébraux tous les deux.

Elle lui jeta un coup d'œil : de la même race que ce Prussien compassé ?

— Sûrement pas, je...

Elle s'arrêta et haussa les épaules :

— Peut-être.

— Ecoutez bien, comtesse, je vais vous proposer un marché...

Il marqua un temps, rangea son mouchoir et remit son monocle à l'œil :

— Voulez-vous devenir princesse von Tannenberg ?

Elle eut un geste de surprise. Elle s'attendait à tout, sauf à cela :

— Une plaisanterie prussienne, sans doute ?

Il ne répondit pas. Elle attendit. Il répéta :

— Voulez-vous m'épouser ?

— ... Vous épouser, mais quel intérêt ?

— Je suis titré... Et, ce qui n'est pas négligeable, je possède des mines de zinc d'une très grande richesse.

Elle lui jeta un regard glacial :

— L'intérêt pour moi, je l'avais vu, rétorqua-t-elle sèchement. Mais le vôtre ?

— Vous êtes la femme qui me convient.

— Vous m'aimez donc...

— Non. Je vous ai choisie. Vous m'intéressez.

— Un caprice de blasé ?

— Pas précisément.

— Alors pourquoi ?

— Parce que je le veux. Cela suffit.

Elle réfléchit :

— Les termes du marché ?

— Nous vivrons maritalement. Vous tiendrez ma maison. Vous gérerez mes biens.

— Si je vous ruine ?

— Vous vous ruinerez aussi.

— Si je vous trompe ?

— Je vous chasserai comme un époux chasse une épouse indigne.

— En fait d'épouse, je vous rappelle que je suis déjà mariée.

— Je ferai casser votre mariage par Rome.

— Casser mon mariage ? Sous quel prétexte ? Le pape n'acceptera pas.

Dans sa longue barbe noire, Heinrich ébaucha un sourire :

— Ce que Tannenberg veut, Dieu veut.

— Et si je ne veux pas, moi ?

Il ne répondit pas tout de suite :

— ... Réfléchissez, comtesse. Je dois rentrer en Prusse, j'y resterai jusqu'en septembre... Vous me donnerez votre réponse à mon retour... Songez-y... Dans quelques mois, vous pouvez appartenir à la plus haute noblesse allemande... La princesse von Tannenberg... La cousine de Bismarck... L'épouse de l'intermédiaire prussien...

— Ce sera non.

— Alors, madame, vous n'êtes pas celle que je crois : vous n'aimez pas le Pouvoir !

*
* *

Entourée d'une légion de femmes de chambre dont plusieurs ne s'occupaient que de ses fards et de ses parfums, la comtesse, nue sur son lit de repos, se faisait frictionner au jus de citron,

— Allons, Blanche, de l'énergie !... C'est à peine si je le sens, votre massage !

Blanche, énorme et transpirante, lui claquait la jambe du plat de la main, à grands coups de battoir.

— Bien. Cela suffit. Enduisez-moi le corps au lait antéphélique maintenant... Le nouveau flacon du Dr Guigonis, là, sur la tablette : *Blanchir la peau en la protégeant du soleil...*

— Je rappelle à Madame que le prince Heinrich doit arriver d'une minute à l'autre... Si Madame veut être prête...

— Je serai prête. Il attendra.

Quand elle fut maquillée, coiffée et parée de ses bijoux, elle enfila un peignoir de dentelle et s'installa dans la chaise longue du boudoir :

— Faites entrer.

La cravache à la main, botté et sanglé dans sa tenue de cheval, Heinrich traversa silencieusement la pièce.

— Alors ? lui jeta-t-elle en lui tendant une main diaphane qui émergeait d'un affriolant fouillis de chantilly.

— Alors, j'ai acheté le terrain ce matin.

Familier, il s'assit dans le second fauteuil et posa sa cravache sur le guéridon.

— Cher ?

— Quatre cent mille francs.

— Bien. Nous n'avons pas fait une mauvaise affaire.

Ce détail réglé, un éclair passa dans les yeux dorés de la comtesse :

— Pour notre mariage, nous aurons un hôtel, Heinrich,

un hôtel à côté duquel tous les autres hôtels des Champs-Elysées auront l'air de masures... Ah, il ne sera pas dit que la princesse de Tannenberg sera mal logée !... J'ai des idées... des idées... des idées !

Il dissimula un sourire.

D'idées, de plans, de calculs, elle en fourmillait ! Il se demandait souvent où elle trouvait le temps de s'occuper si passionnément de sa personne, et de monter les affaires qu'elle montait... En six mois, elle s'était assimilé les détails de la fortune des Tannenberg et, en six mois, elle avait multiplié le rendement de leurs mines de zinc. Elle les administrait elle-même, correspondant avec les entrepreneurs, s'informant méthodiquement de l'état des sols et des fluctuations des marchés.

Enchanté de l'aide qu'elle apportait à la fructification de ses capitaux, Heinrich l'en récompensait en lui ouvrant des crédits illimités.

Elle prenait son argent, elle le dépensait, mais, contrairement à ce qu'affirmait le Boulevard, elle ne le ruinait pas.

Experte en l'art de gaspiller superbement, elle s'attachait à l'emploi habile d'une fortune — qui serait bientôt la sienne... C'était une question de mois. Le Saint-Père avait officieusement donné son consentement à la cassation de son premier mariage. On attendait l'avis de la congrégation du Saint-Office... Pour l'heure, la fiancée faisait construire avec les millions du fiancé « au bas des Champs-Elysées... à deux pas du bal Mabille... le plus bel hôtel de Paris ! ».

— Cette merveille sera-t-elle prête pour les épousailles ?

— En tout cas, cela s'achève : on vient de poser son trottoir !

— Il paraît que le palais est digne d'une sultane...

— ... Des *Mille et Une Nuits* !

Il y eut un ricanement : les dames du faubourg Saint-Germain venaient de recevoir l'invitation qui les conviait au mariage de la Mandragore.

— Comment, mais comment a-t-elle fait pour annuler son mariage avec le pauvre cher Anatole ?

— Ah ! J'aime autant ne pas le savoir !

— ... Si l'Eglise donne dans les fillasses, maintenant !

— ... C'est honteux !

En tout cas, c'était officiel :

Sentence rendue par la Sainte Congrégation générale à Rome, le 16 août 1866.

Dans la Congrégation générale de la Sainte Inquisition romaine et universelle, siégeant au Vatican,

Les très éminents et très révérends cardinaux de la Sainte Eglise romaine, inquisiteurs généraux,

Ont décrété :

Le mariage contracté à Paris le 20 mars 1858 de Gilbert Anatole de Chamoire avec Céleste Elizabeth Joséphine Vainart est nul dirimens impedimentum, *pour cause de non-consommation, et, par conséquent, il n'existe aucun obstacle à ce que les personnes susnommées puissent contracter un autre mariage.*

(Signé :) S. Pelani, notaire de la Sainte Congrégation romaine et universelle.

L'une des « personnes susnommées » s'apprêtait donc à s'unir le 28 octobre suivant, au temple de la Rédemption de l'Eglise évangélique de la confession d'Augsbourg, avec le prince Heinrich von Tannenberg.

A la suite de la cérémonie religieuse, le prince et la princesse recevraient en leur *home* parisien, qu'ils inauguraient par la même occasion.

— ... On dit que l'escalier est fait d'un seul bloc d'onyx...

— Mangin, l'architecte, a travaillé les marbres sur place, comme au temps des cathédrales !

— On parle d'une salle de bains aux robinets d'or incrustés de pierres précieuses !

— Dire... Dire que c'est une fillasse qui a tout ça !

Dévorées de curiosité, les femmes du monde mouraient d'envie d'aller voir. Elles hésitaient pourtant. D'un côté, elles répugnaient à se rendre chez une impure. De l'autre... de l'autre, on disait que c'était tellement moderne, tellement somptueux !... Choix cruel : pouvait-on accepter ? Fallait-il refuser ?

— Il est fou, ce Tannenberg !

— ... C'est un Prussien, ma chère, une brute grossière et dégénérée comme tous les Prussiens !

— Quand je pense que ces sauvages viennent d'écraser l'Autriche...

— ... Et de s'annexer les duchés danois !

— Quelle audace, tout de même !

— Ah, nous saurons leur faire rendre gorge de jolie façon si la guerre éclate !

37

Très digne en son costume de Suisse, l'aboyeur s'inclina pour mieux entendre le nom qu'on lui murmurait. Et, dans un grand coup de hallebarde, il tonna :

— Le baron et la baronne de Chamoire !

A l'entrée du salon, la princesse von Tannenberg se tenait à côté de son mari pour recevoir leurs hôtes.

Elle portait une robe de foulard pourpre, sans manches, sans jupon, décolletée dans le dos jusqu'aux reins, devant jusqu'aux seins — à peine un bout de tissu et d'une simplicité indécente ! Pourtant, la pudeur du grand monde ne pouvait s'offusquer, on n'apercevait pas une parcelle de sa chair nue : au front, au col, aux doigts, aux poignets, aux coudes, aux pieds, elle était couverte de métal et de pierres !

Treize ans d'un commerce florissant ; des familles dépouillées ; des fortunes croquées — elle étalait d'un coup l'écrin entier de ses somptueux bijoux. Pendentifs, rivières, aigrettes, les rubis de Morny rivalisaient avec les perles de Demidoff... Et les perles de Demidoff avec les diamants de Narishkine.

Mais le dernier en liste, par un raffinement de son honneur, venait de tout lui racheter, afin que ce soit à lui, rien qu'à lui, Tannenberg, que Céleste dût aujourd'hui l'intégralité de son faste.

Dans un cliquetis de ses bracelets, la princesse tendit sa main à la baronne :

— Soyez la bienvenue en cet hôtel, ma bonne.

L'autre, le postérieur en arrière dans sa tournure à

balayeuse, pinça les lèvres et salua du bout des doigts. Céleste posa sur elle un regard sec :

— Mais quelle gentille toilette vous avez là !... Un modèle de chez Worth, peut-être ? railla-t-elle.

Elle savait, comme tout le monde à Paris, que depuis dix ans la baronne n'était pas parvenue à se faire faire une seule robe chez le célèbre couturier...

Mme de Chamoire rougit, mais ne broncha pas.

— ... Heinrich, vous ne connaissiez pas, je crois, le frère de mon premier mari... Et sa femme, Herminie.

Tannenberg s'inclina en baisant la main de la grosse femme qu'on lui présentait.

— ... Ils sont venus ce soir nous remercier d'avoir enfin acquis la terre de Chamoire avec le château, grevé d'hypothèques, dont personne ne voulait...

— Je suis très honoré de pouvoir secourir les parents de la princesse...

Le baron et la baronne balbutièrent des paroles de gratitude. Et Céleste les laissa s'enfoncer dans la splendeur de ses salons en commentant :

— Voilà ce qu'il en coûte aux femmes du monde, quand elles veulent singer les impures !... Perdus de dettes, ces pauvres Chamoire ! Insolvables ! Mon Dieu, ils filent un bien mauvais coton !...

Céleste venait non seulement d'acquérir pour son compte leur domaine familial, mais surtout, surtout, elle avait racheté à leurs fournisseurs, à leurs banquiers, à leurs usuriers toutes leurs créances ! C'était à elle qu'ils paieraient désormais les échéances de chaque mois ; oui, c'était à elle, à son caprice, à son bon vouloir que la baronnie de Chamoire devrait de survivre ou de sombrer...

Un sourire de triomphe à ses lèvres rouges, la princesse von Tannenberg écoutait le roulement incessant des voitures dans la cour. Les attelages se pressaient devant le perron. Les chevaux piaffaient. Les postillons criaient. Les chasseurs ouvraient les portes. Ils dépliaient les marchepieds... Alors, alors, le froufrou des tulles illusion, des poux-de-soie, des brillantines et des failles s'échappait en bruissant sur les marches de marbre rose.

... Des femmes ! Des femmes ! Des femmes !

Du coin de l'œil, Céleste les regardait s'avancer dans son hall — une pure merveille, ce vestibule, tout de marbre blanc avec un carrelage en mosaïque et deux larges bancs rouges en griotte d'Italie... Ces dames étaient éblouies, trop éblouies pour faire le moindre commentaire.

Mais bientôt elles se ressaisissaient. Elles dégrafaient leur sortie de bal ; elles vérifiaient dans la glace si leur coiffure « puff » n'était pas déplacée et si, au creux des reins, leur « pouf-éventail », leur « pouf-coque », leur « pouf-nœud » bouffait bien...

Alors, au bras de leur mari qui les conduisait jusqu'à l'aboyeur, elles se cambraient, elles se tordaient comme des S... Et les balayeuses de leur traîne, en serpentant derrière elles, venaient frapper à grands coups furieux le socle des statues.

Mais à l'orée du salon, les ondoiements rose thé, bleu-impératrice ou brun-Bismarck se figeaient. Immobiles, ces dames attendaient... Et tandis que leurs titres et leurs noms étaient jetés aux maîtres de maison, elles prenaient la mine grincheuse de quelqu'un qui vous rend un joli service !

N'empêche, elles étaient venues ! Et toutes... La vicomtesse de Saint-Mars, la marquise de Carette, la duchesse d'Angoulvant... Certaines avaient même amené, à cette grande réception, leurs filles à marier !

Jupe courte, décolleté chaste (mais prometteur) ; éventail, carnet et petit bouquet sagement enveloppé dans un mouchoir de dentelle, ces demoiselles s'avançaient pour faire la révérence à la princesse... Et, dans leur port, dans leur mouchoir, il y avait ce « je-ne-sais-quoi » que la dame « née » avait reçu de sa mère et qu'elle léguerait à ses enfants... Stigmate qui différenciait le grand monde de l'autre, défi jeté de femme à femme, insaisissable vengeance...
geance...

Mais pour l'heure, les femmes du monde, comme en 1848 les femmes du peuple aux Tuileries, fouillaient l'hôtel de la fille publique... Guêpes affolées et fureteuses, elles bourdonnaient autour du gigantesque escalier ; elles palpaient les soieries de Lyon parfumées au vétiver ; elles lorgnaient les poignées et les serrures en argent niellé des portes ; elles ouvraient les boîtes, soupesaient les hanaps...

— Et cette grande coupe, qu'est-ce que c'est ?

— Il y a un *N* incrusté dans l'émail...

— Et là... Regardez... sur le socle...

— Mon Dieu... La couronne impériale !

— Une nuit de notre Empereur !

— ... Un tel luxe ici ne m'étonne plus : coucher avec lui mène à tout.

— La mauvaise santé de Sa Majesté s'explique...

— Ce sont des femmes comme cette Mandragore qui perdront la France !

En attendant, elles fouinaient partout, les dames honnêtes — et jusqu'aux étages !... Elles s'y glissaient à tour de rôle, furtivement, comme des voleuses ; elles entrebâillaient la porte de la bibliothèque aux livres rarissimes, elles visitaient les boudoirs et la chambre à coucher... Elles s'arrêtaient, le cœur battant, pour contempler le lit — le lit de la courtisane ! Et elles imaginaient...

Alors, alors seulement, elles pénétraient dans la salle de bains.

Là, c'était le choc !... Une pièce immense, vaste comme un salon, avec, entre les fenêtres, des vasques de cristal soutenues par des lions debout ; des glaces cintrées encadrées de colonnettes d'agate ; un plafond mauresque ; des céramiques vénitiennes... Et la baignoire donc ! A même le sol dans le carrelage de mosaïque, un bassin rond de trois mètres sur trois, tout en marbre de Carrare revêtu à l'intérieur de bronze argenté avec de grands *C* ciselés et dorés.

Rideaux de mousseline à bouillonnés, chaises longues d'une blancheur de neige, grands bouquets de lys et de roses, cette chambre de toilette était un hymne aux soins intimes d'une femme amoureuse de son corps... Ce corps auquel elle devait aujourd'hui les biens les plus enviés de la terre.

Après cela, rêveuses, les dames descendaient... Elles étaient incapables de donner aux suivantes des détails sur ce qu'elles avaient vu ! Elles erraient dans les salons jusqu'au moment où elles rencontraient quelqu'une qui

« en revenait » aussi. Alors elles recouvraient leurs esprits :

— Combien cela a-t-il pu coûter ?

— Huit à dix millions.

— Dix millions ? C'est beaucoup.

— Beaucoup ? Vous voulez rire, ma chère...

Alors ces dames faisaient leurs comptes :

— Dix millions, cela fait cinq cent mille livres de rentes. Et cinq cent mille livres de rentes, c'est ce que me coûtent mes dîners. Alors vous pensez... Plutôt vingt millions. Si ce n'est trente...

Dehors, sur le trottoir de l'avenue, on calculait aussi :

— J'en trouve quarante.

— Moi, j'en ai totalisé quarante-trois.

— Je vous dis qu'il y en a cinquante !

Une foule se pressait devant l'hôtel illuminé ; et les curieux s'amusaient à compter les lustres qu'ils apercevaient par les larges baies du salon.

— Quand même, cinquante lustres, quel phénomène !

En fait de phénomène, les badauds des Champs-Elysées en avaient vu d'autres... A quelques mètres à peine s'élevaient la maison pompéienne du prince Napoléon ; le château tunisien de Jules de Lesseps ; le palais romain d'Emile de Girardin. Mais cette demeure-là surpassait toutes les autres par son exagération.

Guirlandes de fruits, de fleurs, de feuilles qui couraient en tous sens, vasques, masques et cariatides — du perron jusqu'au toit, la façade croulait sous les sculptures !

Et, côté jardin, c'était mieux encore :

— ... Pas un pouce de pierre lisse ! s'écriait, en levant très haut la jambe, une petite danseuse de Mabille.

Côté jardin, les fenêtres de l'hôtel donnaient sur le bal... et la musique filait sans cesse vers les fenêtres de l'hôtel.

Une musique insidieuse, un rythme à trois temps qui maintenant se développait, roulait, grondait — la *Valse des bords de l'Oise* !

... Elles étaient bien peu à la valser ce soir !

Alignées au pied du mur de séparation, immobiles, muettes, les grisettes contemplaient les splendeurs de l'hôtel. Elles regardaient le salon grouillant de robes — et puis, au-dessus, les fresques illuminées du plafond... Sur un ciel pourpre, le bras tendu, un flambeau à la main, deux gigantesques femmes nues se dressaient. L'une symbolisait *L'Apothéose de la femme*. Et l'autre *Le Triomphe de la Volonté*.

« C'est donc faisable... » songeaient les grisettes, le cœur battant. Le palais étincelant avait surgi au-dessus d'elles comme un symbole.

C'était le rêve insensé d'une fille pauvre à laquelle *tout* est devenu possible !

*
* *

— ... Je veux avoir à deux pas d'ici le plus bel hôtel de Paris, tu entends bien, le plus bel hôtel de Paris, rappelle-toi ça !... C'est ce qu'elle m'a dit, l'Aspasie, un jour où je la trouvais effondrée et grelottante sur ce banc... Une organisation tout de même !... Car si l'on imagine d'où elle sort !...

Théophile Gautier, grossi, fatigué, malade, tanguait comme un éléphant aux bras des deux frères Goncourt.

Jules, le cadet, haussa les épaules :

— Le plus bel hôtel de Paris ? Vous êtes bien indulgent, mon cher Gautier. Un rêve de tapissier, oui... Sans un morceau de passé, sans un meuble, une statue qui sauve une maison de l'ennui du neuf.

— ... Le plus riche, chuchota tendrement l'ondoyant Sainte-Beuve.

— Belle chose, la richesse. ironisa Edmond de Goncourt... Elle fait tout pardonner.

Jules renchérit âprement sur son frère :

— Aucun de vous ne s'aperçoit que cette maison est la plus inconfortable de Paris !... Impossible à table de boire un verre d'eau : votre princesse de pacotille a eu la fantaisie d'avoir pour carafes des cathédrales de cristal. Il faudrait un porteur pour les soulever !

Comme chaque mercredi et chaque vendredi, ces messieurs, la panse pleine, sortaient de chez la Tannenberg ; ils faisaient ensemble quelques pas sur l'avenue, égrenant souvenirs et anecdotes sur le passé de la maîtresse de maison.

— Le plus étonnant, c'est que, jeune, cette femme

n'était pas vulgaire. Au contraire ! Sa distinction naturelle frappait.

— Entre nous, le dîner était bon, mais ordinaire.

— Et cette orfèvrerie de chez Christofle !... Elle n'en dit pas le prix, mais tout juste : elle ne peut s'empêcher de préciser que chez tel fabricant, cela coûterait quatre-vingt mille francs !

— Alors chacun doit accoucher, le poing sur la gorge, de son admiration et de son compliment...

— Tout cela est d'un parvenu !... Ce courtisan de Roqueplan qui ne tarissait pas sur les fresques du salon !... *Le Triomphe de la Volonté :* voilà bien une idée de fille !

— Je vous avoue, mes amis, confessa Sainte-Beuve avec une mimique délicate, que cette femme a pour moi quelque chose d'inquiétant... Elle ressemble trop à une femme d'affaires... Quand je la regarde, elle est absente... Sans doute nous quitte-t-elle pour rêver aux cabinets de sa chambre : deux gros coffres-forts de chaque côté de son lit.

Gautier, lui, se taisait.

Toute la soirée, il avait animé le salon de sa verve et de ses paradoxes.

Enfant chéri de la maison, il s'y déboutonnait, deux fois par semaine, en une énorme éloquence. Sa causerie multipliait le prestige du palais légendaire et les Goncourt, subjugués, y jugeaient sa parole supérieure à ses livres !

Ce soir-là plus que jamais, Théo avait semé les propos élevés, les pensées originales, les récits crus où se mêlaient les voix confondues de Rabelais et de Diderot. Pour l'heure, le rideau était tombé.

Sur l'avenue, dehors, il se souciait peu de briller, de choquer ou de médire.

Une toux profonde lui ébranlait la poitrine. Ses paupières pesantes et plissées tombaient à demi sur ses yeux. Il traînait lourdement ses jambes enflées.

A cinquante-huit ans, il était miné par une maladie de cœur.

Sainte-Beuve, très malade lui aussi, racontait ses misères et se plaignait à mi-voix de la physionomie bien portante de son hôte :

— Ce bellâtre prussien qui domine notre fête de ses épis en brosse me met mal à l'aise.

— Il nous glace d'ennui, vous voulez dire ! jeta l'un ou l'autre des deux Goncourt, dont les esprits étaient tellement semblables qu'on ne savait pas, dans la nuit, lequel des frères avait parlé.

— Certes, certes, la solennité bête de ses millions m'ennuie un tout petit peu, moi aussi.

Sainte-Beuve, le critique cauteleux qui ménageait son temps et sa santé, avait cependant gardé deux femmes et deux salons pour distraire sa retraite : celui de la cousine de Napoléon, la princesse Mathilde, et celui de la Tannenberg !

Car si la présence du « bellâtre prussien » le mettait mal à l'aise, elle ajoutait considérablement à l'intérêt des réceptions et à l'importance de ce qui s'y disait.

Les grandes dames avaient justifié, avec un patriotisme admirable, l'assiduité du beau monde parisien :

— Notre absence chez eux pourrait être interprétée à Berlin comme un geste d'hostilité de la France envers la Prusse... Nous ne voulons pas créer d'incident diplomatique !... Si le cousin du chancelier s'est amusé à épouser une fille — grand bien lui fasse ! Cela ne nous regarde pas... La France n'a rien à redire à la déchéance des princes étrangers !... En ce qui nous concerne, les Tannenberg sont de hauts fonctionnaires allemands. Par eux, nous apprendrons les intentions de la Prusse, les mouvements de troupes du roi Guillaume et, qui sait, nous influencerons Bismarck !

Se rendre chez Céleste était donc devenu un devoir d'Etat !

38

SON triomphe atteignit au pinacle l'année de l'Exposition ! 1867. Les escortes de tous les rois reçus à Paris — le roi des Belges, le vice-roi d'Egypte, le roi du Portugal, le roi de Bavière, le prince de Galles, et même le tsar de Russie Alexandre II — se retrouvaient (après les Variétés où elles applaudissaient *La Grande-Duchesse de Gerolstein*) chez la princesse de Tannenberg !

Elle avait voulu donner un caractère cosmopolite à son salon, et elle avait réussi au-delà de toute espérance.

Son hôtel était une véritable tour de Babel. On y parlait toutes les langues. Les diplomates et les officiers de toutes les nations venaient y échafauder des plans... Un verre de champagne à la main, ils combinaient des alliances, ils se proposaient des transactions, ils s'amusaient à faire des paris idiots :

— Deux mille marks qu'avant trois ans, l'armée prussienne est de retour à Paris.

— Vingt mille francs qu'avant six mois, la garde impériale défile à Berlin.

Le clou de la saison fut la visite du comte Otto von Bismarck chez ses chers cousins. Le chancelier passa toute la soirée à l'hôtel des Champs-Elysées !

Après cela, l'autorité de la Tannenberg, égérie politique, ne fut plus à discuter.

On venait chez elle s'informer de la santé du chancelier dont le cheval avait fait un faux pas dans un repli de terrain le 30 août 1868. Elle racontait complaisamment la chute de son cousin, ses trois contusions, son régime alimentaire.

On la pressait alors d'intervenir auprès de lui pour qu'il modère son appétit de conquête. Il fallait qu'elle le convainque que l'unité d'un pays ne se fait pas par la force, que les Français n'étaient pas hostiles à l'unification de l'Allemagne, pourvu que les populations annexées y consentissent.

On la bombardait de questions sur ce qu'elle savait ; sur ce qu'elle pensait ; sur ce qu'elle craignait en tant que française et prussienne !

— Je ne suis pas politicienne, mais je puis vous assurer que votre Napoléon est bien maladroit, déclarait-elle avec aplomb... Et ses ministres bien étourdis !... Une petite conversation entre l'Empereur et les gens de Berlin arrangerait tout sans cassure... Je puis vous arranger cela. Vous y gagneriez du temps... Et croyez-moi, craignez les surprises de mon cousin.

Enfin, elle jouait un rôle, la petite grisette du quartier du Temple ! — Et quel rôle !

Une fois de plus, Céleste avait bien calculé : son mariage lui apportait non seulement la respectabilité à laquelle elle avait aspiré toute sa vie. Mais surtout, la réalisation d'un rêve qu'elle n'avait jamais osé formuler : le Pouvoir !

« Riche, respectable et puissante, j'ai atteint les sommets ! »

... Et c'était elle qui faisait frémir aujourd'hui ses invités en laissant tomber avec certitude, « parce qu'elle était renseignée de source sûre et qu'elle savait des choses que les autres Français ne savaient pas » :

— Avant vingt ans, l'Europe sera la vassale de la Prusse.

Elle éclatait de rire :

— Alors, vite, si vous voulez gouverner, faites comme moi : devenez prussien !

Prussienne, Céleste prétendait le devenir chaque jour davantage. Elle affectait, pour tout ce qui touchait la France, la distance d'une touriste, le recul d'une visiteuse, surtout le sens critique de l'étrangère — ce qui lui permettait de déchirer à belles dents une société qui l'avait trop longtemps rejetée :

— La société parisienne, si sévère aux irrégularités d'apparence, manque singulièrement de tenue. Mais je suis à Paris, chez vous, et je m'abstiens d'insister.

Elle soulignait sa différence et sa réprobation de toutes les manières possibles. Elle ne disait plus « Napoléon », mais « votre Napoléon », « vos ministres », « vos mœurs », « vos grandes dames »...

— Même les étrangères se corrompent chez vous !... Si vous croyez qu'à Vienne, à la cour de son empereur, la princesse de Metternich eût osé se conduire avec une telle licence... Son sans-gêne est tout juste assez bon pour la dépravation de vos Tuileries !... A grande vitesse, votre société s'en va... C'est la décadence. Manger. Boire. Danser, j'en passe... Les Français ne songent qu'à cela... Mais prenez garde ! Si les feux du ciel tardent à vous purger de vos vices, les feux de la Prusse pourraient bien y pourvoir...

La Mandragore s'amusait beaucoup de ce nouveau jeu ; mais comme à tous ses jeux, elle s'y laissait prendre.

Elle finissait par éprouver un réel dédain envers ce pays dont les classes dirigeantes s'abêtissaient, par pur snobisme et sans amour, en compagnie de putains bruyantes qui les ruinaient.

Elle avait trop vu le dessous des cartes, trop compris l'inanité de ce monde uniquement régi par la loi du « paraître », pour n'en pas mépriser les surenchères et les faiblesses.

« Je ne sais aucun gré à cette société !... Aussi corrompue qu'hypocrite, elle ne m'aurait jamais permis la respectabilité... Française, je n'avais pas une chance ! Si je suis où je suis aujourd'hui, c'est que je suis une étrangère... Si je dois quelque chose à une patrie — c'est à la Prusse ! »

Forte de cet axiome, elle apprenait l'allemand et passait trois mois par an en Silésie à diriger l'exploitation de ses mines de zinc.

Outre ses ressentiments personnels à l'égard de la France, la mentalité germanique convenait à cette femme vieillissante qui, toute sa vie, avait dû lutter pour se maîtriser... Apprendre à raisonner. Apprendre à calculer. Apprendre à se briser... L'effort sur soi-même, le dépassement de ses propres limites, Céleste Vainart connaissait tout cela.

Elle pouvait apprécier à sa juste valeur l'efficacité des Allemands, leur logique, leur rigueur. Elle partageait avec eux le culte de l'art. Et celui de la Force.

— Tout arrive par la volonté, répétait-elle à ses convives du mercredi. Les gens malheureux ne le sont que parce qu'ils ne veulent pas ne plus l'être... Il n'y a pas de contingences. On se crée à soi-même l'occasion de parvenir au but. Les circonstances, on les fait naître comme on veut... quand on veut !... J'ai connu une femme qui, pour accomplir un dessein secret, resta enfermée trois ans... Elle se mura en elle-même, sans communication avec l'extérieur, concentrant ses vues, ses décisions, ses pensées sur le plan qu'elle s'était promis de réaliser...

La princesse de Tannenberg marquait une pause : elle tenait l'attention de ses auditeurs en suspens... Elle sortait alors une cigarette, l'allumait, en tirait une bouffée.

— Et cette femme, hasardait Flaubert, vivement intéressé... C'était qui ?

— Moi.

Il y avait un remous dans l'assistance.

— Et cela s'est fait, articulait-elle avec une froideur calculée. J'ai réalisé mon plan comme je l'avais prévu. Moi, tous mes désirs sont venus se coucher à mes pieds comme des chiens obéissants.

Elle exagérait un peu, la Tannenberg. Mais si peu !

— La force prime le droit, concluait-elle. Bismarck le pense. Il a raison... Tout le reste n'est que faiblesse et hypocrisie.

Cette théorie de la force érigée en système donnait froid dans le dos à ses convives. Ils n'osaient pas même protester.

— La dureté de cette femme est à faire peur ! songeaient les Goncourt en frissonnant.

Dure, Céleste l'était devenue. En particulier avec ses domestiques.

Elle contrôlait toute chose chez elle. Et de très près.

Tyrannique quant au service, pointilleuse sur les détails, promptement irritable, elle rudoyait ses gens et commettait des injustices envers ceux qui ne lui plaisaient pas.

Elle épluchait quotidiennement les comptes, se révélant intéressée jusqu'à l'avarice pour les petites dépenses et les gages du personnel.

Et si d'aventure un serviteur osait se révolter, elle le renvoyait séance tenante.

En revanche, s'il ployait l'échine, elle méprisait « cette valetaille qui accepte sans broncher l'injustice et l'humiliation ».

— Elle est sortie de l'œuf d'un serpent couvé par un vautour ! vitupérait la grosse Blanche à l'office.

L'unique personne de la maison que la princesse respectait — c'était son époux.

— Ah, celui-là, jamais un mot plus haut que l'autre !

Il apparaissait le matin, disparaissait pendant la journée, réapparaissait au dîner et au souper.

Poli, compassé et glacial, il entrait dans la salle à manger ; il s'asseyait à table ; il croisait les mains et attendait posément que sa femme veuille bien le tenir au courant du programme de la journée... Il ne racontait pas d'où il venait. Il ne posait pas de questions.

Que ce soit à Paris ou au château de Chamoire, le prince laissait la princesse entièrement libre de son temps et de ses caprices.

Elle organisait pour lui leur vie mondaine, elle gérait leur fortune et ne le consultait qu'en cas de difficulté ou d'affaire importante.

Céleste ayant la plupart du temps une opinion arrêtée sur la question, Tannenberg se contentait d'acquiescer.

Il arrivait cependant que leur opinion divergeât.

On assistait alors au plus étonnant des rapports de forces.

Elle qui, d'ordinaire, s'emportait à la moindre contrariété, ne bronchait pas. Elle se retirait en elle-même. Elle réfléchissait :

« Est-ce que je veux véritablement ce que le prince ne veut pas ? »

Si la réponse était oui, elle s'obstinait. Si la réponse était non, elle opérait une retraite honorable.

De son côté, Tannenberg se tenait le même raisonnement :

« Est-il véritablement capital de contredire la princesse aujourd'hui ? »

Il pesait le pour, le contre ; et manœuvrait.

Au total, peu de dissentiments, car extrêmement prudents l'un envers l'autre, ils finissaient par accorder leurs volontés.

La raison de cette entente, Céleste n'osait l'analyser. Elle faisait pourtant à Heinrich des concessions qu'elle n'aurait consenties à aucun homme. Elle le traitait avec une douceur dont elle ne gratifiait plus personne... Mais elle avait peur de lire dans la gentillesse de son propre comportement autre chose que de la sympathie.

« Nous sommes de la même race, voilà tout », songeait-elle lorsqu'un mot, un cadeau, une attention de son époux l'avait émue. « ... Des cérébraux tous les deux. »

En fait de cérébral, Heinrich faisait tous les soirs des incursions dans la chambre de sa femme. Céleste ne se refusait pas.

Elle se croyait seulement flattée de cet hommage à ses quarante-quatre printemps. En réalité, elle accueillait les assauts de son jeune mari sans aucune répugnance... Au reste, la méthode tannenberguienne était des plus expéditives. Le tout prenait (entrée dans la chambre et sortie comprise) une dizaine de minutes, avec des pointes au quart d'heure les nuits de printemps... Le prince, correct en toute saison, ne manquait jamais de souhaiter le bonsoir et de dire merci en s'en allant : sa visite n'était donc pas insupportable, loin de là. La princesse s'apprêtait à la subir de longues années pourvu qu'elle eût lieu dans son hôtel des Champs-Elysées.

Son hôtel des Champs-Elysées — l'exclusive passion de Céleste !... Objet de tous ses soins, de toute sa tendresse, de tout son orgueil, il était à la fois le signe et la preuve de son ascension, l'aboutissement de ses rêves et de sa vie.

Sans trêve ni repos, elle travaillait à l'embellir.

Elle s'enfermait des jours entiers en conférence avec son architecte, ses tapissiers, ses peintres. Elle visitait les châteaux, les églises, les chartreuses, à l'affût d'une fresque, d'une frise, d'une forme qu'elle aimerait faire copier. Elle sillonnait la France pour rencontrer tel sculpteur, tel ébéniste, tel ornemaniste que les amateurs lui avaient signalé. Elle courait les ventes et les expositions, à la recherche de nouveaux talents. Et de partout, elle se faisait adresser les jeunes artistes... ceux dont tout le monde parlait, comme ceux dont personne ne parlait encore.

Avec son goût du beau ; avec ses idées pour susciter des créations hardies ; avec son or, son or pour les payer — la Tannenberg pratiquait le mécénat de la meilleure façon possible !

Ses commandes faisaient vivre des dizaines d'artistes.

— Une femme comme elle, protéger les arts ? De quoi se mêle-t-elle ? tempêtait Mathilde, la cousine de l'Empereur.

Elle aussi aidait ses amis, les artistes. Elle leur obtenait des pensions, des médailles, des honneurs. Mais quant à l'achat de leurs œuvres... nenni ! Pour cela, il fallait compter sur la Tannenberg.

Certes, en ce début d'année 1870, Céleste pouvait se flatter d'être la « protectrice des arts » à Paris !

— Le culte de l'art et de la force... Mais vous êtes effroyablement teutonne, ma chère amie ! raillait Emile de Girardin.

Elle hochait la tête en écrasant sa cigarette.

— Et comme les Teutons, je n'ai pas encore eu vraiment l'occasion d'exercer le pouvoir.

— Le pouvoir !... Votre Bismarck est un fou dont l'ambition mènera la Prusse à sa perte !

— Votre Napoléon est un crétin dont la faiblesse conduira la France au désastre... En laissant égorger l'Autriche à Sadowa, il a commis une faute qu'il ne rattrapera pas.

— En quoi était-ce français d'empêcher les Allemands d'être allemands ? C'est la vocation de la France au contraire de favoriser les aspirations des peuples vers l'unité.

— Des phrases, toujours des phrases !... C'est une politique éternelle de ne pas créer autour de soi de grandes puissances !

— Bah, la France ne craint pas un royaume de trente-deux millions d'Allemands.

— La France a tort. Surtout si l'on songe que pour faire son unité, l'Allemagne a besoin d'une guerre... Afin que le Sud se rallie au Nord, la meilleure solution n'est-elle pas que les deux Allemagnes s'unissent contre un ennemi commun : leur voisin. Vous... ?

— Nous, la France, nous saurons vous accueillir... Notre armée est admirable, disciplinée, exercée, vaillante ! Notre artillerie est commandée par un corps d'élite ! Notre fusil est de beaucoup supérieur au vôtre !

Céleste von Tannenberg retroussait les lèvres de mépris :

— Pstt, des phrases et encore des phrases — le coq gaulois qui s'agite ! Vos officiers sont orgueilleux et stupides, mon cher. Vos troupes dissolues. Vos régiments ? Désorganisés et inefficaces...

Le ton montait. Girardin, droit comme un I contre la cheminée, le front barré par sa mèche, l'air d'un Napoléon louchant, avec ses petits yeux ironiques qui jetaient des éclairs sur son nez, siffla :

— Et peut-on savoir comment la princesse von Tannenberg paraît si bien informée de l'état de nos troupes ?

— Par Bismarck, mon cher. Elle donna un coup d'éventail... Bismarck en personne. Lors de son dernier passage à Paris, le chancelier a eu tout le temps de constater la démoralisation de votre gouvernement. Et l'infériorité de vos forces. Il a étudié vos armées à loisir... Et cela avec la bénédiction de votre empereur, bien entendu...

Tannenberg, que ces conversations politiques parvenaient seules à tirer de son indifférence, s'amusait fort de l'inconscience des Français. Même cette grande intelligence de Girardin n'avait aucun sens du danger que courait son pays. Pourtant, la Prusse voulait la guerre. C'était évident. Depuis quatre ans, elle s'y préparait. Elle ne pouvait la déclarer sous peine de faire figure d'agresseur vis-à-vis du monde. Elle attendait donc qu'on la lui déclarât.

« Le peuple gaulois », vexé des nombreux échecs diplomatiques de son empereur, exaspéré d'être ridiculisé par la presse prussienne, excité à l'idée de prouver sa force d'une manière ou d'une autre, allait la lui donner, sa guerre !

Et déjà, sur le Boulevard, l'orgueil national hurlait en agitant ses drapeaux : « A Berlin ! » « Vive l'armée ! » « A bas la Prusse ! »

— Le conflit est inévitable, mon cher Girardin... Parions si vous voulez à qui gagnera.

— Soit...

Très sûr de lui, le célèbre journaliste sourit :

— Je parie votre palais.

— Mon palais ! intervint Céleste. Vous êtes bien gourmand, mon cher ! Et que nous offrez-vous en échange ?

— Le mien.

Elle éclata de rire.

— Le vôtre ? Merci. Non. Je ne saurais que faire de deux maisons sur les Champs-Elysées !

39

LES obus tombaient à raison de dix-huit à l'heure. Jour et nuit, le canon tonnait... Déchiquetures de murs ; éclaboussures de pierres ; trous béants ; morceaux de fer tortillés ; squelettes d'arbustes à demi calcinés ; chevaux morts ; Boulevard noir. Les Prussiens étaient aux portes de Paris !

Au bois de Boulogne, les troncs des bouleaux rasés jaillissaient de terre en un champ de pieux aigus, luisants, blancs comme les croix d'un cimetière. Le rideau de verdure où se pavanait jadis la soie des crinolines était devenu à perte de vue une herse sinistre !... Et dans l'allée des calèches, des tilburys et des phaétons, de grands bœufs hagards erraient par troupes. Les brebis et les moutons, entassés dans l'enceinte de la ville, buvaient et tarissaient les étangs... Plus de cascade. De rares moineaux cherchaient des vers dans la vase.

Les Champs-Elysées, qu'on n'arrosait plus, n'étaient qu'une tourmente de poussière... Shakos rouges, chemises bises, pantalons rouges, des bataillons dépenaillés bivouaquaient au hasard, devant de maigres feux au pied des hôtels déserts. Les violons du bal Mabille s'étaient tus. Le jardin tout entier, reconverti en ambulance, regorgeait de blessés qu'on amenait d'Auteuil. Le kiosque chinois était devenu une lingerie. L'allée tournante disparaissait sous les tentes où gisaient des corps hâves, aux grands yeux blancs.

Et les râles des mourants montaient vers les persiennes hermétiquement closes du palais de la Tannenberg.

Aux premières lueurs de la guerre, le prince Heinrich avait rejoint Bismarck dans la vallée de la Lorraine :

— Je n'ai jamais douté de la victoire, disait-il au chancelier. Mais c'est égal, je n'aurais jamais cru que je prendrais aujourd'hui avec vous le thé dans une ferme lorraine !

On était le 8 août. La France avait déclaré la guerre le 19 juillet. Quinze jours à peine !... Le 23 août, Tannenberg avait suivi son cousin à Pont-à-Mousson. Un mois plus tard, il était nommé gouverneur général... gouverneur général de la Lorraine !... L'Histoire marchait vite.

Céleste, elle, n'avait suivi son mari qu'à contrecœur :

— Je ne veux pas quitter Paris, avait-elle annoncé au lendemain de la déclaration de guerre.

— Voyons, ma chère, soyez raisonnable. Paris va être assiégé. Cela peut durer des mois.

— Je ne veux pas abandonner mon hôtel... Je ne peux pas !

— Vous serez bombardée.

— Justement !... Je dois préserver mes collections.

— Vous êtes une Prussienne, Céleste. L'ennemie de la France. L'ennemie de Paris. Quand nos troupes affameront la population, le peuple vous traitera d'espionne... de traîtresse. Et alors... Et alors, ma chère, vous connaissez le peuple parisien.

— Heinrich, je ne peux pas quitter l'hôtel !

Il avait fallu toute la ruse et la diplomatie de Tannenberg pour la convaincre.

— Paris brûlera peut-être... Votre hôtel, jamais ! Je vous en donne ma parole. Je veillerai à ce que les Allemands préservent vos biens. Ils respecteront la propriété des princes von Tannenberg, croyez-moi.

Il était le seul être en qui elle eût confiance... Elle l'avait cru. Et sans consentir à trop s'éloigner quand même, elle s'était installée à Versailles, rue de Provence, à quelques pas de l'hôtel de Jessé que Bismarck allait occuper le 5 octobre 1870.

Tandis qu'à huit kilomètres de là, les Parisiens affamés abattaient les éléphants, les zèbres, la girafe du Jardin des Plantes ; tandis qu'ils mangeaient leurs chevaux, dévoraient les corbeaux, dépeçaient les rats et les chats — plus de vingt mille chats en trois mois — elle offrait à la table des puissants les fraises des serres de son château de Chamoire (présentement occupé et respecté par le général von der Thann) et portait, avec les grands crus réquisitionnés dans les caves françaises, des toasts « à la victoire ».

Mais le vin des toasts ne passait pas. Les fraises lui donnaient de l'urticaire...

S'il lui avait été facile, dans des conversations de salon, de glorifier la Prusse, sa patrie d'élection, les réalités de l'occupation éveillaient en elle d'autres sentiments.

« Quand même, ils auraient pu ne pas se laisser vaincre si facilement ! »

Elle souffrait de la stupidité, de la vanité, de l'incompétence de ses concitoyens.

« Pourtant je les avais prévenus !... Voilà trois ans que je dispense les avertissements... Combien de fois... combien de fois ai-je sonné la cloche d'alarme ?... Ces fous ne m'ont jamais écoutée. A quinze jours de déclarer la guerre, ils diminuaient leur budget militaire de treize millions ! »

Elle leur en voulait. Mais elle les plaignait.

Elle songeait tristement à ses amis... Théophile Gautier qui, après avoir conduit sa famille hors des remparts, était retourné de son plein gré dans Paris y partager le martyre de sa ville. Et les autres... Combien d'autres qui n'en réchapperaient pas !... Le froid terrible de cet hiver-là. La faim. Et ces fausses bonnes nouvelles dont les Prussiens abreuvaient les Parisiens, ces dépêches menteuses qui soulevaient leur espoir pour mieux les décevoir ensuite... L'usure !

Apitoyée, elle tentait d'adoucir le sort des Parisiens, elle plaidait énergiquement pour ses convives du mercredi. Elle les décrivait inoffensifs, pacifiques, malades... Elle réclamait une trêve pour leur faire envoyer des vivres.

— De si grands artistes. La Prusse ne va pas les tuer, tout de même ! jetait-elle, rieuse, en affectant la légèreté.

— Au contraire ! lui répondait le chef d'état-major. Laisser bouillir la marmite parisienne dans son jus et s'y épuiser.

Le chancelier lui-même ne trouverait pas mauvais l'anéantissement total de Paris... « Une Babel de mauvaise vie, rien d'autre. L'empire germanique doit purger le monde de la corruption latine... C'est aux Prussiens de balayer les crimes et les débauches des Français. »

Les Allemands, qui se gargarisaient autour d'elle de la supériorité de leur race, commençaient à lui porter sur les nerfs.

« De la supériorité germanique, je ne doute pas un instant. Elle est certaine... Mais quel manque de tact de me la rappeler toute la journée !... Je suis d'origine française, après tout ! »

Française *et* Prussienne... La guerre lui rendait insupportable une position qui, un temps, lui avait convenu parfaitement.

« J'aime la force, oui. Mais au fond, je déteste la guerre », songeait-elle désorientée.

En attendant, seule femme à partager l'intimité des guerriers qui décidaient de l'avenir d'une nation, la princesse von Tannenberg présidait à Versailles la table des tout-puissants.

Céleste Vainart avait choisi son camp.

Et devant elle, inlassablement, les vainqueurs parlaient de leur mépris pour les vaincus :

« Savez-vous la première chose qu'ils ont faite en apprenant la défaite de leur empereur ?... Ils ont pris les Tuileries. Oui, mon général : tandis que nos troupes marchaient sur eux, eux, ils s'amusaient à jeter les bustes de leurs Bonaparte par les fenêtres !

Céleste frissonnait.

Le peuple aux Tuileries ! Le peuple souverain, comme en 1848 !

Depuis le jour où l'immense boule de lumière avait éclaté à ses pieds, elle vivait dans la hantise du pillage... Elle n'avait pas oublié les vingt-cinq mille kilos de cristaux pulvérisés !

— ... Ils découpaient les abeilles du manteau impérial. Ils grattaient les « N » sur les façades.

Céleste écoutait avidement !

Et si d'aventure, la folie les prenait de pulvériser ses lustres à elle ?... De découper ses tentures ?... De gratter ses fresques ?

— Heinrich, Jules Favre vient demain négocier la paix,

n'est-ce pas ?... Obtenez de lui que le gouvernement de la République protège mon hôtel !

Et elle ajoutait, oubliant dans son affolement toute notion de dignité patriotique :

— Si le peuple ose toucher à un seul des objets de la princesse von Tannenberg, dites-lui que les Prussiens brûleront Paris. Dites-le-lui !

La force prime le droit : elle avait la force et ne l'oubliait pas.

Enfin, le 28 janvier 1871, Paris, affamé, malade, humilié, capitulait au bout de cent trente-cinq jours de siège.

Un mois plus tard, à deux heures de l'après-midi, l'épouse du gouverneur général de Lorraine réintégrait son hôtel. Il était intact.

Le lendemain, mercredi 1er mars, à onze heures du matin, trente mille casques à pointe rentraient dans Paris et défilaient sur les Champs-Elysées.

Pour les Parisiens, c'était l'ultime outrage. La famine les avait contraints à se rendre, mais les Allemands n'avaient pas réussi à prendre la ville militairement. Néanmoins, à titre de symbole, ils exigeaient de l'occuper !

Sur l'avenue des Champs-Elysées, pas un badaud, pas un passant, pas un vivant. Le silence de l'espace était vide. Et mort. Rien. Pas même une lumière à travers les persiennes des hôtels clos. Hermétiquement clos, tous. Tous, sauf un.

Portes et fenêtres grandes ouvertes, une boule incandescente rutilait de haut en bas à la flamme de ses cinquante lustres illuminés : le palais des Tannenberg.

La rumeur des tambours montait au loin, rompant le silence de son roulement mat.

A Longchamp, dans l'enceinte de pesage, devant les tribunes où jadis se pavanaient les grandes dames, le Kaiser passait en revue ses régiments.

Bottes noires, luisantes jusqu'aux cuisses. Torses bombés sous l'or des cuirasses. Flamboiement étoilé des médailles. Tranchants des lames dressées... Milliers d'aiguilles ardentes : les pointes des casques brasillaient à perte de vue sur le turf.

A cinq cents pieds au-dessus de l'enceinte de pesage, par-delà les rangées de chaises vides, les escaliers vides, les gradins vides, tout en haut de la tribune réservée à l'ex-empereur des Français, une forme rouge dominait la parade.

Mystérieuse en sa mante qui la dissimulait tout entière, elle se tenait debout sur un fond de ciel vide. Le vent plaquait contre son visage le pourpre de ses voiles qui claquaient derrière elle avec un bruit de drapeau.

Sur ses cheveux reposait un diadème... Diadème de saphirs et de diamants qui, de loin, luisait, bleu comme l'acier des casques à pointe... Deux impératrices l'avaient porté avant elle : Joséphine de Beauharnais à son couronnement ; Eugénie de Montijo à son mariage... Eugénie, l'impératrice déchue et ruinée, qui avait vendu ses bijoux pour survivre en exil.

L'épouse du puissant gouverneur de Lorraine les avait rachetés.

En ce jour de triomphe, la fille du peuple, Céleste Vainart, posait sur sa tête le diadème impérial !

Trente mille voix entonnèrent l'hymne national allemand, *Salut à toi, couronné par la Victoire*. L'empereur Guillaume Ier vint se placer sous la tribune d'honneur. Le défilé commençait. Le roulement des voitures et des équipages prussiens s'ébranla dans un tonnerre.

Les Allemands partaient remonter l'avenue de l'Impératrice. Ils passeraient sous l'Arc de Triomphe. Et les Champs-Elysées résonneraient du martèlement de leurs bottes.

40

— FRANÇAIS, souvenez-vous !

— Vengeance !

Au bas des Champs-Elysées, à quelques pas du bal Mabille, les chaises et les tables du restaurant *Le Doyen* gisaient, renversées sur le sable.

On entendait à l'intérieur l'éclatement des bouteilles contre les glaces ; les glaces qui se brisaient par morceaux sur le sol ; le sol qui crissait sous la fureur des pas.

— A bas les traîtres !

Ce restaurant avait fait recette en restant ouvert aux Prussiens toutes les nuits de l'occupation.

Or, en ce vendredi 3 mars, les Allemands évacuaient Paris.

— A bas les vendus !

— A bas les espions !

— Vengeance !

— J'ai rien fait !... J'ai rien fait ! hurlait une malheureuse renversée sur le ventre, les jupes jusqu'aux reins, les fesses déjà zébrées de sang.

Au milieu de la salle de restaurant dévastée, sur trois tables bout à bout, le peuple fouettait les femmes qui avaient parlé aux Allemands ; celles qui, pour de l'argent ou pour le plaisir, avaient couché avec eux.

— J'ai rien fait !... La putain, c'est pas moi, c'est l'espionne de Bismarck !... Dans son palais, elle a couché avec tout l'état-major prussien !... Elle a livré la France !

437

— Celle-là, on peut pas y toucher. Ce vendu de Thiers la protège !

— Le gouvernement est à la botte des Prussiens !

— A bas les lâches !

— A bas les traîtres !

— A mort l'espionne !

Les jours qui suivirent, les menaces ne cessèrent de gronder autour de l'hôtel des Tannenberg.

Le 5 mars, la princesse, entièrement voilée comme à son ordinaire, se rendit à un concert de charité en plein air organisé au profit des blessés du siège. Elle fut reconnue et sifflée :

— L'espionne de Bismarck est ici ! avait hurlé un vieux monsieur. Vous qui avez vu vos enfants tomber sous les balles prussiennes, protestez !

Les sifflets et les hurlements la poursuivirent jusque dans son coupé.

« Jamais plus, je ne serai celle que le monde rejette ! » A vingt ans, Céleste Vainart en avait fait le serment sur la butte de Montfaucon. A cinquante ans, la ronde recommençait.

— L'affront que vous venez de subir est inadmissible !

— Inadmissible, oui... Mais le plus sage, Heinrich, serait de ne pas dramatiser l'incident.

— J'écris dès ce soir au Kaiser. Je me plaindrai à lui personnellement de l'affront subi par une princesse prussienne dans une ville conquise !

— Surtout, ne faites pas cela !

La première colère passée, Céleste sentait ce qu'une plainte officielle au gouvernement allemand avait d'odieux de sa part à elle.

Mais lui, fort du droit des vainqueurs, ne l'écoutait pas.

— ... Ne faites pas cela, Heinrich ! Une remontrance de Berlin irriterait les Français contre moi. Je vous en conjure, n'écrivez pas. Ce serait une faute !

Elle eut beau le combattre — pour la première fois, Céleste ne put rien contre la volonté du prince : il était le plus fort. Il écrivit.

La réponse ne tarda pas. Berlin avertit Paris que s'il n'y

avait pas prompte réparation, la libération du territoire s'en trouverait retardée. Le gouvernement de la République détacha en toute hâte un bataillon de la Garde nationale, avec mission de protéger l'hôtel et ses habitants.

Comme Céleste l'avait prévu, ce cordon de police acheva d'attirer l'attention sur son palais et d'exaspérer la haine des Parisiens. Ce qui n'avait été que des criailleries isolées devint une exécration fanatique de la population tout entière.

Il ne se passait plus une heure sans qu'un pavé brisât une vitre du salon. Le soir, on visait les lustres. De grosses pierres venaient heurter les cristaux qui tintaient.

— Eteignez les gaz !
— A bas le lupanar !

La Garde arrêtait les manifestants, mais chaque jour il en surgissait de nouveaux. Le 15 mars au matin, Heinrich fut assailli en plein jour sur les Champs-Elysées par un ouvrier armé d'un bâton.

D'heure en heure, l'hostilité montait.

Le bruit courait dans le peuple que les Tannenberg avaient organisé le réseau d'espionnage prussien avant la guerre. Lui, il avait reçu, pour prix de ses services, le premier gouvernement d'Alsace-Lorraine, les deux provinces dont la France était amputée.

Quant à elle, la courtisane, sa mission avait été « d'affaiblir les hommes de l'Empire ».

On l'accusait d'avoir délibérément rendu lâches et pusillanimes les officiers. Elle les minait par ses débauches. Oui, c'était à cause d'elle, à cause de ses orgies dégoûtantes que Napoléon et ses semblables avaient perdu la guerre.

Ces rumeurs circulaient jusque chez ceux qui, jadis, fréquentaient l'hôtel.

Les convives du mercredi ne répondaient plus aux invitations de leur trop hospitalière hôtesse et Girardin changeait de trottoir en apercevant la haute silhouette brune d'Heinrich von Tannenberg.

— Je vais rejoindre mon gouvernement de Lorraine. Partez avec moi.

— Non.

Assise devant la coiffeuse de son cabinet de toilette, Céleste regardait tristement son visage recouvert d'une épaisse poudre de riz.

Lèvres rouges, yeux ombrés, lourdes boucles postiches — les longues heures à sa toilette, les soins de ses légions de femmes de chambre ne réparaient plus les outrages du temps.

Elle passa son doigt sur les petites rides qui striaient sa bouche, elle fronça les sourcils pour faire apparaître les lignes noires qui barraient son front, elle plaqua ses mains contre ses tempes pour remonter la peau de ses joues qui s'affaissaient.

« Quand je me regarde dans la glace, je ne me reconnais plus », songea-t-elle.

Tannenberg, qui fumait derrière elle, se leva et se posta à la fenêtre.

— L'émeute gronde, commenta-t-il.

Elle ne répondit pas.

... Si son visage était flétri, l'allure demeurait jeune.

— Je ne crains pas les pavés, laissa-t-elle tomber d'une voix coupante.

— Il ne s'agit plus de pavés, ma chère, ni de carreaux cassés, rétorqua froidement Heinrich.

Oui, l'allure restait jeune... Extrêmement élégante, grande, élancée, la taille bien prise.

— Le gouvernement français vient d'ordonner l'évacuation des troupes à Versailles.

Affectant la tranquillité, elle secoua sa houppette et rajouta de la poudre sur l'aile de son nez qui frémissait.

— Bah, il en restera bien une pour nous défendre.

— Aucune... M. Thiers vide Paris de son armée. Entièrement. Il abandonne la ville aux émeutiers... Quitte à la reprendre ensuite par la force. C'est la guerre civile... Regardez.

Posément, il écarta le voilage. Sans même se déplacer de son pouf, Céleste se pencha en arrière pour voir l'avenue. Elle était noire de monde. Des ouvriers, des femmes, des enfants agitaient des drapeaux rouges.

— La paix au prix qu'elle a coûté est une lâcheté ! hurlait un homme moitié en uniforme, moitié en civil.

— Un crime contre la nation ! Nous ne laisserons pas le gouvernement livrer nos canons aux Prussiens !

— A bas les lâches !

— A bas le gouvernement !

— Vive la République universelle !

— Vive la Commune !

Le bataillon qui gardait l'hôtel s'était scindé en deux groupes.

L'un montait l'avenue en bon ordre et au pas de course. Il filait vers la barrière de l'Etoile pour gagner Versailles.

L'autre descendait en courant vers le quai d'Orsay où défilaient, sur l'air des lampions, les gardes nationaux fédérés.

Tannenberg laissa tomber les rideaux.

— C'est la guerre civile, répéta-t-il... Dans quelques heures, Paris sera abandonné à sa fièvre.

— Cette fois, je ne quitterai pas mon hôtel.

— Peu importe votre hôtel.

Elle se retourna, l'œil flambant de colère :

— Qu'est-ce qui importe alors ?

— Votre vie. La mienne.

A ce moment, une immense clameur s'éleva du dehors :

— A bas les riches !

— A mort l'espionne !

Blanche, livide, apparut dans l'encadrement de la porte :

— Ils enfoncent la grille !

Tannenberg écrasa son cigare :

— Il est peut-être trop tard. Hâtez-vous.

Céleste regarda autour d'elle : fallait-il quitter tout cela ?

Son regard s'attardait sur sa chère salle de bains... ses lustres... sa baignoire incrustée de son monogramme... ses robinets d'or sertis de pierres précieuses.

— Mes bijoux ?

— Ils sont en sûreté.

— Vite ! Vite ! criait Blanche.

Mais Céleste ne se dépêchait pas.

Elle descendait son escalier d'onyx en laissant traîner sa main sur la rampe douce.

— Le coupé est-il attelé ?

— Oui, monsieur, il nous attend côté jardin. Vite !

Les yeux rivés au plafond, elle ne parvenait pas à s'arracher de la fresque du salon, cette gigantesque femme nue, peinte à son image, qui se dressait dans le ciel étoilé des cinquante lustres... *Le Triomphe de la Volonté*... Jamais elle ne quitterait cette maison ! Le monde pouvait crouler, jamais elle ne l'abandonnerait ! C'était sa vie, ce pour quoi elle avait lutté durant trente ans. Personne ne la lui enlèverait. Personne ne l'en chasserait.

Elle ne savait pas pourquoi, mais elle n'avait pas peur. Elle entendait Blanche qui courait dans tous les sens, Tannenberg qui armait ses pistolets.

— Nous ne passerons pas, articula-t-elle tranquillement.

Elle était presque contente.

— ... Le cocher porte la livrée rouge de la Mandragore. Les armoiries de Tannenberg sont peintes sur les portières. Nous ne passerons pas.

De nouveau, il y eut une clameur dans la cour. Les grilles avaient cédé. Une foule hurlante envahit le perron. Elle se rua sur les persiennes :

— A mort l'espionne !

Des coups de bélier ébranlèrent la porte d'entrée. Les serrures ne résisteraient pas longtemps.

— Nous avons cinq minutes, commenta Tannenberg en mettant ses gants. Prenez cette sacoche, Blanche. Nous partons à pied.

— A pied ! Dans la foule ! Mais, monsieur, on va nous reconnaître !

— Blanche a raison. Et franchement, Heinrich, tant qu'à être massacrée, j'aime autant l'être chez moi.

Cette remarque mit à son comble la panique de Blanche. Tannenberg marcha droit sur sa femme :

— Taisez-vous. Avancez.

— Partez si vous voulez. Moi, je reste.

Une lueur féroce passa dans le regard d'Heinrich :

— Avancez, répéta-t-il. *Schnell !*

Pâle, terrible, les yeux durs, elle ne bougea pas :

— Je reste.

Alors, pour la première fois, Céleste vit la grosse main

de Tannenberg s'abattre brusquement sur elle. Il la souffleta par deux fois, à toute volée.

— Je reste ! hurla-t-elle. C'est mon droit !

— Vous n'avez aucun droit.

D'un geste brusque, il rabattit ses voiles devant son visage et, l'attrapant par le poignet, il l'entraîna.

Les barres des persiennes sautèrent. Une tête apparut dans la percée du linteau. Le châssis se rompit. Au même moment, la porte du vestibule lâcha. De partout, par les fenêtres, par la porte, par les balcons, une horde s'abattit sur l'hôtel. Elle déferlait à jet continu, se propulsant à l'intérieur comme une trombe.

Dehors, dans le jardin de Mabille, les grisettes arrachaient leurs tabliers d'infirmière pour courir au mur mitoyen. Le visage levé vers le palais d'où partaient des coups de feu, elles ne remarquaient pas les trois silhouettes qui filaient entre les tentes des blessés vers l'avenue Montaigne.

Une carmagnole folle montait de l'hôtel. La meute avait envahi les caves. Ivre de vin, elle brandissait aux fenêtres des lambeaux de pourpre, de damas, de brocart embrochés au bout des piques et des baïonnettes.

De tous les balcons, des dizaines de bras basculaient des armoires pleines de vaisselle. Les commodes, les tables, les fauteuils projetés des étages éclataient sur les pavés. Les débris des meubles rassemblés en bûcher flambaient dans la cour. Le crépitement des flammes se mêlait au vacarme des objets.

Sur la plus haute marche du perron, les anciens domestiques de la Mandragore déchiraient leurs livrées. Ils les jetaient au feu et dansaient furieusement autour des brasiers :

> *Ah, ça ira, ça ira, ça ira,*
> *La sorcière, on la brûlera !*

Tout autour de l'hôtel, les foyers d'incendie semblaient s'allumer spontanément. L'odeur de fumée devenait de plus en plus âcre. Les flammèches s'envolaient en tourbillonnant :

— Ça gagne ! Ça gagne !

Un hurlement de victoire et de haine, plus fort, plus distinct que les autres, s'éleva dans l'atmosphère qui ronflait déjà :

— Le pétrole !... Versez le pétrole !... On va illuminer la façade aux quatre bouts... Bravo, les lustres ! Ça va flamber !

Sous l'arche du bal Mabille, au moment même de franchir le porche, l'ombre rouge et voilée qu'une main de fer entraînait se retourna.

Elle vit à travers le rideau de fumée, au premier étage, la silhouette d'un homme qui balançait dans les airs un lustre.

— Un... scandait la foule en bas. ... Deux... Trois !

La boule cristalline tombait sur un fond de ciel cramoisi, tombait lentement, indéfiniment.

Une bouillonnante giclée de verre. La vibration infinie de la gerbe qui se brise au fond de la fontaine. Le lustre explosait.

ÉPILOGUE

CHÂTEAU DE TANNENBERG, SILÉSIE ORIENTALE
FRAGMENTS DU JOURNAL
DE LA PRINCESSE VON TANNENBERG

19 mars 1877

Six ans aujourd'hui qu'ils ont brûlé l'hôtel. Heinrich me propose de le reconstruire. Je ne veux pas. Il me cite en exemple la maison de M. Thiers. Les communards l'avaient détruite pierre à pierre... Et la voilà reconstruite ! Pourtant, comme notre hôtel, il n'en restait rien... Heinrich affirme que la nouvelle maison est exactement semblable à l'ancienne. Il dit qu'on ne voit pas la différence.

Mais moi, je ne veux pas.

Heinrich ne comprend pas. Pourvu que la nouvelle maison ait l'apparence de l'ancienne, cela lui suffit, à lui !

L'Apparence — toute mon existence, je n'ai vécu que d'apparence... Savoir que l'hôtel est une imitation, un pastiche, un faux ! Mon Dieu, mais c'est encore pire que de le savoir détruit ! Et il ne comprend pas cela ?

Ce qui est fini est fini.

Je suis fatiguée des simulacres.

L'hôtel ne sera pas reconstruit.

28 mars

Le docteur Valow est venu ce matin au château. Il croit que je suis atteinte d'une hydropisie du cœur... N'est-ce pas la maladie dont est mort Gautier ?

Mes chevilles ont encore grossi. Mes hanches sont énormes. Je ne peux presque plus bouger.

Enorme. Affreuse. Impotente.

Quelle importance maintenant ? De toute manière, je n'ai nulle part où aller.

1er avril

Il fait froid. Il a plu toute la nuit. La terre est en dégel... comme mon visage !

Dans mon indifférence, je trouve encore la force de détester cette lande prussienne. Le froid. La brume. Ces vents violents qui font crisser les girouettes des tours !

Vrai, je déteste ce pays, qui convient si bien à mon âme.

2 avril

En fait d'âme, j'ai entendu Blanche qui parlait toute seule en bassinant mon lit hier soir. Elle grommelait qu'elle ne comprenait pas comment « madame pouvait avoir le cœur malade, attendu que madame n'avait jamais eu de cœur ».

Pauvre Blanche !... Je crois qu'elle m'en veut. Qu'elle m'envie aussi... Dommage, c'était la seule personne ici avec laquelle j'aurais pu parler. Mais tout un monde nous sépare... Je suis sa maîtresse, après tout !... Nous n'avons plus rien en commun.

4 avril

Laide à faire peur.

La femme que je suis devenue ne ressemble en rien à celle que j'ai été.

Je n'ai plus de regard. Mes jambes sont tellement enflées que j'avance, sans les plier, comme un automate.

Je suis livide. Le teint vitreux. « Le visage en dégel. » Cette métaphore me revient sans cesse à l'esprit. C'est exactement cela ! L'hydropisie me liquéfie.

10 avril

Aujourd'hui, j'ai fait draper de noir tous les miroirs de mes appartements.

Je ne veux plus me voir !

12 avril

Je me survis à moi-même. J'ai honte. C'est atroce !

15 juin

Paris me manque.

Pourtant, je ne puis supporter l'idée qu'on pourrait m'y voir dans l'état où je suis.

Paris me manque ! Dire que je n'y retournerai jamais ! J'en rêve toutes les nuits.

J'aimerais tant parler de Paris avec Blanche. Mais elle ne veut pas.

Parler en français. La langue allemande me fatigue. Ce n'est pas la mienne.

Je ne sais pas pourquoi, mais je songe souvent à Brididi. Je nous revois le soir où nous dansions notre polka pour la première fois. Blanche était arrivée avec ce grand échalas d'Alphonse Karr... Je suis certaine qu'elle se souvient !

Mais elle ne veut pas parler de notre passé :

— Oui, madame la Princesse.

— Non, madame la Princesse.

— Si madame la Princesse veut bien me permettre...

— C'est entendu, madame la Princesse.

... Elle me balance son « madame la Princesse » tous les deux mots.

On dirait qu'elle le fait exprès comme si elle voulait m'y clouer de force, dans ce rôle de princesse.

Princesse ! Cela m'étonne presque. C'est vrai, j'ai franchi les barrières infranchissables !... L'aristocratie me reçoit aujourd'hui comme une des siennes.

Et pourtant ! Pourtant, je me sens mal, mal, mal...

Je ne suis pas comme eux. Je ne les comprends pas.

Quelquefois, je me demande si Lise n'avait pas raison au bout du compte : « Toi, moi, on n'a pas une chance. »

Mais que fallait-il faire alors ?

Toute ma vie, je me suis sentie différente. Différente des ouvrières. Différente des filles de joie. Et maintenant, différente des nobles.

Mal. Mal. Mal partout ! J'ai longtemps cru que ce malaise était dû à ma condition d'ouvrière, que tout rentrerait dans l'ordre le jour où je deviendrais une riche et respectable « Madame de... »

Mais aujourd'hui que le cercle de ma vie est bouclé, que chacun de mes rêves s'est accompli, que j'ai réalisé toutes mes ambitions, j'ai le sentiment atroce de n'avoir pas vécu !

Terrible ironie pour moi qui me flattais naguère d'avoir tout obtenu de la vie, que cette impression d'échec qui ne me quitte plus.

15 octobre

Je ne suis pas sortie de ma chambre depuis quatre mois. Je dors une partie du jour. Je ne me réveille qu'au soir. Et je cauchemarde éveillée le reste de la nuit.

Je suis pleine de regrets, que je ne parviens même pas à formuler...

Heinrich vient entre six et sept, tous les soirs, dîner en face de moi... Toujours muet. Froid. Semblable à lui-même.

Je ne lis rien dans ses yeux que je n'y aie lu depuis dix ans.

Pas de pitié. Pas de dégoût... Il vient s'asseoir avec moi comme il a pris l'habitude de le faire, voilà tout.

Quand même, je ne l'aurais pas cru si fidèle.

Le plus étonnant, c'est que laide comme je suis, je n'éprouve pas de honte envers lui.

Une vieille pratique, voilà tout.

16 octobre

Hier, en le regardant, je l'ai trouvé presque beau... Par comparaison avec ma laideur, bien sûr.

Je me demande quelquefois pourquoi cet homme m'a épousée.

Car enfin, je ne lui étais d'aucun profit, à lui !

13 novembre

Il m'est venu hier une idée étrange à propos d'Heinrich. Peut-être... peut-être m'aimait-il ?

Mais non, j'ai le délire !... Le délire idiot d'une vieille femme qui va mourir.

Ici s'achève le journal de la princesse von Tannenberg.

Sous l'œil placide de Blanche qui la laissa épuiser dans la drogue ses dernières sources de vie, elle s'était mise à boire de l'éther.

Après avoir réalisé tous ses rêves, Céleste Vainart achevait de se détruire parce qu'elle n'avait plus rien à espérer.

Elle était passée à côté du bonheur. Elle le savait.

Le mardi 14 novembre 1877, cette femme d'intelligence et de volonté s'éteignit en son château de haute Silésie à une bien étrange distance de ses humbles débuts...

Le prince déclara sa mort par cette lettre de faire-part :

Ce jour, à quatre heures, a rendu l'âme doucement après quatorze mois de souffrance d'une maladie de cœur et d'une attaque de cerveau ma bien-aimée femme,
Céleste, née Vainart,
dans sa cinquante-deuxième année.

La nouvelle de sa mort eut quelque retentissement à Paris. Les gazettes françaises s'emparèrent de son histoire, déformant à l'envi les détails de son extraordinaire ascension.

Puis il n'en fut plus question durant dix ans.

Enfin, à la date du 12 décembre 1887, un article signé E. B. parut dans *Le Figaro* :

« On nous a signalé il y a quelques mois le remariage du prince von Tannenberg, second époux de cette Mandragore dont personne ne sait ce que le diable en a pu faire. Car il n'existe ni en France ni en Allemagne aucune trace de sa tombe. Or voici le fin mot de l'histoire. Je le tiens d'une personne digne de foi.

« Le témoin dont je vous parle voyageait en Allemagne lorsque le prince, devenu veuf de sa chère quinquagénaire, se vit contraint, par ordre, de se remarier. La jeune fille qu'il a menée à l'autel est charmante et riche.

« — Tout ici est à vous, princesse, lui dit-il au lendemain de leurs noces. Je n'y mets qu'une seule réserve : il y a sur ce palier une chambre dont je vous prie de me laisser la jouissance exclusive.

« — Etes-vous Barbe-Bleue, Monseigneur ?

« — Non. Mais notre union a été précédée d'un passé et j'ai vécu avant de vous donner ma vie.

« — Gardez votre clef, lui répond-elle. Le présent me suffit.

« A certaines heures, elle voyait le prince entrer dans la chambre, s'y enfermer... Et quand il sortait, il sautait à cheval et s'enfonçait à bride abattue dans les bois.

« Un soir, après l'une de ses courses inexplicables, il trouve ses gens bouleversés : la princesse a disparu.

« — Allez, fait le prince. Je sais où elle est.

« Il se rappelle qu'il a laissé la clef de la porte dans la serrure.

« La jeune femme gît évanouie sur le plancher. Elle a les yeux révulsés d'horreur. Elle avait vu !

« Or ce qu'elle avait vu, c'était ceci.

« Dans un cercueil de cristal, un cadavre de vieille femme dansait.

« Le prince Sigurd Heinrich von Tannenberg n'avait pu se séparer de la Mandragore. Il la conservait dans de l'alcool.

« Il l'aimait par-delà la mort.

« Allez, on se demande bien pourquoi il existe encore des femmes honnêtes ! »

SOURCES ET BIBLIOGRAPHIE

L'article signé E. B., qui clôt *La Lionne du Boulevard*, est un article quasi authentique. Il a été écrit par Émile Bergerat, gendre de Théophile Gautier, dans ses *Souvenirs d'un enfant de Paris*, à propos de la fameuse marquise de Païva, née Thérèse Lachmann, morte princesse von Donnersmarck.

Le lecteur curieux d'en savoir plus se reportera à la bibliographie générale. J'aimerais cependant accorder une place particulière aux ouvrages à l'égard desquels j'ai contracté des dettes — ceux-là mêmes qui, personnellement, m'ont enthousiasmée :

— *La Castiglione*, par Alain DECAUX. Paris, Amiot-Dumont, 1953.
— *Les Courtisanes*, par Joanna RICHARDSON. Paris, Stock, 1968.
— *Les Dessus et les Dessous de la Bourgeoisie*, par Philippe PERROT. Paris, Fayard, 1981.
— Le *Journal* des GONCOURT. Monaco, Éditions de l'Imprimerie Nationale, 1956-1957.
— Les *Mémoires* de Nell KIMBALL. Paris, Lattès, 1978.
— Les *Mémoires* de Céleste MOGADOR. Paris, Locard-Davi et Devresse, 1854.
— Les *Mémoires* de Cora PEARL. Paris, Jules Lévy, 1886.
— *La Païva*, par Frédéric LOLIÉE. Paris, Jules Tallandier, 1920.
— Les *Souvenirs* de ROSE-POMPON. Paris, Ollendorf, 1887.

I. OUVRAGES PUBLIÉS

ABOUT, Edmond : *Madelon*, Hachette, Paris, 1863.
ADLER, Laure : *A l'aube du féminisme. Les premières journalistes 1830-1850*, Payot, Paris, 1979.
AGULHON, Maurice : *1848-1852. 1848 ou l'apprentissage de la République*, Éditions du Seuil, Paris, 1976.
ALLEM, Maurice : *La vie quotidienne sous le Second Empire*, Hachette, Paris, 1948.
ALMERAS d', Henri :
— *La vie parisienne sous le règne de Louis-Philippe*, Albin Michel, Paris, 1910.
— *La vie parisienne sous la Restauration*, Albin Michel, Paris, 1910.

— *La vie parisienne sous la Révolution de 1848*, Albin Michel, Paris, 1921.

— *La vie parisienne sous le Second Empire*, Albin Michel, Paris, 1921.

— *La vie parisienne pendant le siège et sous la Commune*, Albin Michel, Paris, 1927.

ALPHAND, Adolphe : *Les promenades de Paris*, Rothschild, Paris, 1867-1873.

ALTON-SHÉE d', Edmond de Lignères :

— *Mes mémoires 1826-1848* (2 volumes), Librairie Internationale, Paris, 1868.

— Œuvre posthume : *Souvenirs 1847-1848*, pour faire suite à *Mes mémoires*, M. Dreyfous, Paris, 1879.

AMBRIÈRE, Francis : *Esther Guimont, courtisane des Lettres*, Art. Minerve, 29 septembre 1945.

AMIEL, Denys : *Les spectacles à travers les âges*, Éditions du Cygne, Paris, 1931-1932.

ARISTE d', Paul : *La vie et le monde du Boulevard. Un dandy : Nestor Roqueplan*, Tallandier, Paris, 1930.

ARON, Jean-Paul :

— *Le mangeur au XIXe siècle*, Robert Laffont, Paris, 1973.

— *Misérable et glorieuse, la femme au XIXe siècle* (présentée par ARON, Jean-Paul : textes de ADLER, Laure ; BORIE, Jean ; CORBIN, Alain), Fayard, Paris, 1980.

AUGUSTIN-THIERRY, A. : *Son élégance, le Duc de Morny*, Amiot-Dumont, Paris, 1951.

AUNAY d', Alfred (pseudonyme de DESCUDIER, Alfred) : *Souvenirs de l'Hippodrome*, P. Dupont, Paris, 1879.

AURIANT, Jean :

— *Les lionnes du Second Empire*, N.R.F., Paris, 1935.

— *Les secrets de la Comtesse de Castiglione*, Calmann-Lévy, Paris, 1948.

— *La véritable histoire de Nana*, Mercure de France, Paris, 1943.

BAILLEHACHE de, Marcel : *Grands Bonapartistes*, Tallandier, Paris, s.d.

BALZAC de, Honoré :

— *La Comédie humaine* (12 volumes), Gallimard, Paris, 1976-1981.

— *Correspondance*, Garnier, Paris, 1969.

— *L'œuvre* (jugée par Gautier, jugée par Baudelaire), Club Français du Livre, tome 5, Paris, 1954.

BANDY, W. T. : *Baudelaire devant ses contemporains*, Monaco, 1957.

BANVILLE de, Théodore :

— *Esquisses parisiennes. Scènes de la vie*, Poulet-Malassis et de Broise, Paris, 1859.

— *Paris et le nouveau Louvre*, Poulet-Malassis et de Broise, Paris, 1857.

— *Mes souvenirs*, Charpentier, Paris, 1882.

BARBEY d'AUREVILLY, Jules :

— *Correspondance générale* (8 volumes), Les Belles Lettres, Paris, 1980.

— *Du Dandysme et de G. Brummel*, Poulet-Malassis, Paris, 1861.

— *Les diaboliques*, Lemaire, Paris, 1883.

BARBIER, A. : *Les événements du 2 décembre*, Barbier, Paris, 1852.

BARON, Lou : *Paris pittoresque 1800-1900*.

BARTHOU, Louis : *Rachel*, F. Alcan, Paris, 1926.
BAUDELAIRE, Charles :
— *Œuvres complètes* (2 volumes) (texte établi, présenté, annoté par PICHOIS, Claude), Gallimard, Paris, 1976-1980.
— *Correspondance* (2 volumes) (texte établi, présenté, annoté par PICHOIS, Claude, avec la collaboration de ZIEGLER, Jean), Gallimard, Paris, 1973.
BEAULIEU, Henri : *Les théâtres du Boulevard du Crime*, H. Dragon, Paris, 1905.
BEAUMONT-VASSY de, Édouard-Ferdinand, Vicomte : *Mémoires secrets du XIXᵉ siècle*, Sartorius, Paris, 1874.
BEAUVOIR de, Roger :
— *Les mystères de l'Île Saint-Louis* (2 volumes), Calmann-Lévy, Paris, 1891.
— *Paris Crinoline*, Michel Lévy Frères, Paris, s.d.
— *Profils et charges à la plume. Les soupeurs de mon temps*, A. Faure, Paris, 1868.
BÉLÈZE, Guillaume, Louis, Gustave : *Dictionnaire universel de la vie pratique à la ville et à la campagne*, Hachette, Paris, 1890.
BELLANGER, Marguerite : *Confessions, mémoires anecdotiques*, Librairie Populaire, Paris, 1882.
BELLESSORT, André : *Rachel*, Perrin, Paris, 1929.
BERGERAT, Émile :
— *Souvenirs d'un enfant de Paris*, Fasquelle, Paris, 1911-1913.
— *Théophile Gautier*, Charpentier, Paris, 1879.
BERTIER de SAUVIGNY de, G. :
— *La France et les Français vus par les voyageurs américains 1814-1848*, Flammarion, Paris, 1982.
— *La nouvelle histoire de Paris : La Restauration*, Hachette, Paris, 1977.
— *La Restauration*, Flammarion, Paris, 1955.
— *Tableaux de Paris, de Jean Henri MARLET*, Paris, 1979.
BESSONNET-FAVRE, C. : *Février 1848 d'après des documents authentiques*, Librairie Cédalge, Paris, 1902.
BILLY, André :
— *Les Frères Goncourt*, Flammarion, Paris, 1954.
— *Paris vieux et neuf*, Eugène Rey, Paris, 1909.
— *La Présidente et ses amis*, Flammarion, Paris, 1945.
— *Sainte-Beuve, sa vie, son temps* (2 volumes), Flammarion, Paris, 1952.
— *Scènes de la vie littéraire à Paris*, Renaissance du Livre, Paris, 1918.
BLUM, André et CHASSE, Charles : *Histoire du costume. Les modes au XIXᵉ siècle*, Hachette, Paris.
BOIGNE de, Charles : *Petits mémoires de l'Opéra*, Librairie Nouvelle, Paris, 1875.
BOOK-SENNINGER : *Théophile Gautier, auteur dramatique*, Nizet, Paris, 1972.
BOSHOT, Adolphe : *Théophile Gautier*, Desclée de Brouwer, Paris, 1933.
BOULENGER, Jacques :
— *Le Chic et les Dandys*, Devambez, Paris, 1909.
— *Les Dandys sous Louis-Philippe*, Ollendorf, Paris, 1907.
— *Sous Louis-Philippe. Le Boulevard*, Calmann-Lévy, Paris, 1933.
BOULENGER, Marcel : *Le Duc de Morny*, Hachette, Paris, 1925.

BOUSSEL, Patrice : *Érotisme et galanterie au XIXe siècle*, Berger-Levrault, Paris, 1979.

BRASILLACH, Robert : *Comme le temps passe*, Club de l'Honnête Homme, Paris, 1963.

BRIAIS, Bernard : *Grandes courtisanes du Second Empire*, J. Tallandier, Paris, 1981.

BRONNE, Carlo : *La Comtesse Le Hon et la première ambassade de Belgique à Paris*, La Renaissance du Livre, Bruxelles, 1951.

BUGUET, Henry : *Foyers et coulisses. Histoire anecdotique des théâtres de Paris*, Tresse, Paris, 1882.

BURNAND, Robert : *La vie quotidienne 1870-1900*, Hachette, Paris, 1947.

BURNIER et RAMBAUD : *1848*, Grasset, Paris, 1977.

BUSCH, Maurice :
— *Le Comte de Bismarck et sa suite pendant la guerre de France 1870-1871*, Fasquelle, Paris, 1879.
— *Les mémoires de Bismarck*, recueillis par BUSCH, Maurice, Fasquelle, Paris, 1899.

CABAUD, Michel : *Paris et les Parisiens sous le Second Empire*, P. Belfond, Paris, 1982.

CAMACHO, Mathilde : *Judith Gautier, sa vie, son œuvre*, E. Droz, Paris, 1939.

CASTILLE, Hippolyte : *Portraits politiques au XIXe siècle* (19 volumes), Sartorius, Paris, 1856-1861.

CHABRILLAN de (Élisabeth-Céleste Vénard, Comtesse Lionel de, dite Céleste Mogador) :
— *Adieux au Monde. Mémoires de Céleste Mogador* (2 volumes), Locard-Davi et Devresse, Paris, 1854.
— *L'Américaine* (comédie en 5 actes), Estienne, Paris, 1870.
— *L'Amour de l'Art* (vaudeville en 1 acte), Alcan-Levy, Paris, 1865.
— *Bonheur au vaincu* (comédie en 1 acte), Impr. de Cosson, Paris, 1862.
— *Les crimes de la mer* (drame en 5 actes), Impr. Moris père et fils, Paris, 1869.
— *Un deuil au bout du monde (Suite des Mémoires de Céleste Mogador)*, Librairie Nouvelle, Paris, 1877.
— *Un drame au Tréport* (drame en 5 actes), Impr. de Chaix, Paris, 1885.
— *Les deux sœurs immigrantes et déportées* (roman), Calmann-Lévy, Paris, 1876.
— *La duchesse des mers* (roman), Calmann-Lévy, Paris, 1881.
— *En Australie* (vaudeville en 1 acte), Impr. de Cosson, Paris, 1862.
— *En garde* (opérette en 1 acte), Librairie des Deux Mondes, Paris, 1864.
— *Est-il fou ?* (roman), A. Bourdilliat, Paris, 1860.
— *Les forçats de l'amour* (roman), Calmann-Lévy, Paris, 1881.
— *La Sapho* (roman), Michel Lévy, Paris, 1858.
— *Union. A mes amis de Belleville. Paris captif* (poème patriotique), Madre, Paris, 1870.
— *Les voleurs d'or* (roman), Michel Lévy, Paris, 1857.
— *Les voleurs d'or* (drame en 5 actes), Michel Lévy, Paris, 1864.

CHAMBRIER de, James : *La cour et la société du Second Empire*, Perrin, Paris, s.d.

CHAMPFLEURY, C. : *La visite des prostituées du point de vue de l'hygiène*, Secrétariat de la Fédération, Paris, 1889.

CHAMPFLEURY, Jules :
— *Henri Monnier, sa vie, son œuvre*, Dentu, Paris, 1889.
— *Souvenirs des funambules*, Michel Lévy, Paris, 1859.
— *Souvenirs et portraits de jeunesse*, Dentu, Paris, 1872.

CHAMPIER, Victor : *L'hôtel Païva*, Extrait de la Revue des Arts Décoratifs, Vente du 19 mars 1902.

CHAUTARD, Émile : *Les goualantes de La Villette et d'ailleurs*, M. Seheur, Paris, 1929.

CHEVALIER, Louis :
— *L'assassinat de Paris*, Calmann-Lévy, Paris, 1977.
— *Classes laborieuses, classes dangereuses*, Plon, Paris, 1958.
— *Montmartre du plaisir et du crime*, R. Laffont, Paris, 1980.

CHRIST, Yvan : *La vie familière sous le Second Empire*, Berger-Levrault, Paris, 1977.

CHRISTOPHE, Robert : *Le Duc de Morny*, Hachette, Paris, 1951.

CITRON, Pierre : *La poésie de Paris dans la littérature française, de Rousseau à Baudelaire*, Les Éditions de Minuit, Paris, 1961.

CLARETIE, Jules : *Paris assiégé. Tableaux et souvenirs, septembre 1870-janvier 1871*, Lemerre, Paris, 1871.

CLAUDIN, Gustave :
— *Les joyeuses commères de Paris*, E. Dentu, Paris, 1885.
— *Méry, sa vie intime, anecdotique et littéraire*, Bachelier-Leflorenne, Paris, 1868.
— *Mes souvenirs, les boulevards 1840-1870*, Calmann-Lévy, Paris, 1884.

COLET, Louise : *Lui*, Librairie Nouvelle, Paris, 1860.

COLOMBIER, Marie : *Mémoires* (préface de SYLVESTRE, Armand), Flammarion, Paris, 1890-1900.

CORBIN, Alain : *Les filles de noces*, Aubier-Montaigne, Paris, 1978.

CREPET, Jacques et PICHOIS, Claude : *Baudelaire et Asselineau*, Nizet, Paris, 1953.

CRESSON, Ernest : *Cent jours de siège à la Préfecture de Police, 2 novembre 1870-11 février 1871*, Plon-Nourrit, Paris, 1901.

DANSETTE, Adrien :
— *Les amours de Napoléon III*, Fayard, Paris, 1938.
— *Louis-Napoléon Bonaparte à la conquête du pouvoir*, Hachette, Paris, 1961.

DASH, Comtesse (pseudonyme de la Vicomtesse Poilloüe de Saint-Mars) :
— *Les femmes à Paris et en province*, M. Lévy, Paris, 1868.
— *Mémoires des autres* (3 volumes), Librairie Illustrée, Paris, s.d.
— *Monsieur Napoléon et sa cour*, Office de Publicité, Bruxelles, 1871.

DAUDET, Alphonse :
— *La Doulou. La vie. Extraits des carnets intimes de l'auteur*, Fasquelle, Paris, 1931.
— *Le Nabab*, G. Charpentier, Paris, 1877.

DECAUX, Alain :
— *La Castiglione, dame de cœur de l'Europe*, Amiot-Dumont, Paris, 1953.
— *L'Empire, l'Amour et l'Argent*, Librairie Académique Perrin, Paris, 1982.
— *Offenbach, roi du Second Empire*, P. Amiot, Paris, 1955.

DELACROIX, Eugène : *Journal 1823-1863*, Plon-Nourrit, Paris, 1893-1895.

DELBOURG-DELPHIS, Marylène : *Le chic et le look*, Hachette, Paris, 1981.

DELORD, Taxile :
— *Le bal chicard* (dans « Les Français peints par eux-mêmes »). *Physiologie de la Parisienne*, Aubert-Lavigne, Paris, s.d.
— *Les célébrités du jour* (DELORD, Taxile et JOURDAN, Louis), Bureau du Journal « Le Siècle », Paris, 1860-1861.
— *Histoire du Second Empire 1848-1870*, Germer-Baillière, Paris, 1869-1876.
— *Les petits Paris I à XXI*, A. Taride, Paris, 1854.

DELPECHE, René : *Les dessous de Paris*, J. d'Haluin, Paris, 1955.

DELVAU, Alfred :
— *Les bords de la Bièvre*, R. Pincelourde, Paris, 1873.
— *Les cythères parisiennes*, Marcel Valtat, Paris, 1979.
— *Les dessous de Paris*, Poulet-Malassis, Paris, 1860.
— *Histoire anecdotique des cafés et des cabarets de Paris*, Dentu, Paris, 1867.
— *Les lions d'un jour*, Dentu, Paris, 1867.
— *Le Mont de Piété. La prostitution. La misère*, dans Paris-Guide, 1867.
— *Les plaisirs de Paris*, A. Faure, Paris, 1867.

DESPREZ, E. : *Le livre des Cent Un*, Paris, 1831.

DIGUET, Charles : *Les jolies femmes de Paris*, Librairie Internationale, Paris, 1870.

DOLLEANS, Édouard :
— *Histoire du mouvement ouvrier*, Colin, Paris, 1936-1953.
— *La police des mœurs*, L. Larox, Paris, 1903.

DOLPH, Charles A. : *The real Lady of the Camelias and other women of quality*, Werner Laurie, London, 1927.

DONNAY, Maurice : *Musset et l'amour*, Flammarion, Paris, 1935.

DROUET, Juliette : *Mille et une lettres d'amour*, Gallimard, Paris, 1951.

DUBIEF, Eugène : *Le journalisme*, Hachette, Paris, 1892.

DU CAMP, Maxime :
— *Les convulsions de Paris 1870-1880*, Hachette, Paris, 1878-1880.
— *Paris, ses organes, ses fonctions et sa vie dans la 2e moitié du XIXe siècle*, Hachette, Paris, 1869, 1875.
— *Souvenirs de l'année 1848*. Paris, le livre du centenaire 1848, Ch. Moulins, Atlas, Paris, 1948.
— *Souvenirs d'un demi-siècle*, Hachette, Paris, 1949.
— *Théophile Gautier*, Hachette, Paris, 1890.

DUMAS Fils, Alexandre :
— *Théâtre complet* (7 volumes), Calmann-Lévy, Paris, 1880-1892.
— *La dame aux camélias* (tome 1) ; *Le demi-monde* (tome 2) ; *La femme de Claude* (tome 5).

DUMAS Père, Alexandre :
— *Causeries*, A. Levasseur, Paris, s.d.
— *Les classiques de la table* (par GRIMAUD de la REYNIÈRE, CARÊME, BRILLAT-SAVARIN, MARQUIS de CUSSY, DUMAS Alexandre), P. Waleppe, Paris, 1967.
— *Filles, lorettes et courtisanes*, Michel Lévy, Paris, 1874.
— *Mes mémoires* (10 volumes), Michel Lévy, Paris, 1863.
— *Propos d'art et de cuisine*, A. Levasseur, Paris, s.d.

— *Souvenirs dramatiques*, Michel Lévy, Paris, 1868.

ESCHOLIER, Raymond :
— *Un amant de génie, Victor Hugo*, Fayard, Paris, 1953.
— *Daumier et son monde*, Berger-Levrault, Paris, 1965.
— *Logis romantiques*, Les Éditions de France, Paris, 1930.

ESTIGNARD, Alexandre : *Clésinger, sa vie, son œuvre*, H. Floury, Paris, 1900.

FALKE, Bernard : *The naked lady*, Hutchison, London, 1933.

FAUCHEUR, Théodore : *Histoire du boulevard du Temple*, E. Dentu, Paris, 1863.

FEUILLERAT : *Baudelaire et la belle aux cheveux d'or*, Yale University Press, New Haven, 1941.

FEVAL, Paul : *Les amours de Paris*, Musée Littéraire, Paris, 1848.

FEYDEAU, Ernest : *Théophile Gautier, souvenirs intimes*, Plon, Paris, 1874.

FIAUX, L. : *Sur la prétendue stérilité involontaire des femmes exerçant la prostitution*, G. Carré, Paris, 1892.

FLAUBERT, Gustave :
— *Correspondances* (15 volumes), Club de l'Honnête Homme, Paris, 1971-1975.
— Tome 13 (1850-1859) ; Tome 14 (1859-1871) ; Tome 15 (1871-1877).
— *L'éducation sentimentale. Histoire d'un jeune homme* (2 volumes), Michel Lévy, Paris, 1870.

FLEISHMANN, Hector :
— *Napoléon adultère*, A. Méricant, Paris, 1908.
— *Napoléon III et les femmes*, Bibliothèque du Curieux, Paris, 1913.

FRANCONI, Victor :
— *Cours d'équitation pratique*, Michel Lévy Frères, Paris, 1855.
— *Le cirque Franconi, par une chambrière en retraite 1774-1875*, Louis Perrin et Marinet, Lyon.

FRANKLIN, Alfred : *La vie privée d'autrefois*, Plon, Paris, 1895.

GAILLARD, Jeanne : *Paris, la ville sous le Second Empire*, Champion, Paris, 1977.

GALLI, Henri : *Gambetta et l'Alsace-Lorraine*, Plon, Paris, 1916.

GARNIER, Jules : *Une visite à la voirie de Montfaucon*, Maquignon-Marvis Fils, Paris, 1844.

GASCAR, Pierre : *Le Boulevard du Crime*, Hachette, Paris, 1980.

GAUTIER, Judith :
— *Le collier des jours*, Juven, Paris, 1902.
— *Le second rang du collier*, Juven, Paris, s.d.

GAUTIER, Théophile :
— *Histoire de l'art dramatique depuis 25 ans*, Hetzel, Paris, 1858-1859.
— *Histoire du Romantisme*, Charpentier, Paris, 1874.
— *Honoré de Balzac*, Poulet-Malassis, Paris, 1859.
— *Ménagerie intime*, Lemerre, Paris, 1869.
— *Œuvres érotiques*. Collection La Mandragore, Arcanes, Paris, 1953.
— *Portraits contemporains*, C. Charpentier, Paris, 1874.
— *Souvenirs romantiques*, Garnier, Paris, 1929.
— *Souvenirs de théâtre, d'art et de critique*, Charpentier, Paris, 1883.
— *Tableaux de siège. Paris 1870-1871*, Fasquelle, Paris, s.d.

— *Théâtres, mystères, comédies et ballets*, Charpentier, Paris, 1882.
— *Le tricorne enchanté*, bastonnade en 1 acte, Variétés, Paris, avril 1845.
— *Poésies complètes*, Nizet, Paris, 1970.
— Articles dans la Presse 1844, 1845, 1846, 1847.

GAVARNI (Sulpice-Paul Chevalier dit) :
— *Les débardeurs*, Banger et Cie, Paris, s.d.
— *Les lorettes*, Aubert, Paris, s.d.
— *Masques et visages*, Librairie du Figaro, Paris, 1968.

GIRARD, Louis :
— *La Garde Nationale*, Plon, Paris, 1964.
— *La nouvelle histoire de Paris : la Deuxième République et le Second Empire 1848-1870*, Diffusion Hachette, Paris, 1981.
— *La Seconde République*, Calmann-Lévy, Paris, 1968.

GIRARD, M. : *Déplacement de la voirie*, Annales d'Hygiène Publique, Paris, s.d.

GIRARDIN de, Delphine (dite Vicomte de Launay) : *Lettres parisiennes 24 novembre 1838* (4 volumes), Calmann-Lévy, Paris, 1868-1878.

GIRAUDEAU, Fernand : *Napoléon III intime*, Ollendorf, Paris, 1895.

GONCOURT de, Edmond et Jules : *Journal. Mémoires de la vie littéraire* (9 volumes), Éditions de l'Imprimerie Nationale, Monaco, 1956-1957.

GONCOURT de, Edmond : *La fille Elisa*, C. Charpentier, Paris, 1877.

GOSLING, Nigel : *Nadar*, Secker & Warburg, London, 1976.

GOURMONT de, R. : *Judith Gautier*, Bibliothèque Internationale d'Édition, Paris, 1904.

GRAND-CARTERET, John : *L'Histoire, la vie, les mœurs et les curiosités par l'image, le pamphlet et le document*, Librairie de la Curiosité et des Beaux-Arts, Paris, 1927-1928.

GREAVES, Roger : *Nadar ou le paradoxe vital*, Flammarion, Paris, 1980.

GROTHE, Gerda : *Le Duc de Morny*, Fayard, Paris, 1967.

GUEULETTE, Charles : *Les ateliers de peinture en 1864*, Castel, Paris, 1864.

GUILLEMIN, Henri :
— *Le coup du 2 décembre*, Gallimard, Paris, 1951.
— *Les origines de la Commune*, Gallimard, Paris, 1959-1960.
— *La première résurrection de la République*, N.R.F. Gallimard, Paris, 1967.
— *Victor Hugo et Alice Ozy*, dans Mercure de France, Paris, 1er septembre 1950.

GUILLY, Paul : *Découverte de l'Île Saint-Louis*, Albin Michel, Paris, 1955.

HAGUENAUER, Paul : *Rachel, princesse du théâtre et cœur passionné*, Éditions de Navarre, Paris, 1957.

HALDANE, Charlotte : *The life story of Céleste Mogador, comtesse Lionel de Moreton de Chabrillan*, Hutchinson, London, 1961.

HALEVY, Ludovic : *Carnets*, Calmann-Lévy, Paris, 1935.

HAUSSMANN, Baron : *Mémoires*, Guy Durier, Paris, 1979.

HENNEQUIN, Victor : *Paris dansant ou les filles d'Hérodiade, folles danseuses des bals publics*, Paul Dupont, Paris, 1845.

HERMANT, Abel : *La Castiglione, la dame de cœur des Tuileries*, Hachette, Paris, 1938.

HOLDEN, W. H. : *The Pearl from Plymouth*, British Technical and General Press, London, 1950.

HOMÈRE : *L'Iliade*, Les Belles Lettres, Paris, 1938.

HOUSSAYE, Arsène :
— *L'ancien hôtel de la Marquise de Païva*, 25, avenue des Champs-Élysées, Paris, s.d.
— *Les confessions : souvenirs d'un demi-siècle 1830-1890*, Dentu, Paris, 1885-1891.
— *Les courtisanes du monde*, Dentu, Paris, 1870.
— *Les femmes comme elles sont*, Michel Lévy, Paris, 1857.

HUGO, Adèle : *Victor Hugo raconté par un témoin de sa vie*, Lacroix, Bruxelles, 1864.

HUGO, Victor :
— *Choses vues 1838-1877*, Charpentier, Paris, 1888.
— *Lettres de Victor Hugo à Juliette Drouot*, Cercle du Bibliophile, Paris, s.d.
— *Souvenirs personnels 1848-1851* (réunis et présentés par GUILLEMAIN, Henri), Gallimard, Paris, 1952.

HUYSMANS, J. K. :
— *Les sœurs Vatard*, Charpentier, Paris, 1879.
— *Marthe*, Derveaux, Paris, 1879.

IMBERT de SAINT AMAND, Arthur : *Madame de Girardin*, Plon, Paris, 1875.

JARDIN, A. et TUDESQ, A. J. : *La France des notables 1815-1848*, Les Éditions du Seuil, Paris, 1973.

JARY, Paul :
— *Cénacles et vieux logis*, Tallandier, Paris, 1930.
— *Théophile Gautier à Neuilly*, Tallandier, Paris, 1929.

JASINSKI, René : *Les années romantiques de Théophile Gautier*, Vuibert, Paris, 1929.

JAUBERT, Mme C. : *Souvenirs*, J. Hetzel et Cie, Paris, 1881.

JEANNEL, Dr J. : *De la prostitution dans les grandes villes au XIXe siècle*, J. B. Baillière, Paris, 1868.

KARR, Alphonse :
— *Encore les femmes*, Michel Lévy Frères, Paris, 1862.
— *En fumant*, Michel Lévy Frères, Paris, 1861.
— *Les femmes*, Michel Lévy Frères, Paris, 1856.
— *Les guêpes* (6 volumes), rue Neuve-Vivienne, Paris, 1840-1841.
— *Le livre de bord*, Calmann-Lévy, Paris, 1880.
— *Le livre des cent vérités*, Calmann-Lévy, Paris, s.d.
— *Menus propos*, Michel Lévy Frères, Paris, 1859.

KEMPF, Roger : *Les Dandies. Baudelaire et compagnie*, Éditions du Seuil, Paris, 1977.

KIMBALL, Nell : *Mémoires. Histoire d'une maison close aux États-Unis 1880-1917*, J.-C. Lattès, Paris, 1970.

KÖNING, Victor : *Les coulisses parisiennes* (préfacé par SECOND, Albéric), Dentu, Paris, 1864.
— *Voyage autour du demi-monde*, Dentu, Paris, 1866.

LAGARDE, Paul : *Histoire et mystère du boulevard du Temple*, J. Catier, Paris, s.d.

LAMBERT-THISBOUST, Pierre Antoine : *Les filles de marbre*, Michel Lévy, Paris, 1865.

LAN, Jules : *Souvenirs de théâtre. Mémoires d'un chef de claque*, Librairie Nouvelle, Paris, 1883.

LANO de, Pierre :
— *Les bals travestis et les tableaux vivants sous le Second Empire*, Empis, Paris, 1893.
— *L'amour à Paris sous le Second Empire*, Empis, Paris, 1896.
LANOUX, Armand : *Histoire de la Commune de Paris*, Librairie Jules Tallandier, Paris, 1972.
LASSAGNE J. et PIGEAUD, H. : *Avortement, grossesse et fonctions maternelles chez les prostituées*.
LASTER, Armand : *Pleins feux sur Victor Hugo*, La Comédie-Française, Paris, 1981.
LAURENT, Charles : *Ce que Paris a vu (souvenirs de siège)*, Albin Michel, Paris, 1913.
LAVISSE, Ernest : *Histoire de la France contemporaine*, Hachette, Paris, 1921-1922.
LEBLANC, Léonide : *Les petites comédies de l'Amour*, Librairie Centrale, Paris, 1865.
LEMER, Julien : *Paris au gaz*, Dentu, Paris, 1861.
LE MOËL, Michel : *Les hôtels Le Hon et Morny au rond-point des Champs-Élysées*, Imprimerie Municipale, Paris, s.d.
LE SENNE, Émile : *Madame de Païva*, Daragon, Paris, 1910.
LOLIÉE, Édric : *L'hôtel de Lauzun, joyau de l'île Saint-Louis*, La Revue Française, Paris, 1965.
LOLIÉE, Frédéric :
— *Les femmes du Second Empire*, Juven, Paris, 1906.
— *Le frère de l'empereur et la société du Second Empire*, Émile Paul, Paris, 1909.
— *La Païva*, Jules Tallandier, Paris, 1920.
— *Le roman d'une favorite, la comtesse de Castiglione*, Émile Paul, Paris, 1912.
LOVIOT, Louis : *Alice Ozy*, Les Bibliophiles Fantaisistes, Paris, 1910.
LUCIEN-GRAUX, Docteur : *Les factures de la Dame aux Camélias* (pour les amis du Docteur LUCIEN-GRAUX), Paris, 1934.
LUCHET, Auguste : *Les mœurs d'aujourd'hui*, Coulin Pineau, Paris, 1854.
LYONNET, Henry :
— *La Dame aux Camélias d'Alexandre Dumas Fils*, E. Malgère, Paris, 1930.
— *Les « premières » de Victor Hugo*, Delagrave, Paris, 1930.
MAHALIN, Paul : *Les mémoires du bal Mabille*, Au bal masqué, Paris, 1864.
MALBERT, M. G. : *Voyage autour de Pomaré*, Harvard, Paris, 1884.
MARDOCHE et DESGENAIS : *Les Parisiennes*, Dentu, Paris, 1882.
MARIE, Aristide : *Henri Monnier*, Librairie Floury, Paris, 1931.
MARSAN, Jules : *Théâtre d'hier et d'aujourd'hui 1850-1895*, Editions des Cahiers Libres, Paris, 1926.
MARTHELET, Mme (née Adèle COLIN) : *Dix ans chez Alfred de Musset*, Chamuel, Paris, 1889.
MARTIN FUGIER, Anne : *La place des bonnes*, B. Grasset, Paris, 1979.
MASSA de, Philippe : *Souvenirs et impressions 1840-1871*, Calmann-Lévy, Paris, 1897.
MATORE, Georges : *Le vocabulaire et la société sous Louis-Philippe*, Droz, Genève, 1951.
MAUROIS, André : *Les trois Dumas*, Hachette, Paris, 1957.

MAYER, P. : *Histoire du 2 décembre 1851*, Ledoyen, Paris, 1852.
— *Récit des événements du 2 décembre*, Ledoyen, Paris, 1851.
MÉRIMÉE, Prosper : *Correspondance générale* (établie et annotée par Maurice PARTURIER), Le Divan, Paris, 1956-1964.
MERMAZ, Louis : *Madame Sabatier*, Éditions Rencontre, Genève, 1965.
MILNER, Max : *Littérature française : le Romantisme 1820-1843*, Arthaud, Paris, 1968.
MIRECOURT de, Eugène :
— *Lola Montès. Biographie*, Librairie des Contemporains, Paris, 1857.
— *Madame de Girardin*, G. Havard, Paris, 1856.
— *Paris la nuit*, G. Havard, Paris, 1855.
MONNIER, Henri : *Mémoires de monsieur Prud'homme*, Librairie Nouvelle, Paris, 1857.
MONOD, Gabriel : *Allemands et Français : souvenirs de la campagne Metz-Sedan-La Loire*, Sandoz et Fischbacher, Paris, 1872.
MONTÈS, Lola :
— *Autobiography and lectures*, London, 1860.
— *L'art de la beauté*, Paris, 1862.
MOREL, Henri : *Hortense Schneider*, A. Faure, Paris, 1866.
MORSIER de, M. et Mme : *Le siège de Paris 1870-1871 :* extrait du journal de M. et Mme de MORSIER, Imprimerie Veuve Felix Guy, Alençon, 1910.
MOSER, Françoise : *La vie et aventure de Céleste Mogador 1824-1909*, Albin Michel, Paris, 1930.
MOSS, Armand : *Baudelaire et madame Sabatier*, Nizet, Paris, 1975.
MURGER, Henri : *Scènes de la vie de bohème*, Michel Lévy Frères, Paris, 1851.
MUSSET de, Alfred :
— *La confession d'un enfant du siècle*, Bonnaire, Paris, 1836.
— *Lettres d'amour à Annie d'Alton*, Mercure de France, Paris, 1910.
— *Poésies complètes*, Charpentier, Paris, 1850.
ODOUL, Pierre : *Le drame intime d'Alfred de Musset*, La Pensée Universelle, Paris, 1976.
PAPON, A. : *Lola Montès, mémoires et lettres intimes*, Librairie populaire, Genève, 1849.
PARENT du CHATELET : *De la prostitution dans la ville de Paris*, J. B. Baillière, Paris, 1857.
PARTURIER, Maurice : *Morny et son temps*, Hachette, Paris, 1969.
PEARL, Cora : *Mémoires*, Jules Lévy, Paris, 1876.
PERROT, Maurice : *Prisonniers et fugitifs*, Librairie Perrin, Paris, 1932.
PERROT, Philippe : *Les dessus et les dessous de la bourgeoisie*, Fayard, Paris, 1981.
PERROT et ADRIEN, Robert : *La polka enseignée sans maître. Son origine, son développement*, Aubert, Paris, s.d.
PICHOIS, Claude :
— *Album Baudelaire*, Gallimard, Bibliothèque de la Pléiade, Paris, 1974.
— *Baudelaire à Paris*, Hachette, Paris, 1967.
— *Littérature française : le Romantisme II, 1843-1869*, Arthaud, Paris, 1979.
PIÉCHAUD, Martial : *La vie privée de Rachel*, Hachette, Paris, 1954.

PLESSIS, Alain : *De la fête impériale au Mur des Fédérés 1852-1871*, Le Seuil, Paris, 1973.

POLKMALL, Nick : *Les polkeuses* (poème satirique), Masgana, Paris, 1844.

POMPON, Rose : *Les souvenirs de Rose Pompon*, Ollendorf, Paris, 1887.

PONSON du TERRAIL : *Rocambole. Les drames de Paris* (3 volumes), Éditions du Rocher, Monaco, 1963-1964.

PORCHÉ, François : *Baudelaire et la Présidente*, Flammarion, Paris, s.d.

POUILLART, Raymond : *Littérature française : le Romantisme III, 1869-1896*, Arthaud, Paris, 1968.

POULET, Georges : *Baudelaire et le monde réel. Baudelaire et le monde imaginaire. Baudelaire et ses semblables.* Dans « Qui était Baudelaire ? », Édition d'Art Albert Skira, Genève, 1969.

PRIVAT D'ANGLEMONT, A. :
— *La Closerie des Lilas (le bal Bullier)*, Ch. Nolet, Paris, 1855.
— *Paris anecdote*, Delahaye, Paris, 1860.
— *Paris inconnu*, Delahaye, Paris, 1861.
— *Voyage à travers Paris. Le Prado*, Paulier, Paris, 1846.

RECLUS, Maurice : *Émile de Girardin, le créateur de la Presse moderne*, Hachette, Paris, 1934.

REPARAZ de, Carmen : *Maria Malibran*, Librairie Académique Perrin, Paris, 1979.

REUSS, L. : *La prostitution au point de vue de l'hygiène et de l'administration*, J. P. Baillière, Paris, 1889.

REYBAUD, Louis : *Jérôme Paturot à la recherche de la meilleure des républiques*, Michel Lévy, Paris, 1848.

RICHARDSON, Joanna :
— *Les courtisanes du demi-monde au XIXe siècle*, Stock, Paris, 1968.
— *Rachel*, Reinhardt, London, 1956.
— *Sarah Bernhardt*, Reinhardt, London, 1959.
— *Théophile Gautier, his life and time*, Wyman & Sons Ltd, Fakenham, 1958.

RIGOLBOCHE : *Mémoires*, Chez tous les libraires, Paris, 1860.

ROBERT, Louis Castel : *Mémoires d'un claqueur*, Constant-Chamtpie, Paris, 1829.

ROBIDA, Albert : *Album du siège et de la Commune 1870-1871* (2 volumes), R. Claveuil, Paris, 1971.

ROCHEBLAVE, Samuel : *George Sand et sa fille, d'après leur correspondance inédite*, Calmann-Lévy, Paris, s.d.

ROMI :
— *Maisons closes* (préface du Docteur Jean LACASSAGNE), L'auteur, Paris, 1952.
— *Histoire pittoresque du pantalon féminin*, Jacques Grancher, Paris, 1979.

ROQUEPLAN, Nestor : *Parisine*, Hetzel, Paris, 1868.

ROUFF, Marcel et CASEVTIZ, Thérèse : *La vie de fête sous le Second Empire. Hortense Schneider*, Tallandier, Paris, 1931.

ROZIER, Victor : *Les bals publics à Paris*, Havard, Paris, 1855.

SARCEY, Francisque : *Comédiens et comédiennes, théâtres divers*, Librairie des Bibliophiles, Paris, 1884.

SAUNDERS, Edith : *The prodigal father Dumas Père and Fils and « the Lady of the Camelias »*, Longmans, 1951.

SAUREL, Étienne : *Histoire de l'équitation des origines à nos jours*, Stock, Paris, 1971.

SÉCHÉ, Alphonse : *Musset anecdotique*, E. Santot et Cie, Paris, 1907.

SÉCHÉ, Léon :

— *Les amies de Sainte-Beuve*, Mercure de France, Paris, 1904.

— *Les annales romantiques* (tome X), Bureau des Annales Romantiques, Paris, 1913.

— *Le cénacle de Joseph Delorme*, Mercure de France, Paris, 1912.

— *Étude de l'histoire romantique de Paris*, Société du Mercure de France, Paris, 1907.

— *La jeunesse dorée sous Louis-Philippe*, Mercure de France, Paris, 1910.

— *Lettres d'amour à Aimée d'Alton 1837-1848*, Mercure de France, Paris, 1910.

— *Muses romantiques. Delphine Gay (Madame de Girardin)*, Mercure de France, Paris, 1910.

— *Muses romantiques. Hortense Mallard*, Mercure de France, Paris, 1908.

SCHNEIDER, Louis : *Hortense Schneider*, S.L.M.D., Extrait de la Revue de Paris, Paris, 15 juin 1920.

SEIGUERLET, Eugène : *Propos de table du Comte de Bismarck pendant la campagne de France*, Dreyfous, Paris, 1879.

SENNINGER, Claude-Marie :

— *Honoré de Balzac par Théophile Gautier*, Nizet, Paris, 1980.

— *Théophile Gautier, auteur dramatique*, Nizet, Paris, 1972.

SHOELDERER : *Les amours de Napoléon III ou le lupanar élyséen dévoilé*, Londres et Genève, 1852.

SIMON, Jules : *L'ouvrière*, Hachette, Paris, 1861.

SIMOND, Charles : *Paris de 1800 à 1900* (3 volumes), Plon, Paris, 1900.

SONOLET, Louis : *La vie parisienne sous le Second Empire*, Payot, Paris, 1979.

STERN, Daniel : *Histoire de la Révolution de 1848*, G. Sandré, Paris, 1850-1853.

STERN, Fritz : *Bleichroder, banquier de Bismarck*, Librairie internationale, Paris, 1890.

STERN, Jean (pseudonyme de SERVAL, Maurice) : *Lord Seymour dit Milord l'Arsouille*, La Palatine, Paris, 1954.

STOOL, G. : *Mémoires d'une honnête femme*, Achille Faure, Paris, 1865.

SUE, Eugène : *Les mystères de Paris*, Ch. Gosselin, Paris, 1843.

TALMEUR, Maurice : *Souvenirs d'avant le déluge 1870-1914*, Perrin, Paris, 1927.

TAMPIER, Docteur : *Les dernières heures de Rachel*, Labé, Paris, 1858.

TENOT, E. : *Paris en 1851*, Chevalier, Paris, 1868.

TEXIER, Edmond : *Tableaux de Paris*, Paulin et Le Chevalier, Paris, 1852.

TILD, Jean : *Théophile Gautier et ses amis*, Albin Michel, Paris, 1951.

TIREL, Louis : *La République dans les carrosses du Roi*, Garnier, Paris, 1850.

TOESCA, Maurice : *Alfred de Musset ou l'amour de la mort*, Hachette, Paris, 1970.

TOUSSAINT du WAST, Nicole : *Rachel. Amours et tragédie*, Stock, Paris, 1980.

TRAVIES : *Barrières de Paris*, L. Pamier, Paris, 1843.

TRIMOLET, D. : *Barrières de Paris avant 1860*, Eaux fortes, s.d.

VALLOTON, Henri : *Bismarck*, Fayard, Paris, 1961.

VALTER, Jehan : *Paris disparu. Les Tuileries*, Havard, Paris, 1884.

VANDAM, Albert D. :
— *An English man in Paris*, Chapman and Hall, London, 1892.
— *Men and manners of the Third Republic*, Chapman and Hall, London, 1904.
— *Undercurrents of the Second Empire (notes and recollection)*, Heinemann, London, 1897.

VAUDOYER, Jean-Louis : *Alice Ozy ou l'Aspasie moderne*, M. P. Tremois, Paris, 1930.

VAUX de, Baron : *Les hommes de cheval*, J. Rothschild, Paris, 1888.

VAUZAT : *Blanche d'Antigny, actrice et demi-mondaine 1870-1874*, Charles Bosse, Paris, 1933.

VERON, Docteur L. : *Mémoires d'un bourgeois de Paris* (5 volumes), Librairie Nouvelle, Paris, 1856.

VIEL-CASTEL de, Horace : *Mémoires sur le règne de Napoléon III, 1851-1864* (2 volumes), G. Le Prat, Paris, 1979.

VIGIER, Philippe : *La Monarchie de Juillet*, P.U.F., Paris, 1972.

VILLEMESSANT de, H. :
— *Les cancans*, Dentu, Paris, 1852.
— *Mémoires d'un journaliste 1867-1878*, Dentu, Paris, 1872-1873-1874.

VILLIERS de L'ISLE ADAM : *Contes cruels et nouveaux contes cruels*, Classiques Garnier, Paris, 1968.

VINCENOT, Henri : *La vie quotidienne dans les chemins de fer au XIXe siècle*, Hachette, Paris, 1975.

VIRMAÎTRE, Charles :
— *La Commune*, Lacroix, Paris, 1871.
— *Paris boursicotier*, A. Savine, Paris, 1888.
— *Paris cocu*, L. Genonceaux, Paris, 1890.
— *Paris galant*, L. Genonceaux, Paris, 1890.
— *Paris impur : les maisons de rendez-vous*, A. Charles, Paris, 1898.
— *Les virtuoses du trottoir*, Lebigre-Duquesne, Paris, 1868.

VITU, Auguste :
— *Les bals d'hiver. Paris masqué*, Martinon, Paris, s.d.
— *Le jardin Mabille. Physiologie de la polka d'après Cellarius*, Chez tous les libraires, Paris, 1844.

VON HUTTEN, Bettina : *The courtisan. The life of Cora Pearl*, Peter Davis, 1933.

WALLACE, Lewis : *Ben Hur*, Mame, Paris.

WALLACE (Sir Richard) : *Un Anglais à Paris* (2 volumes), Plon-Nourrit, Paris, 1893-1894.

WANDY, W. T. : *Trois chantres de Pomaré*, Mercure de France, Paris, 1953.

WHITEHURST, Felix : *My private diary during the siege of Paris* (2 volumes), Tinsley, London, 1879.

WILHELM, Jacques : *La vie à Paris. Second Empire, 3e République*, Arts et Métiers, Graphiques, Paris, 1947.

WILMS, Jacqueline et PREZELIN, Jacques : *Lola Montès*, Éditions Rencontre, Genève, 1965.

WOLFF, Albert : *Mémoires d'un Parisien*, Victor Havard, Paris, 1885.

WORTH, Gaston : *La couture et la confection des vêtements de femmes*, Imprimerie Chaix, Paris, 1895.

ZED (pseudonyme du comte de MAUGNY) :
— *Le demi-monde sous le Second Empire*, Kolb, Paris, 1892.
— *La grande vie de Paris*, Kolb, Paris, 1890.
— *La parisienne au point de vue de l'amour*, Kolb, Paris, 1889.
— *Parisiens et Parisiennes en déshabillé*, Kolb, Paris, 1889.
ZELDIN, Theodore :
— *Histoires des passions françaises 1848-1945* (5 volumes), Le Seuil, Paris, 1978-1979.
— *Les Français*, Fayard, Paris, 1983.
ZIEGLER, Jean : *Gautier, Baudelaire. Un carré de dames : Pomaré, Marix, Bébé, Sisina*, Nizet, Paris, 1978.
ZOLA, Émile :
— *L'œuvre complète* (14 volumes) (Édition établie sous la direction de MITTERAND, Henri), Cercle du Livre Précieux, Paris, 1966-1970.
— *La curée* (tome 2); *Nana* (tome 4); *Pot-Bouille* (tome 4); *Au bonheur des dames* (tome 4); *La débâcle* (tome 6).

II. DICTIONNAIRES

DAUZAT, Albert :
— *Les argots, caractères, évolution*, Delagrave, Paris, 1946.
— *Les étapes de la langue française*, P.U.F., Paris, 1953.
DELACOUR, J. : *Le néologisme à la mode*, Ponthieu, Paris, 1825.
DELVEAU, E. : *Dictionnaire de la langue verte*, Flammarion, Paris, 1883.
Dictionnaire de la langue du XIXe et XXe siècle, Éditions du C.N.R.S., Paris, 1971-1983.
GABILLAUD, Louis : *Le nouveau petit dictionnaire d'argot ou le langage fin de siècle*, Louis Gabillaud, Paris, s.d.
LAROUSSE, Pierre : *Dictionnaire universel du XIXe siècle* (17 volumes). Administration du « Grand Dictionnaire Universel », Paris, 1865-1890.
LITTRÉ, Émile : *Dictionnaire de la langue française* (7 volumes), J.-J. Pauvert, Paris, 1956-1958.
LOREDAN-LARCHE : *Dictionnaire d'argot*, Dentu, Paris, 1881.
LYONNET, Henri : *Dictionnaire des comédiens français (ceux d'hier)*, Jorel, Paris, 1908-1912.
NIZARD : *Le langage populaire parisien : étude sur le langage populaire ou patois de Paris et de sa banlieue*, A. France, Paris, 1872.
RHEIMS, Maurice : *Dictionnaire des mots sauvages (écrivains du XIXe et du XIXe siècle)*, Larousse, Paris, 1969.
VAPREAU, G. : *Dictionnaire universel des littérateurs*, Hachette, Paris, 1876.
VIRMAÎTRE, Charles : *Dictionnaire d'argot· fin de siècle*, Charles, Paris, 1894.

III. JOURNAUX ET PÉRIODIQUES CONSULTÉS

Le Charivari, 1844-1845.
Le Constitutionnel, 1845-1870.
Le Courrier des Théâtres, 1844.
L'Illustration de 1850 à 1870.

Le Journal de la France de 1830 à 1880. — Historia, Paris, 15 avril 1969.
Le Journal Officiel de l'Empire Français, 1869-1870-1871.
La Mode, 1844-1850.
Les Modes Parisiennes Illustrées, 1849-1870.
Le Moniteur de la Mode, 1865-1870.
Le Moniteur Universel, 1867 et 1868.
Le Petit Journal pour rire.
La Presse, 1845-1848.
Le Siècle, 1870-1871.

Articles intéressants sur Céleste Mogador :

— A la Bibliothèque de l'Arsenal-Carton Mogador : article sur le procès fait à Céleste Mogador, 1852 (Paris).
— « Série Trente » de la Bibliothèque Historique de la Ville de Paris : coupures de presse signées Flavio.
— Revue de presse et biographie par Georges Montorgueil dans *L'Éclair* du 22 août 1907.
— Souvenirs sur Céleste Mogador par P. de Lacombe dans *La Presse* du 20 février 1909.

IV. GUIDES — PARIS — PROSTITUTION

Almanach de la polka, P. Martinon, Paris, s.d.
Barrière, Librairie Populaire des Villes et des Campagnes, Paris, 1855.
Le diable à Paris. Le tiroir du diable (par G. SAND, BALZAC, GAUTIER, KARR, J. JANIN, Armand MANOST, etc.), Michel Lévy Père, Paris, 1857.
Guide du promeneur aux barrières. Les bons endroits pour boire, manger, danser, Librairie Populaire des Villes et des Campagnes, Paris, 1895.
Parc des Buttes-Chaumont, Librairie Internationale, Paris, 1867.
Paris guide, A. Lacroix-Verboeckhouen, Bruxelles, 1867.
Le petit diable boiteux ou le guide des étrangers à Paris, Paris, 1823.
Physiologie des bals de Paris (par CHICARD et BALLOCHARD), Desloges, Paris, 1841.
Physiologie du cancan (Dessins de Henri EMY), R. Bocquet, Paris, 1842.
Les physiologies (par Jean PUNET, Andrée LHÉRITIER, Claude PICHOIS, Antoinette HUON et Dimetry STREMOUKHOFF), Institut Français de Presse, Paris, s.d.
Les physiologies parisiennes (recueil illustré par GAVARNI, CHAM, DAUMIER, BERTALL, etc.), Aubert et Barba, Paris, 1841-1845.
Physiologie de la polka d'après Celarius (par VITU et FARNESE), Chez tous les libraires, Paris, 1844.
Vaudeville dans *Vieux Paris*, Reproduction des vues de l'ancien Théâtre du Vaudeville, Paris, décembre 1929.
Correspondance de Madame Gourdan, dite la Petite Comtesse, H. Kistemaeckers, Bruxelles, 1883.
L'Empereur s'amuse, Bruxelles, London, 1871.
Dictionnaire anecdotique des nymphes du Palais-Royal, Les Marchands de Nouveautés, Paris, 1826.
Le Palais-Royal ou les filles en bonne fortune, L'Écrivain, Paris.

V. SOURCES NON PUBLIÉES

GUICHARDET, Jeannine : *Balzac « archéologue » de Paris*. Thèse de Doctorat d'État.

RICHARD, Edmond : *Madame Sabatier. Biographie*. Manuscrit conservé à Fontainebleau, Bibliothèque Municipale ICO n° 130-132.

Collection LOVENJOUL, au Musée de Chantilly (Musée Condé), Bibliothèque Spoelberch de Lovenjoul :

— *Correspondance entre Théophile Gautier et sa famille*, C 472 à 476.

— *Lettres de Théophile Gautier à Marie Mattei*, C 501 bis.

— *Journal d'Eugénie Fort*, C 508 bis.

REMERCIEMENTS

Ce livre n'aurait pas été possible sans la participation de nombreux amis. Je voudrais en particulier remercier Frank Auboyneau qui, avec patience et gentillesse, a relu, corrigé, discuté, page à page, mot à mot, les différentes versions de *La Lionne du Boulevard*. Que Danielle Guigonis, dont l'efficacité et la confiance ne se sont jamais démenties ; que Natalie Mauriac, Mathieu Meyer, Eva Lothar, Isabelle Lesteven, Frédérique Pellotier et Claire Geoffroy-Dechaume sachent combien leurs suggestions et leur constant appui m'ont aidée dans les moments de doute.

Ma gratitude va à mes parents pour leur soutien. A ma mère qui a passé ses après-midi au musée Carnavalet afin d'établir une iconographie de la courtisane. A mon père et à sa femme qui, malgré leur expérience, ont accepté de ne lire le livre que terminé, sans cesser de m'encourager tout au long de cette aventure.

Toute ma reconnaissance aussi à Pierre Amado, directeur de recherches au C.N.R.S., qui a bien voulu me consacrer de nombreuses heures pour annoter le manuscrit. A Andrée Jacob, membre de la Commission du vieux Paris et chroniqueuse au *Monde* ; Roxane et France Debuisson, iconographes de Paris ; Guillaume de Bertier de Sauvigny, auteur de remarquables ouvrages sur la Restauration ; Jean-Marc Léri et Jean Dérens, conservateurs à la Bibliothèque historique de la Ville de Paris, qui m'ont aidée dans mes recherches ; et beaucoup d'autres dont je ne peux malheureusement citer les noms dans

cette page : que tous soient remerciés de leur incompara-
ble amabilité et de leurs précieux conseils.

Une pensée particulièrement affectueuse va au personnel de la B.H.V.P. qui, pendant deux ans, m'a poussée
tous les soirs vers la porte — toujours la dernière lectrice
au moment de la fermeture.

Enfin, à tous ceux des éditions Laffont qui m'ont fait
confiance quand je suis venue les voir avec seulement...
une idée ! A Robert Laffont, sans lequel ce livre n'aurait
jamais pu voir le jour.

TABLE DES MATIÈRES

Première partie : L'APPRENTISSAGE

1. *LE DÉMON TENTATEUR* 11
2. *LA RUE DES BLANCS-MANTEAUX* 31
3. *LE BOULEVARD* 41
4. *LA VALSE DES BORDS DE L'OISE* 49
5. *LE SERMENT DE MONTFAUCON* 59
6. *LA MAISON DORÉE* 67
7. *LE BAL MABILLE* 81
8. *BRIDIDI* 97
9. *CÉLESTE MANDRAGORE* 113
10. *LA REINE POMARÉ* 129
11. *UN AUTEUR CÉLÈBRE* 139
12. *UN SECOND AUTEUR CÉLÈBRE* 149
13. *LE THÉÂTRE DES VARIÉTÉS* 161
14. *L'HÔTEL PIMODAN* 169
15. *LA FEMME PIQUÉE PAR UN SER-
    PENT* 185
16. *LE PONT A PÉAGE* 193
17. *LE BAL DE L'OPÉRA* 203

Deuxième partie : LA LUTTE

18. *LA RÉVOLUTION* 213
19. *LE LUSTRE* 223

20. *L'HÔPITAL* 231
21. *LA CHUTE* 245
22. *MADAME OLYMPE* 255
23. *LA LIONNE* 267
24. *L'HIPPODROME* 279
25. *LA COURSE* 291
26. *STRATÉGIE ET PLAN DE BATAILLE* . . . 299
27. *MAC'AROUL* 313
28. *PLACE, PLACE À LA REINE POMARÉ* . . 325
29. *LA DAME AUX CAMÉLIAS* 337

Troisième partie : LA MAÎTRISE

30. *LE BOIS DE BOULOGNE* 345
31. *BLANCHE... ET LES AUTRES* 357
32. *LE MARIAGE* 365
33. *DEMIDOFF CONTRE NARISHKINE* . . 375
34. *LONGCHAMP* 385
35. *LE SALON LITTÉRAIRE* 393
36. *VON TANNENBERG* 403
37. *LE PALAIS* 413
38. *L'AMBASSADRICE DE BISMARCK* . . . 421
39. *LA GUERRE* 431
40. *LA VENGEANCE* 437
ÉPILOGUE 445

Sources et bibliographie 453

Remerciements 471

Imprimé en France par

BUSSIÈRE

à Saint-Amand-Montrond (Cher)
en décembre 2010

POCKET - 12, avenue d'Italie - 75627 Paris Cedex 13

N° d'impression : 101629
Dépôt légal : janvier 2011
S 21416/01